VIRGINIA HENLEY

Sinnliche Eroberung

Buch

Nur in ihren Träumen von längst vergangenen goldenen Zeiten ist die schöne Lady Davenport wirklich glücklich. In ihrem wirklichen Leben hingegen, inmitten der verstaubten Londoner Adelswelt, umwerben sie eitle Gecken und skrupellose Mitgiftjäger. Als sie eines Tages in einem Trödelladen ihren Träumen nachhängt und einen antiken römischen Helm aufprobiert, wird sie unvermittelt viele Jahre zurück in eine andere Zeit gewirbelt – direkt in die Arme des verwegenen Marcus Magnus. In Aquae Sulis, der Stadt, die sie als Bath kannte, findet sich Lady Diana in den Fängen des energischen römischen Generals wieder, der sie, nach einem hungrigen Blick in ihre veilchenblauen Augen, kurzerhand zur druidischen Spionin erklärt – und sie zu seiner persönlichen Gefangenen macht. Was jedoch noch schlimmer ist, als Sklavin eines Römers im ehemaligen Britannien zu sein: sich rettungslos in diesen zu verlieben …

Autorin

Virginia Henley gehört zu den ganz großen Autorinnen historischer Liebesromane. Jedes ihrer Bücher wurde zu einem Bestseller. Eine ihre zahlreichen Auszeichnungen ist der »Lifetime Achievement Award« der Zeitschrift *Romantic Times.* Sie lebt abwechselnd in Ontario, Kanada, und St. Petersburg, Florida.

Von Virginia Henley außerdem lieferbar:

Ein Hauch von Feuer (35155) · Die Waffen des Herzens (35258) · Lockende Küsse (35506) · Kerker der Liebe (35575) · Nacht der Verführung (35726) · Glanz und Seide (35241) · Der Pirat und die Sklavin (42997) · Rosenträume (43796) · Der Rabe und die Rose (42996)

VIRGINIA
HENLEY

Sinnliche
Eroberung

Roman

Deutsch von Gertrud Wittich

BLANVALET

Die amerikanische Originalausgabe erschien 1996 unter dem Titel
»Enslaved« bei Dell Publishing,
Bantam Doubleday Dell Publishing Group, Inc., New York.

Umwelthinweis:
Alle bedruckten Materialien dieses Taschenbuches
sind chlorfrei und umweltschonend.

Blanvalet Taschenbücher erscheinen
im Goldmann Verlag, einem Unternehmen
der Verlagsgruppe Random House GmbH.

Taschenbuchausgabe Februar 2003

Umschlaggestaltung: Design Team München
Umschlagillustration: Agentur Schlück/Berni
Druck: Elsnerdruck, Berlin
Verlagsnummer: 35798
Redaktion: Barbara Gernet
LW · Herstellung: Heidrun Nawrot
Made in Germany
ISBN 3-442-35798-5
www.blanvalet-verlag.de

1 3 5 7 9 10 8 6 4 2

Ich habe seit jeher die besten Lektoren,
die man sich vorstellen kann –
Page Cuddy, Maggie Lichota
und Tina Moskow.

Dieses Buch ist Marjorie Braman gewidmet.
Auch mit ihr war ich gesegnet!

Mein besonderer Dank gilt meiner College-Englischlehrerin,
Evelyn Finklea, für die wundervollen Bücher,
die mir die Recherchen so erleichtert haben.

1. Kapitel

Lady Diana wurde langsam erregt. Obwohl es geradezu unerhört früh war, hatte sie sich bereits in ihr Bett gekuschelt, um ihrer Lieblingsbeschäftigung zu frönen. Ihr Verhalten hatte sich in letzter Zeit drastisch verändert, und sie war immer schwerer zu bändigen.

Verzückt rang sie nach Atem, als die sexuellen Absichten des Helden offensichtlich wurden. Ein Nein kam für ihn nicht in Frage, und Diana überrann ein sinnlicher kleiner Schauer, als klar wurde, daß er sich durch nichts aufhalten ließe. Er war ein dunkler, dominanter und gefährlicher Mann, wahrhaft zum Verlieben, und ihr wurden die Knie weich, angesichts seiner kühnen Annäherungsversuche.

Dianas Brustwarzen verhärteten sich. Zwischen ihren Schenkeln wuchs eine wundervolle, prickelnde Wärme. Die Hand unter ihrem Nachthemd umschloß ihre feste junge Brust, und ihr Atem ging schneller. Obwohl die junge Dame sich unerhört schamlos vorkam, unterdrückte sie rasch das ferne Aufkeimen von Schuldgefühlen, drehte sich zur Seite und wand lustvoll den Unterleib.

Als die Kerze auf einmal ausging, stieß sie eine leise Verwünschung aus. Verdammt, gerade mitten im besten Teil des Kapitels! Ungehalten ließ sie ihre Brust los und klappte das Buch über das Sexualleben König Karls II., in dem sie soeben geschmökert hatte, zu.

Sie zündete die Kerze wieder an, las das Kapitel zu Ende und seufzte sehnsüchtig. Wenn es nach ihr ginge, hätte sie in jeder anderen Zeit leben wollen, nur nicht jetzt im England des ausgehenden achtzehnten Jahrhunderts. In diesen Tagen gab es statt Männern nur noch Stutzer mit lächerlichen, gepuderten Perücken und geschminkten Gesichtern. Warum war sie nicht im Mittelalter auf die Welt gekommen, als unerschrockene Ritter noch Burgen stürmten und die darin lebenden Fräulein entführten, beziehungsweise zur Zeit Königin Elisabeths I. von England, als kühne Seekapitäne nicht nur Schätze, sondern auch Frauen raubten? Oder während der Restauration, als sich prahlerische Kavaliere König Karls unerhörte Art im Umgang mit dem zarten Geschlecht zum Vorbild nahmen, so daß das Leben für eine Siebzehnjährige noch voller Spannung, Aufregung und Abenteuer war!

Doch heutzutage imitierten die Dandies ausschließlich Prinz George oder »Prinny«, wie er mit Spitznamen hieß. Was für ein alberner Name – Prinny! Tatsächlich sagte diese Bezeichnung alles... weich, wabbelig und waaahnsinnig langweilig!

Als sich Diana vorbeugte, um die Kerze auszublasen, erhaschte sie einen Blick auf ihr Spiegelbild im großen Drehspiegel. Sie war eine zarte englische Rose, die kurz vorm Erblühen stand. Ihr dichtes goldblondes Haar fiel ihr in Kaskaden über die Schultern, das Blau ihrer Augen schillerte vor Lebenslust, und sie besaß eine herrliche Figur, mit langen Beinen und einem hochangesetzten Busen. Doch alles, was sie in dem Spiegel erblickte, war ihr voluminöses Nachthemd. Diana verzog das Gesicht, nicht nur wegen des abscheulichen Leinensacks, sondern weil er ein so unerhört *schickliches* Kleidungsstück darstellte.

Herr des Himmels, wie sehr sie mittlerweile alles haßte und verabscheute, was schicklich und respektabel war! Das stand nämlich als Motto über dem Leben ihrer Tante Prudence und galt auch als Maßstab für Dianas Dasein.

Als Sir Thomas Davenport vor zwei Jahren verstarb, hinterließ er sein gesamtes Vermögen seiner Tochter Diana, einschließlich seiner unvergleichlichen Bibliothek und seines Herrenhauses am Grosvenor Square. Doch solange sie noch nicht achtzehn war, fungierten der jüngere Bruder ihres Vaters, Richard, und dessen Frau Prudence, die nach dem Ableben ihres Vaters unverzüglich in das Haus am Grosvenor Square einzogen, als ihre gesetzlichen Vormünder. Mit fünfzehn war Diana noch ein sehr artiges und gehorsames Mädchen gewesen, deren Nase dauernd in irgendwelchen Büchern steckte. Nun, im Alter von siebzehn Jahren, machte sich hingegen zunehmend ein rebellischer Charakterzug bemerkbar, der Dianas prüde Tante aufs höchste alarmierte.

Erneut seufzte die Maid, blies dann endgültig die Kerze aus und schlüpfte tief unter die Decke. Sie hoffte, daß der Schlaf ihr Träume von den lustvolleren Tagen am Hofe des Königs Karl bescheren würde.

Tante Prudence machte sich fürs Zubettgehen fertig, was sie jedoch nicht davon abhielt, den Gatten mit ihrer Weltanschauung zu peinigen. Ihr gerüschtes Nachthemd reichte bis hinauf an das dritte Kinn, während ihr die gestärkte Nachthaube bis über die Augen hing. Was Richard, besagtem Gatten, nur zu recht war, denn schon beim Gedanken, sie könne ihre Fleischberge womöglich einmal entblößen, packte ihn kaltes Entsetzen.

»Es liegt mir wahrhaftig fern, dein Mündel zu kritisieren, Richard – aber Diana hat schon wieder eine Einladung von Lady Sefton abgelehnt, nur um sich mit einem ihrer dummen Bücher zurückzuziehen. Derart viel Lesen kann doch nicht gut sein für ein so junges Ding. Gott allein weiß, was alles in diesen Schinken steht. Es bringt sie sicher auf … unschickliche Gedanken.«

Im Grunde kam es Richard nur zupaß, daß Prudence eine Abneigung gegen Intimitäten hegte und die Sünden des Fleisches ganz oben auf ihrer Liste von Tabus standen. Er warf einen Blick auf den Ozean aus weißer Baumwolle, der seine Frau umhüllte, und dachte trocken, *es ist ein Wunder, daß sie nicht auch noch weiße Handschuhe zum Schlafen anzieht, falls sie das abscheuliche Ding einmal anfassen müßte!* Dann wanderten seine Gedanken wieder zum angesprochenen Thema zurück. »Die Büchersammlung meines Bruder umfaßt in der Tat buchstäblich alles. Ich stimme dir zu, daß sie möglicherweise schlechten Einfluß auf das Mädchen ausübt. Vielleicht finde ich einen Käufer für die gesamte Bibliothek.«

Sir Thomas Davenport war Oberster Richter im Finanzministerium gewesen und darüber hinaus ein Gelehrter, der vom König das Adelsprädikat erhalten hatte. Richard wußte, daß Diana eine gründliche Ausbildung in klassischer Literatur besaß und von ihrem Vater ebenso in Französisch, Latein und Italienisch unterwiesen worden war.

»Mein bester Richard, das ist geradezu brillant! Bücher helfen ihr nicht dabei, den richtigen Ehemann zu finden. Wenn bekannt wird, daß sie ein Bücherwurm ist, dann mag keiner um sie werben und sie endet als alte Jungfer. Ich werde ihr nochmals gründlich einschärfen, daß sie ihre Intelligenz unter gar keinen Umständen zeigen darf. Niemand weiß, was sich dein Bruder dabei gedacht hat, dem Mädchen eine derart ungehörige Ausbildung zukommen zu lassen. Das ist einfach *unschicklich*!«

Bei der Erwähnung seines Bruders verdünnte sich Richards Mund zu einem Strich. Das Leben war so verdammt unfair. Wie hatte es Thomas nur so weit bringen können, während er, Richard, immer noch ein kleiner Anwalt war? Und warum hatte er alles Diana hinterlassen und nichts seinem einzigen Bruder? Keinen jämmerlichen müden Penny! Tausendmal schon hatte er versucht, Diana ihr Vermögen abzuluchsen; aber das Mädchen war so clever, daß er sich schon allerhand einfallen lassen mußte, was nicht ihren Verdacht erregte.

Prudence segelte auf das Bett zu und zog die Decke zurück. Richard knotete seine Krawatte auf. Sie sah ihn alarmiert an. »Du gehst doch nicht etwa auch schon schlafen?«

»Nein, nein, meine Liebe. Bloß die Krawatte wechsle ich rasch. Ich muß mich noch mit einem Klienten treffen.«

Prudence stieß einen erleichterten Seufzer aus. Richard wußte, daß seine Frau sich sehr wohl im klaren darüber war, welche Art Klient er noch zu treffen gedachte. Aus ihrer Dankbarkeit dafür, daß er sich anderweitig Erleichterung verschaffte, machte sie keinen Hehl. Jawohl, sie pries sich glücklich, einen so rücksichtsvollen Gatten zu haben.

Zwei Stunden später stieg Richard die Stufen vom Nobelbordell zur Spielhölle, bekannt als Pharaos Tische, hinunter. Er hatte die Dienste einer süßen Kleinen, die er zu seinem Vergnügen »Imprudence« nannte – und sie ihn »Schniedelchen« –, gründlich genossen.

Ein gutgekleideter junger Mann kam zur selben Zeit wie er die Treppe herunter, also fing er ein Gespräch an. »Das war ja ein höllischer Lärm, der da aus einem der Zimmer kam. Hat mich einigermaßen aus dem Rhythmus gebracht, muß ich gestehen.«

Der junge Mann blickte ihn lächelnd an. »Schockierend, nicht wahr?«

»Klang, als ob die Arme gefoltert worden wäre.«

Der junge Aristokrat schüttelte den Kopf. »Hat bloß ein wenig mit der Reitpeitsche abbekommen.«

Richard beäugte den jungen Mann nachdenklich. Er war zwar kein leidenschaftlicher Spieler und dem Roulette in keiner Weise verfallen; dennoch frequentierte er seit einiger Zeit die etwas teureren Spielhöllen, Orte, an denen man hohe Einsätze und noch höhere Verluste riskierte. Hier konnte er junge Adlige treffen, die sich bis zum Hals verschuldeten. Solche, denen der Pleitegeier zuwinkte.

Sie gingen auf den Farotisch zu, und da hielt Richard dem jungen Gentleman die Hand hin. »Richard Davenport, Anwalt.«

»Peter Hardwick, immer auf der Suche nach einem Advokaten«, antwortete der andere scherzend.

Davenport zermarterte sich das Hirn. Er war sicher, daß der Name *Hardwick* zum höheren Adel gehörte. Prudence wußte so etwas. Sie war ein absoluter Snob und eine wandelnde Autorität, was die britische Aristokratie betraf. Burke's Adelsverzeichnis kannte sie in- und auswendig.

Richard, der Hardwick am Spieltisch beobachtete, kam allmählich zur Ansicht, daß er seine Zeit verschwendete. Jemand, dem das Wasser bis zum Hals stand, warf sicher nicht derartig mit dem Geld um sich und nahm Gewinn oder Verlust mit der gleichen amüsierten Lässigkeit hin. Es war klar, daß dieser junge Tunichtgut irgendwo eine Geldquelle besaß, vielleicht sogar seine eigene. Und dennoch verspürte Richard das deutliche Gefühl, daß er einen echten Kandidaten gefunden hatte.

Hardwick war genau der Typ, der Diana gefallen könnte. Obwohl er teure Kleidung trug, war er kein Geck, und sein energisches Kinn machte deutlich, daß es sich nicht um einen Schwächling handelte. Er wirkte gepflegt und besaß ein charmantes Lächeln, das sicher auch die mißtrauischsten Naturen entwaffnete. Dieser gutgebaute, attraktive junge Mann wäre für seine Zwecke ideal, wenn sich herausstellte, daß er der Aristokratie angehörte und ihn beträchtliche Schulden drückten.

Richard überreichte ihm seine Karte und bemerkte beiläufig, »ich beschäftige mich hauptsächlich mit Geldangelegenheiten. Unter anderem verwalte ich das Vermögen meiner Nichte, Lady Diana Davenport. Ich würde mich freuen, wenn Sie gelegentlich einmal bei uns am Grosvenor Square vorbeischauen!«

Kurz darauf verließ Hardwick das Etablissement mit zwei Freunden. Richard erkannte einen davon sofort als Richard Barry, den Herzog von Barrymore, bekannt als Hellgate. Die Barrys waren eine berüchtigte Sippe. Die Brüder besaßen allesamt als junge Böcke mehr Geld als Verstand. Nun, er hatte seinen Köder ausgelegt, und wenn Hardwick anbiß, würde er ihn samt Haken, Schnur und Bleigewicht einholen, vorausgesetzt natürlich, daß Prudence ihn für eine respektable Partie hielt!

Diana bekam kaum noch Luft. Noch enger und sie würde ohnmächtig. »Bitte hören Sie auf, ich bekomme keine Luft mehr«, flehte sie.

Ihr Flehen wurde ignoriert.

Wenn es das ist, was ich durchmachen muß, um auf dem Heiratsmarkt konkurrieren zu können, dann ziehe ich es vor, als alte Jungfer zu enden, dachte Diana. Ihre Brüste wurden flachgepreßt und sie fürchtete, daß ihr jeden Moment die Rippen brechen könnten. Ihre aufsteigende Wut kam ihr zu Hilfe. »Stop!« keuchte sie und riß sich energisch von ihrer Peinigerin los.

Die Modistin ließ die Korsettschnüre los und wendete sich hilfesuchend an Prudence.

»Diana, meine Liebe, ein gutes Korsett als Untergewand ist absolut unerläßlich. Alle erwachsenen Ladies müssen diese Dinge ertragen.«

»Aber ich ziehe das erste, das ich anprobiert habe, vor. Das hat lediglich meine Taille eingeschnürt und mir nicht die Brüste wie Pfannkuchen plattgedrückt.«

Prudence schoß die Röte ins Gesicht, was sie nicht gerade attraktiver machte. »Eine Dame sagt so etwas nicht. Das schickt sich nicht.«

»Pfannkuchen?« konnte Diana sich nicht verkneifen. Mit schelmisch funkelnden Augen beobachtete sie, wie ihre Tante um Fassung rang.

»Das erste war vollkommen unzureichend. Was du brauchst, ist dieses hier«, beharrte Prudence.

»Warum?« fragte Diana ebenso stur.

»Ich sehe schon, du zwingst mich, offen zu sprechen... also bitte. Du hast einen vollen Busen und wenn du tanzst, dann... nun, dann wackelt er. Und das ist noch nicht das schlimmste. Einige der Tänze heutzutage sind so skandalös, daß sie einem Mann sogar gestatten, Hand an deine Person zu legen. Wenn du kein starkes Korsett trägst, wird dein Partner denken, du wärst nackt unter dem Kleid!«

Was für ein verlockender Gedanke, dachte Diana rebellisch. Fast hätte sie gefragt, »ist das ein Argument *dafür* oder *dagegen?*« Doch sie biß sich im letzten Moment auf die Zunge.

»Wir nehmen ein Dutzend«, sagte Prudence.

Ein Dutzend, das reicht für das ganze Leben, dachte Diana entsetzt.

»Meinetwegen können auch ein paar von den leichteren dabei sein«, gestattete Prudence.

Dianas Hoffnungen stiegen.

»Für nachts unter dem Schlafgewand.«

Mit einem Plumps sanken ihre Hoffnungen in den Keller. Sie zerrte lustlos an den Korsettschnüren und zupfte eine Strebe, die sich in ihre oberste Rippe gebohrt hatte, heraus.

»Trödle nicht, Kind. Dame Lightfoot wird jeden Moment hier sein, um dir deine erste Tanzstunde zu erteilen.«

Diana konnte bereits tanzen. Immer wenn sie Musik hörte, begann sich ihr Körper wie von selbst sinnlich zu wiegen. Sie hatte während der Ferien mit ihrem Vater einmal den Zigeunern beim Tanzen zugesehen, und die schnellen, exotischen Drehungen hafteten unlöschlich in ihrem empfänglichen jungen Gemüt. Die komplizierten Schritte der herkömmlichen Tänze kannte sie jedoch noch nicht, und die waren ein absolutes Muß für ein junges Mitglied der Gesellschaft. Sie hoffte, daß Dame Lightfoot ein Herz voller Musik und eine Seele voller Leidenschaft besaß. Jemand, der mit Tanzunterricht sein Leben verdiente, konnte doch sicher nicht aus Anstandsregeln bestehen.

Ihr Optimismus wurde jedoch in dem Moment erstickt, in dem sie ihren ersten Blick auf Dame Lightfoot warf. Eine stattliche Frau mit großzügiger Oberweite, die jedoch in einem äußerst *schicklichen* Korsett steckte. Ihre mausgraue Perücke wirkte ebenso streng wie ihr Gesichtsausdruck. Sie hatte einen langen Spazierstock mit einem ebenhölzernen Knauf bei sich, mit dem sie zum Unterstreichen ihrer Worte auf den Boden klopfte.

Offensichtlich fand die Tanzlehrerin die volle Zustimmung ihrer Tante, denn Prudence überschlug sich geradezu vor Freundlichkeit. »Dies ist Ihr Schützling, Dame Lightfoot. Ich habe keinerlei Sorge, Lady Diana in Ihre fähigen Hände zu überstellen. Ein paar Instruktionen in Etikette und Benimm, zusätzlich zum Tanzunterricht, wären ebenfalls nicht fehl am Platze. Meine liebe Nichte ist ein kleiner Bücherwurm, fürchte ich. Sie braucht ein wenig Unterweisung in den Dingen, die zu einem erfolgreichen Debüt notwendig sind.«

Die Zuchtmeisterin klopfte mit ihrem Stock auf den Boden und maß Diana von Kopf bis Fuß. Sie besaß einen durchdringenden, verschlagenen Blick, dem nichts entging.

»Ich lasse Sie beide jetzt allein, damit Sie einander kennenlernen«, sagte Prudence und zog die Flügeltür des Musikzimmers hinter sich zu.

»Wie fühlen Sie sich, junge Frau?« fragte Dame Lightfoot in hochmütigem Ton.

»Mäßig«, erwiderte Diana aufrichtig.

Die Dame brach unvermutet in Gelächter aus, und Diana dachte, daß vielleicht doch nicht alles verloren war.

Dame Lightfoot klopfte energisch mit dem Stock. »Wir wollen mit der Sprache des Fächers beginnen.«

Diana fragte sich, was um alles in der Welt das mit Tanzen zu tun hatte. Als sie es wagte, ihre Frage laut zu äußern, nahm die Dame eine militärische Haltung an. Ihre Worte knatterten wie Geschützfeuer. »Der Fächer ist wichtiger als die Füße. Tatsächlich ist alles wichtiger als die Füße: die Haare, die Augen, der Mund, die Figur, die Manieren, die Konversation, der Appetit, die Kleidung.«

»Die Mode für junge Frauen heutzutage ist abscheulich«, wagte Diana zu bemerken.

»Das finden Sie?« erwiderte die Dame, und ihre Gesichtszüge schienen einzufrieren.

Am liebsten hätte Diana sich auf die Zunge gebissen, aber nun war es einmal heraus, also konnte sie ebensogut gleich alles sagen. »Die Röcke sind so voluminös, daß sie den ganzen Platz in der Kutsche einnehmen, vorausgesetzt man kann sich überhaupt durch die Tür quetschen. Die gepuderten Perücken sind so hoch, man wundert sich, daß keine Vögel darin nisten. Aber mein persönlicher Favorit ist das Korsett. Diese starren Streben drücken einem die Eingeweide ein, sobald man sich auch nur ein bißchen bückt.«

Die Augenbrauen der Dame schossen hoch, daß sie beinahe unter der Perücke verschwanden. »*Eingeweide* ist ein Wort, das eine Lady niemals benutzt. Ich sehe schon, Sie haben eine unorthodoxe und freizügige Erziehung genossen.« Das Schlachtroß richtete sich zu seiner vollen Größe auf, klopfte zweimal aufs Parkett und meinte dann gönnerhaft, »ich werde dennoch eine erfolgreiche Debütantin aus Ihnen machen.«

»Genau das befürchte ich ja«, murmelte Diana. Doch die Sache begann ihr trotzdem allmählich Spaß zu machen, und sie beschloß, Dame Lightfoot gründlich zu schockieren. »Im Mittelalter haben die Damen vollkommen nackt geschlafen! Die Kirche verdammte Nachthemden als skandalöse Obszönitäten, die Männer zu lüsternen und unzüchtigen Dingen verleiten würden. Offensichtlich hatten diese ersten Nachtgewänder keinerlei Ähnlichkeit mit den *schicklichen* Kleidungsstücken, die ich zum Schlafengehen tragen muß... leider!«

Dame Lightfoot griff in ihr Retikül, zog ein kleines Fläschchen heraus, das sie entkorkte und sich an die Nase hielt. Sie atmete geräuschvoll ein. Dann, um derart frivolem Gerede ein Ende zu machen, zauberte sie einen Fächer hervor, den sie mit einer überaus nachdrücklichen Handbewegung aufschnappen ließ; und dann ihrer Schülerin überreichte.

Bevor die Stunde sich ihrem Ende zuneigte, hatte Diana gelernt, daß die besten Fächer Gräten aus Elfenbein besaßen, die entweder mit Gaze, Spitze oder bemalter Seide bespannt waren. Sie lernte, scheu durch den Fächer zu blinzeln, über ihn hinweg zu spähen oder von der Seite hervorzublicken. Nur mühsam hielt sie an sich, nicht unter dem gestrengen Blick ihrer Lehrerin loszukichern.

Nach einer Stunde war Dame Lightfoot der Ansicht, daß Diana die Kunst des Flirtens gelernt hatte.

Die komischen Gestalten von jungen Beaus schossen Diana in den Sinn. »Nun, da ich das Flirten gelernt habe, mit wem soll ich denn beginnen?«

Das Schlachtroß beäugte sie durchdringend. »Ich gestatte Ihnen, die Frage selbst zu beantworten.«

»Am liebsten hätte ich ein Techtelmechtel mit einem Abenteurer.«

Die Stille zwischen den beiden dehnte sich aus. Schließlich meinte die ältere der beiden, »Sie haben eine rastlose Seele, meine Liebe, also werde ich Ihnen ein kleines Geheimnis anvertrauen, das die Gesellschaft unverheirateten Frauen zumeist vorenthält. Sobald sie einmal eine respektable Partie gemacht und einen Erben zur Welt gebracht hat, kann eine junge Gemahlin ein aufregendes gesellschaftliches Leben führen und unterliegt nicht mehr den rigiden Einschränkungen für ein unverheiratetes Mädchen.«

»Das ist der erste Anreiz zur Ehe, den ich gehört habe«, sagte Diana und beschloß, sich diese Information zu merken.

Gespannt, welche Tänze Diana gelernt hatte, betrat Prudence das Musikzimmer.

»Sie sind ein wenig zu voreilig, Mrs. Davenport. Lady Diana ist wie ein roher Diamant. Um sie zu einem perfekten Brillanten zu machen, braucht es zuerst ein wenig gesellschaftlichen Schliff. Die Tanzschritte lehre ich in meinem Studio in Mayfair, das den Anforderungen des Menuetts, Contredanse und des schottischen Reel Raum bietet. Hier ist meine Karte.« Sie klopfte mit dem Stock. »Ich erwarte Sie Montagnachmittag um zwei.«

2. Kapitel

Nachdem Dame Lightfoot gegangen war, protestierte Diana, »Tante Prudence, ich habe überhaupt nichts gelernt, außer wie man mit dem Fächer umgeht: die reinste Zeit- und Geldverschwendung! Die Frau ist ein Drache, eine Zuchtmeisterin erster Güte… eine Witzfigur…« Dianas Worte erstarben, als sie den verletzten Ausdruck auf Prudences Gesicht sah.

»Ich hätte alles für Tanzstunden gegeben, als ich in deinem Alter war, aber leider machte mir das mein Gesundheitszustand unmöglich. Schon von klein auf mußte ich nichts wie Schmerzen ertragen.« Sie rieb sich ihre arthritische Hüfte. »Es bekümmert mich zutiefst, daß du so uneinsichtig bist, Diana. Du würdest mir eine große Freude bereiten, wenn du den Tanzunterricht bei Dame Lightfoot freiwillig akzeptierst.«

Diana schämte sich für ihre gedankenlosen Worte. »Aber natürlich werde ich die Verabredung einhalten, Tante Prudence. Es ist wirklich gedankenlos von mir, mich deswegen zu beklagen.«

»Ach, meine Liebe, das lernst du schon noch, wenn du älter wirst – stumm zu erdulden, so wie ich.«

Dianas Verdacht, daß Prudence ein Hypochonder war, verdoppelte ihre Schuldgefühle noch. *Was ist, wenn sie wirklich Schmerzen hat?* »Wir sind zum Nachmittagstee bei Emily Castlereagh eingeladen. Fühlst du dich dem gewachsen?«

»Ich fürchte nein, meine Liebe. Heute nachmittag werde ich mich wohl ein wenig hinlegen müssen.«

»Dann schicke ich ihr eine Nachricht mit unserer Absage.«

Prudence war alarmiert. »Das wirst du auf keinen Fall. Lady Castlereagh gehört zu dem Komitee von Almack's. Der heutige Besuch dort ist unerläßlich für deine erste Saison. Bridget wird dich begleiten.«

Ihre Nichte wußte selbstverständlich, daß sich Prudence bei

einigen der adeligen Gastgeberinnen, die an der Spitze der gehobenen Kreise standen, nicht wohl fühlte, weil sie selbst keinen Adelstitel besaß. Diana indessen war nur deshalb eingeladen, weil Emily Castlereagh ihren Vater sehr gut gekannt hatte. Emily, die Tochter des Herzogs von Buckinghamshire, war mit dem Marquis von Londonderry verheiratet. Obwohl sie an der Spitze der Aristokratie stand, fühlte sich Diana nicht im geringsten von ihr eingeschüchtert. Tatsächlich war sie eine reizende Exzentrikerin, die sich auf äußerst eigenwillige Art zu kleiden pflegte.

»Du kannst das schokoladenfarbene Nachmittagskleid anziehen; ich denke, es wäre perfekt für den Tee bei Lady Castlereagh.«

Schokoladenfarben, daß ich nicht lache, dachte Diana. *Wenn das nicht aussieht wie Katzendreck, dann heiße ich Thusnelda.*

»Und ich muß dich hoffentlich nicht daran erinnern, die St. James Street zu meiden, wo sich die Clubs der Gentlemen befinden.«

»Aber natürlich nicht«, erwiderte Diana und beschloß spontan, genau dorthin ihre Schritte zu lenken.

Sie wählte den auffälligsten Hut aus ihrer Garderobe als Ausgleich zu dem äußerst korrekten braunen Kleid mit den dazu passenden braunen Lederstiefelchen. Der Hut zierte ein ganzes Büschel herrlicher langer Federn von einem Hahn, der unvorsichtig genug gewesen war, sich für derartige Zwecke mißbrauchen zu lassen.

Bridget, ihre Kammerzofe, die sie begleitete, fragte: »Gehen wir nicht in die falsche Richtung, Lady Diana?«

»Das stimmt, Biddy. Gehen wir doch den direkten Weg, dann können wir über die St. James Street schlendern.«

Bridget McCartneys hübsches Gesicht war voller Sommersprossen und ihr Näschen wies ein wenig nach oben. Prudence hätte das irische Dienstmädchen längst entlassen, wenn Diana sich nicht vehement dagegengestellt hätte. Biddys Augen funkelten vergnügt. »Oh, also ich bin einverstanden. Hoffe nur, daß wir dabei keine Federn lassen.«

Dianas Mund zuckte. »Also wenn diese Bemerkung auf meinen Hut gemünzt ist, kann ich dir versichern, daß ich dann nicht Zetermordio krähen werde.«

Als Biddy zu kichern begann, dachte Diana, wie schön es doch war, eine Vertraute mit demselben Sinn für Humor zu besitzen.

Aus dem Brooks Club traten soeben zwei Herren, die die beiden Mädchen mit anerkennenden Blicken maßen. Eine Hure faßte gelegentlich den Mut, über die St. James Street zu spazieren, aber eine Lady mit ihrer Zofe, das war unerhört! Einer der beiden meinte gedehnt: »Also sieh mal einer diese süße Person an.«

»Die Kleine daneben ist auch nicht zu verachten«, bemerkte der andere.

Mit gesenktem Blick überquerte Diana die Straße. Sie tat das nicht, um den Männern aus dem Weg zu gehen, sondern um einen genaueren Blick auf die beiden Clubs, Boodle's und White's, auf der anderen Straßenseite werfen zu können.

Die Tagediebe, die vor den Clubs herumlungerten, hoben die Gläser und tauschten scherzhafte Bemerkungen über die Mädchen aus. Ein besonders unverfrorener in einer schwarz-weißgestreiften Hose trat vor. »Falls Sie nach einem *cher ami* suchen, erlauben Sie mir, meine Dienste anzubieten.«

Dianas kühler Blick maß ihn von Kopf bis Fuß. Dann sagte sie zu Biddy: »Sieht aus, als ob wir aus Versehen im Zoo gelandet wären.«

Die Kompagnons des Zebras lachten und verspotteten ihren blamierten Genossen. Diana selbst war bester Stimmung. Sie hatte den Hut mit den enormen Hahnenfedern aufgesetzt, um Aufmerksamkeit zu erregen und ihr war sehr wohl klar, daß der Lackaffe vor dem White's Club die Zebrastreifen aus genau demselben Grunde trug.

Peter Hardwick eilte die Stufen zum Haus am Grosvenor Square Nummer 21 hinauf, reichte dem Butler seine Karte und wurde kurz darauf dienernd hereingebeten und in die Bibliothek geführt.

Richard Davenport erwartete ihn bereits, kam deshalb unverzüglich ins Zimmer und bot ihm den üblichen Wein mit Sandwiches an.

Prudence, die hinter den Spitzenvorhängen im Salon Stellung bezogen hatte, erhaschte einen Blick auf den jungen Mann und war angenehm überrascht. Als Richard den Namen *Hardwick* äußerte, hatte sie ihn von Peters Adelstiteln sowie seiner Herkunft, dem zu erwartenden Erbe und dem Sitz der Familienresidenz in Kenntnis gesetzt. Die Tante lächelte. Sie war mehr als zufrieden. Der junge Spund machte eine ausgezeichnete Figur, eine, der auch Diana nicht zu widerstehen vermöchte.

Prudence hatte dafür gesorgt, daß ihre Nichte jeden Nachmittag außer Haus war, in der Hoffnung auf Peter Hardwicks Erscheinen. Nun, da er tatsächlich gekommen war, konnte Richard ihren Geheimhandel hinter den geschlossenen Türen der Bibliothek abschließen. Und erst danach würde er Prudence das gute Stück vorstellen. Sie war ungeduldig und voller Erwartungen.

Diana gab Biddy den Montagnachmittag frei, während sie zu ihrer Tanzstunde ging. »Warum sollten wir beide darunter leiden«, sagte sie zu ihrer Begleiterin. »Ich treffe dich um fünf an der Ecke Grosvenor und Brook.«

Als Diana auf den Shepherd Market zuging, wo Dame Lightfoot ihr Studio hatte, erspähte sie die statueske Figur ihrer Tanzlehrerin, die sich von der anderen Straßenseite näherte.

»Guten Tag, Lady Davenport, ich schätze Pünktlichkeit über alle Maßen.«

»Guten Tag, Dame Lightfoot«, erwiderte Diana und dachte, daß sie verdammtes Glück gehabt hatte, nicht zu früh gekommen zu sein.

Die Lady ging voran in einen großen Saal, an dessen Wänden überall Spiegel hingen. Sie nahm ihren Hut ab, rückte ihre mausgraue Perücke zurecht und verkündete: »Fühlen Sie sich wie zu Hause, in einer Minute werde ich bei Ihnen sein.«

Diana schaute sich entzückt um. Ihr Bild strahlte ihr aus allen Richtungen entgegen. Die Spiegel waren dazu da, sich selbst beim Tanzen zu beobachten. Wie wundervoll! Diana nahm ihren Hut ab und dann, ganz spontan, auch ihre gepuderte Perücke. Sie schüttelte ihre langen goldenen Locken. Ihres schönen Haars war sie sich deutlich bewußt und haßte es, die Pracht unter einer Perücke verstecken zu müssen. Auf einmal hatte sie Lust zu tanzen. Die Sonne schien hell durch die großen Fenster, und das Licht wurde in zahllosen kleinen Regenbögen von den Spiegelwänden reflektiert. Der große Raum wirkte dadurch warm und freundlich, und einen Moment lang fühlte sich Diana förmlich verzaubert.

Sie zog ihre Schuhe aus und warf sie dorthin, wo sie ihren Hut abgelegt hatte. Dann begann sie sich zuerst langsam und dann immer schneller zu drehen. Ihre Röcke blähten sich und enthüllten ihre wohlgeformten Beine, und ihr Haar floß in wilden Wellen über ihre Schultern hinab.

Dame Lightfoot tauchte auf und zuckte auf der Türschwelle zusammen. Eine volle Minute lang starrte sie Diana an, dann senkte sie ihre erbarmungslos korsettierte Gestalt auf einen Klavierstuhl und begann zu spielen.

Diana fühlte die Musik mehr, als daß sie sie hörte. Sie wirbelte und drehte sich wie wild im Takt und Tempo der Musik, die immer schneller wurde. Sie spürte den Rhythmus der Melodie in ihrem Blut, während sie sich schlängelte und wand. Das Herz klopfte ihr bis zum Hals und ihre Füße wirbelten im Takt der Melodien. Die Musik steigerte sich zu einem Crescendo, Diana sank zu Boden und ließ ihr herrliches Haar übers Parkett fließen. Dann öffnete sie die Augen und lachte dem Drachen ins Gesicht.

Dieser meinte leise, »Sie sind ein Freigeist, der zu lange eingesperrt war. Solche geschmeidigen Bewegungen habe ich seit Jahren nicht mehr gesehen.«

Diana meinte atemlos: »Wenn ich dieses dumme Korsett nicht tragen müßte, dann könnte ich wirklich tanzen!«

Dame Lightfoot schwieg sekundenlang, dann sagte sie: »Warum ziehen wir nicht beide unsere Korsetts aus? Meins bringt mich fast um! Sie können sich dort in dem kleinen Raum umkleiden.«

Diana folgte Dame Lightfoots Vorschlag überrascht aber entzückt. Als sie den kleinen Umkleideraum betrat, riß sie erstaunt die Augen auf. Dutzende von Kostümen hingen dort an Kleiderbügeln. Jede Farbe, jedes Material, das man sich vorstellen konnte, gab es da, einige bestickt, andere mit Federn verziert. Diana streckte die Hand aus und strich sehnsüchtig über die unwiderstehlichen Kreationen. Wahrscheinlich wurden sie für Tänze oder Theaterstücke gebraucht. Vielleicht war Dame Lightfoot ja doch nicht ein Dragoner, wie sie gedacht hatte.

Diana zog ihr Korsett aus und schlüpfte dann wieder in ihr Kleid. Ein Kostüm hatte sie sich schon immer gewünscht. Vielleicht konnte ihr Dame Lightfoot dazu verhelfen.

Nun war es Diana, die wie vom Donner gerührt auf der Türschwelle verharrte. Die Matrone war völlig verwandelt. Sie hatte ihre mausgraue Perücke abgenommen und pechschwarzes Haar umhüllte ihre Züge. Und, da auch sie ihr Korsett ausgezogen hatte, präsentierte sie einen herrlichen Busen. Tatsächlich sah sie gar nicht mehr alt aus, aber jung auch nicht. Alterslos, das ist es, dachte Diana. »Dame Lightfoot …«

»O bitte, nennen Sie mich Allegra.«

Diana blinzelte ungläubig. Selbst ihre Stimme hatte einen verführerischen, heiseren Klang angenommen. »Allegra ist ein wunderschöner Name. Er kommt aus der Musik, nicht wahr?«

»Ja. Alle meine intimen Freunde nennen mich so.«

»Die Kostüme im Umkleideraum sind einfach fantastisch!«

»Ziehen Sie doch eins an«, meinte Allegra.

»Oh, das werde ich ganz bestimmt, danke. Ich werde sie alle anprobieren, wenn ich darf. Aber ich wollte mir immer schon gerne selbst eins nähen. Würden Sie mir helfen?«

»Es wäre mir ein Vergnügen. Woran dachten Sie denn?«

»An Diana, die Göttin der Jagd.«

»Aber natürlich! Sie sind dafür absolut geschaffen.«

»Ich habe mir eine weiße Tunika vorgestellt, die eine Schulter freiläßt«, sagte Diana kühn. Die Göttin selbst hätte wahrscheinlich obendrein eine Brust entblößt.

»Und kurz«, stimmte ihr Allegra bei, »um Ihre hübschen Beine zu zeigen.«

»Einen goldenen Köcher mit goldenen Pfeilen möchte ich noch«, fügte Diana begeistert hinzu.

»Und Sandalen mit goldenen Schnüren bis hinauf zu den Waden. Ihr herrliches blondes Haar sollten Sie dazu offen über den Rücken fließen lassen, ungepudert natürlich.«

»Dann brauche ich noch Goldreife an den Oberarmen«, meinte Diana, die hingerissen war von dem Bild, das vor ihren Augen entstand.

Allegra betrachtete das schöne Mädchen, dem die Begeisterung nur so aus den Augen leuchtete, nachdenklich. Sie meinte: »Das neue Pantheon in der Oxford Street wird demnächst mit einem Maskenball eröffnet. Möchten Sie gern hingehen?«

»Freilich würde ich liebend gerne teilnehmen, aber leider kommt es nicht in Frage. Prudence erlaubt das nie.«

»Hmmm«, meinte Allegra nur.

»Trotzdem hätte ich gerne das Kostüm«, beharrte Diana.

»Nun, dann lassen Sie uns jetzt alle Tänze üben, dann können wir uns, wenn Sie morgen kommen, den ganzen Nachmittag Ihrem Kostüm widmen!«

Diana gefiel es am nächsten Tag so sehr bei Allegra, daß sie es bedauerte, am Mittwoch nicht ebenfalls hingehen zu können.

Aber der Mittwoch war von nun an Almack's gewidmet, dem heiligen Schrein der Londoner Oberschicht.

Prudence wählte ein apfelgrünes Taftkleid – der Farbton hieß »Pomona« –, das ihre Beleibtheit deutlich betonte. Und über die Erscheinung ihrer Nichte strahlte sie derart zufrieden, daß Diana Zweifel an ihrem Aussehen kamen. Das war ihr erstes Ballkleid, und mit dem Korsett und den drei Petticoats fühlte sie sich wie eine Mumie. Die Tante hatte ihr die letzte Auswahl der Farbe überlassen. *Tolle Wahl – Babyrosa oder Himmelblau*, dachte Diana. Das Kleid war hochgeschnitten, und Rüschchen bedeckten den gesamten Halsausschnitt. Absurderweise drückte das Korsett ihre Brüste derart flach, daß sie Rüschchen benötigte, um ihre Oberweite wieder ein wenig aufzupolstern.

Als sie sich ihren Kaschmirschal um die Schultern legte und Prudence zur Droschke hinaus folgte, mußte sie zugeben, daß sie doch ein wenig aufgeregt war über ihr Debüt. Ihre Aufregung dämpfte sich jedoch rasch, als Prudence die Kutschfahrt nutzte, um Diana in den strikten Regeln und Vorschriften eines Balls zu unterweisen. Ihre Tante schloß ihre Predigt mit den Worten: »Du darfst keinesfalls die falsche Sorte Männer anziehen. Mitgiftjägern und Hochstaplern mußt du unter allen Umständen aus dem Weg gehen.«

Jeder, der Prudence hörte, konnte meinen, sie wolle Diana unbedingt beschützen; aber wer ihre Gedanken hätte lesen können, wäre rasch eines anderen belehrt worden. *Sie ist so schön, daß sie jeden haben kann, und dann haben Richard und ich das Nachsehen. Ich muß wie ein Adler auf sie aufpassen und alle reichen, betitelten Verehrer abweisen. Bloß gut, daß gerade Perücken in Mode sind. Ihr wundervolles Haar allein reichte schon, um jedem Mann den Atem zu rauben!*

Der Kutscher dachte natürlich nicht einmal im Traum daran, über die St. James Street zu fahren, wenn die Ladies in der Kutsche saßen, also nahm er den Umweg über die Duke zur King Street.

Vor dem Almack's herrschte ein derartiger Andrang, daß sich bereits eine kleine Schlange gebildet hatte. Prudence fühlte sich enorm geschmeichelt, als sie von Lady Melbourne gegrüßt wurde. Diese hatte ihre Tochter Emily und ihren Sohn William Lamb dabei. William drängte sich sofort an Dianas Seite.

»Dürfte ich um den ersten Tanz bitten, Lady Davenport?«

»Aber natürlich, Sir.« Der lächerlichen Etikette gemäß durfte sie ihn nicht William nennen, obwohl sie den Jungen mit dem deutlich fliehenden Kinn ihr Leben lang kannte. Sie schrieb seinen Namen auf ihre Tanzkarte, während sie das Foyer betraten. Mit großer Erleichterung hörte sie Prudence sagen: »Ihr jungen Leute lauft nur los und amüsiert euch. Meine Hüfte erlaubt mir leider nicht das Vergnügen des Tanzens.«

Diana trat zu einer Gruppe von Freundinnen, die heute abend ebenfalls ihr Debüt gaben. Hary-O Devonshire, die jüngere Schwester von Georgiana, Penelope Crewe und Fanny Damer waren alle von ihren hoffnungsvollen Müttern hierhergebracht worden, um einen reichen, wohlbetitelten Ehemann zu ergattern. Zu diesem Zwecke hatte man ihnen die Künste weiblicher Tricks und Raffinessen beigebracht, denn jeder wußte, daß sich das andere Geschlecht nur unter Zwang in den Hafen der Ehe schleusen ließ, obwohl die Väter der jungen Mädchen riesige Summen für die Mitgift bereitstellten.

Lady Davenports Tanzkarte füllte sich rasch. Der junge Herzog Cowper, reich wie Krösus und Besitzer eines gotischen Schlosses in Hertford, machte kein Hehl daraus, daß er Diana ins Auge gefaßt hatte; aber ihr gesunder Menschenverstand sagte ihr, daß seine Eltern wahrscheinlich auf Höheres aus waren, die Tochter eines Herzogs zum Beispiel. *Dem Himmel sei Dank dafür*, dachte Diana frohgemut.

Caro Ponsonby trat zu ihrer Gruppe, und Diana fand das Mädchen übernervös, ja fast hysterisch. Ihr Lachen war viel zu laut und ihre Begeisterung wirkte unnatürlich. »Also wer ist bloß dieser waaahnsinnig gutaussehende junge Gentleman in der Gardeuniform?« fragte Caro Diana.

»Irgend so ein junges Hündchen mit Stammbaum, vermute ich. Es gibt dreihundert Gardisten, aber nur ein halbes Dutzend erhält Zugang zu Almack's.« Diana machte sich nicht einmal die Mühe, sich umzudrehen, als sie ihre abschätzige Bemerkung fallenließ und übersah daher das attraktive Paar dunkler Augen, das den Raum suchend durchmaß, um dann an ihr haftenzubleiben.

Peter Hardwick überlegte, wer in der Gruppe junger Damen wohl Lady Diana Davenport sein mochte. Seine Erfahrung hatte ihn gelehrt, je größer das Vermögen, desto schlichter die Erbin. Also war das herrliche Wesen mit dem sinnlichen Körper wohl nicht im Rennen. Sein Blick wanderte über die Gruppe und blieb schließlich an einer Kreatur mit einem Teiggesicht und einer ebensolchen Figur hängen. Er wettete zehn zu eins, daß es sich hier um seine Zielperson handelte. Beinahe hätte ihn der Mut verlassen. Kein Wunder, daß sein älterer Bruder, der Herzog, immer darüber scherzte, daß er, Peter, wohl um eine vermögenswirksame Heirat zur Zeugung eines Erben nicht herumkäme. Aber sein lieber Bruder konnte es sich nun einmal leisten, zynisch zu sein, was Frauen und die Ehe betraf. Peter Hardwick konnte es nicht!

Mit einem Ruck schritt er direkt auf den Wackelpudding zu. Dort verbeugte er sich und fragte, »Lady Diana?«

Eine sanfte Stimme hinter ihm antwortete: »Ja?«

Peter drehte sich um und blickte in amethystfarbene Augen. Er hielt den Atem an, aus Angst, die entzückende Erscheinung könnte verschwinden. Doch Nonchalance lag in Peter Hardwicks Natur. »Darf ich um diesen Tanz bitten?« fragte er glatt.

»Es tut mir leid, Sir. Ich habe bereits einen Partner«, teilte ihm Diana mit.

»Dann den nächsten«, drängte Peter.

»Meine Tanzkarte ist voll, tut mir leid.« Dianas Augen funkelten amüsiert und ein wenig bedauernd.

»Das glaube ich nicht. Lassen Sie mich sehen«, beharrte Peter.

Diana ärgerte sich keineswegs. Sie lachte hinauf in sein attraktives Gesicht und reichte ihm die Karte.

Sofort schrieb er seinen Namen über die von zweien ihrer Partner. Dann gab er ihr die Karte zurück.

Dianas Mund zuckte, als sie *Hardwick* in großen, energischen Lettern las. »Hartnäckig«, tadelte sie ihn vergnügt.

»Hardwick, Darling. Peter Hardwick«, murmelte er und seine Augen verengten sich bewundernd.

»Hartkopf!« korrigierte Diana zur Strafe für seine kühne Liebkosung.

»Unter anderem«, murmelte er unverschämt. Als er sah, daß Diana seinen Scherz nicht verstand, wurde ihm klar, was er schon die ganze Zeit hätte wissen müssen. Lady Diana Davenport war noch Jungfrau. Sein Blut rauschte bei diesem Gedanken schneller durch seine Adern. Hier wartete ein unverdorbenes Pflänzchen auf ihn!

Sie sah, wie William Lamb auf sie zusteuerte, um sie zum Tanz zu holen. »Hier kommt schon mein Partner.«

Peter grinste frech. »Dieses kinnlose Genie können Sie mir doch nicht im Ernst vorziehen.«

Diana musterte ihn einen Moment lang unverblümt. »Das kann ich durchaus.« Sie nahm Williams Arm und ließ Peter Hardwick stehen. *Aber nicht im Traum!* protestierte eine leise Stimme in ihrem Kopf.

3. Kapitel

Beim Frühstückskakao am nächsten Morgen löcherte Prudence Diana endlos nach jedem Detail ihres ersten Ballabends. »Laß mich deine Tanzkarte sehen.«

»Äh... ich habe sie weggeworfen«, redete Diana sich heraus.

»Den Beweis für dein Debüt bei Almack's weggeworfen?« Prudence konnte es nicht fassen.

»Sie war ziemlich voll. Ich habe mit William Lamb getanzt, mit Lord Ashley, mit Lord Granville und... oh, ja, mit Peter.«

»Peter Hardwick?« fragte Prudence gespannt.

»Nein, Peter Cowper.«

Bei Prudence läuteten die Alarmglocken. Nicht ein Tanz mit Peter Hardwick! Und das, nachdem sie und Richard ihn längst um den Finger gewickelt hatten. Sie mußte etwas Abfälliges sagen, um Diana von Cowper abzubringen. »Ein recht beleibter junger Mann.«

Diana kam bei diesen Worten der Gedanke an den Vergleich mit dem Glashaus. »Du erwähntest Peter Hardwick? Kennst du ihn denn?« fragte sie ihre Tante beiläufig.

»Äh... Richard hat irgenwelche Immobiliengeschäfte mit ihm.«

»Ach so«, meinte Diana.

»Hast du mit ihm getanzt?«

»Nein.«

»Hat er dich gefragt?« forschte Prudence.

»Das schon«, räumte Diana ein.

»Warum, bei allen Heiligen, hast du dann nicht mit ihm getanzt? Er ist ein äußerst respektabler junger Mann.«

»Tatsächlich?« Dianas Mund zuckte, als sie an ihn dachte.

»Ich kann einfach nicht glauben, daß du ihn abgewiesen hast!«

»Um die Wahrheit zu sagen, ich fühle mich noch nicht sicher genug, was meine Fertigkeit im Tanzen betrifft. Bei William und den anderen macht das nichts aus, sie sind noch so jung, aber Peter Hardwick kommt mir anders vor.«

Prudence stieß einen erleichterten Seufzer aus. Diana fühlte sich zweifellos zu dem Mann hingezogen. »Was du brauchst, ist noch ein wenig Zeit mit Dame Lightfoot.«

»Oh, da teile ich ganz deine Meinung, Prudence. Heute nachmittag habe ich eine Stunde. Kannst du Bridget entbehren?«

Diana stand wie verzaubert in dem Saal mit den Spiegelwänden. Die weiße Tunika fühlte sich federleicht an. Der Rock bestand aus hauchdünnem Stoff und fiel in Falten um ihre Oberschenkel. Eine ihrer Schultern war entblößt, und die Goldreifen an ihrem Oberarm bildeten eine perfekte Ergänzung. Ein zierlicher goldener Köcher mit Pfeilen war an ihren Rücken geschnallt, wobei sich die Riemen vorne unter ihren Brüsten kreuzten und deren runde Fülle unterstrichen. Die flachen Sandalen waren bis über ihre Waden geschnürt, was ihre schlanken Beine ungeheuer lang wirken ließ. Eine Juwelenspange faßte ihr Haar oben auf dem Kopf zusammen, das von dort in herrlicher Pracht über ihren Rücken fiel. Sie sah nicht nur aus wie eine Göttin, sie fühlte sich auch so.

»Der Maskenball findet Freitagabend statt«, bemerkte Allegra.

»Um Himmels willen«, japste Diana.

Allegra reichte ihr eine Maske aus schneeweißen Taubenfedern. Als sie sie aufsetzte, merkte sie, daß sie damit keiner erkennen würde. Die Saat, die Allegra gesät hatte, ging mit einem Mal auf. »Werden Sie mich begleiten? Wie soll ich es bloß schaffen, Freitagabend von Prudence loszukommen?«

»Überlassen Sie das getrost mir.« Allegra schwenkte wegwerfend die Hand, als ob sie darin einen Zauberstab hielte.

Als Diana zum Grosvenor Square heimkehrte, lagen auf dem Tisch in der Diele ein halbes Dutzend Visitenkarten. Sie blickte sie rasch durch auf der Suche nach einem ganz bestimmten Namen. Ihre Wangen röteten sich sanft, als sie ihn fand. Als Prudence ihr dann noch einen Strauß Rosen reichte, wärmten sich ihre Wangen noch mehr. »Von Peter Hardwick, wie charmant«, sagte sie so unbeteiligt wie möglich.

»Reichlich unverfroren, würde ich sagen«, bemerkte Prudence hinterlistig, da sie hoffte, Diana würde ihn verteidigen. Sie war enttäuscht, als diese ihr zustimmte.

»Da hast du recht.« Sie senkte ihre Nase zu den Blüten und atmete ihren himmlischen Duft ein.

Am nächsten Morgen stattete Dame Lightfoot Prudence einen Besuch ab. Ihr enormes Korsett ließ sie ebenso steif wirken, wie ihr Spazierstock mit dem Ebenholzknauf. Sie war die Verkörperung einer ältlichen Matrone. Diana ließ sich nichts anmerken und lauschte ehrerbietig.

»Sowohl Lady Melbourne und Lady Bessborough haben mich gebeten, ihren Töchtern noch ein paar Extrastunden zu geben, um meine anderen Schülerinnen, die ebenfalls ihr Debüt geben, auszustechen. Meine Integrität gebietet mir jedoch Fairneß allen meinen jungen Damen gegenüber. Aus diesem Grunde ersuche ich um Ihre Erlaubnis, auch Diana Freitagabend in mein Studio kommen zu lassen.«

»Ihre Moral ist wirklich lobenswert, Dame Lightfoot.«

Diana räusperte sich, weil sie sich fast verschluckt hätte.

»Ich werde dich begleiten, Diana. Du kannst nicht nach Einbruch der Dunkelheit allein ausgehen.«

»Aber ich nehme die Kutsche«, versicherte Diana hastig, »und Bridget kommt mit. Es würde mir nicht im Traum einfallen, dich stundenlang sitzen und auf mich warten zu lassen.«

Prudence warf einen unsicheren Blick auf Dame Lightfoot. Ihr Verhaltenscode war strikt genug, um als Vorbild für das, was schicklich war und was nicht, zu gelten.

»Meine anderen jungen Damen werden ebenfalls per Kutsche

eintreffen. Eine Zofe als Anstandsdame genügt vollkommen.« Der Drachen hatte gesprochen.

Als Prudence kapitulierte, erhob sich Dame Lightfoot zum Aufbruch. Sie nickte ihrer Schülerin steif zu. »Bis morgen.«

Diana erwiderte matt: »Bis morgen«, aber innerlich perlte sie vor Aufregung wie frischer Champagner!

Als Diana beim Studio am Shepherd Market eintraf, ließ sie Biddy bei James, dem Kutscher, zurück. Sie wußte, daß die beiden ineinander verliebt waren, obwohl sie unter den wachsamen Augen von Prudence einen anderen Eindruck erwecken mußten.

Allegra erstrahlte in einer herrlichen, purpurfarbenen Robe mit einem Hauch Rosa, ein Farbton, den die Mode als Amaranthus bezeichnete. Diana war froh, daß Dame Lightfoot samt mausgrauer Perücke und Korsett für die Dauer des Abends verbannt worden war. »Kommen Sie herein, meine Liebe«, sagte Allegra. »Ich bin gerade dabei, den letzten Schliff an die gute alte Physiognomie zu legen.«

Als Diana in ihrem Kostüm aus dem Umkleideraum auftauchte, sah sie Allegra fasziniert an, wie sie ihre Augen mit Kajal umrandete. »Darf ich etwas von der Lippenfarbe probieren?«

»Aber sicher. Tragen Sie auch etwas Sandelholzrouge auf Ihre Wangenknochen auf. Die Maske verbirgt zwar alles außer den Lippen, aber ein wenig *maquillage* kann dem Selbstbewußtsein einer Lady nur förderlich sein.«

Diana war begeistert vom Ergebnis ihrer Bemühungen und pinselte zur Krönung des Ganzen noch kühn auf die Augenlider ein silbrig glänzendes Violett.

»*Voilà!* Eine Göttin bis in die Fingerspitzen«, erklärte Allegra und legte ihrem Schützling einen langen Umhang um die Schultern. »Wir können Ihre Kutsche nehmen, wenn Ihre Dienerschaft verschwiegen ist.«

»Wir haben ein Abkommen getroffen«, erklärte sie Allegra, die daraufhin einen großen Fächer aus purpurrot gefärbten Straußenfedern ergriff. An sich waren zur Zeit kleine Fächer in Mode, aber Diana mußte zugeben, daß Allegras Zubehör hervorragend zum Kostüm paßte. Er vermittelte eine ganz eigene Botschaft.

»Oxford Street«, sagte Diana zu James, während Biddy hastig die Kutschentür aufriß, ohne dabei den Blick von Allegra wenden zu können.

Die Oxford Street war bis zur Bond Street hinunter verstopft. Auf sämtlichen Hauptzufahrtstraßen rollten die Kutschen heran, die alle unterwegs zum Pantheon waren. »Das letzte Stück gehen wir zu Fuß«, meinte Diana und klopfte an die Decke der Kutsche. »Du kannst die Kutsche haben, Biddy. Sei bis halb elf wieder am Shepherd Market.« Diana legte ihre Maske an, bevor sie ausstieg, und mischte sich mit Allegra unter die Menge.

Jeder, der in London etwas galt, war heute abend zum Pantheon unterwegs. Es gelang den beiden, sich durch die Menge zu drängen, bis sie auf eine große Gruppe von Männern stießen, die eine Sänfte eskortierten und lange Fackeln trugen. Allegra berührte den Arm eines der Gentlemen im Abendanzug. Er grinste ihr freundlich zu. »Hallo, Allegra! Wollen Sie auch das Feuerwerk sehen?«

»Was haben Sie vor, Sir Charles?« meinte sie mit sinnlich rauchiger Stimme.

»Wir haben Wind davon bekommen, daß Schauspielerinnen keinen Zugang haben sollen, also bilden wir Miss Baddeleys persönliche Eskorte; als Ehrenwache sozusagen.«

»Sie würden wohl alles für einen Spaß riskieren, stimmt's Charlie?«

Als Diana sie verständnislos anblickte, erklärte Allegra, »Sophia Baddeley singt im Ranelagh und ist Viscount Melbournes derzeitige Mätresse. Seine Freunde sorgen dafür, daß sie einen triumphalen Empfang erhält.«

Dianas Mund klappte verblüfft auf. Emilys und Williams Vater hatte eine Mätresse? »Lady Melbourne ist genauso spießig wie Prudence«, flüsterte Diana.

Allegra zwinkerte ihr zu. »Da haben Sie Ihre Antwort, meine Liebe. Es zahlt sich für eine Frau aus, wenn sie ein wenig flexibel und willig ist – nicht hemmungslos, aber doch zumindest empfänglich.«

Dianas Gedanken wanderten von Prudence zu Richard. Bestand die Möglichkeit, daß auch er ihr untreu war? Nachdem sie eine volle Minute darüber nachgedacht hatte, brach sie in ein vergnügtes Kichern aus. *Er war ein Trottel, wenn er darauf verzichtete!*

Während sie sich ihren Weg die Oxford Street entlang bahnten, bemerkte Diana, daß Allegra mit sämtlichen Gentlemen auf freundlichem Fuße zu stehen schien. Sie erkannte sowohl Lord Bute als auch Lord March, die Diana immer für respektable Pfeiler der Gesellschaft gehalten hatte. Doch offenbar wurde hier mit doppelten Maßstäben gemessen.

Allegra knuffte William Hangar, einen guten Freund des Prince of Wales, in die Rippen. »Sophia hält ihren Einzug in die höhere Gesellschaft, oder ist es etwa umgekehrt?«

Die umstehenden Männer brachen bei Allegras unfeinem Scherz in röhrendes Gelächter aus, und Diana fragte sich, ob vielleicht nur das Leben einer Debütantin steif und erstickend verlief.

Livrierte Lakaien standen am Eingang zum Pantheon. Sie hielten lange Stöcke bereit, um unerwünschten Besuchern den Zutritt zu verwehren. Doch als die Gentlemen, die Sophia Baddeley das Geleit gaben, wie einen Mann ihre Schwerter zogen, flohen die Diener. Und zum Entzücken der Versammelten zog die Schauspielerin durch einen aus den Schwertern ihrer Galane geformten Bogen ins Pantheon ein.

Drinnen herrschte ein ebensolches Gedränge wie draußen. Als ein Lakai ihren langen Umhang abnahm, kam sie sich ausgesprochen verrucht vor. Es war ein köstliches Gefühl! Sie wurde mehr begafft als die Herzogin von Cork, die sich als arabische Sultana verkleidet hatte, mit einem schwarz angemalten Gesicht und einem diamantengeschmückten Turban.

Cumberland, der sündige Onkel des Prince of Wales, ging als Heinrich VIII., und Sir Richard Phillips war ganz in Schwarzweiß – halb Müller, halb Schornsteinfeger. Während Diana die buntschillernde Menge bewunderte und selbst nicht wenige feurige Blicke einheimste, erkannte sie, daß jeder hier um jeden Preis auffallen wollte, und sie bildete da keine Ausnahme. Ein Kostüm war fantasievoller und schöner als das andere. Jede Geschichtsepoche hatte ihren Vertreter, von der Restauration über die elisabethanische Zeit bis zurück ins alte Griechenland. Amor stand neben einer Dame, die aussah, als ob sie dem Hofe König Arthurs von Camelot entsprungen wäre. Der ganze Raum strahlte und quoll über vor Farben und Formen. Diana dachte, daß sie sich noch nie im Leben so gut unterhalten hatte.

Der Herzog von Bath, der sich zur Zeit geschäftlich in London aufhielt, hatte gerade keine feste Mätresse. Er hegte keinerlei Illusionen, was seine Person betraf, und war der erste, der zugab, ein abgestumpfter Zyniker geworden zu sein. Flüchtig dachte er an seinen jüngeren Bruder Peter. Gott sei Dank konnte er auf ihn zählen, was die Erhaltung der Hardwicks anbelangte. Der Herzog selbst hatte nicht die Absicht, sich je von der Gesellschaft zu einer Heirat und Gründung einer Familie zwingen zu lassen. Naturgemäß war er verwöhnt und besaß den Ruf eines Frauenhelden; die Frauen wurden zum einen unwiderstehlich von seinem Adelstitel angezogen, und zum anderen konnte er sich auch aufgrund seines Reichtums das schöne Geschlecht kaum vom Hals halten. Erstaunlicherweise wußte er nicht, daß hauptsächlich sein finster-attraktives Aussehen für seine amourösen Erfolge verantwortlich war.

Er besaß kohlschwarze Augen und ebensolches Haar, und er

weigerte sich, letzteres zu pudern oder unter einer Perücke zu verstecken. Seine leicht gebogene aristokratische Nase verlieh ihm das Aussehen eines Raubvogels. Gelangweilt ließ er den Blick über die Menge schweifen – auf der Suche nach frischer Beute. Seine schwarzen Augen glitten gleichgültig über jene Frauen hinweg, die ihm einladende Blicke zuwarfen; er war ein Mann, der jagte, und nicht einer, der sich jagen ließ.

Der Herzog von Bath hatte sich nicht Sophia Baddeleys Eskorte angeschlossen, sondern direkt und ohne Begleitung von seinem Stadthaus in der Jermyn Street herbegeben. Er empfand nichts als Verachtung für diejenigen seiner Zeitgenossen, die Sklaven ihrer Spiel- oder Trunksucht waren. Oder Sklaven des schwachen Geschlechts. Persönlich legte er Wert darauf, sich immer und überall in der Hand zu haben; doch als er das herrliche Wesen, das sich als Diana, Göttin der Jagd, verkleidet hatte, sichtete, verschlug es ihm für einen Moment den Atem. Dieses unbekannte Mädchen, das sich in Gesellschaft der berüchtigten Allegra befand, ließ ihn nicht mehr los. Er beobachtete schweigend, wie die junge Schönheit den Kopf zurückwarf und in herzliches Gelächter ausbrach. Sie besaß eine Natürlichkeit, die ihn, zusätzlich zu ihrer offensichtlichen Jugend, unwiderstehlich anzog.

Diana, die sich des durchdringenden Blickes aus schwarzen Augen nicht bewußt war, konnte sich kaum mehr halten vor Lachen über die verrucht-scherzhaften Bemerkungen Allegras. Im Moment sprachen sie gerade über einen der eher sonderbaren Ballgäste. Als Diana beobachtete, wie die Leute mit einem Mal vor der Herzogin von Cork in ihrem arabischen Sultanakostüm zurückwichen, bemerkte sie mitfühlend: »Sie mag ja exzentrisch sein, aber doch sicher harmlos?«

»Tatsächlich ist sie mörderisch«, meinte Allegra amüsiert. »Sie unterstreicht ihre Rede mit Furzen. Ihr rektales Repertoire ist geradezu erstaunlich. Treten Sie ruhig ein bißchen näher, dann können Sie's hören.«

Diana neigte ihr Ohr in Richtung Sultana und hörte, wie sie

zu Cumberland sagte: »Höchste Zeit, daß die endlich dieses neue Parlamentsgesetz durchbringen. Der König ist stinkwütend!!!« Und tatsächlich, die Herzogin akzentuierte ihre Aussage mit einer lauten Kanonade von Ausrufezeichen.

Diana wich hastig zurück, und Allegra wedelte sich mit ihrem großen Straußenfedernfächer lässig aber effektiv Luft zu. Diana hielt sich hilflos den Bauch und prustete: »Welchen Rat würde Dame Lightfoot ihren Schülerinnen zum Thema Darmwind geben?«

Allegras Gesicht nahm den strengen Ausdruck von Dame Lightfoot an. »Die Geräusche sind unter allen Umständen zu ignorieren, sowohl vom Täter als auch vom Opfer.«

Diana mußte ihre Maske anheben, um sich die Lachtränen aus dem Gesicht zu wischen.

Als sie das tat, erhaschte der Herzog von Bath einen Blick auf ein Paar strahlend blauer Augen, die ihm förmlich den Atem raubten. Er verfolgte seine Beute mit der Zielstrebigkeit eines Panthers. Als er nahe genug war, um zuzuschlagen, streckte er seine großen, schlanken Männerhände aus, umfaßte Dianas schmale Taille und hob sie mühelos auf die niedrige Plattform hinter ihr. »Eine Göttin verdient es, auf einem Podest zu stehen«, sagte er in lässigem Ton.

Diana rang nach Luft, als der Fremde sie so unversehens anfaßte. Er war so groß, daß sie ihn nur um ein weniges überragte. Sie starrte in schwarze Augen, die ihre spärlich bekleidete Erscheinung unverfroren musterten.

»Stellen Sie mich vor, Allegra«, befahl er.

»O nein, Sie unverschämter Satansbraten. Sie ist kein Leckerbissen, den Sie mit Ihrem unersättlichen Appetit verschlingen können.«

»Ich verspreche, sie zu genießen. Wie an einem guten Wein werde ich an ihr nippen, sie auf meiner Zunge zergehen lassen, noch einen Schluck nehmen und noch einen und noch einen, bis ich meinen Durst gestillt habe.«

Allegra war sprachlos. Sie konnte wohl schlecht Lady Diana Davenports Identität dem Herzog von Bath gegenüber preisgeben.

Diana war alles andere als sprachlos. Er hatte ihren Zorn entfacht und sie schäumte, was ihre Zunge beträchtlich lockerte. »Sie dreckiger Lüstling! Stillen Sie Ihren Durst woanders!« Ihr Fuß schoß vor und stieß ihn kräftig gegen das Schienbein. Leider boten ihre goldenen Sandalen keinerlei Schutz, als ihre Zehen gegen harte Knochen und noch härtere Muskeln stießen. »Autsch!« schrie sie.

Der Herzog packte mit einer raschen Bewegung ihren Fuß. Es freute ihn, daß der Schmerz, der ihm zugedacht gewesen war, sie selbst traf. Er hielt ihren Fuß fest umklammert und ließ den Blick langsam an ihrem langen Bein hinaufgleiten.

Außer sich vor Wut riß sie einen der kleinen Pfeile aus dem goldenen Köcher auf ihrem Rücken und stach in die Hand, die ihren Fuß umklammert hielt. Als er sie immer noch nicht losließ, versetzte sie ihm einen zweiten Stich, härter diesmal. Da gab er sie zwar frei, fuhr aber mit der Hand über ihr Bein bis hinauf zu ihrem Oberschenkel, bevor er endlich zurücktrat.

Diana lief krebsrot unter ihrer Maske an. Auf einmal bekam sie Angst vor diesem Giganten, der ihren Körper betatschte, als ob er zu seinem persönlichen Amüsement zur Verfügung stünde. Verzweifelt blickte sie sich nach Allegra um, doch die Dame war leider nirgends mehr zu sehen. Auf der Plattform wimmelte es inzwischen von Frauen in den unterschiedlichsten Kostümen. Eine Ballettänzerin wurde an eine Schäferin gedrückt, die wiederum einen Engel beiseite schubste.

Die Göttin der Jagd blickte in das Meer lachender und feixender Männergesichter hinunter, die die Frauen mit gierigen Augen verschlangen und dem Mann, der als Amor verkleidet war, Bemerkungen zuriefen. Auf einmal war sie sich gar nicht mehr so sicher, ob sie wirklich hier sein sollte, noch dazu in diesem aufreizenden Kostüm. Bis vor kurzem war es ihr noch wie ein aufregendes Abenteuer erschienen, aber nun bezweifelte sie ihren Entschluß, zum Pantheon zu kommen, verkleidet oder nicht. Vielleicht gehörte sich ja ein solcher Aufenthaltsort wirklich nicht für ein unverheiratetes Mädchen.

Der Herzog von Bath konnte die Augen nicht von dem hinreißenden Wesen mit den goldblonden Locken, das vor ihm stand, abwenden. Sie war ganz offensichtlich eine Professionelle, aber so jung, daß sie noch nicht allzu lange im Geschäft sein konnte. Normalerweise fühlte er sich eher zu etwas älteren, erfahreneren Frauen hingezogen; aber diese herrliche Erscheinung besaß eine natürliche Schönheit, deren Frische und Vitalität ihn heute nacht unwiderstehlich anlockte. In diesem Moment beschloß er, sie sich zu holen. Er hob die Hand mehrmals in Richtung Amor, ebenso wie die anderen Männer um ihn herum.

Der Engel, der neben Diana stand, streckte die Hand aus und pflückte die Federmaske von ihrem Gesicht. »Die würde perfekt zu meinem Kostüm passen. Macht es Ihnen etwas aus?«

»Verdammt viel macht mir das aus«, fauchte Diana, die entsetzt darüber war, daß unter Umständen jemand sie erkannt hatte. »Na los, zupf deine Harfe auf einer anderen Wolke!« sagte sie und entriß ihm die Maske, um sie wieder aufzusetzen. Dann blickte sie in kohlschwarze Augen hinunter, während sie fühlte, wie sie von der Plattform gehoben wurde.

»Was zum Teufel fällt Ihnen ein?« fragte sie wütend, sobald ihre Füße wieder den Boden berührten.

Er grinste zu ihr hinunter. »Ich habe dich soeben gekauft, Diana.«

»Was meinen Sie damit, Sie Schurke?« Sie rang nach Luft, weil er sie bei ihrem Namen genannt hatte, doch dann fiel ihr ein, daß er nur den Namen der Göttin benutzte.

»Die Auktion – Amor dort drüben versteigert all die jungen

Nymphen auf der Plattform, und ich habe dich soeben ersteigert.«

»Aber das ist vollkommen unmöglich!« protestierte sie schrill.

»Es geht um einen guten Zweck, meine Süße. Alles für einen guten Zweck, das kann ich dir versichern.« Völlig ungerührt nahm der Herzog von Bath zwei Gläser Champagner vom Silbertablett eines aufwartenden Dieners und reichte ihr eins davon. »Heute nacht wollen wir gemeinsam unseren Durst löschen.«

Seine tiefe Stimme klang so gefährlich, daß sie auf eine Weise berührt war, die sie erheblich schockierte. Die zweideutigen Dinge, die er sagte, zusammen mit dem tiefen Vibrato seiner Stimme, brachten alle möglichen Stellen ihres Körpers zum Kribbeln. Diana, die nahe daran war, in Panik auszubrechen, schüttete ihm den Inhalt ihres Champagnerglases ins Gesicht und floh wie der Teufel.

4. Kapitel

Als sie zum Eingangsportal kam, sah sie, daß Allegra bereits in Erwartung einer etwaigen Flucht ihren Umhang in der Hand hielt. Diana warf ihn sich hastig über die Schultern. »Ich hätte nie herkommen sollen.«

»Oh, bitte keine Gewissensbisse, meine Liebe, dafür haben Sie morgen im kalten Licht des Tages noch genug Zeit!«

Während sie zu Fuß zum Grosvenor Square gingen, fing Diana auf einmal an zu lachen. »Es tut mir leid. Tatsächlich hatte ich soviel Spaß wie noch nie in meinem Leben, bis dieser abscheuliche Kerl auftauchte und mir seine Artigkeiten aufzwang.«

»Dieser abscheuliche Mann war der Herzog von Bath«, meinte Allegra amüsiert.

»O Himmel, und ich habe ihm Champagner ins Gesicht geschüttet!«

»Vermutlich hat das sein Ungestüm ein wenig abgekühlt.«

»Gott sei Dank war ich maskiert«, sagte Diana mit Inbrunst.

Als sie nach Norden in die Audley Street, die zum Grosvenor Square führte, einbogen, hielt eine schwarze Kutsche neben ihnen. Die Tür öffnete sich, eine kräftige Hand pflückte Diana vom Gehsteig und deponierte sie auf der samtbezogenen Sitzbank im dunklen Inneren des Gefährts.

Diana schrie.

»Hab keine Angst, wir kennen uns, und ich wage zu behaupten, bevor die Nacht vorbei ist, werden wir uns sogar noch näher gekommen sein.«

Diana erkannte die Stimme, was ihre Furcht um etliches erhöhte. »Wie können Sie es wagen, mich zu entführen? Verdammt, was wollen Sie eigentlich von mir?«

»Bloß das, wofür ich bezahlt habe, *chérie.*« Er hielt inne und meinte dann jovial: »Und vielleicht eine Entschuldigung für den Champagner.«

»Ich soll mich bei Ihnen entschuldigen?« kreischte Diana außer sich vor Wut. »Sie sind derjenige, der sich dafür entschuldigen sollte, daß er mich angefaßt hat!«

»Es tut mir leid, daß ich dein Bein berührt habe – ich hätte es bei weitem vorgezogen, deine Brüste zu streicheln.«

Diana rang nach Luft. Nicht nur vor ihm fürchtete sie sich, sondern sie fing langsam an, auch vor sich selbst Angst zu bekommen, vor ihren Gefühlen für diesen gefährlichen Mann. Sie fühlte sich magisch zu ihm hingezogen, obwohl sie ihn um der Schicklichkeit willen unter allen Umständen von sich fernhalten müßte. Da merkte sie plötzlich, daß sich die Kutsche in Bewegung gesetzt hatte, und schnappte erneut nach Luft. »Wohin bringen Sie mich?«

»Zu meinem Stadthaus. Es ist nicht weit von hier.«

»Sir, das dürfen Sie nicht! Sie verwechseln mich mit einer...

einer Dirne. In Wirklichkeit bin ich eine Lady, die sich verkleidet hat«, gestand Diana.

Er lachte. Ein tiefes, sattes, unglaublich verführerisches Lachen. »Das glaube ich kaum.«

»Warum sagen Sie das?«

Mittels eines Streichholzes entzündete er das Licht in der Kutsche. Sein Gesicht lag im Halbschatten, aber ihres wurde vom Kerzenlicht beleuchtet. »Du bist ganz sicher lieblich genug, um eine Lady zu sein, und deine Ausdrucksweise ist ebenfalls ziemlich kultiviert; aber spätestens hast du dich damit verraten, daß du in Begleitung von Allegra auftauchtest. Sie leitet eine der feinsten Reitschulen Londons und versorgt die halbe Aristokratie mit Stuten.«

Einen Moment lang fragte sich Diana, was er wohl damit meinte, doch als sie schließlich begriff, daß er sagen wollte, Allegra sei eine Kupplerin, errötete sie bis hinunter zum Nabel.

Er sah die Röte, die in ihrem Gesicht aufstieg, und empfand das plötzliche Verlangen, die Schönheit ganz zu erblicken, von der er bis dahin nur einen Schimmer unter der Maske erhascht hatte. In diesem Moment fuhr die Kutsche vor seinem Haus in der Jermyn Street vor und er beschloß, ihr vorläufig die Maske zu lassen.

Als er ihr seine Hand anbot, fauchte sie wütend: »Ich kann auf keinen Fall Ihr Haus betreten!«

»Ah, ich beginne langsam zu verstehen. Du weißt, wer ich bin und möchtest den höchstmöglichen Preis herausschlagen.«

»Nein! Ja – das heißt, ich weiß, wer Sie sind…«

Ein zynisches Lächeln umspielte seine Lippen. »Dann komm herein, damit wir verhandeln können.«

Diana wurde von einer Welle der Wut überrollt. Ein solch arrogantes Exemplar war ihr noch nie im Leben begegnet. Was er brauchte, war ein gehöriger Dämpfer und sie beabsichtigte, ihm diesen zu verpassen. Sie überlegte fieberhaft. Ein Plan begann Form anzunehmen.

Wie eine Göttin reichte ihm Diana ihre Hand und erlaubte ihm, ihr aus der Kutsche zu helfen. Er schloß die Haustür auf und winkte den Butler zurück, welcher sofort in der finsteren Diele verschwand, als er sah, daß der Herzog nicht allein war. Ihr Entführer deutete zur Treppe und Diana stolzierte in den ersten Stock hinauf, als ob sie den Olymp erstiege, was dem nachfolgenden Verehrer einen ausgiebigen Blick auf ihre wohlgeformten Beine gestattete.

Während der Herzog die Lampen in dem herrlich ausgestatteten Salon entzündete, schritt Diana langsam herum und musterte die Möbel mit einem kritischen Auge. Sie ließ den Blick über die holzgetäfelten Wände, über die kostbaren ledernen Ohrenbackensessel und die Van-Dyck-Gemälde schweifen. Schließlich erklärte sie: »Ziemlich maskulin, würde ich sagen.«

»Das will ich doch wohl hoffen«, erwiderte er lächelnd. Er schritt zu einem Sheraton-Weintischchen und schenkte zwei Gläser ein.

»Was für ein mutiger Mann Sie doch sind«, sagte Diana und beäugte vielsagend die Gläser.

»Ich wette, daß du mir kein zweites Glas ins Gesicht schüttest.« Er konnte das Vergnügen, das er empfand, nicht mehr verbergen, ebensowenig wie seine gespannte Erwartung.

»Diese Wette könnten Sie verlieren«, warnte sie ihn in leichtem Ton.

Sie nippte an dem Wein und maß ihn über den Rand ihres Glases hinweg. Dann sagte sie: »So macht man das also.« Mit gesenkten Wimpern fuhr sie fort: »Ich erwarte Ihre Angebote.«

Er hob eine seiner schwarzen Brauen. »Bist du sicher, daß das dein erstes Mal ist?«

»Das erste Mal, daß ich ein solches Angebot erhalte, oder das erste Mal, daß ich eine Liebschaft in Betracht ziehe?« Diana erschrak über ihre eigene Kühnheit, aber da war ein kleiner Dämon in ihrem Innern, der sie vorantrieb.

Als ihre Augen ihn durch die Maske anfunkelten, wußte er,

daß sie die Situation gründlich genoß. Er wurde eisenhart, als er daran dachte, welche Herausforderung sie im Bett sein würde. Fast konnte er fühlen, wie sie ihn mit ihren langen Beinen umschlang. »Ich bezahle deine Kleiderrechnungen und besorge dir eine persönliche Bedienstete«, erbot er sich.

Diana stellte ihr Glas ab. »Sie verschwenden sowohl meine als auch Ihre Zeit.«

Der Herzog ergriff ihr Glas und reichte es ihr zurück. »Du bekommst ein Apartment und eine eigene Kutsche zur Verfügung gestellt«, lockte er.

Diana befeuchtete ihre Lippen. Hardwick fühlte, wie sein Glied pulsierte.

»Ihr Angebot« – sie machte eine wirkungsvolle Pause – »ist beleidigend«, endete sie.

Seine Augen funkelten nicht mehr ganz so heiter, aber seine Lust wuchs. »Du spielst dieses Spiel gut, kleine Göttin. Ich bin bereit, dir ein Haus zu kaufen – wenn du mir auf jede Weise entgegenkommst.«

Diana fuhr mit dem Finger am Rand ihres Glases entlang. »Habe ich gerade *carte blanche* gehört, Mylord?« Sie wurde beinahe überwältigt von einem köstlichen Machtgefühl.

»Gottverdammt, du bist ganz schön unverschämt!« Er starrte sie minutenlang grimmig an, während sein Verstand mit seinem Körper rang. Sein Körper gewann.

»Also gut, *carte blanche*«, meinte er schließlich und ein Ausdruck des Triumphs glitt über seine harten Züge.

Diana goß ihren Wein in eine Vase mit Lilien. »Das reicht nicht, fürchte ich.«

»Was zum Teufel meinst du damit?«

»Ich meine *nein*. Meine Antwort lautet *nein*.«

»Warum?« fragte er barsch.

Diana musterte ihn von Kopf bis Fuß. »Weil Sie viel zu arrogant und obendrein viel, viel zu alt für mich sind, Lord Bath.«

Mark Hardwick, der Herzog von Bath, war baß erstaunt.

»Machen Sie sich nicht die Mühe, mich zur Tür zu bringen, ich finde selbst hinaus.«

Ohne sich dessen bewußt zu sein, zerbrach Hardwick das Weinglas in seiner Hand.

Lady Diana fand ihre Kutsche wie erwartet an der Ecke Grosvenor Square. Als sie an die Tür klopfte, dauerte es ein paar Minuten, bis ein etwas zerzauster James auftauchte.

In der Kutsche warf Diana ihren Umhang ab. Sie war noch ganz atemlos von ihrem köstlich intimen Zusammenstoß mit dem ausgesprochen männlichen Herzog. Er hatte kein Hehl daraus gemacht, daß er sie begehrte. Ein sündiges Prickeln erfüllte sie bei dem Gedanken. »Rasch, hilf mir aus meinem Kostüm«, bat sie Biddy. »Wie, um alles in der Welt, soll ich mich hier in mein Korsett zwängen?«

Biddy erwiderte ungerührt: »Ist ein bißchen mühsam, aber durchaus zu machen. Vertrauen Sir mir, Mylady.«

Früh am nächsten Morgen nahm Diana ein Bad und wusch sich ihr Haar, um sicher zu gehen, daß auch die letzten Reste von Schminke verschwanden.

Prudence, ihre morgendliche Tasse Schokolade in der Hand, musterte sie mißbilligend. »Du hast dir den Kopf gewaschen! Wie schrecklich. Beeil dich und trockne dein Haar. Ich habe eine Einladung für eine Spazierfahrt im Hyde Park für dich angenommen. Heute nachmittag.«

»Mit wem?« fragte Diana irritiert von der Art, wie Prudence einfach über ihr Leben verfügte.

»Mit Peter Hardwick natürlich. Er hat sich jeden Tag gemeldet. Ich muß sagen, seine Manieren sind tadellos. Was allerdings auch das mindeste sein sollte!«

Diana war ein wenig besänftigt, als sie den Namen hörte, und eilte zum Kamin in der Bibliothek, wo ihr Haar schneller trocknen würde. Während sie ungeduldig vor dem prasselnden Feuer hin- und herschritt, ließ sie den Blick über die langen Reihen ledergebundener Bände schweifen, auf der Suche nach einem Buch, das sie in eine andere Zeit und an einen anderen Ort entführen sollte. Schließlich wählte sie *Die Legende von König Arthur* und kuschelte sich in einen großen Ohrenbackensessel vor dem Kamin.

Wie immer war sie nach kurzer Zeit vollkommen in die fremde Welt des Romans versunken. In ihrer Fantasie befand sie sich in jenem nebelverhangenen Ort namens Avalon. Diana verlor jedes Gefühl für Zeit, doch auf einmal wurde sie sich der Tatsache bewußt, daß sie nicht mehr allein im Raum war. Widerwillig hob sie die Augen empor und spähte über die Lehne ihres Sitzes. Sie zog den Kopf gleich wieder zurück, wie eine Schildkröte in ihren Panzer. Ihre Gedanken schwirrten.

Bis auf das Prasseln des Feuers war es vollkommen still ringsum. Diana hob erneut den Kopf, um festzustellen, ob sie sich vielleicht bloß alles eingebildet hatte. Aber sie blickte direkt in ein Paar kohlschwarzer Augen!

Die Augen weiteten sich einen Moment lang vor Überraschung, bevor sie feindselig zu funkeln begannen. »Diana entdeckt«, höhnte er.

»Wie haben Sie mich gefunden?« zischte sie zornig.

»Ich habe nicht gesucht, das kann ich dir versichern. Das Schicksal scheint sich einen perversen Spaß daraus zu machen, mich immer wieder deine Wege kreuzen zu lassen.«

»Was haben Sie hier zu schaffen?« fragte sie barsch, klappte heftig ihr Buch zu und marschierte angriffslustig auf ihn zu.

»Ich weiß zwar nicht, was dich das angeht – aber ich bin am Kauf einer Bibliothek interessiert.«

Seine Worte ließen sie abrupt innehalten. »Doch nicht etwa *diese* Bibliothek hier?«

»Doch, *diese*!« Seine tiefe Stimme klang abgehackt, ein deutliches Zeichen seiner Verärgerung.

»Das ist unmöglich. Diese Bibliothek steht nicht zum Verkauf. Da liegt wohl ein Mißverständnis vor, Lord Bath.«

Es ärgerte ihn, daß das Mädchen wußte, wer er war und er ihre Identität nicht kannte. »Wer zum Teufel bist du überhaupt?«

»Ich bin Lady Diana Davenport, die Besitzerin dieser Bibliothek.«

»Hallo, Diana«, sagte Richard, der in diesem Moment den mit Bücherregalen gefüllten Raum betrat. »Ich hatte keine Ahnung, daß du dich hier aufhältst, meine Liebe. Es tut mir leid, dich gestört zu haben.«

»Richard, ich fühle mich mehr als gestört. Dieser ... Gentleman ist der irrigen Ansicht, ich würde meine Bibliothek verkaufen.«

»Ich dachte, die Bibliothek läge in Ihren Händen, Davenport«, sagte der Herzog unverblümt.

»Das haben Sie falsch verstanden, Mylord«, mischte sich Diana ein. »Die Sammlung meines Vaters ist unbezahlbar, zumindest für mich. Sie steht *nicht* zum Verkauf.« In zorniger Herausforderung funkelte sie Bath an. Sollte er es nur wagen, ihrem Onkel von gestern abend zu erzählen!

Doch der Besucher hegte keine solch kleinlichen Rachegedanken. Er sprach zu ihr wie zu einer Ebenbürtigen. »Sie haben ganz recht, was den Wert dieser Sammlung betrifft. Ich verstehe vollkommen, daß Sie sich nur ungern davon trennen möchten. Es klang so, als hätte Davenport das Recht, sie zu verkaufen.« Sein Ton war glatt und ungerührt, doch merkte man ihm mehr als nur eine Spur von Bedauern an.

»Ich habe durchaus das Recht, sie zu verkaufen«, versicherte Richard, »und zwar als Testamentsvollstrecker meines verstorbenen Bruders sowie gesetzlicher Vormund und Finanzverwalter meiner Nichte, solange sie nicht volljährig ist. Mein Bruder wünschte, daß Lady Diana in sämtlichen Belangen von mir geführt würde.«

»Wie kannst du auch nur daran denken, Vaters Bücher zu verkaufen?« rief Diana leidenschaftlich. »Ich bin mit ihnen aufgewachsen. Sie sind ein Teil meines Lebens. Es wäre, als würde man mir den Arm abschneiden, wenn ich sie verlöre!«

»Das reicht, Diana! Es ist äußerst ungezogen von dir, Familienangelegenheiten vor Seiner Lordschaft zu diskutieren.« Richard war überrascht und ratlos, wie er sich verhalten sollte. Diana hatte ihm noch nie getrotzt.

»Der Himmel möge verhüten, daß sich jemand ungezogen in Gegenwart des Herzogs verhält!« Sie spürte immer noch seine ebenfalls ungezogene Hand, wie sie an ihrem Bein entlangstrich.

»Hinaus!« Jetzt schäumte Richard vor Wut.

Mit flammenden Wangen, das Kinn trotzig hochgereckt, raffte Diana ihre Röcke beiseite, als ob sie sich beschmutzen würde, wenn sie mit den beiden Männern in Berührung käme, und rauschte, einer Königin gleich, von dannen. *Oder einer Göttin,* dachte Bath.

Als Diana zum Lunch ins Eßzimmer kam, war sie darauf gefaßt, sowohl von Richard als auch von Prudence wegen ihres schockierenden Verhaltens ins Gebet genommen zu werden. Sie wappnete sich für eine Konfrontation. Doch Richard glänzte verdächtigerweise durch Abwesenheit und Prudence saß dünnlippig am Tisch. Anscheinend hatte sie wie immer Schmerzen.

Diana empfand sofort Mitleid. »Ist es wieder deine Hüfte, Prudence?«

»Unter anderem«, meinte Prudence vorwurfsvoll.

Zur Hölle mit dem Herzog von Bath, dachte Diana. Bei jeder ihrer Begegnungen flogen die Funken, die Emotionen schäumten hoch und drohten sie zu überwältigen. Wenn er sie gestern nicht wie eine Dirne behandelt hätte, dann wäre das alles gar nicht passiert. Sie hätte Richard zwar trotzdem verboten, die Bibliothek ihres Vaters zu verkaufen, aber dem Herzog gegenüber hätte sie zumindest einen zivilisierten Ton angeschlagen.

Prudence weigerte sich, Konversation zu treiben. Sie hatte

eine schmerzvolle Miene aufgesetzt und gedachte, stumm zu leiden. Diana war der Lunch gründlich verdorben. Sie empfahl sich vorzeitig unter dem Vorwand, sich für ihre Nachmittagsfahrt umziehen zu müssen. Anfangs hatte sie gar nicht unbedingt Lust dazu gehabt, aber Peter Hardwick stellte nun eine willkommene Zerstreuung für sie dar.

Als Diana in einem zartgrünen Miederkleid mit passendem Sonnenschirm die Treppe herabstieg, erkundigte sich Prudence: »Wohin gehst du, Diana?«

»Ich mache eine Spazierfahrt in den Park mit Peter Hardwick. Du selbst hast doch die Einladung für mich angenommen.«

»Wie kommst du darauf, daß er die Verabredung einhält, nachdem du dich Lord Hardwick gegenüber so schockierend benommen hast?«

»Peter ist kein Lord«, meinte Diana und fragte sich, woher Prudence so genau im Bilde war.

»Ich spreche von Mark Hardwick, dem Herzog von Bath.«

Diana war verblüfft. »Der Herzog von Bath ist Peters Bruder?«

»Bitte, tu nicht so, als ob du nicht Bescheid wüßtest, Diana. Du bist viel zu intelligent, um den Dummkopf zu spielen.«

»Von der Verwandtschaft der beiden Herren wußte ich wirklich nichts. Ich hatte nicht die blasseste Ahnung, daß Peter Hardwick und der Herzog Brüder sind.«

»Das ist der einzige Grund, warum ich den jungen Hardwick für eine geeignete Partie halte. Er war es, der dem Herzog von der Bibliothek berichtete.«

Genau in diesem Moment läutete Peter Hardwick die Eingangsglocke. »Ach du lieber Himmel, was soll ich bloß tun?« stieß Diana halblaut hervor.

»Du kannst dich glücklich schätzen, daß er deinen Mangel an Erziehung übersehen hat und seiner Einladung trotz allem nachkommt.«

Eine halbe Stunde später fand sich Diana an der Seite Peter

Hardwicks unterwegs und genoß die frische Luft eines wunderschönen Londoner Sommertages.

Die Vollblutpferde, die vor den Phaëton gespannt waren, gaben ein beeindruckendes Paar ab. Diana unterhielt sich höflich mit Peter, während dieser die Tiere zum nicht weit entfernt liegenden Hyde Park lenkte. Sie fragte sich, was er wohl denken mochte und was sein Bruder über sie gesagt hatte.

Tatsache war, daß Peter Hardwick sich gerade dazu gratulierte, ein verdammter Glückspilz zu sein. Nicht nur, daß Diana Davenport eine ausgesprochene Schönheit war, sie verfügte obendrein über ein jährliches Einkommen von zwanzigtausend Pfund. Die *Hyänen,* wie er Richard und Prudence nannte, hatten ihm zwar nur die Hälfte davon angeboten; doch er hatte seinen Anteil, raffiniert wie er war, auf sechzig Prozent heraufgehandelt, und bevor er mit ihnen fertig war, würde er über mindestens fünfzehntausend Pfund per annum verfügen. Sobald er einmal den Ring an Dianas Finger hätte, hielte ihn nichts mehr davon ab, in den großen Topf zu greifen. Sein Blick glitt bewundernd über ihr Profil; sie war ein wahrer Volltreffer.

Diana fühlte seinen Blick und konnte die Spannung nicht länger ertragen. Sie holte tief Luft und drehte sich zu ihm. »Ich fürchte, ich muß Ihnen ein Geständnis machen.«

Sein Mund verzog sich gutmütig, was den Eindruck erweckte, als könne er jede Menge Verständnis und Geduld für eine Frau aufbringen.

»Letzte Nacht habe ich den Maskenball im Pantheon besucht«, gestand sie atemlos. Als sie sah, daß ihr Begleiter keineswegs erzürnt schien, fuhr sie fort. »Ihr Bruder hielt mich für eine Dirne, weil ich nicht in korrekter Begleitung war, und ich fürchte, ich habe ihm Champagner ins Gesicht geschüttet.«

Peter warf den Kopf in den Nacken und brach in schallendes Gelächter aus, als er sich die von ihr geschilderte Szene vorstellte.

Durch sein Verhalten ermutigt, gestand Diana ihm auch noch

den Rest. »Ich will ganz offen zu Ihnen sein, Peter – zweifellos haßt Ihr Bruder mich. Als er heute morgen in meiner Bibliothek auftauchte, weil er sie zu kaufen beabsichtigte, habe ich dann einfach die Beherrschung verloren.«

»Höchstwahrscheinlich sind Sie wunderschön, wenn Sie die Beherrschung verlieren.«

Sie sah ihn ungläubig an. »Sie sind nicht böse?«

»Es gibt Zeiten, da hasse ich meinen Bruder sogar! Wir haben kaum etwas gemeinsam. Er ist ein leidenschaftlicher Anhänger der Archäologie. Seine Schwäche für altes Gemäuer muß wohl der Grund dafür sein, daß er auch ältere Damen vorzieht. Es wundert mich, daß Sie überhaupt sein Interesse erregt haben.«

Ganz sicher hat er meins erregt, gestand sich Diana. Warum konnte sein junger Bruder nicht ähnliche Gefühle in ihr erwecken?

Diana lachte ein wenig schadenfroh. Ihr Gespräch war, milde ausgedrückt, höchst unkonventionell. »Nun, ich habe ihm einen Strich durch die Rechnung gemacht, was den Kauf der Büchersammlung meines Vaters betrifft – also habe ich wohl eher seinen Haß als sein Interesse erregt.«

»Welche Erleichterung! Es wäre mir höchst unangenehm, wenn er Ihnen ebenfalls den Hof machen wollte. Immerhin ist er ein Herzog.«

»Ich mache mir nicht die Spur aus Titeln!«

Er sah sie mit hochgezogener Braue an. »Und woraus machen Sie sich dann etwas?«

Am wichtigsten waren ihr Bücher, die lagen ihr mehr als alles andere auf der Welt am Herzen. Sie spielte sogar mit dem Gedanken, es selbst einmal mit dem Schreiben zu versuchen, die Geschichte von der Sicht einer Frau aus abzuhandeln; aber sie besaß genug Verstand, einen Gentleman mit einer derart exzentrischen Idee zu verschonen. Diana öffnete ihren Sonnenschirm und überlegte, ob sie das Gespräch in sicherere Bahnen zurücklenken sollte, wie es sich für eine Lady aus gutem Hause schickte, oder ob sie seine Frage ehrlich beantworten sollte. Sie entschied sich für letzteres. Dieser Mann war ganz bestimmt nicht ihr Fall; wenn er also ihr Gespräch eine Spur zu unkonventionell fand, dann kümmerte sie das nicht die Bohne! »Woran mir wirklich liegt, ist Freiheit – diejenige der Wahl. Leider habe ich derzeit nur sehr wenig davon, sowohl was die Art, mich zu kleiden, zu unterhalten, zu tun, als auch was das Denken betrifft – nur weil ich jung und eine Frau bin. Freilich werde ich einmal älter, aber eine Frau bleibe ich ewig!«

»Dem Himmel sei Dank«, neckte er sie und ließ seinen Blick frech über ihre wundervollen Brüste gleiten. »Wären Sie lieber ein Mann?«

»Natürlich nicht! Aber ich möchte ein Mensch sein, der alle Freiheiten besitzt. Überlegen Sie doch nur: in der georgianischen Gesellschaft wird eine junge Dame aus den Händen ihres Vaters in die eines Vormunds oder eines Ehemanns übergeben und auf Schritt und Tritt überwacht. Prudence würde in diesem Moment mit uns im Phaëton sitzen, wenn Platz für mehr als zwei Personen wäre; der Verhaltenskodex schreibt mir in jedem Fall vor, daß ich immer nur auf den gängigen Wegen mit Ihnen fahren darf, eine Runde nach der anderen, wo mindestens tausend Augen auf uns gerichtet sind und Hunderte von Mäulern nur darauf warten, mich bei einer Unschicklichkeit zu ertappen.«

»Würden Sie lieber einen etwas privateren Ort aufsuchen?« fragte Peter hoffnungsvoll.

»Nein, das würde ich nicht. Und Sie mißverstehen mich, absichtlich, wie ich hinzufügen möchte«, wies Diana ihn zurecht.

»Es tut mir leid. Ich verstehe Sie durchaus.«

»Zum Beispiel keltische Frauen verfügten über enorme Freiheiten. Sie wählten ihre Ehemänner selbst und durften Grundstücke und Besitztümer behalten. Ein paar wurden sogar Führerinnen ihres Stammes. Die Frauen im Mittelalter standen dem Haushalt ganzer Burgen mitsamt der zahlreichen Dienerschaft vor, während sich ihre Männer jahrelang auf Kreuzzügen befanden. Wir Damen von heute werden behandelt, als ob wir keinerlei Wünsche, Sehnsüchte oder persönliche Ansichten hätten – keinen Verstand –, während die Herren der Schöpfung ganz selbstverständlich nach Erfolg streben, das Leben genießen, in der Welt herumreisen und Sport betreiben dürfen!«

»Hiermit verspreche ich hoch und heilig, daß ich Ihnen sämtliche Freiheiten zugestehe, wenn Sie mit mir zusammen sind.«

Diana seufzte. Typisch Mann. Er glaubte, Freiheit könne man *zugestehen.*

»Gestatten Sie mir, Sie morgen abend zum Ball der Richmonds zu begleiten?«

»Vielen Dank für die Einladung, aber ich glaube nicht«, meinte sie reserviert.

»Ich werde Sie heute nicht ohne ein Versprechen, welcher Art auch immer, gehen lassen.«

Ein Versprechen war das letzte, was Diana geben wollte. Je länger es dauerte, bis es dazu kam, desto besser; und sie hoffte zumindest auf ein paar Jahre ohne die Kontrolle und Forderungen eines Ehemannes. »Am Mittwoch werde ich bestimmt wieder bei Almack's sein, wenn es nach Prudence geht, und das geht es leider«, sagte Diana bedauernd.

Peter fluchte innerlich, doch er ließ sich nichts anmerken. Himmelherrgott, die Opfer, die er bringen mußte, seine Schulden zu bezahlen und noch etwas übrigzubehalten, waren wirklich unerträglich. Nun gut, dann also Almack's, was blieb ihm anderes übrig. Er konnte es sich nicht leisten, sich diesen süßen Leckerbissen hier entgehen zu lassen. Lady Diana erweckte zwar nicht gerade den Eindruck, als ob sie hinter ihm herhechelte, doch er hoffte, daß ihre Gleichgültigkeit nur gespielt war. Auf jeden Fall war er fest entschlossen, sie auf die eine oder andere Weise vor den Altar zu schleppen. Und es gab ja immer noch die uraltbewährte Methode, eine Lady dazu zu bringen, um eine Heirat zu betteln; jedenfalls seinen Samen in diese

Debütantin zu pflanzen, würde ihm ein wahres Vergnügen bereiten.

Seine Pläne für den Rest des Tages brachten sein Blut in Wallung. Obwohl er es haßte, seinen Bruder um Geld zu bitten, blieb ihm keine andere Wahl. Vielleicht war es das beste, den Stier direkt bei den Hörnern zu packen; er schlenderte in die Bibliothek, wo sein Bruder über einem Haufen geschäftlicher Korrespondenz saß.

Ohne von seinem Schreibtisch aufzublicken, sagte Mark Hardwick: »In der Schublade im Lesetisch.«

Peter lachte. »Wie kommst du darauf, daß ich Geld brauche?«

Mark blickte auf. »Etwa nicht?« fragte er ohne Umschweife.

»Ja, aber ich will verdammt sein, wenn ich gleich mit dieser Tür ins Haus gefallen wäre.«

»Aha! Du hättest also zunächst einmal mit mir über die Bibliothek der Davenports geplaudert; dann hättest du dich erkundigt, wo ich zu speisen gedenke oder mich gefragt, ob ich letzte Nacht mit einer Frau im Bett war, als ob dich das einen Dreck interessieren würde. Und schließlich wärst du doch auf Geld zu sprechen gekommen.« Hardwick ließ den Federkiel fallen und streckte sich. »Da siehst du mal, wieviel Umstände ich dir erspart habe.«

Es lag nur ein Tausender in der Schublade. Auf diese Weise versuchte sein Bruder, seine Spielleidenschaft in Grenzen zu halten. Obwohl er nichts wie Haß auf Mark verspürte, lächelte Peter und bedankte sich. Dann verließ er rasch das Haus, um sich mit seinen Freunden zu einem abwechslungsreichen Abend zu treffen.

»Wick, du bist schon wieder zu spät!« beklagte sich Hellgate. »Wir haben ein paar verdammt heiße Zerstreuungen geplant. Bist du gar nicht wild darauf, dich hineinzustürzen?«

Peter hatte sich mit seinen beiden Freunden im Prospect of

Whitby, einem Pub in Wapping, verabredet. »Ah, gehen dir wieder die Gäule durch«, zog er Hellgate auf.

»Ich habe schon mal zur Sicherheit für dich mitbestellt«, erwiderte Jeremy Montague, als ein Barmädchen ein großes Tablett mit fünfzig rohen Austern vor sie hinstellte.

Der Herzog von Barrymore hatte in der nächsten Sekunde seine Hand unter dem Rock des Mädchens, und als sie spielerisch versuchte, ihm einen Klaps zu versetzen, packte er eine Handvoll Oberschenkel und kniff sie grausam. Seine Freunde lachten; nicht umsonst waren sie als *die Bluthunde* bekannt. Alle drei waren blutlüsterne Bastarde und das Motto der Nacht lautete Brutalität.

Sie begaben sich in den schmutzigsten Slum von London. Auf den Straßen wimmelte es von Huren, und die drei Freunde übertrumpften sich gegenseitig, die Schlampigste unter ihnen auszuwählen. Ihnen erschien es als Heldentat, sich in dieser perversen *Gossennostalgie* zu ergehen, und ergötzten sich an dem zweifelhaften Vergnügen, eine Nacht mit einer dreckigen Hure in einem noch dreckigeren Bett zu verbringen.

Am anderen Ende von London, in der eleganten Park Lane, folgte der Herzog von Bath soeben einem Kammermädchen nach oben und ließ sich von ihr in ein luxuriös ausgestattetes Ankleidezimmer führen.

Im angrenzenden Boudoir lächelte Vivian, die Herzogin von Belgrave, ihrem Bild in dem großen Spiegel zu. Sie fuhr mit juwelengeschmückten Fingern durch ihr flammendrotes Haar und griff nach einem großen Parfumflakon. Dabei glitt ihr schwarzseidener Morgenrock von ihrer Schulter, und sie wußte, daß niemand ihr wahres Alter von über dreißig Jahren vermuten würde. Heute nahm Lord Hardwick erst zum zweiten Mal ihre Einladung an, doch sie wußte längst, daß sie ihn haben wollte. Für immer.

In einer plötzlichen Eingebung stieß sie den Parfumflakon

zurück. Ein sinnliches Lächeln umspielte ihre Lippen. Sie ließ ihre schwarze Seidenrobe aufklaffen, griff mit der Hand zwischen ihre Schenkel und tauchte einen Finger in ihre nasse Wärme. Dann tippte sie den Finger hinter ihre Ohren. Sie befeuchtete ihn erneut und fuhr dann damit über ihre Brüste und hinauf zu ihrem weißen Hals. Schließlich bedachte sie noch ihre Kniekehlen, ihren verlängerten Rücken und ihre Handgelenke.

Sie öffnete die Verbindungstür und heuchelte Überraschung. »Mark, Darling, du mußt früh dran sein – ich bin noch nicht einmal fertig.«

Beide wußten, daß sie schwindelte, denn in Wirklichkeit hatte Lord Hardwick sich verspätet. »Du siehst fertig genug für mich aus.«

»Wir könnten hier dinieren, anstatt auszugehen«, schnurrte sie.

»Ich dachte schon, das käme für dich nie in Frage«, murmelte er, stieß die Schlafzimmertür mit dem Fuß auf und hob sie hoch. Er legte sie aufs Bett und musterte bewundernd den Kontrast zwischen ihrer weißen Haut, dem flammend roten Haar und den schwarzen Seidenlaken. Dann begann er, sich mit ruhigen Bewegungen zu entkleiden. Er war milde überrascht, als er sah, wie hungrig sie ihn dabei beobachtete. Sie wand sich in den Kissen und spreizte die Knie – eine unmißverständliche Aufforderung, ohne weiteres zur Sache zu kommen. Willig folgte er und bestieg sie rasch, dieses erste Mal. Später blieb noch genug Zeit, all die Feinheiten der Erotik zu genießen.

In den nächsten zwei Stunden widmete Mark Hardwick Vivian seine gesamte Aufmerksamkeit. Seine wichtigste Regel lautete, eine Frau nie unbefriedigt zu lassen. Zum Glück waren alle Frauen gleich im Bett; anfangs konzentrierte er sich immer vollkommen auf eine neue Dame, um ihre Wünsche und Sehnsüchte herauszufinden und ihr auch seine eigenen Vorlieben beizubringen.

Er hatte keineswegs die Absicht, die ganze Nacht zu bleiben, und das war Regel Nummer zwei. Ihre Reaktion darauf würde entscheiden, wann, beziehungsweise ob er überhaupt wiederkäme. Wie sich herausstellte, war Vivian viel zu zufrieden und erschöpft, um groß zu protestieren, als er seine langen Beine über den Bettrand schwang und nach seinem Hemd griff.

»Du Biest! Ich kann keinen Finger mehr rühren, während du bereit bist, London unsicher zu machen.«

»Irgendwelche Einwände?« fragte er in leichtem Ton und beobachtete aufmerksam ihr Gesicht.

Doch sie war viel zu gerissen und außerdem stand allerhand auf dem Spiel. Um die Wahrheit zu sagen, sie hatte auch keinen Grund, über die leidenschaftlich verbrachten Stunden zu klagen.

Zuvorkommend drückte er einen Kuß auf ihr zerzaustes rotes Haar. Sie wand sich genüßlich, ihre dichtbewimperten Lider geschlossen. »Mmmm«, murmelte sie.

Hardwick lächelte, höchst zufrieden, daß die Katze schnurrte, als er ging.

5. Kapitel

Diana unterdrückte ein Gähnen. Sie und ihre Tante waren zum Nachmittagstee in Devonshire House geladen. Der Raum war sowohl überfüllt als auch überheizt. Ihre Korsettstangen bohrten sich schmerzhaft in ihr Brustbein und sie überlegte ernsthaft, ob es möglich war, vor Langeweile zu sterben. Diana verabscheute oberflächliche Plaudereien, und die Leute um sie herum schienen sich besagte Kunst zur Lebensaufgabe gemacht zu haben. Sie sah zu, wie die anderen jungen Damen vor den gestelzten jungen Herren in ihren buntseidenen Kniehosen zirpten und zwitscherten, während sich die Mamas ihrer Stammbäume rühmten.

Lady de Warrenne vertraute Prudence an: »Unsere Ahnen

lassen sich bis zu den normannischen Eroberern zurückverfolgen, wissen Sie!«

Diana warf einen Blick auf den jungen de Warrenne, der mit seinem Monokel und seiner Schnupftabakdose jonglierte, und fragte sich mit aufrichtigem Bedauern, wie es möglich war, daß sich Blut in nur siebenhundert Jahren derart anämisch verdünnen konnte. Sie setzte ein höfliches Lächeln auf und erlaubte ihren Gedanken, sie in eine andere Welt zu entführen. Lieber Gott, wie aufregend es für eine sächsische Lady gewesen sein mußte, einem normannischen Eroberer zu begegnen!

Sie ritt gerade über eine Wiese, als sie ihn zum ersten Mal erblickte. Er war riesig und der Hengst, auf dem er saß, desgleichen. Erschaudernd bemerkte sie, wie er seine Beute fixierte – und schon war die Jagd eröffnet! Sie floh auf den Schutz des Waldes zu. Ihr Verfolger sah wilder aus, als jeder Mann, dem sie bisher begegnet war. Er überwand die Distanz zwischen ihnen so rasch, daß sie bereits den Nasenschutz an seinem Helm und das Kettenhemd auf seiner mächtigen Brust erkennen konnte. Sie hatte den Waldrand fast erreicht, da war er auch schon über ihr, riß sie aus dem Sattel ihrer Stute und setzte sie vor sich auf sein Pferd. Während sie sich verzweifelt wehrte und ihre Kopfbedeckung sich löste, fiel die seidige Masse ihres goldblonden Haars in Wellen über seine vernarbten Hände.

»Du bist mein!« Seine Stimme klang derart befehlsgewohnt, daß nur der Wunsch sie beseelte, ihm zu gehorchen. Er nahm den Helm ab und fuhr mit der Hand durch sein schwarzes Haar. Der Blick aus seinen finsteren Augen war so leidenschaftlich, daß ihr der Atem stockte. Dann nahm sein Mund sie in Besitz, und er unterwarf sie sich mit einem einzigen langen, tiefen Kuß. Ihre kleinen Fäuste hämmerten wie wild gegen seine Brust, aber seine Größe, Härte und sein Hunger brachten sie zum Schmelzen. Ihr Puls raste, ihr Brüste prickelten, und sie hörte ihn sagen: »Laß los.« Mit einem zarten Seufzer ergab Diana sich seiner leidenschaftlichen Umarmung.

»Laßt los«, erklang es erneut.

Diana blinzelte heftig und merkte, daß eine blasse Hand versuchte, ihr die Teetasse aus der Hand zu nehmen. »Oh, verzeihen Sie, William.«

Der junge William Lamb nahm ihr die Tasse samt Untertasse ab und blinzelte. »Darf ich hoffen, daß Sie von mir geträumt haben, Diana?«

»Sie dürfen hoffen, was immer Sie wollen, William«, erwiderte sie gnädig. Wenn sie schon diese nicht enden wollenden gesellschaftlichen Zusammenkünfte ertragen mußte, dann konnte sie ebensogut ein wenig Spaß dabei haben!

Als sie vom Tee zurückkamen, bat Richard Prudence zu ihrer Überraschung in sein Arbeitszimmer.

»Es hat sich etwas Unerwartetes in bezug auf Peter Hardwick ergeben und ich brauche deine geschickte Hand mit Diana.«

»Leicht werde auch ich mit ihr nicht fertig, Richard. Gerade eben hat sie sich während der ganzen Kutschfahrt über mich lustig gemacht.«

»Je schneller wir sie uns vom Hals schaffen, desto besser, meine Liebe. Hardwick ist die Antwort auf all unsere Gebete – aber ich fürchte, die Umstände haben sich ein wenig geändert. Sein Bruder, der Herzog, hat ihm befohlen, nach Hause abzureisen, weil er Peter beim Glücksspiel erwischte. Er ist offenbar ein richtiger Tyrann, und zwar einer, der die Hand auf dem Geldbeutel hat, leider! Peter kann es sich nicht leisten, ihn noch mehr zu verärgern, da er immerhin bis zum Hals in Schulden steckt.«

»Das wäre nicht der Fall, wenn er seine Spielleidenschaft zügeln würde«, bemerkte Prudence mißbilligend.

Richard meinte trocken: »Wenn er nicht so verschuldet wäre, meine Liebe, dann würde er sich sicher nicht mit uns verbünden.«

»Ich verstehe, was du meinst, Richard.«

»Es liegt jetzt an dir, Diana zu einem Besuch in Bath zu bewegen.« Er hielt die Hand hoch, als Prudence Einspruch erheben wollte. »Bath besitzt durchaus seine Annehmlichkeiten, wie mir der junge Hardwick versicherte.«

»Du glaubst nicht, daß er uns ein Schnippchen schlagen will, sozusagen?«

»Wo hast du bloß diese Ausdrücke her, meine Liebe? Nein, das glaube ich ganz und gar nicht. Er ist so versessen auf Diana, wie man nur sein kann. Nun, er müßte ja wohl auch nicht alle Tassen im Schrank haben, wenn er sich die Gelegenheit, Dianas Vermögen zu erlangen, entgehen ließe. Ganz zu schweigen davon, seine Schuhe unter ihr Bett zu bekommen!«

»Richard, das ist kein Grund, vulgär zu werden«, sagte Prudence zimperlich. »Worin bestehen diese Annehmlichkeiten?«

»Nun, ein paar davon liegen auf der Hand, für eine junge Dame von Dianas Temperament jedenfalls. Bath verleiht einem das Gefühl, den gesellschaftlichen Zwängen Londons zu entfliehen. Unterhaltungen und Aktivitäten finden rund um die Uhr statt, was eine Atmosphäre schafft, die der *Amour* nur förderlich sein kann. Und dann besteht da noch die einzigartige Chance für Diana auf eine Einladung nach Hardwick Hall. Ich bin sicher, daß sie beeindruckt sein und sich wünschen wird, dort zu leben. Es ist ein Herrschaftssitz aus dem fünfzehnten Jahrhundert, elisabethanisch, und liegt am Avon. Du weißt, wie sie alles Elisabethanische fasziniert.«

»Ich habe meine Fühler ausgestreckt, was die Hardwicks betrifft, Richard. Der Herzog ist reich wie Krösus. Er besitzt Steinbrüche und eine Flotte von Barken, um den wertvollen Stein über den Avon zum Bristolkanal zu schiffen. Außerdem ist er Richter von Somerset und darüber hinaus ein eingeschworener Junggeselle. Es besteht also keinerlei Gefahr, Diana seinem ›Charme‹ auszuliefern.«

»Wenn Mark Hardwick niemals heiratet, dann könnte sie die Mutter des nächsten Herzogs von Bath werden. Ich denke, du solltest Diana diese wichtige kleine Information zukommen lassen.«

»Ist es denn in Ordnung, die Kosten für einen Aufenthalt in Bath Dianas Mitteln zu entnehmen?«

»Absolut, meine Liebe – eine vollkommen legale Ausgabe.«

»Dann miete schon mal ein elegantes Haus im besten Viertel der Stadt und überlasse Diana mir.«

Als Diana in einem cremefarbenen, mit rosa Rosenknospen bestickten Abendkleid am Treppenabsatz erschien, stand schon die Kutsche bereit, um sie zu Almack's zu bringen.

Prudence wartete, bis sie sich im abgeschlossenen Inneren des Gefährts befanden, bevor sie das Thema anschnitt, das sie am meisten beschäftigte. »Diana, ich habe eine wundervolle Idee! Ich finde, ein ausgedehnter Aufenthalt in einem Badeort wäre jetzt gerade das Richtige für uns. Wir mieten uns ein hübsches kleines Häuschen für etwa einen Monat und machen mal richtig Ferien. Heute nachmittag beim Tee war Bath in aller Munde. Es hieß, die Stadt bietet die reizendste Geselligkeit in ganz England.«

Diana traute ihren Ohren nicht. *Welche Wanze ist dir denn ins Hirn gedrungen, Prudence?* »Aber unsere Pläne machen das doch vollkommen unmöglich. Ich habe eine Einladung in die Oper, und außerdem möchtest du doch sicher nicht den Devonshire Ball versäumen, nicht wo Prinny höchstpersönlich anwesend sein wird? Nein, nein – Bath besuchen wir ein andermal.«

Prudence, der es einen Moment lang die Sprache verschlug, merkte, daß die Kutsche ihren Bestimmungsort erreicht hatte. Sie würde ihre Bemühungen wohl auf später verschieben müssen.

Diana wollte es sich zwar nicht eingestehen, aber sie freute sich auf ein Wiedersehen mit Peter Hardwick. Er traf spät ein und eilte unverzüglich auf sie zu. Was ihre Tanzkarte anbelangte, so meinte er: »Die können wir wegwerfen«.

»Seit wann treffen Sie meine Entscheidungen?« fragte sie pikiert.

»Heute nacht«, murmelte er nur für ihre Ohren. Sein Blick fing den ihren auf und hielt ihn fest – in seinen dunklen Augen lag ein raubtierähnliches Glühen. »Diana, ich möchte, daß Sie nach Bath kommen.«

Hatte sie richtig gehört? Das war das zweite Mal innerhalb weniger Stunden, daß jemand ihr dieses Bath aufdrängte. Was für ein erstaunlicher Zufall – an den Diana übrigens nicht glaubte.

Sie öffnete ihren Fächer. »Sie scherzen«, sagte sie leichthin.

Peter schüttelte den Kopf. »Ausnahmsweise meine ich es ernst. Ich muß nach Somerset zurückkehren, aber ich möchte Sie nicht hierlassen – nicht, wo ich Sie gerade erst gefunden habe.«

»Das ist unmöglich«, murmelte sie.

Er schwang sie auf die Tanzfläche, und als sie wieder zusammenkamen, sagte er: »Bitte sagen Sie nicht nein; denken Sie über meinen Vorschlag nach.« Die Tanzfiguren zwangen sie, sich wieder voneinander zu trennen, aber seine Augen verließen sie keine Sekunde lang.

Diana fühlte sich äußerst geschmeichelt von Peter Hardwicks Ergebenheit. Ganz Frau genoß sie sein heftiges Werben, war aber dennoch entschlossen, den Flirt nicht weitergehen zu lassen.

Als der nächste Tanz begann, schnappte er sie William Lamb vor der Nase weg. »Ich werde dafür sorgen, daß Sie sich in Bath köstlich amüsieren. Die Unterhaltungen sind lange nicht so steif und reglementiert wie hier in London.«

Sein warmer Atem strich über ihr Ohr. »Sie können unbekümmert alles mögliche unternehmen, wenn Sie wollen.«

»Dafür habe ich zuviel rotes Blut in den Adern.«

»Ich dachte, Sie wären ein Blaublut.«

»Dann denken Sie also *doch* an mich.«

»Nie.«

»Lügner!«

Diana entwich ihm, bis der letzte Tanz aufgerufen wurde. Er begann unbeschwert, doch die Spannung zwischen ihnen wuchs rasch, während sein Arm sie immer fester und besitzergreifender umschlang und sein Blick immer heißer wurde. Diana erkannte, daß er die ganze Sache viel zu ernst nahm und beschloß, dem ein Ende zu machen. Freundlich, aber unnachgiebig sagte sie, »Ihre Einladung ist höchst schmeichelhaft, Peter, aber ich werde nicht nach Bath kommen.«

Die Musik setzte aus, Hardwick hielt sie trotzdem immer noch fest umklammert. In seinen Augen lag ein wildes, gefährliches Begehren, das sie sowohl abstieß als auch anzog. Mit entschlossener, ja beinahe bedrohlicher Stimme sagte er: »Doch, das werden Sie, *das werden Sie!*«

Als der Tanz zu Ende war, kehrte Diana wieder an die Seite ihrer Tante zurück, die das Paar keine Sekunde lang aus den Augen gelassen hatte. Sie sah den Ausdruck tiefster Befriedigung, der über die Züge ihrer Tante glitt, als sie ihr eröffnete, »Peter Hardwick hat mich nach Bath eingeladen.«

»Was für ein erstaunlicher Zufall!«

»Absprache trifft es wohl eher«, stellte Diana richtig.

»Also, ich schwöre, du bist das undankbarste Geschöpf auf Erden! Wie du auch nur so etwas denken kannst, ist mir unbegreiflich. Natürlich hast du angenommen?«

»Natürlich habe ich abgelehnt. Wenn er wirklich so interessiert an mir ist, dann wird er schon wieder nach London zurückgerannt kommen.«

»Die Spröde zu spielen ist nicht immer das klügste. Es gibt hübschere Mädchen auf dem Heiratsmarkt dieses Jahr, mit bedeutenderen Stammbäumen.«

»Aber keine mit einer größeren Erbschaft«, konstatierte Diana ruhig.

»Laß mich dir sagen, daß Zynismus in deinem Alter einfach abstoßend ist! Wahrscheinlich lehnst du nur aus lauter Bosheit Peter Hardwick ab, weil ich ihn für eine gute Partie halte!«

Da ist mehr als ein Körnchen Wahrheit dran, dachte Diana.

»Nun, laß mich dir eines sagen: Du schneidest dir hier ins eigene Fleisch! Es ist allgemein bekannt, daß der Herzog selbst nicht heiraten will. Peter ist sein Erbe und wen immer Peter heiratet, wird nicht nur die Mutter des künftigen Herzogs von Bath – sie wird auch den elisabethanischen Herrschaftssitz, die Steinbrüche und den ganzen Rest erben!«

Es deprimierte und zermürbte sie, mit Prudence zu streiten; aber Diana war nicht bereit, sich als hirnloses Pfand im rücksichtslosen Kampf ihrer Tante um eine höhere Stellung in der Gesellschaft einsetzen zu lassen. Als sie schließlich am Grosvenor Square anlangten, herrschte eisiges Schweigen zwischen den Parteien.

Diana fand keinen Schlaf, da ihr die Ereignisse des vergangenen Abends den Kopf beschwerten. Gegen Bath hatte sie nichts einzuwenden; es war sicher eine traditionsreiche Stadt mit vielen alten Sehenswürdigkeiten, und die Architektur nach Palladio allein machte die Aussicht auf einen Besuch verlockend. Sie hegte auch keine ernstlichen Einwände gegen Peter Hardwick. Woran sie sich in Wahrheit störte, war Prudences rücksichtslose Art, ihr Leben zu diktieren. Kurz bevor sie einschlief, faßte sie den festen Entschluß, ihr Schicksal selbst in die Hand zu nehmen.

Am nächsten Morgen erwachte Diana, weil im Haus eine ungewöhnliche Aufregung herrschte. Als Biddy ihr ihre morgendliche Tasse Schokolade brachte, platzte sie fast vor Neuigkeiten.

»Der Doktor ist hier – die Mistreß ist gestürzt!«

»O nein!« Diana warf die Decke zurück und kleidete sich rasch an. Prudence lag auf der Couch im Wohnzimmer und der Doktor stand über sie gebeugt.

»Was ist passiert?« fragte Diana aufrichtig besorgt, als sie den schmerzverzerrten Gesichtsausdruck ihrer Tante sah.

»Ich war so außer mir wegen unseres gestrigen Streits, daß ich auf der Treppe ausgerutscht bin.« Sie durchbohrte Diana mit einem verdammenden Blick.

»Das tut mir leid«, murmelte Diana bedrückt.

»Sie hatten großes Glück«, verkündete der Doktor. »Tatsächlich hätten Sie sich sämtliche Knochen brechen können. Vielleicht hätten Sie nie wieder gehen können.«

Prudence bedeckte ihre Augen angesichts dieser unausdenkbaren Katastrophe.

»Auch wenn Sie sich nichts gebrochen haben, eine arthritische Hüfte ist ein schweres Kreuz. Ich empfehle Ihnen Mineralbäder zur Heilung. Ein tägliches Bad wirkt Wunder, Sie werden es sehen, Madame Davenport. Es gibt keine andere Linderung für Ihre Leiden.«

»Welch eine Ironie«, verkündete Prudence pathetisch. »Ich bat Lady Diana erst kürzlich inständig um einen vierwöchigen Aufenthalt in Bath, aber sie lehnte rundweg ab.«

Der Arzt runzelte erzürnt die Stirn; er strich nachdrücklich über seine langen Koteletten. »Heilwasser wirkt wahre Wunder. Extern angewandt ist es ein Antiseptikum und Antirheumatikum; intern wirkt es entkrampfend und als Gallentonikum. Ich bin sicher, Lady Diana wird ihre voreilige Entscheidung nochmals überdenken.« Der Doktor bedeutete ihr daraufhin zu gehen. »Ich hätte gerne noch mit meiner Patientin allein gesprochen.«

»Hat irgend jemand gesehen oder gehört, wie sie gestürzt ist?« fragte Diana mißtrauisch, als sie mit Biddy den Raum verließ.

Die Zofe schüttelte den Kopf. »Sie hat mich geschickt, um den Doktor zu holen, aber da hatte sie sich bereits wieder hochgerappelt.«

Diana seufzte. Es war gut und schön zu beschließen, sein Schicksal in die eigenen Hände zu nehmen. Theoretisch. Die Wirklichkeit sah indessen ganz anders aus. Sie wußte, daß Prudence sie wie eine Marionette manipulierte, aber es gab nichts, gar nichts, das sie dagegen hätte tun können. Sie war ausmanövriert worden. Man hatte sie als herzloses, egoistisches Ungeheuer hingestellt. *Also bitte, wenn sie es so haben wollen,* dachte Diana.

Nachdem der Doktor gegangen war, kehrte Diana ins Wohnzimmer zurück, um nach Prudence zu schauen. Ihre Tante konnte den triumphierenden Ausdruck auf ihrem Gesicht nicht ganz verbergen, freilich schmerzensreich in ihrem Sieg.

»Prudence, ich habe nachgedacht – Bath ist ein idealer Ort, um Einkäufe zu machen. Die Konfektionsläden in der Milsom Street beliefern einige der bedeutendsten Damen der Gesellschaft. Wenn ich also bereit sein soll, nach Bath zu reisen, dann kann ich dort doch ebensogut gleich eine neue Garderobe für mich ordern. Eine, die mehr meinem Geschmack entspricht.«

Diana sah, wie ein Ausdruck ehrlicher Pein über das Gesicht ihrer Tante glitt, als dieser klar wurde, daß Diana schacherte. Was für ein raffiniertes kleines Luder sie doch war!

Kaum eine Stunde später waren die Reisevorbereitungen in vollem Gange. Biddy wurde von Prudence gescheucht, um deren Sachen zu packen. Diana selbst nahm nur sehr wenig mit, denn sie gedachte, Bath leerzukaufen! Sie ging in die Bibliothek, um sich ein Buch für die Reise auszusuchen. Während ihr Finger über die dicken Bände glitt, überlegte sie, welche Auswirkungen der Aufenthalt in Bath wohl auf ihre Zukunft haben mochte. Peter Hardwick kam ihr in den Sinn und ihre letzten Worte, bevor sie sich von ihm verabschiedet hatte: »Ihre Einladung ist äußerst schmeichelhaft, Peter, aber ich werde nicht nach Bath kommen.«

»Doch, das werden Sie!« hatte er geschworen.

Diana erschauderte, wenn sie an den Blick in seinen Augen dachte.

»Biddy, du setzt dich neben Lady Diana. Ich brauche diesen Sitz hier für mich. Stecke einfach ein Kissen hier unter meine schlimme Hüfte – vorsichtig, Mädchen, vorsichtig – und dann können wir losfahren.«

Diana, der von der Aussicht, einhundert Meilen in einer engen Kutsche mit Prudence verbringen zu müssen, graute, hatte sich mit einem Band Ovid aus der Sammlung ihres Vaters gewappnet. Da ihr die Pikanterien des Buches bekannt waren, hatte sie es zwischen die Seiten des *Bath Chronicle* gesteckt. Sie blätterte den Band durch, bis sie auf »Die Kunst des Liebens« stieß. Da stand nicht gerade das, was sie erfahren wollte; aber immerhin lernte sie, daß die Römer davon überzeugt waren, die Frauen seien nur zum Vergnügen des Mannes geschaffen und ohnehin wären allesamt unkeusche Sinneswesen. Ovids amouröse Traktate handelten von Erotik pur; es ging um die Kunst, den Körper einer Frau bestmöglich zu genießen.

Diana, die verärgert darüber war, daß Ovid den Verstand oder die Persönlichkeit einer Frau vollkommen außer acht ließ, klappte das Buch erzürnt zu. Dann stöhnte sie innerlich, denn das laute Geräusch hatte Prudence geweckt. Von da an bis zu ihrer Übernachtung in Reading war Diana gezwungen, Prudences Vorträgen über ihr Lieblingsthema, die Schicklichkeit, zu lauschen. Schicklichkeit!

Der folgende Tag kam ihr endlos vor, so daß Diana ihre Gedanken nach vorne, auf ihr Ziel schweifen ließ. Sie konnte es kaum erwarten, Bath zu sehen. Seine antiken Stätten waren berühmt. Die Römer hatten sie erbaut und Aquae Sulis genannt. Der Name allein verlieh ihrer Fantasie Flügel.

Als die Kutsche den letzten Hügel hinunter und über die mit eleganten Bögen versehene Brücke ratterte, verwandelte der Sonnenuntergang Bath in eine Stadt aus Gold. Diana hielt den Atem an. Sie war vollkommen verzaubert von der Schönheit dieses Ortes. In diesem Moment beschloß sie, ihren Aufenthalt in vollen Zügen zu genießen. In ihrem Lebenshunger gedachte sie, hier die beste Zeit ihres bisherigen Daseins zu verbringen!

Als James den Stadtzoll bezahlte und sich nach dem Weg zum Queen Square erkundigte, wurde er aufgeklärt, daß Fahrzeuge in Bath verboten waren und er die Kutsche im White Swann Inn unterstellen müßte, nachdem er die Damen zu ihrem Quartier gebracht habe.

Obwohl Diana ein Haus mit Blick auf den Avon anstelle des Blicks auf die Wälder und Hügel, auf denen Schafe und Pferde weideten, vorgezogen hätte, mußte sie zugeben, daß der Queen Square die vorteilhaftere Lage besaß. Der moderne Platz war von dem Architekten Wood entworfen worden und ähnelte dem Innenhof eines Palastes. Die Fassade bestand aus dem örtlichen Stein, mit großen, hochaufragenden Fenstern. Im Innern des Hauses gab es zwei große, L-förmige Wohnzimmer, die um eine prächtige Empfangstreppe herumgebaut waren. Die Schlaf- und Ankleidezimmer befanden sich im ersten Stock und die Küche sowie die Schlafräume des Personals im Souterrain.

Es belustigte Diana zu sehen, wie großzügig Richard mit ihrem Geld umging. Zu dem Haus gehörten ein Koch, eine Kammerzofe und ein Butler. Prudence warf mit Befehlen um sich, sobald sie die Türschwelle überschritten hatte. Sie teilte dem Personal mit, daß sie sich hier zur Genesung befände, daß ihr Zustand äußerst delikat sei und bestellte daraufhin ein Abendessen, das einen Ochsen hätte umbringen können.

Als Prudence schließlich verkündete, sie wäre nun vollkommen erschöpft, halfen ihr Diana und Biddy hinauf in ihr Bett, von wo aus sie bis Mitternacht weiter die Leute auf Trab hielt. Sie löcherte das Dienstpersonal mit so vielen Fragen, daß der Butler ihr schließlich einen Stadtplan von Bath brachte, auf dem jede Straße genau verzeichnet war. Natürlich verstand sie ihn nicht und hielt Diana daher noch zwei Stunden lang an ihrer

Seite, um sich alle Sehenswürdigkeiten wie die Grand Parade, die Thermen, die Veranstaltungshäuser und die achteckige Kapelle zeigen zu lassen.

Als Prudence am nächsten Morgen nicht zum Frühstück erschien, ergriff Diana die Gelegenheit, Bath auf eigene Faust zu erforschen. Sie wollte herausfinden, wo die Einkaufsläden und die Bücherei lagen und auch, wo die heißen Quellen am Fluß unten entsprangen. Diana fühlte sich frei wie ein Vogel, der aus seinem Käfig geflohen war. Sie brannte vor Aufregung bei dem Gedanken, endlich Kleider nach ihrem eigenen Geschmack für sich aussuchen zu können.

Gemächlich schlenderte sie über die Milsom Street, betrachtete die Schaufenster und las unschlüssig die jeweiligen Türschilder. Der größte Bekleidungsladen hieß La Belle Mode, und die Besitzerin, Madame Madeleine, begrüßte Diana freundlich, als diese die Tür öffnete und eintrat.

»Wünschen Sie etwas Bestimmtes, Mademoiselle?«

»Ach, eigentlich alles, um es genau zu sagen.« Diana war hingerissen von den ausgestellten Kleidern. Es gab außerdem Schuhe, Fächer und alle weiteren Accessoires zur Vervollständigung der Garderobe einer Lady. Sie blickte sich um, bemerkte die zierlichen französischen Möbel – und dann entdeckte sie es. Das schönste Kleid, das sie je in ihrem Leben gesehen hatte, und sie mußte es um jeden Preis haben: ein jadegrünes, eng tailliertes Samtkleid mit einem herzförmigen Ausschnitt. Der Schnitt war zeitlos klassisch.

Diana stellte sich vor, dieses Kleid am Elisabethanischen Hof zu tragen, mit einem bauschigen Rüschenkragen natürlich. Was sie jedoch am meisten anzog, war die kräftige Farbe des Kleides. »Das jadegrüne – könnte ich es bitte anprobieren?«

Madame Madeleine führte sie in ein Ankleidezimmer und half ihr aus ihrem faden rosa Hausmodell. Diana hatte das Gefühl, der hochmodisch gekleideten Französin eine Erklärung schuldig zu sein: »Ich mache mir nichts aus Pastellfarben. Mir sind

Kleider in kräftigen Tönen viel lieber, Töne, die meinen hellen Teint hervorheben.«

»Das finde ich auch – Jadegrün wäre geradezu perfekt für Sie.« Sie starrte das altmodische Korsett ungläubig an. »Ah, Sie brauchen vielleicht auch ein neues Korsett, Mademoiselle?«

»O nein, ich hasse Korsetts, aber meine Tante besteht auf den scheußlichen Dingern.«

»Nein, nein – Sie mißverstehen mich. Ich meinte das neueste, das sogenannte Halb-Korsett. Ein süßes kleines Etwas, das die Taille betont und den Busen ein wenig anhebt.«

»Wirklich? Nun, das klingt ganz sicher besser als das Folterinstrument, das ich im Moment trage. Ich werde eines anprobieren.«

»*Bon!* Welche Farbe wünscht Mademoiselle – züchtig oder unzüchtig?«

Diana zwinkerte der Französin schelmisch zu. »Lieber letzteres!«

Madame Madeleine kam mit einem scharlachroten kleinen Korsett zurück und begann mit der schweren Aufgabe, Diana aus ihrer starren Pelle zu schälen.

Die junge Lady holte tief Luft, als ihre Rippen befreit waren und ihre Brüste aus ihrer unnatürlich flachgedrückten Lage hervorsprangen. Sie legte das neue Korsett an und starrte ungläubig in den Spiegel. Das konnte unmöglich sie sein. Das rote Halb-Korsett machte aus ihrer Taille fast ein Nichts, doch ihre Brüste wirkten umso voller. Sie wurden hochgedrückt, so daß sie sich auf die erotischste und provozierendste Weise, die man sich vorstellen konnte, über das Bustier wölbten.

Die Ladenklingel bimmelte fröhlich. »Entschuldigen Sie mich, Mademoiselle, ich bin gleich wieder zurück.«

Diana, die von ihrem neuen Aussehen vollkommen verzaubert war, hörte sie kaum. Sie drehte und wendete sich vor dem bodenlangen Spiegel. Selbst ihre Beine in den Seidenstrümpfen sahen länger aus. Das Korsett bedeckte ihre Hüften nicht, sondern endete vor der natürlichen Wölbung ihres Hinterteils und ließ ihren weißen Baumwollhöschen Raum.

Diana sah unerhört sündig aus und fühlte sich auch so. Sie war hingerissen. Was für eine Schande, daß niemand solche wundervolle Unterwäsche sehen konnte. Sie fühlte sich weiblicher als je zuvor und sehnte sich danach, der ganzen Welt zu zeigen, wie atemberaubend die neue Diana Davenport aussah. *Ob es das wohl auch in Schwarz gibt?* fragte sie sich. Dann wurde sie auf einmal der Stimmen im Verkaufsraum gewahr.

»Mark, Darling, ich würde gerne dies hier anprobieren.«

»Aber bitte«, erwiderte der Mann.

Die vertraute Stimme riß Diana aus ihren Träumereien. Diese Stimme würde sie überall wiedererkennen! Bei dem tiefen Vibrato lief ihr ein köstlicher Schauder über den Rücken. Es ärgerte sie, daß er eine solche Wirkung auf sie ausübte.

»Ah, Mademoiselle, eine andere Lady wünscht soeben, dieses Kleid anzuprobieren.«

»Oh, Mark, stell dir nur vor, wie gut das Jadegrün zu meinem Haar passen würde«, säuselte die weibliche Stimme zuckersüß.

Diana fuhr empört auf. Der Herzog von Bath hatte sich ein Weibsbild aufgegabelt und kaufte ihr bereits neue Kleider. Nun, eins war sicher – er würde dem aufdringlichen Biest ganz sicher nicht *ihr* Kleid kaufen!

»Reden Sie es der anderen Lady aus, ich laß es mich was kosten«, sagte Hardwick in einem Ton, der keinen Widerspruch duldete.

Diana zögerte kurz wegen ihres spärlich bekleideten Zustands, doch dann glitt ein liebliches Lächeln über ihre Züge. Der kleine Dämon in ihrem Innern war erwacht! Sie stieß die Tür des Ankleidezimmers weit auf, stolzierte in den Verkaufsraum und riß das jadegrüne Kleid aus den gierigen Händen der Rothaarigen.

»Ooooh, wie können Sie es wagen!« kreischte Vivian.

»Das Kleid gehört mir«, verkündete Diana königlich.

Mark Hardwicks Blick verengte sich und seine Nasenflügel blähten sich instinktiv, als er der berückenden Schönheit in dem provozierenden Korsett ansichtig wurde.

»Dem möchte ich doch entschieden widersprechen!« zischte Vivian.

»Sie können widersprechen, bis Ihre Haartönung verschwindet«, sagte Diana eisig.

»Wissen Sie eigentlich, wer das ist?« zeterte Vivian und deutete auf ihren Begleiter.

»Durchaus«, meinte Diana gedehnt. »Der Herzog von Bath und ich sind alte Feinde. Wissen Sie übrigens, wer ich bin?«

»Was bilden Sie sich ein!« schrie Vivian.

»Ich«, sagte Diana, und ein feines Lächeln umspielte ihre Lippen, »bin die Besitzerin des jadegrünen Kleides.«

Madame Madeleine war klug genug, sich nicht einzumischen, wenn zwei Hündinnen um denselben Knochen stritten.

Hardwicks Miene blieb ernst, obwohl ihm die Komik der Situation keineswegs entging.

Vivian wandte sich hilfesuchend an ihn. »Mark, tu doch was!«

»Ich kaufe dir *zwei* Kleider für das jadegrüne«, tröstete er sie.

Lady Diana beugte sich zu der Rothaarigen und meinte vertraulich: »Passen Sie auf, seine Lordschaft verlangt gerne einen Ausgleich, wofür er bezahlt hat.«

Der Herzog fand das nicht mehr amüsant, aber das helle Funkeln in Dianas übermütigem Blick bewies ihm deutlich, daß sie mit der Situation keine Probleme hatte.

Die Herzogin von Belgrave drehte sich auf dem Absatz um und stürmte aus dem Laden. Hardwick nahm Hut und Stock und folgte ihr wohl oder übel.

»Tut mir leid, daß ich Ihnen *noch* mehr hübsche Stunden ruiniert habe, Mylord«, flötete Diana ihm hinterher.

6. *Kapitel*

»Es wimmelt hier nur so von Leuten – ich könnte schwören, London ist dagegen vollkommen ausgestorben«, verkündete Prudence beim Frühstück.

Diana sah die Visitenkarten der gestrigen Besucher durch, und ihr fiel die von Peter Hardwick auf. Es war jedoch nicht Peters Gesicht, das ihr dabei in den Sinn kam, sondern das seines Bruders. Er wäre ihr gestern in dem Laden fast an die Gurgel gegangen. Sie hatte es ihm – buchstäblich! – gezeigt und er war weiß Gott kein Kostverächter. Diana verspürte erhebliche Genugtuung bei dem Gedanken, daß seine ältere Begleiterin, was das Aussehen betraf, ihr nicht das Wasser reichen konnte.

»Peter war zutiefst enttäuscht, dich hier nicht anzutreffen, als er vorbeischaute. Ich muß sagen, dein Verhalten hat mich ganz schön in Verlegenheit gebracht, Diana. Eine wohlerzogene junge Dame geht nicht allein aus, nicht einmal in einer für Fahrzeuge gesperrten Stadt wie Bath.«

Diana wechselte rasch das Thema. Sie wußte, daß ihr Prudence den ganzen Tag über in den Ohren liegen würde, wenn sie ihr nicht umgehend einen Plan unterbreitete, der sie auf andere Gedanken brachte. »Prudence, weißt du, warum besorgen wir nicht einfach einen dieser wundervollen Rollstühle, die sie hier so häufig haben, für dich? Ich könnte dich überall hinfahren und du müßtest nicht laufen.«

»Rollstühle sind für alte Leute! Nur über meine Leiche. Ich bin doch kein Krüppel und senil erst recht nicht. Selbstredend werde ich Bath zu Fuß erkunden. Tatsächlich fühlt sich meine Hüfte schon viel besser an.«

»Das muß an der Luft liegen, sie ist äußerst belebend«, sagte Diana, ohne eine Miene zu verziehen. »Nun, wie wär's dann heute vormittag mit einem Bad?« fuhr sie munter fort.

Prudence zögerte nur kurz, dann richtete sie sich gerade auf und verkündete ebenso lebhaft: »Aber gern! Genauso hat es der Doktor ja schließlich verschrieben.«

Sie waren ein seltsames Paar, die beiden, als sie kurz darauf über die Westgate Street marschierten. Prudence segelte ganz in bischofsblauem Taft dahin, der gleichzeitig purpurfarben changierte, während Diana in jonquillegelbem Brokat neben ihr herging. Prudence hatte darauf bestanden, daß sie beide ihre gepuderten Perücken und große Hüte mit Straußenfedern aufsetzten. Da Diana über die Umkleideprozedur im Kurbad Bescheid wußte, hatte sie es nicht gewagt, ihr rotes Korsett anzuziehen, sondern hatte sich zähneknirschend in eins der altmodischen Ungetüme gezwängt.

Sie freute sich darauf, das rechteckige Cross Bath mit seinen Marmorstatuen von römischen Göttern und den Büsten von Apollo und Coronis, die aus ihren Wandnischen auf die Badenden hinabblickten, kennenzulernen. Aber Prudence hatte es sich in den Kopf gesetzt, das Queen's Bath zu besuchen, und dahin gingen sie nun auch.

Die lädierte Tante meisterte die Stufen, die zu den warmen Mineralquellen hinabführten, mit erstaunlicher Behendigkeit. »Pfui! Was ist das für ein Gestank?« fragte sie mit gerümpfter Nase, als sie durch eine Dampfwolke marschierten.

»Das ist Schwefel, was du da riechst«, erklärte Diana.

»Warum, um alles in der Welt, haben die nichts genommen, um das Wasser von diesem stinkenden Zeug zu reinigen?« fragte Prudence entrüstet.

»Es ist der Schwefel und die anderen Mineralien, die dem Wasser seine Heilkraft verleihen«, erklärte Diana ihr geduldig wie einem Kind.

Eine Badegehilfin führte sie durch den Korridor in einen Raum mit einer Anzahl von Kaminen und meinte, daß sie hier ihre Kleidung ablegen könnten. Als sie ihnen kurz darauf lange, hochgeschlossene braune Leinenkittel mit ellbogenlangen Ärmeln brachte, verzog Prudence angewidert den Mund. In aller

Öffentlichkeit nun auch Hut und Perücke ablegen zu müssen, wäre eine Zumutung für sie; aber die Badegehilfin versicherte ihr, daß alle Ladies ihre Kopfbedeckungen aufbehielten. Diana andererseits kam sich einfach lächerlich vor in ihrer gepuderten Perücke und dem enormen Hut mit den Straußenfedern und betete inbrünstig, daß sie nicht Peter Hardwick oder, noch schlimmer, seinem Bruder, dem Herzog, begegnete.

Prudence schauderte, als Diana ihr in das lauwarme Wasser half. Ihre Miene hatte den Ausdruck eines Wasserspeiers angenommen und der Abscheu angesichts der ganzen Heilbaderei stand ihr unübersehbar für jedermann ins Gesicht geschrieben.

Diana traute sich wetten, daß sie Zeugin der schnellsten Heilung der Geschichte sein würde. Wahrscheinlich würde Prudence sogar verkünden, daß ein Wunder geschehen sei. Diana konnte es kaum erwarten, das Gesicht ihrer Tante zu sehen, wenn sie den Brunnenraum besuchten und sie das Eisen in dem mineralhaltigen Wasser schmeckte. Nach den Erfahrungen des heutigen Tages würde ihre Tante fortan ihre Zeit zwischen den Kurkonzerten und den Cafés aufteilen, und wenn sie sich selbstständig machen wollte, würde Diana bloß zu sagen brauchen, daß sie auf dem Weg in die Heilbäder sei!

Als sie wieder am Queen Square eintrafen, erwartete Peter Hardwick bereits ihre Rückkehr. »Willkommen in Bath, Ladies. Sie haben mir gestern gefehlt«, meinte er vielsagend zu Diana und führte ihre Hand an die Lippen, wo er für einige Momente besitzergreifend verharrte. »Ich kam, um Sie und Ihre Tante einzuladen, heute abend die Wiltshire Assembly Rooms mit mir zu besuchen.«

»Mein lieber Junge, wir wären entzückt«, meinte Prudence, die die Einladung somit ohne weiteres annahm. »Und Diana freut sich schon so auf einen Besuch in Hardwick Hall. Die Elisabethanische Zeit ist ihre Lieblingsepoche, das stimmt doch, meine Liebe?«

»Eine davon«, murmelte Diana und wurde knallrot über Prudences Dreistigkeit.

»Ich weiß, es ist äußerst unschicklich, euch beide alleine zu lassen, aber ich bin sicher, ich kann Ihnen vertrauen, mein lieber Junge.«

Prudences Taktik war derart transparent, daß Diana nochmals errötete. Sobald sie verschwunden war, entschuldigte sich Diana: »Es tut mir so leid, Peter. Ich habe wirklich nicht die Absicht, Hardwick Hall zu stürmen.«

Sein Gesicht nahm einen verletzten Ausdruck an. »Aber Diana, es ist mein Herzenswunsch, daß Sie mein Geburtshaus besuchen. Kommen Sie doch gleich morgen – morgen früh. Ich möchte so viel Zeit wie möglich mit Ihnen verbringen.«

»Und Ihr Bruder? Hat er momentan nicht Gäste?« Ihr Herz hämmerte wie wild, sobald sie an ihn dachte, und trotz all ihrer Bemühungen konnte sie ihre Gefühle für ihn nicht unter Kontrolle bringen.

»Nicht daß ich wüßte«, versicherte ihr Peter.

»Aber ich sah ihn gestern mit einer charmanten Rothaarigen.«

»Das muß wohl die Witwe Vivian gewesen sein. Du liebe Güte, sie ist kein Hausgast. Sie ist seine – also, sie ist …«

»Ich weiß genau, was sie ist.«

»Dann sind Sie nicht so unschuldig, wie Sie aussehen«, sagte Peter und seine Stimme wurde ein wenig heiser. Er ergriff erneut ihre Hand und drückte sie inbrünstig. »Nur zukünftige Bräute sind auf Hardwick Hall als Gast willkommen.«

Diana konnte nicht umhin, die Bedeutung seiner Worte zu verstehen. Obwohl sie enorm geschmeichelt war, konnte sie sich des Gefühls nicht erwehren, daß da eine Falle zuzuschnappen drohte. »Morgen ist unmöglich, fürchte ich«, beeilte sie sich daher, ihn zu vertrösten.

»Ich gehe nicht eher, als bis Sie versprechen zu kommen«, schwor er.

Ihre amethystfarbenen Augen weiteten sich, als sie sah, wie er den Kopf zu ihr senkte. Erschrocken rang sie nach Luft, als seine Lippen auch schon die ihren bedeckten. Sie empfand keinerlei romantische Regungen, war jedoch überrascht, wie sanft er sie küßte.

Als sie ihre Lippen von den seinen zurückzog, flüsterte er: »Wann kommst du?«

»Bald«, versprach sie.

»Wie bald?« bestürmte er sie.

»Übermorgen.«

Peter schüttelte den Kopf. »Das ist lange nicht bald genug.« Er ergriff sie bei den Schultern und zog sie noch näher. Seine Lippen strichen sanft über die ihren. »Morgen«, beharrte er.

Diana fiel es schwer, sich eine plausible Entschuldigung einfallen zu lassen, eine Entschuldigung, die er auch glaubte. »Prudence hält mich ganz schön in Atem. Sie ist auf Wunsch des Arztes hier, um Heilbäder zu nehmen, und ich muß sie begleiten.« Diana fragte sich, warum sie eigentlich nach Ausflüchten suchte. Sie würde viel lieber einen elisabethanischen Herrschaftssitz besuchen, als ein abscheuliches braunes Leinenhemd zu tragen und in lauwarmem Wasser zu sitzen.

»Prudence schien sich sehr auf einen Besuch zu freuen – soll ich klingeln und ihr die Einladung übermitteln?« Er trat bedrohlich auf die Klingelschnur zu.

Dianas Augen funkelten, als sie zugeben mußte, daß er sie ausmanövriert hatte. »Du bist ein Fuchs Peter Hardwick. Also gut, ich gebe mich geschlagen. Wir werden morgen kommen.«

»Und über Nacht bleiben«, beharrte er. »Um Hardwick Hall in all seinem Glanz zu genießen, mußt du im Mondschein über die Brüstungen wandern, bei Tagesgrauen durch den Park des Anwesens reiten und natürlich in der Schlafkammer übernachten, in der einst die jungfräuliche Königin schlief.«

Dianas Wangen glühten. »Du hast gewonnen, Peter. Ich werde eine Tasche für eine Nacht packen, aber nur unter der Bedingung, daß du mir heute abend die Assembly Rooms ersparst.«

Peter grinste. »Die sind in der Tat ausgesprochen abscheulich. Es ist mir ein Vergnügen, sie ausfallen zu lassen.« Sein triumphierendes Lächeln reichte bis zu seinen Augen. »Ich werde euch morgen vormittag um elf abholen, dann sind wir rechtzeitig zum Lunch daheim.«

Als er ging, konnte Diana Prudence aus der Küche hören, wo sie wie immer herumkommandierte. Sie wartete ergeben, bis die Tante auftauchte. »Es wird dich freuen zu hören, daß Peter eine Einladung nach Hardwick Hall ausgesprochen hat.«

»Hat er mich eingeschlossen?«

»Selbstverständlich.«

»Ah, der liebe Junge! Seine Manieren sind tadellos. Wann sollen wir kommen?«

»Morgen. Er hat uns über Nacht eingeladen, damit wir in den vollen Genuß seiner Gastfreundschaft eines elisabethanischen Herrschaftssitzes kommen. Peter klang nicht allzu begeistert über die Assembly Rooms, also haben wir genug Zeit, uns auf morgen vorzubereiten.«

»Eine Einladung auf das Schloß eines Herzogs erhält man wirklich nicht alle Tage. Ich werde sowohl Bridget als auch die andere Kammerzofe benötigen, um meine Garderobe für morgen und all die Dinge, die zu so einem Anlaß unerläßlich sind, zusammenzustellen.«

Kaum war Prudence gegangen, schlüpfte Diana aus dem Haus. Sie ging zum Fluß hinunter, um den Schwänen zuzusehen. Der Avon war hier auf seinem Weg zum Bristolkanal und der Nordsee sowohl breit als auch tief. Diana stellte sich die Schiffe der Normannen, der Wikinger vor und die Kriegsschiffe der Römer mit ihren enormen Rudern. Sie sah zwei Barken, vollgeladen mit dem goldenen Stein aus Bath, der wohl aus den Hardwickschen Steinbrüchen stammte. Während sie sich umblickte und all die wunderschönen georgianischen Häuser mit ihren prächtigen Fassaden studierte, fragte sie sich, wie viele davon wohl aus dem Material eben jener Steinbrüche erbaut worden waren. *Die Familie muß enorm reich sein, und sicherlich ist es alteingesessener Reichtum,* dachte sie. Sie würde die Familiengeschichte der Herzöge von Bath in der Bücherei nachschlagen und herausfinden, wie sie zu dem ehrwürdigen elisabethanischen Herrschaftssitz gekommen waren.

Übrigens ging ihr auch der gegenwärtige Hausherr Mark Hardwick nicht aus dem Sinn. Er war ein dunkler, dominanter und gefährlicher Mann. Genau der Typus, der ihr immer vorgeschwebt hatte. Er war so ganz anders als seine männlichen Zeitgenossen. Diana kam er vor wie das absolute Gegenteil eines georgianischen Stutzers. Tatsächlich paßte er viel eher in ein anderes Jahrhundert, als in dieses. Der Herzog würde einen prächtigen mittelalterlichen Ritter abgeben oder einen elisabethanischen Seefahrer. Als sie in dieser Nacht einschlief, war es nicht der galante junge Peter, der ihr in ihre Träume folgte, sondern sein finster-arroganter Bruder.

Am nächsten Morgen zogen Rassepferde Peters vornehme Kutsche vom Stadtzentrum zum Avon hinab und folgten dessen gewundenem Lauf bis hinauf in die nördlichen Hügel. Prudence erkundigte sich eifrig: »Ist der Herzog ebenfalls zu Hause?«

»Äh ... nein, ich fürchte, mein Bruder ist derzeit verreist. Er ist Magistrat von Somerset und wurde nach Bristol berufen.«

»Wie schade«, bedauerte Prudence. »Ich hatte gehofft, Diana würde die Gelegenheit erhalten, die alten Unstimmigkeiten mit seiner Lordschaft aus dem Weg zu räumen. Dieses schreckliche Mißverständnis mit der Bibliothek war wirklich ausgesprochen unglücklich.«

Diana räusperte sich, hielt jedoch wohlweislich den Mund. Es stand weit mehr zwischen ihnen als ein paar Bücherschränke! Wann immer sie einander über den Weg liefen, traten Spannungen auf, und obwohl ihr die Situation gar nicht geheuer war, fühlte sie sich auf fatale Weise zum falschen Bruder hingezogen. Sie war mehr als erleichtert zu hören, daß sie nicht die Nacht unter ein und demselben Dach mit ihm verbringen mußte.

In dem Augenblick, in dem sie an dem efeuüberwachsenen Pförtnerhäuschen vorbei in die lange Auffahrt zum Anwesen einbogen, verlor Diana ihr Herz an Hardwick Hall. Peter sah ihren fast ehrfürchtigen Blick und wußte, daß er seinem Ziel wieder ein Stück näher gerückt war. Als die überdachte Kutsche vor dem Eingangstor zum Halten kam, eilten ihnen der Majordomo und zwei livrierte Pagen entgegen.

»Mir kommt da gerade eine wundervolle Idee.« Peter wendete sich Prudence zu. »Ich überlasse Sie den fähigen Händen von Mr. Burke, während ich Lady Diana das Anwesen zeige.«

»Machen Sie sich keine Gedanken um mich, Peter! Es ist mir eine Freude, hier zu sein. Lauft ruhig los, Kinder.«

Diana traute ihren Ohren kaum. Nachdem Peter sie aus der Kutsche gehoben hatte und zum Garten führte, sagte sie: »Sie frißt dir aus der Hand, die gute Tante.«

Er blieb stehen und blickte auf sie nieder. »Ich weiß eben, wie man eine Frau anfaßt«, murmelte er mit rauher Stimme.

In Dianas Wangen stieg flammende Röte und ein Prickeln lief ihr über den Rücken. Obwohl Peter es verstand, die betörendsten und ungehörigsten Dinge zu sagen, erregte sie das nicht, sondern veranlaßte sie vielmehr zur Vorsicht. Sie mahnte sich, ihm nicht zu sehr zu vertrauen, aber als sie von der Schönheit der elisabethanischen Gärten mit ihren Blumenhecken umfangen wurde, erfüllte sie dennoch ein starkes Glücksgefühl.

Sie erkundeten den Taubenschlag, den Obstgarten mit seinen alten Bienenstöcken, die im Tudorstil angelegten Wasserspiele und beobachteten die stolzen Pfaue, wie sie über den dicken, samtig-grünen Rasen stolzierten. Als sie zu einem Labyrinth aus Hecken kamen, das demjenigen in Hampton Court nachgebildet war, konnte Diana einfach nicht widerstehen. Peter setzte sich auf eine Holzbank. »Nun geh mal auf Entdeckungsreise«, drängte er. »Wenn du in fünf Minuten nicht zurück bist, dann komme ich und rette dich.«

Innerhalb von einer Minute hatte Diana sich hoffnungslos verirrt, was sie natürlich herrlich aufregend fand. Die Hecken des Labyrinths waren zu hoch, als daß man hätte darübersehen können und zu dicht, um hindurchzuspähen. Nach vielen falschen Kurven und Sackgassen fand sie endlich das Zentrum. Dort saß Peter und erwartete sie.

»Du Schwindler«, schalt sie ihn lachend, »du hast versprochen, draußen zu warten.«

»Um die Gelegenheit zu verpassen, mit dir allein zu sein, wo endlich niemand meine amourösen Avancen sehen kann?«

Diana wußte, wenn sie davonrannte, würde er das nur für einen Anreiz halten, sie zu jagen und zu fangen.

Peter kam entschlossen auf sie zu und zog sie in seine Arme. »Ich muß ein Pfand fordern, bevor ich dich gehen lasse; das ist so üblich.«

»Welche Art Pfand?« fragte Diana, die vollkommen regungslos im Kreis seiner Arme stand.

»Du mußt ein Kleidungsstück ausziehen«, sagte er unverfroren.

Ohne mit der Wimper zu zucken, zog Diana einen Handschuh aus und hielt ihn ihm hin.

Peter konnte einen Ausdruck der Enttäuschung nicht ganz verbergen. »Du spielst nicht fair«, beschwerte er sich.

»Ich spiele überhaupt nicht«, sagte sie gelassen.

»*Himmel, sie ist kalt wie eine Eisprinzessin,* dachte er. *Jede andere würde jetzt schon im Hemd dastehen.* Es wäre so viel leichter für ihn, wenn sie sich williger von ihm verführen ließe, aber selbst ihr Sträuben würde ihn nicht aufhalten. Er mußte bis heute nacht warten, um die Sache über die Bühne zu bringen. Alles war sorgfältig eingefädelt, so daß es kein Entkommen für sie gab. Sein Mund verzog sich zu einem Lächeln. Es würde sein, wie wenn man ein Lamm zum Schlachter führt. Er murmelte:

»Ich gebe mich mit dem Handschuh zufrieden, wenn ein Kuß dabei ist.«

Als sie ihm ihren Mund darbot, beherrschte er sich. Er würde sich das Mädchen verpflichten, so oder so, und er hatte nur diese eine Nacht, um die Sache zu bewerkstelligen. Peter wußte, er konnte es sich nicht leisten, schon zu diesem Zeitpunkt ihr Mißtrauen zu erregen, also strich er lediglich mit den Lippen über ihre Stirn. Als Belohnung für sein wohlerzogenes Verhalten stellte sie sich auf die Zehenspitzen und berührte seinen Mund mit dem ihren. Als sie wieder aus dem Labyrinth auftauchten, wußte Peter, daß er dem Sieg schrittweise entgegenzog!

Das Abendessen versprach eine ziemlich formelle Angelegenheit zu werden. Es würde in dem holzgetäfelten Speiseraum mit seinem massiven Eßtisch und den reich mit Schnitzereien verzierten Stühlen im Tudorstil serviert werden.

Nach ihrem Bad streifte Diana das scharlachrote Korsett über und schlüpfte anschließend in ihr neues jadegrünes Kleid. Nie zuvor hatte sie schöner ausgesehen und sich verführerischer gefühlt. Sie konnte nicht vergessen, wie der Herzog von Bath sie angeblickt hatte, und kämpfte hart gegen den heftigen Wunsch, er möge sie heute abend so sehen.

Das Dinner bestand aus sechs Gängen und Diana wartete ungeduldig auf die Führung durch Hardwick Hall, die Peter ihr versprochen hatte. Am Ende des Mahls wurden Kristallgläser vor sie hingestellt und bis zum Rand gefüllt.

Peter erhob sich. »Die modernen Sitten verlangen, daß die Ladies den Tisch verlassen, während die Herren ihren Port genießen, aber heute abend richten wir uns nach elisabethanischen Bräuchen. Das hier ist Hippocras, ein Wein, der warm und gewürzt serviert wird, so wie ihn schon die Königin vor über zweihundert Jahren schätzengelernt hat. Ich schlage einen Toast vor auf Lady Diana Davenport! Hardwick Hall verlangt nach einer Herrin, die so schön und anmutig ist wie Ihr.«

Der Wein schmeckte vollmundig, und seine Wärme durchzog Dianas Adern wie ein Buschbrand. Sie nahmen ihre Gläser mit Hippocras und ließen Prudence am Tisch sitzen, während sie sich aufmachten, das Herrenhaus zu erkunden.

Er zeigte ihr die kleine Damenkapelle und den Destillierraum, wo aus den hauseigenen Rosen und Kräutern Parfums zusammengestellt wurden. Im Ballsaal hatte Peter Hunderte von Kerzen in den Lüstern anzünden lassen, und von der Galerie schwebten die Melodien eines Musikanten zu ihnen herab.

Peter breitete die Arme aus und Diana ließ sich umfangen. Während sie tanzten, schloß sie die Augen und stellte sich vor, sie würde sich wahrhaftig in der Zeit Elisabeths I. befinden. Ihr jadegrünes Kleid umschloß mit einem gestärkten Rüschenkragen ihren Hals. Sie hatte das Gefühl, das alles schon einmal mit einem anderen Partner erlebt zu haben, mit einem, der seine mächtigen Muskeln anspannte, um sie zum Rhythmus der flotten Galliarde hoch in die Luft zu schwingen. Glückselig lächelte sie in seine schwarzen Augen hinunter, da verwandelte sich sein Gesicht wieder in das von Peter.

Als er sie auf dem spiegelblanken Parkett absetzte, beugte er sich zu ihr und flüsterte: »Laß uns hinausgehen zur Brüstung und um das Dach herumspazieren.« Sie legte ihre Hand in die seine, und wie zwei Verschwörer schlüpften sie aus dem Ballsaal.

Diana lehnte sich über die Steinbrüstung und badete im Mondschein und in der Magie dieser Nacht. Dieses Märchenschloß wirkte so warm und willkommenheißend auf sie, als habe es schon seit zwei Jahrhunderten auf sie gewartet und sie sei nun endlich heimgekehrt. Die ganze Atmosphäre verströmte Romantik. Diana wußte, daß sie ihr Herz verloren hatte, aber sie glaubte nicht, daß es möglich war, den Mann ebenso zu lieben wie das Haus. »Du hast mir das Schlafzimmer der Königin noch nicht gezeigt«, murmelte sie verträumt.

Auf dieses Stichwort hatte er nur gewartet. Im Dunkeln lächelte Peter über seine Schlauheit. »Das Beste habe ich für den Schluß aufgehoben. Es gibt einen Geheimgang«, wisperte er.

»Nein!« rief sie vollkommen hingerissen. Einer der Kamine ließ sich öffnen und enthüllte Stufen, die nach unten führten. »Brauchen wir denn kein Licht?«

»Halte dich einfach nur an mir fest, meine Süße. Wir werden uns vorwärts tasten.« Sie klammerte sich an seine Hand und legte ihre andere auf seinen breiten Rücken. Dort fühlte sie die Muskeln unter seinem Hemd und errötete in der Dunkelheit. So viel beherrschte Kraft, soviel Stärke. Was würde geschehen, wenn diese Kraft frei würde? Bei dem Gedanken lief ihr ein Schauder über den Rücken. Die Dunkelheit und der enge Gang, zusammen mit der Aufregung, die dieses Abenteuer bot, benahmen ihr den Atem. Sie war drauf und dran zu schreien, als sich plötzlich vor ihr eine Tür öffnete und den Gang mit Licht überflutete.

Peter zog sie ins Zimmer und schloß die Geheimtür hinter ihnen. Es war der beeindruckendste Raum, den Diana je gesehen hatte. Er war extrem groß, mit einem riesigen steinernen Kamin, der beinahe eine ganze Wand einnahm. Über dem Sims hingen zwei Porträts. Das eine stellte Elisabeth I. in einem schwarzen, mit Diamanten und Perlen bestickten Samtkleid dar und das andere den ersten Herzog von Bath. Seine schwarzen Augen glänzten in den finster-stolzen Zügen.

Vor dem Kamin standen ein Paar »Er«- und »Sie«-Stühle, mit Ohrenbacken gegen den Luftzug, und zwischen den Stühlen stand ein mit schwarzen und weißen Quadraten eingelegter Spieltisch. Herrliche Elfenbeinfiguren waren einladend darauf aufgebaut.

Am anderen Ende des Raums befanden sich endlose Bücherregale, die vom Boden bis zur Decke reichten und deren ledergebundene Folianten allesamt mit Goldrand versehen waren. Auf einem zweieinhalb Meter langen massiven Tisch standen silberne Tintenfäßchen, ein silberner Sandstreuer und ein Federhalter. Die gesamte Tischfläche bedeckten Papiere, Dokumente und Karten, als ob jemand in seiner Arbeit unterbrochen worden wäre. Ein riesiges massivhölzernes Himmelbett mit schweren Samtvorhängen dominierte den Raum. Alles war in den Tudorfarben Grün und Weiß gehalten, bestickt mit kleinen goldenen Krönchen und Löwen. Es duftete würzig nach Sandelholz.

»Einfach perfekt«, seufzte Diana. In ihrem grünen Samtkleid wurde sie einen zauberhaften Moment lang zu Königin Elisabeth. Sie machte die Augen zu und wünschte, der Raum würde ihr gehören. Als sie sie wieder öffnete, hatte Peter ein Glas blutroten Weins für sie eingeschenkt. Diana wußte, daß sie bereits genug getrunken hatte, um sich ein wenig unsicher auf den Beinen zu fühlen; aber irgendwie erschien es ihr richtig, leichtsinnig zu sein und den edlen Tropfen zu genießen. Sie leerte ihr Glas in einem Zug und fühlte eine blutrote Rose in ihrer Brust aufgehen.

Peter nahm ihr das Glas aus der Hand und zog sie heftig an sich. Sein fordernder Mund senkte sich über den ihren, zwang ihre Lippen, sie für ihn zu öffnen. Er vertiefte den Kuß leidenschaftlich und fuhr mit den Händen an die Haken am Rücken ihres Kleides.

Plötzlich schwang die Tür auf und Mark Hardwick trat über die Schwelle seines Reichs. Diana keuchte erschrocken auf und entzog sich Peters Armen. Ihre Hand flog zum Bustier ihres Gewands, dessen Rücken aufklaffte.

»Mark! Was zum Teufel tust du heute abend in Hardwick Hall?«

»Meine Geschäfte in Bristol waren beendet«, sagte sein Bruder in sachlichem Ton. »Und du, mein lieber Peter?«

»Ich mache einen Heiratsantrag, wenn du nichts dagegen hast. Lady Diana und ich sind verlobt und werden heiraten.«

Diana wollte protestieren, aber alles wonach sie im Moment trachtete, war, dem zynischen Blick des arroganten Herzogs von Bath zu entfliehen. Es war nun peinlich klar, daß es sich hier um sein Schlafzimmer handelte. »Nun, dann sind wohl Glückwünsche angebracht«, sagte der Herzog mit unbewegter Miene. »Willkommen im Kreise der Familie!«

Diana wußte, daß sie vollkommen kompromittiert war. Wenn sie die Verlobung bestritt, gab sie indirekt zu, die Hure abgegeben zu haben. Ihre Wimpern senkten sich auf ihre Wangen. »Bitte entschuldigen Sie mich, Sie beide.«

Eine Welle der Fürsorge überrollte Mark Hardwick. Diana Davenport war so jung, so lieblich. Er fragte sich, ob sie auch nur im leisesten ahnte, auf was für einen brutalen Schuft sie sich eingelassen hatte.

»Nun, bist du oder bist du nicht?« fragte Prudence barsch, während die Kutsche sie von Hardwick Hall zum Queen Square zurückbrachte.

»Ja… und nein«, erwiderte Diana, deren Gedanken überall waren, bloß nicht bei ihrem Gespräch.

»Nun, das ist ja eine äußerst klare Antwort! Und warum schleichen wir uns bei Morgengrauen davon, wie Diebe in der Nacht?« fragte Prudence, ohne zu merken, daß sie die Redensarten durcheinanderwarf. »Das sieht aus, als ob du vor etwas wegläufst.«

»Das tue ich wohl auch«, gestand Diana. Irgendwie war sie Prudence eine Erklärung für ihren überstürzten Aufbruch aus Hardwick Hall schuldig. »Der Herzog von Bath ist gestern spätabends überraschend zurückgekehrt und Peter hat ihm gesagt, daß wir verlobt wären und heiraten würden.«

Prudence sank erleichtert in den Sitz der Kutsche zurück. »Dem Himmel sei Dank! Ich dachte schon, er würde die Sache nie über die Bühne bringen.«

Diana fuhr entrüstet auf. »Die Sache ist nur leider die, Peter hat mich nie gefragt, und ich habe niemandem mein Wort gegeben.«

»Kleinigkeiten. Unwichtige Kleinigkeiten. Glaube mir, wenn

der Herzog informiert wurde, dann bist du ganz gewiß verlobt.«

»Vielleicht«, erwiderte Diana zögernd. Sie hatte sich gedrückt, indem sie Mr. Burke einen Brief an Peter übergab und ihn bat, die Kutsche für ihre Abfahrt fertigmachen zu lassen.

Letzte Nacht war sie wütend gewesen und hatte sich gedemütigt gefühlt über die Art, wie er sie kompromittiert hatte, noch dazu vor seinem arroganten Bruder. Es kam ihr vor, als ob er sie bewußt in eine Falle gelockt hätte. Wenn sie heute morgen geblieben wäre, wäre es möglicherweise zu einer schrecklichen Szene gekommen, vor Prudence und dem Herzog, und das hätte Diana keinesfalls ertragen.

Das hier betraf nur sie und Peter. Sie würde ihn sich schon noch vorknöpfen, aber wenn sie allein waren. Doch bevor sie sich dem stellte, brauchte sie ein wenig Zeit für sich allein, um sich über ihre Gefühle klarzuwerden und zu einer Entscheidung zu gelangen. Im Moment herrschte zuviel Aufruhr in ihrem Inneren, als daß sie eine vernünftige Lösung, die den Rest ihres Lebens betraf, hätte finden können.

Peter würde sie, sobald er ihren Brief gelesen hätte, sprechen wollen. In ihrer jetztigen Verfassung konnte es sehr leicht passieren, daß sie die Beherrschung verlor und Dinge sagte, die sich nie wieder zurücknehmen ließen. Sie mußte allein sein, nachdenken, sich selbst erforschen, ohne daß ihr dabei jemand dreinredete.

Als sie vor dem Haus am Queen Square abstiegen, merkte Diana zu ihrem großen Kummer, daß sie in ihrer Hast ihr Gepäck zurückgelassen hatte. Bei Tagesgrauen war sie eiligst in eines ihrer alten Korsetts und ein äußerst einfaches, hochgeschlossenes beiges Kleid geschlüpft, bevor sie an den ebenfalls bis obenhin zugeknöpften Mr. Burke herangetreten war. Himmel, nie im Leben hatte sie sich so unattraktiv gefühlt.

Sie gab dem Kutscher der Hardwicks ein äußerst großzügiges Trinkgeld, weil sie froh darüber war, daß er sie so rasch in

Sicherheit gebracht hatte. Dem fiel das Kinn herunter. Diana biß sich auf die Lippen, als sie ihren gesellschaftlichen Fauxpas bemerkte; doch sie stellte nicht ohne Zynismus fest, daß er ihr Geld nicht zurückwies. Sie nahm Prudences Gepäck und trug es ins Haus.

Ihre Tante war bereits in der Küche und erteilte munter Anweisungen für einen stärkenden Lunch. »Bis dahin könnt ihr mir einen Madeira und ein paar Rühreier servieren, bevor ich mich ein wenig niederlege.«

Dianas Gedanken zuckten wie Quecksilber. Wenn Prudence sich hinlegte, würde sie bis zum Lunch niemand vermissen. Ein ganzer Vormittag für sich selbst war das reinste Glück. Sobald sie sich einmal aus dem Haus gestohlen hatte, könnte sie vielleicht sogar den lieben langen Tag fernbleiben. Was zum Teufel konnte Prudence ihr schon anhaben?

Diana hätte das häßliche beige Kleid gerne ausgezogen, aber wenn sie Prudence nach oben folgte, verlor sie kostbare Zeit. Wie der Blitz war sie aus der Tür und eilte in Richtung Sion Hill und Landsdown Road.

Als sie dic Anhöhe erklommen hatte und auf die perfekte kleine georgianische Stadt hinabblickte, verspürte Diana ein Gefühl von Freiheit. Die warme Luft war erfüllt vom Plätschern des Quellwassers; es floß den Hügel hinab und in den langsam dahinziehenden, breiten Avon, der sich an dieser Stelle über das Wehr an der Pulteney Bridge ergoß.

Sie konnte die Türme der mittelalterlichen Abtei erkennen, in der König Edgar im zehnten Jahrhundert gekrönt worden war, sowie die eleganten Umrisse eines Bauwerks namens »The Circus«, das der Architekt John Wood im Stil eines römischen Kolosseums erbaut hatte.

Diana füllte ihre Lungen mit der köstlich frischen Luft und wußte auf einmal, daß sie einen Entschluß gefaßt hatte. Es war so einfach, wenn man es genau betrachtete. Sie und Peter waren verlobt, aber die Dauer der Verlobung stand noch nicht fest.

Wenn er sich mit einer langen Verlobungszeit einverstanden erklärte, sagen wir einmal ein Jahr, dann würde sie die Dinge lassen, wie sie waren. Wenn nicht, würde sie die ganze Sache sofort abblasen. In ein paar Monaten wurde sie volljährig und hatte dann die Vollmacht über ihr Geld und ihr Erbe. Sie wollte ein Jahr Freiheit, bevor sie sich unter die Fuchtel eines Ehemanns begab. Wenn Peter sie liebte, würde er warten.

Jetzt, da sie ihre Entscheidung getroffen hatte, fielen alle Sorgen mit einem Mal von ihr ab. Ihr Herz wurde leicht. Es war ein herrlicher Morgen, sie befand sich in einer wunderschönen, uralten Stadt, und das beste von allem war, sie hatte einen ganzen Tag, um ihre Schätze zu erkunden.

Diana schlenderte langsam wieder den Hügel hinab, wendete sich zuerst nach links und dann nach rechts, bis sie sich in einer Straße wiederfand, in der sich lauter hübsche kleine Antiquitätenläden aneinanderreihten. Die Gegenstände in den Schaufenstern waren derart verlockend, daß sie sie unbedingt in den Händen halten wollte.

Etliche der Kuriositäten konnte sie nicht benennen. Es gab Dutzende von antiken Bronzearmaturen, eine weiße Badewanne mit Krallenfüßen, antike steinere Gartensitze, alte Uhren, Spinetts und Mandolinen. Sie blieb vor einem mittelalterlichen Wandteppich stehen, der zwar verblaßt, aber immer noch wunderschön war. Diana freute sich über die Maßen, tatsächlich etwas sehen und anfassen zu können, was aus dem Mittelalter stammte.

Einige Meter weiter, blieb sie erneut abrupt stehen, als sie auf eine Reihe römischer Artefakte stieß. *Die können doch unmöglich echt sein?* dachte sie und ihr Herz klopfte schneller. Sie trat ein und da lag ein bronzener Helm mit verzierten Backenstücken, ein Schild, Schwerter, die in Scheiden steckten und eiserne Dolche. *Vielleicht stammten sie aus dem ersten Jahrhundert?* Als sie mit dem Finger über den römischen Helm strich, kam es ihr vor, als ob er sie verbrennen würde. Tief beeindruckt fragte sie sich, wie diese Gegenstände siebzehn Jahrhunderte hatten überdauern können. »Dieser Helm gehörte einem römischen Zenturio«, murmelte sie ehrfürchtig.

Diana blickte sich in dem Laden um, konnte den Besitzer jedoch nirgendwo entdecken. In einer plötzlichen Eingebung nahm sie ihren Hut ab und beschloß, den Helm aus Spaß aufzusetzen. Einen Augenblick lang vergaß sie, daß sie ja eine Perücke trug. Mit einer leisen Verwünschung stopfte sie die gepuderten Locken unter die Backenstücke.

Der Bronzehelm war unglaublich schwer, und als sie versuchte ihn wieder abzunehmen, klemmte er auf ihrem Kopf fest. Sie hörte ein lautes Dröhnen in ihren Ohren. Auf einmal fühlte sie sich schwach und schwindlig, und alles verschwamm vor ihren Augen. Dann wurde ihr plötzlich kalt. Es rauschte so eisige Luft an ihr vorbei, als ob sie mit hoher Geschwindigkeit durch die Zeit flöge, ohne sich auch nur eine Handbreit von der Stelle zu bewegen.

Der Lärm in ihrem Kopf nahm derart zu, daß ihre Trommelfelle jeden Moment zu platzen drohten. Sie hob die Hände und hielt sie über ihre Ohren, aber alles was sie fühlte, war der Bronzehelm, der ihr unerträgliche Kopfschmerzen bereitete. Dann hatte sie das Gefühl zu fallen, nicht nur auf den Boden, sondern tiefer, viel tiefer.

7. Kapitel

Diana hörte Männergebrüll und wußte irgendwie, daß sie sich draußen im Freien befand und die Sonne sie blendete. Sie versuchte, sich auf die Füße zu rappeln, doch während sie noch auf den Knien lag, sah sie zwei riesige Rösser auf sich zustürmen, die eine Art Karren hinter sich herzogen. Instinktiv warf sie sich wieder zu Boden, um sich aus der Reichweite ihrer Hufe zu rollen. Als die Pferde sie vor sich auf dem Weg liegen sahen, bäumten sie sich wiehernd und schnaubend auf, und der Wagen, den sie hinter sich herzogen, donnerte mit einem lauten Getöse nur wenige Zentimeter an ihrem Kopf vorbei. Sie hörte, wie jemand schrie und erkannte, daß sie es selbst war.

Die Stimme eines Mannes brüllte lauthals Verwünschungen in ihre Richtung. Vage erkannte sie andere Pferde und Männer, die sich um sie versammelten, aber ihre Aufmerksamkeit wurde von dem Mann, der sie so anbrüllte, gefangengenommen. Während sie ihn anstarrte, kam ihr der Gedanke, daß er dem Herzog von Bath auf frappierende Weise ähnelte. Er besaß dasselbe schwarze Haar und die schwarzen Augen, dieselbe gebogene, raubvogelähnliche Nase; aber eine Narbe verlief von seiner Schläfe zu seinem Wangenknochen, was ihm ein finsteres Aussehen verlieh. Seine Schultern waren unglaublich breit, seine Brust auffallend muskulös und vollkommen nackt. Er trug eine Art Kostüm, das auch seine Beine nackt ließ, und sie sahen so hart und dick aus wie Eichenstämme.

Das Rad, das sie beinahe überrollt hätte, gehörte offensichtlich zu einem zweirädigen Streitwagen. Heiße Wut überkam sie, als sie merkte, daß sie beinahe von einem Haufen lächerlicher Männer, die sich als Römer verkleidet hatten und ein dummes Streitwagenrennen veranstalteten, getötet worden wäre. »Ihr verdammten Dummköpfe! Erwachsene Männer, die sich wie kleine Jungen aufführen. Ausgepeitscht gehört ihr alle!«

Der finstere Mann deutete gebieterisch auf sie. »Ergreift sie!« befahl er.

Zwei Giganten folgten seinem Befehl umgehend. Dianas Zähne schlugen aufeinander, als sie auf die Füße gerissen und festgehalten wurde, bis ihr Anführer sie erreicht hatte. Er türmte sich zornesrot über ihr auf. »Du weibliches Bündel aus Fetzen! Du hättest beinahe meine Pferde in Gefahr gebracht. Wer bist du?« fauchte er.

Sie starrte ihn fassungslos an. Obwohl er eine eigenartige

Mischung aus Italienisch und Latein sprach, verstand sie jedes Wort.

»Beim Jupiter, du hast einen Helm gestohlen«, beschuldigte er sie, während er eine riesige Hand ausstreckte und ihr besagten Helm vom Kopf riß. Er sah, daß das Haar der weiblichen Person weiß war und hielt sie für eine alte Frau. Das schmutzige weite Kleid, das sie anhatte, bedeckte jeden Zentimeter ihrer Haut, vom Hals bis zu den Zehen. Er hatte noch nie im Leben eine so eigenartig ausstaffierte Person gesehen. »Da du mir nicht antwortest, tue ich es für dich. Du bist eine Spionin – eine Druidenspionin, so wie du aussiehst, mit deinem seltsamen Kittel.«

Was er sagte, ergab keinen Sinn. Diana starrte in seine schwarzen Augen und sah, wie er langsam seinen Zorn unter Kontrolle brachte. »Schafft sie von der Bahn und haltet sie mir aus dem Weg. Bindet sie fest – ich werde sie später verhören.«

Die Männer zerrten sie fort. »Laßt mich los! Wie könnt ihr es wagen, so mit mir umzugehen? Ist dieser Haudegen etwa Mark Hardwick?« Sie wußte, daß sie sie verstanden, denn sie lachten und erwiderten: »Nein, dieser Haudegen ist Marcus Magnus, der Primus Pilus.«

Ziemlich grob langten die Männer zu, ohne sich darum zu kümmern, ob sie ihr weh taten. Furcht keimte in ihr auf und begann langsam ihre Wut zu verdrängen. Sie brachten sie zu einem hölzernen Wagen. Einer der Männer holte ein eisernes Halsband heraus und befestigte es um ihren Hals, wie bei einem ungehorsamen Hund. »Das könnt ihr nicht mit mir machen!« rief sie, aber die Männer trotteten bereits davon, ohne sich weiter um sie zu kümmern. Niemand achtete mehr auf sie. Sie war eine Gefangene dieser seltsamen, grausamen und unzivilisierten Meute. Sie sank zu Boden und fing an zu weinen.

Sobald Diana einmal begonnen hatte, konnte sie nicht mehr aufhören; sie schluchzte und schluchzte, bis sie einen Schluckauf bekam. Schließlich erkannte sie, daß sie mit Weinen gar nichts erreichte. Niemand nahm auch nur die geringste Notiz von ihr, so daß ihr Schluchzen langsam abebbte.

Mit schmutzigen Händen wischte sie sich übers Gesicht, schneuzte sich die Nase am Ärmel und begann dann langsam ihre Umgebung wahrzunehmen. Eine Rennbahn war angelegt worden, und jeder der Anwesenden, ob sie nun an dem Rennen teilnahmen oder nicht, war wie ein römischer Soldat gekleidet. Egal welche Hautfarbe, Größe oder Gewicht sie besaßen, alle strotzten sie vor Kraft und Mutwillen. *Sie sahen aus, wie Männer aussehen sollten, es aber selten der Fall ist,* dachte sie.

Die Helden in den Streitwagen waren allesamt halsbrecherisch leichtsinnig. Jeder sah aus, als würde er lieber sterben als verlieren. Sie achteten kaum auf ihre Sicherheit, sondern streiften immer wieder die Radnabe des Nachbarn im Kampf um den Sieg. Die armen Teufel, deren Streitwagen umkippten, mußten sich, so schnell und gut sie konnten, in Sicherheit bringen, denn keiner zügelte aus Rücksicht seine Pferde. Es kämpfte jeder Mann für sich selbst, und Gewinnen war alles. Dennoch nahm Diana wahr, daß ihnen das Ganze ungeheuren Spaß machte, wenn man den Lärm, den sie veranstalteten, in Betracht zog. Sie lachten, brüllten, prahlten oder fluchten.

Ein Mann überragte alle anderen. Er war unschlagbar, dieser Marcus Magnus. Seine weißen Pferde glichen in ihrer Pracht dem Mann selbst. Dianas Hand fuhr an ihren Hals, zu dem schweren Eisenring, mit dem sie festgekettet war. Die Hitze, der Durst und der Schmutz setzten ihr zu, doch es gab nichts, was sie im Augenblick dagegen tun konnte. Wenn sie erst einmal frei war, dann würde sie die Behörden hierherbringen und sie allesamt festnehmen lassen.

Sie blickte sich gründlich um, damit sie den Ort unter Umständen wiederfinden konnte. Wie eigenartig alles aussah! Diana befand sich auf der Anhöhe, aber anstelle des georgianischen Bath erstreckte sich unter ihr eine vollkommen andere Stadt. Eine Art Militärlager bedeckte ein Gebiet von zirka hundert

Hektar. Der Rest bestand aus Villen und Tempeln. Die größeren Gebäude besaßen Säulen im klassischen römischen Stil und dennoch ähnelte der Ort dem heutigen Bath.

Sie konnte den Dampf sehen, der aus den Thermen aufstieg, aber eine davon wurde anscheinend abgerissen. Nein, sie irrte sich – das Gebäude wurde neu errichtet! Wie war das möglich? Diana versuchte sich zu erinnern, was sie gemacht hatte, bevor sie an diesen Ort geraten war. Es fiel ihr schwer, sich zu sammeln. Sie war den Landsdown Crescent entlanggegangen und konnte sich an einen Antiquitätenladen erinnern. War sie hineingegangen? Ja, das mußte wohl geschehen sein; doch als nächstes kamen ihr gleich die Pferde, die auf sie zurasten, ins Gedächtnis.

Ihr Blick wanderte nach Süden. Was sie dort sah, konnte sie kaum glauben: Auf den Hügeln gediehen wahrhaftig Weinreben. Weinstöcke, so weit das Auge reichte! Wenn Diana es nicht unmöglich erschienen wäre, hätte sie schwören mögen, in der Zeit gelandet zu sein, in der die Römer Britannien beherrschten!

Als die Rennen zu Ende waren, versank die Sonne bereits langsam hinter den Kämmen der Hügel. Marcus Magnus kam mit einem jüngeren, äußerst gutaussehenden Mann auf sie zu.

»Deine Leute werden immer besser«, hörte sie ihn zu dem jüngeren Mann sagen. »Da siehst du es, harte Disziplin ist gut und schön, aber wenn man den Männern nicht ab und zu ein wenig Zerstreutheit bietet, dann bekommt man Probleme.«

»Mit Unruhestiftern werde ich ohne weiteres und mit dem größten Vergnügen fertig, Bruder. Deshalb bin ich ja Zenturio geworden, bevor ich neunzehn war und Kohortenzenturio mit einundzwanzig.«

Magnus knuffte den jungen Hünen voller Zuneigung. »Vergiß nicht, daß du heute abend mit mir speist, Petrius.«

Einer der Männer, die Diana festgekettet hatten, salutierte vor Magnus. »Soll ich mich der Gefangenen entledigen, General?«

Marcus Magnus blickte ihn einen Moment lang verständnislos an, bevor ihm wieder einfiel, wovon der Soldat sprach. »Nein. Wenn du sie tötest, dann erfahre ich niemals Genaueres.«

»Du hast eine Gefangene?« fragte Petrius.

Magnus wies mit dem Kopf auf die Frau mit dem eisernen Halsband. »Eine eigenartige Kreatur. Habe sie beim Spionieren erwischt.« Seinen Soldaten wies er an: »Bringe sie in meine Villa, damit ich sie verhören kann.«

»Überlaß mir das Weib«, sagte Petrius. »Ich werde die Wahrheit rasch aus ihr herausbekommen.«

»Wenn ich deine Methoden anwendete, dann würden ihre Schreie bloß die Einheimischen aufbringen. Wir haben im Moment genug Unruhen.«

»Ich weiß wirklich nicht, warum, beim Herkules du dir soviele Gedanken um die Einheimischen machst. Diese unzivilisierten Briten sind doch halbe Barbaren. Einschüchterung ist eine Waffe, die du öfters benutzen solltest.«

»Erzähl dem Meister nicht, wie er zu Werke gehen soll«, sagte Marcus grinsend.

Der Soldat bedeutete Diana, in den Wagen zu klettern, an den sie gekettet war. Sie kämpfte sich gerade noch hinein, als er auch schon die Anhöhe hinabzurollen begann. Die Fahrt war erstaunlich sanft, wenn man ihr primitives Gefährt in Betracht zog. Diana sah, daß die Straße, die den Hügel hinabführte, sehr gut gebaut war. *Eine Römerstraße, was sonst*, dachte sie.

Sie sagte sich immer wieder, daß sie träumte, oder besser gesagt einen Alptraum hatte, aber sie wußte so genau, wie sie ihren Namen kannte, daß sie nicht erwachen würde. Das hier passierte tatsächlich. Sie hatte keine Ahnung, wie es dazu gekommen war, aber fürchtete, daß sie sich nicht mehr im achtzehnten Jahrhundert befand.

Und zu allem Elend war sie noch Gefangene des Befehlshabers! Er und seine Soldaten hatten sich beinahe gleichgültig darüber unterhalten, ob sie sie nun umbringen sollten oder nicht!

Diana war von Entsetzen erfüllt. Sie hatte außerdem das schreckliche Gefühl, selbst schuld an ihrer Misere zu sein. Natürlich mußte ihr so etwas passieren! Wie oft hatte sie sich über die Zeit beklagt, in der sie lebte? Dauernd träumte sie von Epochen, in denen es aufregender und besser gewesen sein mußte. Sie hatte sich über die Männer ihrer Generation lustig gemacht, hatte sie als schwächliche Stutzer abgetan und zu ihrem Schaden mit den elisabethanischen Seefahrern oder den Rittern des Mittelalters verglichen. Was, wenn nun das Schicksal beschlossen hatte, ihr ein wenig von dem zu zeigen, was die damaligen Männer ausmachte? Gott möge ihr beistehen, aber diese Römer ließen die normannischen Eroberer wie polierte Zinnsoldaten aussehen.

Der Wagen ratterte durch ein Tor in den von einer Mauer umgebenen Garten einer Villa. Er hielt vor einer Tür, die aussah wie der Hintereingang. Ein älterer Mann von durchschnittlicher Größe und Statur, gekleidet in eine einfache Toga mit einer Peitsche am Gürtel, unterhielt sich mit dem Wagenlenker. Sein Blick, mit dem er Diana maß, besaß den Hochmut eines Prinzen. »Bindet sie los!« Er machte kein Hehl aus seinem Abscheu über ihr Aussehen. »Komm«, befahl er. Diana rieb sich den Hals, wo das Eisenband sie aufgescheuert hatte, aber rührte sich nicht.

Herrisch deutete er mit einem langen Finger auf sie. »Du – komm!« Seine Hand fiel zum Griff seiner Peitsche und die Bedeutung seiner Geste war unmißverständlich.

Diana glitt vom Wagen und trat zögernd auf ihn zu.

»Ich bin Kell, der Sklavenaufseher dieses Haushalts. Du hörst auf meine Befehle.« Seine Augen waren von einem klaren Grau, so farblos wie das Meer bei Sturm. Alles, was Diana in diesem Moment seiner Miene entnehmen konnte, war ungeheurer Stolz. »Folge mir«, befahl er.

Er führte sie über einen langen gefliesten Korridor. Sie traten durch einen Torbogen in einen Raum, der nur mit einigen Holzbänken ausgestattet war. Die Fliesen in diesem Raum bildeten allerdings ein wunderschönes Mosaik.

Kell klatschte in die Hände und sofort tauchten zwei Frauen auf. Sie waren in einfache, lange Leinentogen gekleidet. Ihr braunes Haar trugen sie zu Nackenzöpfen geflochten. Diana sah, daß beide unattraktiv, ja beinahe groß aussahen, aber sie waren tadellos sauber.

Kell sprach kurz mit ihnen in derselben hochmütigen Manier wie mit Diana. Sie beugten ohne Zögern die Köpfe und gingen, um seine Befehle auszuführen. Kell deutete auf eine der Holzbänke. Diana sank erleichtert darauf nieder. Ihre Knie fühlten sich an wie Gummi. Ihre Nerven lagen derart blank, daß sie am liebsten geschrien hätte, aber sie wollte nicht ihre Kräfte im Streit mit einem eingebildeten Sklavenaufseher vergeuden. Sie brauchte jedes Quentchen Stärke, um mit Marcus Magnus fertig zu werden, wenn er kam, und kommen würde er. Das war das einzige, was sie sicher wußte.

Fast umgehend erschienen die Frauen wieder mit Essen und Trinken. Zu Dianas Freude bekam sie es serviert. Sie nahm den Zinnkelch vom Tablett und trank gierig das wohlschmeckende Gebräu aus Honig und Saft von Früchten. Ihre Kehle war derart ausgedörrt, daß sie den Kelch in einem Zug leerte. Die Frau füllte das Gefäß aus einem Steinkrug wieder auf.

Die Kameradin stellte das Tablett mit Essen neben Diana auf der Bank ab. Auf einem Teller befanden sich Artischockenherzen, reife Oliven und weicher weißer Käse. Der andere Teller war überhäuft mit dünnen Scheiben kalten Bratens und knusprigem, noch warmem Weißbrot.

Diana konnte vor Aufregung kaum essen; aber sie fürchtete, daß man sie vielleicht zur Strafe verhungern lassen würde, also schob sie sich etwas in den Mund und begann zu kauen. Nach ein paar Bissen hatte sie genug und brachte nichts mehr hinunter, obwohl die Dinge äußerst schmackhaft waren. Sie stieß das Tablett von sich und griff erneut nach dem Kelch.

Diana schrak zurück, als Marcus Magnus durch den Torbogen trat. Eine junge Frau erschien wie aus dem Nichts mit einem Armvoll Handtücher. Obwohl sie eine hochgewachsene, aufrechte Person war, wirkte sie neben Magnus geradezu schmächtig. Als Kell auf ihn zutrat, wich die Frau ehrfürchtig zurück.

»Wollt Ihr Euch vor oder nach Eurem Bad mit der Gefangenen befassen, General?«

Diana sah den Ausdruck von Verärgerung, der über seine Züge glitt. Abermals hatte der General sie vollkommen vergessen. Ohne lange Umstände wandte er sich direkt in herrischem Ton an sie. Sein Blick glitt mit geradezu beleidigendem Hochmut über ihre Gestalt. »Wer bist du?« Seine Worte und sein Gehabe erlaubten kein Zögern.

»Ich bin Lady Diana Davenport.«

Er stieß ein kurzes, bellendes Lachen aus, das keine Spur von Humor enthielt. »Ha! Diana. Hältst du dich für eine Göttin?«

»Nein. Diana ist mein Name. Ich bin keine Göttin, aber ich bin sehr wohl eine Lady.« Trotzig hob sie das Kinn. »Und wer seid Ihr?«

Ihr hochmütiger Ton erzürnte ihn.

»*Ich* bin der Mann, der über dein Leben oder deinen Tod entscheidet. Du bist meine Gefangene, mein Eigentum. Ich will Antworten und zwar auf der Stelle!«

Diana zuckte trotz ihres festen Entschlusses, sich nicht von ihm einschüchtern zu lassen, zusammen. Sie schluckte hart. »Ihr seid grob und unhöflich«, sagte sie leise.

»Zwei meiner besseren Eigenschaften. Welcher Nationalität gehörst du an?«

»Ich bin Engländerin – Britin.«

»Noch so eine Lüge, beim Jupiter! Die britannischen Stämme sind primitive Schlächter, so wild und unzivilisiert, daß sie sich immer noch mit blauer Tinte einreiben, um ihren Feinden Furcht einzujagen.«

Diana war einen Moment lang sprachlos. Sie konnte nicht bestreiten, daß die alten Briten wirklich diese Gepflogenheit hatten, wie er sie beschrieb.

»Woher kommst du?« fragte er.

»Ich komme aus London. Dort lebe ich.«

»Du meinst Londinium? Sogar deine Sprechweise ist eigenartig. Und das ist auch so eine verdammte Lüge – Londinium wurde vor ein paar Monaten durch Feuer zerstört. Was tust du in Aquae Sulis?«

»Aquae Sulis, aber natürlich! Das ist der römische Name für Bath«, murmelte Diana zu sich selbst.

»Du hast spioniert! Du bist eine infame Druidenspionin. Ist Aquae Sulis die nächste Stadt, die die wilden Britannier, die von euch Druiden beherrscht werden, niederbrennen wollen?«

Dianas Gedanken rasten. Sie hatte über genügend Geschichtsbüchern gesessen, um zu wissen, daß um etwa 60 – 61 A. D. Königin Boadicea von Britannien einen Aufstand der Stämme gegen die Römer angeführt und London niedergebrannt hatte. »Ich bin keine Druidin«, sagte sie wahrheitsgemäß.

»Was bist du dann, abgesehen von einem Bündel Fetzen?«

Dieser römische Grobian verstand es tatsächlich, ihren Stolz zu verletzen. Ihr fielen keine Antworten ein, die ihn besänftigen konnten.

»In diesen häßlichen Fetzen kann ich weder ein Geschlecht, noch ein Alter feststellen. Zieht es aus!« befahl er den Frauen.

Die Frauen, die das Essen gebracht hatten, versuchten, ihr das Kleid auszuziehen. Als sie sich wehrte, legte die große Frau ihre Handtücher ab und kam ihnen zu Hilfe. Diana floh über die Fliesen ans andere Ende des Raums.

Kell nahm die Peitsche aus seinem Gürtel und ging entschlossen auf sie zu.

Dianas Augen blitzten und sie zeigte ihre Zähne wie eine in die Enge getriebene Wildkatze. »Ihr feigen Römer! Ist die Peitsche die einzige Art, wie ihr mit Briten fertig werdet?«

Ihre Worte amüsierten Marcus Magnus. Er grinste wölfisch. »Kell ist kein Römer, er ist Brite. Meiner Erfahrung nach gibt es keinen besseren Sklavenaufseher als einer aus euren eigenen Reihen.«

Diana war entsetzt. Sie hatten sie jedoch an die Wand gedrängt und begannen, ihr die Kleider auszuziehen. Schließlich stand sie nur noch in ihrem Korsett und in ihrer filzigen Perücke da. Jeder im Raum starrte ungläubig auf das wurstähnliche Gebilde, in das sie eingeschnürt war. Ihre Wangen brannten vor Erniedrigung.

Magnus blickte Kell an und zuckte mit den Schultern. »Muß wohl eine dieser abscheulichen Vorrichtungen sein, die Druidenpriesterinnen tragen. Zieht es aus.«

Nach viel Gerangel, Gestoße und Geziehe sowie etlichen Verwünschungen und Kratzern durch Diana, ging sie auch noch des Korsetts verlustig. Ebenso wie ihrer gepuderten Perücke, die sich in der Hitze des Gefechts gelockert hatte.

Magnus wurde Zeuge einer Veränderung, die ebenso überraschend wie angenehm war. Sobald das falsche weiße Haar befreit war, fiel eine seidige Masse blaßgoldener Locken über ihren sanft geschwungenen Rücken; ein Rücken aus Elfenbein und Alabaster. Ohne das häßliche Kleidungsstück war sie ganz zweifellos eine Frau – voll zarter Kurven und Rundungen. Ihre süßen, runden Brüste richteten sich prall und hoch auf und wurden von rosa Warzen gekrönt, die sich nicht anders als Rosenknospen bezeichnen ließen. Ihre Taille war so schmal, daß er sie beinahe mit einer kräftigen Männerhand umspannen konnte. Ihr wundervoll gerundetes Hinterteil lief in langen, seidigen Schenkeln und schlanken Beinen aus.

Ihre helle Haut wies keinen Makel auf, ihr Körper war schöner als der einer Göttin. Sie kauerte mit übertriebener und unangebrachter Scham auf der Holzbank. Sein Blut wallte mächtig auf, und er verhärtete sich bei dem köstlichen Anblick, der sich ihm bot. Im Vergleich zu den anderen Frauen wirkte sie so auffallend, daß er seinen Augen kaum traute. Wie feines geschliffenes Glas zwischen gewöhnlichen Steinkrügen.

»Bei den Göttern!« flüsterte er heiser. »Badet sie und bringt sie zu meiner Liege!« Dann verließ er mit langen Schritten die Villa, um sein privates Badebecken am Ende des Gartens aufzusuchen.

Diana starrte Kell voller Verachtung an.

»Du hast großes Glück. Dem Herrn gefällt, was deine Lumpen bedeckten. Dein Körper hat dir das Leben gerettet – zumindest vorläufig.« Kell war höchst überrascht, daß Marcus ein solch auffälliges Interesse an einer Frau zeigte. Normalerweise verschwendete der General nicht seine Zeit mit dem schwachen Geschlecht. Er war ein harter Soldat mit wenig Interesse an Sinnenfreuden. Mehrmals die Woche ging er zu einer Prostituierten oder bediente sich einer Sklavin, hatte jedoch bis dato nie bestimmte Vorlieben gezeigt, obwohl jede im Haushalt um seine Aufmerksamkeit buhlte.

»Bitte gib mir etwas, um meine Blöße zu bedecken.«

»Römer schämen sich ihres nackten Körpers nicht. Tatsächlich zeigen sie ihn, sooft sie nur können«, sagte Kell in etwas trockenem Ton.

»Ich bin keine Römerin«, wehrte Diana sich und benutzte ihr Haar, um ihren nackten Busen zu bedecken.

Kell sagte zu einer der Frauen: »Geht und holt eine Badesklavin oder besser zwei; das Weib ist kapriziös.«

Zwei junge und gut durchtrainierte Mädchen betraten den Raum, Sekunden nachdem die Dienerinnen gegangen waren; das Haar trugen sie kurzgeschoren. Sie hatten kurze weiße Tuniken und Sandalen an.

»Badet die neue Sklavin, dann bringt sie zu mir zurück. Ich werde eine Toga für sie auswählen.«

Stolz hob Diana den Kopf. »Ich bin keine Sklavin«, sagte sie trotzig.

Kell seufzte. Er trat zu ihr, nahm all seine Geduld zusammen und sagte ruhig: »Was du brauchst, sind ein paar saftige Peitschenhiebe. Mein Instinkt rät mir, wenn ich dir jetzt, gleich zu Anfang, ein paar verabreiche, erspart mir das eine Menge Ärger. Der Herr genießt deinen Körper jedoch mehr, wenn er nicht von meiner Peitsche gezeichnet ist.«

Diana rang entsetzt nach Luft. »Du bist wohl von Sinnen!«

Kell fuhrt fort, als ob sie nichts gesagt hätte: »Das Leben wird unendlich leichter für uns beide sein, wenn ich und du zu einem Einvernehmen gelangen. Deine Sprechweise und deine Manieren sagen mir, daß du eine intelligente Person bist. Meine Position in diesem Haushalt ist gesichert, weil mein Wort als Gesetz gilt. Mein Wort ist Gesetz, weil ich jeden diszipliniere, der unter mir steht. Dieser Haushalt läuft so flüssig wie warmer Honig, ergo ist es ein glücklicher Haushalt. Genau das wünscht der General, und was der General wünscht, wünsche ich, was wiederum heißt, was ich wünsche, solltest du ebenfalls wünschen. Habe ich mich klar genug ausgedrückt?«

Diana antwortete ihm in derselben Manier: »Vollkommen klar. An deiner Logik habe ich nichts auszusetzen; was ich jedoch verabscheue, sind deine Feigheit und dein Mangel an moralischer Standhaftigkeit!«

Es blitzte in seinen Augen. »Sprich ruhig weiter.« Sein Ton sagte deutlich, daß sie, wenn sie fortfuhr, dies auf eigene Gefahr tat.

»Ich bin nackt. Ich weigere mich, weitere Worte mit dir zu wechseln.«

Kell wußte genau, was sie meinte. Er betätigte sich als Unterdrücker seiner eigenen Leute, auf Geheiß eines Römers. Ihre Ideale waren nur deshalb so erhaben und edel, weil sie noch nie Sklaverei kennengelernt hatte. Sobald sie einmal einen kleinen Geschmack davon bekommen hatte, würde er sehen, wie lange sie auf ihren noblen Prinzipien beharrte. Lange würde er nicht warten müssen.

»Ich hatte gehofft, wir könnten zu einem Einvernehmen gelangen, doch was wir erreicht haben, ist eine Sackgasse … nun, an mir liegt es nicht!« Er bedeutete den Badesklavinnen, sie fortzuführen.

Sie gingen nicht in die Richtung, in der der General verschwunden war, also nahm sie an, daß es mehr als einen Badebereich gab. Sie führten sie durch einen Türbogen, der mit einer schweren Leinwandplane verhängt war. Diana fiel ein Stein vom Herzen, als keine männlichen Augen mehr auf ihr ruhten.

Der Raum war nicht sonderlich groß und in makellosem Weiß ausgefliest; die quadratischen, in den Boden eingelassenen Badebecken schimmerten ihr türkis entgegen. Dampf erhob sich in dicken Wolken aus dem größeren der beiden Becken. Das heiße Wasser wirkte äußerst einladend auf Diana.

»Ich werde mich selbst baden«, sagte sie abweisend und stieg die Stufen zum Becken hinab.

Die Badesklavinnen wechselten einen Blick, sagten jedoch nichts. Eine der beiden goß etwas aus einem wunderschön geformten Flakon ins Wasser. Duftende Schwaden stiegen mit einem Mal auf und erfüllten Dianas Sinne. »Was ist das?« fragte sie.

»Das ist Weihrauch, eine aromatische Substanz«, lautete die Auskunft.

Das warme Wasser fühlte sich himmlisch an. Diana schloß die Augen und lehnte den Kopf gegen die türkisen Fliesen. Sie atmete tief durch, und es kam ihr vor, als würden die Sorgen und Ängste, die sie beinahe überwältigt hätten, dahinschmelzen wie Schnee an der Sonne. Plötzlich merkte sie, daß noch jemand mit ihr im Becken war.

Sie riß die Augen auf und erschrak, als sie sah, daß die Badesklavinnen links und rechts von ihr standen und gefährlich aussehende Waffen in den Händen hielten.

Als sie aufschrie, versuchten die Mädchen, sie zu beruhigen. »Das ist nur eine Bürste«, sagte eine und zeigte ihr das Ding, das auf ihrer Handfläche ruhte.

»Eine Bürste?«

Als das Mädchen sah, daß sie nicht verstand, erklärte sie: »Damit kratzt man die Haut sauber. Es tut nicht weh. Komm.«

Diana war viel zu müde, um zu protestieren. Sie stieg aus dem Wasser und legte sich auf Geheiß der Mädchen auf eine Art Marmortisch. Es klang nach einer reichlich unangenehmen Erfahrung, die Haut saubergekratzt zu bekommen, aber Diana begriff, daß sie noch tausenderlei anderen seltsamen Gebräuchen in der Villa und Aquae Sulis begegnen würde. Je rascher sie sich neuen Erfahrungen anpaßte, desto leichter würde es für sie sein.

Sich an eine völlig andere Zeit und Kultur gewöhnen zu müssen, hob alles bisher Gekannte aus den Angeln. Es war eine sowohl physische, als auch geistige und emotionale Herausforderung. Sie sagte sich, daß sie intelligenter und gebildeter war als jeder der Bewohner dieser Villa, und die Tatsache, daß sie aus der modernen Welt kam, hob sie weit über all die primitiven Menschen, die in diesem ersten Jahrhundert lebten, hinaus.

Am besten paßte sie sich dem Fluß des Lebens hier an. Sie mußte die kleineren Unterschiede akzeptieren, die ja, wenn man es genau betrachtete, unwichtig waren. Ihre Kräfte und Energien sollte sie sich für einschneidendere Dinge aufsparen, Dinge, die sie nie akzeptieren konnte. Wie Sklaverei zum Beispiel! Die war doch eine Schande für jeden zivilisierten Menschen – oder etwa nicht?!

Diana empfand die Bürsten auf ihrer Haut als äußerst wohltuend. Die Badesklavinnen massierten ihren Körper zunächst mit Mandelöl und rieben das überschüssige Öl dann mit den Bürsten ab. Dann führten sie sie wieder in das heiße Wasser zurück, wo sie ihr Haar mit einer weichen Seife wuschen.

Schließlich drängten sie sie, aus dem Wasser zu steigen und in dem kleineren Becken unterzutauchen. Das eiskalte Wasser nahm ihr den Atem, und die Badesklavinnen lachten mit ihr, als sich eine deutliche Gänsehaut auf ihren Armen und Beinen abzeichnete. Hierauf wickelten sie sie in ein enormes Handtuch und rieben ihr Haar so lange, bis es eine Masse feuchter Locken war.

Dann zog das Paar ihre nassen Tuniken aus und ersetzte sie durch zwei trockene. Eilig führten sie sie in einen anderen Raum. Auch hier bestand der Fußboden aus einem kunstvollen, kräftigen Mosaik und die Wände waren aus Kontrastgründen cremefarben verkleidet. Fackeln, die in Halterungen an den Wänden steckten, tauchten den Raum in ein mattes Licht. Man bedeutete ihr, sich auf einen gepolsterten Stuhl zu setzen, der wie ein Thron geformt war. Er besaß herrlich geschwungene und verzierte Beine, die aussahen, als ob sie von dem berühmten georgianischen Meister Robert Adam entworfen worden wären. Später wurde Diana jedoch klar, daß Adam den Stil von den Römern entliehen haben mußte.

Sie saß vor einem Spiegel aus purem, hochglänzendem Silber, der in der modernen Zeit unbezahlbar gewesen wäre. Ein Mädchen machte sich mit Kämmen, Bürsten und heißen Zangen an ihr Haar. Die andere öffnete eine geschnitzte Holzschachtel und nahm kleine Töpfchen mit Crèmes, Lotionen, Parfums und Schminke heraus.

Die junge Lady war Frau genug, um den Aufwand, mit dem man sie herrichtete, zu genießen. Sie beobachtete fasziniert, wie mehr und mehr winzige Löckchen ihr Gesicht umrahmten, Löckchen, die eines der Mädchen aus dem silbrigen, feinen Haar, das an ihren Schläfen und ihrer Stirn wuchs, formte. Der Rest fiel ihr wie eine goldene Wolke über Schultern und Rücken. Die andere Sklavin bestäubte Dianas Wangen mit Rouge, legte etwas Karminrot auf ihre Lippen und betupfte ihre Augenlider mit Silberglanz.

Diana betrachtete sich verwirrt und fassungslos im Spiegel. Die Badesklavinnen hatten ein Wunder vollbracht – und eine Schönheit aus ihr gemacht!

8. Kapitel

Der Aufseher betrat den Raum mit einer Robe, die er für sie ausgewählt hatte. Amethystfarbene Augen versenkten sich einen Moment lang in seine grauen. Das Gewand, das er ausgewählt hatte, war von solch leuchtender Farbe, daß Diana förmlich danach lechzte. Er reichte es einem der Mädchen und stand dann mit verschränkten Armen da, um zuzusehen, wie man es ihr anlegte.

Diana kämpfte ihren Widerwillen darüber, daß ihr ein Mann beim Ankleiden zusah, nieder. Hier würde ihr kein Protestieren helfen. Sie mußte ihn eben eher als Sklaven denn als Mann ansehen. Dieser Gedanke löste Schuldgefühle bei ihr aus. War sie bereits infiziert?

Es handelte sich um ein Gewand aus kostbarer Seide in einem kräftigen Dunkelrot, Magenta genannt. Diana hatte nie zu hoffen gewagt, je etwas in einem so herrlichen Farbton besitzen zu dürfen. Er brachte ihren hellen Teint zum Leuchten, ließ ihr Haar wie Mondlicht und ihre Haut wie Perlen glänzen. Sie trug keine Wäsche darunter, und die Ironie dieser Tatsache entging ihr keineswegs. Wie oft hatte sie sich gewünscht, frei von einengenden Unterkleidern zu sein?

Eine der Badesklavinnen bückte sich und streifte ihr Sandalen mit hohen Korksohlen über. Als Diana sich erhob, um zu sehen, ob sie darin gehen konnte, sah sie, daß das Kleid einen Seitenschlitz besaß, der ihr bis zur Hüfte reichte, so daß bei jedem Schritt ihr Bein zu sehen war. Ein langes Bein, dessen Länge die hohen Sandalen noch unterstrichen.

Kell musterte sie unter gesenkten Lidern. »Ägyptischer Moschus«, sagte er. Diese Sorte Parfum war derart kostbar, daß das Mädchen den Alabasterflakon lieber Kell reichte, als es selbst zu applizieren. Als er die Hand ausstreckte, um Diana zwischen ihren Brüsten zu betupfen, prallten ihre Blicke sekundenlang aufeinander. Seine Berührung blieb jedoch so neutral und unpersönlich, daß damit eindeutig die ersten versuchsweisen Schritte auf eine Verständigung hin unternommen wurden.

Diana hatte es bis dahin geschafft, die Worte des Generals, dem diese herrliche Villa gehörte, zu verdrängen. Jetzt jedoch stahlen sie sich wieder in ihre Gedanken. *Badet sie und bringt sie zu meiner Liege.* Nun, der erste Befehl war ausgeführt. Man hatte sie gebadet und hergerichtet. Jetzt würde er sie nicht mehr als Bündel Fetzen bezeichnen können. Dafür dankte sie Gott. Eine Frau besaß so viel mehr Selbstbewußtsein und Macht, wenn sie wußte, daß sie gut aussah.

Nun würde man sie zu seiner Liege bringen, wo immer das auch sein mochte. Sie war bereit für ihn! Auf einmal wurde ihr klar, was mit Liege gemeint war. Seine Liege bedeutete sein Bett! Mein Gott, wie naiv sie doch war. Das war es, worum es bei all dem Baden, Herrichten und Schminken ging. Man hatte sie in ein Lustobjekt für ihn verwandelt!

Ihre Pupillen blitzten dunkel auf, als sie sie nun zornig auf Kell richtete. »Du irrst dich, wenn du glaubst, daß ich mich widerstandslos in die Schlafkammer des Generals verfrachten lasse! Er mag ja diesen Haushalt voll Sklaven herumkommandieren, wie es ihm gefällt, aber ich bin nicht seine Sklavin und gehorche nicht seinen Befehlen.« Sie sah, wie Kells Hand zum Griff seiner Peitsche glitt und hob trotzig das Kinn. »Nicht ohne mich mit Zähnen und Klauen zu wehren, jedenfalls. Ich werde die Ruhe dieses Haushalts zerstören, ich werde mich aufführen wie eine Wilde und einen solchen Lärm veranstalten, daß die Toten davon aufwachen!« Aufgebracht stand sie da, die Hände in die Hüften gestemmt und gab dem Sklavenaufseher einen Vorgeschmack auf ihr wildes Temperament. »Dieses Haus wird Stein für Stein bersten, bevor ich mich geschlagen gebe.«

Kell hatte die Wahl, wie er sie gefügig machen wollte: auf die harte oder die weiche Tour. Er wählte letztere. »Was zwischen Marcus Magnus und dir vorgeht, ist deine Privatsache. Ich respektiere deine edlen Prinzipien und bin sicher, daß du wegen dieser Sache nicht andere mit ins Verderben stürzen willst. Wenn die Badesklavinnen dich nicht zu seiner Liege bringen, werden sie wegen Ungehorsams ausgepeitscht. Als Aufseher dieses Haushalts ist es meine Pflicht, diese jungen Mädchen zu bestrafen, während deine kostbare Haut unberührt bleibt. Du besitzt eine wortgewandte Zunge. Ich schlage vor, du erwartest den Primus Pilus in seiner Schlafkammer und sagst ihm selbst, daß du sein Haus niederreißen willst, Stein für Stein.«

Diana schluckte. Was Kell ihr da riet, erforderte sehr viel Mut. Doch die Alternative war undenkbar. Sie durfte nicht zulassen, daß jemand ihretwegen ausgepeitscht wurde, nicht wenn sie es verhindern konnte. Kell hatte natürlich seine ganze Raffinesse mobilisert, um sie gefügig zu machen – sie konnte jedoch nicht umhin, seinen klugen Kopf zu bewundern.

Diana nickte. »Führe mich zu seinem Zimmer.«

Er brachte sie in den ersten Stock der Villa in ein großes Gemach. »Wenn der Herr gespeist hat, besuchen er und sein Bruder ein Amphitheater. Es kann Stunden dauern, bis er zurückkehrt. Ich schlage vor, du ruhst dich aus, solange du kannst.«

Sein Rat wirkte nicht gerade stärkend auf ihre Stimmung, aber sie verkniff sich eine Bemerkung und ließ ihn gehen.

Marcus Magnus freute sich darauf, den Abend mit seinem Bruder zu verbringen. Seit fünf Jahren hatten sie sich nicht mehr gesehen. Nun war die Legion des Jüngeren nach Aquae Sulis abkommandiert worden, um sich einem harten Ausbildungstraining zu unterziehen, bevor sie sich in die Wildnis Westbritanniens, das immer noch nicht unterworfen war, aufmachten.

Der General erwartete Petrius im Atrium, um ihn willkommen zu heißen. Statt ihn zu umarmen, gab er ihm einen kräftigen Schlag auf die Schulter. »Beim Jupiter, du siehst gestählt aus, viel kräftiger als der siebzehnjährige Junge, den ich in Rom zurückgelassen habe.«

Petrius war in die Fußstapfen seines Bruders getreten. Marcus hatte sich im Alter von nur vierzehn Jahren für sechsundzwanzig Jahre Militärdienst verpflichtet, war also ein Legionär auf Lebenszeit geworden. Petrius hatte warten müssen, bis er siebzehn Jahre alt war, da er nicht so groß und kräftig wie Marcus war. Was ihm jedoch an Muskelkraft fehlte, das machte er mit Härte wett und war auf diese Weise bereits zum Kohortenzenturio aufgestiegen, dem fünfhundert Soldaten unterstanden.

Er regierte seine Männer durch Furcht und hätte mit Freuden sein hübsches Gesicht jeden Tag der Woche gegen Marcus' getauscht. Das Gesicht seines Bruders war finster und ausdrucksvoll. Seine gekrümmte Nase und die hageren Wangen ließen ihn hart, gefährlich und unbesiegbar wirken. Die Narbe, die von seiner Schläfe bis zur Wange reichte, verlieh dem Ganzen noch einen Hauch von Gewalttätigkeit, etwas, um das ihn Petrius glühend beneidete.

Er sah sich in der Villa seines Bruders um und merkte in dem Moment, daß er Marcus auch sonst noch beneidete. Das Haus war fast so groß und eindrucksvoll wie das ihres Vaters in Rom. Das Atrium besaß eine Kuppel, durch die man die Sterne funkeln sah. Und es gab einen marmornen Springbrunnen, in dem Goldfische zwischen Wasserpflanzen umherschwammen.

Sie durchschritten die Marmorsäulen und betraten das Triclinium, wo Marcus alleine oder mit Gästen speiste. Der ganze Raum war in Gold und Weiß gehalten. Marmorsäulen säumten die Wände und weiße Marmortische standen zwischen den Eßliegen, auf denen goldene und weiße Ellbogenkissen lagen.

»Wirklich großartig. Wie viele Zimmer?« fragte Petrius, der versuchte, sich seinen Neid nicht anmerken zu lassen.

Magnus zuckte mit den Schultern. »Etwa zwanzig.«

»Wie viele Sklaven?«

»Dreißig Haussklaven«, erwiderte der Ältere, ohne die Sklaven zu erwähnen, die für den Garten und Außenbereich zuständig waren und aus seinem ummauerten Refugium ein kleines

Paradies machten. Er wollte vor seinem Bruder nicht prahlerisch erscheinen.

»Du besitzt noch mehr?«

Da Petrius die Sache nicht auf sich beruhen lassen wollte, sagte ihm Marcus die Wahrheit. »Ich besitze Hunderte. Alles Gefangene aus den verschiedenen Schlachten. Zehn Jahre lang habe ich in Afrika und Gallien Krieg geführt, bevor ich nach Britannien kam. Hier habe ich vier Jahre lang gekämpft, bevor ich Primus Pilus wurde. Das ergibt im Laufe der Zeit eine Menge Gefangener.«

»Ich mache keine Gefangenen. Die Lust an einer Schlacht besteht darin, sein Schwert im Kampf gegen die Feinde Roms mit Blut zu tränken.«

»Unter richtiger Anleitung können aus Feinden Verbündete werden. Meine Sklaven tun ihre Arbeit allesamt willig. Sie bauen die Straßen, Aquädukte und Thermen in dieser Stadt. Einige von ihnen sind Ingenieure. Sie lernen hier Dinge, die ihnen später einmal nützlich sind, wenn sie sich ihre Freiheit verdient haben.«

»Freiheit? Du bist ein Tor, Marcus. Wenn sie ihre Aufgabe erfüllt haben, solltest du sie auf die Galeeren oder nach Rom schicken, um in den Arenen zu kämpfen. In jedem Fall wären sie rasch erledigt, statt am Leben zu bleiben, um dich eines Nachts hinterrücks zu erstechen.«

Marcus wechselte das Thema. Petrius war blutdürstig, wie so viele Römer. Deshalb machte er auch derart rasant Karriere beim Militär. Nun, er würde diese Eigenschaft vielleicht brauchen können, dort, wo er hinging. Der Primus Pilus kannte das Gebiet. Die zahlreichen keltischen Stämme waren allesamt unerbittliche Krieger. Die Berge im Westen und die Insel Mona zu betreten, hieß direkt in den Hades hineinzulaufen. »Hat sich Rom in den letzten fünf Jahren sehr verändert?«

»Du scherzt wohl? Seit deinem letzten Diensturlaub, um dich von deinen Wunden zu erholen, ist so viel gebaut worden, daß du die Stadt kaum wiedererkennen würdest. Unserem Kaiser Nero haben wir die spektakulärsten Unterhaltungen in Rom zu verdanken! Die ganze Welt beneidet uns. Es gibt nun in jedem Stadtviertel Bärenjagden, nicht mehr nur in der Arena. Ich bewundere Nero über alle Maßen.«

Marcus gab zu bedenken: »Er hat seine Mutter gevögelt und sie dann vergiftet.«

Petrius lachte. »Genau das, was die meisten Frauen verdienen!«

Marcus mußte an das wunderschöne Sklavenmädchen denken, das ihm heute morgen so unversehens in den Schoß gefallen war. Schon jetzt konnte er es kaum abwarten, sie in Besitz zu nehmen. Er zwang seine Gedanken wieder zu ihrem Gespräch zurück. »Besonders gerne würde ich die Wagenrennen im Circus Maximus sehen. Ja, ich würde mich am liebsten selbst dabei versuchen.«

»Die Rennen besuche ich kaum. Mich interessieren mehr die Gladiatorenkämpfe und die wilden Tiere – und natürlich die Hinrichtungen.«

Da Marcus nichts Unterhaltsames an einer Hinrichtung finden konnte, dachte er, daß ihn Petrius vielleicht zu ärgern versuchte, doch dann überraschte ihn sein Bruder mit einem Kompliment.

»Wenn du an den Rennen teilnähmst, würdest du sicher gewinnen, so wie heute.«

»Da bin ich nicht so sicher, Petrius. Die Briten sind die besten Wagenlenker der Welt. Alles, was ich kann, habe ich von ihnen gelernt.«

»Nero importiert so viele, wie er bekommen kann. Warum sind sie besser als die Römer?«

»Weil sie immer noch Streitwagen zur Kriegsführung benutzen. Wir haben das vor Jahren aufgegeben, was meiner Meinung nach ein Fehler war. Unsere Fußsoldaten sind zu langsam, um wirkungsvoll gegen sie zu kämpfen. Die Insulaner hier kommen und gehen wie der sprichwörtliche Blitz. Warte nur, bis du ihnen in einer Schlacht begegnest; du wirst kaum glauben, was sie alles zustande bringen.«

»Die römische Legion ist die beste Militärmaschinerie, die die Welt je hervorgebracht hat«, sagte Petrius im Brustton der Überzeugung.

Während ihres Gesprächs hatten sie sich auf den Eßliegen niedergelassen, und tadellos ausgebildete Sklaven servierten die vielen Gänge des vorzüglichen Mahls. Zwischen jedem Gang brachten wieder andere Sklaven Schüsseln mit parfümiertem Wasser und Handtücher. Petrius platzte fast vor Mißgunst angesichts der Teller aus purem Gold.

»Trotzdem sind unsere Verluste kolossal. Aber mach dir keine Sorgen, ich bringe dir alle nötigen Tricks bei. Deshalb hat man euch ja nach Aquae Sulis geschickt.«

»Akzeptable Verluste sind der Preis, den wir für die Eroberung der Welt bezahlen müssen!«

»Ja, das sind sie«, bestätigte Marcus grimmig.

»Wie hast du es hier nur all die Jahre ausgehalten, so fern von Rom?« fragte Petrius neugierig.

Marcus mußte an die Zeit denken, als er zwölf Jahre alt gewesen war. Kaiser Claudius hatte eben erst Britannien überfallen und seinen Ehrgeiz, ein römischer General zu werden und fremde Länder zu erobern, entfacht. Wegen seiner Größe und Kraft konnte er bereits mit vierzehn in die Armee eintreten. »Ich mag Britannien, besonders Aquae Sulis. Unter Claudius sind die Leute aus allen Teilen des Kaiserreichs hierhergeströmt. Sie haben sich mit Briten verheiratet und sind äußerst zivilisiert geworden. Die meisten sprechen Latein so gut wie du und ich; sie haben die römische Art sich zu kleiden angenommen. Kaufleute aus den entferntesten Ecken der Welt haben sich hier niedergelassen, so daß jede erdenklichen Waren angeboten werden. Hier haben wir Träger aller Kulturen, wir haben Theater, Arenen und Tempel. Trotz unserer Lage nahe am Meer ist es hier nicht so überfüllt wie in Rom. Politische Intrigen finden woanders statt, und ein wahrer Schatz sind unsere heißen Quellen, die mit einer konstanten Temperatur von fünfundvierzig Grad Celsius aus der Erde sprudeln!«

Als das Essen abgeräumt war, wurde der Wein serviert.

»Nun, ich mag diesen Ort ja nicht so bewundern wie du, aber an den hiesigen Austern und dem Wein habe ich nichts auszusetzen«, sagte Petrius gutmütig.

»Laß uns gehen. Wie würdest du den Abend gerne verbringen?«

»Mir würde Theater gefallen. Aber keine deiner langweiligen Stücke von Sophokles, nein danke. Eine deftige Komödie wäre nicht schlecht. Dann vielleicht ein Besuch in einer Luxuria. Ihr habt hoffentlich solche Stätten der Freude?«

»Man nennt sie hier Bordelle. Einige unserer Prostituierten kommen aus so fernen Landen wie Asien und Arabien.«

»Habt ihr vielleicht auch Nubierinnen? Und kann ich die Dienste eines Mädchens *und* eines Jungen in Anspruch nehmen?«

»Bloß gut, daß ich heute abend Austern servieren ließ«, sagte Marcus trocken. Er hatte sich auf den Abend mit seinem Bruder gefreut, aber nun, da es soweit war, wäre er tausendmal lieber zu Hause geblieben. Flüchtig dachte er an das liebliche Wesen, das ihn in seiner Kammer erwartete. Seine Lust auf eine grobe, verdorbene Hure schwand von Minute zu Minute.

Petrius wählte ein Mimentheater. Es war eine grelle Farce, in der der Geliebte von der Rückkehr des eifersüchtigen Gatten überrascht wird und gezwungen ist, sich unter dem Bett zu verstecken. Als nächstes konnte man den Jammer des Geliebten mit ansehen, der zuhören mußte, wie der Ehemann auf genau der Liege, unter der er lag, zahllose Geschlechtsakte mit seiner Frau ausprobierte.

Die Dialoge waren mehr als derb, die Handlungen der Schauspieler unbeschreiblich vulgär. Und alles wurde begleitet von lauter Musik und lebhaften Tanzeinlagen. Das Theater war brechend voll von lauter Männern, die meisten davon römische Soldaten, darunter aber auch Kaufleute und eine große Anzahl junger Bürger aus Aquae Sulis.

Marcus langweilte sich zu Tode, aber er war froh, daß Petrius sich die ganze Zeit über köstlich amüsierte. Lediglich in der Pause war sein Bruder unzufrieden, als er merkte, daß dem Publikum kein Bären- oder Stierkampf geboten wurde.

Das Stück schien kein Ende nehmen zu wollen und die widerlichsten Stellen erhielten den größten Applaus. Schließlich war es jedoch vorbei, und als sie sich aus dem Theater drängten, durchforstete Marcus seine Gedanken nach einer plausiblen Ausrede, die ihn von dem Besuch im Bordell entband.

»Du solltest dir die Freudenhäuser anschauen, die bei uns rund um den Circus Maximus entstanden. Die sind Tag und Nacht geöffnet.«

»Das liegt daran, daß die sadistischen Zirkusspiele die sexuelle Erregung der Leute in schwindelnde Höhen treibt«, erklärte Marcus, der sich seinen Abscheu nicht anmerken lassen wollte.

»Jeder Bäcker oder Lokalbesitzer in Rom bietet mittlerweile Sklavenmädchen zu sexuellen Zwecken an, um mehr Kunden anzulocken. Man bekommt Frauen schon für ein paar Sesterzen.«

»Wir in Aquae Sulis hinken der Zeit ein wenig hinterher«, sagte Marcus und dankte den Göttern im stillen dafür. Er fragte sich, woher es kam, daß Rom immer mehr an Glanz verlor, je degenerierter es wurde.

Ein zweirädriger Wagen brachte sie zur verrufensten Gegend von Aquae Sulis, wo Magnus seinen Bruder zu einem der Bordelle führte, die Kunden mit abartigem Geschmack bedienten. Er bezahlte dem Besitzer fünf Goldsesterzen und wünschte Petrius eine gute Nacht. Grinsend sagte er: »Ich werde wohl langsam alt. Das Wagenrennen heute hat all meine überschüssigen Energien verbraucht und der Morgen ist nicht mehr fern.«

»Genieße das Leben, Bruder, schlafen kannst du, wenn du tot bist!« beharrte Petrius. »Oder ist es dein Harem aus Sklavinnen, der dich nach Hause zieht? Jetzt, wo ich darüber nachdenke, fällt mir auf, daß du schon den ganzen Abend lang ziemlich zerstreut warst. Ich komme mit dir, um der Sache auf den Grund zu gehen.«

Marcus lachte. »Du bist jederzeit willkommen, Petrius. Meine Villa gehört dir, solange du in Aquae Sulis bist.«

»Ich weiß dein großzügiges Angebot zu schätzen, ziehe es jedoch vor, in der Kaserne bei meinen Männern zu schlafen, da ich ein Auge auf sie haben muß; aber deines Gartens und deiner privaten Badebecken bediene ich mich gerne.«

Marcus war zutiefst erleichtert, als er endlich losgekommen war. Morgen erwartete ihn ein langer, harter Tag, ein Tag, der dem Schwertkampf gewidmet sein sollte. Doch dann zog Marcus eine Grimasse. Er machte sich nichts vor. Was ihn mit solcher Macht nach Hause zog, war das faszinierende weibliche Wesen, das sich Lady Diana nannte.

Obwohl ihr vor der Ankunft des Grobians, der sie gefangenhielt, graute, war Diana entzückt, als sie sich in den privaten Räumlichkeiten des Generals umblickte. Sie waren so groß, daß sie wahrscheinlich die ganze obere Hälfte der Villa einnahmen. Die Fensterläden standen offen und zu ihrer Überraschung entdeckte sie verglaste Fenster. Hatte man in den Burgen und Wachttürmen, die Jahrhunderte nachdem die Römer Britannien verlassen hatten, gebaut worden waren, nicht Tierhäute benutzt, um die Fenster abzudichten?

An der längsten Wand befand sich ein riesiger marmorner Kamin. Darüber erstreckte sich ein Fresko über die gesamte Länge der Wand. Diana trat näher, um es genauer zu beobachten, und sah, daß die Figuren römische Götter und Göttinnen darstellten – die meisten davon splitternackt! Diana war fasziniert; sie hatte noch nie nackte Körper abgebildet gesehen.

Der das Bild bestimmende Gott saß im Zentrum und hielt einen Donnerkeil in der Hand; das mußte Jupiter sein. Die Frau unter ihm war unübersehbar schwanger; das war sicher Juno, die Göttin der Frauen und der Fruchtbarkeit. Daneben tummelten sich viele andere, die Diana nicht erkannte.

Mit dem Bild in der linken unteren Ecke war wohl ein ausschweifendes Trinkgelage gemeint, nach der Art zu schließen, in der die nackten Leiber sich umeinander wanden! Diana errötete und erkannte, daß der Künstler hier ein Bacchanal, ein altrömisches Fest zu Ehren des griechisch-römischen Weingottes, dargestellt hatte. Die männlichen Körper sahen herrlich aus – breite Rücken, mächtige Brustkörbe, Muskeln wie Helden und Beine wie Baumstämme. Die Frauen dagegen waren mehr als wohlbeleibt mit großen, üppigen Brüsten, dicken Bäuchen und Schenkeln.

Es gab nur ein einziges weibliches Wesen, das einen zierlichen Körper besaß, in einer Baumgruppe stand und die Hand auf das Haupt eines Rothirschen gelegt hatte. Sie besaß goldenes Haar, lange nackte Beine und eine ihrer Brüste war entblößt. Diana empfand das gesamte Fresko als ziemlich verstörend. Sie senkte den Blick zum Kamin, der mit schwarzem, golden geädertem Marmor verkleidet war. Neben dem Kamin erhob sich eine große, flache Bronzeschale. Diana fragte sich, wozu sie wohl benutzt wurde.

Dann fielen ihre Augen auf das Bett, das den Raum dominierte. Es war massiv und befand sich auf einem hohen Sockel, der auf einer Seite mit Stufen versehen war. Sie nahm an, daß man es als Himmelbett bezeichnen konnte, bloß daß die vier Pfosten bis zur Decke reichten und natürlich als römische Säulen oben in elegant geschwungenen Widderhörnern ausliefen. Das Bett selbst war mit weichglänzenden Tierfellen bedeckt. Darüber lagen ein Dutzend Kissen verstreut, die schwarze, goldene und purpurne Verzierungen trugen. Auch dieser Anblick verstörte sie. Sie kehrte dem Bett bewußt den Rücken.

In einem Alkoven im hinteren Teil des Raums stand ein ebenhölzerner Schreibtisch mit einem großen, massivhölzernen Stuhl. Darauf lagen Papierrollen und Manuskripte, die aussahen und sich anfühlten wie aus schwerem Leinen; aber die Gegenstände, die Diana am meisten erstaunten, waren die Holz- und Wachstafeln und die hölzernen Stifte. Ehrfürchtig fuhr sie mit den Fingern darüber. Sie hatte von solchen Dingen gelesen, aber nie geträumt, sie jemals wirklich betrachten und berühren zu können.

Hinter dem Schreibtisch hingen Karten an der Wand. Drei davon zeigten Bath oder Aquae Sulis, wie es hier ja genannt wurde. Sie studierte sie sorgfältig und sah, daß eine Karte die Stadt zeigte, wie sie früher aussah, eine gegenwärtige Ansicht, und die dritte zeigte die geplanten Änderungen. Ihr Finger folgte der alten römischen Straße, bekannt unter dem Namen Fosse Qay. Auf einer anderen, noch größeren Landkarte waren ganz Nordengland und Teile von Schottland abgebildet und mindestens vier Karten zeigten Wales in allen Einzelheiten.

In dem Moment erblickte Diana die Schriftrollen und lenkte ihre ganze Aufmerksamkeit auf diese Kostbarkeiten. Offensichtlich las er die griechischen Philosophen. Da waren Homer und Sophokles, die ein Mann namens Suetonius ins Lateinische übertragen hatte. Sie wählte eine Lederhülle mit Satiren von Horaz, rollte sie auf, nahm wahllos eine davon heraus und las.

»Und wenn deine Lust brennt heiß,
und eine Maid oder ein Knabe sind zur Hand,
wer bist du, zu grinsen und zu verzichten?
Ich täte es nicht! Was mir behagt, ist ein seichtes,
leichtes Liebesabenteuer!«

Diana ließ die Schrift los, die sich wieder von selbst zusammenrollte. Was für eine abscheuliche Philosophie! Sie fand eine Aufzeichnung über Julius Cäsar, als Rom noch eine Republik und kein Kaiserreich war. In dem großen Ebenholzstuhl machte sie es sich bequem und fing an zu lesen. Sie vertiefte sich so sehr in die Schriftrolle, daß sie die Zeit darüber vollkommen vergaß.

Auf einmal hörte sie die tiefe Stimme eines Mannes. Mein Gott, nun gab es kein Entrinnen mehr!

9. Kapitel

Marcus' mächtige Gestalt füllte den Türrahmen, als er auf der Schwelle zu seiner Schlafkammer stehenblieb. Seine schwarzen Augen glitten über sie hinweg, von ihrem goldenen Haar bis zu den Sandalen mit den hohen Korksohlen und wieder zurück zu ihren silbernbemalten Augenlidern. Dann trat er ein und verschloß die Tür. Er kam halbwegs auf sie zu und musterte die zierliche Gestalt, deren Schönheit im Fackelschein erstrahlte.

Sein Gesicht, das im Schatten lag, wirkte im Gegensatz zu ihr finster und gefährlich. Den kohlschwarzen Augen entging nichts, nicht das kleinste Detail. Er sah, wie die tiefrote Seide ihres Kleides ihr Haar mondhell leuchten ließ, sah, wie es sich um ihre herrlich festen Brüste formte und deren diamantharte Warzen hervorhob.

Sie sprang von ihrem Stuhl auf, ihre Lippen öffneten sich, als sie unhörbar nach Luft rang, ihre zarten Hände zitterten und die Schriftrolle, die sie hielten, glitt zu Boden. *War es möglich, daß sie lesen konnte?*

Als sie aufrecht vor ihm stand, schmiegte sich der enganliegende Stoff an ihre Rundungen. Er sah die Vertiefung, die ihr Bauchnabel in ihrem flachen Leib bildete und folgte der sanften Wölbung ihres Venushügels, der sich verführerisch unter dem Kleid abzeichnete.

Seine ebenholzschwarzen Augen wanderten über ihre langen, schlanken Beine zu ihren zarten Fußgelenken und den kleinen

Füßen. Dann glitten sie wieder nach oben, von ihren Zehen bis zu ihrem Haar.

Sie erschien ihm ein kostbares Geschenk des Himmels. Hatte er in letzter Zeit etwas besonders Nobles und Tapferes vollbracht, um eine solche Belohnung zu verdienen? Er war köstlich erregt. Sein Schaft pulste ebenso stark wie das Blut in seinen Schläfen.

»Geh auf und ab für mich«, bat er freundlich.

Diana war erstaunt, sowohl über seine eigenartige Bitte als auch über die Milde, mit der er sie ansprach. Trotzig hob sie das Kinn und ihre Augen spien violettes Feuer. »Wohin soll ich gehen?« Ihre Stimme triefte vor süßem Sarkasmus. »Zu Eurem Lager?«

»Das gefiele mir am besten.« Seine Worte waren direkt, aber sein Ton leise und rauh. Ihr Bauch krampfte sich lustvoll zusammen und ihre Brüste erzitterten. Seinen dunklen Augen entging auch das nicht.

»Aber mir ganz bestimmt nicht!« stieß sie kühn hervor.

»Du hast keine Wahl. Du bist meine Sklavin«, erwiderte Marcus ruhig. Sein Blick sagte ihr, daß er sie auffressen, sie verschlingen würde. Tief in ihrem Innern hatte sie sich bereits ergeben. Ganz unmißverständlich war sie in seinen Augen schön. Sie wußte, daß er sie in diesem Moment vor allen anderen Frauen begehrte, und diese Gewißheit ließ ihren Widerstand dahinschmelzen wie heiße Lava.

Seine Ausstrahlungskraft überwältigte sie endgültig. Er war männlicher als jeder Mann, der ihr je begegnet war oder den sie sich in ihren Träumen auszumalen gewagt hatte, und ihre erwartungsvolle Weiblichkeit verlangte nach ihm, begehrte ihn. Er hatte sie gebeten, für ihn auf und ab zu gehen, und unglaublicherweise war es genau das, was sie tun wollte, tun mußte. Sie durchmaß den Raum, verführerisch und geschmeidig wie eine Katze. Einen hochhackigen Fuß setzte sie vor den anderen, schwang ihre Hüften und wußte, daß der tiefrote Seidenstoff ihres Kleides sich eng an ihr Gesäß schmiegte.

Wie Eva im Garten Eden wollte sie sein Blut in Wallung bringen. Vor Aufregung und Sinnlichkeit strömte eine heiße Flut direkt zwischen ihre Schenkel, zum Zentrum ihrer Weiblichkeit. »Eure Sklavin? Was ist mit Eurer lächerlichen Annahme, ich wäre eine Spionin oder eine Druidin, eine Zauberin? Ist all Eure Furcht vor mir plötzlich gewichen?«

Er stieß ein hartes, bellendes Lachen aus. »Ich bin ein Römer. Römer fürchten keine Weiber. Es spielt nicht die geringste Rolle, was du bis jetzt gewesen bist. Das alles, was auch immer, ist mit dem heutigen Tag vorbei. Von nun an bist du meine Sklavin, mein Eigentum. Dein Leben hat nur einen einzigen Sinn, und zwar Marcus Magnus zu erfreuen.«

Während sie katzenhaft vor ihm hin und her paradierte und ihm ihr Feuer zeigte, bewies ihr das Funkeln in seinen schwarzen Augen, daß sie ihn in der Tat außerordentlich erfreute. In ihrer neuentdeckten weiblichen Macht hob sie stolz ihr Haupt. »Nun, Römer, wenn es dir gefällt, mich für deine Sklavin zu halten, dann kannst du das ruhig tun; aber glaube ja nicht, daß ich eine *willige* Sklavin sein werde. Bevor ich mich deinen Forderungen beuge, mußt du mich schon auspeitschen.«

Ihr verbales Vorspiel erhöhte noch seinen Appetit, machte ihn zuerst hungrig, dann vollkommen ausgehungert. »Ich bin ein Römer und habe es nicht nötig, meine Sklaven auszupeitschen.« Er erstieg die Stufen zu seinem Bett, setzte sich, löste seine Schienbeinschützer und zog dann seine Sandalen aus. Die Muskeln seiner mächtigen Waden sahen aus wie Eisenstränge. Seine nackten Oberschenkel wirkten noch härter.

Diana fuhr sich mit der Zunge über ihre plötzlich trocken gewordenen Lippen. Sie hielt inne und stand nun vor ihm, die Hände in die Hüften gestemmt. Dann imitierte sie ihn in zornigem Spott: »›Ich bin ein Römer!‹ Was für eine unglaubliche Arroganz. Ihr blast Euch auf wie ein Wilder!«

Er öffnete seinen breiten Ledergürtel und legte dann sein kurzes, breites Kampfschwert und seinen Dolch beiseite.

»Ist es das, was du hoffst?« fragte er leise. Seine ruhige Frage wirkte bedrohlicher, als wenn er gebrüllt hätte. Sie versprach ihr, daß er wilder sein konnte, als es ihr augenblicklich lieb war.

»Mein Gott, nein«, flüsterte sie und offenbarte damit eine Verwundbarkeit, die ihn zutiefst erregte. Sein Glied zuckte.

Nachdem er seinen Brustharnisch geöffnet hatte, legte er ihn ab. Jetzt trug er nur noch eine kurze weiße Tunika. Er spreizte die Knie und lehnte sich vor, wobei er seinen Ellbogen auf seinen Knien abstützte. »Komm her«, befahl er sanft.

Marcus Magnus saß auf seinem hohen, fellbedeckten Bett, als ob es ein Thron wäre und er der Herrscher über die Welt.

»Nein, ich kann nicht.« Diana zitterte von Kopf bis Fuß. Sie klang nicht mehr trotzig, aber entschlossen.

»Nenne mir einen Grund«, sagte er und seine Augen liebkosten jede ihrer Rundungen.

»Ich bin noch Jungfrau«, stieß sie hervor.

Ungläubig starrte er sie an. »Jetzt willst du mir auch noch weismachen, du wärst eine vestalische Jungfrau?« Dies überstieg sein Fassungsvermögen.

»Nein, keine vestalische Jungfrau – bloß eine Jungfrau.«

Er schlug sich auf den Oberschenkel und lachte. »Unmöglich!« Sein Gelächter erstarb. Sie sah aus, als ob sie es ernst meinte. »Du hattest vor mir noch keinen Mann?« Der Gedanke, daß es möglich sein könnte, tat die seltsamsten, herrlichsten Dinge mit ihm.

»Nein, ich hatte noch nie einen Mann.«

»Aber das ist absurd und ergibt keinen Sinn. Du bist eine Frau; der einzige Sinn und Zweck einer Frau ist es, dem Mann Freude zu bereiten. Warum bist du noch unerfahren in den Dingen der Venus?«

»Weil ich unverheiratet bin«, erklärte sie.

»Na und?« fragte er verständnislos.

»Dort, wo ich herkomme, muß ein Mädchen jungfräulich

bleiben, bis sie sich verheiratet.« Dianas Wangen brannten angesichts der Intimität des Themas.

»Warum?« fragte Marcus barsch. »Weshalb soviel Aufhebens um ein Häutchen? Es ist unlogisch und überflüssig.« *Wenn sie die Wahrheit spricht, warum treibt mich dann der Gedanke, daß sie noch Jungfrau sein könnte, fast an den Rand des Wahnsinns? Was macht mich so hart, daß ich schier platze?*

»Ich weiß es nicht«, flüsterte Diana. »Alles, was ich weiß, ist, daß in meiner Kultur kein Mann eine Frau heiraten würde, wenn sie nicht mehr intakt ist. Wenn eine unverheiratete Frau körperlich ruiniert ist, ist sie wertlos und entehrt. Es ist das Allerwichtigste im Leben einer jungen Frau.«

Er ärgerte sich, daß sie von ihrer Kultur und von ihrem anderen Leben sprach. »Habe ich dir nicht gesagt, daß mit dem heutigen Tag deine bisherige Existenz ausgelöscht ist? Von diesem Tag – von dieser Nacht an, gehörst du mir. Dein Dasein hast du nur noch mir zu widmen. Also komm!«

Sein Ton war herrisch, seine Züge stolz wie die eines römischen Adlers.

Ihr Zorn flammte sofort wieder auf. »Und habe ich nicht gesagt, daß ich mich nicht willig unterwerfen werde?«

Er erhob sich und wies mit dem Zeigefinger auf sie. »Du *bist* bereits meine Sklavin, wie du schon sehr bald herausfinden wirst!«

»Vielleicht bin ich ja dein Eigentum, Römer« – sie reckte sich –, »aber nicht deine *Bett*sklavin. Nicht ohne Auspeitschung! Bist du so roh, mich zu nehmen, nachdem du mich blutig geschlagen hast?«

Nun sprang er über die Stufen herab auf sie zu. Obwohl sie nicht wußte, wie sie es fertigbrachte, wich Diana keinen Zentimeter. Marcus Magnus kam so nahe, daß sie sich beinahe berührten. »Blut wird fließen, aber meine Waffe wird nicht die Peitsche sein.« Seine schwarzen Augen bohrten sich in die ihren, beherrschten sie mit seiner überwältigenden Dominanz.

Nimm mich und bring mich in dein Bett, schrie eine sündige Stimme in ihrem Innern.

Er roch nach Moschusparfum und noch etwas, etwas weit Betörenderes. Mit gesenktem Kopf verschlang er sie in einem brutalen Kuß, der ihr ein für allemal beweisen sollte, daß er der Herr und sie die Sklavin war.

Ihr Mund war wunderbar weich und willig unter dem seinen, doch unversehens senkten sich ihre kleinen scharfen Zähne in seine Unterlippe. Er mußte heftig an ihrem goldenen Haar zerren, damit sie ihn losließ.

Keuchend wich sie zurück, und ein triumphierendes Funkeln stand in ihren violetten Augen. »Du bist es, der blutet, Römer. Durch meine Hand.«

Er hob den Arm, um sie zu Boden zu schlagen. Doch dann war es, als ob die Götter selbst eingriffen und ihn abhielten von seinem Vorhaben. Marcus wurde übel, als er erkannte, daß er die zarten Knochen ihres Gesichts zerschmettert hätte, wenn er wirklich zugeschlagen hätte. Mit langen Schritten eilte er zur Tür, riß sie auf und bellte, »Kell!«

Innerhalb von Sekunden erschien der Sklavenaufseher an der Türschwelle. Er senkte die Lider, damit der General die Bewunderung, die er für seine neue Sklavin empfand, nicht sah. Sofort war ihm klar, daß Diana nicht nachgegeben hatte. Außerdem wußte er, daß sie eine überwältigende Lust in Marcus entfacht hatte, eine Lust, wie er sie nie zuvor für eine Frau empfunden hatte. Seine enorme Erektion lüftete seine Tunika. Er schäumte vor Wut und Erregung, eine tödliche Kombination.

»Die *Lady* glaubt, sie sei zu fein, in mein Bett zu kommen. Sie ist nicht davon überzeugt, meine Sklavin zu sein. Ich bin sicher, wir beide können sie von der Realität ihres Status' überzeugen. Gemeinsam können wir sie sicher dazu bewegen, ihr Schicksal zu akzeptieren.«

»Ich werde mein Bestes tun, General«, sagte Kell. Seine Hand fiel auf den Griff seiner Peitsche, doch bevor er sie herausziehen konnte, sah er zu seiner Überraschung, wie Marcus Magnus erbleichte, als er seiner Absicht gewahr wurde. *Er begehrt sie verzweifelt und will sie unverletzt. Ich frage mich, ob sie weiß, wieviel Macht ihr das über ihn verleiht?*

Marcus Magnus' Gesicht war eine bronzene Maske. »Ersetzt ihre feine Seidentoga durch rauhes braunes Leinen und wickelt ihre Locken in ein einfaches Kopftuch. Wascht ihr Gesicht, so daß es ohne jede schmeichelhafte Schminke ist. Gebt ihr nur Wasser und Brot.«

»Ich habe mein Leben lang häßliche Gewänder getragen«, keifte sie. »Das macht mir überhaupt nichts aus!«

»Ah, aber nun, da du einen Vorgeschmack darauf bekommen hast, wie es ist, wahrhaft schön auszusehen, wird sich deine weibliche Eitelkeit nicht lange mit Armenkitteln abfinden.«

Verdammt sollst du sein, Marcus Magnus. Du weißt genau, wie du meinen Stolz treffen kannst.

»Morgen früh um fünf soll sie anfangen, die gefliesten Böden in meiner Villa zu schrubben. Ich glaube, es sind mindestens zwanzig. Es sollte wohl bis Einbruch der Nacht dauern, bis alle makellos glänzen. Dann bringst du sie erneut zu meiner Liege, und wir werden sehen, ob diese *Lady* ihre Meinung geändert hat.«

Sie richtete sich zu ihrer vollen Größe auf mit der Arroganz einer Göttin. »Ich werde dir bis in alle Ewigkeit trotzen.«

Seine schwarzen Augen bohrten sich funkelnd in die ihren. »Und ich werde dich in die Knie zwingen, so oder so!«

Wenn ich die beiden nicht schleunigst trenne, dann setzen sie mit ihren Blitzen noch die ganze Villa in Brand, dachte Kell.

Diana folgte dem Sklavenaufseher ein Stockwerk tiefer. Er wählte eine kleine, luftige Schlafkammer für sie und führte sie hinein. Hell brennende Fackeln zeigten ihr, daß der Raum aprikotfarben verputzt und der Boden mit Terracottaziegeln bedeckt war. Ein Bild des keltischen Sonnengottes Sul blickte ihr aus dessen Mitte entgegen. Der Kopfteil des Bettes bestand aus vergoldetem Gußeisen und zeigte eine vielstrahlige Sonne. Die Bettlaken waren ebenfalls goldfarben und sahen aus, als wären sie aus Seide und Brokat.

In einer Ecke befand sich ein Kamin und darin dieselbe flache Schale, wie in der Kammer des Generals. Es gab außerdem einen Ankleidetisch mit einem Spiegel aus hochglänzender Bronze. Alles in allem sah das Zimmer nicht aus wie die Behausung einer Leibeigenen.

Kell rief die Haussklaven herbei, die umgehend erschienen, obwohl es schon beinahe Mitternacht war. Mit leiser Stimme erteilte er seine Befehle. Als sie wiederkamen, trug eine der Sklavinnen eine Schüssel mit parfümiertem Wasser und Handtücher; eine andere brachte eine einfache braune Leinentoga und ein dazu passendes Kopftuch. Eine Sklavin zog die feinen Bettlaken ab und ersetzte sie durch gröberes Gewebe. Die Sklavin stellte die Waschschüssel ab und wartete mit ihren Handtüchern.

Kell sagte: »Wasche dein Gesicht.«

Nach kurzem Zögern tat Diana, wie ihr geheißen.

Kell dachte, ihre Haut war so makellos, daß sie selbst ohne Schminke schön aussah.

Eine Sklavin hielt ihr die Toga hin. »Zieh das rote Seidenkleid aus«, sagte Kell ruhig.

Diana bückte sich und zog die Sandalen mit den hohen Korksohlen aus. Dann schleuderte sie sie quer durch den Raum, so daß sie krachend an der gegenüberliegenden Wand landeten. Dann riß sie die häßliche braune Toga an sich und warf sie hinter den Sandalen her.

Kells wachsame graue Augen verrieten keinerlei Emotionen. Er wendete sich an eine andere Sklavin. »Zieh ihr das Kleid aus.« Die Sklavin gehorchte sofort.

Diana stand mit stolz aufgerichtetem Haupt da, während man ihr das Kleid und den Schmuck abnahm. Dann stolzierte sie geschmeidig wie eine Katze zum Bett und glitt zwischen die rauhen Laken.

»Geht jetzt«, befahl Kell den Haussklaven. Als sie allein waren, riet er ihr: »Sei nicht töricht. Gib ihm, was er will. Strapaziere seine Selbstbeherrschung nicht zu sehr! Ich habe ihn noch nie eine Frau so begehren sehen. Gib ihm, was er will – es ist doch nur so wenig. Er wird sich mehr als großzügig erweisen.«

»Ich kann nicht«, erwiderte sie.

»Willst nicht, meinst du. Du warst so wunderschön heute abend, du hättest ihn mit einem einzigen Wimpernschlag verführen können.« Als sie nicht antwortete, löschte Kell die Fackeln und ging.

Diana lag im Dunkeln und dachte über ihr Aufeinandertreffen mit dem Primus Pilus und über Kells Ratschlag nach. Kleopatra war als eine der bedeutendsten Frauen in die Geschichte eingegangen, weil sie Cäsar erobert und den römischen General Marcus Antonius verführt hatte. Marcus Antonius – Marcus Magnus. Wenn sie wollte, konnte sie es Kleopatra gleichtun!

Kell hielt das Ganze für eine Kleinigkeit. Sogar der große Römer selbst maß der Jungfräulichkeit keinen Wert bei. Wenn sie die Augen zumachte, sah sie seinen herrlichen Körper, so hart und muskulös und unglaublich männlich. Sein Adlergesicht erschien vor ihr, stark und stolz, mit der Narbe, die von seiner Schläfe bis zur Wange reichte und die seine tiefgebräunten Züge unwiderstehlich machte.

Wieder erglühten seine schwarzen Augen leidenschaftlich, ringelte sich sein kohlschwarzes Haar in seinem kräftigen Nacken, tauchten seine mächtigen Schultern und die Arme auf, deren Muskeln sich über- und unterhalb seiner goldenen Amulette wölbten. Diana log oft, aber nie sich selbst gegenüber. Während sie so dalag, gestand sie sich, daß sie ihn begehrte. Sie wünschte sich, daß dieser herrliche General sie in die mystischen Riten der Sinne einwies. Alles, was sie tun mußte, war die Hand nach ihm auszustrecken.

Und zugeben, daß ich seine Sklavin bin, sagte eine innere

Stimme. *Aber überleg doch nur*, sagte eine andere Stimme, *keine andere Frau aus deiner Zeit wird je eine solche Gelegenheit erhalten. Diana, was ist, wenn du plötzlich in deine Zeit zurückgerissen wirst und nicht in seinen Armen gelegen hast – das bereust du für den Rest deines Lebens! Aber wie kann ich wieder zurück, wenn ich keine Jungfrau mehr bin?*

Schließlich fiel sie in einen unruhigen Schlaf. Eine Stunde später begann sie zu träumen. Sie träumte, daß jemand ihre Hände an das Kopfteil ihres Bettes gebunden hatte. Vergeblich wehrte sie sich gegen die Stricke. Das gußeiserne Symbol der Sonne lachte auf sie herab. *Lieber Gott, selbst in meinen Träumen bin ich eine Sklavin in Fesseln!*

10. Kapitel

Marcus Magnus lag nackt auf den Fellen seines großen Sockelbettes. Seine massigen Arme waren hinter seinem Kopf verschränkt und seine Augen starrten zur Decke, ohne wirklich etwas zu sehen. Sein Körper war immer noch erregt von dem Zusammentreffen mit der neuen Sklavin. Er war ein Mann von enormer Selbstbeherrschung und ermahnte sich strikt zu Nüchternheit.

Das Problem war nur, er lag schon beinahe eine Stunde so da und sein ungehorsames Glied schien von Minute zu Minute härter zu werden, anstatt sich zu entspannen. Selbst seine Hoden waren schmerzlich geschwollen.

Ungeduldig warf er die Beine über den Rand seines Bettes und erhob sich. Seine Erektion erhob sich ebenfalls, bis hinauf zu seinem Nabel. Fluchend griff er nach der Klingelschnur, um eine Sklavin herbeizurufen, die ihm Erleichterung verschaffen sollte. Unter erneuten Flüchen ließ er die Hand sinken. Er hatte keine Lust auf ein rasches Rein und Raus. Heute nacht begehrte er nur eine.

Mit einer kleinen Fackel, die noch brannte, entzündete er alle anderen Lampen in der Kammer. Seine Augen fielen auf das Wandfresko mit den Göttern. Sie weiteten sich, als er das Ebenbild des Mädchens auf dem Bild entdeckte. Die anderen Göttinnen wirkten neben dieser Gestalt grotesk. Diana, Göttin der Jagd! Ihre zierliche Hand lag auf dem Hals eines Rothirschen. Beide Frauen glichen sich aufs Haar, von den Locken bis zu den langen schlanken Beinen. Selbst ihr Name war derselbe: Diana.

Er fühlte ihre Hand auf seinem Nacken – und wurde zu einem brünftigen Hirsch. Die Göttin der Jagd trug eine Tunika, die nur eine Brust bedeckte. Kell würde Anweisung erhalten, ein ähnliches Kleidungsstück für seine Diana anfertigen zu lassen. Sie sollte ihm Gesellschaft bei den Abendmahlzeiten leisten, wenn er nach einem Tag voll harter Pflichten nach Hause kam. Bis er sie gezähmt hatte, würde sie neben seiner Eßliege am Boden sitzen, wo er sie jederzeit nahe bei der Hand hatte.

Sobald sie ihre Rolle einmal akzeptiert hatte, würde er ihr erlauben, auf ihrer eigenen Eßliege ihm gegenüber Platz zu nehmen, wo sie ihn mit zivilisierter Konversation unterhalten konnte. Wenn sie dann seine Konkubine geworden war, würde sie seine Eßliege mit ihm teilen, sie würden sich gemeinsam zum Mahl niederlassen, einander streicheln und kosen.

Sein marmorharter Phallus zuckte und bockte. Er wußte, wenn er sich in diesem Moment berührte, würde sein Samen wie von selbst hervorsprudeln – allein beim Gedanken an sie. Diana, Göttin der Jagd? Kaum! Sie konnte doch wohl keine Göttin sein? Aber die Vorstellung, daß sie ein Geschenk der Götter an ihn war, ließ ihn nicht mehr los. Diana, die Jungfrau? Beinahe wären ihm die Pferde durchgegangen!

Handelte es sich wirklich um eine Jungfrau? Das war höchst zweifelhaft. Marcus lachte über sich selbst, über sein albernes Wunschdenken. Aber wie auch immer, er mußte den Göttern für dieses Geschenk danken! Er würde ihnen ein Opfer bringen.

Aus einer Silbertruhe nahm er einen kleinen Salzklumpen und bröckelte ihn in die flache Bronzeschale. Er besprenkelte das Salz mit Weihrauch und Myrrhe, dann entzündete er die Flamme unter der Schale.

Marcus goß sich einen Kelch mit blutrotem Wein ein und hielt ihn hoch in die Luft. Dann rieb er seine Goldmünze mit dem Haupt Cäsars darauf, die er immer um den Hals trug. »Jupiter Optimus Maximus, Bester und Größter, ich entbiete dir meinen Dank für dieses Mädchen.« Dann sprach Marcus seinen Dank an den griechischen Gott Eros aus. Dies tat er stillschweigend, da er die römischen Götter nicht beleidigen wollte.

Er nahm einen Schluck Wein und spuckte ihn in die Bronzeschale. »Ich erbitte eine Gnade. Laß sie Jungfrau sein!« Dann leerte er den Kelch. Sein Blut kochte, aber es war nicht der Wein, sondern das Mädchen, das es so in Wallung brachte!

Starke, durchdringende Düfte erfüllten das Zimmer, doch alles, was Marcus roch, war Moschus. Sie hatte seine Sinne damit aufgewühlt. Unruhig ging er auf und ab, opferte seinen Schlaf für Visionen von ihr. Er verschwendete keinen Gedanken an den harten Tag, der vor ihm lag, an die endlosen Stunden Ausbildungstraining, bevor die Soldaten gestählt genug waren, in die finstere Wildnis des Westens aufzubrechen. Alles, woran er dachte, war Diana.

Wenn er nicht achtgab, wurde sie noch zu einer Obsession. Spielten die Götter vielleicht mit ihm, lachten sie über ihn? Schließlich begriff er, daß er keinen Frieden finden würde, solange er ihr Geheimnis nicht kannte. Marcus mußte um jeden Preis herausfinden, ob sie tatsächlich eine Jungfrau war oder nicht. Und es gab nur einen Weg.

An einer bestimmten Stelle in ihrem Traum riß Diana die Augen auf. Vielleicht träumte sie ja gar nicht! Alles, was sie sehen konnte, war Dunkelheit, aber sie fühlte, daß noch jemand im Zimmer war. Sie versuchte, zuzuschlagen, aber ihre Hände waren festgebunden. Also war es doch kein Traum gewesen, sondern Wirklichkeit!

Sie kniff fest die Augen zusammen, als sie das plötzliche Aufflackern einer Fackel blendete. Instinktiv benutzte sie die einzige Waffe, die sie noch besaß und stieß wild mit den Füßen um sich, um ihren Angreifer von sich fernzuhalten. Auf einmal wurden ihre Fußgelenke mit eisernem Griff gepackt. Als sie die Augen öffnete, um zu sehen, wer sie festhielt, erstarrte sie vor Schreck. Es war der mächtige General höchstpersönlich, der sich am Fuß ihres Bettes auftürmte!

Seine Hände umklammerten ihre Fußgelenke wie Eisenbänder. Sein gigantischer Schatten lauerte an der Wand und ließ ihn noch hünenhafter erscheinen. Außerdem war er nackt.

Diana versuchte zu schlucken, schaffte es aber nicht. Sie wollte atmen, doch auch das war unmöglich. Oft hatte sie sich gefragt, wie die Geschlechtsteile eines Mannes wohl aussahen. Jetzt sah sie es. Sie sah es, aber mochte es nicht glauben. Teile wie diese konnten sich unmöglich in den seidenen Beinkleidern von Regency-Männern verbergen!

Sein Sexualorgan war viel zu groß, viel zu hart; es erhob sich wie eine römische Säule aus einem Nest blauschwarzer Locken. Ein Nest mit zwei Schwaneneiern! Offensichtlich war er gekommen, um sie zu vergewaltigen, und sie wußte, wenn er sie durchbohrte, ginge sie daran zugrunde.

Endlich fand Diana ihre Stimme wieder. Es war ein leises, atemloses Flüstern. »Bitte tut das nicht!«

Seine schwarzen Augen liebkosten die Rundungen und Schwellungen ihrer alabasterweißen Schönheit. Sie war vollkommen anders als andere Frauen, so viel zarter und zerbrechlicher: als ob sie verfeinert und dann nochmals verfeinert worden wäre, wieder und wieder, bis zur Perfektion. Hauchzarter Flaum zierte ihren flachen Bauch und verlieh ihrer Haut einen samtigen, seidenweichen Glanz. Die Haut über ihren üppigen Brüsten jedoch war beinahe durchsichtig; zarte, blaue Venen zierten ihre Unterseiten. Sie wirkte fast überirdisch, wie ein Engel. Ihr Venushügel wölbte sich hoch zwischen ihren Schenkeln und wurde von Hunderten goldener Löckchen gekrönt. Er hoffte, daß die Blüten ihrer Weiblichkeit, wenn er sie schließlich öffnete, ebenso zartrosa wären, wie ihr weicher Mund und die Aureolen, die ihre Brüste krönten. Nun, da ihre Hände hoch über ihrem Kopf ans Bett gefesselt waren, erhoben sich ihre festen Brüste wie reife Früchte, Früchte, die darum zu betteln schienen, gekostet zu werden.

Während er wie verzaubert dastand und ihre Schönheit in sich einsaugte, während er vor Lust beinahe verging, fand sie den Mut, ihn erneut anzuflehen. »Bitte, Marcus, tu das nicht.«

»Ich begehre dich so, daß ich es kaum noch ertragen kann«, krächzte er.

»Wenn du mich vergewaltigst, dann bringst du mich um«, flüsterte sie.

»Aber ich bin nicht gekommen, um dich zu vergewaltigen«, sagte er mit heiserer Stimme.

»Warum dann?«

»Um die Wahrheit herauszufinden.«

»Was soll das heißen?« rief sie und versuchte dabei verzweifelt zu verstehen.

»Ich muß wissen, ob du wirklich eine Jungfrau bist«, sagte er heiser.

Auf einmal verstand sie. Es kam wie eine Erleichterung über sie. »Mein Gott, das würdest du nicht tun!« Doch so unglaublich es auch war, sie wußte, daß er es tun würde. Er wollte den Beweis für ihre Jungfräulichkeit. Ein heftiger Zorn vertrieb ihre Furcht. »Du römischer Heuchler! Ich dachte, Jungfräulichkeit bedeutet dir nichts. Man mache zuviel Aufhebens um ein Häutchen. Du sagtest, es wäre unlogisch und überflüssig!«

»Ich muß die Wahrheit wissen.«

Diana wußte, daß er ein Mann war, der zu seinem Wort stand, eisern und entschlossen. Nichts konnte ihn von seinem Vorhaben abhalten, kein Bitten, kein Flehen. Und dann kam die zweite Erkenntnis über sie. Er tat das, weil er ihr nicht glaubte!

Vollkommen hilflos lag sie vor ihm und dennoch besaß sie alle Macht, diese Macht der Unschuld. Diana begann zu zittern. Obwohl er jedes kleinste Beben wahrnahm, hielt ihn das nicht auf.

Sie hatte Angst, weil sie fürchtete, daß er ihr weh tun würde, aber Marcus hegte nicht die Absicht, ihr weh zu tun. Er schlang einen Arm um ihre Beine, dicht über ihren Fußgelenken und hob ihre Knie an. Die Finger seiner anderen Hand näherte er vorsichtig dem Zentrum ihrer Weiblichkeit.

Diana zuckte zusammen und schluckte krampfhaft. Dann heftete sie ihren Blick auf die Goldmünze, die um seinen Hals hing.

Sie war so heiß und trocken, daß er wünschte, ein Gleitmittel zu haben, um ihr nicht weh zu tun. Seine Augen fielen auf den geschwollen Kopf seines Phallus' und er sah einen riesigen Tropfen klarer Körperflüssigkeit. Er fing ihn mit der Fingerspitze auf, hob ihre Knie noch höher und glitt langsam und vorsichtig mit dem Finger in ihre Enge.

Er hörte, wie sie nach Luft rang. Es war ein köstlich femininer Laut. Sie war extrem eng, aber er bezweifelte immer noch, daß sie intakt war. Und dann, ganz plötzlich, war sie da. Die Barriere. Marcus wußte sich kaum zu fassen vor Glück.

Diana erging es ähnlich. Mit dem Stolz, den nur schöne Frauen besitzen, sagte sie: »Ich werde sie dir niemals schenken.«

»O doch, das wirst du! Das wirst du!« Es war ein Schwur. Ganz bewußt suchte er die winzige Knospe, die zwischen ihren Schenkeln blühte und fuhr mit der Fingerspitze darum herum.

Dianas Augen weiteten sich entsetzt, als sie ein köstlicher Schauder überlief. Dann krampfte sich ihre Scheide unfreiwillig um seinen Finger. Als er ihn wieder zurückzog, tat er dies langsam und mit einer so sinnlichen Liebkosung, daß sie erneut erschauderte. Auf einmal fühlte sie, wie sie heiß und naß wurde.

Um keinen Preis durfte sie ihn wissen lassen, daß seine Berührungen sie erregten.

Er erhob sich vom Bett und löste die Stricke, mit denen er ihre Handgelenke ans Kopfteil gefesselt hatte. Diana widerstand dem Drang, sie zu reiben. Statt dessen blickte sie ihm feindselig in die Augen. »Ich würde jetzt gerne ein wenig schlafen, General. Morgen habe ich viele Fußböden zu schrubben.«

Die Tatsache, daß sie niedrige Sklavenarbeiten ihm vorzog, erzürnte ihn. Nur seine eiserne Selbstbeherrschung hielt ihn davon ab, ihr eine kräftige Ohrfeige zu versetzen. Vielleicht glaubte die *Lady* nicht ganz, daß er ihr tatsächlich solch harte, erniedrigende Arbeiten abverlangen würde. Der neue Tag sollte sie jedoch eines Besseren belehren!

Eine Haussklavin weckte sie noch vor Morgengrauen. Sie brachte einen Krug kaltes Wasser zum Waschen, hob dann die braune Toga und das Kopftuch auf und stand geduldig wartend da.

»Ich weigere mich, das anzuziehen«, sagte Diana hochmütig.

»Es ist alles, was du hast. Kell wird nicht nachgeben«, teilte ihr die Sklavin in ruhigem Ton mit.

Nach kurzem Zögern bediente sich Diana des kalten Wassers und streifte dann das häßliche Sackleinen über. Ein etwa elf- oder zwölfjähriger Junge brachte ihr einen kleinen Laib Brot und einen Becher mit Trinkwasser. Diana hätte die Gaben beinahe an die Wand geschleudert, aber eine innere Stimme sagte ihr, daß dies vielleicht alles war, was sie heute zu essen bekommen würde.

Der Junge war ziemlich dünn und offenbar noch nicht in der Pubertät. Seine dunklen Augen wirkten in seinem kleinen Gesicht viel zu groß. »Du mußt dich beeilen«, drängte er.

»Im Gegenteil, mein Kleiner«, teilte ihm Diana mit.

Seine dünnen Schultern sanken.

»Wenn du dich nicht beeilst, wird Sim ausgepeitscht«, hielt die Sklavin ihr vor Augen.

Diana fuhr zornig auf. »Bring mich zu Kell!« befahl sie.

Das Trio machte sich auf den Weg zum Küchentrakt im Erdgeschoß, von wo sie schließlich in einen der rückwärtigen Räume gingen; hier befand sich ein riesiger Kamin, gewaltige schwarze Öfen sowie eine überdimensionale Zisterne mit dampfendem Wasser. Als Kell sie kommen sah, wies er einen Sklaven an, einen Eimer mit heißem Wasser zu füllen. »Du kommst spät. Beginne mit den Baderäumen! Zuerst schrubbst du die Fliesen mit Kernseife, dann spülst du die Seife ab und trocknest den Boden mit einem Lederlappen.«

»Und wenn ich mich weigere?« fragte Diana.

»Ich möchte dir Sim vorstellen. Er ist dein Prügelknabe.«

Einen Moment lang dachte sie, Kell hätte dem Jungen die Erlaubnis erteilt, sie auszupeitschen, wenn sie nicht gehorchte, doch dann dämmerte ihr die schreckliche Wahrheit: Tat sie nicht genau, was man ihr auftrug, würde er an ihrer Stelle ausgepeitscht werden!

Ihre Augen flogen zu Sim, zu seinen schmalen Schultern und den dunklen, traurigen Augen. »Das ist abscheulich!« Dann fragte sie barsch: »Ist er ein Brite?«

Kell hob erstaunt die Augenbrauen. »Glaubst du, man läßt mich Römer züchtigen?« fragte er trocken.

Diana ergriff den Holzeimer mit der Kernseife und einen Eimer mit dampfend heißem Wasser. Dann nahm sie beides mit in die Räume, in denen sie gestern abend gebadet hatte.

Als Kell sicher war, daß sie ihn nicht mehr hören konnte, zwinkerte er Sim zu und meinte: »Du verstehst es wirklich fabelhaft, Mitleid zu erregen. Geh in die Küche und hole dir deine Belohnung.«

»Das war ein hundsgemeiner Trick«, sagte eine weibliche Stimme hinter ihm.

»Kümmere dich um deine eigenen Angelegenheiten«, erwiderte Kell kalt.

»Was im Haushalt des Generals geschieht, ist meine Angelegenheit«, meinte Nola, eine Freie, die der General als Sklavin aus Gallien mitgebracht hatte. Die beiden Wirtschafter lagen sich beständig in den Haaren, wenn es um den Vorstand des Haushalts ging. Als Kell seinerzeit ankam, besaß Nola noch die Leitung; doch sobald Marcus sie einmal wegen ihrer guten Dienste freigelassen hatte, war Kell der Posten übertragen worden. Er herrschte über jeden im Haus, außer über Nola und, ganz Frau, genoß sie ihre exponierte Stellung.

»Du bist nur glücklich, wenn du deine Nase in die Angelegenheiten von Männern stecken kannst. Frauen, ob sie nun Sklaven sind oder nicht, sollte man lediglich sehen und nicht hören!«

Nola lachte ihm offen ins Gesicht. »Sind wir eine solche Bedrohung für dich, Brite? Wenn ich du wäre, würde ich die Neue mit ein wenig mehr Respekt behandeln. Sobald sie einmal in Marcus' Gunst steht, kann sie dir das Leben zur Hölle machen.«

»Das tust ja du bereits, Gallierin!«

»Tatsächlich?« meinte Nola gedehnt. »Ich hatte keine Ahnung, daß dir meine Wenigkeit unter deine dicke Haut geht. Sei so gut und lasse mir das Frühstück auf mein Zimmer bringen.«

Diana reagierte ihre Wut an den Fliesen ab, doch als ihr Ärger langsam verebbte und sie sich den Böden in anderen Räumen zuwendete, konnte sie nicht umhin, die Schönheit der Mosaiken zu bemerken. Auf einmal verrichtete sie ihre Arbeit mit Stolz, erweckte die kräftigen Farben zu neuem, leuchtendem Leben, spülte dann die Kernseife ab, bis die Steine fleckenlos waren, und polierte sie anschließend mit dem Lederlappen, bis sie nur so blitzten und blinkten.

Nachdem sie mit sechs Fußböden fertig war, taten ihr jedoch allmählich ihre aufgescheuerten Knie und ihr Rücken weh; ihre Hände waren von der scharfen Seife und dem heißen Wasser rot und geschwollen. Mit sturer Entschlossenheit schleppte sie sich in die Küche zurück, wechselte das Waschwasser und ging dann ins Atrium, das gleichzeitig die herrliche Eingangshalle der Villa bildete. Sie war in diesem Raum noch gar nicht gewesen, weil man sie bei ihrer Ankunft durch den Hintereingang hereingebracht hatte. In der Nacht hatte es geregnet, aber nun flutete Sonnenlicht durch die Deckenfenster und ließ den munter sprudelnden Springbrunnen in allen Regenbogenfarben erstrahlen. Leuchtende Blumen quollen überall in dem ovalen Raum aus irdenen Töpfen. Ein Fresko mit Vögeln, von Kranichen bis herrlich bunten Papageien, zierte die blaßgrünen Wände. Mit einem bewundernden Seufzer machte sie sich an den Boden, bis der ganze Raum schließlich glänzte wie ein Thronsaal.

Auf einmal kamen zwei monströse Doggen durch die Eingangstür gesprungen. Sie waren so groß und sahen so wild aus, daß Diana einen Schreckensschrei ausstieß. Ihre Angst verwandelte sich jedoch rasch in Zorn, als sie sah, daß ihre riesigen Pfoten voller Schlamm waren, die überall auf ihrer frischen Politur Spuren hinterließen.

»Romulus, Remus – bei Fuß!« donnerte eine tiefe Stimme. Die beiden Doggen eilten an die Seite von Marcus Magnus, wo sie ihr Herrchen bewundernd hechelnd beäugten. Diana sank fassungslos auf ihre Fersen zurück. All die mühevolle Arbeit war innerhalb von Sekunden zunichte gemacht!

Die schwarzen Augen des Generals glitten gleichgültig über sie hinweg, so als ob sie sich in nichts von den anderen Sklavinnen in seinem Haushalt unterschied. Letzte Nacht hingegen hatte er sie angesehen, als ob sie ein Preis wäre, für den es sich zu sterben lohnte. Dann, später, als er in ihre Schlafkammer gekommen war, waren seine Hände, obwohl er etwas Obszönes mit ihr gemacht hatte, so sanft mit ihr umgegangen wie mit einem Stück kostbaren Porzellans. Und jetzt blickte er durch sie hindurch, als ob sie nicht existierte!

Diana hätte am liebsten den Eimer mit Schmutzwasser an die herrlichen Wände gespritzt. Sie empfand den unwiderstehlichen Drang, seinen Hunden einen ordentlichen Fußtritt zu geben und den Kopf des Römers unter das Wasser des Springbrunnens zu drücken, bis er um Gnade winselte. Was sie jedoch statt dessen tat, war, sich aufzusetzen und die Fäuste in ohnmächtiger Wut zu ballen, während sich ihre Augen langsam mit Tränen füllten. Als er wieder mit einer Landkarte in der Hand auftauchte und hinauseilte, würdigte er sie nicht einmal eines Blickes.

Kell hatte recht. Sie war unglaublich dumm gewesen. Er hatte ihr letzte Nacht gesagt, daß sie den Römer mit einem einzigen Wimpernschlag hätte verführen können. Nur wegen ihres verdammten Stolzes hatte sie sich eine solche Gelegenheit durch die Finger schlüpfen lassen und nun war sie Marcus Magnus vollkommen gleichgültig. Bis an ihr Lebensende würde sie Fußböden schrubben!

Nachdem sie sich die Tränen aus den Augen gerieben hatte, machte sie sich daran, die Schlammspuren, die die häßlichen Biester überall im Atrium hinterlassen hatten, zu beseitigen. Mit jedem Pfotenabdruck, den sie wegwischte, steigerte sich der Wunsch in ihr, es dem arroganten Römer, der glaubte, er könnte die Welt beherrschen, heimzuzahlen.

Nichts würde sie mehr davon abhalten, Macht über ihn zu erlangen, die ihn in die Knie zwang. Sie wollte ihn versklaven, so wie er sie versklavt hatte. Kein Preis war ihr mehr zu hoch für einen Tausch. so daß sie die Herrin und er der Sklave wäre.

Was sie brauchte, war wenigstens ein Mindestmaß an Kontrolle über ihr Leben, aber ein Brite unter römischer Herrschaft besaß keine. Diana fing langsam an, Kells Situation zu verstehen. Seine Stellung verlieh ihm Macht und Einfluß, selbst wenn sich diese nur über Leute seiner eigenen Nationalität erstreckte. Ohne ein Minimum an persönlicher Freiheit war das Leben nicht lebenswert.

Während sie so darüber nachdachte, war sie überrascht über die Ähnlichkeiten zwischen dieser Zeit und der des achtzehnten Jahrhunderts. Männer regierten die Welt seit Anbeginn der Welt.

Sie stellten die Regierung, die Armee, verwalteten den Reichtum und das Land, den Besitz, die Wirtschaft, die Künste, die Familie und auch die Frauen. Sie mußte an all die Ehefrauen, an all die Töchter und Dienerinnen denken, die über die Jahrtausende hinweg unter der alles beherrschenden Dominanz der Männer gelitten hatten.

Die einzigen Frauen, die Macht besaßen und die Männer manipulierten, waren Mätressen, Kurtisanen oder Favoritinnen. Eine Frau konnte nur durch einen Mann Einfluß erlangen. Wenn sie klug war, suchte sie sich den mächtigsten Herrn ihrer Umgebung und brachte ihn dazu, sich in sie zu verlieben. Damit profitierte sie automatisch von seiner Stellung.

Dianas Entschluß stand fest. Sie war schön, intelligent und gebildet, verglichen mit den Frauen, die sie hier gesehen hatte. Wenn sie es nicht fertigbrachte, den Römer zu verführen, dann verdiente sie es nicht besser!

Ihre lebhafte Fantasie begann einen Plan auszuarbeiten und ihr quecksilbriger Verstand fügte die Details hinzu. Während sie schrubbte, begann sie bereits, sorgfältig Reden und Taten auszuarbeiten, so als ob sie ein Theaterstück probte. Zu allererst mußte sie seine Aufmerksamkeit auf irgendeine spektakuläre Weise zurückgewinnen. Ihr Plan war derart kühn, daß er einfach funktionieren mußte. Wenn sie ihre Karten geschickt ausspielte, würde sie sich den Römer untertan machen, und sobald sie ihn einmal an der Leine hatte, ließe sie ihn nie wieder los: den Diener Marcus Magnus!

Dies war gewiß die letzte Fußbodenreinigung ihres Lebens! Sie erhob sich, ergriff die Eimer und machte sich auf den Weg zu den Küchenräumen. Noch bevor sie dort anlangte, sah sie Kell, der einige Haussklaven in den inneren Küchenräumen herumscheuchte. Sobald sie ihn erblickte, schwankte sie unter dem Gewicht der Eimer. Ihre Hand flatterte zu ihrem Kopf, als ob sie sich schwindlig fühle und gerade noch das steife braune Kopftuch von ihrem hübschen Haar ziehen konnte. Sie wußte, daß ihre blaßgoldenen Locken in Aquae Sulis eine Sensation darstellten. Seit ihrer Ankunft war sie noch niemandem begegnet, der ebenfalls helles Haar gehabt hätte.

Diana straffte ihre Schultern, als ob sie einen tapferen Versuch machte, noch ein paar Schritte zu gehen, dann sank sie in die Knie. Sie wußte, daß Kells Augen auf sie gerichtet waren.

Seine Hand in ihrem Nacken, befahl Kell: »Halte den Kopf unten, bis der Schwindel vorüber ist!«

Nach ein paar Minuten bewegte Diana sich, stieß einen zittrigen Seufzer aus und öffnete langsam die Augen. Kell half ihr auf die Füße. »Hast du genug?« fragte er ruhig.

»Vielleicht«, erwiderte sie sanft.

»Vielleicht! Das ist keine Antwort. Entweder du kapitulierst oder nicht!«

Diana lächelte geheimnisvoll. »Kell, du denkst, die Welt wäre entweder schwarz oder weiß – aber ich habe entdeckt, daß die Welt eine Million Grautöne birgt. ›Ja‹ und ›Nein‹ sind gute Worte, einfach, unkompliziert und langweilig. Aber das Wort ›vielleicht‹ ist mysteriös, verführerisch und steckt voll ungeahnter Möglichkeiten. Sagen wir mal, ich bin bereit, zu verhandeln.« Sie hielt ihm die Eimer hin.

Der Aufseher befahl Sim, sie wegzubringen. Der Duft von frischgebackenem Brot im Herd erfüllte die Küche. Diana setzte sich auf einen hohen Hocker und meinte: »Das Brot riecht himmlisch. Kann ich Honig dazu bekommen?«

Kell nahm sich ebenfalls einen Hocker. Eine Küchensklavin brachte ihnen Weizenkuchen, das knusprige Brot aus dem Ofen und Honig, einen Steinkrug mit Milch und einen Früchtekorb. Schweigend aßen sie. Kells wachsame Augen folgten den graziösen Bewegungen von Dianas Händen und der wohlerzogenen Art, in der sie ihr Essen kaute. Hier saß eine äußerst bezaubernde Frau. Er konnte gut verstehen, warum Marcus Magnus wünschte, daß sie seine Tafel zieren und sein Bett mit ihm teilen sollte.

Diana seufzte zufrieden, als sie satt war und biß dann in eine dicke reife Pflaume. »Kell, dürfte ich dir ein paar Vorschläge unterbreiten?« Sie war darauf bedacht, sein Einverständnis zu erbitten. Als Kell nickte, fuhr sie fort: »Du sagtest, der General begehrt mich. Du sagtest, wenn ich seinen Vorstellungen entgegenkäme, würde er sich mehr als großzügig erweisen.«

Kell wartete darauf, daß sie fortfuhr.

»*Falls* ich also seine Konkubine werde und er zufrieden mit mir ist, verleiht mir das große Macht.«

Dann weiß sie also, daß sie Macht besitzt, dachte Kell.

»Folglich gäbe es noch eine Person in diesem Haushalt, die etwas zu sagen hat. Ich denke, Feindschaft entstehen zu lassen, wäre töricht. Ein Machtkampf zwischen uns würde bedeuten, daß es einen Gewinner und einen Verlierer gäbe. Wenn wir uns jedoch zusammentun, nicht als Freunde natürlich, sondern als Verbündete, könnten wir beide gewinnen.«

Sie wußte, daß Kell raffiniert und schlau genug war, den Wahrheitsgehalt ihrer Worte zu erkennen. »*Falls* ich meine Einwilligung gebe, dann nur zu meinen Bedingungen. Du brauchst mich ganz sicher nicht, Kell. Aber ich weiß genau, daß ich dich sehr wohl brauche.« Diana versuchte bewußt, ihn bei seiner Eitelkeit zu packen, und gleichzeitig sprach sie völlig sachlich.

»Dein Hinweis für mich war sowohl weise als auch aufrichtig. In den nächsten Tagen werde ich deinen Rat, deine Führung, deine Hilfe und möglicherweise auch deinen Schutz benötigen. Mit dir werde ich beinahe soviel zu tun haben wie mit dem General.«

Kell verdaute ihre Worte. Falls diese Frau wirklich zu Einfluß und Ansehen gelangte, wollte er sie auf seiner Seite haben. Nola konnte nur zu leicht ihre Vertraute werden, und ohne Frage waren zwei machtvolle Frauen schlimmer als eine! Schließlich meldete sich Kell zu Wort. Seine grauen Augen blickten tief in die ihren. »Da wir ja bereits einen stillschweigenden Waffenstillstand geschlossen haben, wollen wir darauf aufbauen.«

Diana lächelte. »Gut. Ich habe eine Idee. Anstatt zu warten, bis er heute abend heimkehrt, um mich dann zu sich zu zitieren und zu fragen, ob ich bereit bin, mich ihm zu unterwerfen, ergreife ich nun doch selbst die Initiative.«

Während Kell ihrem kühnen Plan lauschte, wollte er ihr das Vorhaben ausreden. Aber als er sah, wie ihr Gesicht aufleuchtete, wie ihre wunderschönen Augen vor Schalk funkelten und ihre Stimme voller Leidenschaft belebte, steckte ihre Kühnheit ihn an. Mit ihrem Mut konnte sie zweifellos einen Mann vollkommen in ihren Bann schlagen und um den kleinen Finger wickeln. Auf ihre Weise war sie ebenso raffiniert und klug wie er selbst. Und sie war Britin. Was konnten sie also anderes sein als Verbündete?

11. Kapitel

»Vor allem benötige ich unbedingt ein heißes Bad. Dann, wenn du so großzügig wärst, könnten wir einen Blick in deine Schatztruhe weiblicher Gewänder werfen und etwas auswählen, dem der Primus Pilus nicht zu widerstehen vermag.«

Diana verweilte fast eine ganze Stunde lang in dem wundervollen heißen Becken. Als die Schmerzen in ihrem Rücken, die sie vom Schrubben der Fußböden davongetragen hatte, schließlich abgeklungen waren, wickelten Badesklaven sie in ein riesiges Handtuch und machten sich daran, ihr Haar herzurichten.

Kell brachte eine reich mit Schnitzereien verzierte Holzschachtel, in der sich eine Reihe von Haarspangen, Kämmen und anderen Schmuckstücken befand.

»Wem gehören die?« fragte sie neugierig.

»Alles und jeder in dieser Villa gehört Marcus Magnus; aber falls du wissen möchtest, ob es eine Frau gibt, die diese Dinge trägt, so lautet die Antwort nein. Sie sind größtenteils Geschenke von den Kaufleuten aus Aquae Sulis. Es gibt viele keltische Künstler und Handwerker hier, die wunderschöne Gegenstände herstellen. Der General besitzt zum Beispiel viele Amulette, einige davon aus Gold mit Bernsteinen, andere aus Silber mit Türkisen. Marcus Magnus sammelt keltischen Schmuck. Er hat ein gutes Auge für edle Stücke.«

Dianas Blick begegnete Kells und beide lachten über seinen unfreiwilligen Scherz. Sie wählte eine feine goldene Haarspange, die ihr Haar hoch auf ihrem Kopf zusammenfaßte und es in einer blaßgoldenen Flut über Schultern und Rücken fließen ließ. Die Sklavin, die sie gestern frisiert hatte, arrangierte auch diesmal wieder feine Löckchen um ihre Stirn und Schläfen.

Aus dem halben Dutzend Gewänder, die Kell ihr zeigte, nahm Diana eine tiefviolette Seidentoga. Sie besaß einen untrüglichen Instinkt für Dramatik. Der satte violette Ton bildete einen lebhaften Kontrast zu ihrer milchweißen Haut und ließ sie zart und beinahe durchsichtig wirken. Sie legte ein etwas helleres, mit Silber vermischtes Lila auf Lippen und Augenlider, was ihrem Gesicht einen edlen Schimmer verlieh.

»Ein Schmuckstück aus der Sammlung des Generals würde deine Schönheit perfekt untermalen. Warte hier«, bat Kell.

Diana schlüpfte in die Sandalen mit den hohen Korksohlen und übte das Gehen. Der Schnitt des wunderschönen Gewandes war einfach und klassisch und schmiegte sich eng an die Rundungen des weiblichen Körpers; aber es besaß auch eine kleine Schleppe und sie wollte einstudieren, diese mit einer anmutigen Bewegung beiseite zu stoßen, wenn sie stehenblieb.

Als Kell wiederkam, hielt er einen mit Amethysten besetzten Halsring in der Hand. Es war ein herrliches Kleinod, wobei es auch etwas von einem Sklavenhalsband an sich hatte. Diana verliebte sich auf der Stelle in das Geschmeide, nicht nur weil es perfekt zu dem violetten Kleid paßte, sondern auch weil es ihren Hals unglaublich lang und elegant wirken ließ. Der ironische Symbolismus des Halsbandes entging ihr ebenfalls nicht.

»Ich sollte dir nicht gestatten, es ohne seine Erlaubnis zu tragen«, sagte Kell zweifelnd.

»Die Verantwortung übernehme ich! Wenn er zornig wird, sag ihm, daß ich es gestohlen habe! Ich brauche aber mehr als Schmuck von dir, Kell, und zwar ein Pferd.«

»Unmöglich.«

»Weißt du, ich möchte ihn vor den Augen seiner Männer aufsuchen. Ich werde nicht warten, bis er zu mir kommt.«

Kell runzelte die Stirn. Er war ganz und gar nicht einverstanden. »Du magst ja schön und begehrenswert sein, aber dennoch bist du eine Sklavin. Wieviel Macht glaubst du denn, daß du besitzt?« Plötzlich kam ihm ein Gedanke. »Oder wendest du irgendeinen Zauber an?« knurrte er.

Ein Lächeln umspielte die Winkel ihres vollgerundeten Mundes. »So etwas Ähnliches, Kell.«

»Was ist es?« fragte er mißtrauisch.

»Ein Geheimnis!« Sie kräuselte die Lippen.

»Kennt Marcus es?«

»Ja. Es zog ihn mitten in der Nacht unwiderstehlich in meine Schlafkammer.«

Kell blinzelte ungläubig. Er hatte keine Ahnung, daß Marcus in der Dunkelheit seine Sklavin aufgesucht hatte. »Worauf beruht also diese Unwiderstehlichkeit?«

Diana zögerte. Sie brauchte Kell auf ihrer Seite, daher war Offenheit geboten. »Auf meiner Jungfräulichkeit«, sagte sie leise.

Kells Augen weiteten sich erstaunt. Dann schüttelte er den Kopf und lachte auf. »So einfach«, murmelte er, »und doch so rar, daß sie unbezahlbar ist.«

»Ich brauche ein Pferd, Kell.«

Er schüttelte den Kopf. »Für uns gibt es keine Reitpferde, aber ich habe einen kleinen zweirädrigen Wagen, den ich für Botengänge benutze«, schlug er vor.

Diana überlegte einen Moment lang. Ihr gefiel das Bild, das ihr dabei in den Sinn kam. »Das ist ebensogut, vielleicht sogar noch besser. Bevor wir gehen, könntest du dafür sorgen, daß zur Abendmahlzeit sein Lieblingsessen zubereitet wird?«

»Ist bereits geschehen! Ich bin dir einen Schritt voraus.«

»Große Güte, ich hoffe nicht«, sagte sie lachend.

Ein Sklave brachte das Gefährt, dem ein kräftiges Pony vorgespannt war. Mit Kells Hilfe kletterte sie vorsichtig hinein. »Ich bin noch nie in einem solchen Wagen gefahren, aber soweit ich gesehen habe, muß ich stehen und mich an dem Holzgeländer festhalten?«

»Hältst du mich für einen verrückten Kutscher«, fragte Kell entrüstet.

»Marcus ist einer. Er hätte mich beinahe überfahren«, sagte Diana, die sich an ihre erste Begegnung erinnerte.

»Ich bin erstaunt, daß er dich überhaupt beachtet hat.«

»Sogar in voller Fahrt habe ich ihn aufgehalten. Mit ein wenig Glück gelingt mir dasselbe noch mal.«

»Hoffentlich verstehst du, daß du dich für das, was du heute tust, vor ihm zu verantworten hast. Und die Verantwortung liegt bei dir, nicht bei mir«, warnte Kell.

Diana schloß einen Moment lang zitternd die Augen. Und wenn sie ihn nun erzürnte und er sie vor aller Augen erniedrigte oder noch Schlimmeres? Trotzig straffte sie die Schultern. Dann sollte es eben so sein. Sie war bereit, alles zu riskieren. Marcus Magnus war auch nur ein Mann, wenn man es genau betrachtete, und sie eine Frau. Die Chancen standen eindeutig auf ihrer Seite.

Kell lenkte den Wagen langsam aus dem Hof hinaus in Richtung Aquae Sulis, das sich zu Füßen der Hügel unter ihnen erstreckte. Die Nachmittagssonne brannte heiß auf Dianas nackte Schultern, als die Wache Kells Gefährt durch das große Tor der Festung winkte. Sie warf einen Blick hinauf zum Wall und sah, daß die Mauer unten aus Stein bestand und mit Torfziegeln aus dem Burggraben zu einer Höhe von etwa fünfeinhalb Metern hochgezogen worden war. Sämtliche auf der Brustwehr stehenden Soldaten gafften erstaunt zu ihr hinunter.

Diana war überrascht über die Größe der Festung. Innerhalb der Mauern sah es aus wie in einer richtigen Stadt, mit zahllosen Straßen und Häusern. An der Kreuzung zweier Hauptstraßen stand ein Gebäudekomplex, der sich um einen Innenhof gruppierte. Innerhalb befanden sich unter anderem die Principia, das sogenannte Hauptquartier, diverse Lagerräume sowie Schreibstuben. Als Kell dort anhielt, um zu fragen, wo sich der General gerade aufhielt, teilten ihm die Wachen mit, daß sich der Primus Pilus im externen Anbau befand.

Sie fuhren an Ställen und Werkstätten und schließlich an langen Reihen von Baracken vorbei, in denen die römischen Soldaten aßen und schliefen. Die geräumigen Unterkünfte waren mit überdachten Verandas versehen. Während sie auf den Anbau zufuhren, hielten allerorts Männer in ihren diversen Tätigkeiten inne, glotzten ihr ungläubig nach und begannen dann langsam, ihnen zu folgen. Kells kleiner Wagen war kein ungewöhnlicher Anblick in der Festung, aber noch nie, seit sie erbaut worden war, hatte sich eine Frau darin blicken lassen.

In der Mitte der hinteren Mauer öffnete sich eine Durchfahrt zum Anbau. Das weitläufige Amphitheater wurde für Waffenübungen und Paraden benutzt. Im Moment befanden sich gerade mindestens tausend Soldaten darin, allesamt bewehrt mit Schilden, Brustharnischen und Beinschützern. Die Sonne spiegelte sich blendend hell in den bronzenen Helmen und Brustpanzern der Legionäre, die in ordentlichen Reihen, Schilde und Speere in Händen, den äußeren Umkreis der Arena umstanden.

Aller Augen waren auf die kleine Abordnung in der Mitte des Feldes gerichtet, die gerade Waffenübungen durchführte. Die Kämpfe waren heftig und wirkten keineswegs harmlos.

Marcus Magnus wollte, daß jeder der Anwesenden perfekt mit dem Gladius, dem kurzen, doppelschneidigen Schwert, umzugehen lernte, bevor er Aquae Sulis verließ. Es handelte sich hier mehr um eine Stich- als um eine Fechtwaffe, die im Nahkampf benutzt und in einer aus Leder und Bronze bestehenden

Scheide an einem Gürtel in Griffweite der rechten Hand steckte. Auf der linken Seite, an demselben Waffengürtel, hing gewöhnlich ein Dolch in einer Eisenscheide. In der Nähe warteten Sanitäter, um die Verwundeten vom Feld ins Hospital zu transportieren.

Hinter Marcus standen zwei Kelten in ihrer Kampftracht, die aus einem kurzen ledernen Lendenschurz, einer Axt und einem Messer bestand. Jeder der beiden besaß wallendes schwarzes Haar, und ihre fast nackten Körper waren mit wilden Tätowierungen übersät. Beide stürzten sich zur gleichen Zeit auf ihn. Den ersten fällte Marcus beinahe sofort, indem er ihm sein Gladius in den Bauch stieß. Dann packte er den zweiten bei den Haaren, riß brutal seinen Kopf zurück und schlitzte ihm mit einem raschen Schnitt die Kehle auf.

Der General hatte sich nicht mal die Zeit genommen, seinen roten Umhang zurückzuwerfen, damit er seinen Schwertarm nicht behinderte. Lauter Jubel erhob sich aus den Reihen der Männer. Verlegenes Gelächter folgte, als sich die beiden Kelten unverletzt erhoben. Alle dachten, heute hätte er sie tatsächlich getötet. Die Kelten machten das nun schon seit zwei Jahren und waren immer noch nicht schnell genug, um ihn zu überwältigen. Nur einmal hatten sie es geschafft, ihm eine unbedeutende Fleischwunde beizubringen; danach hätte er jeden von ihnen töten können, jedes Mal, wenn er sie zur Demonstration effektiver Verteidigungstechniken benutzte.

Als die Soldaten Diana in ihrem Streitwagen erblickten, richteten sich aller Augen auf sie. Ein lautes Murmeln ging durch die Reihen der Krieger, ein Raunen, das von ihren Anführern nicht unterbunden wurde, da diese ebenfalls Bemerkungen über das unerwartete Spektakel austauschten, das unaufhaltsam seinen Lauf nahm.

Der General starrte ungläubig auf Kells Karren, der nun mit der schönen Sklavin an seiner Seite auf ihn zurollte. Als er anhielt, steckte Marcus sein Schwert weg und trat auf das Vehikel zu. Er musterte sie erstaunt und seine schwarzen Augen brannten vor Zorn. Bevor er noch etwas sagen konnte, steckte Diana ihre zierliche Hand aus und sagte: »Hilf mir herunter, Marcus, oder deine Männer werden dich für äußerst ungehobelt halten.« Sie sprach leise, in einem gewinnenden Ton, der nur für seine Ohren bestimmt war.

»Du wirst schon noch sehen, wie ungehobelt ich sein kann«, versprach er drohend, doch sie bemerkte, daß auch er seine Stimme senkte.

»Lächle! Deine Männer sollen doch denken, du hättest mir befohlen, dich aufzusuchen.«

Ihre Schönheit raubte ihm beinahe den Atem. Er fletschte seine Zähne in einem raubtierhaften Grinsen, ignorierte ihre ausgestreckte Hand, legte die Hände um ihre Taille und hob sie aus dem Wagen. Lauter Jubel erhob sich aus den Reihen der Soldaten, als sich seine mächtigen Pranken um ihre zierliche Mitte schlossen und sie zu sich herunterholten. Der General achtete nicht darauf; seine gesamte Aufmerksamkeit galt der Schönheit, die es tatsächlich gewagt hatte, sich ihm vor tausend Männern zu stellen.

Sie lächelte zu dem finsteren Riesen, der sich über ihr türmte, hinauf. »Wahrscheinlich glauben sie, ich wäre deine neue Konkubine«, murmelte sie verführerisch.

Bei diesem Gedanken füllte sich sein Schaft sofort, verhärtete und vergrößerte sich merklich. Seine schwarzen Augen glitzerten triumphierend. »Bist du deshalb gekommen, um mir das zu sagen?«

»Natürlich nicht, du Rohling«, tadelte sie ihn spitzbübisch.

Brandheiße Lust stieg in ihm auf und überwältigte ihn beinahe. Am liebsten hätte er sie zu Boden geworfen, sie bestiegen und ihr hier und jetzt, vor den Augen all dieser römischen Soldaten, ihre Jungfernschaft geraubt. Er wollte ihr sein Brandzeichen aufdrücken, wollte allen hier zeigen, daß dieses wunderschöne Mädchen ihm gehörte, ihm allein! Besitzergreifend packte er ihre Schultern. »Bei den Göttern, warum bist du dann hier, du Hexe?« fragte er wild.

Mit ausgestrecktem Finger fuhr sie zart über seine Narbe. Jeder, der es sah, hielt den Atem an. »Ich bin gekommen, damit du mich einlädst, mit dir zu Abend zu speisen.« Sie zog eine kleine Schnute. Er konnte sich kaum beherrschen, ihren verführerischen Mund zu küssen. Die Lust pochte hart in seinen Schläfen. »Du bist meine Sklavin – ich *befehle* dir, mit mir zu speisen.«

Diana schüttelte provozierend den Kopf. Seine Hände krampften sich um ihre Schultern; er brannte darauf, ihren Eigensinn zu brechen.

»Eine *Einladung* würde ich mit dem größten Vergnügen annehmen. Und wenn wir dann gespeist haben, habe ich dir einen Vorschlag zu unterbreiten«, flüsterte sie.

»Alles, was du mir unterbreiten wirst, ist deine Person, täusche dich ja nicht«, murmelte er finster.

»Vielleicht.« Aus ihrem Mund klang dieses Wort geheimnisvoll, vielversprechend und erregend. Marcus spürte die Wirkung dieser kurzen Silben bis in die Spitze seines eisenharten Glieds.

Er lächelte insgeheim. Sie hatte den Spieß umgedreht. Heute morgen hatte er seinen Hunden absichtlich erlaubt, ihren frisch polierten Fußboden zu beschmutzen, nur um sie zu provozieren, doch wenn es ums Provozieren ging, dann konnte er ihr wahrhaftig nicht das Wasser reichen!

»Geh jetzt, bevor ich dich noch mit meiner Waffe durchbohre, hier vor den Augen all dieser Rauhbeine.« Seine dunklen Augen funkelten. »Und ich *befehle* dir, heute abend mit mir das Mahl zu teilen.«

Ein feines Lächeln umspielte Dianas Mund. »Du goldzüngiger Teufel, wie könnte ich einer so charmanten Einladung widerstehen?« Sie stellte sich auf die Zehenspitzen und flüsterte ihm ins Ohr: »Zu sehen, wie du all diese wilden Gesellen kommandierst, wie sie dir gehorchen, wirkt in der Tat erregend auf mich.« Sie trat von ihm zurück und auf den Wagen zu.

Seine kräftigen Hände ergriffen sie bei den Hinterbacken und hoben sie neben Kell hinauf. Die Männer röhrten und pfiffen begeistert. »Genug!« donnerte er und sein finsteres Gesicht sah stolz aus wie das eines Adlers. Stille senkte sich auf das Exerzierfeld.

Als sie zur Villa zurückfuhren, konnten weder Kell noch Diana richtig fassen, daß ihre kühne Aktion erfolgreich verlaufen war. Absichtlich hatte sie Worte geflüstert, die ihn verführen sollten, Worte, die seiner männlichen Eitelkeit schmeichelten, Worte, die er hören wollte. Aber sie mußte sich selbst eingestehen, daß alles der Wahrheit entsprach. Seine Nähe, seine Hände auf ihrem Körper, wirkten tatsächlich wie ein Aphrodisiakum auf sie.

Sie empfand ein schwindelerregendes Machtgefühl bei dem Gedanken, daß Marcus Magnus seine Hände nicht von ihr lassen konnte, sobald sie in seiner Nähe war. Heute abend würde sie diesen Eindruck nochmals testen. Sie würde sich ihm nähern und bestätigt finden, daß er sie immerzu festhalten wollte. Diana sah Kell an. »Er hat dich nicht gerügt.«

»Aber er hat mich ja nicht einmal gesehen, Lady!«

Diana war zufrieden mit Kell. Indem er sie Lady nannte, zeigte er ihr seine Bewunderung. Sie hatte Glück, ihn zum Verbündeten zu haben, denn er besaß das absolute Vertrauen des Generals. Sie wollte dasselbe erreichen. Es bereitete ihr Freude, wenn Magnus' dunkle Augen vor Vergnügen leuchteten. Männer liebten es, zu lachen. Sie mußte ihr Bestes geben, ihn zu unterhalten.

Bei den Eiern von Jupiter, dachte Petrius, der vor seinen schwitzenden Legionären stand und die Szene zwischen seinem Bruder und dessen exquisiter Sklavin beobachtete, *kein Wunder, daß es Marcus in Aquae Sulis so gut gefällt!* Mit einer Villa voller Sklaven wie dieser Blonden hier, die alles tun, was er will, die jedem seiner Befehle gehorchen, die all seine Wünsche und Lüste befriedigen, welcher Mann wäre da nicht zufrieden? Sein Bruder hatte seine Sklavinnen letzte Nacht wohlweislich vor ihm versteckt gehalten. Kein Wunder, daß Marcus nicht die Dienste des Bordells in Anspruch genommen hatte. Ein Sklavenmädchen erregte weit mehr Lust in einem Mann als eine Prostituierte, und dieses spezielle Geschöpf war atemberaubend schön. *Nun, Marcus weiß es zwar noch nicht, aber er wird mich heute abend erneut als seinen Gast empfangen. Und diesmal heißt es teilen, Bruder, und zwar alles!*

Die Sonne brannte unbarmherzig auf sie hernieder und die Hitze wurde beinahe unerträglich. Der General wußte, wie sehr die Männer unter ihren Harnischen und Helmen schwitzten. Er teilte das Feld in Quadranten auf, um verschiedene Offensiv- und Defensivtaktiken zu üben. Eine Gruppe praktizierte mit dem über zwei Meter langen Pilum oder Speer. Eine Hälfte mimte die Angreifer, während die andere Hälfte als Zielscheiben diente. Bis dahin hatten sich die Speerübungen auf Holzpfähle beschränkt. Die menschlichen Zielscheiben trieften innerhalb von Minuten vor Schweiß, doch diesmal weniger aufgrund der Hitze, sondern vielmehr aus Angst.

Marcus Magnus ging zur nächsten Abteilung. »Legt eure Rüstungen ab«, befahl er. Jeder Mann war nur zu begierig, seinem Befehl Folge zu leisten und den schweren bronzenen Brustharnisch, Eisenhelm und die restlichen Rüstungsteile abzulegen. Doch die Freude währte nur bis zum nächsten Kommando des Generals. »Eine Hälfte schnallt sich den Dolch um und die andere Hälfte das Schwert. Ihr kämpft diesmal ohne den Schutz der Rüstung gegeneinander! Es wird euch erstaunen, wie schnell das eure Verteidigungstechniken vervollkommnet.«

Er befahl der Hälfte des dritten Quadranten, sich nackt auszuziehen und sich im Ringen zu üben. »Die wilden Stämme des Westens kämpfen alle nackt. Ihr gewöhnt euch am besten gleich daran. Natürlich sind sie dadurch verwundbarer, aber darüber hinaus auch schnell wie der Blitz. Diejenigen, die ihre Rüstung anbehalten, werden sehen, wie sehr sie einen behindert, wenn der Gegner vollkommen frei in seinen Bewegungen ist.«

Die Männer der vierten Gruppe erhielten Waffen, die sie noch nie zuvor benutzt hatten. Lange Schwerter, die Spatha genannt wurden und gewöhnlich der Kavallerie vorbehalten waren, sowie Pfeil und Bogen, von Maultierkarren herbeigeschafft, unter den Legionären verteilt wurden. Dann gaben Marcus Magnus und die zwei Kelten den Soldaten Unterricht im Bogenschießen, gefolgt von einer Demonstration des korrekten Gebrauchs des Spathas (= Langschwert). Zu diesem Zweck wurden Strohpuppen am entfernten Ende des Quadranten aufgestellt.

»Zuerst sollt ihr lernen, wie man den Kopf eines Mannes mit einem Pfeil durchbohrt, die nächste Lektion bringt euch bei, wie man den Kopf mit einem Streich des Spatha vom Körper trennt.«

Marcus wußte, daß die Legionäre, als sie das Amphitheater schließlich verließen, hundemüde waren. Er warf einen Blick zum Himmel im Westen und sah, daß sich dort dunkle Wolken zusammenbrauten. Wenn der Sturm heftig genug war, würde er vielleicht den Fluß zum Anschwellen bringen und damit eine gute Gelegenheit, den Soldaten ein wenig Unterricht im Schwimmen zu geben. Andernfalls konnten sie das Auf- und Abspringen von dahinrasenden Streitwagen üben.

Marcus sehnte inbrünstig das Ende des Tages herbei, doch er ließ sich nichts anmerken. Die Vorfreude auf einen Abend mit Diana brachte sein Blut in heftige Wallung. Er achtete jedoch darauf, seine wachsende Ungeduld vor seinen Soldaten nicht zu zeigen. Sie verdienten seine ganze Aufmerksamkeit. Sein Verantwortungsgefühl ließ es nicht zu, sich mit Halbheiten zu begnügen, wenn es um das Überlebenstraining ging. Mit eiserner Selbstbeherrschung verbannte er alle Gedanken an seine wunderschöne Sklavin, bis er ihr seine ganze und ungeteilte Aufmerksamkeit schenken könnte.

Als sie zu Hause eintrafen, folgte Diana Kell in die Küchenräume. Männer und Frauen waren dort bereits mit der Zubereitung des Abendessens beschäftigt und arbeiteten an langen, sauber gescheuerten Holztischen unter Kupfertöpfen, die von der Decke hingen.

»Was willst du hier?« fragte Kell streng.

»Ich möchte sichergehen, daß alles perfekt für ihn ist.«

»Tue ich das nicht jeden Tag meines Lebens?« fragte er hochmütig. »Du mußt dich ausruhen, solange noch Zeit ist.«

Diana errötete. Es war tatsächlich ein langer Tag gewesen, aber sie fühlte sich so lebendig, so voller Aufregung, daß sie unmöglich schlafen konnte.

»Es ist sehr heiß hier drinnen. Geh hinaus in den Garten, er wird dir Ruhe schenken. Aber halte dich vom privaten Schwimmbecken des Herrn fern; Sklaven dürfen nicht darin baden.«

Der Garten war voller duftender Blumen, saftiger grüner Wiesen und schattiger Bäume. Als sie den gewundenen Pfad entlangging, stieß sie auf einmal auf eine Baumgruppe mit Steinbänken darunter, einer Sonnenuhr und mehreren wunderschönen Zierteichen. Dort wuchsen Eichen und auch mächtige Walnußbäume und Kastanien sowie kleinere Obstbäume, die Birnen, Quitten, Aprikosen und Damaszenerpflaumen trugen. Rote Eichhörnchen huschten umher und sammelten Eicheln; Eisvögel kreisten über den Teichen, während Drosseln unter den ausladenden Rhododendronbüschen nach Insekten pickten.

Als sie um eine Biegung des Steinpfades spazierte, lag auf einmal ein blaßblaues Becken vor ihr. Am anderen Ende sprudelte Wasser aus großen steinernen Delphinen hervor, und als sie näher trat, sah sie, daß der Rand des Bassins jadegrüne Mosaiken schmückten, die Wasserlilien und Wasserhyazinthen darstellten. Ein langes hölzernes Badehaus, das mit purpurnen Rankgewächsen überwuchert und einem Mosaik aus Weinranken verziert war, ergänzte das Areal. Falls Marcus Magnus diese Oase entworfen hatte, dann mußte er eine tiefe Liebe für die Schönheiten der Natur empfinden, das wurde ihr in diesem Moment klar. Diana setzte sich auf eine der Holzbänke und ließ die Ruhe und den Frieden ihrer Umgebung auf sich wirken.

Eine ältere Frau in einer einfachen Leinentoga kam mit einem kalten Getränk auf sie zu. Diana bedankte sich lächelnd.

»Ich habe beschlossen, mich um dich zu kümmern, mein Kind.«

Sie war eine mütterliche Frau mit einer etwas rundlichen Figur und leicht ergrautem Haar. Diana hatte ein schlechtes Gewissen. Wie konnte sie die Dienste einer Sklavin annehmen? »Ich danke dir, aber ich kann mich selbst um mich kümmern.«

»Mein Name ist Nola. Ich werde dir dein Leben leichter machen und du mir das meinige, wenn du mich gewähren läßt.«

»Bitte nimm Platz, Nola. Ich kann mich unmöglich von einer Sklavin bedienen lassen. Das widerspricht meinem Glauben.«

Nola strahlte. »Du bist eine Christin; ich wußte es! Ich werde dich bemuttern. Jeder braucht ein wenig Bemutterung, selbst der große General. In Wirklichkeit ist er nichts als ein großer Junge. Seine vielen Pflichten machen einen strengen und harten Mann aus ihm. Aber manchmal, des Abends, legt er all seine Sorgen zusammen mit seiner Rüstung ab. Ich habe gesehen, wie er mit seinen Hunden herumtollt und im Wasser spielt wie ein Kind. Vermutlich ist ihm seine Einsamkeit nicht bewußt, wirst du ihn aus seinem Panzer befreien?«

»Ich… ich will es versuchen«, sagte Diana, die auf einmal seine Verwundbarkeit erkannte. Das konnte sich als starke Waffe für sie erweisen. »Wie schaffst du es, Zuneigung für ihn zu empfinden, wo du sein Eigentum bist?«

Nola lachte. »Er hat mich schon vor langer Zeit freigegeben. Ich bin aus eigener Wahl geblieben. Wer könnte ihn sonst im Zaum halten und vor Kells Machenschaften beschützen?«

Aha, Kell und Nola sind offensichtlich keine Freunde. Vielleicht kann ich das ebenfalls zu meinem Vorteil nutzen.

Als Diana an ihrem Getränk nippte, war sie überrascht. »Das ist ja Cidre. Wie köstlich!«

»Die Römer trinken zuviel Wein. Manche Sorte schmeckt nicht besser als Essig. Wir Bretonen bevorzugen Cidre.« Nola studierte Dianas Gesicht, während diese an ihrem Glas nippte. »Du besitzt eine sehr leidenschaftliche Natur und hast sie zu lange versteckt oder nicht zeigen dürfen. Man hat den Eindruck, du schliefst –, als ob du nur auf den richtigen Moment wartest, um aus deinem Kokon aufzutauchen, deine Flügel auszubreiten und zu fliegen. Dieser Augenblick ist nun da.«

»Woher weißt du das alles?« fragte Diana, die sich wunderte, wie recht Nola hatte.

»Gefühlsmäßig – ich spüre es in meinen Knochen! Du sehnst dich danach, deine Kleider abzuwerfen und in das Badebecken zu springen. Lerne, deinen Sehnsüchten zu folgen, Kind. Ich werde ein Handtuch für dich holen und dein hübsches Haar darin einwickeln. Außerdem passe ich auf dein schönes Gewand auf und halte die Sklaven fern, solange du dich erfrischst.«

»Das klingt himmlisch, aber Kell hat mir verboten, das Bassin zu benutzen.«

»Ein wenig Autorität, und schon steigt sie ihm zu Kopf… Marcus hat mir erlaubt, sein Bad zu jeder Zeit zu benutzen, und ich lade dich ein, mein Gast zu sein. Wasser wirkt Wunder. Es wird dir helfen, deine Sorgen und deine Scheu abzulegen. Versprich mir, daß du ihn recht oft zum Spielen hierherbringst!«

Diana konnte sich beim besten Willen keinen verspielten Marcus Magnus vorstellen, doch wenn sie einen Moment lang darüber nachdachte – waren seine Hände nicht verspielt gewesen, als er sie heute nachmittag am Hintern gepackt und in den Wagen gesetzt hatte? Vielleicht gelang es ihr ja tatsächlich, den Jungen im Mann zu entdecken. Dann konnte sie ihn möglicherweise vollkommen in ihren Bann schlagen – und ihn beherrschen.

12. Kapitel

Marcus Magnus vermochte sich nicht zu erinnern, je einen längeren Zwölfstundentag erlebt zu haben. Oft ging er zu Fuß nach Hause, liebte es, über die Hügel, die zwischen der Festung und seiner Villa lagen, zu wandern, aber heute abend nahm er seinen weißen Hengst. Blutrote Wolken hatten sich über ihm zusammengeballt und leiser Donner grollte in der Ferne, als er schließlich bei den Ställen eintraf.

Er kümmerte sich immer selbst um sein Pferd, wie es jeder Legionär, der sein Geld wert war, tat. Doch diesmal übergab er Trajan einem der Stallburschen. »Sei vorsichtig«, warnte er. »Trajan beißt gerne, und das bevorstehende Gewitter macht ihn nervös.«

Während seines Rittes hatten die Hufe seines Pferdes Diana, Diana, Diana getrommelt. Als er das Atrium betrat, war er enttäuscht und ungehalten, daß er von jemand anderem empfangen wurde.

Kell neigte den Kopf. »Ich hoffe, Ihr hattet einen produktiven Tag, General.«

»Ja, es ist viel geschehen.«

Kell verzog keine Miene, als Marcus sagte: »Ich werde heute abend in der Villa baden. Das Gewitter kann jeden Moment hereinbrechen.«

Kell widersprach seinem Herrn manchmal nur aus Prinzip. »Ich glaube, es braut sich erst langsam zusammen, um dann mit einem Donnerschlag zum Höhepunkt zu kommen.« Still fügte er hinzu, *wobei du der Donner bist und sie der Blitz!*

Marcus Magnus entging der Doppelsinn seiner Worte nicht. »Wäre es zuviel verlangt, wenn ich dich bitten würde, uns heute abend zu servieren?« fragte er Kell.

»Das hatte ich vor.« Normalerweise badete er eine, manchmal sogar zwei Stunden lang. Heute abend jedoch, dachte Kell, brachte er die Lady vernünftigerweise in etwa einer halben Stunde herunter.

Diana, die vor dem polierten Bronzespiegel in ihrer Kammer saß, sagte zu Nola: »Ich sollte mein Gewand nicht wechseln. Marcus schien von der violetten Seide ganz begeistert zu sein.«

»Wußtest du, daß die Farbe Lila magisch ist?« fragte Nola. »Dieser besondere Farbton verändert sich mit dem Licht. Im Schatten wirkt er beinahe schwarz, während er im Licht einer Lampe leuchtet und glüht. Lila verleiht dir Macht, ebenso wie die Amethyste, die du um deinen Hals trägst. Du mußt Veilchenduft zwischen deine Brüste und deine Gesäßbacken tupfen.«

»Dort habe ich noch nie zuvor Parfum angewendet.«

»Es wird nicht umsonst sein, glaube mir.«

»Letzte Nacht benutzte ich Moschus.«

»Moschus ist ein sehr schwerer Duft. Veilchenparfum paßt heute abend besser.«

Als Nola die Tür auf ein leises Klopfen hin öffnete, stand Kell davor. »Wie ich sehe, hast du keine Zeit vergeudet, dich anzubiedern, Gallierin. Ich bin gekommen, um die Lady zum General zu geleiten.«

Nola hob erstaunt die Brauen. »Heute morgen hast du sie noch Sklavin genannt und jetzt heißt sie schon die Lady. Ich freue mich, daß du meinen Rat befolgst und ihr Respekt erweist. Du kannst sehr viel lernen von jenen, die über dir stehen.«

»Ein Brite ist mehr wert als zehn Gallierinnen.« Kell drängte sich ins Zimmer und wandte sich an Diana. »Bist du bereit?«

Diana verspürte einen Moment lang eine überwältigende Panik. Sie kam sich vor wie eine Gefangene, die zu ihrer Hinrichtung geführt wird. Warum hatte sie es so weit kommen lassen? Wie konnte sie sich einem Diktator unterwerfen und sich vor einem Sklaventreiber erniedrigen? Da kam ihr das alte Märchen von Scheherezade zur Rettung. Hatte diese Frau den Sultan nicht tausend und eine Nacht lang mit ihren Geschichten unterhalten?

Alles was ich tun muß, ist verhandeln. Ich werde einfach Unschuld gegen Macht eintauschen. Eine faire Methode, wenn man alles bedenkt. Doch tief in ihrem Innern, dort wo die Vernunft nicht ganz hinreichte, wußte sie, daß sie mehr tun mußte als nur verhandeln. Sie mußte bezaubern, entzücken, überwältigen!

Dianas Mund verzog sich unternehmungslustig und sie hielt Kell ihre Hand hin. »Ich bin mehr als bereit.«

Er legte ihre kleine Hand auf seinen Arm und führte sie nach unten. Seine grauen Augen verbargen ein Lächeln, als er sah, daß sich Marcus bereits in dem ovalen Triclinium befand. Kell führte sie durch die Säulen. »Lady Diana«, verkündete er mit weit mehr Hochachtung, als ihr vor, wie ihr schien, unendlich langer Zeit bei ihrer Einführung in die Gesellschaft erwiesen worden war.

Marcus trat vor, um sie zu begrüßen. Seine schwarzen Augen berührten sie überall. Diana stieß ihre kleine Schleppe dramatisch zur Seite und trat dann mit stolz erhobenem Haupt einen vorsichtigen Schritt auf ihn zu. Marcus nahm ihre Hand fest in seine und mäkelte: »Du führst meine Befehle aus wie eine Göttin, die eine Gunst gewährt.«

»Das liegt daran, daß du sie so arrogant aussprichst wie ein Herr, der einen Sklaven herumkommandiert.«

»Und genau das bin ich.« Sein Griff verhärtete sich schmerzhaft.

»Unglücklicherweise bin ich keine Göttin, sondern aus Fleisch und Blut. Willst du mir die Hand brechen?« fragte sie leise.

Ihr Hinweis, daß sie aus Fleisch und Blut war, erregte ihn über alle Maßen. »Wirst du endlich akzeptieren, daß du meine Sklavin bist?« fragte er mit rauher Stimme.

Sie hob die Hand und fuhr mit den Fingerspitzen über sein frisch rasiertes Kinn. Dann erklärte sie: »Ich bin gekommen, um dich zu amüsieren. Wenn es dich amüsiert, Herr und Sklavin zu spielen, dann mußt du mir dieses Spiel beibringen.«

Seine Augen funkelten wild. »Es ist kein Spiel.«

Diana blickte seinen Mund an und fuhr dann mit der Zunge über ihre Oberlippe. »Marcus, zwischen einem Mann und einer Frau ist es immer ein Spiel.«

Seine Erektion hob den Stoff seiner Tunika.

Er hatte ihr keine Erlaubnis erteilt, seinen Vornamen zu benutzen, doch von ihren Lippen klang er einfach wundervoll. Niemand nannte ihn je Marcus und er merkte, wie ausgehungert er nach solch einer Vertrautheit war.

»Heute nachmittag hast du gesagt, daß du dich mir heute nacht ergeben würdest.«

Diana warf ihm einen schelmischen Blick unter gesenkten Lidern zu. »Das habe ich nie gesagt, wie du sehr wohl weißt.«

»Jedenfalls hast du es *angedeutet*!«

Sie lachte. »Machst du dir jede Nacht etwas vor oder besteht heute eine Ausnahme?«

Mit gefletschten Zähnen wie ein Wolf knurrte er: »Du tust es schon wieder.«

»Was?« fragte sie unschuldig.

»Du machst Andeutungen, gibst mir zu verstehen, daß heute nacht etwas Besonderes ist, und das kann es nur sein, wenn du kapitulierst!«

»Das gehört dazu. Andeutungen, Hinweise, so unterhalten sich Männer und Frauen miteinander. Was ich sagte, war: *Wenn wir gespeist haben, habe ich dir einen Vorschlag zu unterbreiten.*«

»Und ich habe gesagt: *Alles, was du mir unterbreiten wirst, ist deine Person.*«

Diana legte ihre Hand auf seine Brust und spreizte ihre Finger. Sie konnte die Goldmünze unter seiner Tunika fühlen, die warm war von der Hitze seines Körpers. »Und wie lautete meine Antwort?« flüsterte sie nahe an seiner Brust.

»*Vielleicht*, hast du gesagt.« Er verschlang ihren Mund mit seinen Kohlaugen.

»Ein aufregendes Wort und so vielversprechend, oder nicht?

Wenn ich nein gesagt hätte, dann wärst du zornig geworden und würdest versuchen, mich unter deinen Willen zu zwingen. Mit einem Ja hätte ich alle Vorfreude und Spekulation zunichte gemacht. Also habe ich *vielleicht* gesagt, um die Spannung zu erhalten und die Lust zu erhöhen.«

Er brannte danach, sie zu kosten. Ihre Lippen, die den seinen so verführerisch nahe waren und solch erregende Worte flüsterten, weckten den überwältigenden Drang in ihm, ihren Mund in Besitz zu nehmen. Er preßte seine Lippen auf die ihren, hart und besitzergreifend und begann langsam, deren Weiche und Fülle zu erforschen, von ihrer Süße zu kosten und ihre kleine rosa Zunge in seinen Mund zu saugen.

Etwas Hartes berührte ihren Bauch und sie rang nach Luft. Er erschauderte, als die Spitze seines Penis ihren Körper berührte. Sie löste ihre Lippen von den seinen, so daß sie nur einen Pulsschlag voneinander entfernt waren und flüsterte: »Bist du hungrig, Marcus?«

»Ich könnte dich verschlingen!«

Ein Donnerschlag krachte über ihren Köpfen.

Kell betrat den Raum mit einem Tablett. Diana benutzte die Unterbrechung sofort, um etwas Abstand zwischen sich und den Römer zu bringen. Jetzt konnte sie ihre Macht erproben. Sie würde sehen, wie lange er es aushielt, bevor er sich ihr wieder näherte.

»Kell hat deine Lieblingsspeisen zubereiten lassen. Du kannst dich wirklich glücklich schätzen. Er ist ein Wunder der Tüchtigkeit.«

»Danke, Kell«, sagte Marcus ruhig.

»Mmmm, das Essen duftet wirklich himmlisch.«

Alles, was Marcus roch, waren Veilchen, bis Kell die silbernen Deckel abnahm. »Möchtet Ihr, daß ich das Fleisch aufschneide?«

»Das mache ich schon, Kell.«

Als Kell das Triclinium verließ, sagte Diana: »Auf diese Weise habe ich noch nie gegessen.«

Marcus war sofort bei ihr und hob sie auf die ihm gegenüberliegende Couch. »Ich zeige dir, wie es geht. Lehne dich auf die Seite, so daß dein Gesicht zu meiner Liege weist. Dann stecke dieses kleine Kissen unter deinen Ellbogen.«

Ihre Mundwinkel kräuselten sich in femininem Triumph. Sobald Kell fort war, hatte es nur einen Herzschlag gedauert, bis sie seine Hände wieder auf sich fühlte. Diana rollte sich auf den Bauch und stützte sich auf beide Ellbogen.

Marcus zeichnete den sanften Schwung ihrer Wirbelsäule mit seiner schwieligen Hand nach, bis sie leicht auf ihrem Gesäß liegenblieb.

»Wie klug Nola doch ist«, flüsterte sie.

»Nola?« murmelte er mit leicht erstickter Stimme.

»Sie sagte, ich solle Parfum in die Grube meines Hinterns tupfen. Sie meinte, es wäre nicht umsonst.«

Seine Finger beschrieben kleine Kreise, bis er den genauen Punkt gefunden hatte. Der Duft nach Veilchen blähte seine Nasenflügel.

»Das Essen wird kalt«, murmelte sie.

»Meine Lust nicht«, erwiderte er unverblümt.

»Je eher wir speisen, desto eher können wir verhandeln«, sagte sie.

Bevor er seine Hand entfernte, drückte er sie hart nieder, so daß sich ihr Schoß ins Kissen preßte. Ein Vorgeschmack sexueller Erregung schoß wie eine Flamme zwischen ihre Schenkel.

Draußen fuhr ein greller Blitz vom Himmel, gefolgt von einem Donnerschlag, der das Dach förmlich erzittern ließ.

Marcus ging zu dem Tisch, der zwischen den beiden Liegen stand. Er schnitt dünne Scheiben vom Wildschweinbraten, wählte die perfektesten Artischocken, die winzigsten grünen Erbsen, die feinsten Spargelspitzen, eine kleine Schüssel warmes, mit Kräutern verrührtes Olivenöl und stellte den Teller vor sie hin.

Kell hatte außerdem verschiedene Salate auf den Tisch gestellt, sowie eßbare Malven. Eine umfangreiche Platte mit verschiedenen Käsesorten, Oliven, Trauben und Nüssen stand in der Mitte des Tisches. Marcus brachte ihr eine Fingerschale und ein Handtuch, bevor er sich ihr gegenüber niederließ.

Nun lagen sie einander zugewandt. Kleine Goldkissen ruhten unter ihren Ellbogen. Der Sturm in ihrem Innern tobte ebenso heftig wie der am Firmament.

Marcus besaß den gesunden Appetit eines ausgewachsenen Mannes und tat sich an allem gütlich; aber wenn man ihm nicht gesagt hätte, daß er seine Lieblingsspeise, Wildschweinbraten, vor sich hatte, er hätte keine Ahnung gehabt, was er eigentlich aß.

Seine dunklen Augen waren während des ganzen Mahls auf Diana gerichtet, verfolgten ihre anmutigen Handbewegungen, sahen, wie sie zart ihre Finger leckte und an ihrem Wein nippte. Die violette Seide ihres Kleides schmiegte sich an ihre Hüften und hob die Schwellung ihrer Brüste hervor. Vor allem anderen jedoch dachte er an ihre Unberührtheit. Wenn er sich nicht selbst davon überzeugt hätte, hätte er nie geglaubt, daß sie noch intakt war. Sie wirkte so überwältigend verführerisch und schien so erfahren in weiblichen Tricks und Spielen zu sein, daß sie längst reif war für die Liebe.

Diana tauchte ihre Finger in das parfümierte Wasser und trocknete sie an dem Handtuch ab.

»Bist du fertig?« fragte er ungeduldig.

Sie nahm eine reife Pflaume und biß lustvoll hinein.

Marcus rückte auf der Liege hin und her, um seinen vor Erregung berstenden Körper ein wenig zu entspannen.

»Fertig? Aber ich fange gerade erst an«, schnurrte sie.

Marcus fand, daß sie ihn lange genug geneckt hatte. »Aber ich bin bereit«, sagte er energisch.

»Ich werde dich nicht bitten, mir das zu beweisen. Dein Wort genügt mir.«

Er war einen Moment lang schockiert über den erotischen

Doppelsinn ihrer Worte, dann warf er den Kopf in den Nacken und lachte lauthals. Kräftige Muskeln zierten seinen Hals. Diana rang überrascht nach Luft, doch er hörte es nicht, denn ein weiterer Donnerschlag zerriß in diesem Moment die Atmosphäre.

»Also erfreue ich dich tatsächlich. Beinahe fürchtete ich, ich würde dich nie zum Lachen bringen.«

Er schwang seine Beine von der Couch.

»Nein!« rief sie und streckte den Arm abwehrend aus. »Ich möchte, daß der Tisch zwischen uns bleibt, bis wir unsere Verhandlungen abgeschlossen haben.«

Seine schwarzen Augen blitzten herausfordernd, aber dann lehnte er sich wieder auf sein Ellbogenkissen zurück und zügelte die Leidenschaft, die in ihm loderte.

Als sie den Saft von ihrer Pflaume leckte, schloß Marcus die Augen und biß die Zähne zusammen; sein Phallus zuckte wild.

Sie sagte mit ruhiger Stimme: »Du möchtest, daß ich meine Sklavinnenstellung akzeptiere. Du möchtest, daß ich jedem deiner Befehle gehorche. Du möchtest, daß ich mich dir willig hingebe. Du möchtest, daß ich dir meine Jungfräulichkeit schenke.«

Eine unheimliche Stille senkte sich über den Raum. Marcus konnte seinen eigenen Herzschlag hören, während er auf ihre Antwort wartete.

»Ich erkläre mich bereit anzuerkennen, daß ich deine Sklavin bin. Entsprechend werde ich allen deinen Befehlen gehorchen, *aber*...« Diana legte eine bedeutungsvolle Pause ein und Marcus hielt den Atem an. Dann fuhr sie fort: »*Aber* nur vor anderen. Wenn wir allein sind, wirst du mich wie eine Lady behandeln, nicht wie eine Leibeigene.«

Er starrte sie an, als ob sie den Verstand verloren hätte. »Mit anderen Worten, du willst *nur so tun*, als ob du meine Sklavin wärst?« Ein gefährlicher Wutausbruch lag in der Luft.

»Für alle anderen bin ich deine Sklavin. Jeder Legionär, ganz Aquae Sulis und dein gesamter Haushalt sollen wissen, daß ich dir gehöre; aber sobald wir beide allein sind, wird unser Verhältnis nicht das von Herr und Untergebener sein. Unser Verhältnis wird das von Mann und Frau sein … von Liebenden.«

Marcus sah keinen Unterschied. Es gehörte zu den Pflichten einer Frau, dem Mann zu folgen, ob sie nun Sklavin oder Konkubine war. Der Wille des Mannes galt in jedem Fall oder er wäre kein Mann! Er merkte, daß sie den Teil, in dem es um ihre Virginität ging, ausgelassen hatte. Ob sie nun bereit war, sich ihm *willig* hinzugeben, stand immer noch nicht fest, und wenn man es richtig betrachtete, dann bedeutete das ja eigentlich den Kern ihres Handels.

»Bist du bereit, dich mir *willig* hinzugeben?« fragte er barsch.

»Nur wenn du mich umworben und erobert hast. Nicht auf Befehl«, sagte sie leise.

»Und wann *erlaubst* du mir, mit diesem Werben zu beginnen, erlauchte Herrin?« erkundigte er sich spöttisch.

Sie warf ihm einen provozierenden Blick zu. »Du und ich, wir beide wissen, daß du bereits damit begonnen hast … und ich genieße es über alle Maßen!«

Wieder zerriß ohrenbetäubender Gewitterlärm den Himmel und auf einmal prasselte der Regen hernieder. Sie hörten ein Durcheinander im Atrium, dann stand Kell an der Eingangstür zum Triclinium. »Euer Bruder Petrius, General.« Er trat beseite und der gutaussehende junge Kohortenzenturio stand, bis auf die Haut durchnäßt, zwischen den Säulen.

Diana floh zu Marcus' Liege und sank zu seinen Füßen nieder.

»Stimmt etwas nicht, Petrius?« fragte Marcus.

»Ich bin gekommen, um zu speisen. Der Sturm hat mich überrascht.«

Obwohl er nicht eingeladen war und sein unerwartetes Auftauchen Marcus' Pläne durchkreuzte, gewährte er ihm seine Gastfreundschaft. »Wir haben bereits gegessen, aber es ist genug da. Bade und ziehe trockene Gewänder an, während das Mahl für dich vorbereitet wird.«

Petrius schwankte und trat dann ganz herein. »Ich verzichte

auf das Essen und schließe mich euch gleich zum Weine an.« Jeder seiner Schritte hinterließ eine Pfütze.

Marcus runzelte die Stirn. Er konnte sehen, daß der junge Draufgänger sich schon reichlich Mut angetrunken hatte.

»Mach dir keine Sorgen um das Wasser, Bruder, du hast schließlich genug Sklaven, die es aufwischen können.« Er goß sich ein Glas Wein aus dem Krug ein und füllte die beiden halbleeren Gläser ebenfalls nach. »Trinkt mit mir, oder ist sich der große General von Aquae Sulis zu fein, um mit einem niedrigen Zenturio anzustoßen?«

Sein Ton war derart aggressiv, daß Marcus seine Hand auf Dianas Schulter legte, um ihr damit zu zeigen, daß er die Situation unter Kontrolle hatte.

»Mein Wein gehört dir, Petrius; mein Essen und meine Villa stehen zu deiner Verfügung. Nimm Platz und fühle dich wie zu Hause.«

Petrius sank auf die weiß-goldene Ottomane und besudelte alles, womit er in Berührung kam. Er hob sein Glas. »Auf mein unvergleichliches Rom!« Gierig leerte er sein Glas und wartete darauf, daß sie dasselbe taten. »Du magst dieses Land ja vielleicht, aber ich halte es für das Arschloch des Kaiserreiches. Selbst die Götter pissen darauf!« Petrius sah Kell an der Türschwelle stehen. »Sklave – mehr Wein!«

Die Blicke von Marcus und Kell begegneten sich in stummem Einverständnis, als Kell noch einen Krug Wein brachte und Petrius bediente. Wieder leerte er es in einem Zug, doch diesmal glitten seine Augen lüstern über das Mädchen, das so still zu Füßen seines Bruders saß. »Bist du ein so schlechter Gastgeber, daß du mir keine Bettsklavin anbietest? Oder teilen wir uns diese hier?«

Diana schrak entsetzt zurück und Marcus strich beruhigend über ihr seidiges Haar. »Diese Sklavin ist mein privates und exklusives Eigentum, Petrius, heute abend und für immer. Dein betrunkenes Verhalten beleidigt mich und wirft Schande auf dich. Morgen wirst du es bereuen, wenn du deinen Männern beibringen sollst, den Fluß in voller Rüstung zu durchschwimmen.«

Diana hob ihren Blick zu Marcus auf. Ihre Augen waren voller Bewunderung. Leise sagte sie: »Darf ich kommen und dir zusehen?« Bittend legte sie ihre Hand auf sein Knie.

Mehr konnte er sich gar nicht wünschen. Sie spielte das Sklavenmädchen perfekt, sobald sie nicht mehr allein waren. Er forschte in ihrem Gesicht; ihre Blicke begegneten sich. »Du darfst kommen, die Vereinbarung gilt«, murmelte er.

Petrius kam schwankend auf die Füße. »Ich bin nicht betrunken!« Er zog seinen Dolch. »Laß uns kämpfen um das Mädchen!«

Marcus stieß einen ergebenen Seufzer aus und erhob sich. »Geh jetzt hinauf in meine Kammer«, befahl er Diana. »Komm schon, Kerl, ich glaube, wir schwitzen dich besser aus, bis du wieder nüchtern bist – ich kann nicht zulassen, daß dich deine Männer so sehen.« Er entwaffnete Petrius mit Leichtigkeit und schlang dann einen Arm brüderlich um seine Taille, um ihn auf den Beinen zu halten.

Kell kam dem General zu Hilfe. Als sie zu den Baderäumen gingen, klappte Petrius zusammen.

»Bei den Göttern, der hat sich aber vollaufen lassen. Was zum Hades ist los mit ihm?«

Kells Antwort konnte sie nicht hören. *Neid. Der Neid auf dich frißt ihn bei lebendigem Leibe auf.*

»Nun, da steht uns ja was bevor«, sagte Marcus resigniert. Zuerst tauchte er Petrius ins Kaltwasserbecken, um ihn wiederzubeleben. Als Petrius zur Besinnung kam, fing er an, wie ein Wilder zu kämpfen. Marcus hatte ihn jedoch zu jeder Zeit unter Kontrolle. Als er ihn schließlich aus dem Wasser zerrte, flößte er ihm mit Kells Hilfe ein Brechmittel ein und hielt dann seinen Kopf, während sich Petrius die Seele aus dem Leib spie.

Jetzt ist er zahm wie ein Lämmchen, dachte Kell zufrieden.

Marcus brachte Petrius in einen kleinen Dampfraum. Während Petrius schwitzte wie ein Ochse, zwang er ihn, große Mengen Wasser zu trinken, damit er nicht zuviel Körperflüssigkeit verlor. Marcus trank ebenfalls reichlich, um die Hitze auszugleichen.

Nach drei Stunden war Petrius stocknüchtern. Marcus befahl einem Badesklaven, seinem Bruder eine Massage angedeihen zu lassen, dann brachte er ihn zu den Offiziersquartieren zurück. Während des Ritts zur Festung war Petrius verdächtig still. Als er ihn am Eingangstor verließ, murmelte Petrius: »Danke.«

Marcus erwiderte: »Dafür sind Brüder schließlich da.«

In Marcus' Schlafkammer stand Diana vor dem Kaminfeuer, das wegen der kalten, feuchten Nacht entzündet worden war. All ihre feinen Pläne hatte das überraschende Auftauchen von Petrius zunichte gemacht. Sie kicherte. Er war stockbetrunken gewesen. Allerdings hatte sie selbst auch etwas tief ins Glas geschaut. Marcus ärgerte sich sicher maßlos darüber, seinen betrunkenen Bruder auf dem Hals zu haben. Er hatte förmlich gebrannt vor Lust, als sie endlich mit dem Essen fertig waren; sie wagte sich kaum vorzustellen, in welchem Zustand er sich nun befand!

Diana gähnte. Auf jeden Fall war es ein langer und ereignisreicher Tag gewesen. Ihre Mundwinkel kräuselten sich. Sie bezweifelte nicht, daß Marcus sich mit ihren Forderungen einverstanden erklären würde. Unter keinen Umständen wollte sie seine Sklavin sein, wenn sie alleine waren. Für sich behalten hatte sie, daß er langsam aber sicher der ihre werden würde.

Das Amethysthalsband drückte sie allmählich. Sie öffnete den Verschluß und legte es auf den Nachtkasten. Dann setzte sie sich auf die Stufen, die zu seinem Bett führten und zog ihre Sandalen aus. Sie gähnte erneut.

Es war erstaunlich, aber auf einmal hatte sie all ihre Furcht vor dem Römer verloren. Er war der stärkste und mächtigste Mann in ihrem bisherigen Leben, aber die Stärke würde sie beschützen und nicht bedrohen. Sie legte ihren Kopf auf die Felle und lächelte schläfrig. Marcus dachte, sie gehörte ihm, aber in Wahrheit gehörte er ihr!

Kell erwartete Marcus mit einer Handvoll Handtücher im Atrium. Er reichte dem Diener seinen nassen Umhang und zog seine durchweichte Tunika aus. Dann wickelte er eins der Handtücher um seine Hüften und rubbelte mit dem anderen sein schwarzes Haar, bis es trocken war.

Schließlich nahm Kell eine Fackel aus ihrer Halterung in der Wand und leuchtete Marcus den Weg durch die dunkle, stille Villa zu seiner Schlafkammer. Die Tür schwang auf und da lag Diana, auf den Stufen zu seinem Bett, ihr goldenes Haupt ruhte auf den Fellen. Marcus betrachtete die schlafende Schönheit sehnsüchtig und fragte: »Wie viele Fußböden hat sie heute gesäubert?«

»Sieben«, gab Kell Auskunft.

»Also ist sieben wohl meine Unglückszahl«, murmelte Marcus.

13. Kapitel

Diana erwachte langsam aus einem tiefen Schlummer. Als sie ihre Augen öffnete, erblickte sie die römischen Säulen mit ihren geschnörkelten Bockshörnern. Sofort wußte sie, daß sie sich in dem eindrucksvollen Piedestalbett von Marcus Magnus befand.

Ein Gefühl der Spannung und Erregung durchzuckte sie vom Kopf bis zu den Zehen. Dann nahm sie all ihren Mut zusammen und drehte den Kopf. Sie lag allein auf seinem Lager. War sie erleichtert oder enttäuscht? Beides, und sie fragte sich, was das bedeutete.

Marcus mußte sie schlafend vorgefunden und in sein Bett gehoben haben. Hatte er sie geweckt? Hatte er sie benutzt? Sie versuchte sich fieberhaft zu erinnern, doch sie wußte nur noch, wie sie sich auf die Stufen gesetzt und den Kopf auf die Felldecken gelegt hatte. Der Pelz unter ihrer Wange hatte sich weich angefühlt und roch nach Marcus Magnus, aber das war auch schon alles.

Diana setzte sich auf und sah, daß sie immer noch das violette Seidenkleid trug. Sie streckte sich und fuhr mit den Händen über ihren Körper. Er fühlte sich nicht anders als gestern an. Auf einmal wußte sie mit absoluter Gewißheit, daß er sie nicht angefaßt hatte; denn wenn Marcus Magnus einmal mit einer Frau schlief, dann mußte sie danach eine Veränderung spüren.

Sie saß auf dem Bett und blickte auf die Stelle, an der er neben ihr gelegen hatte, so nahe und doch so weit weg. Nichts war geschehen, und weil dies so war, kannte sie ihn nun so viel besser als zuvor. Er hatte ihr Angebot mit Respekt angenommen, ihr Handel war perfekt. Trotz der Tatsache, daß dieser römische General Tausende von Männern befehligte und die Stärke und Macht besaß, seinen Willen zu jeder Zeit und auf jede ihm beliebige Weise durchzusetzen, hatte er sie nicht geweckt und verlangt, sich ihm hinzugeben. Offenbar war er ein Mann von Ehre, ein Mann, der zu seinem Wort stand. Doch seine Zurückhaltung sagte ihr noch mehr. Sie sagte ihr, daß der Römer irgendwo, tief in seinem Innern, ein weiches Herz besaß. Diana schwor bei ihrer Zukunft, sich diesen Tatbestand, den sie soeben entdeckt hatte, zunutze zu machen.

Sie war voller Überschwang, denn sie wußte, daß sich die Verhältnisse umgekehrt hatten; jetzt befand sie sich im Vorteil. Bloß mußte sie sehr genau darauf achten, vor den anderen die perfekte Sklavin zu spielen, selbst vor Kell, damit ihr Marcus, wenn sie allein waren, die volle und umfassende Oberhand überließ.

Nola brachte ihr Frühstück. »Darf ich mich zu dir setzen?«

»Aber bitte, gern.«

Nola stellte das Tablett mit knusprigen Fladen, Honig und

Früchten auf dem Bett ab, und setzte sich dann auf die Stufen. »Er hält dich für etwas Besonderes.«

Diana senkte die Wimpern, da sie sich nicht ganz sicher war, wie sich eine Sklavin zu verhalten hatte. »Woher weißt du das?« fragte sie scheu.

»Er hat dich die ganze Nacht hierbehalten. Das tut er sonst nie.«

Diana erkannte, daß in einem Haushalt, in dem es einen Herrn und dreißig Sklaven gab, nur sehr wenige Dinge verborgen blieben.

»Jeder in der Villa spricht von dir.«

Sie hob den Blick. »Nola, ich weiß, daß ein Sklave kein Recht auf Privatsphäre hat, aber Marcus ist ein höchst verschwiegener Mann. Ich bin sicher, daß es ihm nicht gefällt, wenn über die intimen Vorgänge in seiner Schlafkammer getratscht wird.«

»Es ist leichter, eine Sturmflut aufzuhalten, als Sklaven vom Tratschen abzuhalten. Da müßtest du Marcus schon bitten, ihnen die Zungen herauszuschneiden.«

»Du scherzt doch?« fragte Diana erschrocken.

»Ein wenig«, räumte Nola ein, »obwohl dies in einigen römischen Haushalten praktiziert wird. Ich meine nur, daß Marcus vor lauter Verrücktheit nach dir wahrscheinlich alles tun würde, worum du ihn bittest.«

Diana leckte sich Honig von den Fingern. »Wenn das so ist, dann hätte ich ihn um ein paar Gewänder bitten sollen. Ich habe nichts anzuziehen.«

»Bevor er heute morgen ging, hat er mich gefragt, ob ich mich deiner Garderobe annehmen könnte. Nichts im Leben hat mich mehr überrascht, als die Tatsache, daß ausgerechnet dieser harte Krieger ein solches Interesse an der Garderobe einer Frau zeigt.«

»Welche Art Interesse?«

»Wahrste Begeisterung und äußerst detailliert. Er möchte, daß du Gewänder anziehst, die ihm Freude bereiten und die deine zarte Schönheit betonen.«

Diana hätte am liebsten geflucht. Immer, ihr ganzes Leben lang, hatte jemand anders bestimmt, wie sie sich anziehen sollte. War sie den Klauen von Prudence entsprungen, nur um sich weiterhin bevormunden zu lassen, was ihre Kleidung betraf? Ein heftiger Protest lag auf ihren Lippen, als ihr im letzten Moment einfiel, daß sie ja seine Sklavin war. Er konnte sie anziehen, wie er wollte!

Diana äußerte versuchsweise einen Einwand. »Aber ich weiß selbst am besten, welche Farben mir stehen.«

»Marcus ist mehr an Stil und Material interessiert. Er wünscht nur die teuersten Stoffe für dich. Dir bleibt genügend Freiheit, dir deine eigene Palette und Schnitte zusammenzustellen.«

»Findet die Anprobe in der Villa statt?«

»Ja, aber wir werden auch in der Stadt Einkäufe machen. Aquae Sulis besitzt eine Vielzahl von Geschäften. Es gibt so viele Waren, daß sie sogar schon in den Kolonnaden feilgeboten werden. Einkaufen ist eine der Freuden im Leben einer Frau. Wir haben Parfumeure, Juweliere, Goldschmiede, Floristen, Restaurants, Ornatricen...«

»Ornatricen?«

»Sie richten dir das Haar«, erklärte Nola.

»Eine der Sklavinnen hier hat bisher mein Haar frisiert. Sie ist sehr begabt.«

»Das ist Sylla. Du kannst sie als deine persönliche Dienerin für Frisur und Aufmachung wählen.« Als Nola sah, daß Diana zögerte, meinte sie: »Das bringt ihr eine höhere Stellung im Haushalt ein, und du würdest ihr einen großen Gefallen erweisen, wenn du sie zu deiner Beauftragten ernennst.«

»Dann ist es mir natürlich ein Vergnügen, ihre Dienste in Anspruch zu nehmen«, sagte Diana und akzeptierte somit ihre erste Sklavin.

»Nimm dein morgendliches Bad, dann beginnt die Anprobe.«

Auf dem Weg zu den Baderäumen suchte Diana Kell auf. Bevor sie ihm ihren Wunsch mitteilen konnte, Marcus beim

Schwimmtraining mit seinen Männern zuzusehen, meldete er: »Der General hat Order gegeben, dich nach dem Mittagsmahl zu ihm bringen zu lassen.«

»Ich werde gehorchen«, sagte sie leise. Diana war entzückt, daß Marcus sich an ihre Bitte erinnerte. Er mußte es ebenfalls wollen, andernfalls hätte er es sicher vergessen. Vor den Augen all seiner Legionäre zu ihm gebracht zu werden, ließ sie vor Aufregung erzittern. Es zeigte außerdem, wieviel sie ihm bedeutete und wie sehr es ihm gefiel, sie zu präsentieren. Zweifellos wünschte auch er, sie irgendwann während seines langen Arbeitstages zu sehen und nicht bis Einbruch des Abends zu warten.

Sie mußte etwas anziehen, das ihn blendete. Etwas, das seine Leidenschaft für sie noch erhöhte!

Nach ihrem Bad führte Nola sie ins Solarium. In diesem Raum war sie noch nie gewesen, aber er war ebenso schön wie der Rest der Villa. Eine gesamte Wand, vom Boden bis zur Decke, bestand volllkommen aus Glas. Spontan fragte sie Nola: »Wie wird so etwas hergestellt?«

»Durchsichtiges Steinmehl wird geschmolzen und in flache Formen gegossen. Das ist eine der Fertigkeiten, die die Römer den Briten beigebracht haben.«

Auch der dekorative Fußboden war einfach fantastisch. Er zeigte eine lebensgroße Tigerin, die im hohen Gras lag. Der übrige Boden bestand aus leuchtenden orangen, schwarzen und grünen Marmorstücken. Auf den Liegen breiteten sich feinste Bezüge, die mit Goldfäden durchwirkt waren und die Farben des Fußbodens aufwiesen.

Zwei Kaufleute erwarteten sie bereits, und jeder hatte weibliche Sklaven dabei zur Bedienung der Kundin. Ihre Waren befanden sich in großen Weidenkörben, weil sie so leichter zu transportieren waren. Es handelte sich um einen Stoffhändler sowie um einen Juwelier.

Die Körbe wurden einer nach dem anderen geöffnet und die

mitgebrachten Stoffballen vor ihr ausgerollt. Da gab es jede erdenkliche Farbe, jede Stoffart, einige davon aus so fernen Ländern wie Ägypten oder China. Während Diana bewundernd über die feinen Seiden- und Wollstoffe strich, bestellte Nola die Gewänder, die Marcus gewünscht hatte.

»Ich brauche etwas zum Anziehen, wenn ich heute nachmittag ausfahre. Kann es rechtzeitig fertiggestellt werden?«

»Aber freilich«, antwortete Nola. »Die Toga ist ja nur eine einfache, lange Stoffbahn, die auf verschiedene Weisen drapiert und mit einer Brosche zusammengehalten wird. Ein Umhang, selbst einer mit Kapuze, erfordert ebenfalls nicht viel mehr als ein paar Faltenwürfe und einen Verschluß. Ein einfaches Kleid mit dazu passender Palla kann von einer im Schneidern bewanderten Sklavin in Minutenschnelle genäht werden.«

»Unheimlich gerne hätte ich einen roten Umhang, wie Marcus ihn trägt«, meinte Diana sinnend. »Diese weiße Seide hier eignet sich wundervoll für eine klassische Toga. Ein Kleidungsstück, das einer Göttin würdig wäre«, sagte Diana sehnsüchtig und rieb den schweren Stoff zwischen Daumen und Zeigefinger. Sie hielt den Atem an, als der Deckel eines weiteren Korbes geöffnet wurde und einen Stoff enthüllte, der so herrlich gefärbt war, wie sie es noch nie gesehen hatte. »Wie heißt diese Farbe?«

»Das ist Ultramarin. Den kräftigen blauen Farbton gewinnt man aus pulverisiertem Lapislazuli.«

»Könnte ich davon eine Toga haben?« fragte sie Nola.

»Aber natürlich. Der Stoffhändler hat alle deine Wünsche notiert.«

»Ah, Nola, sieh mal hier. Das Muster schaut aus wie ein Tigerfell, aber der Stoff ist feiner als Spinnweben.« Sie legte den Stoff auf dem Marmorboden aus, wo er beinahe unsichtbar wurde.

»Exotische Tierfellmalereien bestimmen die Mode. In Rom sind sie sehr gefragt«, sagte der Händler stolz.

Vom Juwelier erwarben Nola und Diana Broschen, Haarspangen und -schmuck und einen breiten goldenen Gürtel, der die Taille betonte und die Brüste anhob. Als sie ein Paar Amulette bewunderte, die aussahen wie Schlangen mit Augen aus Rubinen, nickte Nola dem Juwelier zu. Dann öffnete dieser eine Holzschachtel mit Gegenständen, die Diana völlig unbekannt waren. Da gab es eine Reihe von Ringen, die zu passenden Armreifen verbunden waren. Sie entdeckte Fußkettchen, einige davon mit Glöckchen und schließlich sogar juwelenbesetzte Zehenringe. Diana erschienen die Schmuckstücke so verrückt, daß sie ihr beinahe dekadent vorkamen, es gelüstete sie nach allen.

»Der General hat gebeten, die Waren hierzulassen, damit er aussuchen kann, was ihm persönlich zusagt. Wir benötigen eine Toga und einen Umhang in etwa zwei Stunden«, wies Nola den Stoffhändler an.

Als sie durch die Villa gingen, fragte Diana Nola: »Was sind meine Pflichten als Sklavin dieses Haushaltes?«

»Deine einzige Pflicht ist es, Magnus zu gehorchen und zu erfreuen. Du solltest deinen Tag möglichst entspannt verbringen und nur das tun, was dir gefällt, so daß du abends den General heiter empfängst. Seine Arbeit ist schwer und seine Pflichten zahlreich, er benötigt Ablenkung von seiner großen Verantwortung. Ich selbst werde mir vor dem Mittagsmahl eine entspannende Massage gönnen und schicke dir Sylla in deine Kammer, damit sie dein Haar und dein Gesicht herrichtet.«

Als Diana in Kells kleinen Wagen kletterte, raffte sie ihren wollenen Umhang fest zusammen. Sie war froh, daß er eine Kapuze besaß, denn heute wehte ein kalter Wind von der Küste herauf. Hier oben auf den Hügeln spürte man bereits den kommenden Herbst. Vielleicht hatte der Sturm von letzter Nacht ja das Ende des Sommers eingeläutet. Für Diana signalisierte er ebenfalls das Ende ihrer Unschuld. Sie empfand keine Reue, fühlte sich im Gegenteil lebendiger als je zuvor. Das Leben war voller Herausforderungen und Abenteuer, und alles kreiste um einen Mann: Marcus Magnus.

»Soll ich zur Festung gebracht werden?« fragte sie Kell.

»Nein, wir fahren direkt zum Fluß.«

Diana erschauderte. »Es ist kalt geworden, da werden sie doch sicher nicht ins Wasser gehen?«

»Schlechtes Wetter hat den General noch nie aufgehalten.«

Sie warf Kell einen Blick unter gesenkten Lidern hervor zu. »Was könnte ihn denn aufhalten?« fragte sie in gespielt leichtem Ton.

»Nichts auf der Welt, Lady.«

Diana erschauderte bei dem bloßen Gedanken an diesen Herkules.

»Er hat nur auf einen Sturm gewartet, der den Fluß zum Anschwellen bringt. Das ist sein Element, glaube mir!«

Kell stoppte das Gefährt auf einer Wiese jenseits des Avon. An den Ufern des Flusses, der etwa zwölf Meter unter ihnen lag, standen mehr als tausend Legionäre aufgereiht, alle in voller Rüstung, mit einem Rucksack auf den Schultern und den Waffen im Gürtel. Jeder Soldat hatte sein Schild auf den Rücken geschnallt und trug die erforderlichen Utensilien zur Errichtung eines Lagers bei sich.

Dianas Augen machten rasch die hünenhafte Gestalt von Marcus aus. Er war gerade dabei, seinen Männern zu zeigen, wie man den Fluß überquerte. Sie sah zu, wie er seine Waffen festschnallte, sein Schild über den Rücken hängte und dann seine zwei Speere in einer Hand hochhielt.

Sie hielt den Atem an, als er ins Wasser watete, wobei er die Speere zunächst als Stützen benutzte und sich dann, als ihm das Wasser bis zum Brustharnisch stand, mit ihnen vom Ufer ab- und in die wirbelnde Strömung des Flusses stieß. Er schwamm nur mit einem Arm. Mit dem anderen Arm hielt er die Speere parallel zum Körper, damit sie seine Schwimmbewegungen gleichsam unterstützten und nicht behinderten.

Schreckliche Angst befiel sie, daß die schwere Rüstung und der eiserne Helm ihn unter Wasser zögen. »Warum riskiert er bloß sein Leben?« rief Diana Kell verzweifelt zu.

»Er muß seinen Soldaten ein Vorbild sein«, sagte Kell stoisch.

»Nein, das geht nicht!« Sie raffte ihren wollenen Umhang zusammen, um sich daran festzuhalten.

Kell schüttelte den Kopf. »Für Marcus Magnus ist nichts unmöglich.«

Diana wagte nicht, die Augen von dem behelmten Kopf, der in der reißenden Strömung tanzte, abzuwenden. All ihre Gedanken und Aufmerksamkeit galten dem Mann, der mit der Strömung kämpfte, und die Rufe der Männer am Ufer drückten ebenfalls den Wunsch aus, er möge allen Widerständen zum Trotz bestehen.

Inzwischen hatte er mehr als die Hälfte der Strecke hinter sich gebracht und sie erkannte, daß er den Fluß besiegen würde. Wieviel Stärke, wieviel Entschlossenheit mußte man besitzen, um so etwas fertigzubringen? Als er das gegenüberliegende Ufer erreichte, hämmerte ihr Herz wie wild vor Freude über seinen Sieg. Ein großer Jubel brach unter den Legionären und ihren Hauptleuten aus. Dann machte sich Marcus Magnus, so unglaublich es war, daran, dieselbe Strecke zurückzuschwimmen.

Was sie vor sich sah, war ein reiner Kraftakt. Dieses Spektakel ließ Dianas Knie weich werden. Ihr Mund wurde trocken, als sie daran dachte, wie sich seine starken Hände auf ihrem Körper anfühlten. Er mußte sie letzte Nacht in seine Arme genommen und aufs Bett gehoben haben, um anschließend seinen herrlichen Körper neben ihr auszustrecken und ihr beim Schlafen zuzusehen. Sein bloßer Anblick, wie er mit den Elementen kämpfte, wirkte wie ein Liebestrank auf sie. Jetzt wünschte sie aus tiefstem Herzen, daß er sie letzte Nacht geweckt hätte.

Marcus gewann auch ein zweites Mal gegen den Fluß. Er erhob sich mühelos aus dem Wasser und reichte seine Speere einem der Offiziere. *Weiß er, daß ich ihm zusehe*? In dem Moment, in dem sie sich das fragte, drehte sich Marcus Magnus um und blickte zu ihr hinauf. Ihr Herz quoll über vor Stolz. Sie warf die Kapuze ihres roten Umhangs zurück und ließ den Wind durch ihre goldene Haarpracht wehen. Er lachte und hob grüßend den Arm. Sie winkte zurück und warf ihm eine Kußhand zu.

Nun war es an den zehn Zenturionen und an den zwei Kohortenzenturionen, es ihrem Primus Pilus gleichzutun. Sie brauchten doppelt so lange, und erst nach vielen Fehlversuchen und viel Ermutigung und der Aufbietung aller Reserven schaffte es die Hälfte der Offiziere ans andere Ufer. Sechs mußten wieder herausgezogen werden und würden es später, nachdem sie sich ausgeruht hatten, noch einmal versuchen.

Jetzt kamen die Soldaten an die Reihe, die Flußüberquerung zu wagen und nicht alle konnten schwimmen. Glücklicherweise standen Marcus seine eigenen Berufssoldaten zur Verfügung, um den Neuankömmlingen zu helfen. Sie hatten die Schwimmprüfung ihres Anführers bestehen müssen, bevor er sie in seine Truppe aufnahm.

Diana sah, wie Petrius sich aus dem Wasesr schleppte und auf seinen Bruder zustapfte. Er sah genauso bedrohlich aus wie letzte Nacht.

»Mir die Nüsse im eiskalten Wasser abzufrieren ist nicht gerade meine Vorstellung von römischem Soldatentraining.« Er spuckte einen Mundvoll Flußwasser vor die Füße seines Bruders.

Marcus blickte ihm direkt in die Augen. »Deine Nüsse werden die Größe von Erbsen haben, wenn du die eisigen Flüsse überquerst, die dich in der Wildnis im Westen erwarten. Wenn du willst, daß deine Männer überleben, dann sorgst du besser dafür, daß sie ihre heutige Lektion sehr gründlich trainieren.«

Petrius folgte dem Blick seines Bruders hinauf zu Diana, deren goldenes Haar im Wind wehte. Seine Lenden krampften sich zusammen. »Wieviel willst du für sie?« fragte er.

»Sie ist nicht zu verkaufen«, sagte Marcus ruhig.

Schließlich grinste Petrius. »Zu schade. Heute abend wird sie nicht viel von deinem Schwanz haben, Bruder. Die Legionäre möchten von dir noch sehen, wie die Standartenträger ihre Ausrüstung über den Fluß schaffen sollen.«

Auf ein Signal von Marcus sagte Kell: »Er möchte, daß wir jetzt gehen.«

»Ich bin froh, daß ich ihm zugesehen habe!«

Kell wußte, daß sie eine Art Spiel mit dem Römer trieb, eins, das ihre wahren Gedanken und Gefühle für ihn verbarg. Er selbst verhielt sich ähnlich und es fiel ihm auf, daß Diana allmählich aufrichtige Bewunderung für Marcus hegte. Sie akzeptierte seinen Schutz und sehnte sich nach seiner Verehrung, ob ihr das nun bewußt war oder nicht.

Es versprach höchst unterhaltsam zu werden, zu beobachten, wie sich ihrer beider Beziehung direkt unter seiner Nase entwickelte. Würden sich die Machtverhältnisse ändern? Auf subtile Weise war das wohl schon geschehen. Sollte er ihre Liaison fördern oder gefährden? Er lächelte insgeheim. Kell tat das, was am besten für Kell war!

Als sie wieder in der Villa eintrafen, überraschte Diana es, wie warm und gemütlich man sich hier drinnen an einem so kalten Tag fühlte. Als sie ihren Umhang ablegte, war ihr in ihrer dünnen Seidentoga gar nicht kalt, obwohl sie nichts darunter anhatte. »Kell, wie wird die Villa beheizt?«

»Unsere Fußböden sind erhöht und die Wärme kommt von Wasserleitungen, die unter allen Böden liegen. Du kannst mitten im Winter barfuß gehen und würdest dennoch nicht frieren. Die Römer lieben ihre Bequemlichkeit.«

Höchste Bewunderung erfüllte sie dafür, daß eine so antike Zivilisation so fortschrittlich sein konnte. Die georgianischen Häuser waren im Winter feucht und zugig, und ihre Heizung beruhte auf unzulänglichen Kaminfeuern in den einzelnen Räumen.

Nun würde es nicht mehr lange dauern, bis Marcus nach Hause kam. Sie war voll freudiger Erregung. Zunächst wollte sie sehen, wie es mit ihrer neuen Garderobe voranging, und außerdem würde sie Sylla bitten müssen, ihr Haar zu bürsten, da es vom Wind vollkommen zerzaust war.

Die Kaufleute hatten das Solarium verlassen, aber die Assistentinnen des Stoffhändlers waren geblieben, um die neuen Gewänder zu nähen. Nola hatte zwei Haussklavinnen abgestellt, die ihnen dabei helfen sollten. Diana war entzückt über die vielen Träume in den unterschiedlichsten Farben und Materialien.

»Danke, Nola, sie sind wirklich exquisit. Ich danke euch allen für eure harte Arbeit und guten Willen.« Sie nahm einen Armvoll Kleider, einschließlich des ultramarinblauen, des getigerten und des klassischen weißen mit hinauf in ihre Kammer, wo Sylla ihr zeigte, wie man sie ohne Knitterfalten zusammenlegte.

Diana beschloß, die Toga aus weißer Seide für Marcus anzuziehen. Während sie vor dem Spiegel saß und Sylla dabei zusah, wie sie Perlen in ihr Haar flocht, wurde sie bei dem Gedanken, schon bald wieder mit ihrem Römer allein zu sein, immer aufgeregter. So hatte sie nie für Peter Hardwick empfunden, was ihr verdeutlichte, wie sehr sie sich bereits zu Marcus Magnus hingezogen fühlte. In der Tat mußte sie zugeben, daß sie hingerissen von ihm war.

Wenn sie daran dachte, wie er durch die heftige Strömung geschwommen war, und sich dann vorstellte, wie er sie in seine starken Arme nahm, hätte sie schreien mögen vor Ungeduld. Sie konnte wetten, daß der General heute abend keine ungebetenen Gäste hereinließe.

Als Kell an ihre Tür klopfte und mit noch mehr Gewändern eintrat, mußte Diana zu ihrer Enttäuschung erfahren, daß Marcus bereits hier war. »Oh, ich wollte ihn doch im Atrium erwarten, um ihn zu begrüßen!«

»Er benötigte sofort ein heißes Bad, um seine Glieder wieder aufzutauen.« Kell hob eins der mitgebrachten Gewänder hoch.

»Der General wünscht, daß du zum Abendmahl die kurze weiße Tunika trägst.«

Diana war erstaunt zu sehen, wie sehr sie dem Kostüm glich, das sie zum Maskenball im Pantheon getragen hatte. Es reichte ihr nur bis zu den Oberschenkeln und wurde an einer Schulter zusammengehalten. »Oh, ich fürchte, sie ist falsch genäht. Das kann ich heute abend leider nicht anziehen.« Sie war ein wenig enttäuscht, denn in der Tunika hätte sie ausgesehen wie die Göttin Diana.

»So wollte es der General«, teilte Kell ihr mit.

»Aber das Oberteil bedeckt nur eine Brust«, meinte Diana.

Kell nickte. »Dies gehört zu den Gewändern, die der General extra bestellt hat, und er möchte, daß du es heute abend trägst.«

Es verwunderte Diana, daß er so etwas von ihr verlangte. Wie konnte er von ihr erwarten, in einem Gewand mit ihm zu speisen, das eine Brust entblößte? Jeder im Haus würde sie anglotzen. Ihre freudige Erregung verpuffte mit einem Schlag und Zorn trat an deren Stelle.

Er behandelte sie wie eine Prostituierte! Tat er das absichtlich, um sie zu beleidigen, oder war seine Lust so groß, daß er sie fast nackt vor sich sitzen sehen wollte? Wenn sie in einem Gewand, das nur bis zu ihren Oberschenkeln reichte und eine Brust freiließ, auf einer Liege ihm gegenüber Platz nahm, dann konnte sie leicht erraten, wie lange es dauern würde, bis seine Finger überall waren!

Diana legte das Gewand aufs Bett und sagte unbeugsam: »Ich werde die elegante weiße Seidentoga tragen. Wärst du so freundlich und würdest draußen warten, bis ich angezogen bin, Kell?«

Kells graue Augen hielten die ihren einen Moment lang fest. »Ich habe mich bereit erklärt, Euch zu beraten, Lady, und das tue ich hiermit. Ich rate dir, das Gewand anzuziehen, das der General ausgewählt hat.«

»Vielen Dank für deinen Rat, Kell. Ich werde ihm selbst erklären, warum ich so etwas nicht tragen kann.«

Kell beugte sich ihrer Entscheidung und verließ die apricotfarbene Kammer, um draußen auf und ab zu gehen bis sie fertig war. Nach Beendigung der Toilette begutachtete Diana ihre Erscheinung sorgfältig in dem Bronzespiegel. Die weiße Seide fiel in eleganten Falten über ihre schlanke Gestalt. Ihre hochaufgerichteten Brüste und die harten Brustwarzen zeichneten sich klar unter dem feinen Stoff ab. Die Perlen in ihrem goldenen Haar unterstrichen ihre Zartheit. Sie wählte ein goldenes Armband, einen dazu passenden Fußreif und beschloß, heute abend barfuß zu gehen, damit sie einen hübschen Zehenring zur Schau stellen konnte.

Diana legte ihre Hand auf Kells Arm und schritt mit hochaufgerichtetem Haupt die Treppe hinunter. Sie wußte, daß sie heute abend besonders schön ausah.

Wieder hatte Marcus das Triclinium vor ihr erreicht. Sklaven waren damit beschäftigt, Tabletts mit Essen hereinzutragen. Die Hand auf Kells Arm, blieb sie zwischen den Säulen stehen, um Marcus' Reaktion zu erwarten.

Die ließ nicht lange auf sich warten. Seine Miene war finster und seine schwarzen Augen musterten sie kalt. »Du trägst nicht das Kleid, das ich wünschte.«

Diana trat einen Schritt vor. »Marcus, ich weigere mich, ein derart skandalöses Gewand anzuziehen!«

Die Sklaven hielten in ihren Tätigkeiten inne und starrten sie erschrocken an.

Marcus näherte sich ihr majestätisch. »Du weigerst dich? Ich glaube, ich habe nicht recht gehört.« Sein Ton war hart und eisig.

Die junge Schönheit schluckte schwer und reckte ihr Kinn. Sie mußte besonders daran denken, daß sie ihm versprochen hatte, ihm vor anderen aufs Wort zu gehorchen. Wenn sie ihre Vereinbarung brach, dann konnte er dasselbe tun. Und so wie er aussah, schien er nur auf eine solche Gelegenheit zu warten!

Sein Ton, als er erneut sprach, war ganz der eines allmächtigen römischen Herrschers. »Du gehst sofort in deine Kammer zurück und ziehst dich um. Wenn du wiederkommst, wirst du dich dem einzigen Sinn und Zweck deines Lebens widmen: mir Freude zu bereiten!«

14. Kapitel

Diana senkte die Wimpern. Ihre Finger gruben sich in ohnmächtigem Zorn in Kells Arm. Wenn sie jetzt die Beherrschung verlor und den Römer vor seinen Sklaven beleidigte, dann verlor sie auch das bißchen Terrain, das sie bereits gewonnen hatte. Sie wußte, daß sie keine Wahl hatte, als sich zu fügen.

Mit ruhiger Würde drehte sie sich um und verließ den Raum. Sie war froh, daß sich Kell nicht als Besserwisser aufspielte. Sylla erwartete sie bereits mit der kurzen Tunika. Sie hatte gewußt, daß Diana zurückgeschickt werden würde. Der General ließ keine Eigenmächtigkeiten zu.

Diana merkte, daß sie ihre Scham überwinden mußte. Scham war nicht angebracht in einem römischen Haus. Sie hatte keine Wahl als ihm vor den anderen Sklaven zu gehorchen; aber sobald sie und Marcus alleine waren, würde sie ihm ordentlich Bescheid geben und ihn nicht im Zweifel darüber lassen, wie sehr sie es empörte, ihren Körper vor anderen zur Schau stellen zu müssen.

Das wunderschöne weiße Seidenkleid wurde beiseite gelegt, und Sylla zog ihr die kurze Tunika über den Kopf. Sie war ebenfalls weiß, aber der Stoff beinahe durchsichtig, und er ließ ihre Haut durchschimmern. Während Sylla das Gewand mit einer großen Rubinbrosche an der Schulter befestigte, starrte Diana erstaunt ihr Spiegelbild an. Nie im Leben hätte sie sich träumen lassen, einmal ein Gewand zu tragen, das eine Brust verdeckte und die andere vollkommen freiließ. Es war ein höchst erotisches Kleidungsstück. Nein, mehr als das, es war lasziv.

Sie fühlte, wie Hitze in ihre Wangen stieg und sah deren Röte im Spiegel. Nun, Erröten half ihr gar nichts. In ein paar Minuten würde Kell sie sehen und dann Marcus und die Sklaven, die sie heute bedienten. Alle würden sie den ganzen Abend über in aller Ruhe begaffen können.

Sylla reichte ihr ein Paar Sandalen mit langen, goldenen Bändern. Diana entfernte den Zehenring, das goldene Fuß- und das Armband, dann wickelte sie die Bänder um ihre Waden. Schließlich wählte sie zwei goldene, mit Rubinen besetzte Amulette. Als sie sie um ihre Oberarme befestigte, kam sie sich ausgesprochen heidnisch vor. Sie sah aus wie eine Bacchantin und fühlte sich auch so. Bevor Diana ihre Räumlichkeiten verließ, tauchte sie ein Handtuch in eine Schüssel mit Rosenwasser und hielt es sich an die glühenden Wangen.

Erneut geleitete Kell sie ins Triclinium. Seine wachsamen grauen Augen verrieten nichts. Diesmal hielt Diana den Kopf noch höher. Marcus Magnus tat, als ob dies ihr erstes Erscheinen zur Tafel sei. Seine Miene war nicht mehr grimmig und sein Ton nicht mehr eisig.

»Seid gegrüßt, meine Lady. Es ist schön, endlich zu Hause zu sein.«

»Seid gegrüßt«, murmelte sie, ohne seinen Namen auszusprechen oder die Wimpern von ihren rosigen Wangen zu heben.

Diana machte einen Bogen um ihn und ging sofort zu ihrer Liege. Sie setzte sich, hob die Beine und zog die Tunika sorgfältig zurecht, so daß sie ihre Oberschenkel vollkommen bedeckte, denn sie trug nichts unter dem fast durchsichtigen Stoff. Sie steckte das kleine Goldkissen nicht unter ihren Ellbogen, denn sie hatte nicht die Absicht, sich auszustrecken. Die Liege war indessen vollkommen neu bezogen worden und neue Goldkissen ersetzten die von Petrius besudelten.

Zwei männliche Sklaven servierten ihnen heute abend die Speisen. Da Marcus während seines anstrengenden Tages enorm viel Energie verbraucht hatte, war sein Appetit entsprechend unstillbar. Es gab einen ganzen Steinbutt in Fenchelsauce, gefolgt von dampfend heißer Kalbspastete sowie einer Platte mit gebratenen Wachteln und Pfauen.

Heute tranken sie Calda, der aus einer Mischung aus Wein, Gewürzen und heißem Wasser bestand. Es war das nämliche Rezept des Hippocrates und Diana mußte flüchtig an Peter Hardwick denken. Er wäre der erste Mann gewesen, mit dem sie geschlafen hätte, wenn sie nicht in die Vergangenheit geschleudert worden wäre. Bei dem Gedanken lief ihr ein Schauder über den Rücken. Auf eine Weise hatte sie Glück gehabt. Sie blickte über den Tisch hinweg auf Marcus und erkannte, daß es trotz der gewaltigen Kluft, die sie in bezug auf Einstellung, Gedanken, Worte und Verhalten trennte, keinen Mann gab, mit dem sie lieber hätte schlafen wollen.

»Hat dir die Vorführung am Fluß gefallen?«

»Darf ich dir antworten, wenn wir alleine sind?« fragte sie leise.

»Aber natürlich.« Er wollte, daß sie seinen Namen sagte. Es bereitete ihm unendliches Behagen, ihn von ihren Lippen zu hören. Sie sollte ihn mit Konversation unterhalten, während sie speisten. Den gestrigen Abend hatte er enorm genossen, bevor Petrius ihn ruinierte.

»Du warst eingeschlafen, als ich letzte Nacht in meine Kammer kam. Habe ich dich gestört?«

»Darf ich dir auch das beantworten, wenn wir alleine sind?« fragte sie wieder mit leiser Stimme.

Seine schwarzen Brauen zogen sich unwirsch zusammen. Wahrscheinlich beabsichtigte sie, ihn zu verärgern. »Nein, verdammt, das darfst du nicht. Du wirst jede Frage beantworten, die ich dir zu stellen wünsche.«

»Darf ich dann um deine Erlaubnis bitten, meine aufrichtige Meinung kundzutun?«

Marcus wußte, daß das einer ihrer weiblichen Tricks war. Seine schwarzen Augen verengten sich gefährlich. »Du magst meine Fragen beantworten, wie es dir beliebt, solange mir deine Antworten willkommen sind.«

Diana biß sich auf die Lippe. Also durchschaute er ihr Katz-und-Maus-Spiel.

»Wir werden noch einmal von vorne beginnen. Hat dir die Vorführung am Fluß gefallen?«

»Über alle Maßen, Herr.«

Marcus knirschte mit den Zähnen angesichts ihrer Aufsässigkeit. »Habe ich dich letzte Nacht gestört?«

»Deine Nähe verstört mich immer, Herr.«

Da riß ihm die Geduld. »Geht«, befahl er den Sklaven. »Und schließt die Tür.«

Er sagte nichts, bis sich alle entfernt hatten. »Noch einmal …« Sein Ton warnte sie, daß er mit seiner Geduld am Ende war. »Hat dir die Vorführung am Fluß gefallen?«

Diana steckte das goldene Kissen unter ihren Ellbogen und lehnte sich provokativ zurück. Sie warf ihm einen Seitenblick zu und erwiderte unverfroren: »Sie hat mir gefallen, aber längst nicht so wie dir, Marcus. Du hast ganz schön vor deinen Legionären angegeben und besonders vor den Kohortenzenturionen. Der arme Petrius, er hatte nicht den Hauch einer Chance gegen dich.«

»*Mea culpa*«, sagte er und grinste wie ein Junge. Sein Blick schweifte über sie hinweg. »Hast du eine Ahnung, wie atemberaubend du heute abend aussiehst?«

»Für eine Sklavin, meinst du?« fragte sie zuckersüß.

»Du siehst nicht aus wie eine Sklavin! Du siehst aus wie eine Göttin. Ich habe die Tunika extra nach dem Bild von Diana, der Göttin der Jagd, anfertigen lassen. Alles, was dir noch fehlt, ist ein Pfeil in deiner Hand.«

»Ich denke, das wirst du bald ändern«, murmelte sie zweideutig.

Marcus warf den Kopf in den Nacken und lachte vergnügt. »Du bist einfach umwerfend.«

»Mein einziger Wunsch ist, dir Freude zu schenken«, sagte sie voller Sarkasmus.

»Wenn das wahr ist, dann komm her und setze dich zu mir auf meine Liege. Laß uns von demselben Teller essen und aus demselben Glas trinken!«

Dianas Puls schnellte hoch. Wenn er sie erst auf einer Liege hatte, dann würde das Essen schnell vergessen sein und sie wurde zum Hauptgang. Jetzt mußte sie eine Antwort formulieren, mit der sie ein wenig Zeit gewann.

»Du hast versprochen, mich zuerst zu umwerben, bevor ich einwillige, dein Bett mit dir zu teilen.«

»Wie kann ich besser um dich werben, als auf meiner Liege?«

»Wenn ich nicht ein Gewand anhätte, das eine Brust entblößte, hätte ich nichts dagegen, deine Liege mit dir zu teilen. Morgen abend vielleicht?«

»Morgen. Schwöre es!« befahl er, da er ihr nicht traute.

»Ich verspreche es, Marcus«, sagte sie leise.

Seine schwarzen Augen funkelten, als ihm eine teuflische Idee in den Sinn kam. Er würde ihr Versprechen voll ausnützen. »Möchtest du, daß ich Nola bitte, uns morgen abend zu servieren, anstelle der männlichen Sklaven?«

»Ja, das würde mir wengistens ein Mindestmaß an Würde belassen, vielen Dank.«

»Deine Scham ist fehl am Platz, Diana. Du hast die wunderschönste Figur, die ich je gesehen habe.«

»Ich bin dir sehr für das Kompliment verbunden, Marcus, aber kannst du nicht verstehen, daß ich nicht den Wunsch habe, meinen Körper zur Schau zu stellen?«

»Das ist doch lächerlich. Wenn eine Frau Schönheit besitzt, sollte sie sie auch zeigen. Es ist der größte Wert, der einer Frau zur Verfügung steht.« Seine dunklen Augen glitten liebkosend über sie hinweg und unterstrichen seine Worte.

»Da hast du unrecht! Schönheit macht nur einen kleinen Teil einer Frau aus!«

»Nein, sie ist alles. Schönheit ist alles, was ich mir oder jeder andere Mann bei einer Frau wünscht; Schönheit und Gehorsam, natürlich.«

»Das ist blinde Arroganz – blinde, männliche Arroganz und Überheblichkeit!« Diana warf zornig ihr Haar zurück. Ihr Ton war leidenschaftlich. Marcus konnte die Augen nicht von ihr abwenden. Zorn erhöhte heute abend zweifellos Dianas Reize. »Was sollte es sonst geben?« fragte er grob.

»Den Verstand einer Frau natürlich und ihre Charakterstärke. Und wie steht es mit ihrem Sinn für Humor? Humor ist mindestens ebenso wichtig wie Schönheit. Eine Frau sollte um all ihrer Eigenschaften und Attribute geschätzt werden. Gehorsam kannst du von jedem einfachen Sklaven erhalten, Römer!«

»Wir Römer haben die Sklaverei nicht erfunden, Diana. Die keltischen Stämme Britanniens handeln schon ewig mit Sklaven.«

»Das rechtfertigt sie keineswegs. Sklaverei ist, war und wird immer Unrecht bleiben.«

»Die Wirtschaft hängt von der Sklaverei ab, wir brauchen sie. Das mußt du akzeptieren.«

»Nein, Marcus, du irrst dich. Die Sklaverei wird abgeschafft werden, Gott sei Dank.«

»Ich habe nicht die Absicht, über Recht und Freiheit mit dir zu diskutieren. Du bist hier, um mich zu unterhalten. Deine außergewöhnliche Schönheit ist es, die mich interessiert, nicht dein Verstand.«

»Das tut mir aufrichtig leid. Heute abend wollte ich dich mit meinem Verstand unterhalten, nicht mit meiner Schönheit.«

»O nein, diesmal nicht!«

»Was für eine Herausforderung du doch bist, Marcus Magnus.«

Er grinste sie an. »Wir werden jetzt nach oben gehen und unser Spiel dort fortsetzen«, sagte er entschlossen.

»Ist das ein Befehl oder eine Einladung?«

Sein Grinsen wurde breiter. »Da mich im Augenblick ja niemand hören kann, ist es eine Einladung.«

»Es freut mich, daß du dich an die Regeln hältst.«

»Als Hausherr kann ich natürlich die Regeln jederzeit ändern.« Er trat zu ihrer Liege und blickte auf sie herab. Seine Nähe ließ ihr Herz wild hämmern.

»Es würde mir wirklich gefallen, dich hinaufzutragen.« Bevor sie protestieren konnte, wurde sie auch schon hochgehoben. Ihre nackte Brust strich über seinen mächtigen Oberkörper. Ihre Brustwarze rieb sich am groben Leinenstoff seiner Tunika und richtete sich sofort auf. Ihre nackten Schenkel ruhten auf seinen starken Unterarmen, die Hitze seines Körpers durchdrang sie und brachte sie fast zum Schmelzen.

Als Marcus die Stufen hinaufstieg, fühlte sie, wie sein eisenharter Penis über ihr nacktes Gesäß strich. Heiße Lust schoß in ihren Schoß und weiter hinauf in ihren Bauch. Jeder seiner Schritte erhöhte ihre Erregung. Sie klammerte sich an ihn und fühlte, wie sich seine harten Muskeln unter ihren Händen wölbten. Was sie empfand, war zutiefst erotisch und erregend. Sie stellte fest, daß sexuelle Spannung etwas ganz Wundervolles war.

Er trug sie in seine Schlafkammer und stieß die Tür mit einem Fuß zu. Der Wunsch, sich ihm hinzugeben, überwältigte sie beinahe. Sie wollte, daß er ihren Mund in Besitz nahm, damit sie ihn kosten konnte. Doch anstatt sie zu küssen, trug er sie zu seinem großen Silberspiegel, damit sie sich in seinen Armen sehen konnte.

Ihr Spiegelbild elektrisierte sie förmlich. Er hielt ihre Beine so hoch, daß sie die goldenen Locken sah, die ihre zarte rosa Spalte verdeckten und dort, gleich darunter, war sein enormer Phallus, der sich hart und gierig seinem Ziel entgegenstreckte. Er senkte sie ein wenig, so daß sie einander berührten.

Als sie nach Atem rang, spielte ein wissendes Lächeln um seine Lippen. Er ließ sie an sich hinabgleiten, bis ihre Füße den Boden berührten, aber er tat es so, daß ihr Gesicht weiterhin zum Spiegel wies. Diana konnte ihren Größenunterschied kaum fassen, jetzt wo er so dicht hinter ihr stand. Ihr Teint war ebenfalls überraschend gegensätzlich: ihre Haut so milchweiß und seine tiefgebräunt.

Fassungslos und gebannt schaute sie zu, wie eine seiner riesigen Hände sich auf ihre Brust legte und sein schwieliger Daumen mit ihrer Brustwarze spielte. Flüssige Lava rann von ihrer Brust durch ihren Bauch und noch tiefer. Marcus zog sie an sich, so daß sie die harte Länge seines Phallus an ihrem nackten Po fühlte. Sie rang nach Luft und steckte eine Hand zwischen ihrer beider Körper, dort wo sie einander berührten; aber er preßte sie noch enger an sich, so daß ihre Hand nun gefangen war und sich unfreiwillig um seinen harten Schaft schloß. Als er mit dem Daumen ihre Brustwarze liebkoste, fühlte sie, wie er unter ihren Fingern härter und länger wurde.

Dann hob er mit der anderen Hand den Saum ihrer Tunika, so daß sie sehen konnte, wie er über ihren Venushügel streichelte und die Finger in ihre Schamhaare grub. Diana keuchte entsetzt auf, als sie sah, was er mit ihr machte und fühlte, was seine kräftigen, langen Finger in ihr auslösten. Ihre freie Hand glitt über die seine und versuchte, ihn von ihrem Schoß wegzuziehen, aber ihre kleine Hand war vollkommen machtlos und fiel wie von selbst herunter, während er mit einer schwieligen Fingerspitze ihre Spalte untersuchte, bis er ihre kleine Knospe fand.

Marcus beschrieb mit seinem Finger langsame Kreise um ihre Weiblichkeit, bis sie anfing zu stöhnen. Als Diana sah, wie sie sich unter seiner Hand wand, wurde sie so erregt, daß sie beinahe geschrien hätte. Sie fing an zu keuchen und fühlte, wie sein Phallus unter ihrer Hand bockte und zuckte.

Er begann, ihre nackte Brust mit denselben rhythmischen Bewegungen zu kneten wie sein kreisender Finger. Sie wollte ihn anflehen, doch schneller zu machen, aber die Worte blieben ihr im Hals stecken und sie konnte nur noch stöhnen vor Lust. Ihre Erregung brach nun in Wellen über sie herein und löste ein Pulsen aus, das immer intensiver wurde. Mit einem weiblichen Instinkt, der so alt war wie Eva selbst, erkannte sie, daß, wenn er seinen Finger schneller bewegte, alles bald vorüber sein würde. Aber seine langsamen, stetigen Kreisbewegungen ließen ihre Lust andauern und größer und größer werden.

Sie preßte sich an ihn und warf den Kopf blindlings hin und her. Als ihr Orgasmus schließlich kam, war er so intensiv und heftig, so überraschend, daß sie aufschrie und sich wie wild unter seiner Hand aufbäumte. Er umschloß sie fest mit seiner Hand und drückte, wodurch er ihr Pulsieren noch intensivierte. Dann hob er sie wieder in seine Arme, um ihre zitternden Lippen in Besitz zu nehmen.

Sie klammerte sich verzweifelt an ihn und erlaubte ihm, ihren Mund zu rauben, so wie er ihr die Sinne geraubt hatte. Irgendwann löste er seine Lippen schließlich von den ihren und murmelte: »Das war nur ein Vorgeschmack auf die Leidenschaft, die wir miteinander teilen werden. Jetzt, da ich dich unterhalten habe, ist es an dir, mich zu unterhalten. Glaubst du, daß du mein Interesse mit deinem Verstand gefangenhalten kannst oder mußt du auf deine Schönheit zurückgreifen?« fragte er herausfordernd.

Er trug sie die Stufen hinauf und legte sie auf sein Bett. Dann warf er seine Tunika ab, streckte seinen erstaunlich langen Körper neben ihr aus und stopfte sich ein paar Kissen in den Rücken.

Dianas neugierige Augen musterten ihn ehrfürchtig. Er stellte in der Tat ein herrliches Exemplar von Mann dar. Sein Oberkörper war mit einer dichten schwarzen Haarmatte bedeckt und die Goldmünze, die er stets um den Hals trug, schimmerte im Lampenlicht. Auf seinem Bauch wuchs das Haar nur spärlich, verdichtete sich aber wieder zu einem Dreieck zwischen seinen Lenden. Sein Geschlecht, das immer noch in einem Zustand der Erregung war, ragte aufrecht wie eine Marmorsäule aus dem Nest schwarzer Locken.

Sie zog die Knie an und faltete ihre Hände. In einer fast knienden Stellung begann sie leise zu sprechen. »Marcus, mein Name ist Diana Davenport. Ich wurde in London, Londinium, Anno Domini 1772 geboren. Später bin ich nach Aquae Sulis gereist, das wir Bath nennen, wegen der alten römischen Thermen, die vor siebzehnhundert Jahren dort erbaut wurden. Eines Tages ging ich in ein Antiquitätengeschäft, das ist ein Laden, in dem kostbare Gegenstände verkauft werden. Ich war erstaunt, einen alten römischen Helm aus Eisen und Bronze dort zu finden. Da ich nicht widerstehen konnte, probierte ich ihn an; aber als ich ihn aufgesetzt hatte, fühlte ich mich auf einmal ganz eigenartig, fast krank, und merkwürdigerweise fiel ich durch die Zeit.

Jetzt weiß ich, daß ich viele, viele Jahrhunderte zurückgereist bin. Ich glaube, ich wurde ohnmächtig; nach dem Erwachen befand ich mich hier in Aquae Sulis, und du hättest mich beinahe mit deinem Streitwagen überrollt. Zuerst dachte ich, daß ihr Männer aus meiner eigenen Zeit wärt, die sich wie die alten Römer verkleidet hatten und irgendwelche dummen Spiele spielten. Doch als du mir ein Sklavenhalsband anlegen ließt, merkte ich, daß das alles irgendwie echt war.«

Marcus beobachtete ihren wunderschönen Mund, während sie sprach. Er war der glücklichste Mann der Welt: mit einem Sklavenmädchen, das nicht nur außerordentlich schön war, sondern ihn auch noch mit amüsanten Geschichten und ihrem Verstand unterhalten konnte. Und zur Krönung des Ganzen hatte noch kein Mann sie vor ihm berührt. Kein einziger. Seine Augen fielen langsam zu. Während ihre melodiöse Stimme in seinen Ohren klang, zeitigte der harte Tag allmählich seine Wirkung auf den General, und er schlief zum Klang von Dianas süßer Stimme ein.

Diana hob die Wimpern, um zu sehen, wie er auf ihre Worte reagierte. Ungläubig riß sie die Augen auf – Marcus war mitten in ihrer Geschichte entschlummert. Sie beugte sich vor, um ihn genauer zu betrachten. Im Schlaf besaßen seine Züge immer noch den Stolz eines Adlers, aber er wirkte viel jünger. Seine breite Brust hob und senkte sich unter den tiefen Atemzügen. Sein Hals, seine Arme und Schultern waren voll harter, kräftiger Muskeln und die Haut über seinem Bauch spannte sich straff.

Sein Schaft sah nicht mehr aus wie ein Rammbock, sondern lag friedlich auf seinem Oberschenkel, den Kopf in sein Nest zurückgezogen. Trotzdem sah er immer noch wie eine gefährliche Waffe aus; allein seine Größe war beängstigend. Ihre Augen glitten über seine Schenkel und seine Waden. Er besaß die muskulösesten Beine, die sie je gesehen hatte. Moderne Männer waren nicht so gebaut. Er wirkte wie ein Koloß.

Schließlich betrachtete sie seine Hände. Es waren große, geschickte, kräftige Hände, vernarbt und schwielig. Bewundernd fragte sie sich, wie es möglich war, daß ihr diese Pranken solche Lust hatten bereiten können. Sie waren stark und doch zärtlich gewesen. Diana warf einen Blick auf ihre nackte Brust, die er gestreichelt und geknetet hatte und war überrascht, keine Spuren vorzufinden.

Sie legte eine Hand neben seine und sah, daß sie nur ein Drittel der seinen ausmachte. Doch ungeachtet seiner Körpergröße war er alles andere als plump und ungelenk. Er besaß die Kraft und Grazie eines Raubtiers. Im Schwertkampf bewegte er sich sicher und schnell wie der Blitz und schlug mit derselben tödlichen Schnelligkeit und Akkuratesse zu.

Die kleine Lady fragte sich, warum das Schicksal sie in die Arme dieses Mannes geworfen hatte. Darauf gab es keine Antwort. Doch tief, tief in ihrem Herzen war sie froh über die fantastische Chance, diese Zeit zu erleben, diesen Ort und diesen Mann. Ein winziger Anflug von Angst durchzuckte sie bei dem Gedanken, vielleicht wieder von ihm fortgerissen zu werden. Sie war erstaunt über ihre Gefühle und mußte sich eingestehen, daß sie ihn nur höchst ungern wieder verließe.

Wenn er jetzt seine Augen öffnete, würde sie sich ihm ohne Zögern hingeben. Doch dann bekam sie ein schlechtes Gewissen. Er hatte einen äußerst anstrengenden Tag hinter sich und brauchte seinen Schlaf, damit er morgen um fünf Uhr aufstehen und wieder von vorne beginnen konnte. Mit einem letzten sehnsüchtigen Blick glitt sie vom Bett und schlich sich auf Zehenspitzen hinaus.

15. Kapitel

»Das ist einfach empörend!« schrie Diana. »Ich weigere mich, das anzuziehen. So gehe ich nicht nach unten, und das kannst du ihm verdammt noch mal ruhig sagen!«

»Der General meinte, daß du möglicherweise unvernünftig sein würdest. Ich soll dich an das Versprechen erinnern, das du ihm gestern abend gabst«, sagte Kell ungerührt.

Diana war so wütend, daß sie einen Moment lang nicht klar denken konnte. Dann fielen ihr wieder ihre Worte ein: *Wenn ich nicht ein Gewand anhätte, das eine Brust entblößte, hätte ich nichts dagegen, deine Liege mit dir zu teilen. Morgen abend vielleicht?*

»Morgen. Schwöre es!« hatte er gesagt.

Ich verspreche es, Marcus. Ihre Gedanken rasten. Er hatte sie hereingelegt. Absichtlich hereingelegt! Er benutzte ihre eigenen Worte, um sie auf teuflische Art zu interpretieren. Das Gewand, das er für den heutigen Abend ausgewählt hatte, entblößte nicht nur eine Brust, sondern alle beide!

»Du kannst hinuntergehen und ihm sagen, daß sämtliche Versprechen ungültig sind. Tatsächlich gilt unser ganzer Handel gar nichts!«

»Du meinst der, in dem du dich bereit erklärst, seine Sklavin zu sein, solange andere anwesend sind?« fragte Kell mit unbewegter Miene.

»Woher weißt du das?« fragte Diana zornig.

»Die Wände haben hier Ohren«, erklärte Kell trocken.

»Das ganze Haus weiß es?« fragte sie außer sich vor Wut.

»Was? Daß er als Gegenleistung dafür, daß du seine Sklavin spielst, seine Lust für sich behält, bis du geruhst, freiwillig zu ihm zu kommen?«

»O mein Gott!« Diana bedeckte ihre hochroten Wangen mit den Händen. Nie im Leben war ihr etwas so peinlich gewesen. Doch dann sagte sie sich, daß nicht sie sich schämen mußte, sondern Kell, der ihre Privatsphäre verletzt hatte.

»Schließt ihr schon Wetten ab, wann er mich in seinem Bett hat?«

»Das wird nicht mehr lange dauern, wenn du eure Abmachung brichst«, warnte Kell.

»Hole Nola her!«

»Eine Sklavin kann keine Befehle erteilen.«

»Ich spiele nur die Sklavin oder hast du das schon vergessen? Bring Nola her, bevor ich dir deine Peitsche abnehmen lasse.«

»Das könnte schmerzhaft werden, Brite«, zischte Nola von der Tür her.

»Gallierin«, sagte Kell und verdrehte die Augen. »Du hast mir gerade noch gefehlt.«

»Nola, kennen alle im Haus mein Geheimnis?«

»Nein, nur der Brite weiß es und ich bin schlau genug, um zwei und zwei zusammenzuzählen; Marcus ist ein sehr verschwiegener Mensch und es ist Kells Aufgabe, seine Privatsphäre zu hüten – also kannst du sicher sein, daß niemand dein Geheimnis kennt.«

»Vielen Dank, daß du meine Autorität untergräbst. Vielleicht kannst du die Lady ja dazu überreden, sich anzuziehen und zur Abendmahlzeit zu erscheinen.«

»Sieh dir das an!« rief Diana und hielt das blutrote Kleidungsstück hoch.

»Es ist ein Lendenschurz. Du wirst wunderbar darin aussehen.«

»Ich werde nackt darin aussehen! Einer von euch muß hinuntergehen und ihm sagen, daß ich mich weigere, das anzuziehen.«

»Das erfordert Diplomatie. Der Brite ist in diesem Fall vollkommen ungeeignet.« Nola hatte das nur gesagt, um Kell zu ärgern. Warum mußte sie sich immer in solche Situationen bringen? Sie ging ins Triclinium hinunter und versuchte, sich ihre Nervosität möglichst nicht anmerken zu lassen. »Der Lendenschurz, den Ihr für sie ausgewählt habt, würde ihr wunderbar stehen, General; aber Ihr vergeßt, daß sie äußerst schamhaft ist und noch nie zuvor ein solches Gewand gesehen hat.«

»Sie hat versprochen, meinen Befehlen zu gehorchen. Weigert sie sich etwa?«

»Nein, nein. Aber ich denke, es wäre gut, wenn Ihr diesen Teil der Villa von allen männlichen Sklaven räumen lassen wolltet. Sie würde sich wohl besser fühlen, wenn nur Eure Augen ihre Schönheit bewunderten.«

»Kell soll alle entfernen. Würdest du uns heute abend bedienen, Nola?«

Nola nickte. Sie hatte eine delikate Aufgabe vor sich und wußte nicht genau, wie sie sie bewerkstelligen sollte. Als sie in Dianas Kammer zurückkehrte, sagte Kell: »Ah, die Diplomatin! Hast du ihm gesagt, daß die Lady sich weigert?«

»Ich habe ihm erklärt, daß sie äußerst schamhaft ist und noch nie zuvor ein solches Kleidungsstück gesehen hat.«

»Und?« drängte Kell mitleidlos.

»Und er wünscht, daß du sämtliche männlichen Sklaven aus diesem Teil der Villa entfernst. Was dich natürlich miteinschließt, Brite!«

Kell stieß einen übertriebenen Stoßseufzer aus. »Die Götter sind heute abend mit mir. Ich werde den Befehlen ohne Schwierigkeiten Folge leisten, während du, liebste Nola, vor einer unlösbaren Aufgabe stehst.«

Als er gegangen war, sagte Nola: »Bloß einmal, ein einziges

Mal möchte ich es schaffen, den arroganten Ausdruck aus seinem hochmütigen Gesicht zu wischen.«

»Du hast Marcus nichts gesagt«, meinte Diana vorwurfsvoll.

»Er hat große Zugeständnisse gemacht, damit du dich wohler fühlst«, bedeutete Nola.

»Aber er erwartet immer noch, daß ich dieses Ding hier trage! Hast du es gesehen? Es ist ein unsittliches und skandalöses Kleidungsstück.«

»Knapp vielleicht, aber nicht skandalös. Die Römer bewundern und verehren den menschlichen Körper. Es gibt nichts Schöneres als den Körper einer Frau. Erst das Denken, daß etwas Unsittliches damit verbunden sei, macht die Obszönität aus. Probiere das Kleidungsstück an und sieh selbst, wie es deine Schönheit hervorhebt.«

Zögernd legte Diana ihre Toga ab und erlaubte Nola, ihr den purpurroten Lendenschurz anzulegen. Er saß auf ihren Hüften und war bis hinunter zu ihrem Schamhügel ausgeschnitten, wo Nola ihn mit einer riesigen Perlenbrosche befestigte. Als Diana in den Spiegel sah, konnte sie nur an eins denken: Wenn Prudence sie so sähe, würde sie einen Herzanfall bekommen!

Eine tiefe Stimme sagte von der Tür her: »Du hast dich lange genug bewundert, jetzt bin ich an der Reihe.«

»Marcus!« keuchte Diana erschrocken. »Ich kann unmöglich so herumlaufen!«

»Dann werde ich dich eben tragen«, sagte er unbarmherzig. Er hob sie hoch, als ob sie nicht mehr wöge als eine Feder, und trug sie, ohne auch nur im geringsten auf ihre Proteste zu achten, zum Triclinium hinunter. Diana drehte ihm ihren Oberkörper zu, so daß nur ihr Rücken zu sehen war, falls ungebetene Augen sie erblicken sollten. Das blieb jedoch, wie sie rasch merkte, nicht ohne Folgen. Ihre Brustwarzen rieben sich bei jedem Schritt an seiner Tunika. Sie spürte die Hitze, die sein Körper verströmte, und konnte den männlichen Duft seiner tiefgebräunten Haut riechen.

Statt sie wieder vor den Spiegel zu tragen, legte er sie auf ihrer eigenen Liege ab und steckte ihr ein kleines goldenes Kissen unter den Ellbogen. Dann ging er zu seiner Liege und ließ seinen Blick nach Herzenslust über sie gleiten.

Diana hatte aufgehört zu protestieren. Marcus Magnus' Wille galt immer. Er war der Inbegriff des dominanten Mannes, und keine Macht der Erde würde ihn ändern. Sie hatte die Wahl: Entweder sie nahm ihn, wie er war, oder sie wies ihn zurück; selbstverständlich lag es in ihrem eigenen Interesse, ihn zu akzeptieren. Außerdem wußte sie tief in ihrem Herzen, daß sie ihn gar nicht anders wollte. Wenn sie ehrlich war, dann schmeichelte es ihr über alle Maßen, daß er sie unwiderstehlich fand.

Die Anziehungskraft, die beide füreinander empfanden, war überwältigend, und die Vorfreude darauf, einander zu berühren, zu kosten und zu liebkosen, brannte wie Feuer in ihrem Blut. Beide waren eine so große gegenseitige Versuchung, daß sie sich in einem permanenten Zustand der Erregung befanden. Diana wußte, daß der Vollzug letztendlich unvermeidlich war, und bei dem Gedanken hätte sie fast jubeln mögen.

Nola folgte ihnen ins Triclinium. »Soll ich getrennt servieren?« fragte sie, da sie genau wußte, daß Marcus Diana eigentlich auf seiner Liege haben wollte.

»Du kannst den Hauptgang und die Vorspeisen servieren und dann gehen, Nola.«

Es gab Riesengarnelen, kleine Shrimps und winzige Jacobsmuscheln in einer Zitronenbuttersauce, gefolgt von einer knusprig gebratenen Gans mit einer Füllung aus Eßkastanien. Der Salat enthielt Kichererbsen, Gurken und rote Bete mit einer Tunke aus kräftigem Honig und Anissamen. Diana hatte noch nie etwas an der Tafel des Römers gegessen, das nicht köstlich gewesen wäre. Der Prince of Wales würde vor Neid erblassen, wenn er diese Speisen sähe.

»Verzeihst du mir, daß ich letzte Nacht eingeschlafen bin?«

»Es war meine Schuld. Offenbar habe ich dich gelangweilt.«

»Nein, es war höchst unterhaltsam. Du hast eine äußerst lebhafte Fantasie.«

»Ich habe das nicht erfunden, Marcus. Es ist wirklich wahr.«

»Deine Geschichte interessiert mich. Ich will alles hören – danach.«

Diana konnte kaum atmen. »Danach?«

»Ja, danach. Nicht nur heute abend, sondern jeden Abend. Es würde mich freuen, wenn du mir dein Leben erzählst.«

»Wonach?« flüsterte sie. Ihre Kehle war auf einmal wie ausgedörrt und ihre Stimme heiser.

»Nachdem die Bedürfnisse unserer Leiber gestillt sind. Nachdem wir gegessen und unseren Durst gestillt und uns an der Liebe gesättigt haben. Dann werden wir uns unterhalten.«

Diana senkte ihre dichten Wimpern. Wenn Nola sie nicht bald allein ließ, starb sie noch vor Sehnsucht. Es war im höchsten Maße erotisch und erregend, mit nichts als einem Lendenschurz vor diesem potenten Römer zu sitzen. Und der Zweck dieses Kleidungsstückes bestand offensichtlich nicht nur darin, daß es ihr Schambein, das von der großen Perle gekrönt wurde, betonte. Schließlich räumte Nola die Hauptgerichte ab und brachte ein Tablett mit verschiedenen Desserts und Früchten herein. Dann zog sie sich zurück.

Marcus' schwarze Augen funkelten. Er streckte die Hand aus und sagte: »Komm her und schau, ob es hier etwas gibt, das dir gefallen könnte.« Die erotische Spannung im Raum knisterte derart, daß sie sozusagen greifbar war.

Diana glitt von ihrer Liege und kam langsam und katzenhaft auf ihn zu. Als sie dicht vor ihm stand, warf sie ihm einen Blick durch gesenkte Wimpern zu und sagte provokativ: »Ich sehe viel, das mir gefallen könnte. Wähle dein Dessert und ich werde es dir servieren.«

»Du bist meine Süßspeise«, sagte er heiser.

Wie eine Houri, die in einem Harem gelehrt worden war, jeden Wunsch des Sultans zu erfüllen, setzte sich Diana auf die

Liege, hob die Beine und schmiegte ihren Körper mit einer einzigen, anmutig fließenden Bewegung an den seinen. Er stützte sich auf den Ellbogen und hatte die Knie angewinkelt. Sie lehnte sich an seine Oberschenkel, das Gesicht ihm zugewandt, so daß er freien Zugang zu den Brüsten hatte, die seine Augen schon den ganzen Abend liebkost hatten. Aber sein Bedürfnis, ihre Lippen zu kosten, war noch größer, so daß er sie in die Arme nahm und an sein Herz drückte. Sein Mund verschlang sie heftig und besitzergreifend.

Sobald sie einmal begonnen hatten, konnten sie nicht mehr aufhören, sich zu küssen. Beide waren wie ausgehungert nacheinander. Seine Lippen öffneten die ihren in wilder Ungeduld, und er stieß seine Zunge in ihre dunkle, honigsüße Höhle, um deren Köstlichkeiten zu plündern. Ihre Sinne waren überwältigt von seinem Duft, seinem Geschmack und seiner Leidenschaft. Er liebkoste ihre Zunge mit der seinen, spielte das ewige, zeitlose Spiel von Dominanz und Unterwerfung, spielte es so lange, bis er sie bezwungen hatte, bis sie sich verzweifelt an ihn klammerte und ihm erlaubte zu tun, was ihm gefiel. Er brachte sie bis an den Rand des Wahnsinns, bis sie keuchte und ihn biß und ihre kleinen, scharfen Krallen in blinder Ekstase in sein Fleisch grub.

Nach einer Weile wurden seine Küsse weniger wild und fordernd, statt dessen sinnlicher und erotischer. Seine Zungenspitze zeichnete den sanften Schwung ihrer Lippen nach, er knabberte und saugte an ihrem Mund, nahm und nahm, bis ihre Lippen rot und gesättigt von seinen Küssen waren. Und dennoch hungerten ihre Münder nach mehr. Er gab ihr winzige Küsse, schnelle, heiße Küsse und langsame, schmelzende Zärtlichkeit.

Dann hielt Marcus sie ein wenig von sich ab, damit er nach Herzenslust ihre vollen Brüste bewundern konnte, die sich unter seinen Blicken sichtbar verhärteten. Er senkte den Kopf und leckte über eine rosa Warze, dann saugte er die ganze köstliche Aureole in seinen Mund. Sie bäumte sich auf und stieß ihre Brust in seinen Mund, bis er sie fast vor Leidenschaft verschlang.

Ihr Mund war wieder hungrig, so daß sie nicht anders konnte, als mit Lippen und Zunge über seinen kräftigen, muskulösen Hals zu gleiten. Sie hatte das Gefühl, niemals satt zu werden, und konnte nicht genug von ihm bekommen. Seine Tunika besaß weite Armlöcher, in die sie nun mit ihren kleinen Händen schlüpfte, um seine großen, harten Brustmuskeln zu streicheln und zu kneten.

Damit war sie jedoch noch lange nicht zufrieden. »Zieh dein Gewand aus«, bat sie und er gehorchte ihr nur zu willig. Dann fuhr sie mit den Fingerspitzen durch die dunkle Haarmatte auf seinem mächtigen Torso und begann, an seinen kupferfarbenen Brustwarzen zu lecken und zu saugen. Ein tiefes Verlangen breitete sich in Diana aus. Sie wollte mehr und brauchte mehr. Es stieg in ihr das heftige Bedürfnis auf, ihre langen Beine um seinen unvergleichlichen Körper zu schlingen. Sie wollte, daß seine Finger mit ihr spielten, ja sogar in sie eindrangen. Jetzt wußte sie auf einmal ganz genau, was Marcus gemeint hatte, als er sagte, er begehre sie so sehr, daß er es kaum noch ertragen könne!

Marcus war jedoch in der Stimmung, sie noch ein wenig zu necken. Er tauchte einen Finger in sein Weinglas, bestrich damit ihre Brustwarzen und fing die blutroten Tropfen mit seiner Zunge ein. Dann nippte er an seinem Wein, legte seinen Mund über den ihren und gab ihr weinsatte Küsse.

»Bitte, Marcus, bitte!« Ihr Flüstern klang so flehentlich, daß er endlich ihre Bereitschaft erkannte, sich ihm, ganz und gar willig, hinzugeben.

»Komm«, sagte er, erhob sich von seiner Liege und nahm ihre Hand. Als ihre Füße den Boden berührten, fühlten sich ihre Knie butterweich an. Sie klammerte sich an seine Hand und folgte ihm. Er war nackt bis auf die Goldmünze, die er immer um den Hals trug, und in diesem Moment war er so schön, daß sie nichts dagegen gehabt hätte, ihn nur noch unbekleidet zu sehen.

Auf einmal hatte Diana das Gefühl, viel zuviel anzuhaben. Als sie die unterste Treppenstufe erreichten, hob er sie vor sich auf die Treppe und öffnete ihre Perlenbrosche. »Umschlinge mich mit deinem nackten Körper.« Ihre Arme umfingen seinen kräftigen Nacken, und als sie die Beine um seinen Leib wand, fiel der Lendenschurz ganz von allein zu Boden.

Während Marcus langsam die Treppe hinaufstieg, stieg auch ihre Lust in unerträgliche Höhen. Sein Schaft, dick und hart wie ein Rammbock, ruhte in voller Länge in ihrer Spalte und sie wand sie, bis sie naß war vor Sehnsucht. Sie küßte ihn hart und schob ihre Zunge in seinen Mund. Diana war soweit, selbst ein paar Forderungen zu stellen.

Er ignorierte die Stufen, die zum Bett hinaufführten und ging statt dessen zum Fußende. Seine kräftigen Hände umfaßten ihre Taille und stellten sie auf das hohe Bett. Sein Mund befand sich in gleicher Höhe mit ihren Knien; er bedeckte sie mit zärtlichen Küssen und rieb seine Wange an ihrer samtweichen Haut.

»Marcus, ich muß dich berühren«, flüsterte sie heiser und blickte auf ihn nieder. »Ich bin Diana und brauche deinen Pfeil in meiner Hand; er soll in mir sein!«

»Ich möchte dich noch aufsparen. Deshalb habe ich beschlossen, dich noch eine Weile unberührt zu belassen.«

»Nein!« rief sie verzweifelt; sie war wie in einem Fieber und konnte nicht länger warten, ihn mit ihrer Unschuld zu beschenken.

»Knie nieder.«

Einen Moment lang dachte sie, er wolle ihre vollkommene Unterwerfung. Seine Hände glitten an der Rückseite ihrer Oberschenkel entlang zu ihrem Gesäß und zogen sie auf die Knie, so daß sein Mund sich direkt vor ihrem Schamdreieck befand. Er blies sanft seinen heißen Atem über die goldenen Locken. Dann fing er an, sie zu küssen. Seine Hände umfaßten ihren Hintern und seine Finger vergruben sich in der Spalte dazwischen, dann zog er sie vor, damit sein Mund das Spiel beginnen konnte.

Diana war schockiert. Was er tat, war sündig und viel zu intim, selbst für Liebende. Aber als er anfing, an ihr zu knabbern und mit seiner Zunge ihre kleine Knospe ausfindig machte, verlor sie all ihre Scham und bäumte sich in seinen herrlichen, herrlichen Mund.

Kurze Zeit darauf stieß er seine Zunge in sie hinein und sie schrie mit solcher Hemmungslosigkeit, daß seine Schlafkammer davon widerhallte. Als sie ihren Höhepunkt erreichte, bäumte sie sich auf und fiel auf die Felle zurück, wo sie willenlos liegenblieb, die Beine gespreizt über den Bettrand baumelnd.

Marcus stürzte sich wie ein Wilder auf sie. Noch nie war seine Leidenschaft größer, war seine Begierde stärker gewesen, doch er wollte sie noch nicht nehmen, nicht heute nacht. Seine Waffe ließ sich nicht länger als Pfeil bezeichnen, sie war ein riesiger, lüsternes Schwert. Er beherrschte seine Gier unter Aufbietung all seines Willens und stieß seinen Penis zwischen ihre vollen Brüste. Seine mächtigen Hände schlossen sich um die festen Halbkugeln und formten eine tiefe Spalte, in dessen samtiger Weiche er seinen Phallus vor- und zurückbewegen konnte. Als er seinen Samen verspritzte, erschollen seine Schreie so laut, daß die ihren dagegen kaum mehr als ein Stöhnen waren.

Marcus brachte parfümiertes Wasser und wusch sanft ihre Brüste, dann hob er sie hoch und legte sie unter die Decken. Anschließend schlüpfte er neben sie und zog sie fest in seine Arme. »Ich will nicht schlafen, ich möchte dich die ganze Nacht festhalten, dich liebkosen und küssen und mit dir reden.«

Sie seufzte zufrieden. »Das meinst du also mit *danach*?«

»Das Nachglühen, ja«, antwortete er und vergrub sein Gesicht in ihrem süß duftenden Haar. »Mmmm, du bist anders als andere Frauen – so fein und zart.« Einen flüchtigen Moment lang war er fast bereit, an das Märchen einer Göttin zu glauben. »Wo kommst du wirklich her, Diana?«

»Ich komme aus der Zukunft, Marcus.«

»Und was hast du in diesem Londinium der Zukunft gemacht?«

»Ich habe mit meiner Tante und meinem Onkel zusammengelebt, weil mein Vater gestorben war. Er hat mir sein Haus und eine wirklich wundervolle Bibliothek voller Bücher hinterlassen. Ich habe alles gelesen, was ich in die Finger bekam, Geschichte mag ich am liebsten. Darunter befanden sich eine Menge Schriften über die Zeit, als die Römer Britannien okkupierten. Unsere Zeit verehrt Königin Boadicea als große Heldin.«

»Boudicca war eine wilde, unzivilisierte Verrückte, die die Iceni zum Aufstand aufgewiegelt hat, sobald ihr Gatte tot war«, korrigierte Marcus.

Diana hob den Blick zu ihm auf. »Sie wurde von den Römern dazu getrieben.«

Geduldig sagte Marcus: »Sag mir, was du gehört hast, und ich sage dir, was wirklich geschehen ist.«

»Nun, sie war Königin der Iceni, eines reichen keltischen Stammes, der viel Gold und Silber besaß. Ich glaube, es war der Prokurator Catus, der ihre Reichtümer plünderte. Als die arme Boadicea sich wehrte, wurde sie öffentlich ausgepeitscht. Seine Männer vergewaltigten ihre beiden Töchter und versklavten ihre Leute, so daß sie sich in einem Aufstand erhoben und London niederbrannten. Sie war so tapfer, daß sie sich lieber selbst das Leben nahm, als lebendig in die Hände der Römer zu fallen.«

»Erst einmal war Boudicca keine Königin, allerdings mit dem König der Iceni verheiratet. Als Kaiser Claudius nach Britannien kam, schlossen er und der König ein friedliches Abkommen, und er gestattete den Römern, Militärlager zu errichten. Sechzehn Jahre lebten wir in Frieden und Wohlstand miteinander. Wir bauten Straßen und Städte, deren Bevölkerung größtenteils aus Briten bestand, die die römischen Bräuche angenommen hatten. Der König überlebte Claudius und schloß dann dasselbe Abkommen mit Nero. Wir intensivierten den Handel, und die Menschen kamen aus allen Teilen der Welt, um sich hier anzusiedeln. In seinem Testament vermachte der König die Hälfte seines immensen Vermögens dem Kaiser Nero und die andere Hälfte seinen Töchtern. Die wahnsinnige Boudicca war so eifersüchtig, daß sie ein paar Soldaten anheuerte, um ihre Töchter zu zerstören. Dann erklärte sie sich selbst zur Königin und stachelte die Stämme zu einem Aufstand gegen die römische Herrschaft an.

Meine Legion und die anderen drei, die in dieser Region stationiert waren, fochten in den westlichen Ländern unter Gouverneur Paullinus. Nur ein schmales Kontingent an Soldaten war in den Garnisonen zurückgelassen worden. Die wilden Iceni überrannten den neuen Regierungssitz, der gerade in Camulodunum errichtet wurde. Sie setzten die erst halbfertige Stadt in Brand und massakrierten zweihundert wehrlose Steinmetze und Bauarbeiter.

Als sie merkten, wozu sie fähig waren, wurden sie zu blutrünstigen Tieren. Sie plünderten die reichsten Städte, die auch am verwundbarsten waren. Paullinus beorderte die Legionen in Windeseile zurück, da er wußte, daß der schöne und reiche Handelsstützpunkt Londinium ihr nächstes Ziel sein würde. Wir erreichten die Stadt vor den Barbaren, und anstatt Londiniums Bevölkerung zu riskieren, evakuierten wir sie lieber. Es war eine Handelsstadt, voller Kaufleute, Aristokraten, pensionierter Legionäre und Verwaltungsangestellter. Viele blieben jedoch zurück – die Alten, die Kranken und die, die sich weigerten, ihre Häuser im Stich zu lassen.

Boudicca und ihre wilden Stämme plünderten, brandschatzten und köpften alles, was sich ihnen in den Weg stellte. Als wir wiederkamen, mußten wir feststellen, daß sie die Basilika, das Forum, die Thermen und die Tempel zerstört hatten, aber das war noch nicht einmal das schlimmste. Die Flüsse zeigten sich rot von Blut. Wir brauchten einen ganzen Monat, um all die abgeschlagenen Köpfe einzusammeln, und die meisten der Opfer waren zivilisierte Briten, nicht Römer. Tilge alle romantischen Vorstellungen von der *armen* Boudicca aus deinem Kopf, Diana.

Sie war eine riesige, schreckenserregende Wilde, mit einer lauten, groben Stimme und einer filzigen roten Haarmähne.«

Diana klammerte sich an ihn. »Und das ist erst vor wenigen Monaten passiert, Marcus? Ich dachte, Aquae Sulis wäre ein so wundervoller Ort.«

»Es ist fast ein Jahr her. Und Aquae Sulis ist ein wundervoller Ort«, bekräftigte er, »aber einige der keltischen Stämme sind immer noch nicht unterworfen. Sie haben sich in den wilden Westteil des Landes zurückgezogen und die Legionäre kommen hierher, um ausgebildet zu werden, bevor sie dorthin aufbrechen.«

»Marcus, ich habe Angst«, flüsterte Diana.

Er küßte sie und streichelte sie tröstend. »Wie kannst du Angst haben, solange ich bei dir bin?«

»Aber ich habe Angst um dich«, sagte sie und klammerte sich noch fester an ihn.

Scherzhaft hielt er ihr seine Unbesiegbarkeit vor Augen: »Du hast die Größe meiner Waffe gesehen, Kleines!«

Sie schmiegte sich in dem Bewußtsein an ihn, daß er sie niemals im Stich ließe. Alles im Leben war ungewiß, jeder Tag eine unbekannte Größe. Mehr Sicherheit als in den Armen eines anderen gehalten zu werden, konnte sich ein Mensch nicht wünschen.

16. Kapitel

Diana erwachte und richtete sich im Bett auf. Als sie Marcus an seinem Schreibtisch sitzen sah, sagte sie: »Oh, ich dachte, du hättest mich schon verlassen.«

Marcus kam die Stufen zu ihr herauf, setzte sich auf den Bettrand und nahm ihre Hand. »Ich wollte dich nicht wecken, konnte mich aber auch nicht dazu entschließen zu gehen.«

»Es ist schön, aufzuwachen und dich vorzufinden.«

Er nahm sie in die Arme und gab ihr einen langen Kuß. Ihre Brüste wurden an seinem metallenen Brustharnisch plattgedrückt und er flüsterte: »Verdammt, ich kann dein weiches Fleisch nicht an meiner Haut fühlen. Wie soll ich bloß diesen Tag überstehen, ohne dich zu sehen?« Er griff in seine Tunika, zog sein Goldkettchen heraus und nahm es ab. »Bitte, trage du heute meine Münze!« Er legte ihr das Kettchen um den Hals und sah, wie es zwischen ihren Brüsten ruhte. Sein Glied verhärtete sich sofort. Er wußte, wie es sich dort anfühlte. »Den ganzen Tag lang werde ich wissen, daß die Münze, die sonst auf meinem Herzen ruht, das deine bedeckt.«

»Sie ist noch ganz warm von deiner Haut«, murmelte sie.

»Halte sie warm für mich, bis ich heute abend wiederkomme.«

»Marcus, wenn ich ein Pferd hätte, dann könnte ich ausreiten und dich manchmal besuchen.«

»Du kannst reiten?« Er entsann sich nicht, je eine Frau auf einem Pferd gesehen zu haben. Pferde waren der Kavallerie vorbehalten und wurden zum Kriegführen gebraucht. Frauen fuhren in Wagen. »Ein Pferd kann gefährlich sein. Es sind sehr starke Tiere, Diana, und sie erfordern ein hohes Maß an Kraft und Kontrolle. Kell soll dich in seinem Ponywagen vorbeibringen. Ich muß jetzt gehen.«

Als Kell in diesem Moment Marcus' Tunika vom Boden des Tricliniums aufhob, runzelte er erstaunt die Brauen. Noch nie hatte der General seine Gewänder abgelegt, bevor er die Baderäume oder seine Schlafkammer erreicht hatte.

In genau demselben Moment klaubte Nola den roten Lendenschurz von der untersten Treppenstufe. Als sich die beiden begegneten und jeder sah, was der andere in der Hand hielt, kamen sie zu unterschiedlichen Schlußfolgerungen.

Nola dachte, *sie hat ihn vollkommen in der Hand.*

Kell dachte, *er hat sich seinen Preis geholt.*

Beide hatten sie recht.

Kaum hatte Diana gebadet und gefrühstückt, war Marcus schon wieder da. »Hol deinen Umhang und komm hinaus in den Hof. Ich habe eine Überraschung für dich.«

Als Diana in den Innenhof hinaustrat und den Umhang über ihre Schultern zog, führte Marcus eine milchweiße Stute am Zügel herum. Sie hatte einen Sattel mit vier Knäufen, zwei vorne und zwei hinten, um dem Reiter einen besseren Halt zu verschaffen.

»Sie ist ein ziemliches Ungetüm, aber friedlich. Glaubst du, du könntest mit ihr fertig werden?«

»O Marcus, sie ist wunderschön«, rief Diana aus, nahm ihm die Zügel aus der Hand und streichelte ihre Nüstern. »Ich werde dir beweisen, daß mir Pferde vertraut sind.«

Er hob sie in den Sattel und sah, daß sie sich seitlich hinsetzte, anstatt ein Bein über den Sattel zu schwingen. Die Leichtigkeit, mit welcher sie durch den Hof trabte, beeindruckte ihn sehr. Sie lenkte die Stute zu ihm zurück und streckte die Arme aus, damit er sie herunterheben konnte. Er zog sie fest an sich und flüsterte ihr ins Ohr: »Ich habe dir keinen Hengst besorgt, weil ich das einzige männliche Wesen sein will, das du reitest.«

Diana wurde fast ebenso rot wie ihr Umhang. »Hab tausend Dank für dieses wundervolle Geschenk, Marcus!«

»Einem Stallburschen wird befohlen, dich zu jeder Zeit zu begleiten. Besuchst du mich heute nachmittag? Wir sind auf den Hügeln, auf dem Streitwagenrennplatz.«

Sie streckte sich hoch und hielt ihm ihre Lippen entgegen. Als er schließlich die Kraft fand, seinen Mund von dem ihren zu lösen, murmelte sie: »Du weißt, daß ich nicht einen ganzen Tag ohne dich sein kann.« Sie sah zu, wie er mit einem Hechtsprung auf seinem Hengst landete und wehenden Umhangs davongaloppierte.

Marcus Magnus war eine solche Naturgewalt, daß sie auf einmal fürchtete, nicht Frau genug für einen derartigen Sieger zu sein. Im Moment schien er von ihr völlig verzaubert, aber betraf das nicht lediglich ihre Jungfräulichkeit? Vielleicht würde er ja das Interesse verlieren, sobald er einmal die mystischen Riten der Defloration vollzogen hatte.

In diesem Moment wünschte sie aus tiefstem Herzen, mehr über Sexualität zu wissen. Unverheiratete georgianische Frauen wurden absichtlich im unklaren über das, was sich zwischen Mann und Frau abspielte, gelassen. Vielleicht war das auch der Grund für die unglücklichen Ehen. Die meisten der reichen, betitelten Männer hielten sich Mätressen, was an der Unterscheidung liegen mochte, die die Gesellschaft zwischen den sogenannten anständigen und den unanständigen Frauen traf. Wenn man den Ladies beibrächte, sich ab und zu ein wenig unanständig zu benehmen, dann wären ihnen ihre Ehemänner vielleicht gar nicht untreu.

Diana seufzte und ging in die Villa zurück. Sie hatte keine Wahl; Marcus mußte sie alles lehren, was ihre Sexualität betraf. Im Moment war er wohl noch zufrieden mit ihr. Ein köstlicher kleiner Schauder durchrieselte sie. Vielleicht würde sie ja heute abend einige Ergänzungen erfahren.

»Nola, ich habe ein Problem. Ich möchte mit dem Pferd ausreiten, das Marcus mir geschenkt hat, aber alle meine Togen sind zu eng. Einige besitzen zwar Schlitze an den Seiten, aber dann wären meine Beine nackt und ich würde frieren.«

»Wenn es richtig kalt wird, tragen einige der Legionäre, besonders die Kavalleristen, Hosen aus Leder; aber den meisten, einschließlich Marcus, genügen kurze weiße Tuniken und hohe Pelzstiefel. Frauen reiten hier nicht, fürchte ich.«

»Aber ich schon. Lederhosen sind eine wundervolle Idee. Laß eine für mich nähen. Jetzt ist es noch nicht zu kalt, aber im Winter schon. Wie soll ich heute meine Beine warm halten?«

»Wir haben Wollstrümpfe«, sagte Nola.

»O gut! Die werde ich zu meiner kurzen Tunika anziehen.

Und Stiefel – wenn du welche für mich findest, die klein genug sind.«

Nola brachte ihr die Strümpfe und übergab das Problem der Stiefel an Kell.

»Sie wird skandalös aussehen!« sagte Kell mit unüberhörbarer Mißbilligung.

Nola verdrehte die Augen. »Nur ein Mann würde etwas gegen eine solche Bekleidung einwenden und auf der anderen Seite ein Gewand, das die Brüste einer Frau entblößt, gutheißen.«

»Du solltest sie nicht ermutigen, wie ein Mann herumzureiten. Sie kann in einer Sänfte sitzen oder mit mir in meinem Ponywagen fahren.«

»Oha, Brite, du bist bloß neidisch, weil man dich durch einen strammen Stallburschen ersetzt hat.«

»Halte deine schmutzige Fantasie im Zaum, Gallierin. Ich weiß, daß die meisten Frauen untreue Miststücke sind, du wohl mit eingeschlossen, aber die Lady ist anders.« Kell warf Nola einen hochmütigen Blick zu und meinte in überlegenem Ton: »Zufällig weiß ich, daß sie noch Jungfrau ist.«

»Nachdem ich ihre Kleidungsstücke überall in der Villa verstreut gefunden habe, bezweifle ich das ernsthaft, Brite.«

Kell lächelte überlegen. »Ich weiß, was ich weiß.« Er sagte nicht, wie sorgfältig er die Laken heute morgen untersucht hatte, bevor er sie wechselte.

Als Diana etwas später die Wollstrümpfe und die kurze Tunika anzog, tauchte Kell mit einem Paar weicher Lederstiefel auf, die bis zu den Fußgelenken reichten und lange Lederschnüre besaßen, die man die Waden hochschnürte. Außerdem brachte er ein paar Pelzgamaschen, die man um die Beine wickelte und mit Lederschnüren festband. Als Diana in den Spiegel blickte, lachte sie entzückt. »Sieh mal, ich sehe aus wie eine Wikingerin!«

»Du siehst sehr anziehend aus«, sagte Nola.

»Unmöglich!« meinte Kell. »Lady, ich werde mit Euch zu den

Ställen gehen und ein paar Worte mit diesem Stallburschen, der Euch begleiten soll, wechseln.«

Diana warf ihren Umhang um die Schultern und ging Kell voran, wobei sie sich ein freches Kichern verkneifen mußte über die Grimassen, die Nola hinter seinem Rücken schnitt. Als Diana den Stall betrat und den Sklaven erblickte, dachte sie lüstern, *wenn meine Stallburschen auch nur im entferntesten ausgesehen hätten wie dieser hier, hätte ich nichts gegen ein kleines Abenteuer im Heu einzuwenden gehabt!* Dann merkte sie, wie freizügig ihre Gedanken in bezug auf etwaige Schäferstündchen bereits geworden waren. Der Sklave trug eine kurze Ledertunika und lederne Armbänder. Sein braunes Haar reichte ihm bis zu den Schultern und war mit einer Lederschnur zu einem Nackenzopf zusammengefaßt. Tor besaß ein offenes Gesicht und fröhliche Augen.

»Wisch das verdammte Grinsen vom Gesicht. Man hat dir die Favoritin des Generals anvertraut. Falls ihr irgend etwas zustößt, werde ich dich höchstpersönlich kastrieren!«

Der junge Bursche wurde kreidebleich.

»Paß ja auf sie auf, aber wende deine Augen ab, wenn der Wind ihren Umhang beiseite weht.«

Der junge Stallbursche sah so verwirrt aus, daß er Diana leid tat. »Kell, es wird schon alles gutgehen, aber trotzdem danke. Es ist gut zu wissen, daß sich jemand um mich sorgt.«

»Ich sorge mich nur, weil du das Eigentum des Generals bist«, sagte er steif, aber sie wußte es besser.

Als Diana aus dem Hof zu dem Rennplatz ritt, an dem ihr unglaubliches Abenteuer begonnen hatte, konnte sie beinahe auf den Punkt sagen, wo der georgianische Architekt John Wood später seinen Royal Crescent und The Circus errichten würde. Beides waren extrem anglosächsische Versionen des klassisch römischen Baustils. Als sie an den Weinbaugebieten vorbeiritt, war die Traubenernte gerade im Gange. Sie sah die Reben nur auf der Südseite der Hügel gedeihen und erkannte ehrfürchtig, daß es einige Stöcke auch noch im achtzehnten Jahrhundert geben würde.

Die ganze Rennbahn lag in Staub gehüllt da und sie blinzelte, bevor sie endlich die Streitwagen erblickte. Das war heute keine Vergnügungsveranstaltung. Die Legionäre lernten, wie die Kelten ihre Streitwagen zur Kriegsführung einsetzten. Diese waren kleine, viereckige Vehikel, die an beiden Enden offenstanden, um leichten Zugang zu gewähren. Diana sah zu, wie die Männer neben den Wagen herliefen, auf die Plattformen aufsprangen, ihre Speere abwarfen und sich dann wieder hinunterschwangen, um wie der Blitz zu verschwinden, bevor die Legionäre auch nur reagieren konnten.

Die blutrünstigen Schreie der Briten, zusammen mit dem ohrenbetäubenden Rattern der Räder, genügten fast schon, um den Feind in Angst und Schrecken zu versetzen. Diana preßte die Hand auf den Mund, als sie Marcus erblickte, der ohne Rüstung nebem einem Streitwagen dahinrannte, und seine Speere abwarf. Wenn er stolperte, geriet er mit tödlicher Sicherheit unter die trampelnden Hufe der robusten Pferde, die die Wagen zogen.

»Ich kann nicht hinsehen!« rief sie und schlug die Hände vor die Augen.

»Es ist alles in Ordnung, Lady, der General ist außer Reichweite des Wagens gesprungen«, beruhigte der Stallbursche sie.

Sie sah, daß Marcus sich an die Offiziere gewandt hatte. »Die Kelten vereinen die Mobilität der Kavallerie mit der Stärke der Infanterie. Ihre Streitwagenlenker beherrschen die Pferde auch in vollem Galopp und selbst an den steilsten Abhängen. Auf diese Weise bringen sie ihre Fußsoldaten an den Kampfort und reihen anschließend die Wagen für einen raschen Rückzug auf. Bevor der Tag zu Ende ist, werdet ihr gelernt haben, wie man sie bekämpft, so daß sie nichts weiter sind als eine lästige Störung. Euer erstes Ziel müssen die Pferde sein, die die Wagen ziehen!«

Marcus wußte, daß Diana eingetroffen war, und kam zu ihr, sobald er jedem der Offiziere seine Aufgaben zugewiesen hatte.

Sie lächelten einander in die Augen. Jeder, der sie sah, merkte, daß sie Liebende waren. Er trat an ihre Seite und rieb die Nüstern der Stute. Eine schwarze Augenbraue wölbte sich wie ein Rabenflügel, als er ihre Erscheinung musterte. »Du siehst schön warm aus.«

Sie beugte sich von ihrem Sattel herunter und flüsterte ihm ins Ohr: »Meine Beine sind schön warm, aber mein Hintern friert mir fast ab!«

Seine schwarzen Augen funkelten. »Wenn wir allein wären, würde ich dich auf den Schoß nehmen und dich wärmen«, murmelte er.

»Wenn wir allein wären, würdest du mich reiben, bis mir heiß ist.«

»Du bist eine kleine Verführerin«, sagte er. Er nahm die Stute bei den Zügeln und führte sie ein paar Schritte beiseite, damit er allein mit ihr sprechen konnte. »Wir haben heute abend einen Gast zum Essen. Ein Bote hat uns die Ankunft des Prokurators gemeldet.«

»Bekleidet der Prokurator eine höhere Stellung?«

Marcus nickte. »...zweifellos die höchste Stellung in Britannien! Er ist Finanzverwalter und auch für alle sonstigen Angelegenheiten verantwortlich. Mir wäre es lieb, wenn du nicht als Sklavin erscheinst. Ich werde mir irgendeine glaubhafte Geschichte einfallen lassen.«

»Das wäre keine Geschichte. Ich bin nicht deine Sklavin«, erinnerte sie ihn.

Er legte eine der mächtigen Hände besitzergreifend auf ihren Oberschenkel. Sobald er sie berührte, geriet er in Erregung.

Sie wurde ernst. »Möchtest du, daß ich in meiner Kammer bleibe, Marcus?«

»Nein. Ich möchte dich an meiner Seite haben. Wenn wir über vertrauliche Dinge sprechen, kannst du dich ja zurückziehen. Ich habe bereits einen Mann mit entsprechenden Anweisungen zu Kell geschickt. Er wird sich um alles kümmern.«

Als Diana wieder in der Villa eintraf, hatte Kell den gesamten Haushalt um sich versammelt, um seine Weisungen zu erteilen hinsichtlich der Art der Kleidung bis zu speziellen Pflichten. Nola sprach soeben zu einer Gruppe von Frauen. Als die Sklaven sich an ihre jeweiligen Aufgaben machten, sagte Diana zu Kell: »Marcus möchte, daß ich mit ihm und dem Prokurator speise, aber er soll nicht erfahren, daß ich eine Sklavin bin.«

»Aha, ich verstehe«, sagte Kell.

Nola erklärte Diana, was er meinte. »Julius Classicianus, der Prokurator, wird hier wie ein Kaiser behandelt. Er ist allmächtig. Wenn er wüßte, daß du eine Sklavin bist, könnte er dich für eine Nacht oder für immer beanspruchen, und Marcus müßte einwilligen.«

Kell sagte: »Der Prokurator ist kein Lüstling. Er hat sich noch nie einer unserer Sklavinnen bedient.«

Nüchtern meinte Nola: »Er ist nichtsdestotrotz ein Mann. Marcus weiß, wie verführerisch Diana ist, selbst wenn du Tomaten auf den Augen hast, Brite.«

Der Brite ignorierte sie und wendete sich an Diana. »Das Abendessen wird später als üblich serviert, da sie sich zuerst dem Ritual des Badens widmen. Ich werde dich holen, wenn es soweit ist.«

»Wie habe ich mich zu verhalten?«, fragte Diana hilflos.

»Du zierst das Triclinium, nichts weiter«, antwortete Kell, der viel zu beschäftigt war, um weitere Erklärungen abzugeben.

Nola meinte: »Komm mit nach oben, ich gebe dir ein paar Hinweise.«

»Was weißt du schon davon«, meinte Kell wegwerfend.

»Und du besitzt mehr Arroganz als jeder Römer!« versetzte Nola.

»Ich bin ein Brite und habe meine Gründe, arrogant zu sein.«

Diana konnte nicht anders, sie mußte lachen. »Die Runde geht an Kell.«

»Nur einmal, ein einziges Mal möchte ich das letzte Wort bei diesem aufgeblasenen Kerl haben!«

»Nola, laß dir einen guten Rat von mir gefallen. Du fängst mehr Fliegen mit Zucker als mit Essig«, erklärte die kleine Lady.

»Ich bezweifle nicht, daß Marcus dir aus der Hand frißt. Tue ihm nicht weh, Diana! Er ist ein guter Mann. Und grundehrlich.«

»Das habe ich selbst schon festgestellt, Nola.«

Marcus und der Prokurator trafen in einem gemeinsamen Wagen ein. Kell hatte einen Sklaven mit einer Fackel an der Tür postiert, und als sie das Atrium betraten, sahen sie, daß überall große Vasen mit Blumen aus dem Garten aufgestellt worden waren. Beide Männer erwiesen Vesta, der Göttin von Heim und Herd, ein Brandopfer, dann geleitete Marcus seinen Gast durch den Garten zu seinem privaten Badehaus.

Da es in der Nacht bereits abkühlte, beschlossen sie, drinnen zu baden. Das lange, hölzerne, mit Glyzinien überwucherte Badehaus war innen alles andere als rustikal. Es enthielt ein Caldarium mit heißem Wasser, ein Tepidarium mit warmem und ein Frigidarium. Sie entkleideten sich und betraten den Heißraum, wo sie sich auf Marmorbänken zum Schwitzen niederließen. Während sowohl Temperatur als auch Dampf zunahmen, begann Julius zu sprechen.

»Endlich wird Londinium wieder aufgebaut. Das Forum mit dem Ratssitz und den Verwaltungsräumen ist bereits fertiggestellt ebenso wie der Tempel des Jupiter. Er besitzt massive Altäre und feine Mosaikböden, ähnlich wie die deinen, und ist umgeben von gepflegten Gärten. Diesmal wird die gesamte Stadt von einem drei Meter hohen Verteidigungswall samt einer massiven Brustwehr sowie mit vier Türmen und Burgtoren gesichert.«

»Wie konnten diese Wahnsinnigen nur ein so schönes Gebilde zerstören, Julius! Sie war unser größter Handelshafen und wird es auch wieder werden. Sobald die Stadt einmal neu aufgebaut ist, wird sie größer und schöner sein als je zuvor.«

»Marcus, ich habe eine Nachricht von Kaiser Nero erhalten. Er hegt Zweifel an der Bedeutung Britanniens für das Kaiserreich. Es steht zur Debatte, ob nicht alle Römer abziehen und die Insel an die Kelten zurückgegeben werden soll; denn voraussichtlich werden sie sich nie besiegen lassen.«

»Das wäre ein kolossaler Fehler, Julius«, sagte Marcus, dem das Herz sank.

»Das meine ich auch!« pflichtete ihm der Prokurator heftig bei. »Allein aus finanziellen Gründen täte es uns weh, diesen Teil des Kaiserreiches abzugeben. Die Profite aus dem Handel mit Silber und Sklaven allein reichen für den Bau von Dutzenden neuer Städte.«

»Ihr seid ein ehrlicher Mann, Julius. Der letzte Prokurator besaß auch den Rang eines Spekulators, was bedeutete, daß er die Besitztümer der exekutierten Gefangenen für sich behalten durfte. Möglicherweise haben die Profite aus den Silbervorkommen und dem Slavenhandel ebenfalls ihren Weg in seine Taschen gefunden.«

»Ich fürchte, daß es so ist, Marcus. Und jetzt muß ich Nero davon überzeugen, daß dieses Land alles besitzt: Bleiminen, Eisen, Bronze, Holz, ja sogar Gold, um unsere eigenen Münzen zu prägen. Die Felder sind so fruchtbar, daß sie genug Weizen abwerfen für die Bevölkerung und die Legionäre zusammen – und dann ist immer noch etwas für den Export übrig. Die hiesige Landwirtschaft ist unser Hauptbestandteil, und sie wird von einer starken Fischindustrie gestützt.«

»Dieses Land floriert«, stimmte ihm Marcus zu. »Habt Ihr Nero das in Euren Berichten mitgeteilt?«

»*Ad nauseam*« (= bis zum Überdruß), klagte Julius.

»Er muß negative Berichte aus irgendeiner Quelle erhalten«, vermutete Marcus.

»Ja, das fürchte ich auch.«

Badesklaven begannen, sie mit Öl zu massieren und ihre Haut mit Striegeln zu bearbeiten, aber der Prokurator ließ sich dadurch nicht vom Thema ablenken. »Ich denke, ich kann offen mit dir sprechen, Marcus, denn wir sind in vielen Dingen einer Meinung. Ich glaube, es ist Paullinus. Wir haben den falschen Mann an der Spitze unserer Armee. Oh, ich weiß, daß er entschlossen ist, den Widerstand der keltischen Stämme zu ersticken; er hat bereits alle Silures ausgerottet und die Iceni werden massakriert, anstatt als Sklaven nach Rom verschickt zu werden. Obendrein löscht er jetzt systematisch alle Druiden aus.«

»Ich weiß schon lange, daß wir nur noch mehr Aufstände provozieren, wenn wir die heiligen Stätte der Druiden schänden und die Priesterschaft umbringen«, stellte Marcus düster fest.

»Als Claudius noch Anführer der Armee war, hatten wir Frieden. Die Briten waren nur zu willig, römische Bürger zu werden. Sie haben unsere Toga angenommen, haben die lateinische Sprache gelernt, Säulengänge gebaut; mit dem Ergebnis zunehmenden Wohlstandes für alle, weil die Nachfrage nach Waren und Luxusartikeln ständig stieg.

Aquae Sulis ist nicht davon betroffen, aber ich weiß, daß der Rest des Landes unter Paullinus leidet.«

Sie gingen vom Heißraum in das Warmwasserbecken. »Du hast unter ihm gedient. Was für ein Mann ist er, Marcus?«

»Er leidet unter der römischen Krankheit des Blutdursts. Wenn ihn der Wahnsinn überfällt, schlachtet er Frauen und Kinder ab, und sogar die Packtiere. Er praktiziert die *decimatio*, um seine Legionäre zu bestrafen, tötet regelmäßig einen von zehn wegen Ungehorsams. Das nennt er *akzeptable Verluste*.«

»Kein Wunder, daß es keiner wagt, das Wort gegen ihn zu erheben«, meinte Julius.

Sie tauchten ins Kaltwasserbecken, wurden in überdimensionale Handtücher gewickelt und gingen dann in den Ankleideraum.

»Nun, immer eins nach dem anderen. Zuerst muß ich Kaiser Nero davon überzeugen, Britannien zu behalten. Meinem letzten Bericht habe ich eine große Schiffsladung mit Geld und Silberbarren beigefügt, was sicher mehr Wirkung zeigt, als jedes Wort; aber ich möchte dennoch, daß du einen Bericht über Aquae Sulis an ihn schickst, nicht nur über die Festung und das Training der Soldaten, sondern auch über die aufstrebende Stadt selbst und wie die Einheimischen über zwei Generationen hinweg zu Römern wurden und sich zu produktiven Hausbauern, Webern, Töpfern, Goldschmieden, Ingenieuren und Ärzten entwickelt haben.«

»Gleich morgen werde ich das erledigen, Julius«, versprach Marcus.

»Du bist ein guter Mann. Ich wußte, daß ich auf dich zählen kann. Jetzt laß uns essen. Mein Bauch fürchtet schon, mir sei die Kehle durchgeschnitten worden!«

Diana beschloß, die elegante weiße Seidentoga mit dem breiten goldenen Gürtel anzuziehen. Nola brachte ihr ein goldenes, mit Türkisen besetztes Halsband aus der Sammlung des Generals, und Sylla frisierte ihr Haar zu einem schweren Nackenknoten. Kell eskortierte sie zum Triclinium, wo sie zur selben Zeit eintraf, wie Marcus und sein Gast.

»Julius, darf ich Euch Diana vorstellen, die mich oft in meinem Hause aufsucht.«

Diana streckte die Hand aus und der Prokurator hob sie mit vollendeter Eleganz an die Lippen. »Vergebt einem alten Mann, daß er Euch anstarrt, meine Liebe, aber Ihr besitzt eine selten klassische Schönheit.«

Marcus sah, daß der Prokurator offensichtlich neugierig auf sie war und erklärte: »Dianas Vater war ein Schreiber für die Regierung, der eine Britin heiratete.« Er deutete damit an, daß sie halb Römerin war, und Diana blickte den Prokurator scheu lächelnd an. Er war in eine lange weiße Toga mit einem breiten, purpurnen Saum gekleidet und trug tatsächlich einen Lorbeerkranz auf seinem ergrauten Haupt. Diana senkte die Wimpern, um ihn nicht unhöflich anzustarren. Sie konnte kaum glauben, daß sie tatsächlich mit einem so hohen römischen Regierungsbeamten speisen durfte.

Sie betrateten das Triclinium, wo bereits drei Liegen um den Tisch herum gruppiert waren. »Hier haben wir ein perfektes Beispiel für die Vereinigung von Britannien und Rom. Wenn Diana den Tisch des Kaisers zierte, würde man sie als vorbildliche Verschmelzung von Schönheit und Kultur feiern. Sie ist der lebende Beweis dafür, wie zivilisiert die Briten geworden sind.«

»Ich danke Euch, Mylord Prokurator.«

»O bitte, nennt mich Julius!«

Diana schenkte ihm ein blendendes Lächeln, nahm anmutig auf ihrer Liege Platz und schob sich ein goldenes Ellenbogenkissen unter.

Während das Mahl seinen langsamen Fortgang nahm, fühlten sowohl Marcus als auch Diana die Spannung zwischen ihnen in unerträgliche Höhen steigen. Obwohl drei Personen tafelten, wurden zwei von ihnen beinahe wahnsinnig vor Lust. Wann immer Marcus' schwarze Augen über sie hinwegglitten, glühten sie vor Leidenschaft und Erwartungsfreude. Beide konnten es kaum erwarten, allein zu sein. Als sich Julius schließlich zum Gehen erhob, waren beide ganz schwach vor Sehnsucht.

17. Kapitel

Marcus begleitete den Prokurator durchs Atrium zu seinem Gefährt. Julius schlief immer im Praetorium, einer geräumigen Residenz innerhalb der Festung; zudem hatte er Marcus mitgeteilt, daß er bei Morgengrauen nach Glevum, wo derzeit die meisten pensionierten Legionäre lebten, aufbrechen würde.

»Marcus, du Hund. Wo hältst du sie bloß versteckt und wo, zum Hades, hast du sie gefunden?«

»Meiner Ansicht nach ist sie ein Geschenk der Götter«, erwiderte Marcus ausweichend.

»Sie sagte, sie sei wegen des Heilwassers nach Aquae Sulis gekommen, aber ich glaube, daß sie aus viel persönlicheren Gründen hier ist. Du wärst dumm, sie wieder aus den Fingern zu lassen, Marcus.«

»Ich lasse sie nicht mehr weg, da könnt Ihr sicher sein«, nickte Marcus, als der Wagen mit dem Prokurator davonfuhr.

Als er wieder hereinkam, lehnte Diana an einer der Säulen. Er legte die Arme um ihre Taille und drückte sie zärtlich. »Du warst eine charmante Gastgeberin, *amor.*«

Diana wußte, daß *amor* Liebe bedeutete. Sie hob ihm ihre Lippen entgegen. »Und Julius war ein reizender Gast, aber ihr habt gar nicht über eure Geschäfte gesprochen.«

»Das haben wir schon beim Baden getan. Dampf öffnet nicht nur die Poren, er löst oftmals auch die Zungen. Kleidung ist nur eine Barriere, und mit ihrer Beseitigung fallen auch die Hemmungen.«

»Das habe ich ebenfalls festgestellt«, murmelte Diana und rieb sich sinnlich an ihm, während sie sich an den Verschlüssen seiner Toga zu schaffen machte.

Sein Mund nahm den ihren in einem leidenschaftlichen Kuß, der zuerst Schauder, dann Feuer durch ihre Adern jagte. Die Lippen immer noch auf den ihren, flüsterte er heiser: »Glaubst du, wir können unsere Sachen diesmal so lange anbehalten, bis wir oben sind?«

»Dies wird eine ziemliche Geduldsprobe«, schnurrte sie und strich sanft mit den Fingerspitzen über sein hartes Glied.

Er hob sie hoch und fuhr fort, sie auf jeder einzelnen Treppenstufe zu küssen. Als sie schließlich seine Schlafkammer erreichten, sagte Marcus leise: »Ich möchte dich jede Nacht ins Schlafzimmer tragen, jede Nacht, für den Rest meines Lebens.«

Er klang so ernst, daß Diana dahinschmolz. Da sie noch nie dazu geneigt hatte, sich selbst zu belügen, gestand sie sich, daß sie bereits rettungslos ineinander verliebt waren. Im Moment verdrängte sie jedoch die Probleme, die daraus entstehen konnten. Nichts durfte diese besondere Nacht für sie beide stören.

Kell hatte ein Feuer in dem mächtigen Kamin entzünden lassen und davor standen sie nun, als Marcus sie beide entkleidete. Dann nahm er sich viel Zeit, ihr Haar zu lösen. Sie sah, wieviel Freude ihm das bereitete, wie er seine Finger in der seidigen Masse vergrub, wie er sie an sein Gesicht hielt, um ihre Fülle, ihren Duft, ja ihren Geschmack zu erforschen.

Marcus warf die lila Kissen vom Bett vor den Kamin und zog sie dann mit sich zu Boden. Er hielt ihren Rücken dem Feuer zugewandt und massierte ihr Gesäß. »Ich habe mich den ganzen Tag darauf gefreut, deinen Po zu wärmen.«

Diana klammerte sich an ihn, als er sie tief und leidenschaftlich küßte, dann nahm sie das Kettchen vom Hals und streifte es ihm über den Kopf, so daß die goldene Cäsarenmünze nun auf seinen schwarzen Brusthaaren lag. »Von meinem Herzen zu deinem«, flüsterte sie.

Er sah ihre Haut und ihr Haar im Schein des Feuers leuchten. Seine Finger glitten bewundernd über ihr zartes Fleisch, dann folgten seine Lippen. »Diana, als ich dich heute auf der Stute sitzen sah, kam mir der Gedanke, daß ich dir die Möglichkeit verschafft habe, zu fliehen.«

Sie riß die Augen auf. »Ich würde dir nie davonlaufen, Marcus. Ich habe nicht den Wunsch, dich zu verlassen.«

Seine Arme schlossen sich enger um sie und er empfand auf einmal das überwältigende Bedürfnis, sie zu beschützen. »Aber vielleicht nach der heutigen Nacht. Es bekümmert mich, daß ich dir weh tun muß.«

»Ja, ich weiß. Du bist viel zu groß für mich, aber deine Hände und dein Mund wirken Wunder. Sie erregen mich so sehr, daß ich danach hungere, meinen Körper mit dem deinen zu vereinigen. Meine Lust wird dann so groß, daß jeder Schmerz dagegen verblaßt. Es muß dir ebenso ergehen. Wir sterben fast vor Lust!«

»Ich bewege mich ganz behutsam und höre auf, wenn es zu schlimm wird«, versprach er.

Diana stieß ihn in die Kissen zurück. »Aber ich nicht!« Sie setzte sich rittlings auf ihn und streckte sich dann aus, so daß ihr Busen auf seinem mächtigen Brustkorb ruhte und sein riesiger, harter Phallus zwischen ihnen eingeklemmt war. Die Flammen des Kaminfeuers schürten die Hitze in seinen Adern, und wie immer, wenn sie einmal anfingen, sich zu küssen, konnten sie nicht mehr aufhören.

Wenn ihr Liebesspiel einmal einen bestimmten Punkt erreichte, zeigte Marcus weit mehr Beherrschung als Diana. Sie wußte, daß er einen eisernen Willen besaß, aber heute wollte sie, daß er sich vollkommen vergaß. Auch er mußte seine Grenzen haben. Inzwischen stand ihr eine gewisse Macht über ihn zu Gebote und heute nacht wollte sie erleben, wie weit diese reichte.

Sie nahm eine ihrer Locken und kitzelte damit seine Mundwinkel, dann tat sie dasselbe mit ihrer Zungenspitze, bis er hilflos um Gnade bettelte. Dann fuhr sie mit ihrer Locke an seinem kräftigen Hals entlang und folgte anschließend mit ihrer Zunge, wobei sie einen heißen, nassen Pfad hinterließ, den das Kaminfeuer rasch trocknete. Diana setzte sich auf, so daß ihre Knie seine schmalen Hüften umklammerten und ihre runden Hinterbacken auf seinen muskulösen Oberschenkeln ruhten, dann liebkoste sie, wieder mit derselben Haarlocke, seine flachen bronzenen Brustwarzen, die sich aufrichteten.

Marcus hatte die Reihenfolge durchschaut und wußte nun, daß ihre Zunge ihrem Haar folgte. Er genoß die Aufmerksamkeit, mit der sie ihn überschüttete, und wünschte, daß sie sich schon viel früher kennengelernt hätten; aber er war klug genug zu akzeptieren, daß alle Dinge ihre Zeit brauchten. Außerdem hielt er Gedanken an das, was hätte sein können, für Zeitverschwendung, vielmehr begriff er den Augenblick und holte alles

Schöne heraus, was er zu bieten hatte. Bis Diana aufgetaucht war, hatte er gar nicht gewußt, daß etwas in seinem Leben fehlte; doch nun könnte ihn nichts mehr trösten, wenn sie ihn verließe.

Als sie über seinen Bauch strich und ihre wunderschöne Locke in seinen Nabel tauchte, konnte er nur daran denken, daß er schon bald ihre Zunge in dieser sensiblen Vertiefung spüren, daß sie an ihm lecken und knabbern würde. Und als sie es dann tat, fühlte sich ihre Zunge rauh an und löste einen köstlichen Schauder aus, der ihm über den ganzen Rücken jagte.

Diana liebte es, Marcus zum Lachen zu bringen, und sie bemerkte, daß er in diesen Tagen oft und gerne lachte. Er hörte jedoch auf zu lachen, als sie mit ihrer Locke von seinem Nabel über seinen Bauch strich. Seine schwarzen Augen waren auf einmal mit großer Intensität auf sie gerichtet. Hoffte er, daß ihr Mund dem Weg ihres Haars folgte und daß ihre Zunge dieselbe Stelle liebkoste? Besaß sie genug Mut für eine so intime Berührung?

Marcus zog zitternd den Atem ein. Und in diesem Moment wußte sie, daß er danach hungerte, daß sie ihn in den Mund nahm. Minutenlang sah sie ihm provozierend in die Augen, um die Spannung noch zu erhöhen, und senkte dann langsam, langsam, den Mund, um seinen Schaft mit ihren vollen Lippen zu berühren. Ihre seidige Haarmasse fiel nach vorn und verbarg ihr Tun vor seinen Blicken. Er streckte die Hände aus, teilte ihr Haar und hob es nach hinten, so daß er ihren köstlichen Mund auf seinem stahlharten Geschlecht bewundern konnte.

Ihre kleine rosa Zungenspitze fuhr rasch und scheu über seine Eichel. Die beiden kontrastierenden Farben allein genügten, um ihn von Kopf bis Fuß erbeben zu lassen. Rosa und Rotbraun, zwei Farbtöne, die einander perfekt ergänzten. Dann ringelte sich ihre heiße, nasse Zunge um die herzförmige Spitze seines Schafts, so daß sie seinen Geschmack in sich aufnehmen konnte. Marcus schmeckte nach Salz, Mandelöl und purer Männlichkeit. Sie hob den Kopf, um den Ausdruck tiefster Lust auf seinem schönen Antlitz zu bewundern. Während sie über ihm kniete, fanden seine Finger ihre köstliche Spalte und stellten fest, daß das, was sie mit ihm machte, auch sie erregte; sie war ganz naß.

»Glaubst du, du bist bereit, mich in dich aufzunehmen?« fragte er mit heiserer Stimme.

»Ich glaube nicht, daß ich je erregter sein könnte als in diesem Moment«, flüsterte sie.

Marcus wußte natürlich, daß sie schon sehr schnell eines Besseren belehrt werden würde. Sie kannte den Koitus ja noch gar nicht. Er wollte die Dinge nicht hinauszögern, indem er sie lange zum Bett trug, sondern legte sie auf den Boden und öffnete ihre Beine, so daß das Kaminfeuer ihre samtigen Schenkel und die rosa Spalte dazwischen erwärmen konnte.

Als sie brandheiß war, befahl er: »Schling deine Beine um mich«, und anschließend begann er, unglaublich langsam, Millimeter um Millimeter, in sie einzudringen. Ihre cremige Nässe fühlte sich wie flüssige Lava an. Marcus hatt nie im Leben etwas so Heißes, so Enges und unglaublich Verlockendes erlebt.

Selbst wenn ihn Diana angefleht hätte, er hätte in diesem Moment nicht mehr anhalten können. Er war besessen von dem Drang, sie vollkommen zu besitzen, wollte ihr seine Prägung aufdrücken, damit sie für immer sein wurde. Als er an ihre Barriere kam, stieß er hart durch sie hindurch. Falls er ihr weh tat, dann sollte es eben so sein. Sie mußte den Schmerz ertragen, um eine Frau zu werden, die fortan Leidenschaft verursachen und empfinden konnte.

Diana schrie laut auf, aber Marcus schob sich heftig voran, bis sein ungebärdiges Schwert bis zum Ansatz in ihr versenkt war. Dann hielt er still, damit sie sich an seine Fülle gewöhnen konnte. Diana keuchte, da sein Glied ihre Scheide zu sehr dehnte.

»*Mea amata*, geht es noch?« flüsterte er.

Als sie versuchte zu antworten, durchlief sie ein Krampf, der ihre Scheide hart um ihn zusammenzog. Marcus stieß ein abgrundtiefes, lustvolles Stöhnen aus und Diana wurde auf einmal von Stolz und Triumph darüber ergriffen, daß sie diesen allmächtigen, potenten Römer so tief berühren konnte. Verglichen mit ihr war er der reinste Koloß, und sie hatte Angst gehabt, nicht genug Frau für einen Giganten wie ihn zu sein. Doch auf einmal wußte sie, daß sie vollkommen mit ihm harmonierte. Diana biß ihn in die Schulter und zog die Beine noch mehr an, so daß sie hoch um seinen Rücken geschlungen waren; dann bäumte sie sich ihm entgegen, so daß er noch tiefer in sie eindringen konnte und sie seine gesamte Länge wie ein seidener Handschuh umfing.

Dann begann Marcus, seinen atemberaubenden Körper in ihr hin und her zu bewegen. Jedesmal vergrub er sich hart in ihr und zog sein enormes Glied in köstlicher, heißer Reibung zurück. Er war stahlhart, riesig und hungrig. Sie fühlte seine schweren Hoden, die mit jedem Stoß an ihren Hintern stießen – dann begann sie zu zucken, winzige Blitze zunächst, die sich mit der zunehmenden Reibung rasch intensivierten. Sie schmolz dahin, wurde auf einer Woge der Gefühle davongetragen, die zu einer gewaltigen Flutwelle anwuchsen und sie hilflos wie ein Stück Treibholz auf tosender See schüttelten. Doch er hielt sie ganz fest, und zusammen stiegen sie empor, bewegten sich im Einklang, erreichten den Gipfel und warfen sich hemmungslos in den Abgrund. Diana schrie, aus purer Lust diesmal, dann übertönten Marcus' Schreie die ihren. Sie küßte sein Herz, das so heftig schlug, daß sie es bis in ihr Inneres spürte, während sein Schwanz heftig pulste, dann explodierte und seinen heißen Samen tief in ihre warme Höhle schleuderte.

Beide erschauerten abermals und lagen dann regungslos aufeinander. Als Marcus sich aus ihr zurückzog, sah er, daß Blut und Samen ihre seidigen Schenkel zeichneten, und ein scharfer Schmerz darüber, sie so endgültig verletzt zu haben, krampfte sein Inneres zusammen.

»Es tut mir leid«, sagte er verzweifelt.

»Nein, nein«, murmelte Diana und legte die Hand an seine Wange. »Es war ein Heilschmerz; so wie es zwischen einem Mann und einer Frau sein sollte.«

»Ich liebe dich«, flüsterte Marcus.

Diana blieb das Herz stehen. Gott im Himmel, sie liebte ihn ebenfalls.

Er brachte parfümiertes Wasser und wusch sanft ihr zartes Fleisch. Dann hob er sie in seine Arme und trug sie zu seinem Bett. Nachdem er sich zurechtgelegt hatte, zog er sie auf sich. Ihre Glieder fühlten sich unglaublich schwer und müde an, und sie war so erschöpft, daß sie kaum mehr die Augen offenhalten konnte. Sie fragte sich, wie er ihr Gewicht auf seinem Körper aushielt, doch für seine Muskeln und Stärke stellte sie wahrscheinlich nur ein Federgewicht dar. Diana schmiegte sich so perfekt an Marcus, daß es ihr vorkam, als wären sie füreinander geschaffen. Ihre Hände lagen auf seinen breiten Schultern und ihre Wange ruhte auf seinen dichten schwarzen Brusthaaren, wo sie seinen Herzschlag fühlen konnte. Eins ihrer langen Beine lag zwischen den seinen. Sein Geschlecht, das nun nachgiebig war, streifte ihren Oberschenkel. Wie ein Baumstamm lag sein Bein zwischen ihren weichen Schenkeln, und es fühlte sich wundervoll an, ihren Schoß an seine Härte zu pressen.

Als sie schon beinahe eingeschlafen war, hörte sie ihn flüstern: »Ich werde dich nie wieder weglassen.« Was für eine seltsame Bemerkung, wo sie doch wußte, daß Marcus ihr ihre unwahrscheinliche Geschichte nicht glaubte. Vielleicht träumte sie ja? Als Diana die Lider hob, blickte sie direkt in ein Paar funkelnder schwarzer Augen. »Du hast dich die ganze Nacht lang keinen Zentimeter bewegt.«

Sie lächelte schläfrig. »Das lag daran, daß ich genau da war, wo ich sein wollte.«

Marcus zog sie an seinem enormen Körper hoch, damit er ihre Schläfen und ihre Augenlider küssen konnte.

Halbwach fragte sie: »Hättest du nicht schon längst gehen müssen?«

»Wir werden diese Kammer heute nicht verlassen. Ich will mich nicht mehr als drei Schritte von diesem Bett und von dir entfernen.«

»Aber was ist mit dem Training der Männer?« fragte sie und errötete glücklich.

»Unterricht habe ich hier zu erteilen, und der ist gegenwärtig wichtiger.«

Marcus glitt unter ihr hervor, so daß sie nun mit dem Gesicht nach unten auf dem Bett lag. Dann setzte er sich rittlings auf sie, lüftete ihr goldenes Haar von ihrem Nacken und knabberte verspielt an ihrem Hals. Schauder durchliefen sie und sie begann, sich lustvoll zu winden. Sie wölbte ihren Rücken, so daß seine Hände unter ihren Körper gleiten und sich um ihre Brüste schließen konnten. In seinen großen, schwieligen Handflächen fühlten sie sich voll und fest an. Sie merkte, daß ihr sich windendes Gesäß seinen Schwanz streifte, der sich alarmierend vergrößerte und verhärtete.

»Mmmm, Schwertübungen. Aber ich habe keine Waffe«, meinte sie neckend. »Da kann ich aushelfen. Heute morgen üben wir, wie man das Schwert in die Scheide steckt.« Er begann, ihre weichen Pobacken zu streicheln, wobei sich seine langen Finger in ihre Spalte gruben – eine äußerst erregende Liebkosung.

Diana war erstaunt über die Lustgefühle, die in ihrem Schoß erblühten. Es war, als ob flüssige Feuerströme von ihrem Hintern, über ihre Scham und hinauf durch ihren Bauch bis in ihre Brüste rannen. Als sie vor Erregung keuchte, murmelte Marcus: »Komm hoch auf die Knie.« Sie war so erregt, daß sie alles gemacht hätte, was er von ihr verlangte, im Vertrauen auf ungeahnte Freuden.

Er bog seinen hünenhaften Körper über sie und drang von hinten in sie ein. Wie zuvor krampften sich ihre Muskeln zusammen und zogen ihn gleichsam tiefer in sich hinein. Damit sie sich an seine Fülle und an die unbekannte Position gewöhnen konnte, machte er eine Pause. Als Marcus anfing, sich in sie zu versenken, schrie sie vor Lust. Seine Eichel streichelte ihre kleine Knospe mit jedem Eindringen. Die Gefühle, die sie dabei empfand, waren ganz anders, als wenn sie auf dem Rücken lag. Sein Glied drang so viel tiefer in sie ein und rieb ihre Knospe mit einer heißen, gleitenden Reibung, die ihre Erregung derart antrieb, daß sie binnen Sekunden jede Hemmung verlor. Diana hatte einmal zugeschaut, wie ein Hengst eine Stute bestieg und erkannte, daß Marcus sie auf dieselbe Weise nahm.

In dieser Position vermochte er seine enorme sexuelle Energie ungehindert auszuleben. Marcus wußte, wenn er zu hart zustieß, konnte sich Diana von ihm zurückziehen. Aber das tat sie keineswegs, sondern preßte sich vielmehr an seinen herrlichen großen Körper, so daß er mit seinen mächtigen Stößen noch tiefer in sie glitt. Sie wurde von einem solchen Fieber ergriffen, daß sie sich in das Bettlaken verkrallte und glaubte zu sterben. Dann biß Marcus sie in den Nacken, so wie der schwarze Hengst es getan hatte, und Diana explodierte mit einer Gewalt, die sie bis in die Zehenspitzen erschütterte.

In dem Moment, in dem Marcus ihre Kontraktion spürte, zerriß es auch ihn. Er rollte sich auf die Seite und nahm sie mit sich; dann lagen sie eng ineinander verschlungen da und erlebten den »kleinen Tod«, der jedem herrlichen Koitus folgt.

Als Diana wieder richtig denken konnte, fragte sie, »Marcus, wird man dich heute nicht in der Festung vermissen?«

»Ich schicke einen Boten mit der Nachricht, daß ich einen Bericht für den Prokurator schreiben muß.«

Kell, unterwegs mit dem Frühstückstablett, wagte kaum, sie mit seinem profanen Essen zu stören; aber ein nackter Marcus erklärte, daß er ganz verhungert wäre und übergab ihm eine Botschaft an seinen höchsten Offizier. Kell hielt die Augen von dem großen Piedestalbett abgewandt, wo Diana bis zum Kinn unter die Decke geschlüpft war. Ohne sie ansehen zu müssen wußte er, daß ihr die Röte in den Wangen stand.

Marcus brachte das Tablett ans Bett, stellte es zwischen ihnen ab und begann dann, Diana mit den Köstlichkeiten zu füttern.

»Die Küche in deinem Haushalt ist die beste, die ich je erlebt habe. Der Prince of Wales würde Purzelbäume schlagen, um deine Köche zu bekommen.«

»Der Prince of Wales?« fragte Marcus und nahm einen Schluck Honigmet aus dem Kelch, den er soeben an ihre Lippen gehalten hatte.

»Der Sohn unseres Königs. Der Thronerbe erhält immer den Titel des Prince of Wales. Wales ist das Land im Westen, das euch soviel Schwierigkeiten bereitet. Es wurde am Ende doch von den Briten erobert, aber erst nach Hunderten von Jahren.«

Marcus lüftete fragend eine Braue. »Deine Geschichten sind faszinierend. Fast möchte ich dir glauben, daß du wirklich bist, was du sagst.«

»Fast, aber nicht ganz«, sagte sie neckend, nahm ihm den Kelch aus der Hand und setzte ihre Lippen an die Stelle, die die seinen zuvor berührt hatten.

»Wie ist dieser Prinz?« fragte Marcus.

Diana lachte. »Er ist fett und paradiert dauernd in Uniform, obwohl man ihm nie erlaubt hat, an der Front zu kämpfen. Sein Vater, der König, ist verrückt wie ein Huhn, und der Prinz wartet nur darauf, daß man ihn endlich zum Regenten macht. Inzwischen kleidet er sich in Seide und Spitzen, malt sich das Gesicht an, schreibt törichte Briefe an seine Mätressen und spielt seinen albernen Freunden ebenso alberne Streiche.«

»Männer, die Spitzen tragen und sich die Gesichter anmalen, sind keine Männer, Diana. Sie sind Werkzeuge der Abartigen. Am Hof des Kaisers in Rom gibt es viele von ihnen. Wie verhalten sich die normalen Bürger in deinem London?«

»Die jungen Männer kopieren sklavisch den Stil des Prinzen. Es ist Mode, enge, seidene Kniebundhosen und gepuderte

Perücken zu tragen. Die Männer geben sich extrem feminin, und das ist auch der Grund, warum ich keinen von ihnen heiraten wollte.«

Er zog sie an sich. »Du erfindest das alles, damit ich nicht auf deine früheren Bekanntschaften eifersüchtig werde.«

Sie fuhr mit dem Finger über die wilde Narbe auf seinem Wangenknochen. »Es ist alles wahr. Ich habe mein ganzes Leben lang von richtigen Männern aus anderen Epochen geträumt.«

»Wie Römer?« fragte er und streichelte ihre Brüste besitzergreifend.

»Nein, von Römern habe ich nie geträumt. Deshalb finde ich es ja so seltsam, daß ich gerade in deiner Zeit gelandet bin. Ich hätte liebend gerne in der elisabethanischen Zeit oder im Mittelalter gelebt.«

»Erzähl mir von diesen Männern aus dem Mittelalter, von denen du geträumt hast«, brummte er in gespieltem Grimm.

»Nun, das ist eine lange Geschichte und ich werde sie dir auch genau erzählen, aber warum warten wir nicht bis nachher?«

»Nachher?« fragte er heiser und hoffte, daß sie meinte, was er meinte. Zum Glück für sie beide war genau das der Fall.

18. Kapitel

Diana öffnete die Fensterläden und Sonnenlicht flutete ins Zimmer. »Oh, es ist ein wunderschöner warmer Herbsttag.«

Marcus trat hinter sie, schlang die Arme um sie und drückte einen Kuß auf ihr Haar. »Und hier sitzen wir und vergeuden ihn im Bett«, scherzte er.

»Du brauchst Erholung; du arbeitest viel zu hart.«

»Stimmt, du bist ganz schön anstrengend«, meinte Marcus ächzend.

»Du römischer Teufel, ich meinte Erholung von deinen Legionären.«

»Vorhin hast du versprochen, mir von diesen Männern aus dem Mittelalter zu erzählen, von denen du träumst.«

Sie lehnte sich an ihn. »Das waren große Krieger, so wie du. Sie kamen aus Frankreich und überfielen Britannien im Jahre 1066. Frankreich ist das Land, das ihr Gallien nennt. Jedenfalls wurde unsere Insel seinerzeit zum letzten Mal erobert.«

»Dann versklavten euch später die Gallier?«

»Nein, nein, so etwas gab es längst nicht mehr. Die Könige, eine Dynastie der Plantagenets, und deren adlige Angehörige haben über dreihundert Jahre lang regiert.«

»Wenn es keine Sklaven gab, wen haben sie dann regiert?«

»Die Bauern und die Tagelöhner. Es war ein feudales System, in dem die Adligen Kriege führten und die Bauern das Land bestellten.«

»Dann waren sie in Wirklichkeit doch Sklaven«, meinte Marcus.

»Auf eine Weise mag das stimmen, aber das Mittelalter hat ganz bestimmt nicht mit Menschen gehandelt.«

»Du hegst große Bewunderung für diese Männer!« Marcus klang verdrießlich.

»Die Wirklichkeit war wahrscheinlich alles andere als angenehm, aber die Legenden aus alter Zeit wurden im Mittelalter in Handschriften und Liedern verklärt. Damals herrschte der Brauch, daß ein Ritter sich einer Lady verschwor, nicht nur um sie zu beschützen, sondern auch, ihr für immer treu zu sein, selbst wenn sie sich oftmals nur aus der Ferne lieben konnten.«

»Leere Worte«, höhnte Marcus. »Sie schworen sich ewige Treue und dann schnappte er sich die Nächstbeste, die ihm über den Weg lief.«

Diana ignorierte seine rüde Bemerkung. »Ihre Rüstungen waren ganz anders als die euren.«

»Inwiefern?«

»Nun, ihre Helme hatten Visiere, die das Gesicht schützten.« Sie berührte seine Narbe.

»Sie stößt dich ab!« Er runzelte die Stirn.

»O nein, Marcus. Für mich ist sie ein Ehrenzeichen. Außerdem erhöht sie deine Attraktivität, auch wenn es vielleicht nicht richtig von mir ist, so etwas zu denken.«

»Hat man nicht mit Schwert und Schild gekämpft?«

»Doch, und es gab Bogenschützen, die Pfeil und Bogen benutzten. Aber die Ritter trugen Vollkörperrüstungen aus Stahl.«

»Wie konnten sie sich im Nahkampf bewegen?« fragte er skeptisch.

»Schlecht, fürchte ich. Man ging schließlich dazu über, Kettenhemden mit schützenden Stahlkrägen zu tragen, und ersetzte das Visier durch einen Nasenschutz.«

»Mmm, ein Nasenschutz ist eine gute Idee«, räumte Marcus ein.

»Sie waren wunderbare Baumeister und haben das Gesicht Britanniens für immer geprägt. Ihre großartigen Burgen stehen noch heute, nach vielen Jahrhunderten.«

»Burgen?«

»Komm, ich zeig's dir.« Diana nahm einen Bogen Pergament und ein Stück Holzkohle von seinem Schreibtisch, und brachte alles auf die Stufen, die zu seinem Bett führten. Dort setzte sie sich nieder, während Marcus sich neben sie kauerte, und begann eine Burg zu zeichnen. »Es waren riesige Steinbauten, ähnlich wie deine Festung. Die Wände konnten bis zu fünfzehn Meter hoch und drei Meter dick sein. Sie wurden um einen Innenhof herum errichtet. Die Burgen besaßen entweder viereckige oder runde Türme an den Ecken, und das Gemäuer war von einem tiefen, wassergefüllten Burggraben umgeben. Aus Verteidigungsgründen gab es nur einen einzigen Eingang, zu dem eine Brücke über den Burggraben führte; über Nacht zog man sie hoch.«

»Wenn dort der König und die Adeligen untergebracht waren, wo lebten dann die übrigen Bürger?« fragte er interessiert.

»Nun, die Bauern hausten in Lehmhütten, und wenn ein feindlicher Angriff drohte, flüchteten sich alle in den Burghof. Aber die Kaufleute und Handwerker lebten in Städten und errichteten Läden, ganz ähnlich wie in Aquae Sulis.«

»Das haben sie uns nachgemacht«, sagte Marcus zufrieden. »Unsere Tempel und Foren stehen nach zweitausend Jahren bestimmt noch.«

Sie sah ihn an und überlegte, ob sie es ihm sagen sollte. Sanft korrigierte sie: »Nein, Marcus, sie stehen nicht mehr.«

»Und genau hier fällt deine Geschichte auseinander! Willst du etwa sagen, daß nichts von dem, was wir Römer bauten, sich in eurem Britannien erhalten hat?«

»Eure Straßen gibt es noch und eure Thermen. Der Rest sind Ruinen, die von Männern, die Archäologen heißen, ausgegraben werden. Wir wissen, daß unter vielen von unseren modernen Städten alte römische Niederlassungen begraben sind. Unter London liegt Londinium, unter Bath Aquae Sulis.«

»Ist das alles, was von der größten Zivilisation der Welt übrigbleibt?«

»Natürlich nicht! Eure Sprache und Gesetze, eure Kunst und Literatur, eure Gebräuche und Architektur haben Eingang in unseren Alltag gefunden. Das, was die moderne Welt jedoch am meisten erstaunt, ist eure Technologie. Eure Aquädukte, euer Ingenieurhandwerk, euer Heiz- und Abwassersystem; das alles ist unserer Zeit weit voraus. Tatsächlich haben wir euch in dieser Beziehung immer noch nicht erreicht.«

Marcus fuhr mit dem Finger über ihr langes Bein. »Wie steht es mit der Liebe? Römer sind weit bessere Liebhaber als eure modernen Männer, das hast du selbst zugegeben, und höchstwahrscheinlich sind wir auch besser als diese Ritter, von denen du immer träumst.«

»Tatsächlich habe ich gerade erst ein Buch von einem eurer großen Dichter, Ovid, gelesen, in dem es um die Liebe ging und hielt leider nicht viel davon«, meinte Diana gedehnt.

»Nun, wir haben bessere Schriftsteller und Philosophen als Ovid«, sagte er und wies mit der Hand auf seine Schriftrollen.

»Ein anders Beispiel, ja, laß mich sehen, ob ich nicht ein paar von diesen äußerst klugen Zeilen finde, die ich in meiner ersten Nacht hier las. Leichtfüßig rannte sie zu den Regalen hinter seinem Schreibtisch, in denen die Lederhülsen mit den Schriftrollen lagen, und kramte eine Weile darin herum. Marcus beobachtete sie wie gebannt. Am liebsten würde er sie immer nur nackt herumlaufen lassen.

»Hier ist es«, sagte sie triumphierend und entrollte ein Pergament. Sie las vor:

»Und wenn deine Lust brennt heiß,
und eine Maid oder ein Knabe sind zur Hand,
wer bist du, zu grinsen und zu verzichten?
Ich täte es nicht! Was mir behagt, ist ein seichtes,
leichtes Liebesabenteuer!«

»Dichtet euer großer Philosoph Horaz!«

»Aber das ist eine Satire«, erklärte Marcus. »Kennst du Satiren, Diana?«

»Du arroganter Kerl, natürlich weiß ich, was eine Satire ist!«

»Dann sag's mir«, beharrte er.

»Ein literarisches Werk, in dem menschliche Schwächen und Dummheiten verspottet werden.« Sobald die Worte heraus waren, verstand sie Horaz' Motive.

»Sehr gut. Ich bin beeindruckt.« Er nahm ihr die Schriftrolle aus der Hand und steckte sie wieder in die Lederhülse. »Und weißt du auch, was heiße Lust ist?« fragte er, hob sie hoch und ließ sie an seinem langen, kräftigen Körper hinabgleiten.

»Erst seit ich dich getroffen habe, Römer«, antwortete sie lachend.

»Gut. Dann laß mich sehen, ob ich dir nicht diese Fantasien von deinen Rittern austreiben kann.«

»Ooh, also dazu gehört schon etwas ganz Besonderes.«

»Mmm, dann ist es vielleicht an der Zeit für *Tantra*.«

Diana stand regungslos in seinen Armen. »Das klingt viel zu exotisch für eine Lady mit wenig Erfahrung.«

»Liebling, hab keine Angst. Ich will dich lieben, nicht dir weh tun. Tantra ist langsam und sinnlich, und jeder Teil deines Körpers wird davon betroffen. Und außerdem werde ich dich nicht mit meinem schweren Gewicht belasten.«

»Ich finde dein Gewicht und deine Größe herrlich, Marcus! Wenn du auf mir liegst, dann weiß ich genau, daß mich ein richtiger Mann liebt.«

Er nahm ihr Gesicht in seine schwieligen Hände und hob es an seinen Mund, als ob es ein kostbares Gefäß und er am Verdursten wäre. Innerhalb von Minuten waren sie durch ihre Küsse entflammt und sanken auf den Teppich.

»Beim Tantra mußt du auf meinem Schoß sitzen, mit dem Gesicht zu mir.«

Diana setzte sich auf seine muskulösen Oberschenkel und streckte die Beine hinter ihm aus. Die Arme umeinander geschlungen, berührten sich ihre Körper von den Hüften bis zu den Lippen. Als sie erregt genug war, hob Marcus sie auf seine harte, hungrige Männlichkeit und fing an, sie zu lieben. Sein Mund zwang den ihren, sich zu öffnen, so daß sich seine Zunge tief in ihr vergraben konnte. Zunge und Phallus nahmen sie in demselben wilden Rhythmus, so daß ihre Leidenschaft rasch anschwoll; doch bevor sie ihren Höhepunkt erreichten, hielt er inne und ließ seine Hände über ihre Haut gleiten, so daß sie dachte, vor Lust vergehen zu müssen.

Da er so tief in ihr steckte, hielt ihre Erregung permanent an. Als seine Hände jeden Millimeter ihrer Haut und die ihren jeden einzelnen seiner prächtigen Muskeln erforscht hatten, begann er erneut, sich in sie hineinzubohren, und riß sie diesmal in noch schwindelerregendere Höhen als zuvor. Beim vierten Mal konnten jedoch beide nicht mehr an sich halten. Marcus verströmte sich im selben Moment, in dem Diana ihre Liebessäfte über seinen wildgewordenen Schaft fließen ließ.

Als er sie an sich drückte und ihr seidiges Haar streichelte, überfiel sie einen Moment lang blinde Panik. Was, wenn sie plötzlich von Marcus fortgerissen würde, zurück in ihre eigene Zeit? Dieser Gedanke war unerträglich, und sie klammerte sich wie wild an ihn, bis sie ihre Angst wieder einigermaßen unter Kontrolle hatte.

Später, als ihr klares Denken und Sprechen zurückgekehrt war, zog Marcus sie auf: »Muß ich dir nach diesem Beweis, daß Römer bessere Liebhaber sind, noch weitere mittelalterliche Flausen austreiben?«

Diana blickte aus dem Fenster und dachte, wie schön doch der Wald im Sonnenschein aussah. Die Blätter fingen gerade erst an, sich zu färben, und sie hoffte auf einen prachtvollen Herbst. »Ich wollte immer schon auf eine königliche Jagd gehen, so wie sie im Mittelalter veranstaltet wurden«, sagte sie verträumt.

»Gibt es in eurer Zeit keine Jagden mehr?« fragte er, trat hinter sie und legte seine großen Hände auf ihre zierlichen Schultern.

»Die Jagden im achtzehnten Jahrhundert sind erbärmliche Angelegenheiten. Drei oder vier Dutzend Männer mit einem großen Pack Hunde jagen einen einzigen verängstigten Fuchs zu Tode. Ich würde gerne einmal eine Wildschweinjagd erleben, wo die Beute eine faire Chance hat. Das Abschlachten selber gefällt mir wahrscheinlich nicht, aber die Jagd ist sicher aufregender als alles, was ich mir in meinen kühnsten Träumen vorstellen kann.«

Er küßte liebevoll ihren zarten Nacken. »Du kannst gerne auf eine Wildschweinjagd mitkommen.«

Sie drehte sich um und blickte zu ihm auf. »Meinst du das ernst, Marcus, oder machst du nur Spaß?«

»Ich meine es vollkommen ernst; aber du wirst warten müssen, bis Suetonius Paullinus die frisch ausgebildeten Legionäre mit in die Schlacht nimmt. Morgen erwarte ich ihn aus den westlichen Ländern zurück, aber er bleibt nie länger als ungefähr eine Woche.«

»O Marcus, das wäre das Allerschönste für mich!«

»Doch nicht das *Aller*schönste, hoffe ich?«

»Hör auf damit; ich bin ganz klebrig und übersatt von all den Freuden.«

»So etwas gibt es nicht. Je öfter man sich liebt, desto mehr will man haben.«

»Wie eine Sucht?«

»Wie eine Droge«, erwiderte er leidenschaftlich. »Laß uns in den Garten schwimmen gehen«, fügte er in leichterem Ton hinzu. »Wir sollten den sonnigen Tag noch ein wenig genießen.«

»Ich kann nicht schwimmen«, sagte Diana bedauernd.

»Dann bringe ich es dir bei!« Er war auf einmal ganz Feuer und Flamme.

»Du wirst mich doch nicht zwingen, eine Rüstung zu tragen, oder?« fragte sie scherzend.

»Nein, ich werde dich zwingen, nackt zu baden. Komm«, drängte er und nahm sie bei der Hand.

»Marcus, ohne Kleider soll ich hinausgehen«, protestierte sie.

»Warum nicht?« fragte er ungeduldig. »Es ist reine Zeitverschwendung sich anzuziehen, nur um sich gleich danach wieder auszuziehen. Und dann dasselbe lacherliche Ritual, um wieder hierherzukommen.«

»Mach dich ruhig über mich lustig«, sagte sie und warf sich ihren roten Umhang um. Marcus wickelte sich ebenfalls in seinen Umhang, aber sein steifes Glied ragte zwischen den Falten hervor.

»Ich sagte, mach dich über mich lustig, nicht über dich selbst«, sagte sie und lachte über seine mehr als herausfordernde Aufmachung.

Marcus warf einen Blick in den Spiegel. »Also, *das* nenne ich unsittlich. Splitternackt wäre da immer noch schicklicher.«

»Mögen die Götter mich vor der Schicklichkeit bewahren«,

murmelte Diana aus tiefstem Herzen. Händchenhaltend verließen sie die Schlafkammer und schritten mit soviel Würde wie möglich durch die Anlagen. Das Wasser in dem wunderschönen Badebecken war wärmer als die Luft. Sie verbrachten lange Zeit dort, und Diana kam es vor wie ihr persönliches kleines Paradies, ihr Garten Eden. Marcus machte sich mit eiserner Entschlossenheit daran, ihr das Schwimmen beizubringen; er schwor, sie erst wieder zu entlassen, wenn sie es beherrschte. Unter viel Gelächter, Geplansche und Küssen gelang ihm schließlich sein Vorhaben.

Nach einigem Überreden ließ Diana es sogar zu, daß Romulus und Remus zu ihnen in das Bassin kamen, und zu viert tollten sie ausgelassen herum. Sie machten so viel Lärm, daß der ganze Haushalt, einschließlich Gärtner, herbeieilte und ihren Herrn bestaunte. Die neue Sklavin hatte eine derart unglaubliche Veränderung in ihm bewirkt, daß sie es kaum fassen konnten. Diese Seite seiner Persönlichkeit hatte er noch nie gezeigt. Nur Nola hatte ab und an einen Anflug von dem Jungen im Mann erlebt.

Die Hunde ermüdeten vor ihrem Herrchen, kletterten aus dem Wasser und schüttelten ihr Fell trocken. Als Diana ebenfalls hinausstieg, sah sie ein Augenpaar, das sie aus den Büschen heraus beobachtete. Da sie nicht wollte, daß jemand ihretwegen bestraft wurde, beschloß sie nichts zu sagen; aber als Marcus aus dem Wasser auftauchte und versuchte, sie in die Arme zu nehmen, geriet Diana in Panik. Sie raffte ihren Umhang auf und floh ins Haus.

Marcus nahm sofort die Verfolgung auf. Sie warf einen Blick über die Schulter, als sie die Treppe hinaufrannte und sah, daß er bereits die unterste Stufe erreicht hatte. »Na warte, wenn ich dich erwische, dann …« Rasch drehte sie sich um, während seine Arme sich auch schon um sie schlossen. »Psst, Liebster … sie beobachten uns alle.«

Marcus grinste. »Glaubst du, daß mich das auch nur das kleinste bißchen kümmert?«

Als ihr roter Umhang von ihren Schultern glitt, fühlte Diana sich auf einmal wieder unbeschwert. Ihre Liebe war nichts, wofür sie sich schämen mußte. Etwas Herrlicheres gab es nicht auf der Welt.

Kell hatte die Bettücher gewechselt sowie die Gemächer aufgeräumt und gesäubert. Saubere Handtücher ersetzten die blutbeschmierten und auch eine frische Schüssel mit parfümiertem Wasser stand bereit.

Jetzt, da Diana das warme Wasser verlassen hatte und nicht mehr in der Sonne stand, fing sie an zu zittern. Marcus kniete nieder und machte ein Feuer im Kamin. Sie rieb sich an seinem breiten Rücken, um sich zu wärmen. »Ich ziehe lieber etwas an«, sagte sie, nur um zu hören, wie er es ihr verbot.

Marcus drehte sich um und musterte bewundernd ihre Nacktheit. »Warum ziehst du nicht einfach die Pelzgamaschen an? Ich kann mir nichts Erotischeres vorstellen, als dich zu lieben, während deine Beine in Felle gewickelt sind.« Seine Idee gefiel ihr. Jedesmal, wenn Marcus sie liebte, gewann Diana mehr Macht über ihn, aber gleichzeitig geschah etwas Seltsames mit ihrem Herzen. Sie hatte bewußt geplant, ihn zu versklaven, und hatte sich nun ihrerseits in den bildschönen Römer hoffnungslos verliebt; das männlich-weibliche Spiel von Dominanz und Unterwerfung genoß sie mittlerweile so sehr, daß sie gar nicht mehr den Wunsch hegte, ihn zu beherrschen. Sie wollte ihn genauso haben, wie er war. Mochte er getrost seine Macht demonstrieren, solange er ihr die Ehre erwies.

Ihr Abendessen nahmen sie im Bett ein, und Diana beschloß, die Gamaschen die ganze Nacht anzubehalten, da sie Marcus so viel Freude bereitet hatten. Als sie schließlich vom Liebesspiel gesättigt waren, schliefen sie wie in der vergangenen Nacht ein: Diana mit dem Gesicht nach unten auf seinem wundervollen, großen Körper.

Als sie im Morgengrauen erwachte, war er verschwunden; aber als sie sich genüßlich im Bett streckte, merkte sie, daß er ihr zwei Dinge hinterlassen hatte. Während sie schlief, hatte er ihr seine Cäsarmünze um den Hals gehängt und darüber hinaus seinen männlich-herben Duft auf ihrer Haut zurückgelassen.

Diana und Nola vereinbarten, nach Aquae Sulis zu gehen, um ein wenig einzukaufen. Sie brauchten den ganzen Vormittag dazu, und als sie zurückkehrten, war ihr Wagen randvoll mit Errungenschaften wie Parfums, Schminke, ein Brettspiel mit Figuren aus Elfenbein, ein paar Tontöpfe und eine Anzahl hölzerner Schreibtafeln samt Stiften.

Die Reithosen aus Leder, die sie bestellt hatte, waren ebenfalls fertig, als sie zurückkam, so daß Diana beschloß, sie anzuziehen, wenn sie Marcus heute nachmittag besuchte.

Sie ritt mit dem treuen Stallburschen an ihrer Seite zur Festung, aber Tor wurde befohlen, am Eingang auf sie zu warten. Obwohl er zum Haushalt des Generals gehörte, fiel es dem Wachtposten nicht ein, einen Briten mir nichts, dir nichts in die Festung einzulassen. Außerdem war Gouverneur Paullinus eingetroffen, bekanntermaßen ein Britenhasser!

Da sie die Vorschriften respektierte, beschloß Diana, die Pferde Tor anzuvertrauen und zu Fuß zu gehen. Sie sah sofort, daß sich mehr Soldaten in der Festung befanden, als bei ihrem ersten Besuch. Paullinus mußte mit seinen Legionären aus Wales eingetroffen sein. Sie wurde so ungeniert angestarrt, daß sie erleichert war, auf einmal das vertraute Gesicht von Petrius zu entdecken. Er kam sofort zu ihr, und der gutaussehende Zenturio strahlte vor Freude.

»Mein Bruder ist ein glücklicher Mann, daß ihm derart sklavische Ergebenheit zuteil wird, Diana.«

Sie schenkte ihm ein blendendes Lächeln. »Weißt du, wo er steckt?«

»Sehr beschäftigt, fürchte ich. Paullinus ist mit seiner Armee eingetroffen und Marcus hält sich im Valetudinorium bei all den

Verwundeten auf. Ich werde dich an seiner Statt begleiten. Hast du die Festung schon besichtigt?«

Markus visitierte also eine Art Hospital. »Ich war schon mal hier, aber bin nicht lange geblieben. Wenn Marcus zu beschäftigt ist, dann gehe ich am besten wieder.«

»Geh nicht. Wenn er hört, daß ich dich nicht unter meine Fittiche genommen habe, wird er mir gehörig den Marsch blasen.« Petrius grinste jungenhaft. »Und ich stehe noch bei ihm in der Kreide, weil ich neulich betrunken in der Villa aufgetaucht bin.«

Diana stieg eine zarte Röte ins Gesicht. Sie wollte eigentlich nicht bleiben, aber auch keine Mißstimmung zwischen den Brüdern hervorrufen. Dieser tapfere junge Mann würde schon in einer Woche nach Wales aufbrechen müssen, und da brachte sie es nicht übers Herz, ihn abzuweisen.

»Laß mich mal überlegen. Was könnte dich interessieren? Ich schlafe in den Offiziersquartieren, eine langweilige Ansammlung von Feldbetten. Von den Wachtürmen hat man einen netten Blick über die Stadt, aber das ist für eine schöne Frau auch nicht sehr aufregend. Hast du den Tempel schon besichtigt?«

»Nein, ich habe noch nie einen römischen Tempel gesehen.«

»Ihr Briten betet Sul an, den Sonnengott, stimmt's?«

»O nein. Ich bin Christin«, erklärte sie.

Petrius starrte sie erstaunt an. »Eine Christin?« Das war diese seltsame Sekte von Aufrührern, die Nero so erbittert verfolgte. In Rom war es üblich geworden, alles den Christen in die Schuhe zu schieben und sie dementsprechend zu bestrafen. Römer liebten es, menschliches Blut zu vergießen, so daß es eine dauernde Nachfrage nach christlichen Gefangenen bei den Spielen gab. Petrius würde sich diese Information sorgfältig merken. Instinktiv wußte er, daß ihm diese Bekanntschaft noch einmal nützen konnte.

»Hier in der Festung gibt es ein Hauptbauwerk, in dem sich mehrere Tempel befinden.« Als sie das Erdgeschoß betraten, sah sie, daß mehrere Türen von der Eingangshalle wegführten. Auf der einen war der Name JUPITER OPTIMUS MAXIMUS ins Holz geschnitzt und auf einer anderen stand MITHRAS. Auf einer dritten las sie MARS, der, wie Diana wußte, der Kriegsgott war, und auf der letzten Tür stand FORTUNA, der Name der Glücksgöttin.

»Marcus verehrt Jupiter, aber die meisten Soldaten beten Mithras an. Es ist ein männlicher Kult. Mithras ist ein unbesiegbarer Gott, der für den Mut steht. Laut Legende wurde Mithras befohlen, einen Stier zu fangen. Aus seinem Körper entspringen Pflanzen und Bäume, aus seinem Blut ersteht neues Leben und sein Samen ist das Symbol für die Fortpflanzung.«

Er führte sie durch die Tür mit dem Namen MITHRAS und sie stiegen über eine Treppe auf eine Galerie, von wo aus sie auf einen steinernen Altar herabblicken konnten. Unterhalb des steinernen Ungetüms stand ein großes Becken, an dem sich ein paar Zenturione versammelt hatten. Petrius wies auf einen Mann, der aussah wie ein ungeschlachter Bär, und flüsterte: »Das ist Suetonius Paullinus. Er ist wohl hier, um dem Gott seinen Dank für seine Siege über die Kelten auszusprechen.«

Ein muskulöser junger Mann, der lediglich einen weißen Lendenschurz trug, stellte sich an dem Altar auf. Er hielt einen enormen Eisenhammer und ein Schwert bereit. Auf einmal ertönte ein lautes Brüllen und ein schneeweißer Stier raste wutschnaubend auf den Altar zu. Der Mithras-Jünger hob seine muskulösen Arme hoch in die Luft und schlug dem Stier mit dem Eisenhammer auf den dicken Schädel. In dem Moment, in dem das Tier in die Knie brach, stieß er ihm sein Schwert in den Hals und brachte ihm eine tiefe Wunde bei. Das Blut spritzte in alle Richtungen und floß dann in Strömen über die Betenden und in das große Becken. Die Männer waren innerhalb kürzester Zeit vom Blut durchtränkt. Diana sah mit blankem Entsetzen, wie Paullinus eine Schüssel nahm, um das noch warme Blut des Stiers aufzufangen und es dann an die Lippen zu heben. Sie wandte sich ab und floh blindlings durch die Tür.

Petrius war sofort an ihrer Seite. »Was ist los?«

»Bring mich hier raus«, wimmerte sie.

Er sah, daß sie kreidebleich war und zitterte. Blutvergießen erregte ihn immer, und Petrius hatte gehofft, daß es dieselbe Wirkung auf Diana haben würde. In der Absicht, sich mit ihr zu paaren, hatte er sie hierhergebracht. Nun, da er ihre Verletztlichkeit sah, merkte er, daß sein Drang, sich ihrer zu bedienen, solange sie noch zitterte, von Minute zu Minute zunahm. Er hob sie hoch und trug sie durch zwei weitere Türen, bis sie sich im Tempel der Fortuna befanden. Bei einer Säule setzte er sie ab und kniete neben ihr nieder, um ihren Umhang zu öffnen. Er heuchelte Besorgnis. »Ich hätte dich nicht in den Tempel eines Gottes bringen sollen, sondern gleich zur Göttin Fortuna. Sie wird alle unsere Wünsche erfüllen.«

Ein kleines schwarzes Lämmchen kam fröhlich auf Diana zugehüpft. Seine kleinen Hörner waren vergoldet und um seinen Hals trug es einen Blumenkranz. »O das süße kleine Ding«, sagte sie und streckte die Arme aus, um das entzückende Tierchen an sich zu ziehen.

Bevor sie wußte, wie ihr geschah, schlitzte Petrius dem Lämmchen den Bauch auf und füllte ihre ausgestreckten Hände mit seinen zuckenden, warmen Innereien.

Diana fühlte, wie sie ohnmächtig wurde, und wußte trotz schwindender Sinne, daß Petrius vorhatte, sie zu vergewaltigen.

19. Kapitel

Diana wagte nicht, das Bewußtsein gänzlich zu verlieren. Unter Aufbietung ihrer letzten Reserven warf sie Petrius die Innereien ins Gesicht; doch anstatt abgestoßen zu sein, erregte Petrius das Blut nur noch mehr. Er warf sich über sie wie ein Wilder und riß ihre seidene Tunika auf.

Am Ende war es ihre Lederhose, die sie rettete. In seiner Hast, sie ihr herunterzuzerren, schaffte sie es, ihren Stiefel zwischen seine Beine zu zwängen und ihn verzweifelt zu treten. Petrius klappte zusammen, ganz ähnlich wie der Bulle vorhin, bloß daß er ein lautes Schmerzensgeheul ausstieß.

Diana sprang blitzschnell auf und rannte. Sie zögerte keine Sekunde, nicht einmal, um einen Blick über ihre Schulter zu werfen. Als sie schließlich das Eingangstor erreichte, konnte sie vor Seitenstechen kaum noch laufen und ihre Lungen fühlten sich an, als ob sie Feuer gefangen hätten. Das Blut des Lämmchens war von ihrem roten Umhang absorbiert worden, so daß die Legionäre am Tor nur sahen, wie sie in größter Eile die Festung verließ.

Diana war im Sattel, bevor ihr Tor beistehen konnte.

»Ist etwas nicht in Ordnung, Lady?« fragte er in besorgtem Ton.

»Bring mich nach Hause«, hauchte sie nur.

Er sah, daß sie weder willens noch in der Lage war, mehr zu sagen, und nahm an, daß ihr der General befohlen hatte, zur Villa zurückzukehren.

Als sie dort eintrafen, wankte Diana direkt in die Baderäume. Kell, der ihren aufgelösten Zustand bemerkte, schickte Sylla zu ihr. Die Sklavin fand Diana über die Latrine gebeugt vor, wo sie sich heftig erbrach. Diana badete und zog ein weiches cremefarbenes Wollkleid an, dann ging sie die Treppe hinauf und direkt in ihre eigene Kammer. Sie schob den schweren Holzriegel vor die Tür, damit niemand sie stören konnte, und begann, wie ein gehetztes Tier hin und her zu laufen.

Panisch verdrängte sie das Geschehene, es war so abscheulich, daß sie nicht einmal den Gedanken daran ertragen konnte. Aber je mehr sie versuchte, ihr Gehirn auszuschalten, desto mehr quälten sie diese letzten Stunden. Schließlich setzte sie sich hin und durchlebte noch einmal jeden einzelnen Schreckensmoment.

Nie würde sie den metallischen Geruch von Blut, vermischt mit Weihrauch vergessen. Der schlimmste Augenblick war nicht, Petrius' Versuch, sie zu vergewaltigen, sondern als er dem unschuldigen kleinen Lämmchen den Bauch aufschlitzte und sie unausweichlich in sein abartiges Opfer verwickelte. Ihre Augen füllten sich mit Tränen und sie begann, leise zu weinen.

Diana hatte keine Ahnung, wie lange sie geweint hatte, aber als sie aus ihrem Fenster blickte, sah sie, daß der Abend hereingebrochen war. Sie wusch sich das Gesicht und fühlte sich hierauf ein wenig besser. Aber eine Traurigkeit hatte sich über sie gesenkt, die alles andere überschattete.

Der Mond ging bereits auf, als Marcus nach Hause kam. Er war den ganzen Nachmittag lang im Hospital gewesen, um mit der ungewöhnlich hohen Anzahl Verwundeter, die Paullinus nach Aquae Sulis mitgebracht hatte, fertig zu werden. Kaum die Hälfte von ihnen würde überleben. Am Ende des Tages starrte seine Kleidung von Blut und Exkrementen, so daß er in der Festung badetete, bevor er heimkehrte.

Marcus dankte den Göttern, daß Diana ihn erwartete. Sie konnte die dunklen Schatten schneller und wirkungsvoller vertreiben als jeder Wein oder jede Droge, die er je probiert hatte. Fraglos war sie mehr als nur ein schöner Körper, in dem er sich liebend verlor. Er schätzte ihre Intelligenz und ihren Humor und noch etwas, etwas, das sich schwer beschreiben ließ. Sie besaß eine Süße und eine Unschuld, die sowohl seinen Beschützerinstinkt als auch seinen Besitzerstolz weckte.

Als Diana nicht im Atrium war, um ihn zu begrüßen, seufzte er enttäuscht. Er sagte sich, daß es schon spät war. Hoffentlich hatte sie wenigstens mit dem Essen auf ihn gewartet – aber er würde es auch verstehen, wenn sie bereits etwas zu sich genommen hatte. Marcus ging nicht wie gewöhnlich in die Baderäume, sondern direkt ins Triclinium. Nur Kell machte sich dort zu schaffen. Nach einem weiteren Stich der Enttäuschung hob sich seine Stimmung. Diana erwartete ihn oben. »Kell, laß mein Essen auf meine Kammer bringen.«

Marcus nahm jeweils drei Treppenstufen auf einmal. Als er die Tür öffnete und seine Kammer leer vorfand, sank sein Herz. Wo, zum Hades, war sie? Kein Sklave ließ sich auf dem Gang sehen. Marcus ging zu dem apricotfarbenen Gemach, wo Diana anfangs geschlafen hatte. Die Tür war zu. Als er versuchte, sie zu öffnen, stellte er fest, daß sie den Riegel vorgeschoben hatte.

»Diana, ich bin es«, rief er. Er konnte den leichten Ärger darüber, daß sie ihre Tür vor ihm verschloß, nicht ganz verbergen. Als er keine Antwort erhielt, wurde er wütend. »Diana!« rief er mit scharfer Stimme.

»Geh weg«, antwortete sie leise.

Geh weg? Habe ich richtig gehört?

»Öffne sofort!« befahl er. Seine Wut verwandelte sich in blinden Zorn. *Das ist also der Lohn für meine Nachgiebigkeit!* Als Marcus kein Geräusch hörte, verschlug ihm ihr Ungehorsam buchstäblich die Sprache. In blinder Wut rammte er die Schulter gegen die Tür, wieder und wieder, bis der schwere Verschluß zersplitterte und herunterfiel. Die Tür schwang auf und Marcus trat mit lodernden Augen ins Zimmer.

Als er sah, wie blaß und still sie war, wußte er, daß etwas nicht stimmte. Sein Herz krampfte sich zusammen und er eilte an ihre Seite, wo er niederkniete. »Bist du krank?« Seine Stimme krächzte vor Sorge.

»Ich ... mir war übel, aber jetzt geht es mir schon besser.«

Den Bruchteil einer Sekunde lang schlug ihm das Herz bis zum Hals, weil er dachte, daß sie möglicherweise schwanger wäre, doch die Vernunft sagte ihm, daß das noch nicht sein konnte. Zärtlich streckte er die Hand nach der ihren aus.

Diana wich vor ihm zurück. »Faß mich nicht an.«

»*Dich nicht anfassen?*« Er wiederholte ihre Worte mit einer unheimlichen Ruhe, die sie hätte warnen sollen. Diana ignorierte die Warnung.

»Es gibt zu viele Unterschiede zwischen uns«, rief sie. »Ich hasse Rom; ich verabscheue alles, was es repräsentiert! Die Römer sind Bestien!«

»Welcher Teufel ist dir ins Gehirn gefahren? Rom ist das Zentrum der Welt. Es steht für die beste Regierung, Bildung, Kultur und Philosophie. Und was uns Römer betrifft, sind wir nicht wie die gewöhnliche Masse, sondern Patrizier! Uns zeichnet Bildung, Zivilisation, Mut und Ehre aus vor allen anderen Völkern und Zeiten!«

Diana wich noch weiter zurück. »Ihr seid ein Haufen brutaler, primitiver Degenerierter.« Sie hielt seine goldene Münze in der Hand. Nun schleuderte sie sie ihm entgegen. »Da, nimm sie, sie besudelt mich.«

Marcus ignorierte das Kettchen und riß sie in seine Arme. »Ich werde dich besudeln, bei allen Göttern!«

Diana wehrte sich vergebens. Seine Arme waren wie Stahlbänder, seine Brust wie die Mauer der Festung. Je mehr sie sich gegen ihn wehrte, desto mehr entflammten seine Wut und Lust. Er warf sie aufs Bett und zerriß ihr cremefarbenes Kleid. Dann entledigte er sich seines Umhangs und zerrte seine Tunika über den Kopf.

Dianas Augen funkelten böse. Sie blickte ihm trotzig entgegen. »Wenn du mich mit Gewalt nimmst wie ein Herr seine Sklavin, dann tötest du die Liebe, die ich für dich empfinde. Das beweist nur, was ich von euch halte, und wir werden für immer Feinde sein.« Ihre Stimme war leise aber so leidenschaftlich, daß er innehielt.

Marcus fuhr sich entgeistert mit seinen schwieligen Händen durchs schwarze Haar. »Was ist heute geschehen? Was hat dich so verändert? Sprich, Weib!« donnerte er.

Diana zog die Fetzen ihres Kleids zusammen, um ihre Blöße zu bedecken, dann setzte sie sich auf und kreuzte die Beine unter sich. Marcus türmte sich riesenhaft und in frustrierter Potenz am Fuße ihres Bettes auf. Sie wählte ihre Worte sorgfältig. »Als ich heute zur Festung kam, um dich zu besuchen, warst du beschäftigt; also ging ich in den Tempel. Das brutale, heidnische Opfer, dessen ich dort Zeuge wurde, hat mir den Magen umgedreht.«

Marcus sank erleichtert aufs Bett. »Ist das alles? Diana, du hättest nicht dorthin gehen sollen. Du bist zu zart und zu gutherzig, um solche Dinge verstehen zu können. Warum glaubst du, habe ich dich nie mit in den Tempel genommen?«

Diana schüttelte den Kopf. »Es sind nicht nur die Blutopfer, sondern die klaffenden Unterschiede zwischen uns. Ich könnte mich nie mit der römischen Lebensart abfinden, geschweige denn mit eurem Glauben oder euren Gebräuchen.« Sie schlang schützend die Arme um ihren Körper. Unter ihren Händen fühlte sie die weiche Wolle ihres aufklaffenden Kleides. »Eure Garderobe, das Essen und die Sprache sind nur Kleinigkeiten, die leicht zu überbrücken sind. Aber eure Art zu denken, eure Überzeugungen, eure Ideale könnte ich niemals annehmen. Ihr glaubt, ihr wärt die gottgegebenen Herrscher der Welt. Euer gesamtes Kaiserreich beruht auf Macht und Unterdrückung. Römer sind von Natur aus gewalttätig. Die Unterschiede zwischen uns sind so groß, daß uns Welten trennen.«

»Der einzig nennenswerte Unterschied zwischen uns ist, daß ich ein Mann und du eine Frau bist! Unsere Körper ergänzen einander so perfekt, daß wir eins werden, wenn wir uns lieben. Unsere Unterschiede sind verschwunden, sobald wir uns vereinigen.«

»Nein, Marcus! Wir verdrängen sie lediglich, um unserer Lust zu frönen. Hinterher ist die Fremdheit wieder da und größer denn je!«

»Was ich für dich empfinde, ist *Liebe*!«

»Willst du behaupten, daß dich nicht in erster Linie Lust bewegt?« fragte sie.

»Ich empfinde sowohl Lust als auch Liebe für dich, eine äußerst zündende Verbindung! Die meisten Männer und Frauen würden ihre Seele verkaufen, um das zu besitzen, was wir haben!«

»Ich fürchte, daß ich genau das getan habe«, sagte Diana leise. »Nimm das zurück.« Wieder hielt sie ihm die Cäsarenmünze hin.

»Julius Cäsar war der *größte* Patrizier, Staatsmann und General, der je gelebt hat.«

»Cäsar war ein Eroberer, der sich Land nahm, das nicht ihm gehörte, und stolze, freie Menschen zu Tausenden versklavte.«

Zögernd nahm Marcus das Kettchen zurück und legte es sich um den Hals. Er wußte, daß sie in Wirklichkeit ihn all dieser Dinge beschuldigte, nicht Cäsar, und sie hatte recht.

Marcus hob stolz wie ein Adler den Kopf, und mit all dem Mut, den er besaß, fragte er: »Liebst du mich?«

Diana starrte ihn, in die Enge getrieben, an. Ein riesiger Kloß stieg ihr auf einmal in den Hals und ihre Augen füllten sich mit Tränen. Sie richtete sich auf den Knien vor ihm auf. »Marcus, ich liebe dich so sehr, daß es mir das Herz bricht.« Sie schlang die Arme um seinen Hals, und als er sie an sich zog, benetzte sie ihn mit ihren Tränen.

»Weine nicht, Geliebte, das kann ich nicht ertragen«, murmelte er und preßte sie fest an seine Brust.

In seiner warmen Nähe begannen die Schrecken des Nachmittags zu verblassen. Sie würde ihm nichts von Petrius erzählen – das diente keinem und außerdem würde er ohnehin in ein paar Tagen fort sein.

»Es ist mir egal, ob du Christin, Druidin, Britin oder Keltin bist. Für mich bist du einfach Diana – mein Herz, mein Leben. Ist es wirklich so schlimm für dich, einen Römer zu akzeptieren? Dann laß mich doch einfach nur Marcus sein!«

Bevor sie antworten konnten, wurden sie durch ein dezentes Räuspern unterbrochen. Als sie aufblickten, sahen sie Kell in den Trümmern der Tür stehen. Er hielt ein Tablett in der Hand und auf seinem Gesicht stand ein Ausdruck zögerlicher Erleichterung. Zweifellos hatte er sich gewappnet, nachdem er der Handarbeit des Generals angesichtig geworden war.

Als Diana das Essen sah, fiel ihr ein, daß Marcus noch gar

nicht gespeist hatte und sie bekam sofort ein schlechtes Gewissen. »Es ist schon so spät. Bitte iß doch, du bist sicher völlig ausgehungert.«

Marcus stellte das Tablett aufs Bett. »Du auch«, sagte er. »Mein Essen schmeckt mir immer so viel besser, wenn du es mit mir teilst.«

Diana nickte und trocknete ihre Tränen. Marcus hob sie auf seinen Schoß und fütterte sie mit den besten Bissen. Der Wunsch, sie zu lieben, tobte wie ein Sturm in ihm, aber er beherrschte die Feuer seiner Leidenschaft mit eisernem Willen. Er hatte es geschafft, sie zurückzuerobern, und wollte das zarte Band, das sich gerade wieder zwischen ihnen bildete, nicht zerstören.

Als sie mit dem Essen fertig waren, unterhielten sie sich noch eine Weile. Er berichtete ihr von seinem Tag, wobei er die entsetzlich hohe Zahl an Verwundeten und Gefallenen herunterspielte. Sie zeigte ihm die Dinge, die sie in der Stadt gekauft hatte, und er versprach ihr beizubringen, wie man mit dem Stift und den Holztafeln umging. Dann packte er sie zärtlich ins Bett und gab ihr einen sanften Kuß. »Du siehst blaß aus. Schlafe ein wenig, Geliebte. Ich will nur noch etwas mit Kell besprechen, dann komme ich auch.«

An Marcus nagte eine Sorge, deren Ursache Diana bildete. Er suchte Kell auf und zusammen gingen sie ins Solarium. Kell goß Wein in einen Kelch, und Marcus wies ihn mit einem Kopfnicken an, sich ebenfalls zu bedienen. Er bedeutete Kell sich zu setzen, blieb selbst jedoch stehen. Denken konnte er immer besser, wenn er auf und ab ging.

Nachdem er die Mosaiktigerin drei- oder viermal überquert hatte, sagte er: »Ich habe ein Problem in bezug auf das Fest, das ich für den Gouverneur und seine Offiziere vor ihrem Aufbruch in den Westen gebe.«

»Aber das war doch nie eine Schwierigkeit. Ich werde dem Gouverneur wie immer aus dem Weg gehen.«

»Nein, Kell, das Problem bist nicht du, es ist Diana.«

»Aha, ich verstehe.« Das entsprach den Tatsachen. »Fest« war die beschönigende Bezeichnung für ein Bacchanal, ein Saufgelage, das mittlerweile eine Tradition darstellte. Die Zenturione und Kohortenzenturione, die die Schlachten erfolgreich überstanden hatten, sowie diejenigen, die ihre Stelle einnahmen, schlossen sich Suetonius Paullinus in einer Festlichkeit an, die sich nicht anders als eine Orgie interpretieren ließ. Sie aßen und tranken, bis sie sich erbrachen, und vögelten bis zur Bewußtlosigkeit. »Eingeschlossen in Eure Kammer sollte sie sicher genug vor der Lüsternheit der Männer sein. Ihr könnt ja zur Sicherheit noch einen Posten vor die Tür stellen.«

»Es ist nicht ihre Sicherheit, die mir Kopfzerbrechen bereitet. Ich werde immer in der Lage sein, sie zu beschützen.« Marcus schritt wieder über die Tigerin und dann um sie herum durch das hohe Mosaikgras.

Kell unterdrückte ein Lächeln. Der General umkreiste das Katzentier, als ob sie Diana wäre. Die Analogie erschien ihm höchst passend, denn Diana würde sich aufführen wie eine Tigerin, wenn sie von den Gelagen erfuhr, die gelegentlich in der Villa abgehalten wurden. Sie hieß ja nicht einmal öffentliche Nacktheit gut, so daß er sich lebhaft vorstellen konnte, wie geschockt sie angesichts der Massenkopulationen, Abartigkeiten und Perversionen sein würde, in denen sich Julia Allegra und ihre Prostituierten ergingen, wenn sie mit den römischen Legionären zusammentrafen.

Kell war überrascht, daß Marcus Magnus sich Gedanken darüber machte, was eine Sklavin von ihm dachte. War er nicht mehr Herr in seinem eigenen Hause? Hatte der General ihr sein Geschlecht zusammen mit seinem Herzen ausgehändigt? »Könntet ihr die Feier einfach für alle in der Festung abhalten?« fragte er zögernd.

»Nein. Ich werde nicht über zweitausend Männer mit Prostituierten versorgen. Das würde die Disziplin auf ewig untergraben.«

Kell wußte, daß es sinnlos war vorzuschlagen, das Fest ausfallen zu lassen. Das Schwein Paullinus erwartete es mittlerweile, und wenn er aus der Absage schlösse, der General wolle ihm seine Gastfreundschaft vorenthalten, würde er das als persönliche Beleidigung auffassen.

Marcus meldete sich wieder zu Wort. »Vielleicht könntest du die Lady ja aus der Villa entfernen, aber wohin und unter welchem Vorwand, weiß ich beim besten Willen nicht.«

Kell leerte seinen Kelch, um den Mut für das zu finden, was er zu sagen hatte. »General, es scheint mir, als ob Ihr Euch unnötige Sorgen macht. Nicht weil sie Eure Sklavin, sondern weil sie Eure Gefährtin ist, sollte sie wissen, wo ihr Platz ist. Eine Frau wird sich alles herausnehmen, was ein Mann zuläßt. In meinem Fall ist es Nola, die sich jeden Tag alles mögliche herausnimmt, bloß weil sie weiß, daß ich eine Schwäche für sie habe.«

Marcus waren keineswegs die Spannungen zwischen Kell und Nola entgangen. »Was du sagst, ist wahr. Wenn ein Mann nicht die Zügel in der Hand hält, dann wird er an die Leine genommen. Herrscht er nicht, wird er beherrscht! Gebärdet er sich nicht als Herr, wird die Frau ihn verachten. Das Fest, das zu geben ich gezwungen bin, hat nichts, aber auch gar nichts mit Diana zu tun. Es geht sie nichts an und sie braucht sich nicht darum zu bekümmern!« Marcus leerte seinen Kelch. »Ich danke dir, Kell.«

»Die Entscheidung oblag Euch, General. Ich halte sie jedoch für klug.«

Während Kell zusah, wie der General die Treppe hinaufeilte, überlegte er, was ihn dazu veranlaßt hatte, sich auf die Seite eines Römers gegen eine Britin zu stellen. Doch dann erkannte er, daß es hier um weit mehr ging als um Nationalitäten. Es ging um einen weit älteren Kampf – um den Kampf der Geschlechter. Wie sollte er sich da nicht auf die Seite des Mannes schlagen?

Als Marcus ins Bett schlüpfte, beschloß er, Diana künftig mit härterer Hand anzupacken. Vielleicht hätte er ihr heute abend ja wirklich eine ordentliche Tracht Prügel verabreichen sollen, als sie ihn abwies mit ihrem Gefasel von irgendwelchen Unterschieden. Seine Nachgiebigkeit mit dem kleinen Biest ging zu weit. Er hatte ihre Tränen getrocknet und sie gefüttert, hatte sie ins Bett gesteckt und seine Lust im Zaun gehalten, damit sie nicht schmollte. Es wurde höchste Zeit, seinen Fehler zu korrigieren. Hier und jetzt. Und wenn sie auch nur den geringsten Widerstand zeigte, würde er ihren süßen kleinen Hintern bearbeiten, bis ihr die Zähne klapperten!

Unsanft griff er nach ihr und zog sie an sich. Sein Mund verschlang sie in einem herrischen Kuß. Wenn sie sich ihm nicht sofort, noch in dieser Sekunde ergab, würde ihm die Hand ausrutschen.

Diana schmolz dahin. Zwischen seinen stahlharten Schenkeln zu liegen machte sie butterweich und gefügig. Ihr köstlich voller Busen lag auf seiner Brust, ihr weicher Bauch liebkoste sein wildgewordenes Schwert und ihr lieblicher Mund öffnete sich dem seinen auf das Unwiderstehlichste.

Er plünderte ihn mit seiner heftig zustoßenden Zunge, und als er sich zurückzog, hielt sie ihre Lippen an die seinen und flüsterte, »Marc... Marc... Marcus«.

Ihre Worte stellten die wundervollsten Dinge mit ihm an. Sie fuhr sanft über seine Narbe. Ihre leiseste Berührung ließ ihn stahlhart werden. Dann richtete sie sich unglaublicherweise auf, packte sein Glied fest mit ihrer kleinen Hand und sank abrupt darauf nieder. Sie fühlte sich an wie heiße Seide, und Marcus ertrank fast vor Lust. Dann begann sie ihn langsam und genüßlich zu reiten, reckte sich in die Höhe und ließ sich dann hart wieder herabfallen, so daß er tief in ihr verankert war. Dann wurde sie immer schneller und er bäumte sich heftig auf.

Sie kopulierten wild und ungezügelt, wie zwei Tiere, so animalisch. Stöhnend flüsterten sie rauhe Liebesworte. Dann explodierten sie gemeinsam, und Marcus verharrte lange, nachdem ihr Zucken und Pulsieren abgeklungen war, in ihrem süßen Körper. Er hielt sie fest, bis er wieder halb steif wurde und beschloß, die ganze Nacht in ihr zu bleiben.

Marcus kam sich allmächtig vor, nachdem er ihrer im uralten Spiel von Dominanz und Unterwerfung Herr geworden war; aber als Diana so in goldener Herrlichkeit auf ihm ruhte, kam es ihm vor, als ob er sie schnurren hörte. Er lächelte in die Dunkelheit und fragte sich resigniert, wer hier eigentlich wen unterworfen hatte.

20. Kapitel

Marcus trug Kell auf, Essen und Wein für das Fest zu besorgen, und stattete Julia Allegra einen Besuch ab, um die Organisation des Festes zu erörtern. Mit Diana sprach er erst einen Tag vor dem bevorstehenden Ereignis. Bevor er am Morgen zur Festung aufbrach, setzte er sich zu ihr an den Bettrand und räusperte sich unbehaglich.

Diana liebte es, ihn in seinem glänzenden Brustharnisch zu sehen. Wenn er sie in die Arme nahm, während er seine Rüstung trug, wurden ihr immer die Knie weich.

»Paullinus bricht morgen mit seinen Legionären auf. Es ist Sitte, daß ich ihn und seine Offiziere am Abend vorher in meine Villa einlade.«

Diana sah ihn alarmiert an. »Du meinst, er wird heute abend hier sein? O Marcus, kann ich nicht irgendwo anders hingehen?«

Marcus fiel ein Stein vom Herzen. Die Sache schien einfacher zu laufen als erwartet. »Das wäre vielleicht am besten. Paullinus haßt die Briten und selbst Kell halte ich von ihm fern. Warum gehst du nicht einfach mit Kell ins Theater? Wenn du zurückkommst, verschanzt du dich sofort in unserer Kammer. Du hast gesehen, wie sich mein Bruder aufführte, als er betrunken war, und ich fürchte, daß heute abend mehr als reichlich Weinströme fließen.«

»Das Theater ist ein sehr gute Idee. Paullinus kann ich nicht ausstehen.« Es schauderte sie, wenn sie an den haarigen Riesen dachte, der aussah wie ein großes, struppiges Vieh.

Marcus gab ihr einen Abschiedskuß. »Heute werden wir uns nicht mehr sehen; du schläfst sicher schon, wenn ich hinaufkomme; aber sobald die Legionäre endlich abgezogen sind, habe ich mehr Zeit für dich. Dann gehe ich mit dir auf Wildschweinjagd.« Er stand auf und legte sich seinen Waffengürtel um. »Viel Spaß im Theater!«

»Viel Spaß bei deinem Fest«, erwiderte sie naiv, und er kam sich ziemlich schäbig vor, sie doch irgendwie zu hintergehen.

Diana, die ihre ultramarineblaue Toga mit dazu passender Palla trug, heimste mehr Blicke ein als das Theaterstück. Ihre blonde Mähne zog sowohl männliche als auch weibliche Augenpaare auf sich. Überall flüsterte man: »Wer ist sie?«, und diejenigen, die über die privilegierte Information verfügten, daß sich General Magnus eine Konkubine zugelegt hatte, stillten den Wissensdurst der Neugierigen. Die Männer wurden sofort neidisch auf den General, während die Frauen alles darum gegeben hätten, Dianas Stelle einzunehmen.

Es amüsierte sie, daß Kell immer eine Hand am Griff seiner Peitsche hielt, als Warnung an die Menge, Distanz zu wahren. Sie und Kell hatten sich ein musikalisches Stück ausgesucht, das, wie sich herausstellte, eher ein extravagantes Ballett war. Mit großer Freunde beobachtete Diana die Tänzer und Sänger in ihren kunstvollen Masken und Kostümen. Das Ganze geriet ein wenig außer Kontrolle, als eine Gruppe Akrobatinnen über die Bühne wirbelte, denn sie trugen nicht mehr als breite schwarze Lederriemen – einen über der Brust und den anderen über den Lenden.

Das Stück dauerte ziemlich lange, und anschließend ging Kell mit Diana in einen Weinkeller, wo traditionsgemäß die Theatergäste nach der genossenen Unterhaltung am liebsten einkehrten. Es wurden sowohl kalte als auch warme Spirituosen serviert. Diana wählte Calda, den warmen, gewürzten Wein, während Kell Setinier bevorzugte, einen alten Wein, der aus Italien eingeführt wurde. Widerwillig räumte sie ein, daß die römischen Tropfen heimischen überlegen waren.

Diana trat den Rückweg in einer Sänfte an und Kell ging neben ihr her, so daß sie sich über den Abend unterhalten konnten. Sie kam sich sehr verwöhnt, ja beinahe sündig vor, sich in der Stadt amüsiert zu haben, während Marcus den Gastgeber für den militärischen Anführer und seine Zenturione spielen mußte. »Herzlichen Dank für deine Begleitung, Kell! Es hat mir wirklich sehr gut gefallen. Ich muß Marcus von diesen Akrobatinnen erzählen, die ihm entgangen sind.« Diana kicherte. »Armer Marcus!«

Als sie zu Hause anlangten, sahen sie, daß der ganze Hof voller Wagen stand, und wußten daher, daß die Gäste des Generals noch da waren.

»Ich glaube, wir sollten lieber durch den Garten gehen statt durch den Vordereingang«, meinte Kell. »Vielleicht besprechen sie ja militärische Angelegenheiten.« *Mögen die Götter mir diese kleine Lüge verzeihen*, dachte er.

Diana schlüpfte durch das Tor in den ummauerten Garten und blieb wie angewurzelt stehen. Ein halbes Dutzend nackter Frauen ritt auf den Rücken ebenso nackter Männer. Andere nackte Gestalten hielten brennende Fackeln oder kleine Peitschen, um diejenigen, die Hengst spielten, anzutreiben. »Militärische Angelegenheiten? Orgien meinst du wohl!«

Kell ergriff sie beim Arm und schob sie zu einer Außentreppe, die in den ersten Stock hinaufführte. In diesem Moment betrat Marcus den Garten mit einer nackten Frau, die sich an seinem Arm festklammerte. Sie hatte kohlschwarzes Haar und eine mehr als üppige Figur mit großen Brüsten und einem weit ausladenden Hinterteil. Diana traute ihren Augen nicht. Die Frau an Marcus' Seite sah genauso aus wie Allegra.

»Was zum Teufel tut sie hier?« fauchte Diana und schleuderte Blitze aus ihren amethystblauen Augen.

»Sie ist hier, weil ich sie eingeladen habe. Geh sofort nach oben«, bellte er. Marcus warf Kell einen bitterbösen Blick zu. Wie, zum Hades, konnte er zulassen, daß Diana Zeugin einer solchen Szene wurde?

Diana stemmte die Hände in die Hüfte und rührte sich keinen Zentimeter vom Fleck. »Geh nach oben, sagst du? Bist du sicher, daß *du* nicht deine Schlafkammer für deine fette Hure brauchst?«

Marcus schlug ihr hart ins Gesicht und schwang sie in seine Arme. Dann trug er die wild strampelnde und schimpfende Diana die Steinstufen zum ersten Stock hinauf. Er warf sie in seine Kammer und schloß die Tür. »Hör sofort mit dem Gekeife auf. Jeder, der dich hört, könnte dich für eine der Dirnen halten!«

»Und damit hätten sie verdammt recht! Denn das ist alles, was ich für dich bin – deine Hure! Eine von vielen, wie's scheint. Das nämlich bedeutet eine Frau für einen Römer! Ich sollte meinen Lendenschurz anziehen und mich den anderen Weibern anschließen!«

Marcus knirschte mit den Zähnen. Sie provozierte ihn absichtlich. Er öffnete die Tür und fand Kell vor, der besorgt draußen wartete. »Herein mit dir. Paß ja auf, daß sie die Kammer heute abend nicht mehr verläßt.« Marcus musterte Diana mit zornfunkelnden Augen. »Wenn du damit fertig bist, dich lächerlich zu machen, dann kann ich ja zu meiner Gespielin zurückkehren.«

Diana ergriff eine silberne Lampe und zerschmetterte sie an der Tür. Dann warf sie sich aufs Bett und brach in lautes Schluchzen aus.

Kell ließ sie volle fünf Minuten lang heulen, dann meinte er sachlich: »Verschwendet Eure Tränen nicht an mich, Lady. Hebt sie Euch für den General auf.«

»O halt den Mund! Das war eine verdammte Verschwörung, um mich aus dem Haus zu bekommen, damit er mit seinen Kumpanen in aller Ruhe Orgien feiern kann!« Diana setzte sich auf und wischte sich die Tränen aus den Augen.

Kell dachte, er täte besser daran, die empörte Dame ein wenig zu besänftigen. Marcus Magnus war im Moment ganz und gar nicht zufrieden mit ihm. »Der General wollte dir das alles ersparen. Die Männer benehmen sich immer wie rammelnde Böcke.«

»Du meinst, das ist nicht das erste Mal?« kreischte Diana.

»Es ist dieses Schwein, Paullinus! Wenn der General kein Fest für ihn gibt, würde er sich den Gouverneur zum Feind machen, und Paullinus' Feinde leben nicht sehr lange. Der General lädt Julia Allegra und ihre Huren nur deshalb ein, damit sich die Männer nicht an den Haussklavinnen vergreifen.«

»Julia Allegra ist eine Kupplerin?« fragte Diana. »Sie erinnert mich an jemanden, den ich früher kannte. Sie hieß ebenfalls Allegra.« Wenn sie sich nicht gerade Dame Lightfoot nannte, dachte Diana niedergeschlagen. Ihre Unterlippe zitterte. »O Kell, was soll ich bloß tun?«

»Aufhören mit diesem Spektakel, natürlich.«

»Was meinst du damit?« klagte sie.

»Komm hierher zum Spiegel.«

Diana ging zögernd zu ihm und blickte mit großen traurigen Augen ihr Spiegelbild an.

»Schau dich an... ich meine, schau dich richtig an. Du bist eine der schönsten Frauen, die ich je gesehen habe, und der General zweifellos ebenfalls. Ein Blick auf dich, und er war wie vom Blitz getroffen. Solange er dich hat, die auf ihn wartet, warum sollte er da eine andere Frau auch nur in Betracht ziehen?«

Schluchzend schneuzte sie sich. »Was ist mit Julia Allegra?«

»Er würde sie nicht mal mit dem Schwanz eines anderen reiten!«

»Wirklich?« fragte sie kläglich.

»Nun, du brauchst nur deine Augen aufzumachen. Selbst wenn er ihr einen Sack über den Kopf stülpte, würde er sie nicht ficken.«

Diana lachte trotz Kells grober Ausdrucksweise. »Vielleicht hebt er sie ja für Paullinus auf.«

Jetzt mußte Kell lachen. »Eine Bache für einen geilen Eber!«

Im Grunde sollte sie es Marcus zugute halten, daß er Prostituierte einlud und so verhinderte, daß die Männer unter seinen Sklavinnen wüteten. Immerhin war dies sein Haus, wo er tun und lassen mochte, was er wollte; aber sie konnte sich dennoch nicht einer heftigen Eifersucht auf jede Frau, die er je angefaßt hatte, erwehren. Wenn er heute abend zu Bett kam, würde sie es ihm schon heimzahlen. Sie würde die eiskalte Prinzessin spielen und sich erst nach einer Million Entschuldigungen erweichen lassen.

Marcus kam jedoch nicht. Er hielt sich fern und sie sah ihn erst am folgenden Abend wieder. Diana verbrachte den ganzen langen Tag allein, da der gesamte Haushalt vom Morgen bis zum Abend mit dem Aufräumen beschäftigt war. Die ausgelassenen Festbesucher hatten ganze Arbeit geleistet. Alles mußte gereinigt – die Fußböden, die Wände, die Teppiche – und jede Liege im Haus neu bezogen werden.

Dianas Gefühle schwankten zwischen Haß, blinder Eifersucht und Wut. Sie war in ihrem Stolz getroffen; Marcus hatte sie beschämt und erniedrigt. Nun, die Strafe würde dem Verbrechen angemessen sein, soviel war sicher. Aber als es Nachmittag wurde, gesellte sich Sehnsucht nach ihm zu ihrem Gefühl von Einsamkeit, und sie mußte gegen den Wunsch ankämpfen, zur Festung zu reiten, bloß um ihn zu sehen. Als schließlich nach einem, wie ihr schien, endlos langen Tag der Abend hereinbrach, hatte sie beschlossen, sich nichts von ihren Gefühlen anmerken zu lassen. Sie würde ihn ganz normal begrüßen und so tun, als wäre nichts geschehen. Und erst recht nichts, das sie aufgebracht hatte. Natürlich würde sie etwas ganz Besonderes anziehen.

Als Marcus nach Hause kam und nicht von Diana im Atrium begrüßt wurde, schluckte er nur kurz. Er hatte nicht erwartet, sie hier anzutreffen. Statt dessen sah er einen Streit auf sich zukommen, der leicht in Gewalttätigkeit ausarten konnte, wenn er sein Temperament nicht eisern im Zaum hielt.

Er hörte weibliche Stimmen aus dem Solarium, und Dianas silbriges Lachen drang an sein Ohr. Es zog ihn an wie ein Magnet. Sie trug eine exquisite Kreation, in der sie aussah wie die Tigerin in dem Mosaik, das sich prächtig unter ihren Füßen erstreckte. Diana war einfach atemberaubend schön.

»O Marcus, du mußt früh dran sein. Der Tag ist nur so verflogen. Aber du bist genau der Mann, den ich brauche, um mir bei einer Entscheidung zu helfen.«

Die Stunden, die er ohne sie verbracht hatte, waren endlos gewesen, und er war alles andere als früh dran. Wo blieben ihre Anschuldigungen, ihre Vorwürfe, Drohungen und Tränen?

Sie schenkte ihm ein bewunderndes Lächeln. »Ich kann mich nicht für einen Wintermantel entscheiden. Soll ich ihn mit schwarzem oder rotem Fuchspelz verbrämen lassen?« Sie hielt je ein Exemplar des weichen Pelzes an ihre Wangen. »Nola findet, der rote hat mehr Feuer, aber mir gefällt der schwarze, weil er besser zu meiner hellen Haut paßt.«

Marcus blickte von Diana zu Nola und wieder zu Diana. Sie hatte ihn vollkommen überrascht. »Warum läßt du dir nicht zwei Mäntel machen?« schlug er in leichtem Ton vor, aber innerlich war er wachsam wie ein alter Wolf.

»Ich sagte dir ja, er ist brillant«, meinte Diana zu Nola, dann kam sie zu ihm und hob ihm die Lippen zum Kuß entgegen.

Magnus' Blick suchte Nolas und signalisierte ihr, sie allein zu lassen. Eine innere Stimme sagte ihm, einem geschenkten Gaul besser nicht ins Maul zu schauen; aber als Nola gegangen war, trieb ihn ein Dämon dazu, die vergangene Nacht zur Sprache zu bringen. »Hat dir das Theaterstück gefallen?« fragte er nach einem vorsichtigen Kuß.

»Ich habe jede Minute genossen. Danke für deinen Vorschlag.« Diana war großzügig. Zu sehr?

»Du siehst heute abend bezaubernd aus; wie eine Tigerin.«

Sie wirbelte von ihm fort und drehte sich anmutig im Kreis, damit er die Wirkung des hauchzarten Gewandes voll genießen konnte. Er sah deutlich ihre festen, runden Brüste mit ihren rosigen Warzen, auch ihren Nabel und die goldenen Locken ihrer Scham. Als sie sich umdrehte, schimmerte sogar ihr Gesäß durch den dünnen Stoff.

Diana kannte die Wirkung, die sie auf ihn hatte, und Marcus ahnte, daß sie alles sehr wohl berechnet hatte. Sie trat wieder auf ihn zu, aber nicht ganz. Ein paar verlockende Zentimeter entfernt blieb sie vor ihm stehen und wußte, daß er nicht widerstehen können und sie an sich ziehen würde. Als er genau das tat, meinte sie neckend: »Oh, ist das dein Schwert, oder freust du dich bloß, mich zu sehen?«

»Hast du die Krallen eingezogen?« murmelte er.

»Was denn sonst«, erwiderte sie zuckersüß.

»Da bin ich aber enttäuscht. Ich dachte, du würdest brennen vor Eifersucht wegen gestern abend.«

Ihr Lachen klang wie Silberglocken. »Eifersüchtig? Ich? Ich weiß überhaupt nicht, was das ist!«

Marcus packte sie und zog sie hart an sich. »Was soll dann diese verdammte Vorstellung? Du präsentierst dich schamlos und bist spröde wie Kristall.« Er verschlang sie in einem aggressiven Kuß, um ihr zu zeigen, daß sie es geschafft hatte, ihn bis an seine Grenzen zu reizen.

»Verdammt sollst du sein, Römer, verdammt bis in die tiefste Hölle!« Sie krallte die Finger in sein schwarzes Haar und biß ihn in die Lippe, bis er blutete. »Ich hätte dich umbringen können!«

Marcus grinste wie ein Junge. »Aha, du kleines Biest! Leider liebe ich dich allzu sehr, ohne Zweifel hast du mich verhext. Bei den Eiern von Jupiter, ich bin für alle anderen Frauen verdorben. Aber das muß ich dir doch sicher nicht lange erläutern.«

Wild klammerte sie sich an ihn. »Doch, ich will, daß du's mir jeden Tag sagst und jede Nacht – nicht nur sagst, sondern auch zeigst!«

Marcus sank mit ihr auf den Marmorboden, wo er sie auf die Tigerin legte und ihr Haar in dem dichten Mosaikgras ausbreitete. Und dann zeigte er ihr ganz langsam und zärtlich, wieviel sie ihm bedeutete.

Nachdem Paullinus mit den frisch ausgebildeten Legionären in den Westen aufgebrochen war, hatte Marcus ein paar Wochen Zeit, bevor zwei weitere Kohorten zum Training eintrafen. Seine eigenen Männer, die permanent in Aquae Sulis stationiert waren, kamen ebenfalls in den Genuß einer kleinen Abwechslung zu ihren üblichen militärischen Pflichten. Und die Ingenieure machten sich wieder an den Bau von Straßen und Aquädukten sowie öffentlicher Thermen, die über den natürlichen heißen Quellen dieser Gegend errichtet wurden.

Der in Aussicht gestellten Wildschweinjagd stand nun nichts mehr im Wege. Eines Morgens küßte er sie zu einer höchst unheiligen Zeit wach, und als sie sich an ihn kuschelte und die Arme öffnete, meinte er neckend: »Bei der seligen Fortuna, denkst du denn nie an etwas anderes?«

Violette Amethystaugen blickten in teuflisch funkelnde schwarze. »Bin ich dir vielleicht zu anstrengend, geliebter Römer?« fragte sie und streckte sich sinnlich wie eine Katze.

»Wenn du wirklich auf diese Jagd gehen willst, mit der du mir schon seit Tagen in den Ohren liegst, dann ziehst du dich schleunigst an, bevor ich meine Meinung wieder ändere.«

Diana sprang sofort auf. »Heute? Die Jagd findet heute statt?« Sie versuchte gar nicht erst, ihre Aufregung zu verbergen. In der

Zwischenzeit hatte sie ein doppelreihiges Wams in einem Stil anfertigen lassen, von dem sie glaubte, daß man es im Mittelalter zur Jagd getragen hatte. Dazu wollte sie ihre Lederhosen anziehen. Das Wams war türkisgrün und mit einem großen goldenen Adler bestickt, ein Symbol, das Marcus gewählt hätte, wenn er für so etwas Verwendung gehabt hätte. Sie hatte sogar ein kleines goldenes Jagdhorn erworben, das sie um den Hals tragen wollte.

Sylla flocht ihr Haar zu einem dicken Zopf und wickelte ihn kranzartig um ihr Haupt. Dann steckte sie türkise und goldene Ornamente hinein, so daß es aussah wie eine Krone. Immerhin war dies die Verwirklichung ihres Traums von einer königlichen Jagd, und den wollte sie unbedingt so real wie möglich machen.

Tor hatte ihre Stute bereits gesattelt, als sie den Stall betrat. Sie ließ sich von ihm aufs Pferd heben und hörte von draußen Hundegebell. Als sie auf den Hof hinausritt, hatte auch Marcus schon seinen Hengst bestiegen, und Romulus und Remus liefen aufgeregt bellend um ihn herum.

»Diana, Göttin der Jagd. Heute siehst du tatsächlich aus wie eine Göttin.«

»Wo sind die anderen?«

»Welche anderen?«

»Du kannst doch das Wildschwein nicht allein jagen, das ist viel zu gefährlich!«

»Ich habe die Hunde und ein extra Packpferd. Das ist alles, was ich für eine Wildschweinjagd brauche.«

Furcht krampfte ihren Magen zusammen. Da gab es weder ein Gewehr, noch Pfeil und Bogen, weder eine Hundemeute noch Gefährten.

»Hab keine Angst, Liebes, ich werde dich beschützen«, versprach er mit unbewußter Arroganz.

Diana straffte ihre Schultern. »Angst? Ich habe keine Angst! Ich vertraue dir aus tiefstem Herzen.« Sie wünschte, sie würde sich so zuversichtlich fühlen, wie ihre Worte klangen. »Abenteuer sind schön!« rief sie, galoppierte wie der Wind aus dem Hof und auf die Wälder zu.

Marcus überholte sie spielend, bevor sie den Waldrand erreichte, und sobald sie zwischen den Bäumen ritten, mußten sie ihre Gangart beträchtlich verlangsamen. Das Sonnenlicht schien in dicken Strahlen durch die hochaufragenden Stämme und ließ die roten und goldenen Herbstblätter blitzen und funkeln. Dort, wo die Bäume dicht an dicht standen, war es kühl, schattig und dunkel.

Diana hielt sich so nahe an Marcus' Seite, wie sie konnte. Sie witterte überall unbekannte Gefahren, denn deutlich waren die Tiere zu hören, die durchs Unterholz brachen und im trockenen Laub raschelten. Marcus hielt seine beiden Doggen mit ein paar kurzen, scharfen Befehlen im Zaum, da sie sonst hinter dem ersten Tier hergejagt wären, dessen Spur sie aufnahmen.

Die Luft war gesättigt mit dem Duft von Kiefern und Adlerfarn, erfüllt von Vogelgezwitscher, das gelegentlich zu schrillem Piepsen wurde, um vor nahenden Feinden zu warnen. Der General schien zu wissen, wohin er ritt, also schluckte Diana ihre Furcht hinunter und folgte ihm. Sie erreichten eine Lichtung, die von mächtigen Eichen umstanden war, und dort stand, koloßartig, ein Wildschwein, das die Erde nach Eicheln aufwühlte.

Marcus sah es lange, bevor das Tier ihn bemerkte. Er gab den Hunden mit der Hand das Zeichen, die Jagd aufzunehmen. Diana stockte der Atem. Das Biest war eine solche Urgewalt, daß es ihr die Kehle vor Angst zuschnürte. In diesem einzigen, schrecklichen Moment wünschte sie, nie hierhergekommen zu sein. Mehr als das, sie wünschte, sie hätte nie diese entsetzliche Idee gehabt. Marcus brauchte gar keine Waffe, dachte sie verzagt, seine Hunde würden hoffentlich das Wildschwein in Stücke reißen.

Ohne Zögern nahmen sie die Jagd auf. Das Vieh rannte schnell, trotz seines dicken Bauchs und seiner kurzen, plumpen Beine. Mit blankem Entsetzen sah sie, wie es versuchte, die

Hunde mit seinen häßlichen, scharfen Hauern aufzuschlitzen. Ihre Stute warf nervös den Kopf hin und her, und schnaubte ängstlich. Sie zog die Zügel an, damit sie ihr nicht durchging. Wie der Blitz war Marcus aus dem Sattel und seinen bellenden Hunden dicht auf den Fersen.

Bebend vor Faszination sah sie, wie sie die Lichtung in ihrer gesamten Länge umkreisten. Langsam erkannte sie, daß Romulus und Remus nur die Ohren des Keilers attackierten und sich klugerweise von den scharfen Hauern fernhielten. Die Doggen waren darauf abgerichtet, den Keiler von einem Ausbruch abzuhalten, ihn auf die Lichtung zu fixieren. Schließlich brachten ihn die Hunde, jeder auf einer Seite, zu Fall.

Marcus warf sich auf das Tier und packte es bei den Hauern, damit es ihn nicht aufspießen konnte. Der Keiler, der nun wie wahnsinnig war vor Wut, kämpfte besinnungslos um sein Leben. Diana preßte die Hand aufs Herz, als könnte es jeden Moment zerspringen. Sie bangte nicht mehr um ihre eigene Sicherheit oder um die der Hunde. All ihre Sorge galt Marcus. Seine nackten Arme und Beine bluteten bereits aus zahlreichen Schürf- und Kratzwunden, und sie zitterte um ihn. Ihr Herz hämmerte so wild, daß es in ihren Ohren dröhnte und sie Angst hatte, ohnmächtig zu werden. Ihre Liebe war so groß, daß sie es einfach nicht ertragen konnte, ihn bluten zu sehen!

21. Kapitel

Marcus' Gesicht und Arme glänzten vor Schweiß, während er mit dem Tier rang, und der Schweiß vermischte sich mit dem Blut aus seinen Wunden. Zu guter Letzt begann sein Gegner langsam zu erlahmen, und Marcus zog einen Strick aus seinem Gürtel, schlang ihn dem Wildschwein um den Kopf und zog dessen Schädel zu seinen Füßen herab. Dann schnürte er ihn so zusammen, daß er sich nicht mehr rühren konnte. Er ließ seine Beute liegen, wo sie war und schritt grinsend über die Lichtung auf sie zu.

»Du hast es gar nicht getötet«, sagte sie erstaunt.

Sein Grinsen verschwand. »Bist du enttäuscht?«

»O nein, Marcus! Das war der tapferste Kampf, den ich je gesehen habe.« Sie streckte die Arme aus, damit er sie vom Pferd heben konnte.

»Ich stinke«, warnte er. »Wildschweine stinken abscheulich.«

»Das ist mir egal«, sagte sie und warf sich ihm entgegen, so daß er gezwungen war, sie aufzufangen. »Du bist so kühn! Mir blieb fast das Herz stehen, solche Angst hatte ich um dich.«

Er ließ die Hunde hinter einem Hasen herjagen, und sie setzten sich auf einen umgestürzten Baumstamm, damit Marcus verschnaufen konnte. »Ohne die Hunde hätte ich's nicht geschafft«, erklärte er. »Ich habe sie darauf abgerichtet, dem Wild nur an die Ohren zu gehen, damit sie es nicht ernsthaft verwunden. Ich bringe die Tiere dann zur Festung, wo wir sie zur Züchtung verwenden. Das hier ist nur ein relativ kleines Weibchen.«

»Klein?« wiederholte Diana ungläubig.

»Die Männchen sind viel größer, aber längst nicht so wertvoll.«

»Habe ich dich richtig verstanden, Marcus Magnus? Gibst du tatsächlich zu, daß ein Weibchen mehr wert ist als ein Männchen?«

Mit einer Grimasse strich er ihr eine Locke, die sich aus ihrer Frisur gelöst hatte, hinters Ohr. »Man braucht nur ein, zwei Männchen, um eine ganze Herde von Weibchen zu begatten.«

»Was geschieht mit den Männchen?«

»Die werden gegessen, was sonst?« Er nahm eine Axt aus seiner Satteltasche und errichtete einen provisorischen Käfig aus dicken Ästen, dann spitzte er etwas dünnere Zweige und steckte sie darum herum. »Ich will nicht, daß sich Wölfe über das Wildschwein hermachen, während ich das nächste jage«, erklärte er.

»Wölfe?« rief Diana erschrocken und hoffte, daß er nur einen Scherz gemacht hatte. Als sie sah, daß er es ernst meinte, sagte sie: »Aber warum nehmen wir das Wildschwein nicht einfach und verschwinden? Diese eine Erfahrung hat meine Neugierde vollauf befriedigt.«

»Glaubst du, deine Ritter würden nach nur einem Schwein aufhören?«

»Oh, das würden sie ganz sicher, Marcus!«

Er grinste. »Ein Grund mehr, sie zu übertreffen.«

Das Herz ging ihr über, als sie merkte, daß er das alles tat, um sie zu beeindrucken. Er war – überflüssigerweise – eifersüchtig auf »ihre Ritter«, wie er sie nannte. Unbestreitbar hätte er jeden Mann, egal aus welcher Epoche, in den Schatten gestellt. Und das würde sie ihm auch sagen, aber nicht vor heute nacht, nicht bevor sie im Bett waren. Dann konnte sie ihn gebührend für seine unglaubliche Tapferkeit und Schläue belohnen.

Als die Jagd schließlich vorbei war, tauchten sie mit sage und schreibe drei Beutetieren aus dem Wald auf. Die beiden Weibchen waren aufs Packpferd geschnürt, während sich Marcus das Männchen selbst auf die Schultern gehievt hatte. Romulus und Remus schlichen hundemüde hinter ihnen drein, und als sich die kleine Jagdgesellschaft der Villa näherte, stieß Diana vergnügt in ihr Horn. Obwohl es nicht ganz das gewesen war, was sie sich vorgestellt hatte, so wußte sie doch, daß keine Jagd, egal in welchem Zeitalter, diejenige, die sie an der Seite ihres wundervollen Römers erlebt hatte, übertreffen konnte. In diesem Moment hätte sie nicht einmal mit Kleopatra oder der großen Königin von England tauschen mögen!

In der folgenden Woche nahm Marcus Diana überallhin mit. Er zeigte ihr die Stadt, während er sich vom Fortschreiten der unterschiedlichen Projekte und Bauvorhaben überzeugte. Sie ritten über eine römische Straße, die bis zur Küste verlängert werden sollte. Diana wußte, daß hinter Bath Bristol und der große Kanal lagen, den Marcus die Sabrina Aestuaria nannte. Sie stießen auf eine andere Straße, die nach Nordosten führte.

»Auf diese Straße bin ich besonders stolz. Sie wurde von meinen eigenen Ingenieuren entworfen und von meinen Sklaven gebaut. Sie reicht bis hinauf nach Lindum, was über zweihundert Meilen entfernt liegt.«

Für Diana klang Lindum fast so wie Lincoln, und auf einmal kam ihr der Gedanke, daß diese Straße, die von Bath über Exeter bis nach Lincoln reichte, in ihrer heutigen Zeit immer noch benutzt wurde. Sie stieg ab und legte die Hand ehrfürchtig auf einen Pflasterstein.

»O Marcus, das ist der Great Fosse Way – wahrscheinlich die berühmteste Straße ganz Britanniens. Ich kann mich erinnern, daß ich nur ein paar Tage, bevor ich in deiner Zeit landete, auf dem Fosse Way stand und dieses starke Gefühl von Unendlichkeit verspürte. Es ist wie ein Wunder, daß etwas, das die alten Römer bauten, auch heute noch benutzt wird.«

Marcus starrte sie ein wenig unbehaglich an. Ihm war nicht ganz wohl bei einigen der Dinge, die in ihrem Kopf vorgingen. Doch das meiste von dem, was sie sagte, ergab einen Sinn. Nur ab und zu lagen ihre Äußerungen außerhalb des Möglichen; trotzdem war er nicht bereit, ihre Geschichte als wahr anzuerkennen, denn in diesem Fall müßte er damit rechnen, daß sie ebenso geheimnisvoll wieder verschwand, wie sie aufgetaucht war – eine unerträgliche Vorstellung!

»Diese Steine haben eine so wundervolle Farbe. Sie stammen aus Bath, ich meine Aquae Sulis.«

Er lachte sie an. »Das weiß ich. Mir gehören ja die meisten der Steinbrüche.«

Diana erhob sich langsam und starrte ihn an, als ob sie ein Gespenst sähe. Als er das Wort »Steinbrüche« aussprach, hatte etwas in ihrem Kopf geklickt. Konnte Marcus Magnus gar der Herzog von Bath sein?

»Stimmt etwas nicht?« fragte er.

»Nein, alles ist in Ordnung. Wirklich«, versicherte sie rasch. Dieser Gedanke war so bizarr, daß sie ihn ihm unmöglich erzählen konnte. Sie versuchte ihn fortzuwischen, doch immer wenn sie einen Blick auf sein finsteres, stolzes Profil warf, kam ihr derselbe Vergleich. Auf einmal fiel ihr wieder ein, was sie gedacht hatte, als sie ihn zum ersten Mal erblickte, als er mit seinem Streitwagen auf sie zuraste. Sie hatte ihn für den Herzog von Bath gehalten, der sich irgendwie lächerlich verkleidet hatte. Mark Hardwick... Mark... Marcus...

Er führte sie zum Fluß und zog eine Papyrusrolle hervor. »Mein nächstes Projekt ist eine feste Brücke über den Fluß. Hier, ich möchte dir meine Entwürfe zeigen.«

»Nein! Zeig sie mir nicht.« Diana betrachtete einen Moment lang nachdenklich die beiden Flußufer, dann sagte sie: »Sie wird das Wasser dort drüben, wo du das Wehr hast erbauen lassen, überspannen. Es wird eine hohe Brücke werden, mit wundervollen Steinbögen. Ich kann dir sogar sagen, wie viele.«

»Du hast in meinen Entwürfen geschnüffelt«, klagte er sie an.

»Marcus Magnus, du hast auch für alles eine Erklärung! Ich habe deine Entwürfe *nicht* gesehen. Die Brücke steht heute noch. Man nennt sie Pulteney Bridge. Ein georgianischer Architekt soll sie erbaut haben, aber offensichtlich hat er deine Idee gestohlen.«

Seine Augen verengten sich. »Das hier *ist* die heutige Zeit«, sagte er barsch.

Diana sah ihn an und wußte, warum er ihr nicht glauben wollte. Sie liebten und brauchten einander zu sehr, als daß sie den Gedanken, daß etwas sie trennte, ertragen konnten – besonders etwas so erschreckend Ungreifbares wie die Zeit.

Es war ein herrlicher Herbsttag, wahrscheinlich einer der wenigen, die ihnen in diesem Jahr noch beschert sein würden, also ritten sie weiter am Flußufer entlang, bis sie auf eine geschützte Stelle stießen, eine Stelle, an der sich die Natur noch ein letztes Mal auszutoben schien, bevor sie sich dem Winter beugte.

»Ich habe etwas zu essen mitgebracht«, gestand Marcus.

»Und ich Schreibtafel und Stylus!«

Marcus stöhnte. »An Schreiben hatte ich nicht unbedingt gedacht.«

Sie stiegen ab, banden ihre Pferde an, und dann legte Diana ihren Umhang aufs Gras, setzte sich und lehnte sich mit dem Rücken an eine Birke. Das Wasser plätscherte fröhlich über die Kiesel im Flußbett. Bienen summten und sammelten unermüdlich Pollen vom Heidekraut, das überall blühte, während Schwalben über dem Fluß nach Insekten jagten.

Marcus breitete eine Serviette mit kaltem Kalbfleisch und ein paar gebratene Täubchen aus. Er hatte außerdem Brot, Käse und Oliven dabei, ohne die eine römische Mahlzeit undenkbar war. Sie hatten keine Trinkbecher, also zeigte ihr Marcus, wie man aus einer Tierhaut trank, was ihnen beiden ungeheuer viel Spaß machte, bis ihr Lachen und Scherzen langsam erstarb und sich ihre Gedanken der Liebe zuwandten.

Sie streckten sich auf der Decke aus und küßten sich. Als Marcus an der Brosche, die ihre Tunika zusammenhielt, nestelte, protestierte sie leise. »Marcus, ich kann doch nicht nackt hier draußen liegen.«

»Du bist ja nicht nackt. Du kannst meine Cäsarenmünze anziehen.«

»Es tut mir leid, daß ich einen deiner Helden beleidigt habe. Kannst du mir noch mal verzeihen?« fragte sie und strich sanft über Cäsars nobles Profil.

»Nur, wenn du meine Münze trägst und sonst nichts!«

Sie lachte zu ihm auf. »Du bist so überzeugend. Wie könnte ich dir auch nur irgend etwas abschlagen?«

»*Veni, vidi, vici*«, zitierte Marcus.

»Nein. *Ich* kam, *ich* sah, *ich* siegte«, korrigierte Diana, die ihn bewußt in seiner Männlichkeit reizte, damit er sie sich unterwarf. Was ihm gelang, lange bevor ihr Liebesspiel seinen wilden Höhepunkt erreichte.

Später saß sie dann zwischen seinen Beinen und er zeigte ihr, wie man mit dem Stylus umging. Als sie gelernt hatte, leserliche Zeichen in dünne Bleischicht, die die Holztafel bedeckte, zu ritzen, nahm sie eine neue zur Hand und sagte: »Ich werde unsere Namen hier draufschreiben und die Tafel dann vergraben, damit dieser wundervolle Tag auf ewig bewahrt bleibt.«

Er lachte. »Es ist nichts Ungewöhnliches, diese Dinger zu vergraben, aber normalerweise stehen Flüche darauf.«

»Welchen Inhalts?« fragte sie neugierig.

»Oh, Ehefrauen, deren Männer untreu sind, schreiben Unsinn wie: ›Ich verfluche deinen Geist, deine Seele, deine Leber und deine Lungen‹, und dann vergraben sie das Ganze in dem Irrglauben, daß die Flüche Wirklichkeit werden.«

Sie warf ihm einen Blick über die Schulter zu. »Und was ist, wenn die Frau untreu ist?«

»Dann würde der Mann wohl eher die Frau vergraben als irgendeine Spruchtafel.«

Das klang wie eine versteckte Warnung. »Nun, also habe ich Glück, daß ich nicht verheiratet bin«, sagte sie in leichtem Ton.

Seine Miene wurde auf einmal nachdenklich, aber Diana, die sich ganz darauf konzentrierte, wie man den Stylus richtig hielt, sah nicht die Sehnsucht, die deutlich aus seiner Miene sprach. Er sah ihr über die Schulter, als sie schrieb:

Marcus Magnus
Primus Pilus
und General von Aquae Sulis
Auf immer und ewig liebt dich
Diana Davenport, A. D. 61

Er fuhr mit den Fingern über die Jahreszahl. »Was heißt das?« fragte er verwundert.

»Das ist das Datum, das Jahr, in dem wir uns befinden.«

Marcus schüttelte den Kopf. »Wir befinden uns im achten Jahr der Regierung von Kaiser Nero.«

»Ja, das weiß ich, mein Liebster, aber die künftigen Generationen datieren alles von der Geburt Jesu Christi an. Also schreibt man entweder v. Chr., vor Christus, n. Chr. heißt nach Christus, oder A. D., Anno Domini, im Jahre des Herrn.«

Marcus nahm ihre Erklärung wortlos hin. Er war zu sehr von Liebe erfüllt, um mit ihr zu streiten und ihre kostbare Zeit miteinander zu trüben.

Wie zwei Kinder einen Schatz, vergruben sie die Tafel zwischen den Wurzeln der Birken. Als es Zeit war, nach Hause zu reiten, hob Marcus sie vor sich in den Sattel, während ihre eigene Stute folgte. Obwohl sie den ganzen Tag miteinander verbracht hatten, mochte er sie nicht aus seinen Armen lassen.

Als sie daheim eintrafen, teilte Kell Marcus mit, daß Julius Classicianus am morgigen Tag eintreffen würde, was bedeutete, daß Marcus schleunigst zur Festung aufbrechen und alles für den Besuch des Prokurators vorbereiten mußte.

Während Diana allein in dem großen Piedestalbett mit seinen hohen Säulen lag, wanderten ihre Gedanken zu jener Epoche, bevor sie hierhergekommen war. Ihr anderes Leben erschien ihr tausend oder sogar eine Million Lichtjahre entfernt. Wie auf einem anderen Planeten. Sie dachte einen Moment lang an den Herzog von Bath. Es war erstaunlich, wieviel er und Marcus gemeinsam hatten. Waren sie vielleicht tatsächlich ein und derselbe Mann? Gab es so etwas? Nun, da sie eine Frau im vollsten Sinne des Wortes war, wußte sie, daß sie sich von Mark Hardwicks düster-arroganter Männlichkeit angezogen gefühlt hatte. Bei jeder Begegnung waren die Funken zwischen ihnen geflogen.

Ein Lächeln spielte um ihren Mund, während sie langsam in Schlaf sank. Was für ein tröstlicher Gedanke, daß Marcus möglicherweise wieder und wieder lebte, über alle Zeitalter hinweg, an dem Ort lebte, den er liebte. Und wenn das stimmte, dann hatten siebzehnhundert Jahre seine dominante, arrogante Persönlichkeit kein bißchen verändert. Gott sei Dank! Marcus würde für immer Marcus bleiben.

»Es ist offiziell«, sagte Julius zu Marcus. »Kaiser Nero hat beschlossen, Britannien zu halten.« Sie saßen im Kartenraum der Principa, in der Festung von Aquae Sulis.

»Ich kann mir vorstellen, daß Eure Gold- und Silberbarren mit dem Aufdruck DE BRITANNIA dem Kaiser und den Senatoren die Dummheit deutlich gemacht haben, eine derart lukrative Einkommensquelle aufzugeben.«

Julius kam direkt auf den Grund seines Besuchs zu sprechen. »Auf meine Empfehlung hin wird man Paullinus als Leiter der Armee ersetzen. Wir brauchen einen Gouverneur, der auch Staatsmann ist, nicht einen, der die Einheimischen zu Tausenden massakriert.«

»Für unseren Wohlstand und unser Überleben brauchen wir Römer die Briten«, stimmte ihm Marcus zu.

»Ja, und Paullinus erzeugt Haß, wo immer er auftaucht. Seine Absicht, die Stämme der Iceni und Trinobantes auszurotten, führt nur zu ständig neuem Aufruhr. An diese Stelle gehört ein Mann der Diplomatie. Nur eine staatsmännische Einstellung kann die volle Kooperation der Briten wiederherstellen.«

»Ihr werdet nach Rom gehen müssen, um eure Gedanken dem Kaiser und Senat vorzutragen. Schriftliche Botschaften werden viel zu leicht abgefangen, verloren oder ignoriert.«

»Da sind wir ganz einer Meinung. Ich möchte, daß du mich nach Rom begleitest, Marcus. Zwei Stimmen haben mehr Gewicht als eine. Du bist der beste Advokat für dieses Land, den ich mir denken kann. Ich werde persönlich mit Nero sprechen, möchte aber, daß du vor dem Senat erscheinst.«

Marcus war von widerstreitenden Gefühlen erfüllt. Er würde Rom, seinen Vater und den Familienstammsitz nur zu gern wiedersehen; aber er betrachtete es nicht mehr als sein Zuhause. Hier gehörte er her, hier befand sich sein Herz, und Diana zurückzulassen war unvorstellbar. Doch er war ein Mann, dem die Pflicht über alles ging. Es war ihm unmöglich, seine Ehre um eines persönlichen Gewinns willen oder einer anderen Versuchung, welcher Art auch immer, zu opfern. »Julius, Ihr bringt mich da in ein Dilemma.«

»Überlege gut, mein Freund. Ich benötige deine Entscheidung erst in ein paar Tagen. Aber ich habe vor, nächste Woche in See zu stechen. Die Herbststürme stehen bevor, und schon bald wird die Überfahrt gefährlich sein.«

»Kommt heute abend zum Speisen zu mir. Da ist etwas, um das ich Euch bitten wollte, und das gelingt leichter mit einem zufriedenen Magen.«

»Wenn deine Lady ebenfalls anwesend ist, soll es mir ein Vergnügen sein, eure Mahlzeit zu teilen.« Julius nahm seine Einladung augenzwinkernd an.

»Wenn Ihr mein Gast seid, Julius, wird sie sicher gerne den Abend mit uns verbringen«, erwiderte Marcus glatt.

Bevor sie sich zum Essen niederließen, entspannten sich Marcus und Julius im täglichen Ritual des Badens, das von solch großer gesellschaftlicher Bedeutung war. Nach der Einölung und Massage hatte sich Marcus' Zunge so weit gelöst, daß er das Thema, das ihm am meisten am Herzen lag, zur Sprache bringen konnte. Bevor sie ins Kaltwasserbecken tauchten, sagte Marcus: »Ich bin Berufssoldat, wie Ihr wißt. Für sechsundzwanzig Jahre habe ich mich verpflichtet und sechzehn davon bereits abgedient.« Sein Blick begegnete dem von Julius. »Es gehört nun bekanntlich zu den festen Pflichten, daß ein Berufssoldat niemals heiratet.«

Julius wußte sofort, was Marcus bezweckte. »Diese Regel hat sich in den letzten Jahren etwas gelockert. Du wirst eine Einwilligung benötigen, aber wenn ich sie befürworte, wird sie dir fast automatisch erteilt.« Julius war sich seines Sieges beinahe sicher. »Wenn du mich nach Rom begleitest, kann das die Sache ungeheuer beschleunigen.«

»Nun, das ist jedenfalls ein ziemlicher Anreiz«, mußte Marcus zugeben.

»Dann ist also deine Beziehung zu Lady Diana etwas Ernstes?«

»Ja. Ich hätte gerne einen Sohn und jünger werde ich auch nicht. Bisher hat es mir nichts ausgemacht, meinem Bruder das Erbe zu überlassen; aber jetzt, mit dreißig, möchte ich doch eine Frau und einen eigenen, legitimen Nachfolger.«

»Das höre ich gern, Marcus. Es ist ein großer Schritt, aber ein kluger, wie ich finde. Mit zunehmender Reife erkennen wir, daß keiner von uns unsterblich ist, und wenn uns einmal das Glück über den Weg läuft, dann sollten wir es mit beiden Händen ergreifen und nicht wieder loslassen.« Er kniff ein Auge zu. »Ich bin bereit, jetzt ins kalte Wasser zu springen. Wie steht's mit dir?«

Ein paar Stunden später eskortierte Kell Diana ins Triclinium, wo beide Männer sie mit einem keuschen Kuß auf die Wange begrüßten. Sie trug eine blaßlila Toga mit einer tiefvioletten Palla, die an einer Schulter von einer Brosche gehalten wurde. Ihre goldenen Locken waren auf dem Kopf getürmt, um so ihren langen, schlanken Hals und den Reifen mit den Amethysten zur Geltung zu bringen.

Die Konversation verlief höflich und unpersönlich, während Sklaven auf leisen Sohlen um die Liegen gingen und sie bedienten. Doch kaum hatten diese sich zurückgezogen, begann Julius von ihrer Reise nach Rom. Ohne Vorwarnung wandte er sich an Diana und sagte: »Ich muß den Kaiser und den Senat davon überzeugen, Britanniens Armee in eine Friedenstruppe umzuwandeln, deren Hauptaufgabe darin besteht, ihre Territorien zu schützen und ihre Grenzen zu verteidigen.«

»Eure Mission ist höchst nobel, Julius. Ich hoffe aus tiefstem Herzen, daß sie Euch gelingen möge.«

»Wenn Marcus mir dabei hilft, bin ich sicher, daß wir sie überzeugen können. Aber die Entscheidung liegt bei ihm.«

Verdammt, Julius, warum konntest du nicht mich mit ihr sprechen lassen? dachte Marcus.

Diana war auf einmal von Panik erfüllt. Die Worte des Prokurators sagten ihr, daß Marcus in Rom gebraucht wurde, aber noch nicht zugesagt hatte. Indem er ihr andeutete, daß die Entscheidung bei ihm lag, hoffte Julius, sie würde seine Überlegungen beeinflussen. Diana wollte nicht von Marcus getrennt sein, wollte nicht allein gelassen werden. Marcus war ihre Welt, ihr ganzes Leben, der Sinn ihres Daseins. Das Essen in ihrem Mund wurde auf einmal zu Asche. Sie wagte nicht, Marcus anzusehen aus Angst vor dem, was in seinen Augen stand.

Julius tauchte die Finger in eine Schale mit parfümiertem Wasser und trocknete sie an einer Serviette. »Vielleicht würde Diana ja gerne Rom besuchen.«

Marcus' Stimmung hob sich schlagartig. Er merkte deutlich, daß Julius es ihm unmöglich machte, abzulehnen. Er lud Diana ein, weil er vermutete, daß Marcus nicht ohne sie reisen würde. Natürlich hatte Julius keine Ahnung davon, daß Diana seine Sklavin war und gar keine Wahl hatte, sondern kommen und gehen mußte, wie es Marcus gefiel. Und er wollte nicht, daß Julius auch nur den leisesten Verdacht der Leibeigenschaft hegte. Römer heirateten keine Sklaven!

Diana folgte dem Gespräch nicht mehr. Dumpf hörte sie, wie sie Marcus' Vater und die Ländereien erwähnten, die dem Erstgeborenen zustanden. Sie wirkte so blaß und verschlossen wie eine Mondgöttin, als ob sie vollkommen losgelöst wäre von dem, was um sie herum vorging oder gesprochen wurde. Aber in ihrem Innern herrschte Chaos; all ihre Gedanken kreisten um Rom, die Ewige Stadt. Die Vorstellung, daß sie möglicherweise den alten Cäsarensitz aufsuchen würde, war einfach unfaßbar für sie.

Der Mittelpunkt der damaligen Welt erfüllte sie mit Entsetzen, doch es war nicht die herrliche Stadt selbst, sondern sie fürchtete sich vor den Einwohnern, den Römern!

Von allen Kaisern, die über Rom geherrscht hatten, war Nero der grausamste und degenerierteste gewesen. *Nero ist ein Wahnsinniger,* dachte Diana mit einem Schauder. Julius würde Marcus direkt an dessen Hof führen, ein Sündenpfuhl im wahrsten Sinne des Wortes. Aus ihren Geschichtsbüchern hatte sie sehr genau erfahren, was Nero mit den Christen gemacht hatte, also kam ein Besuch Roms für Diana nicht in Frage. Doch tief in ihrem Herzen wußte sie, daß Marcus es für seine Pflicht hielt zu gehen. Und wenn er ging, würde er je wiederkommen?

Nein! Nein! schrie ihr Herz. *Laß diesen Tag noch einmal beginnen, ohne Julius!*

Sie beobachtete Marcus unter gesenkten Lidern. Ihre Augen liebkosten heimlich sein nobles Profil, seinen starken, muskulösen Oberkörper, seine mächtigen Hände, mit denen er gestikulierte, während er mit Julius sprach. Da kam ihr der Gedanke, daß der Prokurator ihr nur deshalb sein Anliegen so offen unterbreitet hatte, weil er glaubte, daß sie unbegrenzten Einfluß auf Marcus Magnus hatte. Sie betete, daß es so war. Mittels dieses Einflusses würde sie ihn von der Reise nach Rom abhalten. Sie würde alles menschenmögliche tun, um ihn an ihre Seite zu bannen. Hatte sie nicht vorgehabt, ihn zu ihrem Sklaven zu machen? Mit all ihrer Überredungskunst könnte sie vielleicht auf seine Entscheidung einwirken, und wenn das nicht genügte, mit ihrem Körper. Sich Marcus in jeglicher Weise hinzugeben war ein Preis, den sie nur zu gerne bezahlte, wenn sie dadurch das, was sie zusammen in Aquae Sulis gefunden hatten, bewahrte!

22. *Kapitel*

Diana zog sich in die Schlafkammer zurück und überließ es Marcus, den Prokurator hinauszubegleiten. Sie nahm die Brosche, mit der ihre Palla befestigt war, ab, zog sich jedoch nicht weiter aus und löste auch nicht ihr Haar. Das würde sie Marcus überlassen.

Der General begleitete den Prokurator in den Hof, wo sein Wagen stand. »Ich werde Euch morgen meine Entscheidung mitteilen, Julius.« Als er wieder ins Atrium zurückkehrte, war er sehr nachdenklich. Niemand konnte ihm Zaudern vorwerfen. Sein Leben lang hatte er rasche Entschlüsse getroffen und nur sehr wenige davon bereut.

Warum zögerte er so sehr, nach Rom zurückzukehren? Die Antwort kam sofort. Diana war der Grund.

Er hielt inne, ein Bein auf der untersten Stufe, und seine schwarzen Augen waren nach oben gerichtet, ohne wirklich etwas zu sehen. Wie machte man einer Frau einen Heiratsantrag? Zerstreut fuhr er mit der Hand durch sein Haar. Was für ein Trottel er doch war! Bevor er sie bitten konnte, ihn zu heiraten, mußte er sie ja erst freilassen. Aber wenn Diana sich nun weigerte, ihn nach Rom zu begleiten? Als seine Sklavin hatte sie keine Wahl. Vielleicht sollte er sich das Ganze noch einmal überlegen.

Doch tief in seinem Herzen wußte er, daß er sie längst hätte freilassen sollen, und er hätte es auch getan, wenn er nicht fürchtete, sie zu verlieren. Vertrauen. Darum ging es. Zwischen Eheleuten sollte unbedingtes Vertrauen herrschen, und bevor sie einander vertrauen konnten, mußten sie sich die Wahrheit sagen. Marcus straffte seine Schultern und erklomm langsam die Treppe.

Warum, beim Jupiter, machte er sich überhaupt Sorgen? Als seine Sklavin mußte sie ihm gehorchen, als seine Gattin mußte sie das und als seine Konkubine ebenfalls. Wenn sie rebellierte, würde er sie eben wieder zurechtstutzen. Sie war bloß eine Frau und hatte zu lernen, wo sie hingehörte, nämlich an seine Seite, in Demut und Gehorsam.

Sobald er das Gemach betrat und sie vor dem Spiegel stehen sah, reagierte sein Körper wie immer bei ihrem Anblick. Sein

Herz machte einen Satz, dann schlug sein Puls so heftig, daß er ihn förmlich im Hals pochen spürte, in seinen Lenden und bis hinunter in die Fußsohlen. Das Blut rauschte auf einmal heiß und heftig durch seine Adern und in seinen Schaft, so daß er aus seinem Nest hervorsprang wie ein Raubtier aus dem Unterholz. Marcus mußte sich einer Wahrheit stellen, die ihm alles andere als leichtfiel; Diana war keine gewöhnliche Frau.

Es war nicht nur ihr Körper, auf den er reagierte. Er genoß vor allem auch ihren Verstand, ihre Intelligenz, und wenn er sie nicht liebte, bereitete es ihm ungeheures Vergnügen, sich mit ihr zu unterhalten. Es gab Zeiten, da hatte er das Gefühl, als würden ihrer beider Seelen einander berühren. Marcus konnte sich nicht vorstellen, sein Leben mit irgend jemand anderem zu verbringen. Er hatte ein Geschenk für sie vorbereitet, aber würde damit bis zum richtigen Zeitpunkt warten. Es sollte ein intimer Moment sein, in dem sie zu erkennen vermochte, wie wichtig ihm sein Geschenk war, was es für ihn bedeutete, sein Leben und seine Liebe mit ihr zu teilen.

Diana warf ihm einen provozierenden Blick durch ihre gesenkten Wimpern zu; sie zog ihn an wie der Mond die Gezeiten. Seine Hände machten sich an ihrer Toga zu schaffen, entblößten eine ihrer Schultern, und sie erschauderte genüßlich, als seine schwieligen Finger über ihre zarte Haut strichen. Während er die Hände hob, um ihr Haar zu öffnen, murmelte er: »Ich wünschte, Julius hätte es mir überlassen, die Reise nach Rom zu erwähnen.«

»Marcus, ich …«

Er legte die Finger auf ihre Lippen. »Laß mich reden. Ich habe dir heute abend viel zu sagen.«

Dianas Herz zog sich schmerzlich zusammen. *Lebewohl. Er will mir Lebewohl sagen!*

Ihre Nähe verwirrte ihn. Er ging zum Kamin, stocherte in dem niedergebrannten Feuer und versuchte sich zu sammeln. Mit dem Rücken zu ihr blickte er in die Flammen. »Ich möchte dir die Freiheit schenken, aber bevor ich das tun kann, muß Aufrichtigkeit zwischen uns herrschen, Diana.«

Sie versteifte sich. »Ich dachte, es gäbe nichts als Aufrichtigkeit zwischen uns.«

Er drehte sich zu ihr um und blickte sie durchdringend aus seinen schwarzen Augen an. »Deine Geschichten sind sehr amüsant, mein Liebes, aber es ist Zeit, die Wahrheit zu sagen. Vertraue mir, ich werde dich nicht bestrafen.«

Ein Zornfunke explodierte in Diana. Seine Arroganz war einfach unerträglich. »Mich bestrafen? Du hältst uns also immer noch für Herr und Sklavin?« Innerhalb von Sekunden hatte sich der Funke in loderndes Feuer verwandelt. »Laß dir eines gesagt sein, Römer, dort, wo ich herkomme, gibt es keine Sklaverei! Du kannst mich nicht freilassen, denn ich bin dir nie untertan gewesen... und weder jetzt, noch je in der Zukunft!«

Mit zwei raschen Schritten war er bei ihr, packte sie bei den Schultern und schüttelte sie, bis ihr die Zähne klapperten. »Da du mir nicht die Wahrheit sagen willst, werde ich es tun. Ich weiß, daß du eine Druidin bist, die zum Spionieren hergeschickt wurde. Gestehe mir ein Mindestmaß an Intelligenz zu. Ich fürchte mich nicht vor deinen geheimen Riten, das ist es nicht, wo deine Stärke liegt. Es ist der Einfluß der Druiden auf die keltischen Stammesführer, der zerstört werden muß. Das Druidentum ist die größte Machtstruktur in Britannien. Ich weiß, daß Druiden die Kinder von keltischen Königen und anderen Führern unterrichten; sie sind einflußreiche Ratgeber mit starken Antipathien gegen die Römer und arbeiten darauf hin, den Einfluß von Rom in Britannien zu verringern. Man hat dich zu mir abgesandt, weil du schön bist. Deine Aufgabe war es, mich zu verführen.«

Diana, die bereits rot vor Zorn war, errötete noch mehr; hatte sie nicht genau das vor ein paar Minuten geplant?

»Kannst du nicht sehen, daß ich dich nur deshalb zu meiner Sklavin gemacht habe, um dich zu schützen? Wenn Paullinus auch nur den leisesten Verdacht in bezug auf dich hätte, dann wäre dein Leben keine Sesterze mehr wert. Hast du je eine öffentliche Hinrichtung gesehen? Einem Feind Roms ist es nicht gestattet, einfach zu sterben. Der Tod ist eine Flucht. Ein Feind muß zuerst unter der Folter leiden.« Seine Stimme klang hart, während er ihr eindringlich klarmachte, was ihr zustoßen konnte, wenn sie ihm nicht folgte.

»Ich habe gesehen, wie Gefangene ausgepeitscht wurden, bis ihnen das Fleisch buchstäblich von den Knochen fiel. Dann wurden sie gepfählt und angezündet.« Mit einer viel ruhigeren Stimme fuhr er fort: »Warst du je Zeuge einer Kreuzigung?«

»Hör auf!« Sie riß sich mit wutblitzenden Augen von ihm los. »Ich bin keine Druidin, sondern Christin. Die Römer haben Christus ans Kreuz geschlagen, also weiß ich genug, was es über solche Abscheulichkeiten zu wissen gibt!«

»Das Christentum ist eine unpopuläre Sekte aus dem Osten, deren Anhänger für Atheisten gehalten werden. Du bist zu intelligent, um Christin zu sein.«

»Und du bist viel zu ignorant, um ein intelligentes Gespräch über das Christentum zu führen. Wir glauben an einen einzigen, allmächtigen Gott. Wie kann das als atheistisch gelten?« fragte sie heftig.

Marcus war nahe daran, die Beherrschung zu verlieren, doch wenn das passierte, würde er gewalttätig werden. »Sie sind Atheisten, weil sie alle anderen wahren Götter verleugnen«, erklärte er ihr geduldig wie einem törichten Kind.

Diana starrte ihn einen Moment lang sprachlos an. Dann sagte sie mit ruhiger Würde: »Die Kluft zwischen uns beiden ist so breit und tief, daß sie niemals überbrückt werden kann. Die Zeit steht zwischen uns, Marcus. Zwischen deiner Epoche und meiner hat sich das Christentum ausgebreitet, bis es den größten Teil der zivilisierten Welt umfaßte. Ironischerweise sind die bedeutendsten Gläubigen als *römisch-katholische* Christen bekannt und *Rom* ist zum Herzen der Christenheit geworden.«

»Rom ist viel zu kultiviert und zivilisiert. Das kann niemals geschehen«, entgegnete er höhnisch.

»Deine Landsleute sind ungefähr so kultiviert und zivilisiert wie Wildschweine. Ihr besitzt die Intelligenz von Eseln, die Sturheit von Maultieren und die Arroganz von blauhaarigen, nacktärschigen Affen!« Ihre wundervollen Brüste hoben und senkten sich heftig, so aufgebracht war sie. »Ich werde nie mit dir nach Rom gehen!«

Marcus wich vor ihr zurück, als ob sie eine Schlange wäre. Wenn er sie jetzt anfaßte, dann würde er sich vergessen und nicht mehr für seine Handlungen einstehen können. Sie reizte ihn absichtlich zu einem Gewaltausbruch. »Darum werde ich dich auch niemals bitten«, schwor er.

Diana raffte ihre Hüllen an sich und rauschte mit der Verachtung einer Königin für einen aussätzigen Bettler an ihm vorbei.

Kell entließ die Sklaven, die das Triclinium aufgeräumt und gesäubert hatten. Er wollte nicht, daß sie hörten, wie Diana den General anschrie.

Nola kam die Treppe herunter. »Sie streiten schon wieder.«

»Hast du etwa gelauscht, Gallierin?«

Sie ignorierte seine Stichelei. »Ich gehe zu ihr; du gehst zu ihm.«

Kell nickte. Als er an die Kammertür klopfte, wurde diese mit solcher Gewalt aufgerissen, daß Kell zurückprallte. Marcus, der immer noch seine weiße Toga mit der roten Bordüre trug, raufte sich grollend die Haare. »Ich wollte ihr die Freiheit schenken und sie hat sie mir direkt vor die Füße geworfen. Bei den Eiern von Mithras, was stimmt nicht mit den Frauen?«

»Es ist meine Schuld, General. Ich wußte vom ersten Tag an, daß sie eine Tracht Prügel brauchte, habe die Bestrafung aber Euch überlassen. Mir fehlte der Mut, ihre Schönheit zu verletzen.«

»Sie ist wirklich außergewöhnlich schön, nicht wahr?« fragte Marcus niedergeschlagen.

»Ja, das ist sie. Aber wir beide haben ein Monster geschaffen, denn nun ist sie nicht nur schön, sondern auch frech und verwöhnt.«

»Was meinst du? Soll ich sie wieder Fußböden schrubben lassen?«

»Das würde ihr bloß gefallen. Nein, mein Rat lautet, ignoriert sie. Seht sie weder an, noch sprecht mit ihr. Ihre Eitelkeit wird das nicht lange dulden und sie wird schon bald klein beigeben.«

Marcus schritt grimmig in seiner Kammer auf und ab. »Packe ihre Sachen zusammen und bringe sie in ihr Gemach.«

In der apricotfarbenen Kammer zählte Diana Nola ihre Kümmernisse auf. »Seiner Meinung nach bin ich eine Spionin, von den Druiden ausgeschickt, um ihn zu verführen. Er weigert sich zu glauben, daß ich eine Christin bin und hat überhaupt kein Vertrauen mehr zu mir. Wenn er mich lieben würde, dann wäre das nicht so.«

»Was wollte der Prokurator?« fragte Nola.

»Er will, daß Marcus ihn nach Rom begleitet. Nun, dann bin ich ihn wenigstens los. Wenn er ohne mich auskommen muß, lernt er ja vielleicht die Erinnerung an mich zu schätzen.«

Nola war überrascht von den Neuigkeiten. Hatte Kell die Reise nach Rom vor ihr geheimgehalten? »Bleibe in deinem Zimmer. Wenn du ihm die kalte Schulter zeigst, wird es ihm schon bald leid tun.«

Kell kratzte an der Tür, bevor er Dianas Zimmer betrat.

»Vielen Dank dafür, daß du mir nichts von des Generals Rückreise nach Rom gesagt hast«, zischte Nola sarkastisch.

Kells Gesicht blieb unbeweglich, so daß die anderen seinen Schock über die Neuigkeiten nicht bemerkten. Er legte Dianas Gewänder und ihren Haarschmuck auf dem Bett ab. »Der General verbietet dir seine Schlafkammer. Er hat mich gebeten, dir deine Sachen zu bringen.«

Diana war außer sich vor Wut. »Was, zur Hölle, ist nur mit den Männern los?«

Nola erklärte in zuckersüßem Ton: »Wenn sie jung sind, sind ihre Gehirne zu weich und ihre Schwänze zu hart. Wenn sie Kells Alter erreichen, werden die Gehirne hart und die Schwänze weich.«

»Gallierin, du rufst Impotenz in jedem Mann hervor, egal welchen Alters.«

»Das hängt davon ab, wie ich meine Zunge schwinge«, erwiderte Nola vieldeutig.

»Deine Zunge ist so scharf, daß sie einen Mann zum Bluten bringen würde.«

»Brite, meine Zunge könnte dich leermachen«, erwiderte Nola, die nicht wollte, daß er das letzte Wort behielt.

Diana verlor die Geduld. Mit allen beiden. »Ich dachte, hier ginge es um meine Probleme, aber offensichtlich seid ihr mit euch selbst beschäftigt. Ihr beiden solltet euch irgendwohin zurückziehen und eure überschüssigen Körperenergien abreagieren.«

Nola und Kell starrten sich in entsetztem Schweigen an, während die Wahrheit von Dianas Worten einsickerte. Kell verbeugte sich steif und verließ den Raum. Nola warf ihr einen tief gekränkten Blick zu und folgte ihm.

Während der nächsten zwei Stunden tigerte Marcus in seiner Kammer auf und ab. Seine Emotionen durchliefen die ganze Palette von selbstgerechtem Zorn bis zu bitteren Schuldgefühlen. Er hatte alles zerstört, ganz einfach. Schon vor langer Zeit hätte er sie härter anpacken sollen. Es war ein Fehler, ihr eine eigene Meinung zuzugestehen, wenn sie allein waren. Bei der ersten Frechheit hätte er sie übers Knie legen und dafür sorgen sollen, daß sie ihn nie wieder herausforderte!

Ihre Worte brannten wie ein Furunkel auf seinem Hinterteil. *Ich werde nie mit dir nach Rom gehen!* Dieser Ausruf echote in seinen Ohren. Beim Jupiter, Kell hatte recht. Sie brauchte eine Tracht Prügel. Verdientermaßen würde sie sie jetzt kriegen. Er war in der verdammten Stimmung, es ihr auf der Stelle, in diesem Moment zu zeigen!

Marcus wählte eine kurze Peitsche aus seiner Waffensammlung, doch dann zögerte er. Wenn er in seiner jetzigen Stimmung zu ihr ging, würde er sie schwer verletzen. Sie war so zart und fein, daß er sie vielleicht sogar umbrachte, wenn er sie schlug. Er überlegte eine Weile. Wo, in aller Welt, kam Diana wirklich her? Sie unterschied sich so grundsätzlich von seinen bisherigen Frauen, daß er beinahe an ihre Herkunft aus einer anderen Zeit glauben mochte. Liebte er sie genug, um das Unmögliche hinzunehmen und zu akzeptieren, was sie ihm erzählt hatte? Er erkannte, daß ihm, um seinet- als auch um ihretwillen, keine andere Wahl blieb. Es konnte nur dann zwischen ihnen Frieden herrschen, wenn er *ihre* Wahrheit akzeptierte.

Um sich ein wenig zu beruhigen, ging Marcus an den Schreibtisch und öffnete seine Landkarten. Wahrscheinlich würden sie von Silarium, dem nächstliegenden Hafen an der Sabrina Aestuaria in den Oceanus Britannicus, dann in den Oceanus Cantabrius und an Gallien und Hispanien vorbeisegeln. Das riesige Mare Internum, das sie schließlich nach Rom führen würde, erwartete sie hinter der hispanischen Meerenge mit ihrem hoch aufragenden Felsen.

Er freute sich darauf, seinen Vater wiederzusehen. Trotz adliger Herkunft hatte Titus Magnus seinen Reichtum durch Handel erworben. Allein seine Olivenhaine brachten ihm jährlich Unsummen ein. Sein Vater war schon immer ein ausgekochter Geschäftsmann gewesen sowie absoluter Herrscher in seinem Haus. Marcus schnitt eine Grimasse. Von Kindheit an hatter er Disziplin eingebleut bekommen, was ihm jedoch für seine militärische Karriere nur nützlich war. Marcus wollte seinem Vater eine wunderschöne Braut vorstellen. Obwohl er nicht mehr die Zustimmung seines Vaters benötigte, wäre er dennoch froh, seinen Segen zu erhalten. Der General stand auf und streckte sich, dann ließ er seinen Blick durch die Kammer schweifen; er wollte sie ein wenig einladender machen. Nachdem er die Felle zurückgeschlagen hatte, legte er eine kleine elfenbeinerne Schachtel unter Dianas Kopfkissen.

Er hatte die Warterei gründlich satt. Zwar hielt er sich für einen geduldigen Mann, aber seine Langmut war nicht unerschöpflich. Das Ganze mußte ein Ende haben! Er fühlte, wie ihn das bißchen Gelassenheit wieder verließ. Marcus stieß einen unterdrückten Fluch aus und schritt zur Tür. Schluß jetzt, zum Hades!

Diana lag in ihrem Bett und tat sich unendlich leid. Warum war sie so verlassen und mußte ganz alleine schlafen? Selbst Kell und Nola teilten mittlerweile wahrscheinlich das Bett miteinander. Sie erschauerte. Es war ihr vollkommen klar gewesen, daß Marcus kommen und ihr eine Tracht Prügel verabreichen würde. Sie grün und blau schlagen würde für die Beleidigungen, die sie ihm ins Gesicht geschleudert hatte. Warum war er noch nicht da? Was ließ ihn so lange zögern? Er könnte es doch einfach hinter sich bringen? Plötzlich hörte sie ihn an der Tür. Sie schloß rasch die Augen und gab vor zu schlafen.

Marcus sah, daß Diana eingeschlafen war, ohne das Licht vorher zu löschen. Er dämpfte es zu einem sanften Schein und blickte auf sie hernieder. Sein Magen krampfte sich zusammen, als er ihre tränennassen Lider sah. Wie schurkisch er einem jungen Mädchen wie Diana doch vorkommen mußte! Und dennoch trotzte sie ihm mit der Unerschrockenheit eines frechen Terriers. Das Bedürfnis, sie zu beschützen, überwältigte ihn förmlich. Voll angekleidet schlüpfte er zu ihr ins Bett und nahm sie sacht in die Arme. »Ich kann nicht ohne dich schlafen«, flüsterte er ihr ins Ohr.

Diana tat, als ob sie aus einem tiefen Schlaf erwachte, drehte sich in seinen Armen herum, hob langsam ihre Lider und blickte verträumt zu ihm auf. Ein zarter Seufzer zitterte auf ihren Lippen.

Seine harten Züge glätteten sich, während er sie voller Bewunderung anblickte. Mit sanften Fingern wischte er die Tränen von ihren Wimpern und strich das feine Haar von ihren Schläfen zurück; dann neigte er den Kopf und hauchte zärtliche Küsse über ihre Brauen. Seine Lippen betupften ihre Augenlider, ihre Wangenknochen, ihre Mundwinkel, und das so behutsam, daß ihr ein Knoten die Kehle zuschnürte. Er strich mit den Fingerknöcheln über ihr Kinn und ihre Wangen, als ob sie aus feinstem Porzellan wären und äußerst vorsichtig behandelt werden müßten, da sie jeden Moment zerbrechen könnten.

Diana stockte der Atem. Niemals hätte sie es sich träumen lassen, daß ihr wilder Römer so sanft und zärtlich sein konnte. Sie hob die Hand und streichelte seine Wange, dann fuhr sie vorsichtig mit dem Finger an seiner Narbe entlang. Als er bei ihrer leichten Berührung zuckte, merkte sie erst, wie sensibel sein Gesicht war. Das überraschte sie maßlos.

Marcus zog sie an sich und flüsterte und wisperte lauter Liebesworte in ihr Ohr. Seine Zärtlichkeit brachte sie zu der Erkenntnis, was für ein teilnahmsvoller, weichherziger und feinfühlender Mann er war. »Ich liebe dich mehr als mein Leben«, murmelte er. Diana schmolz dahin und schlang die Arme um seinen Nacken. »Wenn du dich so süß an mich klammerst, dann fühle ich mich doppelt stark, eigentlich unbesiegbar«, flüsterte er. »Erlaubst du mir, dich in unsere Kammer zurückzutragen? Ich möchte keine Nacht mehr ohne dich sein, solange wir leben.«

Seine geflüsterten Worte waren so intim, so persönlich, daß sie wußte, er hatte sie noch zu keinem auf der Welt gesagt. In diesen Momenten gab es nur sie beide und niemanden sonst im ganzen weiten Universum; Marcus und sie, die einander fest in den Armen hielten. Sie wurde butterweich. »Ja, bring mich zurück. An den Platz, wo ich hingehöre.«

Marcus hob sie aus dem Bett und drückte sie fest an sein Herz. Als er sie so hielt, eingehüllt in einen warmen Kokon der Liebe, erkannte sie, daß sie noch nie im Leben so glücklich gewesen war oder sich so geborgen und sicher gefühlt hatte. Als er sie in ihre Schlafkammer trug, sah die Bettlandschaft mit den zurückgeschlagenen Fellen höchst einladend aus.

Marcus stieg die Stufen hinauf, legte sie fürsorglich auf ihr Lager und setze sich dann neben sie. Er machte keine Anstalten, sich zu entkleiden oder ihr das Nachthemd auszuziehen. Statt dessen nahm er ihre Hand in die seine, hob sie an seine Lippen und küßte jeden einzelnen ihrer Finger. »Von nun an werde ich dir alles glauben, was du mir erzählst. Ich liebe dich und vertraue dir, Diana.«

»Marcus, ich liebe dich auch. Es macht mich krank, wenn wir uns streiten.«

Er zog sie an sich, dann hob er mit sanften Fingern ihr Kinn, so daß sich ihre Blicke begegneten. »Ich weiß, daß du mich liebst, mein Herz, aber vertraust du mir auch?«

»Mein ganzes Leben würde ich dir anvertrauen, Marcus«, schwor sie.

»Darum möchte ich dich bitten, mein Herz! Ich möchte dich bitten, mich zu heiraten. Bitte, begleite mich nach Rom und lerne meinen Vater kennen, während ich um Erlaubnis für unsere Heirat bei den militärischen Behörden ersuche. Wenn ich mit dem Senat über die Ablösung von Paullinus gesprochen habe, werden wir wieder nach Aquae Sulis zurückkehren, wo wir am glücklichsten sind.«

Ihre Unterlippe zitterte, als sie mit Freudentränen zu ihm aufblickte. Ihr Herz quoll über vor Liebe zu diesem Mann. Er wollte sie zu seiner Frau nehmen, und sie wünschte sich ganz bestimmt nichts sehnlicher als ihn zum Gemahl. Sie hatte schreckliche Angst vor der Reise nach Rom, aber würde es nicht übers Herz bringen, ihn zu enttäuschen. Er hatte sie gebeten, ihm ihr Leben anzuvertrauen. Wie könnte sie ihm das verweigern, wo sie ihn aus tiefstem Herzen und aus tiefster Seele liebte? Sie lächelte zaghaft. »Ja, ich will dich heiraten und werde auch mit dir nach Rom kommen.«

Marcus hob sie auf seinen Schoß und umarmte sie zärtlich. »O Diana, ich danke dir. Ich hatte solche Angst, daß du mich zurückweisen würdest. Du machst mich zum glücklichsten Mann der Welt.« Er fuhr mit den Lippen an ihrem Ohr entlang und dann suchend über ihre Wange, bis er ihren Mund fand. Nicht besitzergreifend, sondern mit atemberaubender Sanftheit küßte er sie.

Sie liebkoste sein Gesicht und ließ ihre Finger dann über seinen kräftigen Nacken gleiten. Seine Hingabe war fast mehr, als sie ertragen konnte. Wie konnte ein Mann von solch physischer Stärke eine solch unendliche Zärtlichkeit in sich bergen? Ihr Hals schnürte sich zusammen und Tränen schossen ihr in die Augen. Sie preßte ihr Gesicht an seine Brust und fühlte das Goldkettchen unter ihrer Wange. Als sie es ansah, merkte sie, daß mit der Münze etwas nicht stimmte. »Was ist mit deiner Cäsarenmünze geschehen?« flüsterte sie.

»Ich habe sie halbieren lassen«, murmelte er. Marcus griff unter ihr Kissen und zog die elfenbeinfarbene Schachtel hervor. Er legte sie in ihre Hände und hielt den Atem an.

Diana öffnete sie langsam und da lag, auf einem Bett aus Seide, die andere Hälfte der Münze an einem feinen Goldkettchen. »O Marcus«, war alles, was sie hervorbrachte, bevor ihr die Tränen über die Wangen rollten.

»Weine nicht, Geliebte, ich bitte dich«, sagte er heiser.

»Es sind Freudentränen. Solange ich die Münze auf meinem Herzen trage, wirst du immer bei mir sein.«

Mit einem tiefen, erleichterten Seufzer streckte er seine Beine aus. Er war unendlich froh, daß ihr sein Geschenk ebensoviel bedeutete wie ihm. Eifrig legte er ihr die Kette um den Hals und sah, wie die Münze zwischen ihren wunderschönen Brüsten ruhte. »Trage sie als Zeichen meiner unsterblichen Liebe.«

Sie nahm seine Hälfte des unbezahlbaren Symbols und fügte

sie mit der ihren zusammen. »Zwei Hälften, die ein Ganzes ergeben.« Zitternd hob sie ihm ihren Mund entgegen, eine süße, unwiderstehliche Einladung, und Marcus vereinte sie beide mit der zärtlichsten Liebe, die sie je erfahren hatte. Eng ineinander verschlungen schliefen sie ein. Sie waren einander versprochen, komme was da wolle.

23. Kapitel

Am folgenden Tag fegte Diana resolut alle Sorgen und Ängste beiseite und machte sich an die Reisevorbereitungen. Als sie und Nola ihre Kleider, Juwelen und Kosmetika einpackten, merkte sie erst, wie viele wundervolle Dinge Marcus ihr geschenkt hatte. Ihre Miene zeigte Triumph. Wie sehr sie doch die einengende Mode ihrer Zeit verabscheut hatte! Und jetzt besaß sie die verführerischsten und erotischsten Gewänder der Geschichte. Jedes einzelne ihrer Kleider zielte darauf ab, die Schönheit einer Frau hervorzuheben, um dem Mann zu gefallen. Bei genauerem Hinschauen erkannte sie freilich, daß die dahinterstehende Absicht im Grunde ziemlich barbarisch war; dennoch erfüllte es sie mit Genugtuung, ihre Weiblichkeit derart ausleben zu können, die Macht, die die Natur der Frau verliehen hatte, einfach spielerisch einzusetzen.

Marcus beschloß, während seines Romaufenthaltes ohne Kell auszukommen; seine Dienste wurden hier in der Villa und zur Leitung des Haushalts benötigt. Marcus sagte zu Diana, daß sie Nola mitnehmen könne, wenn sie wollte; aber als sie hörte, daß Kell hierbleiben würde, gedachte sie, den beiden diese wunderbare Gelegenheit miteinander zu gönnen, damit sie die Grenzen ihrer neugefundenen Beziehung erforschen konnten.

Marcus bestand darauf, daß Diana immer und zu jeder Zeit einen Leibwächter bei sich hatte, sowohl auf der Seereise als auch in Rom. Sie würden einander oft nicht sehen können und ihre Angst war ihm klar, auch wenn sie tapfer versuchte, sie nicht zu zeigen. Er ernannte Tor, der schon ihr Stallbursche war, zu ihrem persönlichen Sklaven und schärfte ihm ein, immer an Dianas Seite zu bleiben, so eng wie ein Schatten.

Tor konnte die Ehre, die ihm da zuteil wurde, kaum fassen. Die anderen Sklaven beneideten ihn um seinen Status als persönlicher Leibwächter der Dame des Generals, von der man munkelte, daß sie schon bald seine Gattin würde! Kell verlor keine Zeit und instruierte Tor in allen Dingen, von der Körperpflege bis zur besten Methode, Diana in einer Menschenmenge zu schützen. Als der Aufseher schließlich mit ihm fertig war, schwirrte Tor der Kopf von all den zahllosen Pflichten, die ihm seine neue Stellung auferlegte und nicht zuletzt von der Verantwortung, die Dianas Schutz erforderte.

Kell überreichte ihm eine Lederpeitsche und schärfte ihm ein, sie ohne Zögern zu benutzen, wenn jemand nicht sofort Platz für seine Lady machte. Dann nahm Marcus Tor mit zur Festung, um ihn im Schwertkampf zu unterweisen. Der General selbst würde natürlich zehn seiner besten Legionäre als persönliche Wachmannschaft mitnehmen, aber Unterricht im Umgang mit Waffen war sicher keine Zeitverschwendung für den Hüter der jungen Braut.

Nur noch zwei Tage verblieben bis zu ihrer Abreise. Marcus wußte, daß er bis spät in der Festung aufgehalten werden würde. Er mußte das Zusammenpacken der Reisevorräte überwachen, die Zenturione auswählen, die er mitnehmen wollte und seinen Stellvertreter über alle für die Leitung der Militärbasis nötigen Aufgaben informieren. Zum Abschluß wollte er mit seinen Männern zu Abend essen und sagte Diana, daß sie ohne ihn speisen sollte.

Als er endlich nach Hause kam und das Triclinium in Dunkelheit vorfand, merkte er erst, wie sehr er ihre anregende Gesellschaft beim Essen vermißt hatte. Er ging rasch in die Baderäume, um sich zu waschen, und war überglücklich, Diana dort vorzufinden, die ihn im Wasser erwartete.

»Haben mich die Götter vielleicht mit einer Meerjungfrau beschenkt?«

»Ich habe dich in den letzten Tagen so selten gesehen, daß ich dachte, ich sollte heute abend einmal als deine Badesklavin auftreten.« Ihre Worte waren ebenso verführerisch wie ihr wunderschöner Körper, der nackt in dem blaßgrünen Wasser schwamm.

Er grinste zu ihr hinunter. »Du wirst gleich mehr von mir sehen, als dir lieb ist«, versprach er und wurde hart und groß für sie.

»Nein! Zieh dich nicht aus, laß mich das tun.«

Rasch glitt sie aus dem Wasser und nestelte an den Verschlüssen seines Brustharnisches herum. Sie stand viel dichter vor ihm als nötig. Verwirrt murmelte Marcus: »Du hast dich immer geweigert, meine Sklavin zu sein und nun, da ich dich freigegeben habe, gefällt es dir, die Leibeigene zu spielen!«

»Das stimmt, und es erregt mich, Herr«, sagte sie und glitt mit den Händen über seine mächtige, muskulöse Brust. Seinen Waffengürtel nahm er selbst ab und überließ es ihr, ihm die Leinentunika auszuziehen. Dann sprang sie in gespieltem Entsetzen zurück, als sein riesiger, harter Penis unter seinem Gewand hervorlugte. »Ich bin eine unerfahrene Dienerin, Herr. Sagt mir, was ich zu tun habe.«

»Umsorge mich«, befahl er mit heiserer Stimme.

»In welcher Weise?« fragte sie unschuldig.

»Berühre mich«, befahl er.

»So?« Diana glitt mit ihrer kleinen Hand zwischen seine mächtigen Oberschenkel und fuhr mit den Fingerspitzen an deren Innenseiten entlang hinauf. Sein Schaft zuckte bei ihrer Berührung hart und groß hervor. »Und so, Herr?« Sie nahm seine schweren Hoden in ihre Hand und bewegte sie in einem langsamen Rhythmus auf und ab. Dann drückte sie sie sanft, bis ihre Finger die beiden Kugeln ausfindig gemacht hatten und anfingen, sie vorsichtig aneinander zu rollen.

Ein tiefes, lustvolles Stöhnen entrang sich seiner Brust. Den Finger der anderen Hand legte sie an die Unterseite seines harten Gliedes und strich langsam über dessen gesamte Länge. Seine Vorhaut dehnte sich und er wurde noch um einiges länger, bis seine Eichel vollkommen aus ihrem Nest hervorgekommen war und sich ihr gierig entgegenreckte. Als er nicht mehr länger warten konnte, begann er zu pulsieren und anzuschwellen, bis die geöffneten Blutgefäße ihm eine herrliche rotbraune Färbung verliehen.

»Was für eine bemerkenswerte Waffe, ein großes Schwert. Wie soll es weitergehen, Herr?«

»Stecke es in deine Scheide!« befahl er mit erstickter Stimme.

Mit beiden Händen packte er ihr Hinterteil und zog sie an sich, doch sie entwand sich seinem Griff, Empörung mimend. Sie stemmte die Hände in die Hüften und fragte: »Gewähren dir das die Badesklavinnen immer? Was du brauchst, ist eine kalte Dusche!«

Sie glitt ins Wasser, und er folgte ihr wie der Blitz und packte sie. Seine Arme umschlangen sie von hinten und zogen sie an sich, so daß sein langer Phallus zwischen ihren Oberschenkeln ruhte. Sie wollte ihn noch mehr quälen, indem sie sich an ihm rieb, aber zu ihrer Verzweiflung merkte sie, daß sie auf ihm ritt und ihre Füße nicht bis zum Beckenboden reichten.

Da lächelte sie schelmisch. Sie würde es ihm schon zeigen. Er war so lang, daß die Spitze seines Phallus über die goldenen Locken ihrer Scham hinausragten. Vorsichtig streckte sie den Finger aus und umkreiste seine geschwollene Eichel wieder und wieder, bis er glaubte verrückt zu werden. Marcus biß die Zähne zusammen, um nicht zu explodieren.

»Das Spiel kann ich dir auch besorgen, kleine Hexe.« Er hielt sie mit einem Arm um ihre Taille, so daß sie sich nicht bewegen konnte und fand mit dem Finger der anderen Hand ohne Zögern ihre kleine Knospe, die sich direkt über dem Kopf seines Schafts befand. Als er sein Spiel mit seinem Finger begann, wand sie sich in seinen Armen und bäumte sich schließlich heiß vor Lust auf. Abrupt hielt er inne, und sie stieß einen lauten Protest aus.

»Los, mach weiter«, keuchte sie.

Mit dem Mund an ihrem Ohr stieß er grimmig hervor: »Mein Wille ist Gesetz. Ich bringe dich zum Höhepunkt, wann *ich* will.« Er hob sie aus dem Wasser und zog sich selbst mit einem kraftvollen Schwung aus dem Becken. Dann raffte er ein großes Handtuch und einen Flakon mit Öl auf, bereit, sofort hinter ihr herzujagen. Aber Diana flüchtete nicht. Sie kam zu ihm und rieb ihren weichen kleinen Körper an seiner Härte. »Du selbstsüchtiges Ekel«, flüsterte sie.

»Nicht selbstsüchtig, Geliebte. Ich werde großzügiger sein, als ich's je im Leben gewesen bin, und geben und geben, bis du nichts mehr nehmen kannst.«

Er hob sie mit einem Schwung auf seine Arme und trug sie in ihre Schlafkammer. Dort breitete er das Handtuch vor dem Kamin aus und zog sie mit sich darauf nieder. Das Mandelöl in seinen Handflächen wärmte er am Feuer und begann nun, sie mit langen, kräftigen Bewegungen zu massieren.

»Deine Haut ist so hell und zart, ich hoffe, daß sie nicht unter den beißenden Seewinden leidet.«

Diana streckte und wand sich wie eine Katze, die gestreichelt wird. »Du kannst das ja jede Nacht tun, damit meine Haut nicht rauh wird«, schnurrte sie.

Er lachte über ihre Naivität. »Ein Schiff ist nicht gerade der Ort für genußvolle Liebesspiele. Ein Überraschungsangriff an der Kabinenwand vielleicht, mehr nicht.«

»Mmm … das klingt auch nicht uninteressant.«

»Genug, um das Blut anzuwärmen jedenfalls, bis wir das Mare Internum erreichen, wo jeden Tag die Sonne scheint.«

»Wir nennen es das Mittelmeer«, erklärte sie, aber konnte sich kaum mehr auf ihre Worte konzentrieren.

»Ist genau dasselbe«, sagte er und tauchte seine fleischigen Fingerspitzen in ihre Spalte. Er fuhr über jede rosa Falte, als ob es die Blütenblätter einer Blume wären. Der Duft des Mandelöls, den die Wärme des Feuers und ihrer Körper intensivierte, stieg ihnen zu Kopf. Sie keuchte vor Lust und verkniff es sich, ihn zur Eile anzutreiben, während ihre Sinne in schwindelnde Höhen flogen.

»Warum hast du Mandelöl gewählt?«

»Weil ich den Geschmack liebe«, sagte er heiser, beugte sich über ihre Brüste und leckte über jede Warze, nahm sie in den Mund und fühlte, wie sie sich zu festen kleinen Murmeln erhärteten. Seine Zunge beschrieb einen feuchten Pfad über ihre Brüste, ihren Bauch und hinunter zu ihrer Scham. Diana ballte die Hände zu Fäusten, um nicht aufzuschreien, als seine herrliche Zunge das Mandelöl von jedem Blütenblatt ihrer Blume leckte.

»Mark... Marc... Marcus.« Sein Name kam bettelnd von ihren Lippen, und um ihret- wie auch um seinetwillen versenkte er seine Zunge tief in ihr, unfähig, auch nur einen Moment länger zu warten. Er stieß zu und leckte, liebkoste ihre Knospe, sodaß sie sich ihm hungrig entgegenreckte.

Ihre Finger gruben sich in sein dichtes Haar und trieben ihn an, baten ihn wortlos, sie zu verschlingen. Unter schweren Augenlidern beobachtete sie, wie sich sein schwarzer Kopf zwischen ihren Schenkeln bewegte, und erkannte mit einem unerträglichen Kribbeln, daß dies das Erregendste, Intimste und Erotischste war, was ein Mann für eine Frau tun konnte. Auf einmal überwältigte sie ihr Höhepunkt und sie bäumte sich mit einem durchdringenden Lustschrei auf.

Marcus glitt sofort über sie, um ihre Schreie mit seinem Mund einzufangen. Sie schmeckte sich selbst auf seinen Lippen und stürzte sofort in einen neuen Wirbel der Lust, nur daß er noch heißer und wilder war, und durch keine Zunge der Welt befriedigt werden konnte.

Doch ihre Gier verblaßte im Gegensatz zu seiner. Er drang

mit aller Gewalt in sie ein, und sein Stoß war derart kraftvoll, daß sie gefährlich nahe an den Kamin geriet. Sie war so gierig und hemmungslos, daß sie die Beine weit spreizte und sich ihm entgegenstreckte, um auch ja jeden Millimeter seiner erstaunlichen Länge in sich aufzunehmen.

Marcus war wie von Sinnen. Mit all der Kraft eines potenten, maskulinen Körpers auf dem Gipfel seiner Kraft verschaffte er sich wieder und wieder Zugang in ihren weichen, willigen Leib. Doch Diana wollte mehr, immer mehr. Schließlich hob sie die Beine so hoch, daß ihre Füße auf seinen mächtigen Schultern ruhten und sie weit offen für ihn war. Er stieß unentwegt zu, endlos, bis sie beide trunken und dann wahnsinnig vor Liebe waren. Was beide erlebten, war so intensiv, ihre Leidenschaft so groß, daß ihre Schreie eine halbe Stunde vor den Vulkanausbrüchen ihrer beider Orgasmen begannen.

Als der Koitus schließlich vollendet war, sanken sie erschöpft zusammen, am Ende ihrer Möglichkeiten angelangt. Eine gute Weile lagen sie regungslos aufeinander, während die Wogen sich langsam wieder glätteten. Dann brachte irgendein Dämon Marcus dazu zu flüstern: »Willst du mehr?« Sie war vollkommen gesättigt, und er wußte, daß auch er vollkommen ausgepumpt war von ihrem wilden Liebesspiel. Sie konnte noch nicht sprechen, also schüttelte sie nur den Kopf.

»Ich auch nicht«, gestand er mit einem tiefen Seufzer der Befriedigung. Derselbe Dämon zauberte nun jedoch ein schelmisches Lächeln auf Dianas Züge.

»Das ist zu schade, Marcus, mein Liebster«, flüsterte sie, »denn ich habe auf einmal große Lust auf den Geschmack von Mandelöl.« Sie setzte sich in einer fließenden Bewegung auf und bewunderte seinen männlich schönen Körper unter Augenlidern, die noch schwer vor Leidenschaft waren. Alarmiert sah er, wie sie nach der Flasche mit dem Mandelöl griff. Er wußte, daß er keine weitere Erektion zustande brachte ohne eine kleine Verschnaufpause.

Sie kniete sich über ihn und träufelte Öl in seinen Nabel, dann verteilte sie es mit zarten Händen über seinem Waschbrettbauch und seinen muskulösen Oberschenkeln. Mit Raffinesse streichelte sie sein friedlich schlummerndes Glied, und zu seinem Erstaunen erwachte es mit einem Schlag. Es regte sich nicht erst schläfrig, sondern erwachte wie der Blitz zu neuem Leben, zu neuen Taten.

Mit gesenktem Kopf fuhr ihre Zunge genüßlich über die Lippen. »Ich möchte noch mal das Sklavenmädchen spielen«, sagte sie. Sie begann an seiner Wurzel und glitt über seine gesamte Länge. Als sie seine Eichel erreichte, leckte sie sie sanft, dann fuhr sie mit ihrer kleinen rosa Zunge unter seinen Kopf, hinein in die winzige Vertiefung, um die Tropfen klarer Körperflüssigkeit zu trinken, die so bereitwillig hervorquollen. Dann wiederholte sie das Ganze, wobei ihre Berührungen immer erotischer wurden.

Wie eine Schlange umzüngelte sie ihn, brachte ihn in Bewegung. Marcus schloß die Augen und öffnete den Mund, um die Laute der Lust, die sich in seiner Kehle angestaut hatten, herauszulassen. Als sie ihn in ihren heißen Mund nahm, rief er warnend: »Paß auf, ich komme jeden Moment.«

Sie hob die Lippen lange genug, um ihm seine Worte zurückzugeben: »Mein Wille ist Gesetz. Ich bringe dich zum Höhepunkt, wann *ich* will.«

Als sie am nächsten Morgen erwachten, lagen sie ineinander verschlungen vor der Asche des Kaminfeuers. Diana errötete heftig, als Marcus murmelte: »Wir haben's nicht mal bis zum Bett geschafft, letzte Nacht.« Er küßte ihre Nase. »Ich bete dich an.« Er liebte es, wenn sie errötete, und das tat sie immer, wenn sie dachte, daß ihr Liebesspiel besonders sündig gewesen sei.

Eine Botschaft traf ein, daß Marcus dringend in der Festung benötigt wurde. Als er Dianas besorgtes Stirnrunzeln sah, sagte er in leichtem Ton: »Heute ist unser letzter Tag. Ich werde mich der Sache rasch entledigen, was immer es sein mag.« Als er in der Festung eintraf, erkannte er jedoch, daß sich die Angelegenheit nicht so rasch erledigen ließ. Sein erster Kohortenzenturio erwartete ihn mit beunruhigenden Neuigkeiten.

»General, Euer Bruder Petrius kam heute morgen angeritten und fiel bewußtlos von seinem Pferd. Er wurde ins Valetudinarium gebracht, wo man seine Wunden versorgt hat.«

Marcus eilte ins Hospital. Er befürchtete das Schlimmste. Doch als er eintraf, war Petrius bereits wieder bei Bewußtsein und berichtete dem Prokurator gerade, was geschehen war.

»Wo bist du verwundet?« fragte Marcus voller Sorge.

Der Arzt, der ihn behandelt hatte, meldete sich zu Wort. »Ein gebrochener Arm, den ich gleich einrichten werde. Wir dachten zuerst sogar an eine gebrochene Schulter, aber sie war lediglich ausgerenkt. Sein Kopf troff förmlich vor Blut, aber als wir ihn wuschen, entdeckten wir nur einen unbedeutenden Hautschnitt.«

»Was, zum Hades, hat dich hierher geführt?« fragte Marcus barsch.

Julius meldete sich zu Wort. »Es ist eine unglaubliche Schande! Man hat ihn für tot liegengelassen. Als er wieder zu Bewußtsein kam, war die Armee bereits fort, mitsamt Paullinus, diesem armseligen Anführer!«

Marcus starrte Petrius ungläubig an. Warum hatten sich seine eigenen Männer nicht um ihn gekümmert? Schließlich ergriff Petrius das Wort. »Paullinus ist ein Schwein. Er befahl, die verwundeten Legionäre zu töten, damit sie seine Armee nicht behinderten.«

Marcus hatte unter Paullinus gedient, und obwohl er den Mann verabscheute, wußte er, daß sein Bruder nicht die Wahrheit sprach. Paullinus würde einen Legionär nur töten lassen, um ihn von seinem Leiden zu erlösen – also wenn nichts mehr für ihn getan werden konnte, wie Marcus selbst es auch halten würde. Paullinus brachte seine Verwundeten stets nach Aquae

Sulis zurück. Es war höchst unwahrscheinlich, daß er Soldaten in den letzten Zügen zurückließ, noch dazu einen Kohortenzenturio. Marcus vermutete, daß sein Bruder desertiert war, aber da auf Feigheit die Todesstrafe stand, behauptete er solchen Unsinn.

Als der Arzt Petrius' gebrochenen Arm eingerichtet hatte, sagte Julius: »Warum nehmen wir ihn nicht mit nach Rom? Ein Befürworter mehr für die Ablösung von Paullinus kann unserer Sache kaum schaden, und unglücklicherweise sind die Tage des Kämpfens für deinen Bruder erst einmal vorbei.«

Als er die wilde Hoffnung in den Augen seines Bruders sah, brachte es Marcus nicht übers Herz, dem Prokurator zu verraten, daß Petrius Linkshänder war.

»Rom? Ihr geht nach Hause?« fragte der Jüngere begeistert.

»Da der Prokurator der Ansicht ist, daß du seiner Sache förderlich sein kannst, werde ich dich vorläufig kampfunfähig erklären und dir Krankenurlaub geben. Ruhe dich aus. Wir segeln morgen früh bei Tagesanbruch.«

Dann besuchte der General seine Ingenieure, um sicherzustellen, daß die Brücke über den Fluß trotz seiner Abwesenheit weitergebaut wurde. Sobald er Petrius verlassen hatte, schalt er sich wegen seines Mißtrauens. Warum argwöhnte er bei diesem gutaussehenden jungen Teufel immer nur Ehrlosigkeit? Er wischte sein Mißtrauen beiseite und dachte daran, wie glücklich es seinen Vater machen würde, sie beide zur selben Zeit unter seinem Dach zu beherbergen.

Am späten Nachmittag traf Marcus mit den zehn Legionären, die sie auf ihrer Reise begleiten würden, bei der Villa ein. Sie luden die Koffer und Truhen auf, um sie zu der Barke zu bringen, mit der sie zu ihrem Schiff im Hafen gelangen wollten.

Marcus scheute sich davor, Diana von der Rückkehr seines Bruders zu erzählen. Obwohl sie nie etwas Negatives über Petrius geäußert hatte, wußte Marcus, daß sie ihn nicht mochte. Doch dann wäre es erst wieder heute abend möglich, und das konnte ihr sehr leicht die letzten Stunden vergällen, wie auch ihm; also nahm er sie bei der Hand und führte sie hinaus in den Garten.

Da sie dachte, er wollte mit ihr allein sein, um Küsse und Liebesworte auszutauschen, sagte sie warnend: »Aber nur ein Kuß. Du weißt, sobald wir einmal anfangen, können wir nicht mehr aufhören, und ich habe noch tausenderlei zu erledigen.«

Er blickte sie zärtlich an, hob ihre Hand an seinen Mund, drückte einen Kuß auf ihre Handflächen und schloß ihre Finger. »Diana, mein Bruder Petrius ist zurückgekehrt; er hat sich den Arm gebrochen. Da er nicht kämpfen kann, bis er wieder verheilt ist, hat ihn Julius gebeten, uns nach Rom zu begleiten.«

Marcus sah, wie das Blut aus ihrem Gesicht wich. »Liebste, ich weiß, daß er dich nicht sehr respektvoll behandelt hat; aber wenn ich ihm sage, daß du meine Frau wirst, wird er dich ganz sicher mit der größten Zuvorkommenheit behandeln.« Er lächelte sie an. »Ich verspreche dir, daß er sich von seiner besten Seite zeigt.« Im stillen fügte er hinzu, *und wenn ich diesen lausigen Bastard erwürgen muß!*

Diana zwang sich, ebenfalls zu lächeln, aber kaum war er gegangen, überwältigte sie eine Welle der Übelkeit. Sie hatte gedacht, Petrius für immer los zu sein. Das sollte doch sicher kein Hinweis darauf sein, daß ihre Reise nach Rom zum Scheitern verurteilt war, noch bevor sie begonnen hatte? Vielleicht hätte sie Marcus ja sagen sollen, was an dem Tag im Tempel geschehen war, aber ihr lag sehr daran, böses Blut zwischen den Brüdern zu vermeiden, und das wollte sie auch jetzt noch. Marcus brachte sie zum Haus ihres Vaters und da war es doppelt wichtig, keine Mißstimmungen in der Familie zu säen.

Sie überlegte, ob sie sich Kell anvertrauen sollte, denn es fiel ihr nicht schwer, mit ihm zu reden; aber es Kell zu berichten war wahrscheinlich dasselbe, wie es Marcus zu sagen. Die beiden Männer hatten kaum Geheimnisse voreinander. Schließlich entschied sie sich, mit Tor zu reden. Da es seine Aufgabe war, sie zu beschützen, würde sie ihm gegenüber offen sein müssen. Sie fand ihn bei Kell, wo er geduldig den letzten Instruktionen lauschte, die sich vom geeigneten Trinkwasser bis zum *mal de mare* erstreckten.

»Tor, wir sollten uns unbedingt besser kennenlernen. Begleite mich in den Garten, damit wir uns allein unterhalten können.«

Ihr Leibwächter warf Kell einen unsicheren Blick zu und der verdrehte die Augen. »Dummkopf! Regel Nummer eins lautet, deiner Lady vor allen anderen zu gehorchen – selbst vor mir!«

Als Diana ihn in den Garten führte, blickten seine Augen düster drein. »Ich fürchte, ich bin eine sehr traurige Wahl für Euch, Lady.«

Diana war entsetzt festzustellen, daß man Tor all seines Selbstbewußtseins beraubt hatte, und erkannte, daß sie es unverzüglich wiederherstellen mußte. »Tor, du bist die beste Wahl, die ich mir vorstellen kann. Du bist *meine* Wahl. Bitte, habe keine Scheu vor mir. Ich möchte, daß wir Freunde werden, damit ich wenigstens einen Vertrauten habe.«

Seine Stirn glättete sich. »Das habt Ihr, Lady. Ich werde Euch auf jede erdenkliche Weise dienen. Bitte sagt mir, wenn ich etwas falsch mache.«

»Nenne mich Diana! Sorge dich nicht um so unwichtige Dinge wie Manieren oder Kleidung, Tor. Komm, laß uns zum Badebecken gehen und uns auf eine Bank setzen, damit ich dir meine Sorgen anvertrauen kann.«

Tor schien ein Stein vom Herzen zu fallen, daß er sich nicht weiter um Manieren bekümmern mußte, denn er war nie als Haussklave ausgebildet worden. »Erzählt mir ruhig alles, Lady Diana.«

Sie beugte sich etwas näher zu ihm. »Ich hasse die Römer und fürchte sie.« Sie sah seinen erstaunten Gesichtsausdruck. »Oh, Marcus liebe ich von ganzem Herzen. Er will um die Erlaubnis ersuchen, mich zu heiraten; aber mich bedrückt eine unbestimmte Angst, daß in Rom mein Unglück wartet.«

»Solange ich lebe, wird Euch niemand Schaden zufügen, Lady Diana«, schwor Tor.

»Ich bin eine Christin, aber ich möchte nicht, daß man es in Rom erfährt. Die Römer tun schreckliche Dinge mit den Christen. Marcus will auch nicht, daß mein Status als Sklavin in seinem Hause bekannt wird.«

»Ich bin Brite, so wie Ihr, Lady Diana. Eure Geheimnisse sind mir heilig.«

»Danke vielmals, Tor. Da ist noch eine heikle Sache, die ich dir anvertrauen muß und die sonst keiner weiß. Der Bruder meines Gatten, Petrius, war kürzlich zur Ausbildung hier. Mit Paullinus' Armee hat er neulich die Stadt verlassen, aber nun ist er wieder da und wird uns nach Rom begleiten.« Diana senkte die Lider. »Er hat versucht, mich im Tempel zu vergewaltigen.«

Tors Hand fuhr an den Griff seines Schwerts, das Marcus ihm gegeben hatte. »Ich werde Euch vor allem römischen Abschaum beschützen, Lady«, knurrte er. »Ich bin so stark, daß ich ein Pferd heben kann. Meine Muskeln sind wie Eisen – hier, fühlt sie!« Er spannte seinen enormen Bizeps an, und Diana betastete ihn voller Staunen.

Ein Geräusch ließ sie in diesem Moment aufblicken, und da stand Petrius und beobachtete, wie sie Hand an den gutaussehenden, halbnackten jungen Mann legte, der ihr persönlicher Leibsklave war.

24. Kapitel

Die beiden Männer starrten einander haßerfüllt an. »Du übertrittst deine Grenzen, Sklave.«

»Nein, das tut er nicht, Petrius«, sagte Diana in festem Ton. »Marcus hat ihn selbst für mich ausgewählt und er handelt auf seinen Befehl. Er wurde vereidigt, mich vor jeglicher Gefahr zu beschützen.«

Petrius änderte sofort seine Haltung. Er richtete die Schlinge im Nacken, um seinem gebrochenen rechten Arm eine bequemere Lage zu verschaffen und schenkte ihr ein entwaffnendes Lächeln. »Marcus hat mir von seinem großen Glück erzählt. Laß mich der erste sein, der dich in unserer Familie willkommen heißt.« Er hob ihre Hand so galant an seine Lippen, daß dieser Mann kaum derselbe sein konnte, der sich wie ein betrunkener Grobian und bestialischer Schänder benommen hatte.

»Ich danke dir, Petrius. Es tut mir leid, daß du verletzt wurdest.«

»Diese Dinge passieren eben. Marcus hat gesagt, ich soll nach Kell fragen. Außer meiner Rüstung habe ich keinen Faden anzuziehen.«

»Aber natürlich. Ich zeige dir, wo du ihn finden kannst.« Sie verkniff sich den Hinweis, daß Marcus viel breiter und größer war als er. Bestimmt wußte Petrius sehr wohl um seine Unzulänglichkeiten im Vergleich mit Marcus Bescheid. Mit einem verschwörerischen Lächeln wandte sie sich Tor zu. »Wir sehen uns morgen früh.«

»Und ich werde bereit sein, Lady Diana!«

Die Barke, die im Morgengrauen von Aquae Sulis aufbrach, war mit Menschen und Gepäck überfüllt; aber als sie den Bristolkanal erreichten und an Bord des römischen Seglers gingen, wurde alles im Bauch des Schiffes verstaut, und Marcus brachte Diana in die winzige Kabine, in der sie schlafen würden. Sie lag zwischen einer ähnlich winzigen für den Prokurator und einem Schlupfloch für Petrius eingezwängt. Marcus' Legionärswache und die zwei Dutzend, die Julius dabeihatte, spannten ihre Hängematten unter Deck auf. Tor postierte sich vor Dianas Tür und beschloß spontan, genau hier seinen Schlafplatz einzurichten.

Der Wind blies bitterkalt und Diana war dankbar für die pelzbesetzten Wintermäntel mit ihren Kapuzen. Als das Schiff den Golf von Biscaya erreichte, war die See so rauh, daß sie sich nicht mehr an Deck aufhalten konnte. Unglücklicherweise wurde sie seekrank, sobald sie in ihre kleine Kabine geschlüpft war.

Marcus verfrachtete sie in die Koje, wusch sie und kümmerte sich um sie wie eine Mutter um ihr Kind. Er hielt sie im Arm, tröstete sie und überredete sie sanft dazu, etwas zu sich zu nehmen, wenn sie ihren Magen wieder einmal entleert hatte.

Ihr Zustand besserte sich allerdings erst, als sie schon ein gutes Stück an der hispanischen Halbinsel entlanggesegelt waren; doch als sie schließlich den Felsen von Calpe (neuzeitlich Gibraltar) erreichten, waren auch die letzten Spuren ihrer zermürbenden Seekrankheit verschwunden. Sie stand mit Marcus, der seinen Arm um sie gelegt hatte, an der Reling, während sie die Meerenge passierten und sich vom Sonnenschein des Mittelmeers verwöhnen ließen. Obwohl sie es nicht für möglich gehalten hätte, liebte sie Marcus jeden Tag mehr.

In Marcus' Abwesenheit war immer Tor an ihrer Seite. Zu ihrer Überraschung und Freude behandelte Petrius sie wie eine Prinzessin, wann immer sie sich begegneten; aber sie bemerkte nicht ohne Zynismus, daß er die meiste Zeit damit verbrachte, sich beim Prokurator lieb Kind zu machen, der offenbar eine väterliche Zuneigung zu dem verletzten jungen Bruder von Marcus Magnus gefaßt hatte.

Eines Tages, als das Meer spiegelglatt dalag und die Sonne herrlich auf sie herniederbrannte, beschloß Diana, das römische Schiff zu erkunden. Es war den griechischen Vorbildern nachgebaut, bis auf eine lange spitze Eisenstange, die aus seinem Bug ragte. Tor erklärte ihr, daß die Stange dazu da war, feindliche Fahrzeuge zu rammen: man ließ dann Planken legen, über die die römischen Soldaten das jeweilige Schiff entern konnten. Diana schauderte es, und sie war dankbar, daß ihre Reise sie bisher vor Piraten verschont hatte.

Sie öffnete eine schwere Tür und stieg eine Holztreppe hinab. Dann blieb sie zutiefst erschrocken stehen. Reihen von Männern, nackt bis zur Hüfte, zogen mit schweißglänzenden Rücken an gewaltigen Rudern. Entsetzt preßte sie die Hand auf den Mund und ihre Augen wurden groß wie Untertassen. Tor packte sie bei den Schultern, riß sie herum und stieß sie wieder die Treppe hinauf.

Als sie das Deck erreichten, rang sie mühsam nach Luft und klammerte sich an Tor, als ob es ihr Leben gälte. Marcus kam neugierig übers Deck auf sie zugeschritten, weil er sich wunderte, warum Tors Arme um Diana geschlungen waren. Als er nahe genug war, um zu sehen, daß etwas nicht stimmte, wollte Marcus sie hochheben und sah, wie sie erschrocken vor ihm zurückwich.

»Galeerensklaven!« keuchte sie außer sich.

Er trug sie in ihre Kabine und setzte sie auf der Koje ab, bevor er ihr antwortete. Sie blickte so klagend zu ihm auf, daß Marcus hilflos die Hände in die Luft warf. »Ich kann nicht glauben, daß du so naiv bist. Bei allen Göttern, wie hast du erwartet, daß unser Schiff die Reise von Britannien nach Rom zurücklegt? Es sind nicht alles Briten«, sagte er trotzig. »Einige kommen aus Gallien, andere aus Nubien …«

»Es sind *Menschen*, Marcus, egal welcher Rasse. Lieber Gott, wie können die Römer nur so gleichgültig menschlichem Leid gegenüber sein? Wie kann man Menschen zu einem Leben als Galeerensklaven verurteilen?«

»Sie müssen das nicht ihr Leben lang machen. Zehn Jahre, das ist alles. Nur Männer im besten Alter können eine Galeere rudern.« Als er sah, daß das die Sache auch nicht leichter für sie machte, sank er auf ein Knie und ergriff ihre Hand. »Geliebte, wenn ich das Unrecht der Welt für dich ausmerzen könnte, ich würde es tun. Vielleicht gibt es ja keine Sklaverei in deiner Zeit, aber kannst du ehrlich behaupten, daß es bei euch kein Leid und keine Ungerechtigkeit mehr gibt? Unsere Sklaven werden für ihre Arbeit gut ernährt und untergebracht, und es sind so viele, daß niemand überlastet ist.«

Sie mußte an London denken, wo der Unterschied zwischen Arm und Reich so kraß war. Die Reichen hatten einen unstillbaren Appetit nach Luxus und Vergnügungen, während barfüßige Mädchen an Straßenecken Streichhölzer verkauften und dabei lautlos verhungerten; oder Kinder wurden in Kamine hinabgelassen, um sie zu fegen und verbrannten dabei sogar manchmal. Diana erkannte, daß sie Marcus nicht die Schuld an den Umständen seiner Zeit zuschieben konnte, genausowenig, wie sie für die Armut und den Hunger, der in ihrer Zeit herrschte, verantwortlich war.

Sie legte die Hand an seine Wange. »Du gehst nach Rom, um die Bedingungen für alle Briten zu verbessern. Mehr kann ich nicht von dir verlangen.«

»Wir werden morgen eintreffen«, sagte er. »Komm hinauf an Deck, damit du das Meer und den Sonnenschein genießen kannst.«

In der letzten Nacht, die sie an Bord verbrachten, lag Diana in Marcus' Armen und erzählte ihm, was die Geschichte über Kaiser Nero berichtete. »Geh ihm aus dem Weg, wenn du kannst. Er ist ein Wahnsinniger, dessen Regentschaft in Grausamkeit und Tyrannei ausarten wird.«

»Seine Mutter hat er bereits ermordet; ich weiß alles über Nero«, versicherte er ihr.

»Du weißt nicht, daß er in drei Jahren Rom niederbrennen wird, um eine neue Hauptstadt auf ihren Ruinen errichten zu können.«

»Rom wird brennen?« fragte er ungläubig.

»Ja, aber das neue Rom wird größer und schöner sein als das alte und wird alle Jahrhunderte überdauern. Nero wird den Brand den Christen in die Schuhe schieben; aber schließlich macht er sich so verhaßt, daß es zu einem massiven Aufstand gegen ihn kommt und er sich das Leben nimmt, noch bevor er zweiunddreißig Jahre alt ist.«

Marcus starrte die Balken an der Kabinendecke an und fragte sich, ob Diana wirklich in der Zukunft gelebt hatte oder ob sie einfach nur hellseherische Fähigkeiten besaß, wie so viele andere es von sich behaupteten. Er zog sie an sein Herz. Solange sie zusammen waren, und zwar jetzt, spielte die Vergangenheit – oder die Zukunft – keine Rolle.

Obwohl sie sich schrecklich davor gefürchtet hatte, nach Rom zu kommen, warf Diana, nun da sie ihr Ziel fast erreicht hatten, ihre Ängste über Bord. Sie hatte sich für Marcus entschieden und wollte nicht, daß einer von beiden ihren Entschluß bereute. Am besten öffnete sie sich seiner Stadt von ganzem Herzen, so wie sie es mit allen Dingen tat. Halbheiten lagen ihr nicht. Diese Reise mußte sie als ein Geschenk der Götter betrachten. Das alte Rom zu sehen und zu erleben, war ein Wunder. Sie nahm sich vor, keine Zeit mit Ängsten oder Reue zu verschwenden.

In Ostia, das an der Mündung des Tiber lag, verließen sie das Schiff. Auf den trüben gelben Wassern des berühmten Flusses würden sie dann per Barke nach Rom gebracht. Marcus blieb an Dianas Seite, um ihr alle Sehenswürdigkeiten der Umgebung zu zeigen.

Was sie schon aus ihren Büchern erfahren hatte, sah sie nun mit eigenen Augen: Rom war tatsächlich auf sieben Hügeln erbaut. Das Ganze bildete eine Ansammlung von prächtigen Gebäuden, vergoldeten Dächern, Kuppeln und stolzen Marmorsäulen, sowie vielen kleinen Privathäusern mit roten Ziegeldächern. Einige standen in den Tälern, andere auf den Hügeln und wieder andere klammerten sich an die Abhänge. Marcus wies sie auf die Tempel, Foren, Amphitheater und die längliche Arena, den Circus Maximus, hin.

»Die Olivenhaine meines Vaters liegen im Süden«, sagte er und deutete auf die Kette der Sabiner Berge, die sich im goldenen Dunst am Horizont erstreckten. »Unsere Steinbrüche befinden sich im Norden, im Apennin, dort, wo der Tiber entspringt.«

»Sind die Steinbrüche wie in Aquae Sulis?«

»Nein, es sind Marmorbrüche. Der Handel mit Marmor ist die größte Einnahmequelle Roms, wie du bald sehen wirst«, sagte Marcus voller Stolz.

»Steht die Villa deines Vaters in der Stadt?«

»Ja, sie liegt an den Hängen des Esquilin. Inzwischen werden die Boten unsere Ankunft bereits verkündet haben. Wenn unser Boot anlegt, stehen sicher Pferde für uns bereit, und ich habe um eine große Sänfte für dich gebeten.«

»Oh, ich dachte, wir würden die Stadt zu Fuß durchqueren«, sagte Diana enttäuscht.

»Liebste, in dieser Stadt leben über eine Million Menschen und die meisten davon laufen auf den Straßen herum. Ohnehin werden wir so langsam vorankommen, daß du mehr aus deiner Sänfte siehst, als dir lieb ist. Wir müssen einige der ärmeren Quartiere durchqueren, um zum Esquilin zu gelangen, dem Viertel der Patrizier.« Er blickte ihr ernst in die Augen. »Rom ist der Schmelztiegel für alles Gute und alles Schlechte der Welt. Es gibt keine andere Stadt, in der das Göttliche und das Bestialische so dicht nebeneinander existieren. Laß dich nicht davon überwältigen.«

Als sie ihm beruhigend zulächelte, hauchte er einen Kuß auf ihre Stirn und winkte Tor heran. »Suche einen schattigen Platz für sie am Dock. Es wird einige Zeit dauern, bis alles abgeladen ist und wir die Sklaven meines Vaters mit den Pferden und der Sänfte gefunden haben. Der Prokurator wird von hier aus sein eigenes Haus aufsuchen, also muß ich gehen und die nächsten Schritte mit ihm besprechen, bevor ich ihm Lebewohl sage.«

Trotz Marcus' Warnung war Diana nicht auf die Menschentrauben vorbereitet, die die Straßen verstopften. Fasziniert beobachtete sie alles aus ihrer reichverzierten seidenen Sänfte mit den vier kräftigen Trägern in blaßgelben Tuniken.

Hunderte kleiner Läden säumten die Wege und ihre Tresen reichten bis hinaus auf die Straßen, vollbeladen mit dem gesamten Warenangebot, Bäckereien, Gemüsestände, Weinkeller und einfache Wirtschaften drängten sich neben Töpferständen und Kleiderläden. An jeder Kreuzung gab es religiöse Schreine und Brunnen, deren Wasser aus einem Adlerschnabel, einem Kalbsmaul oder den Brüsten einer Göttin sprudelte. Das Wasser aus den überfließenden Becken spülte alle Abfälle, die rücksichtslos aus den Geschäften und Fenstern geworfen wurden, fort.

Es schien, als ob in jeden Zentimeter der verputzten Wände eine Botschaft oder Mitteilung jeglicher Art eingeritzt wäre. Merkur, der Gott der Kaufleute und Diebe, war auf der Wand eines Geldleihers abgebildet, und Schlangen wanden sich als Wächter allerorten. Sie sah einen *celer*, so etwas wie ein Ausrufer, um den sich eine lärmende Menge versammelt hatte, während er mit einem Stück roter Kreide den Gladiatorenkampf im Amphitheater des Taurus bekanntmachte. Alles wurde an die Wände geschrieben, von Liebesbotschaften bis zu unsittlichen Versen. Die Mauern waren offenbar das Schreibpapier der Massen. Wenn ein Sklave zum Verkauf stand, wurden dort sein Name und seine Vorzüge veröffentlicht. War eine Dachstube über einem Laden zu vermieten, wurde dies ebenfalls an der Wand bekanntgemacht.

Das einzige, was Diana wirklich störte, war der unglaubliche Lärm. Die Leute schrien einander an, um sich über das Getöse der Kornmühlen, das Hämmern der Zimmerer und Bauleute, das Geschrei der Obst-, Gemüse- und Fischhändler und das der Lehrer, die ihre Schüler am Straßenrand unterrichteten, hinweg verständlich zu machen. Obendrein gab es Dutzende von Möchtegern-Poeten, die ihre Ergüsse in die desinteressierte Menge schmetterten.

Auf einmal ertönten die Rufe von einem Dutzend Prätorianergarden in vergoldeten Helmen und Brustharnischen. »Aus dem Weg, aus dem Weg«, brüllten sie und stießen Sklaven und

Straßenhändler mit ihren Speerstöcken beiseite. Selbst Marcus und seine Garde mußten absteigen, damit der Prätor, ein hoher Beamter, passieren konnte.

In der nächsten Straße stießen sie auf eine Prozession von Priestern und Priesterinnen, die Trommeln schlugen, Trompeten bliesen sowie Kastagnetten und Bronzerasseln schwangen. Die Frauen waren dunkelhäutige Syrierinnen, die sich mit wehendem Haar in wilden Tänzen wiegten und auf dem Weg zum Tempel von Cybele waren, um dort eine Orgie zu feiern.

Auf einmal kam Dianas Sänfte erneut zum Halten, da eine andere vielköpfige Prozession passieren wollte. Marcus ritt fluchend zu ihr zurück.

»Muß wohl eine wichtige Person sein«, meinte sie.

Eine wüste Beschimpfung fiel von Marcus' Lippen. »Sie hält sich für wichtig. Ihr alter Ehemann ist ein Millionär. Es sollte ein Gesetz gegen solch vulgäre Protzerei geben.«

Diana beobachtete mit Ehrfurcht, wie eine ansehnliche Schar gutaussehender Sklaven mit Schachteln und Paketen auf den Schultern an ihr vorbeimarschierten. Als nächstes kam eine Gruppe hübscher Levantinerinnen in hauchdünnen Schleiern, dann ein ägyptischer Junge mit einem Äffchen auf dem Arm und ein kleines Sklavenmädchen, das ein japsendes Schoßhündchen in einem Korb trug. Dem schloß sich die Musikantentruppe der reichen Dame an, gefolgt von hundert Sklaven und Freien, die Truhen voller Schätze und kostbarer Gewänder trugen.

Schließlich tauchte »Ihre Herrlichkeit« in einer Sänfte auf, die von acht uniformierten Nubiern getragen wurde. Sie lehnte gelangweilt in ihren Kissen und fächelte sich mit einem großen Fächer aus Straußenfedern mit einem juwelenbesetzten Griff Luft zu. Ihr schwarzes Haar war mit Gold besprenkelt, und Diana fiel fast der Kiefer herunter, als sie sah, daß die Frau nur einen Lendenschurz und eine Perlenkette trug.

»Wahrscheinlich zieht sie von ihrem Palast in einen ihrer Landsitze um. Selbst der hohe Prätor hat seine Sänfte absetzen lassen, um sie zu begrüßen«, sagte Marcus verächtlich, »was wieder einmal beweist, daß sich selbst die höchsten Ränge vor der Macht des Geldes verneigen müssen.«

Diana spürte seinen Zorn darüber, aufgehalten worden zu sein. Sie lächelte ihm zu. »Das gibt mir die Gelegenheit, alles in aller Ruhe zu beobachten. Schau, dort auf dem Gehsteig findet ein Würfelspiel statt!«

Er musterte die Menschengruppe voller Arroganz. »Alles Faulpelze und Parasiten! Die meisten davon sind Sklaven der Reichen. Sie haben so wenig zu tun, daß sie sich die freie Zeit vertreiben mit Glücksspielen und Hurerei.«

Marcus berührte es peinlich, als er sah, wie sehr die Moral seiner Heimatstadt abgesunken war. Die Leute taten heute ohne Scham Dinge auf der Straße, die eigentlich in die Privatsphäre ihrer Häuser gehörten. Männer pinkelten in die Abwasserrinnen und Huren bedienten ihre Kunden in Hausgängen. Er dankte den Göttern, daß Aquae Sulis nie auf ein solches Niveau herunterkommen würde.

Schließlich ließen sie die Geschäftsviertel hinter sich und erklommen die Hügel. Sie kamen nun an größeren öffentlichen Gebäuden wie Thermen und Tempeln vorbei, sowie an Etablissements, die sich der Bedürfnisse der Reichen annahmen. Mächtige Triumphbögen überspannten Prachtstraßen, und Heldenstatuen in pferdebespannten Streitwagen verwandelten diesen Teil der Stadt in einen Ausstellungspark.

Die Architektur war dem griechischen Stil nachempfunden, aber viel überladener und, nach Dianas Ansicht, eher prahlerisch. Jede einzelne Säule strotzte nur so vor blumigen, künstlichen Verzierungen im korinthischen Stil, und der prunkvolle blaue, grüne und orange Marmor war reichlich geschmacklos, mit viel zuviel Dekor und Schnörkeln.

Als sie bei der Villa von Titus Magnus eintrafen, konnte Diana jedoch keinen Makel daran finden, obwohl ihr fast der Atem stockte, wenn sie daran dachte, was sie gekostet haben mußte.

Ihre auffällige Außenfassade erhöhte nur den Schock, den sie erlitt, als sie durch die hohen, luftigen ionischen Säulen des Portals trat und das Innere erblickte.

Alle Zimmer gruppierten sich um offene Innenhöfe, jeder davon mit üppiger Bepflanzung, Wasserbecken und Brunnen. Alles war von Licht und Sonne erfüllt. Die Räume, die vom ersten Innenhof ausgingen, waren sowohl zahlreich als auch ausladend. Ein offener Balkon lief um das gesamte obere Stockwerk. Ein Dutzend Sklaven erwartete sie am Eingang, während ein weiteres Dutzend kühle Getränke und Süßigkeiten ins Atrium brachte. Alle trugen blaßgelbe Tuniken mit einem Widderschädel als Insignium auf der Schulter.

Diana hielt sich im Hintergrund, während Marcus und Petrius in den ersten Innenhof schritten und die älteren Sklaven begrüßten, die der Familie schon seit Jahren dienten. Marcus drehte sich um und zog sie an seine Seite.

»Wie viele Leute sind das?« flüsterte sie.

»Hundertfünfzig, seit ich das letzte Mal hier war.« Er drückte beruhigend ihre Hand. »Das ist hier gang und gäbe.« Er führte sie durch einen herrlichen, lichtdurchfluteten Korridor, der zu einem zweiten noch größeren und schöneren Innenhof führte und um den sich eine zweite Zimmerflucht gruppierte. Die Böden bestanden aus Mosaiken, die Wände und Säulen jedoch aus blassem Lunamarmor. Im Zentrum tanzte eine Gruppe graziöser Wassernymphen, die Wasser in kräftigem Strahl in ein rundes, weißes Marmorbecken, das glänzende Grünpflanzen umgaben, spien. Überall in der Villa standen Skulpturen und wertvolle Kunstobjekte auf reich mit Schnitzereien verzierten Podesten.

Lucas, der Majordomo, begrüßte Marcus auf das herzlichste.

»Euer Vater befindet sich in seinen Gemächern und bittet Euch, zu ihm zu kommen. Er ist nicht mehr so jung und rüstig, wie Ihr ihn in Erinnerung habt«, meinte Lucas vorsichtig, »aber sein Stolz hat nicht nachgelassen. Er läßt Eure Dame herzlich grüßen und würde sich freuen, sie heute beim Abendmahl kennenzulernen.«

Lucas klatschte in die Hände und ein Dutzend olivenhäutiger Sklavinnen trat vor. »Diese Mädchen habe ich für Eure Dame ausgewählt. Sie werden sich ausschließlich um sie kümmern. Ich habe mir die Freiheit genommen, eine Suite mit Blick auf den Garten für sie herzurichten. Sie liegt nicht weit von Euren eigenen Räumlichkeiten, General.«

Marcus zog amüsiert die Brauen hoch. »Das Arrangement ist einigermaßen förmlich, ebenso wie deine Anrede, Lucas.«

»Jetzt, da Ihr General seid, ist es nur angemessen, Euch mit Eurem Titel anzusprechen. Nach der Hochzeit werdet Ihr und Eure Braut eine größere Suite benötigen.«

Marcus' Lippen zuckten, als er an die getrennten Schlafzimmer dachte. Er würde versuchen, bis zu ihrer Hochzeit diskret zu sein. Danach konnt er Diana offiziell bei sich einquartieren.

»Überlaß ruhig alles den Mädchen«, sagte Marcus zu Diana. »Ich weiß, daß du dich nach einem Bad und nach frischen Kleidern sehnst. Falls die Mädchen nicht ausreichen, gibt es noch genug Sklavinnen im Haus, die kaum etwas zu tun haben.«

Die Mädchen führten Diana fort und Tor folgte ihnen wie eine Klette, die Hand am Griff seiner Peitsche. Sobald sie einmal alle in Dianas Schlafkammer waren, fingen sie an zu kichern und entzückt seine Muskeln zu betasten. Tor sah aus, als ob er gestorben und im Paradies gelandet wäre.

Eine der Sklavinnen wendete sich an Diana und meinte: »Mein Name ist Livi, Mylady. Haben wir Eure Erlaubnis, uns auch um die Bedürfnisse Eures Leibwächters zu kümmern?«

Tor verdrehte entzückt die Augen. Dianas Mundwinkel kräuselten sich angesichts der sündigen Gedanken, die ihr durch den Kopf schossen. »Ich möchte, daß ihr ihn bei guter Laune haltet. Glaubst du, ihr könntet euch abwechseln? Er wird in der angrenzenden Kammer schlafen. Gibt es dort eine Bettstatt?«

Die Mädchen öffneten die Tür, um ihr zu zeigen, daß die

Kammer tatsächlich mit einer Liege ausgestattet war. Sie betrat kurz den Raum mit ihr.

»Ich danke Euch, Lady Diana«, sagte Tor inbrünstig.

»Halte dein Schwert jederzeit bereit«, schärfte sie ihm ein, ohne eine Miene zu verziehen.

»Das werde ich, Lady«, versicherte er ihr.

»Ich bin sicher, daß Livi und ihre Mädchen dich ohne Schwierigkeiten verwöhnen werden. Die Frage ist, kannst auch du sie bei Laune halten?« Lachend trat Diana durch die Tür in ihre eigene Kammer. Tors Grinsen reichte von einem Ohr zum anderen.

25. Kapitel

Petrius trachtete nach dem Reichtum seines Vaters. Er war wildeifersüchtig auf Marcus als den Erstgeborenen und Haupterben. Aber bis jetzt hätte er zumindest Marcus' Nachfolge angetreten. Als Primus Pilus, General der römischen Armee, standen die Chancen für seinen Bruder schlecht, über den Gipfel seiner Manneskraft hinaus am Leben zu bleiben. Alles, was Petrius bis jetzt hatte tun können, war, sich in Geduld zu üben, und der ganze Besitz würde irgendwann ihm gehören. Doch jetzt, da Marcus sich zu verheiraten gedachte, änderte sich alles. Marcus' Kinder würden das Erbe beanspruchen und Petrius würde nur einen kleinen Teil des Reichtums der Familie erhalten.

Während der Reise nach Rom hatte er alles versucht, um Marcus die Heirat auszureden. Er hatte die Frauen im allgemeinen als treulose Miststücke beschrieben, die ihre Leiber an den Meistbietenden verkauften. Hartnäckig wies er darauf hin, daß man eine Konkubine kontrollieren konnte, eine Ehefrau nicht. Aber als seine Andeutungen von den Frauen im allgemeinen zu Diana im speziellen wanderten, nahm Marcus dies alles andere als freundlich auf – besonders, als Petrius vage auf unschickliches Verhalten mit ihrem gutaussehenden jungen Leibwächter hinwies. Die schwarzen Augen seines Bruders maßen ihn mit einem gefährlichen Glitzern.

»Petrius, ich bin durchaus in der Lage, meine Frau im Auge zu behalten! Erspare mir deine schmutzigen Reden und Gedanken, wenn dir deine Knochen lieb sind.«

»Du mißverstehst mich, lieber Bruder. Meine Einwände beziehen sich nur auf die Fesseln der Ehe, nicht auf Diana. Wenn du wirklich unbedingt heiraten willst, dann hättest du dir keine schönere Braut aussuchen können.«

Dem Jüngeren blieb nur noch ein Weg offen, bevor er zu drastischeren Mitteln greifen mußte. Als er kam, um seinen Vater zu begrüßen, mußte er zu seiner Verzweiflung feststellen, daß der Verstand des alten Mannes trotz seines schlechten physischen Zustands keineswegs gelitten hatte.

»Ich habe eine sehr ernste Angelegenheit mit dir zu besprechen, Vater. Marcus ist ein liebeskranker Trottel, der nicht sehen will, daß ihn diese Frau nur seines Geldes wegen heiratet. Sie kann es gar nicht abwarten, seinen Reichtum in ihre Krallen zu bekommen. Ich schwöre dir, sie war seine Sklavin. Deine Enkelsöhne werden die Nachkommen einer Sklavin sein!«

Titus schloß die Augen, um den Schmerz, den ihm Petrius' Worte verursachten, erträglicher zu machen. Nach einem Moment des Schweigens öffnete er sie wieder und blickte seinen äußerlich so perfekten Sohn an. »Du denkst, ich sollte mein Testament ändern.« Es war eine Feststellung, keine Frage.

»Ja, das denke ich, Vater. Wenn er schon unbedingt Schande über das Haus der Magnus bringen will, dann sollte er nicht auch noch den Löwenanteil deines Vermögens einstecken. Diese Frau ist eine Schlampe, die es mit ihrem eigenen Leibwächter treibt. Sie hat nicht einmal meine Avancen zurückgewiesen.«

»Sie muß sehr schön sein, wenn sie sogar dich in Versuchung führt, Petrius.«

»Das ist sie und eine Herausforderung für jeden Mann, der auch nur einen Blick auf sie wirft.«

»Schönheit kann ein Fluch sein, Petrius. Ich glaube, daß dein gutes Aussehen ein Fluch ist. Mein Testament muß in der Tat anders lauten. Aber ich fürchte, es wird dich nicht sehr glücklich machen. Denn weißt du, ich bin ebenfalls mit einem Fluch geschlagen, Petrius. Einer meiner Söhne ist ein Fluch und der andere ein Segen! Ich hoffte, daß dich der Militärdienst zumindest von deiner Feigheit kurieren würde, aber selbst das ist gescheitert. Geh mir aus den Augen!«

Petrius stürmte auf und davon. Gut, dann sollte es eben so sein. Der alte Tyrann hatte sein Schicksal besiegelt. Petrius sah sich gezwungen, etwas Drastischeres zu unternehmen, und das schon sehr bald, bevor sein Vater seine Änderungen amtlich machte.

Obwohl er sehr krank war, ließ sich Marcus' Vater von seinem persönlichen Leibsklaven von seiner Liege auf einen Stuhl heben. Er war zu stolz, um seinen Erstgeborenen im Bett zu empfangen. Doch die Blässe seiner Haut und die Tatsache, daß er merklich an Gewicht verloren hatte, gaben Marcus einen deutlichen Aufschluß über seinen Gesundheitszustand.

Der geliebte Vater war erschreckend gealtert, aber Marcus stellte erleichtert fest, daß in seinen dunklen Augen nach wie vor das Feuer des Lebens glühte. Der General fiel auf die Knie, damit sie sich umarmen konnten.

Titus, ein offener, unsentimentaler Mensch, sagte ohne Umschweife: »Zwar taugen meine Beine nichts mehr, aber als Folge davon ist mein Verstand doppelt so scharf wie früher.«

Marcus grinste ihn an. »Ich habe dich immer schon für den intelligentesten und klügsten Mann der Welt gehalten. Es freut mich zu sehen, daß die Jahre dir in dieser Hinsicht nichts anhaben konnten.«

»Du hast also endlich doch noch eine Braut nach Hause gebracht. Ich hatte die Hoffnung auf Enkelkinder schon beinahe aufgegeben. Sie muß etwas ganz Besonderes sein, daß sie deinen hohen Anforderungen entspricht.«

Marcus zog eine Braue hoch und wollte schon protestieren.

Titus hob gebieterisch die Hand, so daß er den Mund wieder schloß. »Ähnlich wie ich hast du hohe Prinzipien und erwartest dasselbe von anderen. Die Pflicht steht für dich immer an erster Stelle; du würdest lieber in den Tod gehen, als deine Ehre zu verlieren. Unsere Götter sind die Wahrheit und die Gerechtigkeit.«

»Du stellst mich ja als unerträglich hin.«

»Das sind wir beide. Wo beim Himmel hast du dieses Muster an Vollkommenheit gefunden, das deiner wert ist?« fragte er amüsiert.

»Sie ist eine Britin und ebenso intelligent wie schön. Ich hoffe, du erteilst uns deinen Segen, Vater.«

Titus' schwarze Augen richteten sich liebevoll auf seinen Sohn. »Marcus, deine Wahl ist meine Wahl.«

Marcus wußte, daß sie beide ein Band zusammenhielt, das nichts zerstören konnte. Die Liebe, die sie füreinander empfanden, war absolut und bedingungslos.

»Nun berichte mir von dieser Mission, die dich und Julius Classicianus hergeführt hat. Wenn ihr Nero und den Senat wirklich überzeugen wollt, dann kann ein uneingeschränkter Zugriff auf Bestechungsgelder nicht schaden. Mein Reichtum ist dein Reichtum, Marcus; ich bin sicher, das weißt du.«

Marcus erzählte ihm von dem Plan, der der gesamten britischen Nation zugute kommen sollte. Er schätzte das Angebot seines Vaters, seinen Reichtum der noblen Sache zur Verfügung zu stellen, aus tiefstem Herzen und versicherte Titus, daß er es nie für persönliche Zwecke mißbrauchen würde. Als er ging, hatte Marcus seinen Vater einmal mehr davon überzeugt, daß er nicht nach seinem Geld trachtete, so wie sein Bruder.

Als Marcus Dianas Zimmer betrat, um sie zum Abendessen herunterzuholen, sah er entzückt, daß sie in einer eleganten jadegrünen Toga mit einer hauchdünnen Palla darüber und in goldenen Sandalen auf hohen Korksohlen am Fenster stand. Ihr Haar lockte sich schöner denn je, außer wenn es aufgelöst auf seinem Kissen lag. Ihre Frisur bestand aus einer blaßgoldenen Fülle, die über ihren Rücken floß und mit grünen Bändern und Perlen durchwoben war.

Als sie das Triclinium erreichten, ruhte der weißhaarige Titus Magnus bereits auf seiner Eßliege, und Marcus war froh darüber, daß er die Invalidität seines Vaters nicht erwähnt hatte. Diana besaß ein so weiches Herz, daß sie ihn mit allzugroßer Rücksicht behandelt hätte, und natürlich wollte sein Vater lieber als Mann behandelt werden.

Marcus präsentierte Diana mit höchstem Stolz, woraus die Tiefe seiner Empfindungen für diese Frau ersichtlich wurde. Titus mochte sie sofort. Nicht nur, daß sie schön genug war, um einem Mann den Atem zu rauben, darüber hinaus erinnerten ihn ihre Zartheit und ihr heller Teint an die Alabasterskulptur einer Göttin. War es Venus? Nein, es war Diana, ihre Namensvetterin. »Tausendmal willkommen, meine Liebe. Ich hoffe, mein Sohn wird dich glücklich machen.«

»Das hat er bereits, Mylord.« Der rasche Blick, den sie Marcus zuwarf, verriet Titus, wie sehr sie seinen Sohn liebte.

»Setz dich zu mir. Eine schöne Frau ist für einen alten Mann besser als jede Medizin.«

Marcus stellte erheitert fest, daß sein Vater tatsächlich mit Diana flirtete, und es erwärmte sein Herz, daß sie einfühlsam genug war, mit ihm zu schäkern, ein wenig zumindest.

Das Essen und die Bedienung verdienten aufrichtiges Lob, da in der Villa Magnus nur Sklaven mit besten Empfehlungen die Speisen zubereiten und servieren durften. Während das Mahl langsam seinem Ende zuging, lächelte Diana den Vater ihres künftigen Gatten an und sagte, »Ihr habt ein wirklich herrliches

Haus. Ich möchte mich dafür bedanken, daß Ihr mich so herzlich willkommen geheißen habt.«

»Hat Marcus dich schon herumgeführt? Nein? Dann geht nur los, geht! Zeige ihr, wie sie im Wasserbecken dinieren kann, ohne sich auch nur den Rücken naßzumachen. Zeige ihr die Vögel und die Fische, überhaupt alles!«

Marcus nahm sie mit hinaus in den Garten und forderte sie auf, sich auf eine weiße marmorne Bank im Bassin zu setzen. Wasser spritzte aus mehreren Fontänen unter der Bank hervor, als sie sich niedersetzte und an die Kissen lehnte, aber es gab einen unterirdischen Abfluß, so daß das Becken nie überlief und es aussah, als würde die Sitzgelegenheit im Wasser schwimmen.

»Wenn man hier speist, dann wird das schwerere Geschirr am Beckenrand abgestellt, aber die leichteren Gerichte werden in Gefäßen, die wie kleine Boote oder Schwäne geformt sind, serviert. Sie schwimmen auf dem Wasser und drehen sich ständig rund herum.«

Es gab Hecken, die wie Tiere zurechtgeschnitten waren, und überall blühten Rosen. »Außer den drei Außenbecken gibt es noch eine private Zimmerflucht mit einem Blick auf den Garten. Das Schlafzimmer ist völlig abgeschirmt und läßt auch kein Licht herein. Daneben liegt ein privates Speisezimmer. Wenn wir verheiratet sind, können wir uns dort aufhalten.«

»Selbstverständlich müssen wir in getrennten Zimmern schlafen, bis wir verheiratet sind. Wir dürfen im Hause deines Vaters nicht indiskret sein.«

»Er würde mir eine schöne Standpauke halten, wenn ich dich nicht wie eine vestalische Jungfrau behandelte.«

Sie gingen wieder hinein. »Bitte mich nicht darum, dir die juwelenbesetzten Freskos oder den Familientempel oder die Bücher zu zeigen. Ich möchte, daß du dir etwas anderes anschaust.«

»Wohin führst du mich?« fragte sie arglos, während sie die Stufen einer marmornen Treppe mit einem Geländer aus Elfenbein hinaufstiegen.

»Zu meiner Schlafkammer.«

Diana war zutiefst beeindruckt von dem Luxus. An den Wänden zogen sich Bilderfolgen entlang, die die Eroberungszüge von Alexander dem Großen darstellten. Das massive Bett war mit geschnitzten Widderhörnern verziert, und ein Balkon gestattete einen Rundblick auf den Park und die Zierteiche mit ihren Fischen.

»Das Zimmer paßt zu dir. Es ist immens maskulin. Ich fühle mich hier wie ein Eindringling.«

»Hat mein Vater nicht gesagt, daß ich dir alles zeigen soll?«

»Ja, aber – oh, was tust du da?« rief sie alarmiert, als er anfing sich auszuziehen.

»Ich zeige dir alles«, erwiderte er mit einem breiten Grinsen.

»Du bist ein Teufel, Marcus Magnus. Wie du weißt, müssen wir getrennt schlafen!«

Er warf den Kopf zurück und sein Gelächter ließ die Wände erzittern. »Keine Macht der Welt könnte mich heute nacht von dir fernhalten. Viel zu bald schon muß ich fort, um mich mit Julius um unsere Geschäfte zu kümmern. Er hat mir nur erlaubt, nach Hause zu gehen und meinen Vater zu begrüßen, wenn ich anschließend eine oder zwei Wochen bei ihm verbringe, während er die Senatoren einzeln oder auch in Gruppen empfängt. Schon morgen könnte er mich zu sich zitieren.«

Scheu schritt sie auf ihn zu, als er sich nackt auf das Bett setzte. »Glaubst du wirklich, wir bekommen die Erlaubnis zu heiraten?«

»Julius hat mir versichert, daß es nur eine Formsache ist. Und wenn die Mühlen der Behörden zu langsam mahlen, werde ich sie eben mit einer kleinen Bestechung ölen. Hab keine Angst! Es tut mir leid, daß ich dich verlassen muß, mein Liebes, aber wahrscheinlich haben wir ohnehin nicht mehr als einige Tage, um ein Hochzeitskleid nähen zu lassen und die Feierlichkeiten vorzubereiten. Ein wundervoller Ehering wartet jedenfalls schon, und mein Vater wird dir auch Schmuck zur Hochzeit schenken.«

Sie hob die Hände, um die Bänder aus ihrem Haar zu lösen. »Soll das heißen, du bestichst mich, den Mund über die Bacchanalien zu halten, in denen du dich ergehen wirst?«

Er öffnete seine Knie und zog sie an sich. »Um ganz zu schweigen von den Orgien«, scherzte er. Als er den verletzten Ausdruck auf ihrem süßen Gesicht sah, wurden seine Züge weich. »Die einzigen Aktivitäten, denen ich mich widmen werde, sind die Spiele und Wagenrennen im Circus Maximus, denen alle Römer zu Füßen liegen, wie ich fürchte.«

»Genieße deine Stadt ohne Schuldgefühle, Marcus. Du weißt, ich würde solche Dinge hassen.«

Er streifte ihre Toga ab und warf sie auf den Boden. Dann stand sie vor ihm, nur in ihren Sandalen und ihrer Goldkette mit der halben Münze. Als er das feine Kettchen öffnete und um ihre schmale Taille festmachte, erschauerte sie. Marcus' Augen glühten angesichts des erotischen Bildes vor sich. »Heute nacht machen wir nur die Dinge, die du leidenschaftlich liebst«, flüsterte er.

Als Marcus bei der Residenz des Prokurators eintraf, erfuhr er, daß Julius Classicianus ein halbes Dutzend Senatoren für den heutigen Nachmittag zu den Spielen eingeladen hatte. Außerdem bat er einen Vertreter der Militärbehörden, der Marcus die offizielle Erlaubnis zur Eheschließung erteilen würde, um sein Erscheinen.

»Es tut mir leid, daß ich meinen Bruder Petrius nicht mitbringen konnte, Julius. Aber der junge Teufelsbraten ist sofort nach unserer Ankunft in den Eingeweiden Roms untergetaucht. Sobald er einmal all den Lastern der Jugend gefrönt hat, wird er sich schon wieder zeigen.«

»Das hat er bereits, mein Freund. Ich habe ihn gestern abend zum Hof des Kaisers mitgenommen und ihn Nero vorgestellt. Er und der Kaiser schienen sich auf Anhieb zu verstehen. Ich denke, es war die Schönheit deines Bruders, die Nero anzog.

Aber ich glaube, daß Petrius schlau genug ist, seine natürlichen Vorzüge zu unseren Gunsten einzusetzen. Wir können uns glücklich schätzen, ihn in unserem Lager zu haben.«

Marcus hoffte das inbrünstig. Petrius handelte zwar grundsätzlich zu seinem eigenen Vorteil und zu keinem anderen; aber wenn er willens war, Neros Lasterhaftigkeit auszunützen, dann konnte ihnen das viel Zeit und Mühen ersparen.

Als sie im Amphitheater des Claudius eintrafen, sah Marcus zu seiner Überraschung, daß Petrius beim Kaiser und seinen Freunden saß. Sie lachten und scherzten mit solcher Vertrautheit, daß man glauben konnte, Petrius gehöre seit jeher zum inneren Zirkel des Kaisers.

Julius stellte Marcus dem Kaiser vor, und er grüßte ihn mit einem militärischen Salut statt mit dem Wangenkuß, der mehr und mehr in Mode kam.

»Noch ein Magnus, wenn auch nicht aus demselben Holz. Willkommen daheim in Rom! Morgen findet eine *venatione* zu meinen Ehren im Circus Flavius statt. Ihr und Julius müßt mich mit eurem Besuch beehren. Ich garantiere, ihr habt so etwas noch nie gesehen. Neben Löwen und Tigern haben wir auch Bären. Seit einer Woche werden Berge und Höhlen in der Arena aufgeschüttet, und wie ich höre, hat man sogar einen kleinen Wald angepflanzt.«

»Das verspricht ein wundervolles Spektakel zu werden, Euer Majestät«, sagte Julius mit dem nötigen Maß an Enthusiasmus.

Petrius schickte seinem Bruder ein lässiges Winken. Der Blick, den er Marcus zuwarf, sagte deutlich, daß er Nero in der Tasche hatte. Und tatsächlich schien Petrius seine neue Stellung in vollen Zügen zu genießen.

Die Gladiatorenkämpfe waren sowohl zahlreich als auch abwechslungsreich. Es fanden immer mehrere gleichzeitig statt, um die Massen zu unterhalten, die sich zu Tausenden im Amphitheater versammelt hatten. Die Menschen liebten die Spiele, deren Besuch für alle umsonst war. Sie feuerten die Tapferen an und buhten unsportliches Verhalten aus, nebenbei wurden Wetten über den Ausgang abgeschlossen. Die interessantesten Kämpfe fanden zwischen den *retiarii*, welche mit Netz und Dreizack kämpften, und den *secutores* in ihren traditionellen Helmen, Schwertern und Schilden statt.

Marcus beobachtete heimlich, wie sein Bruder und der füllige Nero beständig miteinander flüsterten und wisperten. Er fragte sich, worüber sie sich so angeregt unterhielten; aber von ihren Themen hätte er sich nur abgestoßen gefühlt.

»Gefallen dir die Spiele?« fragte Nero und drehte die Ringe an seinen fetten Fingern.

»Ich wünschte, es würde mehr Blut fließen«, erwiderte Petrius leidenschaftlich. »Wenn ein besiegter Gladiator um Gnade bittet, gewährt sie ihm die Menge automatisch.«

Nero zog eine Grimasse. »Auch ich würde gerne mehr Männer sterben sehen, aber ich muß mich mit Verwundungen zufriedengeben; gegen die Massen kann ich nichts ausrichten.«

»Ihr kennt Eure eigene Macht nicht, o Kaiser! Ich wette, wenn Ihr beim nächsten Verlierer den Daumen senkt, wird es nicht lange dauern, bis Ihr das Publikum umgestimmt habt.«

Die zwei Gladiatoren, die vor der mit einem Adler dekorierten kaiserlichen Loge kämpften, waren unermüdlich. Sie besaßen beinahe die gleichen Kräfte, doch schließlich entwaffnete der Größere seinen Gegner und setzte seinen Fuß siegreich auf dessen Nacken. Die Menge raste, jubelte und kassierte ihre Wetten. Als der gefällte Mann den Arm zum Gnadengesuch hob, senkte Nero auf einmal den Daumen. Aufgrund des allgemeinen lauten Protests zitterte Neros Hand.

»Nur Mut!« drängte Petrius und hob ebenfalls die Hand, den Daumen nach unten.

Der siegreiche Gladiator stieß sein Kurzschwert ins Herz des Unglücklichen. Die Menge schnappte nach Luft. Als der Sieger seine Waffe herauszog und hochhielt, so daß das Blut seines Gegners an seinem Arm herabtropfte, brachen allerdings die Leute in Jubel aus.

Nero grinste Petrius entzückt an. Als der nächste Gladiator fiel, senkten auch die Zuschauer die Daumen. Sie johlten ohrenbetäubend, als der Sieger die Kehle des Unterlegenen mit einem einzigen Streich aufschlitzte, so daß sein Blut in den Sand sprudelte.

»Fühlt sich gut an, zu töten«, flüsterte Nero, der sexuell erregt war.

»Es fühlt sich noch besser an, wenn deine eigene Hand das Schwert führt.«

»Du bist ein Zenturio. Für dich ist es einfach; für mich nicht«, sagte Nero und legte seinen fleischigen Arm auf Petrius' harten Oberschenkel.

»Es mag schwer sein, o Kaiser, aber nicht unmöglich.« Petrius' Blick verharrte auf Neros bemalten Lippen. »Warum ziehen wir uns nicht an einen etwas privateren Ort zurück? Ich könnte Euch Dinge vorschlagen, die Euren Appetit mit Sicherheit anregten.«

Nero tätschelte das Knie seines Favoriten. »Nur noch einen Kampf?« flüsterte er gierig.

Marcus Magnus merkte, wie sich eine große Traurigkeit über ihn senkte. Am liebsten hätte er seinen Bruder von dem abartigen Nero fortgerissen. Aber das ging nicht mehr. Petrius war derjenige, der korrumpierte, nicht umgekehrt, und wenn er einem so degenerierten Menschen wie Nero noch etwas beibringen konnte, dann war er wohl kaum noch zu retten. Für Petrius ging es nicht um Gelüste, sondern um Macht. Marcus wußte, daß es für ihn nichts Erstrebenswerteres gab, als den Kaiser von Rom zu manipulieren. Als er sah, wie die beiden nach den Kämpfen zusammen verschwanden, wurde Marcus das Herz schwer.

Neros opulente Räumlichkeiten waren übersättigt mit Parfum, das aus winzigen Öffnungen in der hohen Decke ins Zimmer gesprüht wurde. Mit fünfundzwanzig interessierte sich Nero nicht mehr für Frauen. Er hatte sich Männern zugewandt, aber die flachbrüstigen Sklaven, die es zuhauf gab, besaßen nicht besonders viel Anziehungskraft. Sie ließen sich viel zu leicht erniedrigen und konnten lächerlich wenig Schmerzen oder Grausamkeit ertragen, weder an sich selbst noch an anderen.

Der junge Kaiser bevorzugte muskulösere Partner, die nicht gleich umfielen, wenn er einmal wünschte, sie auszupeitschen, und die außerdem stark genug waren, um Opfer zu bändigen, während er seine raffinierten Foltermethoden anwandte. Es waren häßliche Kerle, allesamt, sowohl emotions- als auch gewissenlos, aber mit sturen Schädeln, deren großzügige physische Attribute ihm Erleichterung verschafften.

Petrius Magnus unterschied sich völlig von ihnen. Nero war schon seit Jahren nicht mehr so aufgeregt über einen Liebhaber gewesen. Der junge Mann besaß die Schönheit einer Frau und den harten Körper eines Zenturio. Er wußte außerdem von der berauschenden Wirkung des Blutdursts. Was für eine kostbare Kreatur: ein schöner Wilder!

Nero lag auf seiner purpurseidenen Liege und ließ sich von Petrius entkleiden. Ihr Gespräch drehte sich um sexuelle Themen, um den Kaiser in einem erigierten Zustand zu halten. »Vor ein paar Wochen beschloß ich, ein Experiment mit einem dieser abartigen Christen zu machen. Ich ließ seinen Schwanz mit einer Lederschnur zubinden und zwang ihn dann zu trinken. Ich wollte sehen, was passieren würde, wenn er überquoll und sich nicht durch Pissen erleichtern konnte.«

»War es erregend?« fragte Petrius und zog ihm langsam die Tunika aus.

»Nicht wirklich. Ich dachte, sein Schwanz würde enorme Ausmaße annehmen. Aber es war immerhin höchst amüsant. Er wurde von bloßem Wasser betrunken. Dann fing er an, schreiend umherzulaufen, wobei er immer wieder zu Boden stürzte. Aber seine Blase platzte, und er starb viel zu rasch.«

Petrius war nun ebenfalls nackt, bis auf einen schwarzen, ledernen Penisschutz, der mit einem Lederband um seine schmalen Hüften festgehalten wurde. Einige Zenturione trugen sie, um ihren Penis in einer Schlacht zu schützen. Nero wurde steif, sobald er der schwarzen Obszönität ansichtig wurde. Petrius wollte Nero jedoch bis zum Wahnsinn reizen, bevor er ihm Erleichterung verschaffte. Also beschrieb er in allen Einzelheiten, wie viele Wunden man einem Menschen zufügen konnte und an welchen Stellen, so daß er für Stunden blutete, bis er schließlich starb.

Als Nero vor Lust keuchte, stieß ihn Petrius auf die Liege zurück und übte sich im Fellatio. Auf keinen Fall würde er Neros fetten, kurzen Schwanz in seinen Körper nehmen. Nero blickte voller Bewunderung auf Petrius nieder, dessen lange, seidige Wimpern auf seinen Wangen ruhten und dessen wunderschöner Mund ihn so wundervoll bearbeitete.

Dann befahl Petrius dem Kaiser auf die Knie zu gehen. Das Machtgefühl, das Petrius' Adern durchrauschte, als der Kaiser von Rom seinem Befehl gehorchte, übertraf alles, was er bisher in seinem Leben erlebt hatte. Die Lust war überwältigend! Und bevor Petrius mit ihm fertig war, würde er all seinen Befehlen folgen, und nicht nur in körperlicher Hinsicht. Neros Seele würde ihm gehören. Das war Macht; das war der Gipfel.

26. Kapitel

Noch bevor sich der Tag neigte, erhielt Marcus die offizielle Erlaubnis zur Eheschließung. Er setzte sich am selben Abend hin, um Diana die gute Nachricht zu schreiben. Sie war in Unruhe darüber gewesen, daß man möglicherweise die Einwilligung verweigern würde; also sehnte auch sie sich danach, ihn zu heiraten. Eine unbestimmte Sorge mahnte ihn, ihre Liebe so schnell wie möglich zu legalisieren. Er sagte sich, wenn sie ihm rechtmäßig gehörte, könnte sie weder dahin zurückgehen, von wo sie gekommen war, noch würden die Götter sie ihm wieder entreißen.

Er hatte noch nie einen Liebesbrief geschrieben und stellte fest, daß es ihm unmöglich war, sein Herz auf einer Wachstafel auszuschütten. Konsequenterweise las sich seine Botschaft wie eine militärische Anordnung. Als er sie nochmals kontrollierte, zog er eine Grimasse über seinen autoritären Ton und zwang sich, ein paar blumige Sätze hinzuzufügen.

Jeder Tag ohne Dich hat hundert Stunden, jede
Nacht tausend. Triff alle nötigen Vorbereitungen,
damit wir bei meiner Rückkehr sofort heiraten können.
Mein Herz gehört Dir.

Dein Gatte Marcus.

Allmählich fing er an, die Dinge mit Dianas Augen zu betrachten. Wo er früher noch die Gladiatorenkämpfe genossen hatte, sah er nun die Mitleidslosigkeit und die Geringschätzung, mit der man das menschliche Leben betrachtete und die sich hinter all dem Pomp, Glitter und der kulturellen Arroganz des Imperialismus versteckte.

Julius und er verbrachten den Abend mit ein paar Senatoren, und morgen abend stand dasselbe auf dem Programm. Marcus fühlte sich wie ausgelaugt. Das hier nahm ihn mehr mit als ein Vierzehnstundentag voller Schwimmübungen durch einen tosenden Fluß. Petrius war nicht zum Bankett erschienen, und Marcus versuchte nicht an seinen Bruder und daran, wie er wohl den Abend verbringen mochte, zu denken.

Wie sich herausstellte, führte Petrius den Kaiser in eins der zahlreichen Laster, die das Leben bereithielt, ein. Die Straßen von Rom waren in der Nacht finstere Schluchten. Es gab keine Straßenlampen, und nach Sonnenuntergang senkte sich Stille über die breiten Auffahrten, die zuvor noch von Menschen gewimmelt hatten.

Durch die ärmeren Viertel und Gassen der Suburbia ratterten jedoch Karren und Wagen, die die notwendigen Lebensmittel herbeischleppten. Am Tage waren sie in den verstopften Straßen der Stadt nicht zugelassen. Gewöhnliche Bürger gingen des Nachts natürlich nicht auf die Straße; denn es gab trotz der Wachen genügend Diebe, Halsabschneider und Räuber, die unter dem Namen *sicarii* oder Messerstecher bekannt waren.

Petrius, Nero und eine Auswahl der kaiserlichen Prätorianergarde, die gleichzeitig auch Neros Liebhaber waren, hatten sich maskiert und mit Prügeln, Dolchen und anderen Dingen bewaffnet. Petrius versprach Nero, daß sein erster Schwertstreich, sein erster Mord einem Orgasmus gleichkommen würde. Als zusätzlichen Anreiz schlug er eine Trophäenjagd vor. Im Morgengrauen würden sie dann ihre Souvenirs vergleichen und sehen, wer gewonnen hatte. Es gab Punkte für Finger, Ohren und Nasen, doch die höchste Punktzahl brachte der Hauptgewinn: ein abgeschnittener Penis!

Livi und die anderen Sklavinnen beschrieben Diana sämtliche Einzelheiten einer römischen Hochzeit. Sie würde in einer *tunica recta* heiraten, einem Gewand, das aus einem einzigen Stoffstück gewebt war. Das brachte Glück! Um ihre Taille schlang sich ein Band, das mit dem komplizierten Herkulesknoten verschlossen wurde, den ihr Gatte später aufzuknüpfen hatte. Unter dem Kleid trug man nichts, aber ihren Kopf würde ein fließender Schleier zieren, den ein eigenhändig gepflückter und geflochtener Blumenkranz festhielt. Er mußte unbedingt Eisen- oder Limonenkraut enthalten, das die Römer für heilig erachteten.

Die Zeremonie selbst war eine schlichte Angelegenheit, bei der keine religiösen Riten vollzogen würden. Es gab jedoch immer ein Blutopfer, dessen Eingeweide ein Seher untersuchte, um zu prüfen, ob die Ehe gesegnet war. Priester oder sonstige Amtspersonen waren nicht zugegen, sondern der Bräutigam selbst stellte, vor dem Altar stehend, die Frage: »Willst du meine *mater familias* sein?« Dann war es an der Braut zu fragen: »Willst du mein *pater familias* sein?« Dann würden sie unter den Glückwünschen der Anwesenden Wein und Kuchen auf dem Altar von Jupiter und Juno zum Opfer darbringen.

Livi erzählte ihr, daß es immer eine Hochzeitsprozession gab, bei der die Braut sich an ihre Mutter klammerte und der Bräutigam sie ihr entriß und zu seinem Haus trug, wobei ihnen Flötenspieler folgten, die alle Gäste hinter den Neuvermählten herführten. Dieser Brauch galt als Erinnerung an den Raub der Sabinerinnen.

Titus Magnus bat Diana, ihm genau zu sagen, was sie sich zur Ausstattung für die Hochzeit wünschte, und befahl Lucas, das Gewünschte zu bestellen. Als die Sandelholztruhen eintrafen und Diana sah, wie wunderschön die Gewänder waren, schnürte sich ihre Kehle vor Dankbarkeit und Rührung zu, und ihre Augen füllten sich mit Tränen. Er hatte ihr gesagt, daß der Schleier jede Farbe haben konnte, die ihr gefiel, und in einem Anflug von Leichtsinn wählte sie rot, der buchstäbliche Gegensatz von dem, was sich für eine georgianische Braut *schickte*.

Der hauchzarte, purpurrote Seidenschleier, den sie aus der Schachtel hob, stammte aus dem fernen China, wobei sein Gewicht auch seinen Goldpreis bestimmte. Die cremefarbene Tunica recta war tatsächlich aus einem Stück gewebt, aber außerdem mit cremefarbenen Rosen, auf denen Kristalle wie Tautropfen funkelten, bestickt. Auf den dazupassenden Ledersandalen entdeckte sie echte Perlen.

Diana fand Titus in seiner Bibliothek, und als er sah, wie sehr sie sich über seine Geschenke freute, konnte er es kaum erwarten, ihr Gesicht zu sehen, wenn er ihr seinen Hochzeitsschmuck überreichte. Roms berühmtester Juwelier hatte ihm heute morgen einen Besuch abgestattet, und Titus wählte Diamanten für seine neue Tochter. Er wollte, daß der Kette ein großer Amethyst beigefügt wurde, der zu ihren wunderschönen Augen paßte, und bezahlte extra, um die Arbeit sofort erledigen zu lassen.

Der alte Mann und die junge Frau verstanden sich auf Anhieb. Das Lesezimmer war ihr liebster Aufenthaltsort. Als Titus sie bat, ihm vorzulesen, fühlte sie sich so geschmeichelt wie noch nie in ihrem Leben. Titus trank gerne ein Glas Setinischen Weins, das Diana selbst ihm aus einem bereitstehenden Dekanter eingoß, damit nicht ein Sklave ihre Zweisamkeit störte. Sie wiederholten dieses Ritual an den Nachmittagen und auch an den Abenden. Das Ganze erinnerte sie stark an ihre Zeit mit ihrem eigenen Vater.

»Livi hat mir alle Einzelheiten einer römischen Hochzeit geschildert. Es ist erstaunlich, wie sehr sie unseren Bräuchen in Britannien gleicht, bis auf eine Ausnahme allerdings.« Diana zögerte, dann platzte sie heraus: »Muß es unbedingt ein Blutopfer geben?«

»Das ist ein alter, ehrwürdiger Brauch. Die Gäste wären enttäuscht, und die Sklaven würden es für ein böses Omen halten, wenn es nicht stattfände.«

»Leben ist so kostbar. Ich möchte nicht, daß eine Kreatur ihr Leben für mich verliert«, sagte sie ernst.

»Nimmst du nicht auch Fleisch zu dir und trägst Lederschuhe, Diana?« fragte er ruhig.

»Ja, das stimmt.« Sie lächelte entschuldigend. »Ich weiß, daß ich unlogisch bin.«

»Trinke ein Glas Setinier mit mir, Diana.«

Als sie zwei Gläser einschenkte und ihm das seine reichte, ergriff er ihre Hand. »Wenn die Sklaven Eingeweide untersuchen möchten, dann sollen sie dies an den Tieren tun, die für das Festmahl geschlachtet werden. Ich möchte, daß nichts deinen Hochzeitstag trübt. Es sollte der glücklichste Tag deines Lebens sein.«

»Hoffentlich haben die Gäste Verständnis dafür, daß es keine Prozession geben wird.«

»Aber natürlich wird es das. Wir halten eine Prozession durch die ganze Villa und den Garten. Die Säulen der Gartensuite werden mit Wolle umwickelt und die Tür mit Öl eingerieben, den Symbolen für Wohlstand und Überfluß. Marcus wird dich über die Schwelle tragen, damit du nicht stolperst, was ein schlechtes Vorzeichen wäre; dann wird er dir eine Tasse Wasser und ein brennendes Holzscheit überreichen, um dir zu zeigen, daß du nun den Schutz der Hausgötter besitzt.«

Sie lächelte ihn an. »Marcus ist aller Schutz, den ich je brauchen werde.«

Der General riß die Augen auf, als er die Veränderungen sah, die in der Arena des Circus Flavius vorgenommen worden waren, und zwar genauso, wie Nero es beschrieben hatte. Es gab mächtige Hügel mit Höhlen und einem Wald. Obwohl noch keine Tiere zur Jagd freigelassen worden waren, konnte man ihr Knurren und Brüllen in der ganzen Arena vernehmen.

Julius saß, ebenso wie Marcus, zwischen zwei einflußreichen Senatoren. Die Loge des Kaisers war von Prätorianergarden umstellt, aber auf Nero und seinen Zirkel wartete man noch. Da die *venatio* zu Ehren des Kaisers veranstaltet wurde, konnte die Jagd erst mit seiner Anwesenheit beginnen.

Als die Menge langsam unruhig wurde, tauchte eine Musiktruppe mit Tanzäffchen auf, die an langen Ketten geführt wurden. Sie waren darauf abgerichtet, verschiedene Kunststücke vorzuführen, die die Menge eine Zeitlang bei Laune hielt. Doch als die Leute allmählich das Interesse verloren und nach Taten brüllten, wurden die *bestiarii*, die Gladiatoren, die die Raubtiere jagten, in die Arena geführt. Die Zuschauer suchten sich ihre Favoriten aus und schlossen Wetten ab. Die Waffen der Kämpfer unterschieden sich völlig. Einige trugen Speere, andere Pfeil und Bogen; wieder andere bevorzugten das Schwert oder Netz und Dreizack.

Schließlich traf Nero ein, und als er in der Loge vortrat und seinen Arm hob, raste die Menge. Petrius setzte sich hinter Marcus und beugte sich vor, um seinem Bruder etwas ins Ohr zu flüstern.

»Das fette Schwein denkt, sie verehren ihn, wo sie doch in Wirklichkeit nur darauf brennen, daß das Blutvergießen endlich beginnt.«

Als Marcus sich zu seinem Bruder umdrehte, sah er, daß Petrius' Pupillen unnatürlich geweitet waren, und wußte, daß er Rauschmittel genommen hatte. Er fragte sich, ob er Schmerzen hatte.

»Wie geht es deinem Arm?« fragte Marcus.

Petrius machte eine Faust. »Ich fühle gar nichts. Schau mich nicht so besorgt an.« Er öffnete seine Finger. »Mir geht es blendend.«

Und genau das war es, was Marcus langsam Sorgen bereitete. Petrius war instabil. Vielleicht sollte er mit Julius über ihn sprechen. Dieser Hurensohn von Bruder gehörte eingesperrt, bevor er noch größeren Schaden anrichtete. Marcus beschloß, ihn nach den Spielen beiseite zu nehmen und ein Wörtchen mit ihm zu wechseln.

Da ging ein lauter Aufschrei durch die Menge, denn die Tiere wurden freigelassen. Chaos brach aus, als die Löwen, Leoparden und Bären übereinander herfielen. Löwen kämpften gegeneinander, riesige Bären schlugen ihre Krallen in Leoparden und schleuderten sie durch die Arena. Ein paar schlaue Löwinnen griffen die Bären im Rudel an und richteten schreckliche Verheerungen an. Die Gladiatoren hatten ein leichtes Spiel mit den Tieren, deren sämtliche Instinkte darauf konzentriert waren, die Angriffe ihrer tierischen Artgenossen abzuwehren.

Marcus wurde übel. Er hatte eine erregende Jagd erwartet,

Mann gegen Tier, in der das Überleben vom Mut, der Schnelligkeit, Stärke und Intelligenz des einzelnen abhing.

Julius und die Senatoren schienen das entsetzliche Schauspiel ebenso abstoßend zu finden wie er. Marcus konnte nicht anders, als seiner Mißbilligung Ausdruck zu verleihen.

»Ich glaube, wir haben genug gesehen«, sagte Julius, während sie sich aufreihten, um nach vorne zu gehen und sich vom Kaiser zu verabschieden.

Der schien nicht erfreut über ihren vorzeitigen Aufbruch.

»Ihr geht doch nicht schon? Am Mittag gibt es Exekutionen. Ich habe mir ein paar spektakuläre Foltern für die Feinde Roms einfallen lassen.«

Einer der Senatoren, der aus einer alten Patrizierfamilie stammte, meldete sich zu Wort. »Der Senat tagt heute nachmittag, Euer Majestät. Wir sind auf dem Weg zur Kurie.«

Nero wußte genau, daß es nicht ratsam war, zu widersprechen, wenn ein ehrenwerter Senator das Wort ergriff. Er war zwar der Kaiser, aber der Senat genoß solches Prestige und moralisches Ansehen, daß Nero sich – nach außen hin – fügte. Sie konnten ihn durchaus absetzen, wenn sie wollten. Obwohl Kaiser und Armee sehr viel Macht besaßen, lag die oberste Macht im Staate immer noch in Händen des Senats.

Als Marcus sah, daß Petrius vorhatte zu bleiben, um sich die Exekutionen mit dem Kaiser anzusehen, fixierte er den Jüngeren mit einem durchdringenden Blick. Marcus hob autoritär den Kopf, damit Petrius ihm folgte, und dieser gehorchte umgehend.

Er führte den Bruder ein paar Schritte beiseite, bevor er sich zornig an ihn wendete. »Ich habe dich gedeckt, als du von deinem Posten desertiert bist, und wenn du dich unbedingt vor Nero prostituieren mußt, so ist das deine Sache; aber bring ja keine Schande über das Haus der Magnus oder beschäme unseren Vater, indem du deiner Sucht in seiner Villa frönst. Wage es nicht, sein Haus zu betreten, bevor du wieder vollkommen nüchtern bist!«

Als Petrius an die Seite des Kaisers zurückkehrte, sah Nero, wie betroffen er war. »Was plagt dich, mein Liebster? Sag es Nero, damit er dir helfen kann.«

»Mein Bruder Marcus und ich, wir stehen uns sehr nahe. Er muß sich in Kürze mit einer Britin verheiraten und fürchtet, daß sie Verrat plant. Angeblich ist sie eine christliche Spionin, die für die Kelten arbeitet und ihn verführen soll. Marcus bangt um unseren Vater, während er sich beim Prokurator und den Senatoren aufhält. Er hat mich inständig gebeten, heimzukehren, um die verräterische Hure zu bewachen, bis er sich selbst um sie kümmern kann.«

»Bleibe bei mir. Ich werde einen Prätorianer aussenden, der sie festnimmt«, drängte Nero.

»Nein, es gibt noch keine Beweise für ihre Machenschaften; aber aufrichtigen Dank für Eure Bereitschaft, mir zu helfen und sie persönlich zu bestrafen, falls sie es wagt, die Hand gegen das Haus der Magnus zu erheben.«

»Bleibe zumindest solange, bis die Exekutionen vorbei sind. Ich habe eine Folter erfunden, die ich die *lebende Fackel* nenne. Es ist ziemlich spektakulär!«

Diana verbrachte den Vormittag im Garten und lernte, wie man einen Brautkranz aus Blumen und Limonenkraut flocht, dann nahm sie ein köstliches Mittagsmahl im Wasserbecken ein. Auf ihrem Weg zur Bibliothek, um Titus vorzulesen, wurde sie von Tor aufgehalten. Er bat sie um eine vorübergehende Entbindung von seinen zusätzlichen Pflichten. »Lady Diana, bitte findet andere Aufgaben für Livi und die Mädchen. Sie lassen mich einfach nicht in Ruhe.«

»Du siehst erschöpft aus. Hast du letzte Nacht nicht geschlafen?«

Tor schüttelte den Kopf. »Wenn Ihr mit dem Vater des Generals in der Bibliothek seid, bin ich ihnen gnadenlos ausgeliefert.«

»Nebenan befindet sich ein Arbeitszimmer. Ich werde den

Mädchen mitteilen, daß du ein paar Briefe für mich schreiben mußt.«

»Lady, ich kann weder lesen noch schreiben«, sagte er bekümmert.

»Das wissen sie aber nicht«, antwortete Diana.

Sie rief Livi zu sich, die hinter einer Säule herumlungerte in der Hoffnung, daß Diana in der Bibliothek verschwand. »Tor muß einige Dinge für mich erledigen. Nimm die Mädchen mit nach oben und bringt meine Kammer in Ordnung.« Sie zwinkerte Tor zu. »Ruh dich aus, so lange du kannst.«

Diana fand Titus in einer redseligen Stimmung vor. Er steckte voller Erinnerungen an seine eigene Ehe, an die Geburt seines ältesten Sohnes und seine Kindheit. Diana hätte ewig zuhören können, wie er ein Loblied auf den Jungen sang, und hoffte, daß sie ihrem Gatten einen ebensolchen Sonnenschein gebären würde.

Nachdem sie Titus ein Glas Setinier eingeschenkt hatte, setzte sie sich auf einen Stuhl neben seiner Liege. Sie trug ein magentarotes Kleid, das ihre Augen in einem tiefen Violett erstrahlen ließ und einen wundervollen Kontrast zu ihrem hellen Haar bildete. Titus blickte sie bewundernd über den Rand seines Glases an. Auf einmal brannte seine Kehle wie Feuer. Er fuhr sich erstickt an den Hals und ließ das Glas fallen.

Dianas Augen weiteten sich vor Entsetzen, als sie sah, wie der Wein sich über seine schneeweiße Toga ergoß und sie das schreckliche Gurgeln hörte, das aus seiner Kehle drang. Sie war wie gelähmt. Er benötigte sofortige Hilfe, doch gleichzeitig wußte sie, daß es zu spät war. Sie versuchte zu schreien, aber ihre Kehle blieb stumm. Als sie auf die Tür zustolperte, um Lucas zu rufen, war es Petrius, der mit einer Anschuldigung auf den Lippen in die Bibliothek stürmte.

»Du hast meinen Vater vergiftet!«

»Nein!« keuchte sie entsetzt und drehte sich wieder zu Titus um, der reglos auf seiner Couch lag; sein Gesicht war eine groteske Maske des Schmerzes.

Petrius zog seinen Dolch und kam drohend auf sie zu.

»Tor!« schrie Diana. Er brach im nächsten Moment durch die Tür, die Hand am Griff seines Schwertes, aber bevor er es auch nur ansatzweise herausziehen konnte, rammte Petrius seinen langen Dolch in Tors Bauch und schlitzte ihn weit auf.

Diana schrie und schrie, während das grausige Geschehen vor ihren Augen ablief. Tor wand sich vor Schmerzen auf dem Mosaikboden und hielt sich den Bauch, damit ihm die Eingeweide nicht herausquollen. Petrius kniete bei ihm nieder und durchtrennte ihm die Kehle.

Lucas und ein Dutzend Haussklaven drängten sich an der Tür. Petrius wandte sich mit eiskalter Ruhe um. »Sie hat meinen Vater vergiftet! Ihr Sklave versuchte mich zu töten.«

»Nein!« schluchzte Diana. »Er hat es getan!«

Lucas wußte, daß Marcus' Braut und Titus einander herzlich zugetan waren. »Sie würde ihm nie ein Leid antun!« wagte er sich vor.

Petrius war unglaublich ruhig. Mit eisiger Berechnung sagte er: »Wenn sie den Wein nicht vergiftet hat, dann muß es einer der Sklaven gewesen sein. Du weißt, was geschieht, wenn ein Sklave seinen Herrn ermordet ... die gesamte Dienerschaft wird hingerichtet.«

Lucas wich entsetzt zurück. Erst letzten Monat war ein ganzer Hauhalt von zweihundert Sklaven für den Mord an ihrem Herrn gekreuzigt worden.

»Lucas, laß sofort den *Praefectus Vigilum* (= Polizeioffizier) holen. Ich werde sie so lange in der Zelle im Keller einsperren.«

Diana litt wegen Marcus. Er würde außer sich sein vor Kummer, wenn er vom Tod seines Vaters erfuhr. Petrius packte sie brutal am Schopf. Er hielt ihr den Dolch, von dem noch Tors Blut tropfte, unter die Nase.

»Wenn mein Bruder erfährt, was du getan hast, wird es ihm das Herz brechen.« Er lächelte.

»Marcus würde so etwas Abscheuliches nie glauben.« Tränen

der Verzweiflung rannen über ihre Wangen. Er zerrte sie in den Keller, wo sich die Verwahrungszelle für ungehorsame Sklaven befand. Sie besaß eine schwere Tür, verbarrikadierte Fensterlöcher und eine Reihe von Stöcken und Eisenfesseln.

Petrius drückte sie in die Knie und kettete ihre Handgelenke an den Fußboden. Dann ergriff er ihr Kinn und zwang sie, zu ihm aufzusehen.

»Du warst zu fein, um deine Beine für mich zu spreizen. Du und Marcus, ihr habt euch verschworen, mich um das Erbe meines Vaters zu bringen; aber ich werde doch noch alles bekommen, und du, meine schöne Hure, bekommst, was du verdienst.«

Als die Tür hinter ihm ins Schloß fiel, erstickte sie fast vor Angst und Panik. Sie wußte nun, daß er wahnsinnig war. Er hatte seinen eigenen Vater vergiftet, um an sein Vermögen heranzukommen, und es so eingefädelt, daß es wie ihre Tat aussah. Da sie nun an Tor dachte, der sterben mußte, weil er ihr zu Hilfe geeilt war, kam ihr erst das gesamte Ausmaß an Schuld zu Bewußtsein.

Sie versuchte, ihre Furcht niederzukämpfen und rational zu denken. Marcus würde vom Tod seines Vaters unterrichtet werden. Natürlich würde Petrius seine Ohren mit seinen schmutzigen Lügen füllen, aber Marcus wußte, daß sie unschuldig war. Diana konnte den metallischen Geruch von Blut nicht loswerden. Abermaliges Schluchzen entrang sich ihrer Brust. Marcus würde kommen, er würde sie beschützen, falls nötig vor der ganzen Welt. Hatte sie Titus nicht gesagt, daß Marcus aller Schutz war, den sie je brauchte?

27. Kapitel

Diana konnte nicht aufhören zu zittern. Sie hatte ihre Unschuld so lange hinausgeschrien, bis ihr Hals zugeschwollen war. Ihr Kopf schmerzte, weil Petrius so brutal an ihrem Haar gerissen hatte, und ihre Hoffnungen, aus diesem Alptraum befreit zu werden, schwanden mehr und mehr.

Als der *Praefectus Vigilum* eintraf, glaubte er jedes Wort, das der gewissenlose Petrius Magnus von sich gab. Diana bestritt die Anschuldigungen so heftig, daß sie anfing zu stottern. Petrius beharrte darauf, daß sie die Sklavin seines Bruders gewesen war, und infolgedessen hatte man sie in die *ergastula*, das unterirdische Sklavengefängnis, überstellt, wo buchstäblich der Abschaum der kriminellen Sklaven jede Nacht in Zellen, die sich eher als Hundezwinger bezeichnen ließen, angekettet wurde.

Der Gestank menschlicher Ausscheidungen verpestete die Luft. Hunderte von Gefangenen befanden sich dort, viele davon nicht älter als Kinder; aber die meisten waren Männer, die entweder zu schwerer Zwangsarbeit oder zum Tod verurteilt waren. Sie starrten ihre elegante rote Toga, ihr goldenes Haar an, als ob sie eine Art Monster wäre; und innerhalb weniger Minuten dankte sie Gott für ihre Ketten und die der ganzen Meute, denn sie waren das einzige, was sie vor einer Bandenvergewaltigung bewahrte.

Petrius kehrte zu Nero zurück, sobald er die *ergastula* verlassen hatte. Das Blut, das durch seine Adern rauschte, machte ihn beinahe trunken. Dies war der erregendste Tag seines bisherigen Lebens, und er war noch nicht vorüber. Wenn er an morgen dachte, geriet sein Blut fast noch heftiger in Wallung. Es spielte sich alles wie bei einem Drama auf einer großen Bühne ab und besaß sämtliche Elemente einer griechischen Tragödie. Nicht nur, daß er, Petrius, die Hauptrolle spielte, er war überdies der Urheber!

Verstört warf er sich an die Brust des Kaisers. Sein Leid und seine Tränen schienen so echt, daß Nero aufs höchste erregt wurde.

»Ich bringe es nicht fertig, meinem Bruder vom Tod unseres Vaters zu berichten... ich bringe es einfach nicht fertig!« schluchzte er.

»Sie wird zum Tode verurteilt. Ihr Leid soll größer sein als deins. Ich kann sie heute abend hierherbringen lassen, wenn du willst. Du kannst sie foltern und zusehen, wie sie stirbt. Du wirst sehen, daß das deinen Kummer lindert.«

Petrius war schwer versucht, ja zu sagen. Er hätte sie nur zu gerne zu Tode gefickt! Aber Diana leiden zu sehen war nicht sein wirkliches Hauptziel. Petrius wollte Rache an Marcus. Er wollte, daß sein Bruder unerträgliche Qualen litt.

»Nein, mein Leid ist nicht wichtig. Es ist der Gedanke an den Schmerz meines Bruders, der mich nicht ruhen läßt. Er wird morgen die Wagenrennen im Circus Maximus besuchen, auf die er sich schon seit Jahren freut. Ich kann ihm nicht vom Tod unseres Vaters berichten, solange ich nichts habe, seinen Kummer zu lindern. Sein Bedürfnis nach Rache an der Frau, die er ins Haus unseres Vaters gebracht hat, muß umgehend befriedigt werden. Wenn ich Marcus dieses Geschenk machen könnte, würde mir das helfen, ihm all das zurückzuerstatten, was er für mich getan hat.«

»Petrius, das ist ein ausgezeichneter Vorschlag. Sie soll morgen im Circus Maximus den Tod finden. Es wird spektakulär! Halb Rom wird Zeuge der Hinrichtung. Ich werde sie in eine lebende Fackel verwandeln!«

»Und Löwen, Löwen wären sehr gut.« Petrius sah, daß Nero erregt wurde.

»Ja, ja. Das wird noch ein Rennen, auf das die Leute Wetten abschließen können. Wer wird sie zuerst erreichen, die ausgehungerten Raubtiere oder die Flammen?«

»Wie kann ich Euch bloß danken, o Kaiser?«

Petrius hätte nicht zu fragen brauchen. Nero lag bereits auf den Knien.

Magnus fand keinen Schlaf. Ein paar Stunden zuvor hatte er vor den Senatoren in der Kurie gesprochen, und er hatte es mit aller ihm zur Verfügung stehenden Inbrunst getan. Als er von Britannien und Aquae Sulis erzählte, kamen seine Worte aus dem Herzen. Leidenschaft erfüllte ihn, wenn er von dieser Ecke des Kaiserreichs sprach, in der er so viele Jahre verbracht hatte, und jeder der anwesenden Senatoren spürte seine Begeisterung und die Aufrichtigkeit seiner Worte.

Nach seiner Rede fügte Julius Classicianus, der Prokurator Britanniens, das Gewicht seiner Worte hinzu; nach der Versammlung mischten sie sich unter die Senatoren in der Zuversicht, ihre Mission erfüllt und Paullinus als Gouverneur von Britannien ausgeschaltet zu haben. Schon jetzt wurden Vorschläge geäußert, wer ihn ersetzen könnte.

Beim Abendessen versicherte Julius Marcus, wie zufrieden er mit dem bisher Erreichten war. Er kannte Petronius Turpilianus, dessen Name am häufigsten geäußert worden war. Dieser besaß eine lange militärische Erfahrung und war ein erfolgreicher Gouverneur von Nimes in Gallien gewesen.

»Es wird sich nichts über Nacht ändern, die Mühlen der Behörden mahlen langsam; aber wir haben sie immerhin in Bewegung gesetzt, und eine Wendung zum Besseren ist unvermeidlich. Ich weiß deine Hilfe wirklich zu schätzen, Marcus. Wenn du nicht mit mir nach Rom gekommen wärst, hätte es ewig dauern können. Wie kann ich dir je danken?«

»Indem Ihr zu meiner Hochzeit kommt. Ihr seid einer der wenigen Gäste, die Diana kennt.«

»Ich nehme an, du kannst es kaum abwarten, zu deiner schönen Braut zurückzukehren.«

Das ist wohl die Untertreibung des Jahres. Ich fühle mich vollkommen leer ohne sie.

»Nach den morgigen Rennen werde ich zur Villa meines Vaters zurückkehren. Ich kann und will mit der Heirat nicht länger warten. Falls Ihr mich noch braucht, bin ich gerne bereit wieder anzutreten, *danach*.«

»Welch ein Ungestüm! Nun, die Liebe ist so flüchtig, man muß sie ergreifen und festhalten, solange sie währt.«

Als Marcus im Bett lag, mußte er über Julius' Worte nachdenken und stellte fest, daß er anderer Meinung war. *Wahre Liebe, die Art von Liebe, die ich fühle, währt ewig*, dachte Marcus. *Ich werde Diana auf immer und ewig lieben.* Er streckte seine müden Glieder. Das Bett war verwaist ohne sie. Nicht nur das Bett; auch er selbst war verlassen. Fast kam er sich vor wie ein halbierter Mensch.

Er schloß die Augen und holte tief Luft, um die Einsamkeit in seinem Herzen dadurch ein wenig erträglicher zu machen. Ihr Duft stieg in seiner Nase auf, und dann erschien ihm ihr liebliches Gesicht vor Augen. Sie besaß ein Strahlen, das einmalig und etwas ganz Besonderes war. Der Schmerz in seiner Brust wurde noch größer. Jetzt wünschte er von Herzen, heute nacht doch zu ihr gegangen zu sein. Er konnte viel leichter ohne den Circus Maximus auskommen als ohne sie. In der Stille der Nacht hörte er sie wie aus der Ferne nach ihm rufen, während er allmählich in einen leichten Schlaf sank. »Bald, Geliebte, bald«, murmelte er.

Während sich Diana voll Angst und Todesnot in ihre Ecke kauerte, wurde sie langsam der Gespräche der anderen Sklaven um sie herum gewahr. Sie sprachen über Prügel, Auspeitschungen und Brandmarkung. Sie sah, daß viele Buchstaben auf die Stirnen tätowiert hatten. Jeden Tag wurden in aller Frühe ganze Trauben von Sklaven zu Mühlsteinen gekarrt, daran festgekettet und wie Esel mit Peitschen angetrieben. Andere Gruppen, viele davon erst kleine Jungen, mußten von morgens bis abends auf den Feldern schuften. Weitere hievten fünfzehn Stunden am Tag

Betonblöcke, Steine und Marmor, um den permanenten Materialbedarf für neue Häuser zu stillen.

Sie sprachen von Peitschen, an deren Ende Bleikugeln befestigt waren, und von fleischfressenden Karpfen, die hinter den Sklavenzwingern in Teichen gehalten wurden. Es gab auch Gerede von einer Revolte. Der Sklavenaufstand, den Spartacus vor über hundert Jahren angeführt hatte, war nie in Vergessenheit geraten; aber Diana konnte aus der Apathie und der Hoffnungslosigkeit ihrer Stimmen schließen, daß es zu keiner Revolte mehr kommen würde.

Alle wünschten sich, als Gladiatoren verkauft und ausgebildet zu werden; denn die meisten wußten, daß sie ohnehin früher oder später in der Arena als Futter für die Löwen enden würden. Als Gladiatoren hatten sie zumindest die Chance, um ihr Leben zu kämpfen. Schließlich sprachen sie über die Kreuzigung und die weit bekanntere Tötung durch die *furca*, bei der das Opfer an zwei V-förmige Balken gefesselt und dann von professionellen Auspeitschern zu Tode gepeitscht wurde.

Diana konnte es nicht mehr ertragen und schottete sich gegen ihre Stimmen ab. Erkannten die Römer denn nicht, daß die Brutalität der Sklaverei die Seele des Herrn ebenso wie die des Sklaven zerstörte? Sie hätte nie nach Rom kommen dürfen. Das hatte sie die ganze Zeit über gewußt. Der Luxus der wenigen Auserwählten beruhte auf einem lebenslangen Leiden der zahllosen Unterdrückten. Wie konnten die Römer nur ihre Ohren vor dem lauten Geklirr der Ketten, dem Knallen der Peitschen und dem Stöhnen der menschlichen Schlachtopfer verschließen?

»Marcus... Marcus«, röchelte sie, während die Zuversicht immer noch in ihrem Herzen glomm.

Bei Tagesanbruch wurden die Sklavenzwinger bis auf die Handvoll geleert, die an diesem Tage zur Exekution standen. Als zwei Prätorianergarden auftauchten, um sie mitzunehmen, schöpfte Diana wilde Hoffnung. Als sie ihnen sagte, daß sie Marcus Magnus heiraten sollte, und sie anflehte, sie zu ihm zu bringen, erwiderten sie: »Wir wissen, daß du eine besondere Gefangene bist. Wir haben unsere Befehle vom Kaiser höchstpersönlich erhalten.«

Sie brachten sie zum Gefängnisbad, wo man ihr erlaubte, sich zu waschen und ihr Haar in Ordnung zu bringen. Danach schlüpfte sie wieder in ihre magentarote Toga, und als sie angekleidet war, setzten die Garden sie in eine Sänfte und schlossen sich mit ihr den Menschenmassen an, die auf den Palast zustrebten.

»Wohin bringt ihr mich?« fragte Diana unsicher.

»Circus Maximus«, kam die kurze Antwort.

Circus Maximus? Marcus würde bestimmt nicht die Rennen besuchen, wo doch sein Vater ermordet worden war. Da mußte ein Mißverständnis vorliegen!

»Ihr müßt mich zur Villa von Titus Magnus, an den Hängen des Esquilin, bringen.«

»Wir haben unsere Befehle vom Kaiser«, bekam sie erneut Bescheid.

Vielleicht war Marcus ja zu Nero selbst gegangen, um sie freizubekommen. Das mußte es sein! Wieder keimte Hoffnung in ihr auf. Und abermals sank sie in nichts zusammen, als sie merkte, daß man sie in eine Zelle unter dem Circus Maximus brachte und einsperrte. Die Luft war erfüllt vom scharfen Geruch von Tierdung.

Angst und Sorge wollten sie besiegen, und sie konnte nicht verstehen, warum man sie an diesen Ort gebracht hatte. Ihre Kehle war so ausgedörrt und wund, daß sie kaum noch zu schlucken vermochte. Sie sehnte sich nach einem Glas kalten Wassers. Da sie nicht wußte, was man mit ihr vorhatte, drängten sich die schrecklichsten Bilder in ihre Vorstellung.

Als Diana sich verzweifelt an die Gitter ihrer Zelle klammerte, sah sie herrliche, mit Gold und Silber verzierte Streitwagen, die durch den breiten unterirdischen Gang gezogen wurden. Sie rief die Männer an, doch die schauten nicht einmal in ihre Richtung. Sie vermieden den Augenkontakt, als ob sie aussätzig wäre.

Als nächstes trotteten majestätische Pferde in Gespannen von jeweils vier an ihr vorbei. Sie kamen in jeder erdenklichen Farbe – von kohlschwarz über rotbraun, rotgrau, grau, cremefarben bis schneeweiß. Die Tiere waren unruhig und schwer zu bändigen. Dumpf erkannte sie, daß dies die Pferde waren, die für die Wagenrennen verwendet wurden. Sie konnten es kaum erwarten, ihre aufgestauten Energien auf der weitläufigen Arena auszutoben.

Ob man sie in einem dieser Streitwagen zu Nero bringen würde? Dieser Gedanke erschien ihr ziemlich unwahrscheinlich, doch alles, was in den letzten vierundzwanzig Stunden passiert war, grenzte an Wahnsinn.

Marcus traf früh am Circus Maximus ein. Einige der berühmtesten Wagenlenker würden heute an den Start gehen, und er war ein großer Bewunderer ihrer Talente. Er wußte aus erster Hand, wie schwierig es war, ein Gespann von vier Pferden zu kontrollieren, die in vollem Galopp über die Bahn rasten, und dabei auch noch die Kurven erfolgreich zu nehmen. Um ein Rennen zu gewinnen, brauchte es eine ganze Reihe von Faktoren. Nicht nur das Temperament und das Training der Pferde waren ausschlaggebend, sondern auch das Gewicht des Streitwagens, wie gut seine Achsen geschmiert waren, die Länge der Zügel und natürlich der Zustand der Rennbahn.

Das Wichtigste, um ein Rennen zu gewinnen, stellte jedoch die Einstellung des Wagenlenkers dar. Er brauchte nicht nur Geschick, Mut und Entschlossenheit, darüber hinaus mußte er eine große Portion Risikobereitschaft, um nicht zu sagen Tollkühnheit, sowie einen eisernen Siegeswillen besitzen; mit einem Wort, er brauchte ein Gemüt aus Stahl!

Marcus fühlte, wie die Aufregung in ihm wuchs, während er zusah, wie die Streitwagen und Pferde aus den unterirdischen

Ställen heraufgebracht wurden. Obwohl es erst früh am Morgen war, versprach es ein herrlicher Tag zu werden. Sobald die Rennen vorbei waren, würde er sofort aufbrechen und Diana überraschen. Dies würde sicher einer der aufregendsten und schönsten Tage seines Lebens werden!

Da er sich lange bei den Wagenlenkern aufhielt, traf er erst spät in der kaiserlichen Loge ein. Aller Augen richteten sich bei seinem Eintreten auf ihn, und Nero salutierte. Er lächelte entschuldigend. Seine Züge waren so ausdrucksvoll und arrogant, daß Nero sich fragte, wie er Petrius für den schöneren der beiden hatte halten können.

Diana rang nach Luft, als sie den Riesen erblickte, der ihre Zelle aufschloß. Er war nackt bis auf einen Lendenschurz und trug eine brennende Fackel. Die Muskeln an seinem mächtigen Körper glänzten vor Öl und sie schrak alarmiert zurück, als sie sein Gesicht sah. Er besaß eine häßliche, harte Visage, bar jeder Emotionen. Seine Augen blickten wie tot in die Welt, so ausdruckslos waren sie. Er sah aus wie ein Henker!

Da wußte sie auf einmal, daß ihr Alptraum erst begonnen hatte. Damit er sie nicht anfaßte, trat sie aus der Zelle und nickte ihm zu. Als sie ihm in die Arena folgte, begann sie zu beten. Tief in ihrem Herzen wußte sie, daß es keine Hoffnung mehr für sie gab und so suchte sie instinktiv nach der Hilfe des Heiligen St. Jude.

»Heiliger St. Jude, Apostel und Märtyrer,
Jünger Jesu Christi,
Fürsprecher der Bedürftigen,
voll der Gnade!
Aus tiefstem Herzen flehe ich dich an,
beschütze mich,
du, den der Herr ermächtigt hat,
komm zu mir in der Stunde meiner größten Not…«

Die Menschenmenge überwältigte sie. Ihr Stimmengemurmel war so laut, daß es ihren Ohren weh tat, und dann wurde es auf einmal ganz still, so daß sie nur noch das Hämmern ihres eigenen Herzens vernahm. Sie konnte nicht schlucken und die Schmerzen in ihrem Hals reichten wie ein Speer bis in ihr Herz.

Diana schritt in Trance dahin. Es gab nur eins: vorwärts zu gehen. Selbst wenn sie in der Lage gewesen wäre, zu schreien, hätte niemand sie gehört. Wenn sie versucht hätte, wegzulaufen, hätte man sie bloß wieder eingefangen. Sie wußte, daß ihr kein Betteln und Flehen helfen würde. Alles, was sie noch besaß, war ihre Würde. Daher schritt sie so aufrecht, wie sie in ihrer Angst konnte, auf den wartenden Pfahl zu.

Verächtlich hob sie das Kinn, als der Henker ihre Hand- und Fußgelenke an den zwei Meter langen geteerten Pfahl band. Aber als er ihn oben anzündete, begann sie wie Espenlaub zu zittern. Ihr Gesicht war der kaiserlichen Loge zugewandt, doch die Sonne schien ihr gnädigerweise in die Augen und sie schloß sie, um nicht geblendet zu werden.

Das Unbehagen in Marcus' Brust eskalierte zu Alarm, als er die mitleidigen Blicke der Anwesenden bemerkte. Schließlich sprach Nero: »Wir bedauern, Euch an einem so strahlenden Tag eine solch tragische Nachricht überbringen zu müssen, General. Euer Vater ist tot. Er wurde von der Frau vergiftet, die Euch verraten hat.«

»Nein!« Seine Stimme war laut und fest und noch ohne jede Qual. Marcus blickte anklagend auf Petrius. Sein Bruder trat vor und deutete mit ausgestrecktem Arm in die Arena.

»Dies ist mein Geschenk für dich, Marcus.«

Er schwang herum und sah sie. Als er ihr wundervolles goldblondes Haar erblickte, wußte er sofort, daß es Diana war. Sie trug eine magentarote Robe. Seine Lieblingsfarbe.

»Nein!« Diesmal zerriß sein Schrei die Luft. Die Mischung aus Wut, Schmerz und Angst, die darin schwang, war für alle greifbar. Eisige Finger krallten sich um sein Herz und drückten es, bis jeglicher Atem aus ihm entwichen war.

Marcus rannte nach vorn und hechtete mit einem Sprung in die viele Meter tiefer liegende Arena. Er bog die Knie in Erwartung des Aufpralls und rannte, kaum daß er den Boden berührt hatte. In dem Moment, in dem er landete, öffnete sich ein Tor am anderen Ende der Arena und zwei Löwen, die man eine Woche lang ausgehungert hatte, sprangen hervor.

Die Menge erhob sich auf die Füße und brüllte ihre Mordgier in die Arena. Welch ein Schauspiel! Ein dreifaches Rennen: Wer würde die Frau als erstes erreichen – der Krieger, die Löwen oder das Feuer?

Marcus besaß einen eisernen Willen. Er war ein Mann, der niemals aufgab, selbst wenn ihm die Niederlage ins Gesicht starrte. Mit gezogenem Schwert flog er dahin.

Marcus und die Löwen erreichten ihr Ziel zur selben Zeit. Einer sprang ihn an, während sich der andere auf Diana stürzte. Als er sein Schwert in den Unterleib des Löwen stieß und ihn tötete, hörte er gleichzeitig ihren Schmerzensschrei.

Er warf den Kadaver beiseite und rammte sein Schwert in die zweite Bestie. Tödlich verletzt ließ dieser von seiner Geliebten ab, doch nicht ohne zuvor mit einem mächtigen Schlag seiner Tatze ihre Brust, Schulter und Kehle aufzureißen.

»Marcus …«

Mit blankem Entsetzen sah er, daß ihr Haar bereits in Flammen stand. Er bohrte seinen Blick in ihre gequälten Augen. »Ich liebe dich auf immer und ewig«, schwor er, hob beide Arme und stieß ihr sein Schwert ins Herz.

28. Kapitel

Ein Ruck fuhr wie ein Blitzschlag durch Dianas Körper. Im einen Moment war ihr brennend heiß, im nächsten eiskalt. Es kam ihr vor, als würde arktische Luft an ihr vorbeirauschen. Ihre Trommelfelle waren so angespannt, daß sie jeden Moment zerplatzen konnten. Sie hatte das Gefühl zu fallen und erwachte mit einem Entsetzensschrei auf den Lippen, am ganzen Leib bebend wie Espenlaub.

Das erste, was sie sah, waren die pfirsichfarbenen Bezüge des Bettes, in dem sie lag. Diana dachte, sie wäre wieder in ihrem eigenen Gemach in Aquae Sulis. Dann fühlte sie, wie Marcus' starke Arme sie festhielten, und merkte, daß sie in Sicherheit war. Ihre Erleichterung war grenzenlos.

»Mark... Marc... Marcus«, schluchzte sie. »Ich hatte einen grauenhaften Alptraum. Sie wollten mich im Circus Maximus hinrichten. Gott sei Dank bin ich aufgewacht!«

»Schhh, schhh«, sagte eine tiefe Stimme.

»O Gott, es war so unglaublich real. Halt mich... nur in deinen Armen fühle ich mich sicher.«

Seine Arme umfingen sie fester und sie rieb ihre Wange an seiner muskulösen Brust. Er fühlte sich an wie ein Felsen, und sie klammerte sich verzweifelt an ihn. Selbst sein vertrauter Geruch war tröstlich. Er streichelte ihr Haar, bis ihr Zittern ein wenig nachließ. Nach einem heftigen Schluchzer flüsterte sie, »Liebster, ich kann nicht mit dir nach Rom gehen, bitte frag mich nicht, Marcus. Bitte, du mußt verstehen.«

»Lady Davenport, wissen Sie, wo Sie sind? Wissen Sie, wer ich bin?«

Diana riß die Augen auf. Ihr Blick schweifte durchs Zimmer, und langsam dämmerte es ihr, daß sie sich wieder in dem elisabethanischen Raum befand, den sie auf Hardwick Hall bewohnt hatte. Sie schloß die Augen, um zu sich zu kommen. Als sie sie wieder öffnete und sich immer noch in dem pfirsichfarbenen Zimmer befand, flüsterte sie: »Lieber Gott, ich bin wieder zurück.«

Der Mann, der sie festhielt, lockerte seine Umarmung und schob sie ein wenig von sich, damit er ihr ins Gesicht sehen konnte. Seine schwarzen Augen hefteten sich so durchdringend auf sie, als ob er versuchte, ihre Gedanken zu lesen.

»Ja, Sie sind tatsächlich wieder zurück. Die Frage ist, von woher?« erkundigte sich der Herzog von Bath.

Diana wollte nicht wieder in ihrer Zeit sein, wünschte sich aber auch ganz sicher nicht wieder zurück nach Rom. Wie durch ein Wunder war sie entkommen. Dann merkte sie, daß weder Zeit noch Ort etwas mit ihrer tiefen Sehnsucht zu tun hatten. Sie konnte es nicht ertragen, von Marcus getrennt zu sein. Aber sie war ja gar nicht von ihm getrennt. Er saß hier und hielt sie in seinen Armen. Mark Hardwick war Marcus Magnus. Das wußte sie so sicher wie die Tatsache, daß sie Diana Davenport hieß. Nur leider wußte *er* es nicht!

Sie forschte in seinem Gesicht. Bis auf die Narbe sah er ganz genauso aus. Sie kannte diesen Mann besser, als eine Frau das Recht hatte. Sicher würde er ihre Geschichte glauben. Diana holte tief Luft und stieß sie in einem kläglichen Seufzer wieder aus.

»Alles begann damit, daß ich in einen Antiquitätenladen ging und einen antiken römischen Helm fand. Als ich ihn aufsetzte, wurde ich in die Zeit zurückversetzt, zu der die Römer Bath okkupierten. Es wurde Aquae Sulis genannt…«

»Ich weiß, daß es Aquae Sulis hieß«, warf er trocken ein, »ich bin Archäologe.«

Sie lächelte ihn an. »Alles Römische fasziniert dich, weil du tatsächlich in Aquae Sulis gelebt hast. Dein Name war Marcus Magnus. Du warst ein General, der Legionäre ausbildete, bevor sie nach Wales in den Kampf geschickt wurden.«

Der Herzog starrte sie an, als ob sie eine Lügnerin oder eine

Verrückte wäre. Er erhob sich und türmte sich bedrohlich über ihr auf. »Sie waren monatelang verschwunden. Haben Sie überhaupt eine Ahnung, welchen Skandal Ihr Verschwinden verursacht hat?« Sein finsteres Gesicht verhärtete sich. »Wenn Sie bereit sind, mir die Wahrheit zu sagen, werde ich Ihnen gerne zuhören.« Er schritt zur Tür.

»Du unerträglicher Sturschädel! Du könntest zumindest die Höflichkeit haben, dir meine Geschichte erst einmal anzuhören, bevor du mich als Irre abtust! Wohin gehst du?« schrie sie.

»Den Doktor holen, der sich um Sie kümmert. Sie waren die ganze Nacht lang bewußtlos.«

Diana drehte ihr Gesicht ins Kissen. Der Schock des Geschehenen zusammen mit der Tatsache, daß sie so grausam von Marcus Magnus fortgerissen worden war, schüttelte sie. Tränen rannen ihr aus den Augen und über die Wangen, während sie leise schluchzte, »Marcus … Marcus.«

Als der Herzog von Bath die Tür erreichte, hielten ihn Dianas herzzerreißende Tränen zurück. Die Sehnsucht und die stille Verzweiflung, die daraus erklangen, berührten ihn tief, und ihr Weinen ließ Erinnerungen an seine Kindheit aufkommen und daran, daß seine Großmutter ihn immer Marcus genannt hatte.

Der Doktor kam sofort. Er hatte zusammen mit Mark Hardwick die Universität besucht, und die beiden kannten sich gut. Mark begrüßte ihn an der Haustür.

»Charles, sie hat das Bewußtsein wiedererlangt. Es geschah ganz plötzlich. Erst lag sie totenstill da, dann schoß sie hoch und war derart aufgelöst, daß ich anfangs gar nicht wußte, was ich tun sollte. Als sie sich ein wenig beruhigt hatte, fragte ich sie, wo sie gewesen sei, und sie faselte eine verrückte Geschichte über eine Reise in eine andere Zeit.«

»Tatsächlich?« fragte Charles Wentworth höchst interessiert.

»Sie weint um jemanden namens Marcus.«

»Ist das nicht *dein* Name, alter Junge?«

»Ja, schon, aber ich versichere dir, Lady Diana weint nicht um mich. Wir beide standen uns, sagen wir mal, nicht gerade freundschaftlich gegenüber.«

»Nun, ich werde sie mir ansehen. Ich denke, es ist besser, wenn ich allein hineingehe. Wir wollen sie schließlich nicht noch mehr aufregen.«

Mark nickte zustimmend. »Ich warte hier unten, Charles.«

Als er die Zimmertür öffnete, lächelte er das schöne Mädchen in ihrem Bett an. »Guten Morgen. Ich bin Doktor Wentworth. Haben Sie keine Angst! Ich will bloß sehen, ob Sie in Ordnung sind, nach allem, was Sie durchgemacht haben.«

Er fand sie schön, als sie noch bewußtlos war, doch nun, da er ihre Augen sah, Veilchen, die in Tränen schwammen, fand er sie atemberaubend. Bevor er sie untersuchte, wollte er mit ihr sprechen. Wenn es ihm gelang, ihr Vertrauen zu gewinnen, würde sie ihm vielleicht sagen, wo sie gewesen und was mit ihr geschehen war.

»Durchgemacht? Sie haben mich letzte Nacht bereits gesehen, wie ich hörte?«

»Ja. Offenbar ging Mark gestern abend in einen Antiquitätenladen, oben auf der Anhöhe, um einen römischen Helm abzuholen, den er erworben hatte. Er und der Eigentümer fanden Sie bewußtlos auf dem Fußboden liegen. Da Sie mit seinem Bruder verlobt sind, nahm der Herzog Sie in seine Kutsche und brachte Sie nach Hardwick Hall. Man hat sofort nach mir gesandt. Ich habe Sie oberflächlich untersucht, konnte keine gebrochenen Knochen finden und empfahl, Sie ins Bett zu stecken, schön warm zu halten und Ihnen jemanden zur Seite zu stellen. Man sollte mich dann holen, sobald Sie das Bewußtsein wiedererlangten.«

Er stellte seine erste Frage sehr vorsichtig. »Erinnern Sie sich, was Sie taten, bevor Sie das Bewußtsein verloren?«

»Ich erinnere mich genau, Herr Doktor. Ich befand mich in dem Antiquitätenladen auf der Anhöhe und sah plötzlich einen authentischen römischen Helm. Es drängte mich furchtbar, ihn zu berühren. Ich konnte nicht widerstehen und habe ihn aufgesetzt. Meine Perücke hatte ich vollkommen vergessen und der Helm verklemmte sich irgendwie auf meinem Kopf, so daß ich ihn nicht mehr herunterbrachte. Ich weiß noch, daß mir irgendwie übel war, als ob ich gleich ohnmächtig würde; aber als ich hinfiel, fiel ich nicht einfach auf den Boden, sondern immer weiter, und spürte einen kalten Luftzug. Der Zustand ist schwer zu beschreiben, ich finde kaum Worte dafür; aber ich wurde in die Zeit zurückversetzt, als die Römer Britannien okkupierten.«

Der Arzt betrachtete sie aufmerksam und hörte ihr angestrengt zu. »Sie gingen gestern in den Antiquitätenladen?«

»Nein, ich fürchte nicht, Dr. Wentworth.« Sie lächelte traurig. »Es war im Spätsommer – vor Monaten, wie ich mir denke. Aus den Schneeflocken, die draußen am Fenster vorbeiwirbeln, läßt sich schließen, daß es bereits Winter sein muß.«

»Fast schon wieder Frühling. Dies ist einer der letzten hartnäckigen Winterstürme. Sie fielen also an einem späten Sommertag in Ohnmacht und Mark fand Sie im darauffolgenden Frühjahr dort bewußtlos vor – und Sie haben keinerlei Erinnerung an das, was dazwischen passierte?«

»O doch, Dr. Wentworth, ich kann mich an jeden einzelnen Moment erinnern! Ich wurde in die Zeit zurückversetzt, als die Römer Aquae Sulis okkupierten, und lebte in einer Villa von Marcus Magnus, einem römischen General.« Sie hielt inne, bevor ihr herausrutschen konnte, daß Mark Hardwick und Marcus Magnus ein und dieselbe Person waren. »Sie müssen mich für total verrückt halten! Das alles erscheint Ihnen sicher vollkommen unsinnig.«

»Nein, nein, Lady Davenport, ich halte Sie überhaupt nicht für verrückt. Sie sind davon überzeugt, daß dies geschehen ist, und ich bitte Sie dringendst, nichts zu unterdrücken. Die einzige Art, damit fertig zu werden, ist, darüber zu reden. Offenbar haben Sie ein schweres Trauma erlitten. Fühlen Sie sich krank?«

»Nein, es geht mir eigentlich ganz gut – ein bißchen durcheinander vielleicht. Ist mein Haar in Ordnung?« Sie fuhr sich mit der Hand an den Kopf. »Ist es verbrannt oder angesengt?« fügte sie ängstlich hinzu.

»Nein, nicht die Spur, Ihr Haar ist wunderschön. Ich werde nun kurz Ihr Herz abhören.« Er öffnete die Knöpfe ihres hochgeschlossenen, gestärkten weißen Nachthemdes und schlug es auf, damit er ihren Herzschlag abhören konnte.

Diana starrte auf ihre makellose weiße Haut. Sie berührte vorsichtig ihre Schulter und ihre Kehle, dort, wo der Löwe sie aufgerissen hatte; dann glitten ihre Finger zu ihrem Herzen, in das Marcus sein Schwert gestoßen hatte, um dem Leiden ein Ende zu bereiten.

»Ich scheine noch ganz zu sein«, flüsterte sie.

»Alles in einem Stück«, bestätigte Dr. Wentworth. »Ihr Puls geht ziemlich schnell, aber ich bin sicher, er wird sich beruhigen, wenn Sie genügend Kräfte gesammelt haben.« Er schloß seine schwarze Tasche und lächelte ihr ermutigend zu. »Morgen komme ich und sehe wieder nach Ihnen.«

Als der Arzt die Treppe hinunterstieg, fand er Mark Hardwick in der Eingangshalle vor, wo er nervös auf und ab schritt.

»Physisch kann ich nichts bei ihr feststellen, aber sie hat offensichtlich eine Art Trauma erlitten.«

»Hat sie dir irgendeine Erklärung über ihr monatelanges Verschwinden geliefert?«

»Sie ist davon überzeugt, daß sie genau hier in Bath war oder in Aquae Sulis, wie es zur Zeit der Römer hieß.«

»Lieber Himmel, Mann, sie versucht, sogar dich mit dieser lächerlichen Geschichte abzuspeisen?«

»Mark, ich weiß, wie unwahrscheinlich sie klingt, aber sie hat das Ganze wirklich erlebt. Vielleicht ist das ihre Art, einer Situation zu entfliehen, die unerträglich für sie war. Laß sie erzählen. Ermuntere sie, sich alles von der Seele zu reden, jede Kleinigkeit. Nur so kann sie von ihrer Besessenheit befreit werden. Es wird gut für sie sein, jemanden zu haben, der ihr zuhört, ohne sie als durchgedreht zu bezeichnen, und ihr Verständnis entgegenbringt. Sobald sie ihre Seele einmal von ihrer Last befreit hat, erinnert sie sich vielleicht wieder daran, was wirklich passiert und wo sie während der letzten Monate gewesen ist.«

»Wenn das das A und O der Medizin sein soll, dann bin ich froh, daß meine ganze Leidenschaft der Archäologie gehört. Ich hätte nicht die verdammte Geduld, die ein Arzt benötigt!«

»Nun, Geduld ist aber genau das, was Lady Diana jetzt braucht, Mark. Nichts von deinen Einschüchterungen und deinem autoritären Ton!«

»Ich? Einschüchternd? Ich bin der Inbegriff eines Gentleman!«

Charles verdrehte die Augen. »Morgen komme ich wieder.«

Als Mark zur Treppe ging, lief ihm seine Köchin mit einem Essenstablett über den Weg.

»Warum haben Sie mir nicht gesagt, daß die junge Lady wach ist? Sie hat seit gestern nichts mehr gegessen, Euer Lordschaft. Warum sind Männer bloß so gedankenlos?«

»Keine Predigten, Nora, ich bitte Sie. Dr. Wentworth hat mir gerade eine erteilt. Ich werde das Tablett selbst hinauftragen. Danke für Ihre Umsicht.«

Als der Herzog das Zimmer betrat, fing er einen unendlich trostlosen Blick von Diana auf, so als ob sie einer für immer verlorenen Liebe nachtrauerte.

Der Schmerz über den Verlust von Marcus war so heftig, daß Diana dachte, sterben zu müssen. Tatsächlich tat ihr die Trennung so weh, daß sie lieber tot sein wollte. Und dann öffnete sich die Zimmertür und er trat ein. Der Atem stockte ihr und ihr Herz begann zu toben.

Wieso konnte sich Mark Hardwick bloß nicht daran erinnern, daß er einst Marcus Magnus gewesen war? Einst – das klang so fern, so unendlich weit. Wie ein Märchen. Doch sicher war es mehr als das? Diana wischte alle Zweifel beiseite. Marcus war Mark. Er hatte einfach alles vergessen. Sie müßte ihm den Weg zu seinen Erinnerungen weisen. Die Frage war, wollte sie das überhaupt?

Sie liebte Marcus Magnus aus tiefstem Herzen und aus tiefster Seele. Mark Hardwick liebte sie nicht. Es war nicht einmal sicher, ob sie ihn überhaupt mochte!

Siebzehnhundert Jahre Zivilisation hatte seine guten Seiten vernebelt und seine schlechten verstärkt.

»Sie müssen hungrig sein«, sagte er und stellte das Tablett neben ihr ab.

»Ich habe Durst. Meine Kehle ist ganz ausgetrocknet, danke.«

Er nahm einen Stuhl und zog ihn ans Bett. Dann setzte er sich und streckte seine langen Beine vor sich aus.

Diana fingerte am Kragen ihres Nachthemds. Sie blickte in seine schwarzen Augen und fragte direkt: »Haben Sie mich ausgezogen?«

Der Herzog von Bath fuhr mit der Zunge über seine plötzlich trockenen Lippen. Ihre Worte und die Bilder, die sie heraufbeschworen, ließen ihn unruhig auf dem Stuhl hin- und herrücken, um seine Erektion ein wenig erträglicher zu machen.

»Nora war es.« Er räusperte sich. »Die meisten Diener auf Hardwick Hall sind Männer; Nora ist meine Köchin.«

Sie begann an der Brühe zu nippen, die er ihr gebracht hatte. Seine Augen folgten dem Löffel zu ihren Lippen. »Hat sie das gekocht? Es schmeckt köstlich.«

»Sie ist Französin. Ich bin froh, sie zu haben.« Während er zusah, wie sie aß, wanderten seine Gedanken zu ihrer gestrigen Bewußtlosigkeit zurück. Als er sie in seine Arme hob, hatte sich ein eisiger Angsthauch um sein Herz gekrallt. Das Bedürfnis, sie zu beschützen, war übermächtig in ihm, und erfüllte ihn immer noch. Zuerst dachte er, es läge an ihrer Hilf- und Wehrlosigkeit – aber jetzt war er sich nicht mehr so sicher.

Ihm fiel ihre erste Begegnung wieder ein, auf dem Kostümball im Pantheon. Er hatte sich seltsamerweise sofort zu dem wunderschönen Mädchen hingezogen gefühlt; gewöhnlich bevorzugte er ältere, erfahrenere Frauen. Vielleicht lag es ja daran, daß sie im römischen Stil gekleidet war. Er besaß eine unerklärliche Vorliebe für alles Römische. Schon immer.

Was es auch war, er wußte sofort, daß er sie begehrte. Als er sich erklärte, schüttete sie ihm Champagner ins Gesicht. Mark Hardwicks Mund verzog sich zu einem trockenen Lächeln, da er sie in der Tat für eine Dirne gehalten hatte. Wie zum Teufel er auf diesen Gedanken verfallen konnte, war ihm unbegreiflich. Sie war umgeben von einer Aura der Unschuld, und ein Mann mit seiner Erfahrung hätte das sofort erkennen müssen.

Nun, Wunschdenken seinerseits hatte ihn zweifellos blind gemacht für ihre eindeutig gute Herkunft. Offen gestanden war es weit mehr als Wunschdenken gewesen, und zwar heiße Lust! Er konnte sich noch genau an die Worte erinnern, die sie ihm ins Gesicht geschleudert hatte, als er ihr carte blanche anbot: *Sie sind viel zu arrogant und hochmütig und obendrein viel, viel zu alt für mich, Lord Bath.*

Ebenfalls deutlich erinnerte er sich an die blinde Wut, die er empfand, als er in sein Zimmer kam und sie in den Armen von Peter vorfand. Bei seiner Verkündigung ihrer Verlobung schoß ihm ein gräßlicher Stich ins Herz; also war er nahe daran gewesen, sich in sie zu verlieben. In jenem Moment hatte er seinen Bruder gehaßt und sie ihm schamlos geneidet.

Es war schlimm, aber er begehrte sie immer noch. In der gestrigen Situation im Antiquitätenladen hatte er gezögert, sie nach Hardwick Hall und zu Peter zurückzubringen. Insgeheim hoffte er, daß Peter eine Verlobte, die einfach monatelang verschwand, zurückweisen würde; aber sein Bruder jubelte vor Freude über Dianas Wiederauftauchen und war sofort nach London aufgebrochen, um ihrer Tante und ihrem Onkel die gute Nachricht zu überbringen.

Keiner wußte, außer Nora und ihm selbst, daß er mitten in der Nacht in ihr Zimmer gekommen war, um Nora abzulösen; er wollte selber bei Lady Diana bleiben, da er hoffte, die Bewußtlose würde demnächst erwachen.

Während er sie dann beobachtete, wie sie still, bleich und reglos im Bett lag, wurde er von ihrer Schönheit beinahe überwältigt. Der bloße Gedanke an Diana hatte gereicht, um ihn an ihre Seite zurückzulocken. Und sobald er sich im selben Raum mit ihr aufhielt, packte ihn die Lust wie ein Würgegriff. Eine fast magnetische Kraft zwang ihn zu ihr, eine Kraft, die seinen Willen lahmzulegen schien. Seine Hand hatte sich ganz von selbst nach ihr ausgestreckt, um sie zu berühren. Er hatte ihr eine goldene Locke aus der Stirn gestrichen und von da an gehörte er ihr mit Leib und Seele.

Heiße Lust war in ihm aufgewallt, hatte sein Hirn, sein Herz, seine Lenden überflutet. Unbarmherzig schüttelte ihn die Sehnsucht. Seine Hand war zurückgezuckt, als ob er sich verbrannt hätte, dann hatte er seinen Stuhl ein wenig von ihrem Bett entfernt. Doch seine Lust ließ sich nicht verdrängen. Er war voll erigiert und verharrte die ganze Nacht lang in diesem unerfreulichen Zustand.

Seine Gefühle kamen ihm selbst so besitzergreifend vor, als hätte sie ihm einmal gehört und wäre ihm dann abhanden gekommen. Während der ganzen, endlosen Nacht flammten immer wieder flüchtige Erinnerungsblitze in ihm auf, Erinnerungsblitze an …, ja was? An eine andere Zeit, einen anderen Ort? Es handelte sich vielleicht um ein Déjà-vu-Erlebnis, war aber so vage und flüchtig, daß er sich an nichts festhalten konnte. Diese Gefühle kannte er übrigens schon von früher, immer wenn er ein römisches Artefakt in Händen hielt.

Wo, zur Hölle, war sie all die Monate über gewesen? Innerlich raste er vor Eifersucht. Und dennoch wußte er, daß er dazu kein Recht hatte. Lady Davenport war mit seinem Bruder Peter verlobt. Konnte sie weggelaufen sein, weil sie ihn nicht heiraten wollte? Er ertappte sich dabei, daß er sich genau das wünschte.

Als Diana mit der Brühe fertig war, trank sie ein volles Glas Wasser, dann griff sie nach der Teekanne.

Mark Hardwick räusperte sich. »Es tut mir leid, daß ich zuvor so schroff war.«

Diana warf ihm einen Seitenblick zu. »Sie ersticken ja fast an Ihrer Entschuldigung.«

Er fuhr empört auf und Diana verspürte ein Aufflackern von Genugtuung.

Mit Mühe riß er sich zusammen und sagte betont sachlich: »Wenn Sie mir jetzt vielleicht erzählen würden, was Sie durchgemacht haben, dann verspreche ich Ihnen, zuzuhören. Irgend jemandem müssen Sie es ja anvertrauen.«

»Und dieser Jemand wollen Sie sein? Wie gütig von Ihnen! Wenn ich mit meiner Geschichte zu Ende bin, tätscheln Sie mir die Wange und stecken mir ein Stück Zucker in den Mund. Dann berichten Sie alles getreulich Ihrem Freund Charles Wentworth, und Sie beide halten sich die Bäuche vor Lachen!«

»Um Himmels willen, Diana, gestehe mir ein Mindestmaß an Fairneß zu. Ich bin durchaus zu einiger Aufgeschlossenheit fähig.«

»Diana heißt es nun? Was ist mit Lady Diana?«

»Genau das möchte ich wissen, zum Teufel noch mal! Was immer auch geschehen sein mag, es hat Ihnen Ihre süße Aura der Unschuld geraubt.«

Diana fing an zu lachen. »Unschuld?« keuchte sie. »Das war das erste, was ich verlor. Ich lebte schließlich bei den dekadenten Römern. General Marcus Magnus hat mich gefangengenommen. Als er mich nackt sah, befahl er, mich zu baden, zu parfümieren und zu seiner Liege zu bringen. So wurde ich seine Sklavin!«

29. Kapitel

Mark Hardwick fiel die Kinnlade herunter. Ihre Worte beschworen derart erotische Vorstellungen herauf, daß sein Blut auf einmal raste und seinen bereits angeschwollenen Penis eisenhart machte. Seine hautengen Reithosen erwiesen sich auf einmal als höchst unbequem. Er stand auf, um seine Erektion zu verbergen, aber ihre amethystfarbenen Augen glitten wissend über die enorme Ausbuchtung.

Gab sie etwa offen zu, einen Liebhaber gehabt zu haben? Der Gedanke schockierte ihn. Sie war ein junges, unverheiratetes Mädchen vornehmer Herkunft. Wie konnte sie es wagen? Sein Hirn suchte fieberhaft nach einer anderen Erklärung.

»Wollen Sie mir vielleicht mitteilen, daß Sie vergewaltigt wurden, Diana?« fragte er grimmig.

»Nein! Aber Sie müssen verstehen, daß ich eine Sklavin in seinem Haus war. Er besaß absolute Autorität über mich.«

Mark stieß die Fäuste in seine Hosentaschen und versuchte mühsam, seine Fassung zu bewahren. »Also haben Sie ihm nachgegeben?«

»Nein! Ich weigerte mich, seinen Befehlen zu gehorchen; auch die Sklaverei wollte ich keinesfalls akzeptieren.« Ihre Mundwinkel hoben sich. »Sie waren außer sich vor Wut! Oh, Entschuldigung... Marcus schäumte.«

»Hat er Sie geschlagen?«

»Marcus? Lieber Himmel, nein. Er hatte einen Sklavenaufseher mit einer enormen Peitsche, der seine Sklaven für ihn prügelte.«

Sie erfindet das alles und genießt es auch noch, dachte Mark erbittert.

»Er gab Order, daß ich die Fußböden zu wischen hätte, bis ich mich eines Besseren besänne.«

»Und da beugten Sie sich seinen Forderungen?«

»Nein. Ich habe die verdammten Fußböden geputzt.«

»Aber Sie sagten, Sie hätten Ihre Unschuld verloren; damit meinten Sie doch Ihre Jungfräulichkeit, oder?«

»Meine Jungfräulichkeit.« Ihr Mund verzog sich zu einem sinnlichen kleinen Lächeln, als sie daran dachte. »Sie waren absolut fasziniert davon – ich meine, er.«

Der Herzog fuhr sich mit der Zunge über die Lippen. Herrgott, wie verführerisch sie dalag! Er hätte sie am liebsten in die Kissen zurückgeworfen, ihr das hochgeschlossene Nachthemd heruntergerissen und sich zwischen ihre Schenkel gestürzt.

»Da ich ihm gehörte und er vollkommene Autorität über mich besaß, wußte ich, daß ich ihm früher oder später gehorchen mußte; es war unvermeidlich.«

»Also haben Sie doch nachgegeben.«

»Nein! Ich tat etwas, das Sie mich gelehrt haben; ich verhandelte.«

Seine Gedanken flogen zu dem Tag, als er sie in sein Stadthaus entführt und mit ihr verhandelt hatte.

»In dieser Nacht habe ich ziemlich viel von Ihnen gelernt, zum Beispiel, daß wenn ein Mann eine Frau nur heftig genug begehrt, er zu allem bereit ist.«

Mark Hardwick fühlte, wie die Wut wieder in ihm hochstieg. Diana hatte sein Angebot zurückgewiesen, und jetzt mußte sie ihm auf die Nase binden, daß sie das eines anderen angenommen hatte.

Sie fuhr mit den Fingern durch ihr unordentliches Haar und strich es zurück. Die Finger des Herzogs schlossen sich in seinen Hosentaschen zu Fäusten. Er sehnte sich danach, sie in ihrer blaßgoldenen, seidigen Fülle zu vergraben.

»Ich habe Marcus Magnus gesagt, daß ich in Gegenwart anderer so tun würde, als sei ich seine Sklavin, wenn er mich im Gegenzug als freie Lady behandelte, wenn wir allein waren. Am Ende hat er eingewilligt.«

»Und um welchen Preis?« fragte Mark barsch.

»Um meine Jungfräulichkeit natürlich.«

»Also hat er Sie doch vergewaltigt?«

»O nein, ich habe mich ihm aus freiem Willen geschenkt. Nicht gleich am Anfang, erst nachdem er mich umworben und erobert hatte.«

»Und Sie wollen mir weismachen, daß ein barbarischer Römer eine Frau umwerben würde?«

»Marcus war kein Barbar.« Sie schloß die Augen, während sie an ihn dachte, »sondern ein Patrizier. Der General hatte als harter Soldat nur wenig Zeit für Frauen. Er war kein Lüstling. Und dennoch umwarb er mich, wie keine Frau je umworben wurde. Er besaß einen herrlichen Körper, so kraftvoll und geschmeidig, daß mir schon bei seinem bloßen Anblick die Knie weich wurden. In seinem Brustharnisch und seiner Rüstung wirkte er wie ein Zauberer auf mich. Wenn wir uns liebten, befanden wir uns in einer anderen Welt, einer Welt, die zu intim und kostbar war, um sie in Worte zu fassen. Aber soviel stand fest: Wenn wir uns vereinigten, verschlangen wir einander förmlich.«

Mark Hardwick konnte sich nicht erinnern, je so erregt gewesen zu sein. Er kam sich vor, als wäre er in einem Luxusbordell, und eine Kurtisane würde ihn mit erotischen Fantasien unterhalten. Nur Lady Diana war keine Dirne, sondern stammte aus gutem Hause. Und sie schien über erregende sexuelle Erfahrungen zu verfügen. Die schwarzen Augen des Herzogs weiteten sich vor Lust.

»Obendrein soll auch noch ich dieser Marcus Magnus gewesen sein?« fragte er heiser.

»Ich weiß es genau.« Ihr Blick maß ihn von Kopf bis Fuß, verharrte auf seinem Mund, seinen breiten Schultern, der unübersehbaren Wölbung seiner Hose. »Die Jahre sind nicht freundlich mit Ihnen umgegangen, Lord Bath.«

Beleidigt lehnte er sich zurück. »Was zum Donnerwetter soll das heißen?«

»Oh, Sie sind noch genauso arrogant wie Marcus, genauso befehlshaberisch und autoritär; aber siebzehnhundert Jahre Zivilisation haben Ihnen eine Tünche verliehen, die unattraktiv ist. Sie sind unnatürlich, zynisch und selbstsüchtig; eitel, egoistisch und gelangweilt. Vielleicht sogar lasterhaft. Mit anderen Worten, Sie sind abgestumpft und übersättigt, Lord Bath, und das steht Ihnen nicht.«

»Dann werde ich Sie umgehend von meiner abstoßenden Gegenwart befreien!«

»Gut! Ich würde mich jetzt nämlich gerne anziehen. Schließlich bin ich kein Invalide.«

»Den Teufel werden Sie tun! Ohne Zweifel sind Sie invalide. Sie haben noch nicht einmal angefangen, sich zu erholen von Ihrer...«

»Geistigen Verwirrung?« fragte Diana zuckersüß.

»So ungefähr. Ich werde mich nicht mit Ihnen streiten. Sie bleiben im Bett, oder...«

Sie hob trotzig das Kinn. »Oder was?« fragte sie herausfordernd.

»Sklaventreiber brauche ich nicht. Ich werde Sie selbst verprügeln.« In seinen schwarzen Augen stand ein gefährliches Funkeln, ein Hinweis darauf, daß der Herzog durchaus die Beherrschung verlieren und gewalttätig werden konnte.

Diana sank in die Kissen zurück. Es war wundervoll, den Ton absoluter Autorität in seiner tiefen, männlichen Stimme zu vernehmen. Er klang sowohl vertraut als auch tröstlich, und zu wissen, daß sie sich seinen Befehlen auf eigene Gefahr widersetzte, stimulierte sie.

Mark hatte bereits den Türknauf in der Hand, als er sich noch einmal umdrehte. »Sie haben gar nicht nach Peter gefragt.«

»Peter?« fragte sie verwirrt.

»Ihr Verlobter, Peter Hardwick. Sie erinnern sich noch an ihn?«

War das Sarkasmus, was sie aus seiner Stimme hörte? »Unglücklicherweise, ja«, erwiderte sie aufrichtig.

Seine Stimmung hob sich schlagartig, doch etwas, ein kleiner innerer Dämon veranlaßte ihn, sie zu tadeln. »Sie haben meinen Bruder in eine verdammt heikle Lage gebracht, als Sie verschwanden. Es stand in allen Zeitungen. Er hat überall nach Ihnen suchen lassen. Peter war überglücklich, als ich Sie fand; seine Gefühle für Sie scheinen sich demnach nicht geändert zu haben, trotz allen Ereignissen.«

»Es besteht absolut keine Verbindung zwischen Ihrem Bruder und mir. Ich habe die Verlobung nur deshalb nicht abgestritten, weil ich das Gefühl hatte, kompromittiert worden zu sein, als Sie uns zusammen ertappten. So naiv war ich!«

»Sie sind nicht in Peter verliebt?« fragte er scharf.

Diana lachte. »Peter ist ein Junge. Inzwischen habe ich die wahre Leidenschaft kennengelernt. Ich bin nicht mehr das naive kleine Mädchen, das sich mit ein paar gestohlenen Küssen einfangen läßt. Nun habe ich die Liebe eines Mannes kennengelernt, eines reifen Mannes.«

Mark Hardwick trat wieder an ihr Bett. »Peter ist heute morgen trotz des Schneesturms nach London aufgebrochen. Er wollte Ihrem Onkel und Ihrer Tante von Ihrer Rückkehr berichten. Natürlich werden sie mit ihm hierherkommen. Ich erwarte sie morgen abend, vorausgesetzt die Straßen sind passierbar.«

»Igitt! Prudence!« sagte Diana schaudernd. »Also ich fürchte, sie läßt sich nicht umgehen.«

»Haben Sie Angst vor ihr?«

Diana dachte einen Moment lang nach. »Früher schon, da hat sie mich ganz schön kurzgehalten. Sie hat mich unterdrückt, und wenn das nicht funktionierte, hat sie mich mit Schuldgefühlen manipuliert, hat die Kranke gespielt und mein gutes Herz ausgenützt. Jetzt wird sie schnell merken, daß ich kein dummes junges Ding, sondern eine Frau bin.«

Auf einmal glitt ein schelmischer Ausdruck über Dianas Züge. »Schicklichkeit geht ihr über alles. Oh, wie gerne ich doch ihre Empörung erlebt hätte!«

»Ihre Tante und Ihr Onkel sind immer noch Ihre gesetzlichen Vormünder«, warnte er.

Der Glanz auf ihrem Gesicht erlosch.

»Ich dachte, Sie hätten keine Angst.«

»Prudence wird mich bitter bezahlen lassen – aber nach allem, was ich erlebt habe, ist Prudence kaum der Rede wert.«

Er hob eine seiner rabenschwarzen Brauen in stummer Frage.

Auf einmal schnürte ihr ein Kloß den Hals zu und sie begann zu zittern. »Fragen Sie nicht«, flüsterte sie. »Ich kann es nicht sagen … noch nicht.«

»Ruhen Sie sich ein wenig aus«, sagte er rasch und schloß die Tür leise hinter sich. *Was zum Kuckuck verbirgt sie?* fragte er sich. Sie faszinierte ihn mehr denn je. Nun umgab sie auch noch eine Aura des Geheimnisvollen, und zusammen mit den unkonventionellen Dingen, die sie sagte, bildete sie einen Magneten, der ihn unwiderstehlich anzog.

Offenbar beabsichtigte sie, die Verlobung zu lösen, was Peter gar nicht gefallen würde. Er war spornstreichs nach London abgereist, wahrscheinlich in der Absicht, ihre Verwandten davon in Kenntnis zu setzen, daß die Vorbereitungen für die Vermählung fortgesetzt werden konnten. Mark Hardwick war erleichtert darüber, daß sie nicht ihr Herz an ihren Bruder verloren hatte, und das nicht ausschließlich aus persönlichen Gründen. Ein exquisites Mädchen wie Diana verdiente etwas Besseres als einen lasterhaften Taugenichts wie seinen Bruder.

Ganz wie Peter Hardwick es erwartet hatte, verwandelte sich der Schnee in Regen, kaum daß die halbe Strecke nach London hinter ihm lag. Trotz des schlechten Wetters befand er sich in ausgezeichneter Stimmung. Er steckte so tief in der Klemme, daß er sich bereits vorgekommen war wie ein Gejagter. Seine Schuldscheine häuften sich in jedem Gentleman's Club in London, und man hatte ihn nur deshalb noch nicht zur Zahlung aufgefordert, weil sein Bruder der Herzog von Bath war.

Vorerst mußte er jedoch weit dringendere Schulden begleichen. Die Verluste, die er bei Hahnen- und Hundekämpfen erlitten hatte, waren verheerend, und jene Männer hätten ihm die Beine gebrochen – oder Schlimmeres –, wenn er nicht seinen Tribut entrichtet hätte. Als Folge davon war er in die Fänge der Geldleiher geraten. Das hatte ihm zwar einigen Aufschub verschafft, seine Probleme jedoch keineswegs gelöst. Das Schuldgefängnis lauerte bereits als unabweisliches Gespenst am Horizont, und Peters einziger Ausweg bestand darin, sich nochmals der Gnade seines Bruders anheimzustellen und ihm alles zu berichten. Das allein bewies, wie verzweifelt seine Lage war; denn er haßte Mark mit Inbrunst und hätte alles getan, um sich nicht vor dem arroganten Hurensohn erniedrigen zu müssen.

In seiner dunkelsten Stunde kehrte Diana Davenport erfreulicherweise zurück. Sie war so plötzlich wiederaufgetaucht, wie sie damals auf rätselhafte Weise verschwand. Es kümmerte ihn herzlich wenig, wo sie gewesen war. Einzig und allein der Umstand zählte, daß die Hochzeit mit der reichen Erbin endlich zustande kam.

Es war acht Monate her, seit er zum letzten Mal mit Richard und Prudence Davenport gesprochen hatte. Sie hielten sich für einen Monat in Bath auf, während man überall nach Diana gesucht hatte. Am Ende war ihnen jedoch nichts übriggeblieben, als sich nach London heimzubegeben.

Ziemlich spät erst traf er endlich am Grosvenor Square ein, und zum Glück waren Richard Davenport und seine Gattin zu Hause. Als ihm der Majordomo seinen Mantel abgenommen und ihn umgehend ins Wohnzimmer geführt hatte, sagte Peter: »Ich weiß, Sie werden mir die späte Störung vergeben, wenn Sie meine Neuigkeiten erfahren. Diana wurde gefunden!«

Keins der beiden Gesichter erhellte sich freudig. Sie sahen aus, als hätte er ihnen einen Schlag versetzt.

»Lebend?« fragte Richard.

»Gott sei Dank, ja. Sie ist jetzt auf Hardwick Hall und in Sicherheit.«

»Aber wir nahmen an, sie wäre tot«, rutschte es Prudence heraus. Sie und Richard tauschten einen Blick, der sich nur als schuldbewußt bezeichnen ließ.

Eine Alarmglocke schrillte in Peters Hirn. Da er selbst ein verschlagener Bastard war und die menschliche Natur nur zu gut kannte, witterte er Betrug. Mit ausdruckslosem Gesicht sagte er: »Die Vorbereitungen zur Hochzeit können also umgehend voranschreiten.«

»Nicht so hastig«, unterbrach Richard. »Unsere Vereinbarung ist nicht mehr gültig.« Richard überlegte blitzschnell. Er hatte Diana für tot gehalten und entsprechend gehandelt. Ohne die Leiche als Beweis mußte er natürlich ein paar Jahre warten, bis die Gerichte eine offizielle Erklärung abgaben; aber Richard besaß die Kontrolle über Dianas gesamtes Vermögen, und durch kluges Manövrieren und Manipulieren war es ihm gelungen, den Großteil auf seine eigenen Konten zu transferieren.

Peter Hardwicks Verstand hielt spielend mit Richards Schritt, besonders wenn es um Geld ging. Der einzige Grund, aus dem die beiden Hyänen ihre Vereinbarung hinsichtlich der Aufteilung von sechzig zu vierzig für null und nichtig erklären konnten, war eine berechtigte Hoffnung auf den ganzen Topf.

Peter lächelte. Wenn Richard Davenport etwas Illegales bewerkstelligt hatte, dann könnte er ihn beim Schlafittchen packen. »Ich denke, ich sollte als ihr Verlobter Diana empfehlen, die Verwaltung ihres Vermögens unter Ihrer Vormundschaft prüfen zu lassen. Mein Bruder, der Herzog, genießt die Dienste der besten Londoner Anwälte.«

»Ich werde Diana sagen, daß Sie nur an ihrem Vermögen interessiert sind«, drohte Prudence. »Sie wird die Verlobung sofort lösen!«

Peters Lächeln wurde noch breiter. »Ob sie mich nun heiratet oder nicht, Ihre Zeit läuft in jedem Fall ab. In zwei kurzen Monaten wird sie volljährig und ihr Erbe antreten. Ist das Zeit genug, um das fehlende Geld wieder zu beschaffen?«

Prudence und Richard wechselten einen raschen Blick.

»Ah, das dachte ich mir schon«, sagte Peter liebenswürdig. »Es scheint, als ob unsere Vereinbarung noch das geringere von zwei Übeln wäre.«

Peter sah, daß die beiden, obwohl es sie große Überwindung kostete, bereit waren, wohl oder übel gute Miene zum bösen Spiel zu machen. Richard sagte: »Ich werde sofort nach Bath reisen. Hat das schlimme Mädchen gesagt, wo sie die ganze Zeit über steckte?«

»Ich fürchte, nein. Der Herzog hat sie bewußtlos in einem Antiquitätenladen aufgefunden und in seiner Kutsche nach Hardwick Hall mitgenommen. Natürlich haben wir sofort einen Arzt rufen lassen. Er fand keine gebrochenen Glieder und erwartet, daß sie sich unverzüglich erholt.«

»Warum haben Sie mir nicht gleich gesagt, daß ihr Zustand ernst war?« fragte Prudence, die sich im Handumdrehen in die treusorgende Tante verwandelte.

»Sie machten sich nicht die Mühe, danach zu fragen«, erwiderte Peter trocken. »Ich glaube, es wäre das beste, wenn wir in Bath heirateten. Morgen werde ich zurückfahren und kann Sie in meiner Kutsche mitnehmen, wenn Ihnen das zusagt.«

»Vielen Dank, aber wir bevorzugen unsere eigene Karosse, Mr. Hardwick«, gab Richard ihm deutlich zu verstehen.

Sobald Peter zum Stadthaus in der Jermyn Street aufgebrochen war, sagte Prudence: »Es war gut, daß du dich für getrennte Fahrzeuge entschieden hast, Richard. Ich traue diesem Menschen kein bißchen.«

»Und ich dachte schon, wir würden nie wieder etwas von unserer allerliebsten Nichte hören. Gottverdammtnochmal! Alles lief so glatt; zu glatt offenbar. Prudence, du hast recht, Peter Hardwick zu mißtrauen. Ich glaube, er könnte sich als ein recht unangenehmer Kunde erweisen. Wir müssen sehr vorsichtig mit ihm sein und dürfen ihn ja nicht verärgern. Auf eine Prüfung von Dianas Finanzen können wir es nicht ankommen lassen.«

»Aber er hat doch gesagt, Diana wäre bewußtlos aufgefunden worden, Richard. Vielleicht erholt sie sich ja gar nicht.«

»Prudence, du träumst. Das kleine Biest ist viel zu stur, um uns den Gefallen zu tun, das Zeitliche zu segnen. Ich war sicher, daß ihr etwas zugestoßen sein mußte, aber offenbar kamen deine Vermutungen der Wahrheit näher. Sie muß mit irgendeinem Liebhaber durchgebrannt sein, und jetzt, da er sie verlassen hat, ist sie wiederaufgetaucht.«

»Das Ganze ist einfach ungeheuerlich! Man sollte sie in eine Besserungsanstalt stecken. Aber Gott sei Dank ist ja Hardwick noch an ihr interessiert. Vielleicht müssen wir sie wirklich so rasch wie möglich verheiraten.«

»Nun, sobald wir in Bath ankommen, werden wir ja sehen, wie die Dinge stehen. Für die nächsten zwei Monate sind wir immer noch ihre gesetzlichen Vormünder, und nicht einmal der Herzog persönlich kann das bestreiten!«

30. Kapitel

Auf Hardwick Hall bezog ein Zimmermädchen Dianas Bett mit frischem Leinen, während Nora ein Bad für sie vorbereitete.

»Danke vielmals, Nora, aber das ist nicht Ihre Aufgabe. Ich werde schon zurechtkommen.«

»Das werden Sie nicht. Wer soll Ihnen denn helfen, wenn nicht ich? Mr. Burke hält sich gerne für den Herrscher von Hardwick Hall, aber was taugt er schon in einer Situation wie dieser, wo ein junger weiblicher Gast das Bett hüten muß?«

»Es tut mir leid, daß ich Ihnen so viele Unannehmlichkeiten bereite.«

»Ach was, papperlapapp! Ich werde Ihnen etwas Passendes zum Anziehen bringen und dann können Sie gleich wieder ins Bett schlüpfen.«

»Wem gehört dieses Nachthemd?« fragte Diana neugierig.

»Na, mir natürlich. Ich habe noch viel hübschere, alle aus Frankreich. Dieses einfache, weiße hielt ich für richtig, weil ich wußte, daß der Doktor nach Ihnen schauen würde; aber ich habe auch welche mit Spitzen und einige, die hauchzart wie Spinnweben sind. Jetzt suche ich etwas Schönes aus und bin gleich wieder da.«

Kaum war sie gegangen, erschien Mr. Burke. Er brachte eine Karaffe mit Wein und Gläsern. »Falls es irgend etwas gibt, das ich für Sie tun kann, Lady Diana, zögern Sie nicht, es mir zu sagen. Es war ein Fehler von mir, keine Kammerzofe im Hause zu beschäftigen, aber wir sind schon seit langer Zeit ein Junggesellenhaushalt, wissen Sie!«

»Nora war sehr freundlich.«

Mr. Burke schnaubte nicht gerade – ein solches Verhalten war unter seiner Würde – aber er sagte: »Sie ist aus der Bretagne, wissen Sie!«

Diana riß die Augen auf. Mr. Burke erinnerte sie an Kell. Und auf einmal schlug es wie der Blitz bei ihr ein – natürlich, Nora ähnelte Nola, der Gallierin. Diana lief ein Schauder über den Rücken. Das Ganze war einigermaßen unheimlich und verursachte ihr Unbehagen.

Nora kehrte mit dem Nachthemd zurück, als Mr. Burke sich empfohlen hatte, und reichte es Diana.

»Diese Farbe paßt zu Ihren Augen.«

»Oh, es ist hinreißend.« Das blaßlila Gebilde besaß *schickliche* Rüschchen an Kragen und Ärmel, war jedoch so durchsichtig, daß es gleichzeitig sündig wirkte. »Es ist sowohl züchtig als auch unzüchtig.«

»Ja, die Franzosen haben ein Talent für so etwas. Aber jetzt ins Bett mit Ihnen! Ich bringe Ihnen ein kleines Menü, sobald es fertig ist.«

Diana sehnte sich bereits wieder nach Mark Hardwicks Gesellschaft. Sie hoffte, daß er mit ihr zu Abend essen würde. »Wird Seine Lordschaft heute zu Hause dinieren?«

»Trotz des schlechten Wetters ist er ausgeritten. Jenseits der Gärten, hinter dem Grundstück, tätigt die Archäologische Gesellschaft Ausgrabungen. Er ist oft stundenlang dort, aber sicher wird er zum Dinner wieder hier sein.«

Diana schlüpfte in ihr Bett und wartete auf Marks Rückkehr, doch alles, woran sie denken konnte, war Prudence und was sie zu ihr sagen sollte.

Als der Herzog ihr Zimmer betrat, hob sich Dianas Stimmung schlagartig. Natürlich ließ sie sich nichts davon anmerken. Mit dem Essen war sie allerdings fast fertig, als er endlich auftauchte. Sie testete die Stimmung, indem sie eine Bemerkung über die Mahlzeiten in Aquae Sulis fallen ließ. Da Mark keine Widerrede äußerte, entspannte sie sich; nun wußte sie, daß sie nicht jedes Wort, das sie sagte, auf die Goldwaage legen mußte.

Obwohl der Herzog ihre Gesellschaft in vollen Zügen genoß, mußte er sich ablenken, sonst würde er nur noch an seine Sehnsucht nach einer Umarmung denken. »Spielen Sie Schach?«

»Ja, ich habe es von meinem Vater gelernt.«

Während Mark das Brett zwischen ihnen aufstellte, sagte sie: »Als ich das letzte Mal in Aquae Sulis einkaufen ging, habe ich ein römisches Brettspiel gekauft, das Belagerung genannt wurde.«

Marks Interesse erwachte sofort. »Ja, davon habe ich gehört, aber nie erfahren können, wie man es spielt.«

»Nun, ich bin nicht sehr gut darin. Es ist so ähnlich wie Schach, aber abstrakter und mit sehr komplizierten Zügen. Die Figuren heißen ›Soldaten‹ und ›Offiziere‹, und meine waren aus Kristall.«

»Ich frage mich ...«, überlegte Mark laut.

»Was?«

»Nun, wir fanden immer mal wieder Silbersoldaten bei den Ausgrabungen. Ich hielt sie für Kinderspielzeug, aber vielleicht sind es ja Spielfiguren, wie Sie behaupten.«

»Nora sagte, Sie betreiben archäologische Grabungen auf Ihrem Grundstück.«

»Ja, aber nicht nur hier. Es gibt noch zwei oder drei Stätten in den umliegenden Distrikten. Ich bin gerade dabei, ein Museum aufzubauen. Einige der Artefakte habe ich hier auf Hardwick Hall ausgestellt; aber es sind mittlerweile so viele aufgetaucht, daß ich denke, sie sollten der Öffentlichkeit in einem Museum zugänglich gemacht werden.«

»Das ist eine gute Idee. Ich würde Ihre Exponate sehr gerne sehen und auch Ihre Augrabungsstätten.«

»Gerade heute nachmittag bin ich dort gewesen. Ich wollte den Hunden ein wenig Auslauf verschaffen. Ein Freund hat mir vor ein paar Wochen zwei Doggen geschenkt.«

»Oh!« rief Diana. Sie kam auf die Knie, langte mit der Hand über das Spielbrett und legte sie auf seinen Mund. »Sagen Sie nicht, wie sie heißen!« warnte sie. »Ich werde es Ihnen sagen.«

Bei ihrer spontanen Berührung schoß Erregung wie heiße Lava durch seinen Körper und brachte sein Blut in Wallung.

»Romulus und Remus!« sagte sie voller Freude.

»Woher wissen Sie das?« fragte er barsch. »Nein, sagen Sie's mir nicht. Marcus hatte zwei Doggen, die er Romulus und Remus nannte.«

Diana glitt wieder unter die Decke zurück. »Stimmt genau!« Tiefe Zufriedenheit erfüllte sie.

Er sah sie skeptisch an. »Mr. Burke könnte Ihnen das gesagt haben. Er liebt die Hunde.«

»Das hat er aber nicht«, beharrte sie, »und da ist noch etwas Unheimliches – ich bin überzeugt davon, daß Mr. Burke Ihr Sklavenaufseher Kell war.«

»Der mit der Peitsche?« fragte er amüsiert.

»Genau der. Jetzt kann ich darüber lachen, aber am Anfang hat er mir ganz schön Angst eingejagt.«

»Das schafft er – selbst ich fürchte mich manchmal vor ihm.«

Sie lachte. »Lügner! Ich bezweifle, daß irgend etwas Sie einschüchtern kann.«

Er schien mit den Gedanken nicht beim Spiel zu sein, und dennoch nahm er ihr einen Springer und dann den Turm. »Als Sie in diese andere Zeit zurückgingen«, sagte er vorsichtig, »um welches Jahr handelte es sich da?«

»Es war 61 A. D. Boudicca hatte kurz zuvor die keltischen Stämme zu einem Aufstand angestiftet und London niedergebrannt. Als Folge davon führte Paullinus, der Anführer der römischen Armee, einen erbitterten Ausrottungsfeldzug gegen die britischen Stämme.« Beide vergaßen das Schachspiel und versanken ganz in ihre Geschichte.

»Julius Classicianus, der Prokurator von Britannien, wollte Paullinus loswerden. Er brauchte einen diplomatischen Führer, um die Unterstützung der Briten zurückzugewinnen. Marcus und Julius waren sich in dieser Sache ziemlich einig: Also bat Julius ihn, ihn nach Rom zu begleiten, um vor dem Senat zu sprechen.« Ihre Stimme verklang, und eine große Traurigkeit senkte sich über ihre Züge. »Ich hätte ihn nie gehen lassen dürfen.«

Er wollte nicht, daß sie weinte, und um sie auf andere Gedanken zu bringen, stimmte er ihr unter Vorbehalt zu. »So wie Sie das erzählen, klingt es beinahe glaubwürdig.«

Diana warf einen Blick auf das Schachbrett, sah, daß sie keine Chance hatte zu gewinnen, und warf die Figuren mit einem Schlag durcheinander.

Marks schwarze Augen funkelten vergnügt. »Freches kleines Luder«, murmelte er. »Spielt gerne Spiele, aber will nicht verlieren.«

»Ich sage die Wahrheit! Das ist kein Spiel.«

»Zwischen einem Mann und einer Frau ist es immer ein Spiel.«

»O mein Gott, genau das sagte ich zu Ihnen damals. Sie haben siebzehnhundert Jahre gewartet, um mir meine Worte wieder zu erstatten.«

Eine Sekunde lang hatte er erneut dieses Déjà-vu-Gefühl. Er wischte es jedoch sofort als unmöglich beiseite. Trotzdem fiel es ihm nicht schwer zu glauben, daß sie einst Liebende waren. Wenn er tatsächlich siebzehnhundert Jahre gewartet hatte, dann um ihr mehr als nur Worte zurückzugeben. Er mußte all seine Willenskraft aufbieten, um sie nicht in seine Arme zu reißen. Ihr Duft drang zu ihm und er fand ihn unwiderstehlich, ja irgendwie vertraut. Er wollte sie kosten, ihre Brüste in seinen Händen wiegen, sich tief in ihr vergraben und die wilde Leidenschaft, derer sie, wie er wußte, fähig war, in ihr entzünden.

Hör auf damit! sagte er sich. *Das Mädchen hat dich verhext.* Er musterte sie minutenlang. »Ich bin neugierig. Was dachte dieser Marcus Magnus, als er Sie zum ersten Mal sah? Doch sicher nicht, daß Sie aus der Zukunft kamen?«

»Nein, weit davon! Ich weiß noch, daß ich dieses scheußliche beige Kleid und eine ebenso gräßliche gepuderte Perücke anhatte. Er dachte, ich wäre eine mißgebildete Alte, bis …«

Bis er dich nackt sah, dachte Mark im stillen.

»Lange Zeit war er überzeugt davon, ich wäre eine Druidenspionin.«

»Das wäre verständlich, wenn man an Ihre seltsame Aufmachung denkt«, scherzte Mark.

»Eher deshalb, weil er meine hohe Intelligenz in Betracht zog!« entgegnete sie.

»Belesen sind Sie, das muß ich zugeben.«

Sie zuckte mit den Schultern. »Sie haben die Bibliothek meines Vaters gesehen – und es gelüstete Sie danach, wie ich hinzufügen möchte.«

»Unter anderem«, murmelte er zweideutig.

Diana errötete, sie hatte also begriffen, wonach ihm sonst noch der Sinn stand.

»Wahrscheinlich haben Sie die Römerzeit genau studiert, so wie ich«, meinte er.

»Nein, das ist ja das Seltsame daran. An jener Zeit war ich nie sonderlich interessiert. Ich träumte oft von anderen Epochen. Die elisabethanische Zeit oder das Mittelalter zum Beispiel waren mir viel lieber, wenigstens als unsere heutige Zeit.«

»Warum?« fragte er neugierig.

Sie warf ihm einen mitleidigen Blick zu. »Sie haben ja keine Ahnung, wie restriktiv das Leben für eine junge, unverheiratete Frau ist. Ich kann mich weder kleiden wie ich will, noch reden wie ich will – ja, dürfte nicht einmal denken, was ich will, ginge es nach Prudence.«

Ich bin selbst ein Fanatiker, wenn es um Freiheit geht, dachte er. *Sie ist unser kostbarstes Gut.*

»Wenn Sie unsere femininen Dandies, die sich allesamt Prinny zum Vorbild nehmen, mit den Männern der elisabethanischen Zeit oder den Rittern des Mittelalters vergleichen, dann erübrigt sich wohl die Frage, warum ich diese Zeiten der unseren vorziehe.«

»Na, herzlichen Dank!«

»Oh, Sie schließe ich natürlich aus. Sie sind so, wie ein richtiger Mann sein sollte, aber nur selten ist.«

Also beruht die Anziehung auf Gegenseitigkeit, dachte er.

»Sagen Sie«, meinte sie in sachlichem Ton, »wie schaffen Sie es, sich in einer solche superben physischen Verfassung zu halten?«

Geschmeichelt darüber, daß sie es bemerkt hatte, lächelte er. »Ich mache Gymnastik, schwimme, reite und arbeite gelegentlich sogar im Steinbruch. Es gibt nichts Besseres, als körperliche Arbeit, die sowohl den Geist als auch den Körper eines Mannes formt.«

Sie musterte ihn herausfordernd. »Nun, Ihrem scheint es jedenfalls sehr gut zu bekommen.«

»Die Dinge, die Sie sagen, sind höchst unkonventionell. Das gefällt mir!«

»Nicht nur die Dinge, die ich sage ... ich könnte Ihnen Dinge zeigen, die Sie sich niemals hätten träumen lassen.«

»Sie flirten nicht nur mit mir«, beschwerte er sich. »Sie benehmen sich absichtlich provozierend!«

»Das gehört zum Spiel.« Ihr Mund verzog sich zu einem kleinen verführerischen Lächeln.

»Wenn ich beschließe, mit Ihnen zu spielen, dann nach meinen Regeln«, warnte er.

Sie lachte ihm ins Gesicht. »Wenn Sie das glauben, Lord Bath, dann wissen Sie nicht soviel über Frauen, wie Sie denken.«

Herrgott, was für ein Vergnügen es sein wird, sie zu erobern.

Sie sah das Lodern in seinen Augen und fürchtete, ihn zu weit getrieben zu haben. »Da ich beabsichtige, morgen aufzustehen und diesen Raum zu verlassen, sollte ich jetzt vielleicht ein wenig schlafen.«

»Sie werden nur aufstehen, wenn Dr. Wentworth und ich es Ihnen erlauben«, sagte er streng.

»Mal sehen«, erwiderte sie leichthin und begleitete ihn zur Tür.

»Wenn Sie glauben, überall Ihren Kopf durchzusetzen, dann kennen Sie mich nicht sehr gut.«

»Ich kenne Sie besser, als eine Frau das Recht hat, einen fremden Mann zu kennen«, erklärte sie leise, bevor sie die Tür vor seiner Nase schloß.

Als sie allein war, ging Diana zu den hohen Fenstern. Sie zog die schweren Vorhänge zurück und starrte auf die noch winterliche Landschaft hinaus. Eine feine Schneedecke lag auf der Erde und den nackten schwarzen Bäumen. Das blasse Mondlicht warf unheimliche Schatten in jede Richtung. Die Nacht besaß eine kalte Schönheit. Sie hatte Aquae Sulis nie im Winter erlebt und kam sich irgendwie betrogen vor. Sie waren noch vor dem ersten Schnee nach Rom aufgebrochen. Aber es hatte schon Kälte in der Luft gelegen. Ihr Mund kräuselte sich zu einem Lächeln, als sie an die Pelzgamaschen dachte, die Marcus so erotisch gefunden hatte.

Marcus... Marcus! Im Grunde kam sie sich seinetwegen betrogen vor. Es hatte nichts mit der Jahreszeit, nichts mit Aquae Sulis zu tun. Wie würde sie bloß den Rest ihres Lebens ohne ihn überstehen? Die kommende Nacht? Mit dem Finger schrieb sie seinen Namen auf die nasse Fensterscheibe. Sie seufzte tief. Während des hellen Tages war es ihr nicht schwergefallen, ihre Ängste abzuwehren, aber in der Dunkelheit kamen sie wieder angekrochen. Diana begann zu zittern. Sie rannte zurück in ihr warmes Nest und zog sich die Decke über den Kopf.

Mark Hardwick lag regungslos auf seinem Prunkbett, die Arme hinter dem Kopf verschränkt. Er versuchte sich zu entspannen, was ihm nicht gelang. Sein Blick wanderte über seinen Körper zu seinem Geschlecht, das immer noch erigiert war. Zur Hölle mit ihr, kein Wunder, daß er keine Ruhe fand. Doch es war nicht nur die blanke Lust, die ihn so unruhig machte.

In seinem Zimmer hatte er umgehend in seinen römischen Geschichtsbüchern nach der erwähnten Epoche gesucht. Die Bücher bestätigten all ihre Beschreibungen. Der Gouverneur von Britannien war Suetonius Paullinus, der Prokurator Julius Classicianus. Sie hatte Boudicca sogar bei ihrem authentischen Namen genannt und nicht Königin Boadicea, wie sie heute bezeichnet wurde.

Er suchte in seiner Enzyklopädie nach einer Erwähnung des Brettspiels »Belagerung«, fand jedoch nichts. Schließlich geriet ihm der Band in die Finger, in dem er zum ersten Mal darüber gelesen hatte; aber da stand nicht mehr als: *ein römisches Brettspiel, dessen genaue Einzelheiten nie enträtselt wurden.*

Ohne seine Geschichtsbücher zu Hilfe nehmen zu müssen, wußte er, daß Kaiser Nero zu der Zeit Rom tyrannisierte. Obwohl ihn alles Römische faszinierte, kam Mark jedesmal die Galle hoch, wenn er an Neros unbeschreibliche Grausamkeiten dachte. Bei der Einweihung des Colosseums hatte er neuntausend Tiere töten lassen. Nero war ein Wahnsinniger, der am Ende Selbstmord beging, aber lange nicht früh genug. Marks Hirn weigerte sich, über die Martern nachzudenken, die er den Christen zugefügt hatte.

Der Schlaf lag ihm ferner denn je. Er stand auf, zog sich seinen Morgenmantel über und setzte sich an seinen Schreibtisch. Er schrieb gerade an einem Buch über die Geschichte von Bath, die mit der Invasion von Claudius in Britannien ihren Anfang genommen hatte, als der Ort wegen seiner natürlichen heißen Quellen als Erholungsstätte für die Legionäre erbaut und folgerichtig Aquae Sulis genannt worden war.

Mark nahm die Karte von Aquae Sulis zur Hand, die er selbst gezeichnet hatte und studierte sie. Immer wenn er an seinen römischen Projekten arbeitete, vergaß er alles um sich herum. Während sich sein Körper langsam entspannte, beschäftigte sich sein Geist mit den Fragen, die er nie zu lösen vermocht hatte. Warum besaß er eine solche Leidenschaft für alles Römische? Hatte er wirklich schon einmal gelebt, als die Römer Britannien okkupierten? Er war aufgeschlossen genug, um eine solche Möglichkeit nicht vollkommen von der Hand zu weisen.

Damit tauchten immer mehr Fragen auf. War er ein Römer gewesen? Ein General namens Marcus Magnus? Dieser Name schien zu ihm zu passen. Er warf seinen Stift beiseite und fuhr sich mit den Fingern durchs Haar. Vielleicht machte er sich nur etwas vor? Er wollte das alles glauben, weil Diana ein Teil davon war. Die Vorstellung, daß sie einst Liebende waren, gefiel ihm, damit sie es wieder sein konnten. Er wurde von seiner Lüsternheit regiert!

Sein Zustand sexueller Erregung dauerte nun schon so lange, daß seine Hoden schmerzten. Er blickte hinüber zu seinem Bett und stellte sich vor, wie sie darauf lag. In seiner Fantasie wanderte sie dann nackt in die Badewanne, wo sich ihr goldenes

Haar reich über ihre cremigen Schultern ergoß, während sie sich langsam die halb untergetauchten Brüste einseifte.

Das war das Ergebnis eines einzigen Tages; wie, zur Hölle, würde er sich nach einer langen Nacht fühlen? Um seine Besessenheit loszuwerden, müßte er sie erobern. Es war Mitternacht. Alle schliefen. Er konnte über den Korridor zu ihr ins Zimmer gehen und sie gewaltsam in sein Bett schleppen. Die Versuchung war so groß, daß er von seinem Schreibtisch aufstand und den Blick auf die Tür richtete. Seine Erregung konnte er kaum noch ertragen.

Diana hatte sich tief unter ihre Decke gekuschelt, und während ihr langsam warm wurde, dachte sie an die endlos lange Nacht, die vor ihr lag, eine Nacht voller Schrecken. Doch dann kam ihr auf einmal ein sehr tröstlicher Gedanke. Wenn sie eingeschlafen war, würde sie von Marcus träumen. Dieser Gedanke war so unwiderstehlich, daß sie ihm dösend nachging und schließlich einschlief. Sie fiel sofort in einen bodenlosen, schwarzen Abgrund und schlief ungestört und tief bis Mitternacht. Dann begann sie sich unruhig hin und her zu wälzen.

Wo war sie? Lieber Gott, wieder in dem unterirdischen Sklavengefängnis! Sie war festgekettet, so wie die anderen, aber ihnen doch so nahe, daß sie die Hände ausstrecken und sie berühren konnten! Verstört wich sie vor ihren schmutzstarrenden Fingern zurück. Doch während sie vor dem einen in Deckung ging, grabschte ein anderer nach ihr. »Nein, nein«, wimmerte sie verzweifelt und warf sich hin und her, um ihrer Lüsternheit zu entrinnen.

Als endlich der Goliath von Wachmann auftauchte, um sie in die Arena zu führen, schüttelte es sie. *Himmel hilf, laß das nicht zu! Warum muß ich noch mal zurück?* Sie hatte das alles schon durchgemacht, doch jetzt, da es ihr ein zweites Mal bevorstand, war alles noch viel schlimmer. Diesmal wußte sie, was sie in der Arena erwartete! Halb wahnsinnig vor Angst begann sie zu schreien und dann, wie durch ein Wunder, riß sie sich von dem Henker los und begann zu rennen.

Mark hörte ihre Hilferufe. Er eilte rasch zur Tür und riß sie auf. Diana rannte über den Korridor, der von ihrem Zimmer zu seinem führte. Sie flog direkt in seine Arme.

»Ich war wieder dort, ich war wieder dort«, schluchzte sie und zitterte so heftig, daß ihre Zähne aufeinanderschlugen. Ihr Körper war eiskalt, er konnte es durch den dünnen Stoff ihres Nachthemds fühlen.

Seine mächtigen Arme schlossen sich fest um sie, und sie klammerte sich verzweifelt an ihn. »Diana, du bist in Sicherheit. Es war ein Alptraum.« Das Bedürfnis, sie bedingungslos mit seinem Leben zu beschützen, überrollte ihn wie eine Flutwelle.

31. Kapitel

Er hob sie hoch und trug sie zum Kaminfeuer. Ihre Arme schlangen sich krampfhaft um seinen Nacken.

»Marcus, hilf mir«, flehte sie.

»Ich bin Mark«, sagte er fest und ließ sich auf einen Sessel, der vor dem Kamin stand, sinken. Diana setzte er auf seinen Schoß.

Sie bebte wie ein verschrecktes Tierchen, das in eine Falle geraten war. Verzweifelt preßte sie ihr Gesicht in die Vertiefung zwischen seinem Hals und seiner Schulter, und er streichelte energisch über ihr Haar und ihren Rücken, um ihr ein wenig von seiner Stärke zu vermitteln.

»Diana, weißt du, wo du bist?« fragte er. Seine Stimme war tief, der Ton beinahe barsch. Er wußte instinktiv, daß sie seine Stärke und nicht Sanftmut brauchte. Es kam ihr vor, als würde sie mit dem Kopf nicken. Vorsichtig löste er den Klammergriff ihrer Arme um seinen Hals und nahm ihre Hände in die seinen.

Ihre Augen waren weit aufgerissen und voller Angst und sie keuchte, als wäre sie um ihr Leben gerannt.

»Antworte mir!«

»Ja«, flüsterte sie.

»Wer bin ich?«

»M… Mark.«

»Dann weißt du, daß du in Sicherheit bist. Ich werde nicht zulassen, daß dir irgend jemand oder irgend etwas weh tut!«

Sie fuhr mit ihren Händen über seinen festen Oberkörper, dann spreizte sie die Hände, wie um die Breite seiner Schultern abzumessen, fuhr zu seinen Oberarmen und drückte versuchsweise seinen mächtigen Bizeps.

In seinen schwarzen Augen stand Ermutigung. »Du bist genauso wie früher, genauso groß und hart. Mit deiner Stärke kannst du alles Böse von mir fernhalten. Bitte halte mich ganz fest!«

Für immer, dachte er. »Solange es nötig ist«, versprach er.

Sie hielt sich genauso verbissen an ihm fest, wie er sich an ihr, saugte seine Kraft in sich auf und überließ sich ihm vollkommen. Als die Wärme des Feuers und die seines Körpers langsam in den ihren übergingen, begann sie sich allmählich sicherer zu fühlen. Langsam klang ihre Panik ab. Ihr Zittern ließ nach, bis es schließlich ganz aufhörte und sie ruhig und vertrauensvoll in seinen Armen lag.

Während er sie auf seinem Schoß hielt, beobachtete er voller Verwunderung, wie aus der Verführerin von vorhin wieder ein ganz junges, hilfloses Mädchen geworden war. Noch nie hatte er eine Frau getröstet und beschützt. Es war ein schwindelerregendes Gefühl, ein Gefühl der Allmacht. In der Tat fühlte er sich, wenn sie sich an ihn schmiegte und auf seine Stärke vertraute, gleich doppelt so stark, ja beinahe omnipotent.

Sie vertraute ihm wirklich. Er wußte, daß es keinen besseren Zeitpunkt gab, um den Rest ihrer Geschichte aus ihr herauszubekommen. »Sprich mit mir – erzähle mir, was passiert ist.«

»In dem Alptraum?«

»Nein, Diana. Was geschah in Aquae Sulis?«

An ihn geschmiegt begann sie: »Marcus und ich, wir verliebten uns ineinander. Wie kann ich in Worte fassen, wie sehr, wie vollkommen? So viele Dinge standen zwischen uns – unsere Überzeugungen, unsere Einstellung, unsere Religion, ja selbst die Zeit, aber unsere Liebe überwand alles. Ein tiefes Band entstand zwischen uns. Unser beider Seelen verschmolzen miteinander.«

Ihre gemurmelten Worte drangen tief in sein Herz. Auf einmal fühlte er sich unendlich einsam. Was sie beschrieb, hatte er nie kennengelernt. Seine Arme schlossen sich enger um sie und sie rieb ihre Wange an seiner stahlharten Brust.

»Marcus wollte nicht ohne mich nach Rom gehen, sah es aber als seine Pflicht an. Er wollte, daß wir heiraten, brauchte dazu jedoch die Erlaubnis aus Rom, denn er war ein Berufssoldat, der sich für sechsundzwanzig Jahre verpflichtet hatte.« Sie legte ihre Wange an sein Herz, um ihm ganz nahe zu sein.

»Ich hatte schreckliche Angst davor, nach Rom zu gehen. Neros abscheuliche Taten kannte ich aus Büchern, also beschloß ich, alles zu tun, um Marcus vom Gehen abzuhalten – beschloß, all meine weiblichen Künste einzusetzen. Aber ich rechnete nicht mit meiner Liebe. Er mußte gehen, also überwand ich meine Ängste und ging mit.

Sein Vater hieß mich wie eine Tochter willkommen. Titus Magnus und ich faßten in der kurzen Zeit, die uns beschieden war, eine tiefe Zuneigung zueinander. Marcus ließ mich in der Villa seines Vaters zurück, solange er und der Prokurator ihren Einfluß bei den Senatoren geltend machten, um Paullinus als Gouverneur von Britannien ablösen zu lassen …« Dianas Stimme erstarb.

»Egal, wie schrecklich es auch war, du mußt es aussprechen. Vertraue mir, bei mir bist du gut aufgehoben.« Er drückte einen sanften Kuß auf ihre Schläfe.

Sie wich ein wenig zurück und blickte ihm in die Augen. »Ich habe Marcus vollkommen vertraut, glaubte, sein Arm reiche überallhin. Er war der stärkste, körperlich mächtigste Mann, den es je gab und je geben wird, aber nicht einmal das genügte.«

»Heraus damit, Diana!« Das war ein Befehl.

»Titus wurde vergiftet, und man beschuldigte mich.« Sie begann zu schluchzen, und auf einmal überschlugen sich ihre Worte. »Ich wurde ins unterirdische Sklavengefängnis gebracht – es war das reinste Inferno. Nur der Gedanke an Marcus hielt mich aufrecht. Er würde ganz bestimmt kommen und mich holen. Ich wurde in den Circus Maximus gebracht, um dort vor den Augen Neros hingerichtet zu werden. Marcus war mit ihm in der königlichen Loge. Er muß erst in dem Moment vom Mord an seinem Vater erfahren haben, als er mich am Pfahl in der Arena stehen sah.«

Stöhnend holte sie Atem. Ein Schauder durchlief sie, der ihren ganzen Körper verkrampfte, und sie krallte sich an Mark Hardwicks Schultern, als ob er ihre Rettung wäre. »Die Löwen, die Flammen und Marcus, alle erreichten mich gleichzeitig. Marcus liebte mich so sehr, daß er mir sein Schwert ins Herz stieß, um meinem Leiden ein Ende zu bereiten!«

Mark schloß die Augen. Er fühlte ihren Schmerz, fühlte Marcus' unerträgliches Leid. Es war, als ob er seinen eigenen Tod erlebte. »Ich habe dich gerettet«, murmelte er überglücklich.

Diana hörte auf zu schluchzen und blickte ihn an.

»Marcus hat dich gerettet. Als er dir sein Schwert ins Herz stieß, bist du wieder in deine eigene Zeit zurückgekehrt.«

»So ist es.«

Sie berührte seine Wange, die ihr so herzzereißend vertraut war, die sie so sehr liebte. »Danke.« Einen Augenblick lang waren sie einander sehr nahe. Sie legte die Wange wieder an sein Herz, und er nahm sie fest in seine Arme. Es kam ihr vor, als würde sie schwimmen, an seinem starken Körper dahinschmelzen. Seine Stärke war unerschütterlich.

Er bewegte sich erst, als sie wieder eingeschlafen war. Dann trug er sie zu seinem Bett und legte sie sanft auf die Decken. Mit verwirrt gerunzelter Stirn blickte er auf sie nieder. Sie hatte ihre Geschichte so überzeugend erzählt, daß er sie zusammen mit ihr durchlebt hatte. In ihm brodelte es vor Fragen und es gab so wenige Antworten, aber eins fühlte er mit absoluter Sicherheit – daß ihrer beider Leben untrennbar miteinander verwoben waren.

Er streckte sich neben ihr aus und wachte über sie wie ein Erzengel.

Sie fühlte seine Gegenwart und drehte sich zu ihm, so daß sie halb auf ihm lag, in ihrer Lieblingsposition, ein Bein zwischen den seinen.

Sie glaubt, sie liegt neben Marcus, schrie sein Verstand.

»Ich weiß, daß du Mark bist«, flüsterte sie, als ob sie seine Gedanken gelesen hätte. Sie strich noch einmal über seine harten Rippen, dann schlief sie wieder ein.

Als Mr. Burke mit dem Rasierwasser des Herzogs hereinkam, riß Mark Hardwick schuldbewußt die Augen auf. Als sich das wunderschöne Mädchen in seinen Armen regte, sagte er, »Mr. Burke, Sie haben das nicht gesehen.«

»Aber natürlich nicht, Mylord«, antwortete Mr. Burke gelassen. Er stellte das Wasser ab und verließ den Raum wie jeden Morgen.

Diana, die seinen Brustkorb benutzte, um sich aufzustemmen, wurde knallrot. »Es tut mir leid, Mylord.«

»Mir nicht; mir war es ein Vergnügen.« Seine schwarzen Augen funkelten. »Und nun, da wir zusammen geschlafen haben, könntest du aufhören, mich *Mylord* zu nennen.«

Sie lächelte nicht. »Ich möchte Ihnen danken, daß Sie mir geholfen haben. Die Angst hat mich richtig gewürgt, aber Sie haben meine Furcht vertrieben.« Sie meinte es vollkommen ernst, und das Ganze war ihr schrecklich peinlich.

Er schob die Hände hinter den Kopf, streckte seine muskulösen Beine unter dem samtenen Morgenmantel aus und ließ seinen Blick genüßlich über sie hinweggleiten. »Wenn ich wirklich Marcus Magnus bin, warum ist dir das dann peinlich? In meinen Armen zu erwachen ist doch bestimmt nichts Neues für dich, oder?«

Ihre Scham wurde umgehend von Zorn verdrängt. Er verspottete sie. »Aber für Sie! Ich kann mich an jede Einzelheit erinnern, Sie hingegen an gar nichts!«

»Ich erinnere mich an letzte Nacht«, sagte er mit tiefer, sinnlicher Stimme. »Vielleicht kannst du ja mein Gedächtnis auffrischen. Laß hören, wenn du mit Marcus erwacht bist, eng ineinander verschlungen, dann hat er dich doch sicher geliebt? Warum läßt du mich nicht einfach…«

»Träumen Sie ruhig weiter«, sagte sie scharf, warf den Kopf zurück und rutschte eilig vom Bett.

Er fluchte unterdrückt über die Reaktion seines Körpers auf ihre geringste Berührung. Mit dem Rücken zu ihr stocherte er dann im erkalteten Kaminfeuer.

Er befürchtete, daß sie genau wußte, wie verführerisch sie in dem hauchdünnen, lavendelfarbenen Negligé aussah, mit dem Wasserfall blonden Haars, der sich über ihren Rücken ergoß. Er machte schon den Mund auf, um zu behaupten, daß sie gestern nur unter dem Vorwand, einen Alptraum gehabt zu haben, zu ihm gerannt sei, doch hielt er sich noch rechtzeitig zurück. Er wußte, daß ihre Panik echt gewesen war. Doch mittlerweile hatte sie zusammen mit dem Tageslicht auch ihr Selbstvertrauen zurückgewonnen und war wieder ganz das verführerische kleine Luder.

Als er das Feuer neu entfacht hatte, sah er, daß sie die Karten auf seinem Schreibtisch studierte.

»Die hier stimmt nicht.«

Er versteifte sich. »Was zum Teufel soll das heißen?«

»Diese Karte von Aquae Sulis stimmt nicht. Wer hat sie gezeichnet?«

»Meine Wenigkeit«, antwortete er aggressiv.

Sie hob die Wimpern und warf ihm einen mitleidigen Blick zu. »Ach du liebe Güte, Ihr Gedächtnis ist eine Katastrophe.«

Er kam sofort zu ihr. »Ich habe sie nicht aus der Erinnerung gezeichnet, sondern aus meinen Forschungen.«

»Dann sind Ihre Forschungen ebenso fehlerhaft wie Ihr Kopf.«

»Was stimmt nicht mit der Karte?« fragte er barsch.

»Die Festung war viel größer, als Sie sie hier eingezeichnet haben. Die Thermen befanden sich innerhalb ihrer Mauern. Sie waren für die Legionäre errichtet worden.«

Der Herzog wollte ihr schon widersprechen, doch plötzlich erschien ihm das, was sie sagte, vollkommen logisch.

»Die Festung bedeckte eine Fläche von mindestens hundertzwanzig Hektar und an ihrer Mauer erstreckten sich lange Hütten, in denen Sklaven untergebracht waren.«

Sein Finger folgte dem Weg, den ihrer auf der Karte beschrieb. »Sklaven?«

Sie blickte ihn offen an. »Es waren Ihre Sklaven. Was meinen Sie denn, wer hier die Straßen und Brücken gebaut hat? Nicht die Römer, obwohl sie den ganzen Ruhm für sich beanspruchen!«

»Meine Ingenieure waren die besten der Welt!« Er schwieg entsetzt, als er merkte, was er da gesagt hatte.

»Dann erinnerst du dich also *doch*!«

Sie standen so dicht voreinander, daß sich ihre Schenkel berührten. Diana merkte auf einmal, wie durchsichtig ihr Negligé war. »O Himmel, ich habe vergessen, daß der Doktor gleich kommt«, murmelte sie.

Diana hatte es kaum in ihr pfirsichfarbenes Zimmer zurückgeschafft, als auch schon Nora hereinschwirrte. »Ihr Bad ist fertig und hier habe ich ein respektableres Nachthemd für den Doktor.«

Mark Hardwick begrüßte seinen Freund Charles Wentworth frisch gebadet und rasiert, in makellosen hellbraunen Reithosen und flaschengrünem Wams.

Der Doktor zog fragend eine Braue hoch. »Hast du sie zum Reden gebracht?«

»O ja, sie hat eine ganze Menge erzählt.«

»Ohne Zwang, hoffe ich?«

»Verdammt, Charles, du klingst, als ob ich unfähig wäre, manierlich mit einer Frau umzugehen.«

»Mmm, nun, ich denke, es gibt für alles ein erstes Mal. Hat sie ihre Geschichte geändert?«

»Nein, sie ist absolut überzeugt davon, in einer anderen Zeit gewesen zu sein.«

Während sie die breite elisabethanische Treppe hinaufstiegen, fragte Mark: »Hattest du je das Gefühl, ein anderes Leben gehabt, beziehungsweise in einer anderen Zeit gelebt zu haben?«

Charles blickte forschend ins Gesicht seines Freundes, um zu sehen, ob er seine Frage ernst meinte. Das tat er. Der Doktor lachte. »Um die Wahrheit zu sagen, ja. Als ich mein Studium beendet hatte und auf große Tour ging, fuhr ich nach Ägypten. Dort fühlte ich mich so zu Hause wie in London. Mehr sogar. Ich hatte derart starke Déjà-vu-Erlebnisse, wo immer ich hinging, daß es unmöglich mein erster Aufenthalt dort gewesen sein konnte.« Er schnitt eine Grimasse. »Leibarzt des Pharaos klingt nach dem Geschwätz eines Verrückten, nicht wahr?«

Mark zuckte die Schulter. »Für mich keineswegs, mein Bester. Und jetzt überlasse ich dich deiner Patientin.«

Charles betrat Dianas Zimmer und sagte: »Guten Morgen, Lady Diana. Sie sehen heute schon viel besser aus; blühend, möchte ich fast sagen.«

»Danke, Dr. Wentworth, ich fühle mich auch wirklich besser. Darf ich heute aufstehen?«

»Nicht so hastig, junge Dame. Zuerst muß ich Ihnen ein paar Fragen stellen. Hatten Sie irgendwelche Schmerzen?«

Nur in meinem Herzen. »Nein, überhaupt nicht, Doktor.«

»Gut. War Ihnen vielleicht zwischendurch schwach oder schwindlig?«

»Nichts dergleichen.«

Die Tür schwang auf und Mark trat herein. »Hat sie dir gesagt, daß sie letzte Nacht einen schrecklichen Alptraum hatte?«

Charles' Blick richtete sich auf sie, um zu sehen, ob es stimmte.

»Einen Alptraum, der so real war, daß sie dachte, sie wäre wieder in dieser anderen Zeit«, fuhr Mark fort.

Diana funkelte ihn wütend an.

»Wie interessant«, sagte Charles. »Und meiner Meinung nach ein heilsamer Rückfall.«

»Da täuschst du dich«, sagte Mark grimmig.

»Nein, ich meinte, es ist gut, daß alles herauskommt, sowohl aus dem Bewußtsein, als auch aus dem Unterbewußten.« Er betrachtete die beiden. »Offenbar haben Sie keine Probleme, das alles mit Mark zu besprechen, und ich halte das für die beste Therapie.«

Diana war empört. »Wenn Sie endlich den Mund halten, dann läßt mich der Doktor ja vielleicht aufstehen.«

Mark türmte sich über ihr auf. »Ich habe nichts dagegen, daß Sie aufstehen. Ich habe Sie so lange im Bett gesehen, daß ich schon glaubte, eine Mätresse vor mir zu haben!«

Charles grinste. »Bei Gott, ihr beiden braucht mich wirklich nicht, um euch zum Kommunizieren zu ermuntern – es sei denn als Schiedsrichter!«

Diana errötete. »Verzeihung, Dr. Wentworth, aber Mark kann manchmal unerhört arrogant sein.«

Charles' Augen blitzten. »Wie ich sehe, scheinen Sie ihn schon eine ganze Weile zu kennen.«

Bloß siebzehnhundert Jahre.

»Sie können aufstehen, wenn Sie sich nicht überanstrengen und versprechen, sich heute nachmittag ein wenig hinzulegen. Morgen ebenfalls.«

»Dann dürften mein Onkel und meine Tante schon eingetroffen sein. Himmel, auf die Inquisition, die mir bevorsteht, könnte ich weiß Gott verzichten.«

»Ich werde gerne mit ihnen sprechen, Lady Diana. Werde ihnen alle möglichen Warnungen zukommen lassen, Sie ja nicht zu sehr unter Druck zu setzen.«

»Vielen Dank, Doktor.«

»Peter wird dann ebenfalls wieder zurück sein?« bemerkte Charles und schoß Mark einen Blick zu, der deutlich sagte, er sollte sich am besten über seine Gefühle für die Lady klarwerden, bevor sein Bruder auftauchte.

Mark geleitete Charles zur Tür und hielt sie für ihn auf. »Charles?«

»Ja, Mark?«

»Kümmere dich um deine Angelegenheiten!«

Charles grinste und war nicht im mindesten beleidigt. Nach dem Rückzug der Herren glitt Diana aus dem Bett und öffnete ihren Schrank. Dort hing das abscheuliche beige Kleid und daneben das alte, umfangreiche Korsett. Ihr Blick fiel auf die Truhe, die sie an dem Morgen, als sie aus Hardwick Hall floh, zurückgelassen hatte. Sie kniete nieder und öffnete sie. Als sie all ihre hübschen neuen Sachen sah, wurde sie von Erinnerungen überwältigt.

Dort lagen das freche rote Halb-Korsett und das jadegrüne Samtkleid, das sie bei Madame Madeleine gekauft hatte. Sie schüttelte es aus und hängte es auf, dann erfolgte dasselbe mit ihren anderen Kleidern. Diana schob das Nachthemd, das sie angehabt hatte, unter ihr Kopfkissen und streifte das Korsett über. Es war sicher nicht so exotisch wie ihre römischen Gewänder, aber ihren Erfahrungen nach konnte man kein verwegeneres Kleidungsstück im modernen Bath auftreiben.

Sie zog ihr hochgeschlossenes schwarzes Reitkostüm an und schlang ihr Haar zu einem Nackenknoten. Als sie den Herzog nicht im Haus fand, wanderte sie hinaus zu den Ställen. Er sattelte gerade ein Pferd, und als sie ihn bat, auch für sie eins bereitzustellen, runzelte er die Stirn.

»Das Wetter ist nicht gerade ideal für einen ruhigen Spazierritt im Park, Lady Diana.«

Er war wieder zu der formalen Anrede zurückgekehrt. Sie fragte sich, ob das an ihrem streng geschnittenen Reitkostüm lag. »Ich reite nie spazieren. Entweder mache ich einen richtigen Ausritt oder gar keinen, so wie ich auch die meisten anderen Dinge in meinem Leben handhabe. Es ist so viel aufregender.«

»Der Arzt hat gesagt, Sie sollen's nicht übertreiben.«

Hochmütig hob sie ihr Kinn. »Sie sind nicht der einzige, der gelegentlich einen wilden Ritt braucht, um sich auszutoben. Wenn ich zu lange im Haus bin, fühle ich mich eingeengt und brauche Freiheit.«

Er gab nach und sattelte für sie eine Stute. Offenbar war ihr die Freiheit ebenso wichtig wie ihm. Gemeinsam ritten sie durch den rückwärtigen Teil des ausgedehnten Parks zu der Ausgrabungsstätte, wo sie abstieg und fasziniert im Matsch herumstocherte. Sie war ebenso aufgeregt über sein archäologisches Projekt wie er.

Dann nahm er sie mit zu den Steinbrüchen, wo ihm auffiel, daß sie den Arbeitern einen Haufen intelligenter Fragen stellte. Es dämmerte ihm, daß sie ihr Interesse nicht vortäuschte, wie es die meisten Frauen getan hätten, um ihm zu schmeicheln, sondern ihre Neugier war echt.

Als sie an einem Gasthof zum Mittagessen anhielten, wagte es der Herzog nicht, um ein privates Zimmer zu bitten. Während des Essens bewahrten sie eine kühle Distanz, so als ob sie einen wortlosen Waffenstillstand geschlossen hätten. Sie vermieden Themen persönlicher Natur und versuchten auch, einander nicht zu reizen oder die letzte Nacht zu erwähnen.

Ihr höflicher Umgang hielt auch während ihres Rückritts nach Hardwick Hall an. Als sie heimkehrten, waren beide zufrieden mit sich. Sie hatten Zeit miteinander verbracht, ohne ein einziges Mal ausfallend zu werden. Mit Genugtuung stellten sie fest, daß sie sich erstaunlich zivilisiert benehmen konnten.

Diana ging auf ihr Zimmer, da sie sich ein wenig hinlegen wollte, damit sie abends einigermaßen ausgeruht war. Es bestand immerhin die Möglichkeit, daß Prudence, Richard und Peter schon heute daherkamen, falls die Straßen passierbar waren. Sie zog ihr Reitkostüm aus und hängte es in den Schrank. Heute abend würde sie das jadegrüne Kleid anziehen, um ihr Selbstbewußtsein ein wenig zu stärken. Sie wollte nicht das Gefühl haben, im Nachteil zu sein, wenn sie Prudence gegenübertrat.

Ihre Zimmertür wurde aufgestoßen. »Diana, ich …«

Marks schwarze Augen nahmen ihre langen Beine, die runden, festen Brüste und das freche rote Ding, das dazwischen war, in sich auf. Das Bild, das sich ihm bot, war ein solch krasser Gegensatz zu ihrem vorherigen strengen Reitkostüm, daß er einfach die Beherrschung verlor.

Seine großen schlanken Hände schlossen sich um ihre schmale Taille, und er hob sie hoch, um sie zu küssen.

»O Himmel, küß mich bloß nicht – wenn wir einmal anfangen, können wir nicht mehr aufhören«, hauchte sie.

32. Kapitel

Sie in den Armen zu halten fühlte sich so unglaublich gut an, daß Mark Hardwick gar nicht hätte aufhören können, selbst wenn er es gewollt hätte. Als er sie letzte Nacht in den Armen gehalten hatte, war sie voller Angst gewesen, so daß sein Beschützerinstinkt seine Lust überwog. Jetzt jedoch fürchtete Diana gar nichts, es sei denn die Intensität ihrer Gefühle für ihn.

Sein Mund nahm den ihren hart, fordernd, und sie kam ihm so gierig entgegen, als ob sie am Verhungern wäre. *Hör nicht auf – hör bloß nicht auf*, schrie eine Stimme in ihrem Innern.

Ein Kuß war nicht genug. Seine Lippen strichen zart über ihre Lider, ihre Schläfen, ihre Wangenknochen, und dann preßte er seinen Mund nochmals hart auf den ihren und zwang ihre Lippen, sich für ihn zu öffnen und in sich aufzunehmen. Seine Zunge spielte köstliche Spiele mit der ihren, endlose, wilde Spiele, bis er es erreichte, daß sie sich ihm, ach so willig, ergab.

Sie küßten sich brennend vor Verlangen, keuchten sehnsüchtig. Er hob sie hoch, und ihre Arme schlangen sich wie von selbst besitzergreifend um seinen Hals. Ihr biegsamer Körper erregte ihn ebenso wie ihre leidenschaftliche Hingabe. Sie verweigerte nichts – er wußte, mit ihr konnte er so wild und fordernd sein wie er wollte, konnte nehmen und nehmen und sie würde endlos geben und dahinschmelzen.

Diana stöhnte leise, als seine großen Hände über ihre Kurven glitten und sie an so vieles erinnerten.

Ohne seinen Mund von dem ihren zu lösen, trug er sie über den Korridor in sein Zimmer und stieß die Tür mit einem Fußtritt hinter sich zu, schloß die Welt aus.

Diana konnte es kaum erwarten, ihn nackt zu sehen, mit den Händen über seine muskulöse Brust zu streichen, seine nackte männliche Haut an ihrem weichen Fleisch zu spüren. Marcus' Körper kannte sie in- und auswendig, Marks noch nicht. Sie fühlten sich ganz gleich an, aber sie mußte ihn sehen, ihn schmecken, seine unglaubliche Männlichkeit bis ins letzte erforschen.

Eigentlich wollte sie sein Hemd aufknöpfen, doch er schob ihre Hände ungeduldig beiseite. Er stellte sie aufs Bett und entblößte seinen Oberkörper. Sie sperrte Mund und Augen auf, als sie die goldene Halbmünze auf seiner breiten, schwarzbehaarten Brust funkeln sah. Mit zitternden Fingern griff sie danach.

»Mark, deine Cäsarenmünze! Marcus hat sie immer getragen!«

Seine Pupillen weiteten sich vor unbändiger Lust. Er würde ihr für alle Zeiten seinen Stempel aufdrücken, würde alle Gedanken an jenen Marcus auslöschen. Schon wollte er nach ihr greifen, doch sie hielt ihn zurück.

»Woher hast du die Münze?«

»Ich hatte sie immer schon«, erwiderte er erstickt. Wieder hob er die Arme. Seine langen kräftigen Finger spreizten sich unter ihren Brüsten, und er neigte den Kopf vor, um sie zu verschlingen.

»Warte! Warte! Ich muß dir etwas zeigen.«

Er schloß die Augen und stöhnte. Weil sie ihn so schnöde warten ließ, öffnete er den Bund seiner Hose und zog sie ungeduldig herunter.

Dianas Augen füllten sich mit Liebe. Nackt, ohne seine modernen Kleidungsstücke, war Mark Marcus. Sie hatte ihn nicht verloren, er war hier und für sie da! Es lag an ihr, seine Erinnerungen wachzurufen. Diana lächelte. Sie mußte ihn vollkommen verzaubern. Mark Hardwick schätzte seine Freiheit über alles. Es war nicht schwer, ihn zu verführen, aber beinahe unmöglich, ihn zu heiraten. In diesem Moment beschloß Diana, ihn einzufangen. Auf gar keinen Fall würde sie ihn sich ein zweites Mal nehmen lassen!

Langsam und sinnlich öffnete sie ihr Korsett und trat aus dem roten, spitzenbesetzten Etwas. Seine schwarzen Augen glühten, als sie über ihre cremigen Brüste bis zu den goldenen Locken ihres Schamdreiecks wanderten. Um ihre Taille trug sie ein Goldkettchen, das ihrer Nacktheit eine höchst erotische Nuance verlieh. Sie hob das Kettchen mit einer lockenden Geste.

»Das ist die andere Hälfte von Cäsar. Wir passen perfekt zusammen.«

Jetzt besaß sie seine volle Aufmerksamkeit. Sie öffnete den Verschluß und legte die andere Hälfte der unbezahlbaren Rarität in seine Hand. Mark nahm seinen Anhänger in Augenschein. Als er sah, daß die beiden Hälften wirklich zusammenpaßten und einen ganzen Julius Cäsar formten, sank er baß erstaunt aufs Bett.

»Mein ganzes Leben lang habe ich danach gesucht. Das ist vielleicht der Grund für mein leidenschaftliches Interesse an Archäologie und römischen Artefakten. Ich besitze die Halbmünze, seit ich denken kann. Soviel ich weiß, habe ich sie von meinem Urgroßvater geerbt. Wie bist du zu deiner gekommen?«

Diana kniete sich neben ihn aufs Bett. Eine sanfte Röte stieg in ihre Wangen, als sie sich an den Moment erinnerte. »Die Münze war ganz, als Marcus sie trug. Nach unserer ersten gemeinsamen Nacht hat er sie abgenommen und mir um den Hals gelegt, damit ich ihn während des Tages nie vergessen würde.«

»Nachdem er dich geliebt hat?«

Sie senkte die langen Wimpern. »Nein. In der ersten Nacht wollte er, daß ich noch Jungfrau bleibe.«

»Er muß wahnsinnig gewesen sein«, sagte Mark mit heiserer Stimme.

»Und danach hat er mir jedesmal nach den Freuden der Liebe die Münze um den Hals gelegt und ich habe sie ihm abends zurückgegeben. Der Anhänger war ihm sehr teuer. Als er mich bat, seine Frau zu werden, machte er mir eine Hälfte davon zum Geschenk, auf daß ich sie für immer tragen möge.«

Nun war Mark Hardwick an der Reihe, ihren Hals mit diesem Unterpfand zu schmücken. Die Halbmünze glitt in die köstliche Grube zwischen ihren Brüsten.

»Glaubst du jetzt, daß du einst Marcus warst?«

»Ja, allmählich schon«, gestand er mit einer Stimme wie aus schwarzem Samt. Er streckte einen schwieligen Finger aus und strich damit über die Schwellung ihrer Brust. Diana erschauderte. »Ich glaube nicht, daß ich die Kraft habe, dich noch länger unberührt zu lassen.«

»Aber ich bin nicht unberührt. Du hast mich jede Nacht geliebt«, flüsterte Diana.

Er ergriff sie sanft bei den Schultern und drückte sie aufs Bett zurück. Sie wehrte sich nicht, tat vielmehr alles, was er wollte. Ihre Blicke begegneten sich und verharrten ineinander, als Mark mit den Fingern über die Innenseite ihrer seidigen Schenkel strich. Wieder wehrte sie sich nicht, sondern ließ ihre Knie auseinanderfallen und hieß seine suchenden Hände willkommen.

Als seine Finger sich in ihren Goldlocken vergruben, bäumte sie ihm ihre Scham entgegen. Seine Finger schlugen sie in Bann. Wieder fragte sie sich voller Verwunderung, wie es möglich war, daß so große, kräftige Hände so zart sein konnten, wenn sie ihr weiches Fleisch liebkosten.

Ein einziger Finger streichelte ihre Spalte; sie wurde sofort feucht, lockte ihn und erleichterte seine Suche. Er umkreiste und spreizte ihre rosa Blütenblätter, glitt tief in sie hinein.

Diana befeuchtete ihre Lippen. Seine schwarzen Augen folgten dem Pfad ihrer Zungenspitze. Sie wollte seine Finger in sich spüren, seine Zunge, sein großes Schwert in ihrer Scheide. Die Sehnsucht wollte sie überwältigen, doch er war offensichtlich in der Stimmung, ihr Liebesspiel so lange auszudehnen, bis sie fast wahnsinnig war. Sie schluckte hart und ihre Kehle schmerzte vor Begehren. Es mußte so sein, wie er es wollte, bei diesem ersten Mal. Wie sollte sie ihn sich sonst zum Diener machen.

Unter tausend Küssen auf seine andere Hand nahm sie einen einzigen Finger und steckte ihn sich in den Mund. Sie begann verführerisch daran zu saugen, und Mark fühlte, wie die Lustwelle sein eisenhartes Glied erschütterte.

Diana war heiß und unglaublich eng, als er seinen Finger in sie hineinschob. Als er sich vorstellte, wie sie sich um seine Männlichkeit anfühlen würde, begann er ganz von allein zu bocken und zu zucken.

Verblüfft nahm er deutlich ihr Jungfernhäutchen an seinem Finger wahr. Er zog ihn langsam zurück und faßte einen Entschluß. Sie brauchte nicht zu erfahren, daß sie noch Jungfrau war. In ihrer elementaren weiblichen Sinnlichkeit, die nichts mit dem Alter zu tun hatte, wollte sie, daß er sie liebte. Und er mochte keine Angst in ihren Augen sehen. Nur wollte er Lust darin sehen, ihre Leidenschaft fühlen und seinerseits jede ihrer Erwartungen erfüllen.

Seinem nächsten Impuls konnte er einfach nicht widerstehen. Er sank in die Knie, neigte den Kopf zwischen ihre Schenkel und begann, sie mit Mund und Zunge zu liebkosen.

Diana blickte unter halb geschlossenen Lidern auf den geliebten schwarzen Kopf in ihrem Schoß. Er liebte immer noch auf dieselbe Weise, Gott sei Dank! Sie preßte ihre Scham an seinen Mund, verkrallte die Finger in seinem Haar und zog ihn an sich, um ihm zu zeigen, wie herrlich sie seine Zärtlichkeiten fand.

Sie erreichte ihren Höhepunkt in erstaunlich kurzer Zeit. Doch Diana wollte mehr, viel mehr. Sie wollte sein Gewicht auf sich fühlen, wollte, daß er die Leere in ihr füllte, sehnte sich nach der absoluten Anziehung und Hingabe von Liebenden.

Mark kletterte aufs Bett. Als er sich neben ihr ausstreckte, wurde der Größenunterschied zwischen ihnen noch deutlicher. »Du bist unglaublich schön«, murmelte er sanft und beherrschte seine wilde Lust, um sie so behutsam zu stimulieren, wie sie es verdiente.

Er vergrub die Finger in ihrer hellen Haarfülle. Am liebsten hätte er sich darin eingewickelt, sich tief in ihr vergraben. Nie im Leben war er so gierig gewesen, alles wollte er! Jede nur erdenkliche Position schwebte ihm vor, aber nicht dieses erste Mal, schärfte ihm eine innere Stimme ein. Sie war klein und zart, und leider würde er ihr weh tun, wenn er sie entjungferte.

Ihre Lippen zogen Mark magisch an. Er beugte sich über sie und küßte sie besitzergreifend. Sein Mund liebkoste sie endlos. Sie begannen langsam, weich und süß, gingen dann über zu sinnlicheren Küssen, die sie wiederum zu wilden, zügellosen, leidenschaftlichen Berührungen antrieben, bis ihre Lippen ganz geschwollen waren. Dann begann er wieder von vorne, strich sanft über sie hin, bis sie sich vor Lust wand. Erst dann wanderte sein Mund zu ihrem Hals und beschrieb einen feuchten Pfad hinunter zu ihren Brüsten.

Diana streckte die Hände aus und packte sein Glied. Lieber Gott, sie hatte ganz vergessen, wie riesig es bei ihren Liebesspielen wurde. Als sie es fest mit beiden Händen umklammerte, wußte Mark, daß er am Rande seiner Kontrolle angelangt war.

»Schling deine Beine um mich«, drängte er heiser.

Diana brauchte keine weiteren Anweisungen. Ihre langen Beine glitten an seinem Rücken hoch und umklammerten ihn fest, während er sich hart in sie versenkte. Ein kurzer Schrei löste sich aus ihrer Kehle. Mark hielt still, damit sie sich an ihn gewöhnen konnte. Der Schmerz war heftig und fast nicht auszuhalten; aber in wenigen Sekunden klang er ab und alles, was sie fühlte, war seine Fülle, die sie bis an ihre Grenzen ausdehnte.

Diana merkte wie durch einen Nebel, daß sie die Nägel in seine Schultern gekrallt hatte; dann begann er sich mit langsamen, langen Stößen in ihr zu bewegen, und schneller und immer schneller, so daß ihre Lustwellen höher und höher schwappten. Jetzt streichelte sie seine Schultern und er flüsterte Liebesworte, die sie nie zuvor gehört hatte. Sein Flüstern erregte sie so sehr, daß sie am ganzen Leib zu zittern begann. Dann bäumte sie sich ihm einmal, zweimal und ein drittes Mal entgegen, bevor sie den Gipfel erreichte.

Als ihr Pulsieren langsam nachließ, schrie er laut auf, und sie fühlte, wie sich sein brandheißer Samen in sie ergoß. In diesem Moment geschah etwas, das sie noch niemals erlebt hatte. Sie kam erneut zum Höhepunkt, hart, schnell und heiß.

Stürmisch klammerten sie sich aneinander; keiner wollte den anderen loslassen. Dann rollte er sein Gewicht von ihr herunter, nahm sie jedoch mit sich, so daß sie nun mit gespreizten Beinen auf ihm lag. Er war immer noch in ihrem engen Schoß vergraben. Beide wollten es so. Die Welt um sie herum war vergessen. Diese Nacht gehörte ihnen. Obwohl die Dunkelheit noch nicht hereingebrochen war, würden sie sich bis zum nächsten Morgen ihren Freuden widmen.

Wie es der Zufall – und ihr Glück – wollte, verbrachte Peter die Nacht zusammen mit seinem lasterhaften Freund Barrymore in einer Spielhölle, und Prudence und Richard mußten wegen eines heftigen Regengusses, der eine Weiterfahrt unmöglich machte, in einer Herberge, nur zwanzig Meilen vor ihrem Ziel, Zuflucht suchen.

Das Wetter zerrte an Prudences Geduldsfaden. Als sie erfuhr, daß nur noch ein Zimmer frei war, ein Zimmer mit Doppelbett, sank ihre Stimmung gänzlich in den Keller, und sie wurde mürrisch und rachsüchtig.

Richard überließ sie sich selbst und ging hinunter in den Schankraum, um sich eine einigermaßen passable Bettgenossin zu suchen. Seine Suche blieb jedoch ohne Erfolg, und er kehrte noch in derselben Stunde zu Prudence zurück. Jetzt waren alle beide mürrisch und rachsüchtig.

»Deine unmöglichte Nichte hat uns wie eine biblische Heuschreckenplage überfallen.«

»Meiner unmöglichen Nichte verdankst du das Leben am Grosvenor Square. Nur mittels ihres Geldes lebst du im Luxus«, entgegnete Richard.

»Wenn du es zu mehr als einem verhungerten Anwalt gebracht hättest, dann wären wir nicht auf sie angewiesen!«

»Du bist ein Miststück, Prudence, und die erbärmlichste Gespielin, die ich erwischen konnte!«

Prudence rang nach Luft. Es benahm ihr den Atem, daß ein Mann so tief sinken und seiner sittenstrengen Ehefrau Obszönitäten ins Gesicht schleudern konnte.

»Warum, zur Hölle, ich noch mit dir zusammenbleibe, ist mir unbegreiflich. Ich hätte mich schon lange scheiden lassen sollen!«

Prudence erstarrte. Lieber Gott, der Skandal einer Scheidung würde sie umbringen. »Das würdest du nicht wagen! Ich weiß zuviel über deine schäbigen Geschäfte. Du würdest deine eigene Großmutter melken, wenn du könntest!«

Richard lächelte. Es war kein hübscher Anblick. »Und du, meine liebste Prudence, würdest mir helfen, ihr Geld auszugeben. Wir beide sind vom selben Schlag, und in diese Sache sind wir beide verwickelt, ob's dir gefällt oder nicht. Ich schlage vor, wir suchen nach einem Weg, miteinander auszukommen.«

Er beäugte ihre opulenten Brüste. »Leg dich ins Bett und vor allem, halt den Mund«, befahl er.

Mit steifen Fingern blies Prudence die Kerzen aus und schälte sich aus ihren Lagen von Kleidungsstücken. Männer waren Tiere und früher oder später verlangten sie ihre ehelichen Rechte. Richards widerliches Gegrabsche war immer noch leichter zu ertragen, als der Welt als geschiedene Frau gegenübertreten zu müssen.

Nach zwei schrecklichen Reisetagen erreichten sie schließlich Bath, wo sie beschlossen, lieber ein Haus zu mieten, als auf die Gastfreundschaft der Hardwicks angewiesen zu sein. Es war bereits Nachmittag, als sie endlich bei dem herrlichen elisabethanischen Herrschaftssitz des Herzogs eintrafen, der idyllisch inmitten einer Parklandschaft lag.

Mit zusammengepreßten Lippen stieg Prudence aus der Kutsche – denn ihr war der Gedanke gekommen, daß dies alles einmal Diana gehören konnte, wenn sie Peter Hardwick heiratete. Nun, das würde sie zumindest vom Haus am Grosvenor Square fernhalten – von dem Haus, das Prudence mittlerweile als ihr Heim betrachtete.

Mr. Burke führte sie ins Wohnzimmer, wo Diana sie bereits nervös erwartete. Prudence starrte Diana durchdringend an, um zu sehen, ob sie sich irgendwie verändert hatte. Und das hatte sie tatsächlich. Das Mädchen in dem jadegrünen Samtkleid wirkte viel älter und erwachsener als vor ein paar Monaten, schien mehr Würde und Haltung zu besitzen, als sie je an ihrer Nichte bemerkt hatte.

Diana schenkte ihnen ein Lächeln. »Es tut mir leid, euch so viele Sorgen bereitet zu haben, obwohl mein Verschwinden nicht beabsichtigt war, das versichere ich! Ich danke euch, daß ihr nach mir suchen ließt und keine Mühen gescheut habt. Ihr werdet beide froh sein, wenn ich in ein paar Monaten volljährig bin und euch von der Verantwortung befreie.«

Das Mädchen hob absichtlich hervor, daß ihre Autorität über sie schon bald beendet sei. Prudence und Richard wechselten alarmierte Blicke. Diana lächelte. »Über mich braucht ihr euch nicht den Kopf zu zerbrechen; wie ihr seht, geht es mir ganz gut.«

Prudence betrachtete sie genauer. Sie wirkte müde und ihre Lider waren ein wenig geschwollen. Dennoch machte sie einen ausgesprochen glücklichen Eindruck. »Wo bist du all die Monate gewesen?« fauchte die Tante.

Diana überlegte, was sie Prudence sagen sollte. Sollte sie irgendeine plausible Geschichte erzählen, sich irgend etwas einfallen lassen, das ihre Tante schlucken würde? Am Ende beschloß sie, die Wahrheit zu sagen. Natürlich würden weder Prudence noch Richard ihr glauben, aber darum ging es gar nicht. Was sie ihnen auch berichtete, Prudence würde genau das glauben, was sie glauben wollte.

Diana erzählte die Fakten vollkommen nüchtern. »Als ich Hardwick Hall an diesem Morgen verließ, befand ich mich in einem Dilemma wegen meiner Heirat mit Peter. Ich ging in die Oberstadt spazieren, wo ich einen Antiquitätenladen entdeckte, in dem es einen authentischen römischen Helm gab. Als ich ihn aufsetzte und er sich verklemmte, fiel ich in Ohnmacht. Beim Aufwachen befand ich mich am selben Ort, aber in einer anderen Zeit. Auf mysteriöse Weise wurde ich in die Zeit zurückversetzt, als die Römer Britannien okkupierten.«

»Unsinn!« schnaubte Prudence. Diana war mit irgendeinem Kerl davongelaufen. Sie brauchte sie nur anzusehen, um zu wissen, daß sie ihre Unschuld verloren hatte. »Richard, ich würde gerne kurz allein mit Diana sprechen, wenn du so gut wärst, mein Lieber!«

Er gehorchte widerspruchslos. Ebenso wie Prudence dachte er an einen Liebhaber, was Diana unmöglich in seiner Gegenwart zugeben konnte.

»Du hast dich absolut skandalös benommen!« verkündete Prudence, sobald sie allein waren.

Diana legte den Kopf zur Seite, als ob sie darüber nachdenke. »Ja, das habe ich wirklich, Prudence. Was ich anhatte, war skandalös, was ich sagte, war skandalös und was ich tat, war sogar ziemlich absurd. Geradezu köstlich absurd!«

Prudence wurde krebsrot. »Du bist *neun Monate lang* verschwunden gewesen. Hast du etwa einen Bastard auf die Welt gebracht?«

Diana schnappte nach Luft. »Ich hätte mir denken können, daß dein sittenstrenges Hirn auf einen solchen Gedanken verfällt. Nein, leider muß ich sagen, daß ich kein Kind habe, und das ist das einzige, was ich zutiefst bedaure!«

»Oh! Du wirst mir den gehörigen Respekt erweisen, wenn du mit mir sprichst, junge Dame, auch wenn du vor dir selbst keine Achtung mehr besitzt!«

Prudence drehte sich um und stolzierte zur Tür, wobei sie nach ihrem Gatten brüllte. »Richard, ich weigere mich, mich weiterhin mit deinem Schützling zu befassen. Irgendwie ist sie vollkommen außer Kontrolle geraten. Sie hat den Verstand verloren!«

Richard, der Prudences schockierte Hysterie hörte und daraus schloß, daß Diana ruiniert war, sagte hastig: »Wenn Peter da ist, denke ich, sollten wir umgehend die Hochzeit anberaumen.«

Diana erhob sich. Sie wollte ihnen sagen, daß das unmöglich war, aber zuallererst mußte sie es Peter sagen. Soviel Höflichkeit war sie ihm schuldig. »Ob wir nun heiraten oder nicht, hängt von Peter und mir ab. Das geht euch nichts an.«

»Oho, da täuschst du dich aber, junge Dame«, erwiderte Prudence. »In den nächsten zwei Monaten unterliegst du immer noch unserer Vormundschaft. Sag's du ihr auch, Richard.«

»Das stimmt, Diana, ob es dir nun gefällt oder nicht«, bestätigte Richard.

»Ich unterstehe eurer *Führung*, nicht eurer *Kontrolle*«, erwiderte Diana, ihre Stimme schwoll ebenfalls an.

Charles Wentworth und Mark Hardwick, die zusammen in der Eingangshalle standen, wechselten einen besorgten Blick. »Sollen wir uns einmischen?«

»Ich würde sagen, ja«, antwortete der Herzog mit Bestimmtheit.

33. Kapitel

Der laute Stimmenwechsel verstummte sofort, als die beiden Männer eintraten. Mark brach das Schweigen.

»Das ist Dr. Wentworth, der sich um Diana gekümmert hat, seit ich sie bewußtlos vorfand. Charles, dies sind Prudence und Richard Davenport, Dianas Vormünder.«

Richard trat vor und schüttelte dem Doktor die Hand. Prudence nickte steif.

»Ich bin sehr zufrieden mit Lady Dianas Fortschritten, aber ich denke, ich sollte Sie darauf hinweisen, daß sie noch nicht ganz gesund ist.«

»Inwiefern?« fragte Prudence barsch.

»Sie hat ein Trauma erlitten. Glücklicherweise ist sie physisch rasch wieder auf die Beine gekommen.«

»Aber nicht geistig?« unterbrach Prudence.

»Ihr geistiger Zustand läßt nichts zu wünschen übrig«, sagte Charles entschieden. »Nur emotional hat sie sich noch nicht vollkommen erholt. Das braucht Zeit.«

»Was ist mit den Lügen, die sie uns auftischt, um nicht sagen zu müssen, wo sie die ganzen Monate über wirklich war?«

»Ich würde es nicht Lügen nennen, wenn sie fest an das glaubt, was sie sagt.«

Diana machte den Mund auf, um zu protestieren. Sie sprachen über sie, als ob sie nicht vorhanden wäre. Mark legte den Finger an die Lippen und sie gehorchte ihm zögernd.

»Unsinn und Schnickschnack!« erklärte Prudence.

Charles Wentworth nahm all seine Geduld zusammen. »Wir kennen noch nicht alle Antworten, aber mit der Zeit und mit viel Verständnis wird Lady Diana baldigst genesen – das ist es doch, was wir uns alle wünschen?«

»Pack deine Sachen! Wir haben ein Haus am Queen Square gemietet.«

Marks schwarze Augen bohrten sich in Prudences. »Machen Sie sich keine Umstände. Lady Diana kann so lange hierbleiben, bis Dr. Wentworth findet, daß sie sich vollkommen erholt hat.«

Prudence tat, als wäre sie aufs höchste erzürnt. »Das wäre höchst unschicklich. Meine Nichte ist ein unverheiratetes Mädchen, Lord Bath.«

»Wollen Sie damit andeuten, daß ich sie kompromittieren würde?« fragte Mark Hardwick mit kühler Arroganz.

Diana erhob sich. Sie war der ganzen Streiterei auf einmal herzlich überdrüssig. »Ich komme, sobald ich mit Peter gesprochen habe. Das alles tut mir schrecklich leid, Prudence.«

Da er die Spannung, die sich über alle Anwesenden gelegt hatte, ein wenig glätten wollte, sagte Dr. Wentworth, »Diana geht es wirklich gut. Aber es macht mir nicht das geringste aus, ab und zu am Queen Square vorbeizuschauen und sie im Auge zu behalten.«

»Dr. Wentworth, Ihre Dienste werden nicht mehr …«

»Prudence, das ist genug!« unterbrach sie Richard. »Dr. Wentworth war äußerst hilfsbereit.« Er schüttelte dem Doktor die Hand. »Ich stehe tief in Ihrer Schuld dafür, daß Sie sich meiner Nichte so freundlich angenommen haben, und nehme Ihr Angebot, zum Queen Square zu kommen, natürlich gerne an.«

Nach diesen Worten verabschiedeten sich Richard und Prudence, gefolgt vom Doktor.

»Warum, um alles in der Welt, hast du klein beigegeben?« wollte Mark wissen.

»Ich habe nicht die leiseste Absicht, zum Queen Square zu gehen, sondern das nur gesagt, um sie loszuwerden. Du warst nämlich kurz davor, die Beherrschung zu verlieren.«

»Deine Tante ist die unmöglichste Person, die mir je untergekommen ist.«

Diana mußte lachen und warf ihm einen Seitenblick zu. »Allein wie sie es wagte, anzudeuten, daß du mich kompromittieren könntest!«

Er überbrückte die Distanz zwischen ihnen mit zwei langen Schritten, packte sie fest um die Taille und hob sie hoch. »Laß es mich jetzt gleich probieren.«

»Auf gar keinen Fall.«

Enttäuscht runzelte er die schwarzen Brauen. Sie wischte seine Falten mit einen Kuß fort. »Jetzt bin ich dran, dich zu kompromittieren!«

Es war bereits lange nach Einbruch der Dunkelheit, als Peter Hardwick endlich eintraf. Trotz seines Protestes hatte Diana Mark dazu überredet, sie alleine mit seinem Bruder reden zu lassen. Sie saß in der Bibliothek und las. Zweifellos würde er heute noch kommen.

Mr. Burke nahm Peters Mantel und sagte ihm, daß Lady Diana ihn in der Bibliothek erwartete. Er rauschte ins Zimmer wie ein glückseliger Anbeter.

»Geliebtes Mädchen, wie wundervoll, daß du dich so rasch erholt hast.« Er zog ihre Hände an seine Lippen, dann versuchte er, sie in seine Arme zu ziehen.

Diana trat einen Schritt zurück. »Peter, wir müssen uns unterhalten.«

Er hielt eine Hand hoch. »Bitte keine Geständnisse, Diana, ich bestehe darauf. Was geschehen ist, ist geschehen, und für mich spielt es wirklich keine Rolle, wo du warst. Alles, was zählt, ist deine Rückkehr zu mir.«

Er benahm sich so galant, daß Diana auf einmal Schuldgefühle drückten. »Peter, ich muß unsere Verlobung auflösen.«

»Das werde ich keinesfalls dulden. Laß uns auf der Stelle Hochzeit halten!«

»Peter, du hörst mir nicht zu! Ich kann dich nicht heiraten!«

Als er ihren Ton vernahm, zerrte Peter wie wild an seiner Krawatte, als ob sie ihn zu ersticken drohte.

»Gibt es einen anderen?« fragte er.

»Ja«, erwiderte sie ruhig, »es hat sich so ergeben.«

Wütend fletschte er die Zähne. »Ich habe eine schriftliche Vereinbarung mit deinen Vormündern, die nicht gebrochen werden kann.«

»Davon weiß ich nichts«, wandte sie wahrheitsgemäß ein.

»Du weißt außerdem nichts davon, daß sie nur auf dein Geld aus sind und vor Gericht beantragt haben, dich für tot erklären zu lassen!«

Das Buch, in dem sie gelesen hatte, glitt aus ihren leblosen Fingern. »Was sagst du da?«

»Ich sage, daß sie Hyänen sind, die ihre Schnauzen bereits in deinem Geld haben. Wenn du mich heiratest, verlieren sie die Kontrolle darüber.«

Dianas Augen weiteten sich entsetzt. »Und du willst als nächster mein Geld!« Erst jetzt ging ihr ein Licht auf. Es war wie eine Offenbarung. Wie furchtbar naiv sie doch gewesen war! »Gott sei Dank brauche ich nicht zu heiraten! Ich werde in zwei Monaten volljährig und dann gehört mein Geld mir ganz allein.«

»Es wird nichts mehr davon übrig sein. Zwei Monate sind genug Zeit für Richard Davenport, dich vollkommen auszubluten.«

»Schluß jetzt mit diesen Behauptungen! Ich werde gehen und sie zur Rede stellen!«

»Deine Sicherheit liegt in diesem Haus und in einer Ehe mit mir. Begib dich nicht in ihre Hände. Diana...«

»Geh. Laß mich allein!«

»O ja, zu Befehl! Aber du kannst sicher sein, daß ich dich nicht so einfach aus unserer Vereinbarung entlasse«, sagte Peter und stürmte hinaus.

Diana sank in den Stuhl am Schreibtisch. Konnte das, was er da von sich gab, wahr sein? Prudence und Richard waren hinter ihrem Erbe her? Peter Hardwick wollte sie wegen ihres Geldes heiraten? Sie hatten eine schriftliche Vereinbarung? Es stimmte, daß Prudence sie andauernd gedrängt hatte, Peter zu heiraten, aber welchen Nutzen sollte das für ihre Tante und ihren Onkel haben?

Eisige Finger krallten sich um ihr Herz; in dem genannten Schriftstück teilten sie ihr Vermögen unter sich auf, das mußte es sein. Dianas Gedanken schwirrten. Sie versuchte, vernünftig zu überlegen, alle Fakten zusammenzufügen, zu einem sinnvollen Ganzen, gleichzeitig weigerte sie sich zu glauben, daß alle Menschen, denen sie vertraut hatte, nur hinter ihrem Geld her waren.

Richard hatte versucht, die unbezahlbare Büchersammlung seines Vaters zu verkaufen. Welches andere Motiv außer Geld konnte er dafür gehabt haben? Mark wollte sie erwerben. Gott im Himmel, steckten sie etwa alle unter einer Decke?

Peter Hardwick stieß heftig die Tür zur Schlafkammer seines Bruders auf. »Mark, du mußt mir helfen.«

Der Herzog hatte versucht, an seinem Buch über das antike Aquae Sulis zu arbeiten, aber seine Gedanken waren natürlich bei anderen Dingen. Er hätte lieber Diana zur Seite gestanden, während sie Peter den Bruch ihrer Verlobung mitteilte. Schließlich war er dafür verantwortlich. Er erhob sich von seinem

Schreibtisch und deutete auf die Stühle vorm Kamin. »Setz dich, Peter.«

»Als ich im Grosvenor Square eintraf, um den Davenports die guten Nachrichten über Diana zu überbringen, wären sie mir am liebsten an die Gurgel gesprungen. Richard hat bei Gericht beantragt, sie für tot erklären zu lassen. Es besteht durchaus Grund zur Annahme, daß er ihr Vermögen bereits auf seine Konten transferiert hat.«

»Das ist eine äußerst schwere Anschuldigung, Peter. Was veranlaßt dich zu einer solchen Unterstellung?«

»Er sagte, unsere Vereinbarung über meine Heirat mit Diana sei ungültig. Mark, ein Richard Davenport löst einen solch profitablen Vertrag nur auf, wenn er Mittel und Wege gefunden hat, sich das *ganze* Geld vorzeitig unter den Nagel zu reißen.«

»Willst du damit sagen, daß Dianas Heirat ein einziges Geschäft ist?« Marks schwarze Augen bohrten sich in die allzu hübschen Züge seines Bruders.

Peter schoß aus dem Stuhl. »Aus deinem Mund klingt das, als ob es ein Verbrechen wäre! Mark, um Himmels willen, ich stecke bis zum Hals in Schulden. Die Gläubiger sind mir auf den Fersen. Ich lande im Schuldgefängnis, wenn ich Diana Davenport nicht heirate.«

Mark Hardwicks Faust krachte gegen Peters Kiefer. Der etwas kleinere Mann fiel wie ein Sack um. Mark holte tief Luft, um seinem Bruder nicht die Seele aus dem Leib zu prügeln, während er noch am Boden lag.

»Du elende Kreatur! Bei deinem Anblick dreht sich mir der Magen um!«

Peter hielt sich das Kinn und erhob sich mühsam auf die Knie. Dann benutzte er einen umgestürzten Stuhl, um sich hochzuziehen.

»Und du bist ein eingebildeter Affe! Als dem Ältesten wurde dir alles auf einem silbernen Tablett überreicht – das Land, die Titel, das Geld. Da ist es keine Kunst, seine vornehme Nase über jemanden zu rümpfen, der wegen Geld heiratet – dir fehlt ja sogar der Mumm, eine Ehe überhaupt in Betracht zu ziehen!«

Zähneknirschend preßte Mark seine Fäuste an die Stirn, um sie nicht noch einmal auf Peter niedersausen zu lassen.

»Du verfügst über eine mehr als großzügige Apanage, die auch ausreichend wäre, wenn du nicht dauernd mit deinen widerwärtigen Kumpanen herumzögest. Ich werde deine Schulden ein letztes Mal begleichen. Solltest du dann erneut mein Geld verprassen, laß ich dich im Gefängnis schmoren. Und jetzt mach dich verflucht schnell aus meinen Augen, bevor ich dich erwürge.«

Die dicken Wände des elisabethanischen Herrschaftshauses verhinderten, daß Diana etwas von dem Streit mitbekam; aber als Peter Hardwick wie ein Wilder treppabwärts polterte und das Portal mit lautem Getöse zuschlug, kam sie erschrocken aus der Bibliothek gelaufen. Sie ging zu einem der vorderen Fenster und schob den Vorhang noch rechtzeitig beiseite, um zu sehen, wie eine Droschke samt Pferden über die Auffahrt davondonnerte.

Als sich Diana wieder umwandte, sah sie Mark an der Treppe oben stehen. Selbst im Halbdunkel konnte sie erkennen, daß er vor Zorn bebte.

»War das Peter?«

»Komm herauf«, befahl er barsch.

Diana bekam auf einmal Angst. »Es tut mir leid, daß ich alles durcheinandergebracht habe.«

»Komm nach oben«, wiederholte er. So zornig hatte sie ihn noch nie erlebt.

Sie reckte das Kinn. »Ich habe ihm nicht das Herz gebrochen«, verteidigte sie sich. »Er wollte mich nur wegen meines Geldes heiraten, aber offensichtlich wußtest du das – jeder wußte es, außer mir!«

Er kam die Treppe herunter wie ein Panther, der sich vorsichtig seiner Beute nähert. Ihre Nackenhaare sträubten sich und ein

Schauder überlief sie. *Lauf!* schrie ihr eine innere Stimme zu, aber sie stand wie angewurzelt da, war wie gelähmt von der finsteren Kraft des Riesen, der so bedrohlich auf sie zuschritt.

Mit einem Griff, der ihr keine Wahl ließ, schwang er sie in seine Arme und trug sie ohne lange Erklärungen die Stufen hinauf. Sie wehrte sich gegen ihn, aber seine rohe Kraft und seine Wut waren so groß, daß sie keine Chance gegen seine eisenharte Umklammerung hatte. Er ging stracks in sein Schlafzimmer und stieß die Tür hinter sich zu.

»Marcus … Mark!« keuchte sie. »Bitte, tu das nicht.«

Seine schwarzen Augen bohrten sich ungläubig in die ihren. »Hast du Angst vor mir?«

»Ich … ich habe Angst vor deinem Zorn«, flüsterte sie.

Er setzte sich vor den Kamin und zog sie fest an sich. »Ich bin nicht auf dich zornig, sondern auf die anderen, auf das, was sie dir angetan haben!«

Diana sank zutiefst erleichtert an seine Brust.

»Wie sollst du je wieder jemandem vertrauen, wenn dich alle betrogen haben?« Er ballte eine Hand zur Faust. »Sogar mir gegenüber hegst du nun Argwohn. Ich könnte sie umbringen!«

Sie nahm seine Faust und legte sie an ihre Wange. Seine Finger öffneten sich wie von selbst und streichelten zärtlich über ihre Schläfe und ihr Gesicht. Jahrhunderte der Zivilisation hatten ihn verändert. Marcus hätte die Bande aus dem Weg geräumt; Mark beherrschte seinen Blutdurst. »Wie wollte Peter dich herumkriegen?«

»Er sagte, Richard und Prudence würden mein Geld unterschlagen, und ich könnte ihnen nur entkommen, wenn ich ihn heirate. Es gibt wohl eine Art schriftlicher Vereinbarung zwischen ihnen, worin sie mein Vermögen unter sich aufteilen. Ich sagte, ich würde zu ihnen gehen und sie zur Rede stellen.«

»Nein. Das darfst du keinesfalls! Meine Anwälte werden die Sache sofort aufklären.«

»Und was ist bei dir und Peter vorgefallen?«

»Als er zugab, daß er dich nur wegen deines Geldes heiraten wollte, habe ich meine Fäuste für mich sprechen lassen.«

»Armer Peter!«

»Das verkommene Subjekt tut dir doch nicht etwa leid?«

»Irgendwie schon. Er wird dir nie das Wasser reichen können. Du bist ein zu übermächtiges Vorbild.«

»Reine Übertreibung, aber es gefällt mir.« Seine Lippen strichen über ihr Ohrläppchen. »Sprich weiter.«

»Du bist anständig und ehrenhaft und ...«

»Ich bin ein verdammter Trottel. Ich habe ihm gesagt, ich würde seine Schulden noch einmal begleichen. Jetzt muß ich morgen nach London fahren und all seine Schuldscheine aufkaufen. Ihm einfach das Geld zu geben, wäre absolute Blindheit.« Er zog sie fester an sich. »Kommst du mit mir?« Mark wußte, daß er sehr viel von ihr verlangte. Wenn sie zusammen nach London reisten, dann wäre sie völlig kompromittiert. Die gute Gesellschaft würde wie ein Rudel ausgehungerter Wölfe über sie herfallen und das, was noch von ihrem Ruf übrig war, verschlingen.

»Ich glaube, ich bleibe lieber hier«, murmelte sie an seinem Hals. Während er in London war, würde sie dem Haus am Queen Square einen kleinen Besuch abstatten. Sie brauchte Mark nicht, um allen und jeden Kampf für sie auszufechten. Tatsächlich freute sie sich sogar auf eine kleine Schlacht mit Prudence.

»Das ist vielleicht auch das beste«, sagte er bedauernd. »Hier bist du sicherer. Peter wird nicht so schnell wiederkommen; aber für den Fall, daß er's doch tut, erhält Mr. Burke Anweisung, ihm das Haus zu verbieten.«

»Vor Peter habe ich keine Angst. Solange du dich um mich kümmerst, kann mir die ganze Welt und alle, die darin leben, nichts anhaben.«

Er küßte sie besitzergreifend. Zwischen den Küssen flüsterte sie: »Warum treibst du nicht ein Paar römischer Eßliegen auf, während deines Londonaufenthalts? Essen und Liebe sind eine so köstliche Mischung.«

Sie war die faszinierendste, unkonventionellste Frau, der er je begegnet war, und er betete sie an. Innerlich fluchte er, daß er sie morgen verlassen mußte; aber er würde sie heute nacht angemessen entschädigen.

Charles Wentworth war ein wenig überrascht, als er am folgenden Morgen zum Queen Square gebeten wurde. Prudence Davenport hatte ihn auf den ersten Blick gehaßt und wollte nicht, daß er Lady Diana behandelte. Richard Davenport mußte sie überstimmt haben. Auch wenn man es nicht unmittelbar bemerkte, schien Davenport in ihrer Ehe die Oberhand zu haben.

Bei seiner Ankunft wurde Dr. Wentworth von Richard begrüßt, und es war offensichtlich, daß er Prudence, die still im Wohnzimmer saß, angewiesen hatte, sich von ihrer besseren Seite zu zeigen.

»Ich danke Ihnen, daß Sie gekommen sind, Dr. Wentworth. Wir möchten gerne genau erfahren, was mit Diana geschehen ist und ob sie sich wieder vollständig erholen wird.«

»Nun, es ist ein höchst ungewöhnlicher Fall, muß ich zugeben. Ihre Nichte war monatelang verschwunden. Nur sie weiß, wo sie war, aber sie hat dieses Wissen unterdrückt. Lady Diana glaubt, in die Zeit zurückversetzt worden zu sein, als die Römer Britannien okkupierten. Das ist eine Form von Amnesie. Sie hat eine große Erinnerungslücke, was an sich schon schrecklich genug ist; aber das Hirn gleicht dies aus, indem es irgendeine plausible Geschichte ersinnt.«

»Plausibel?« Prudence konnte sich offenbar nicht länger zurückhalten.

»Für Diana, ja! Alle Antworten sind verschüttet. Wenn man ihr erlaubt, alles eingeschränkt zu erzählen, hat sie sich bestimmt schon bald von allem Ballast befreit, so daß die Wahrheit ans Tageslicht kommen kann.«

»Dafür gibt es aber keine Garantie, Dr. Wentworth. Ist es möglich, daß sie für immer verwirrt bleibt?« fragte Richard ruhig.

»Ich wünschte, ich könnte das Gegenteil behaupten, aber wie Sie schon sagten, ist das nicht ganz auszuschließen. Doch was alles übrige betrifft, verhält sie sich vollkommen normal, und die meisten von uns sind doch ein wenig exzentrisch. Dürfte ich meine Patientin sehen?«

»Es tut mir leid, Doktor, sie ist noch nicht aus Hardwick Hall eingetroffen«, erklärte Richard. »Ich wollte vor ihrer Ankunft bloß einige Dinge klären.«

»Dr. Wentworth, darf ich Sie bitten, nichts davon weiterzuerzählen«, sagte Prudence steif.

»Mrs. Davenport, ich versichere Ihnen, es würde mir nicht im Traum einfallen, mit jemandem über meine Patientin zu sprechen. Nur die Tatsache, daß Sie ihre gesetzlichen Vormünder sind, erlaubt es mir, mit Ihnen ein offenes Wort zu wechseln.«

Als Richard die Eingangstür hinter dem Doktor zumachte, öffnete Prudence die Tür, die den Salon mit dem Eßzimmer verband. Ein breiter, vierschrötiger Mann trat über die Schwelle.

»Konnten Sie alles hören, Doktor?«

»O ja, das konnte ich, Madam. Es scheint, Sie haben allen Grund zur Sorge.«

Als Richard zu ihnen trat, bemerkte er mit Genugtuung den bewundernden Blick, den Prudence ihm zuwarf. Die Idee war ihm ganz plötzlich gekommen, nicht als Diana über die Römer brabbelte, sondern als Richard klar wurde, daß sie Peter Hardwick nicht heiraten würde. Warum ihr Vermögen teilen, wenn sie alles haben konnten?

Er würde den richtigen Arzt bezahlen, um sie für unzurechnungsfähig zu erklären und in eine Anstalt einweisen zu lassen. Und sobald das einmal geschehen war, konnte er die endgültige Herrschaft über ihre Finanzen und ihren Grundbesitz antreten.

»Also Richard, du bist einfach brillant«, hatte Prudence erklärt, als er ihr seinen Plan auseinandersetzte. »Und uns trifft überhaupt keine Schuld, denn Diana ist wirklich nicht ganz bei sich. Sie gehört an einen Ort, an dem man sie vierundzwanzig Stunden lang überwachen kann. Zu ihrem eigenen Schutz muß verhindert werden, daß sie sich noch einmal davonmacht.«

»Wir können keinen Arzt aus Bath oder auch nur aus dem Somerset County nehmen. Der Herzog besitzt hier viel zuviel Einfluß.«

»Bei all deiner Arbeit als Anwalt kennst du doch sicher jemanden, der unseren Plan unterstützen würde?«

Auf einmal fiel Richard der ideale Mann dafür ein. Kein Wunder, daß er dieses Komplott so leicht zu schmieden imstande war. Vor zwei Jahren hatte er mit einer ähnlichen Situation zu tun gehabt. Eine prominente Familie ließ den Alleinerben für unzurechnungsfähig erklären: ein gewisser Dr. Clayton Bognor aus Chippenham hatte die Papiere unterzeichnet und die Einweisung vorgenommen. Chippenham, in Wiltshire, war nur zwanzig Meilen entfernt, und Davenport gelang es ohne Schwierigkeiten, den guten Doktor dazu zu überreden, ihn nach Bath zu begleiten.

Richard blickte den kräftigen Mann ernst an. »Ich bin sicher, wenn Sie die Patientin selbst gesehen und gehört haben, Dr. Bognor, werden Sie mir und meiner Frau höchstwahrscheinlich zustimmen, daß sich unsere Nichte nie wieder erholt.«

Als Prudence sich einen modischen Hut aufsetzte und mit einer Haarnadel feststeckte, mahnte sie: »Es könnte sein, daß wir mit Widerstand rechnen müssen, wenn wir versuchen, sie aus Hardwick Hall fortzuholen, Doktor.«

»Fürchten Sie nichts, meine Liebe, ich werde mit Schwierigkeiten fertig. Das Gesetz ist ganz auf unserer Seite.«

In diesem Moment ertönte das laute Pochen des Türklopfers und Prudence blickte aus dem Fenster, um zu sehen, wer der unerwartete Besucher war. »Es ist Diana«, zischte sie.

»Wie praktisch«, rief Richard aus.

»Vielleicht sollte ich vorläufig ins Eßzimmer zurückgehen. Sie wird sich sicherer fühlen, wenn sie Sie beide allein vorfindet«, schlug Clayton Bognor vor.

34. Kapitel

Als Richard die Tür öffnete, rauschte Diana unverzüglich an ihm vorbei ins Haus.

»Was, keine Diener? Das überrascht mich wirklich, noch dazu, wo ich das alles bezahle. Prudence, du kommst doch sonst nie ohne mindestens ein halbes Dutzend Lakaien aus, die dir jeden Wunsch von den Augen ablesen.«

Prudence lief rot an. »Du wirst jetzt endlich einen respektvollen Ton anschlagen, wenn du mit mir redest, junge Dame!«

»Respekt muß man sich verdienen, Prudence. Alles, was du und Richard euch je verdient habt, sind mein Mißtrauen, mein Zorn und meine Verachtung!«

»Du bist nicht ganz bei Sinnen, Diana«, tadelte Richard. »Du hast dich in einen anderen Menschen verwandelt.«

»Einen, der nicht mehr ganz so gefügig und naiv ist! Peter Hardwick kam gestern abend zurück, und als ich ihm unsere Hochzeit aufkündigte, erzählte er mir von dem geheimen schriftlichen Abkommen, das er mit euch getroffen hat.«

»Wir haben kein geheimes Abkommen mit Peter Hardwick. Er lügt!«

Einen kurzen Augenblick lang wollte sie ihrem Onkel glauben. Aber tief in ihrem Herzen wußte sie, daß er der Lügner war. Endlich sah sie klar und deutlich, was für ein abgefeimtes Pärchen die beiden darstellten.

»Dann hast du sicher nichts dagegen, wenn ich deine Handhabung meiner Finanzen einer Untersuchung unterziehe«, erklärte sie triumphierend.

»Überhaupt nichts«, erwiderte er großspurig. »In zwei Monaten, wenn du volljährig wirst, werde ich dir alles übergeben, und du kannst nach Herzenslust Untersuchungen durchführen lassen. Ich bin froh, wenn ich die ganze Verantwortung los bin.«

Prudence wußte, daß sie sie wieder zum Thema zurückbringen mußte. »Diana, hast du dich erinnert, wo du all die Monate gesteckt hast, oder bestehst du immer noch darauf, in die Zeit der Römer zurückversetzt worden zu sein?«

Diana schwang herum und konfrontierte Prudence. »Für eine sittenstrenge Frau hegst du ganz schön anzügliche Gedanken. Du kannst es gar nicht abwarten, daß ich zugebe, einen Liebhaber gehabt und von ihm geschwängert worden zu sein, um mich dann neun Monate lang zu verstecken. Aber das stimmt leider nicht, Prudence. Ich wurde in die Zeit zurückversetzt, als die Römer Aquae Sulis okkupierten. Der General, der mich zu seiner Sklavin machte, hieß Marcus Magnus, und es war Mark Hardwick, der Herzog von Bath. Nun ja, Prudence, wir sind ein Liebespaar!«

Richard stieß die Tür zum Eßzimmer auf. »Haben Sie genug gehört, Doktor?«

Der bullige Mann trat durch die Tür. »Sie hat vollkommen den Verstand verloren. Ich werde die Papiere unterzeichnen.«

»Wer zum Teufel ist das?« tobte Diana, zornig über ihre hinterhältigen Verwandten, die versteckten Lauscher hinter der Wand.

»Das ist Dr. Clayton Bognor. Er hat sich bereit erklärt, deinen Fall zu übernehmen.«

»Ich werde von Charles Wentworth betreut. Glaubst du wirklich, ich würde einen Arzt deiner Wahl akzeptieren?«

»Du hast nichts zu sagen. Du bist noch minderjährig.«

»Laß mich vorbei!« Diana erstickte fast vor Wut.

Ihr Onkel ließ sie nicht vorbei. Er und der Doktor kamen auf sie zu und packten sie bei den Armen.

Diana wehrte sich aus Leibeskräften. »Nehmt eure Hände von mir, ihr jämmerlichen Betrüger!«

Dr. Bognor hielt ihr ein Tuch vor den Mund. Diana rang nach Luft, atmete schwere, ätzende Dämpfe ein und sank bewußtlos in die Arme ihres Onkels.

Die kleine Lady fühlte, wie sie hochgehoben wurde. Sie öffnete ihre schweren Lider und sah, daß sie in ein großes Gebäude getragen wurde, ähnlich einem Herrenhaus, bloß daß es Gitter vor den Fenstern hatte. Die beiden Männer, die sie hineintrugen, waren Dr. Bognor und ihr Onkel Richard. Lieber Gott, noch ein Alptraum, der kein Alptraum war. Hatte sie etwa wirklich den Verstand verloren?

Nein, das Ganze geschah tatsächlich mit ihr. Sie spürte deutlich, wie sich die Finger des Doktors grausam in ihr weiches Fleisch gruben, während er sie trug, und ihr Kopf hämmerte fürchterlich von dem Mittel, mit dem er sie betäubt hatte. Prudence war nirgends zu sehen, aber Diana wußte, daß sie diese Entführung gebilligt haben mußte.

Als sie sie nach drinnen brachten, mischten sich in ihren Zorn momentan Angst. Als sie sie auf den Boden stellten, schüttelte sie Richards Hand ab. »Wo bin ich?« Ihre Stimme überschlug sich.

»Du bist in einer Klinik«, erwiderte er beruhigend, als ob er es mit einem hysterischen Kind zu tun hätte.

»Hier bleibe ich nicht! Mir fehlt nichts!« Sie versuchte, sich von dem Arzt loszureißen, aber der hielt sie eisern fest.

»Natürlich mußt du nicht bleiben; sobald es dir bessergeht, kommst du wieder nach Hause«, versprach Richard.

Allmählich gewann ihre Furcht die Oberhand. Diana wußte, was sie vorhatten. Man wollte sie für immer hier einsperren, um sich ihr Vermögen anzueignen. Panik wollte sie überwältigen. Sie mußte fliehen! Sie sah Bognors Hand, mit der er ihren Arm umklammert hielt, senkte blitzschnell ihre Zähne hinein und bis ihn, so fest sie konnte.

Er schrie auf und ließ sie sofort los. Richard versuchte sie zu packen, aber sie lief rasch hinter einen riesigen Mahagonischreibtisch. Die Frau, die dahintergesessen hatte, sprang alarmiert auf. Diana ergriff ihren Stuhl und warf ihn Dr. Bognor ins Gesicht. Er verfehlte ihn und krachte gegen die Wand, wobei ein häßliches Loch im Verputz zurückblieb.

Diana schnappte sich die Öllampe. »Wenn ihr mich nicht sofort hier rauslaßt, brenne ich das ganze Haus nieder, ich schwöre es!« Man hatte sie schon einmal eingesperrt; diesmal würde sie sich nicht stillschweigend fügen.

»Sie ist verrückt, rufen Sie die Pflegerinnen!« befahl Dr. Bognor der Frau.

Diana zerschlug die Lampe und warf sie auf den Papierstapel auf dem Schreibtisch. Er fing sofort Feuer, und die drei Menschen im Zimmer wichen zurück. Diana rannte auf die Tür zu, aber zu ihrem Entsetzen war sie verschlossen.

Zwei große, athletisch gebaute Frauen in gestreiften Schwesternuniformen tauchten auf. Diana mußte an die Badesklavinnen in Aquae Sulis denken und erschauerte.

»Wir haben keine Wahl«, sagte Dr. Bognor und schlug die Flammen mit seinem Mantel aus. »Steckt sie in eine Zwangsjacke.«

»Neeiiiin«, heulte Diana, während die Frauen sie trotz erbitterter Gegenwehr mit Leichtigkeit niederrangen.

Sie brachten sie nach oben in einen Raum ohne Möbel. Ein vergittertes Fenster war hoch oben in die Wand eingelassen. Diana atmete in tiefen Stößen und überlegte fieberhaft. Sie wußte, daß sie irgendwie von hier entkommen mußte, aber es fiel ihr nichts ein. Mit physischer Kraft konnte sie es nicht schaffen; also mußte sie ihren Verstand mobilisieren.

Die Frauen begannen sie auszuziehen. Sie beäugte die weiße Zwangsjacke mit ihren Riemen und Schnallen, und fing an zu zittern. »Bitte legt mir das nicht an, bitte. Ich bin ganz ruhig. Ich mache Ihnen keine Schwierigkeiten mehr.« Diana hätte ebensogut mit den Wänden sprechen können. Die beiden Pflegerinnen kümmerten sich überhaupt nicht um sie.

Innerhalb kürzester Zeit war sie splitternackt, bis auf die Goldmünze um ihren Hals. Spontan versteckte sie sie in ihrer Hand und wich vor den Frauen zurück. Sie wußte, daß man sie ihr auf keinen Fall lassen würde, doch da kam ihr eine rettende Idee.

»Hört mir zu, ihr beide! Die Halbmünze ist aus purem Gold und eine unbezahlbare Antiquität. Sie stammt aus der Zeit des Römers Julius Cäsar. Gebt sie nicht dem Arzt. Keiner weiß, daß ich sie habe!«

Die beiden Frauen blickten einander vielsagend an. Diana konnte sehen, daß sie sich dazu ihren Teil dachten. »Wenn ihr sie versetzt, wird man euch nur ein paar Pfund dafür geben; wenn ihr sie in einem Antiquitätenladen in Bath verkauft, wird man euch vielleicht hundert Guineen dafür geben. Aber die Münze ist absolut einmalig. Der Herzog von Bath hat mir einmal eine Million Pfund dafür geboten.«

Die Frauen wechselten einen ungläubigen Blick, der ihr verriet, daß sie glaubten, es mit einer Verrückten zu tun zu haben. Diana sank das Herz. Sie hatte den Preis zu hoch angesetzt. Eine solche Menge Geld ging über ihr Begriffsvermögen. Eine der beiden öffnete gewaltsam ihre Hand und nahm ihr die geliebte Kostbarkeit ab. Beide untersuchten sie wortlos, dann ließ die eine sie in ihre Tasche gleiten.

Die Frauen drückten ihre Arme in die Zwangsjacke, kreuzten sie vor ihrer Brust und verschlossen die Schnallen dann auf ihrem Rücken. Ein weiterer Riemen wurde zwischen ihren Beinen durchgezogen und ebenfalls am Rücken festgeschnallt.

Diana überschlug sich fast; sie versuchte nicht zu stottern. »Wieviel bezahlt man euch hier? Ein Pfund pro Woche, zwei? Wenn ihr die Goldmünze an den Herzog von Bath verkauft, habt ihr für den Rest eures Lebens ausgesorgt!«

Sie verließen den Raum und verschlossen die Tür. Es gab weder ein Bett, auf das sie sich hätte legen noch einen Stuhl, auf den sie sich hätte setzen können. Diana glitt an der Wand abwärts auf den Fußboden. Warum war sie nicht mit Mark nach London gegangen? Warum hatte sie zugelassen, daß man sie erneut zum Opfer machte? Es lag daran, daß sie gedacht hatte, in ihrer heutigen, georgianischen Zeit wäre sie sicher. Aber das Böse lauerte in jedem Zeitalter, es war unsterblich und zeitlos. Seit es die Welt gab, gab es auch Menschen, die für ihren Profit vor nichts zurückschreckten.

Sie schloß die Augen und verbot sich zu weinen. *Gib die Hoffnung nicht auf. Wenn du das tust, haben sie gewonnen.* Liebe war ebenfalls zeitlos. »Mark«, flüsterte sie, »bitte komm ... hilf mir.« Diana hatte schreckliche Angst davor einzuschlafen, denn der Schlaf konnte noch schlimmere Alpträume bringen. *Mark wird kommen.* Dieser Gedanke allein hielt sie aufrecht und bewahrte sie nun wirklich davor, den Verstand zu verlieren.

Der Herzog von Bath machte die Runde in jedem der besseren Herrenclubs von London und kaufte die Schuldscheine seines Bruders zurück. Nach nur einem Tag merkte er, daß er nicht hier sein wollte. Ohne Diana ödete London ihn an.

Erst in den frühen Morgenstunden suchte er endlich sein Lager auf, doch vermochte er nicht einzuschlafen. Er mußte immer an sie denken. Ohne sie fühlte er sich völlig verlassen. Sein Bett war ebenso leer wie sein Herz. In diesem Moment wurde ihm klar, daß er zum ersten Mal in seinem Leben einen anderen Menschen brauchte. Noch ein anderer Gedanke ließ ihm keine Ruhe. Was war, wenn nun sie ihn brauchte? Sollten ihre Alpträume zurückkehren, war er nicht da, um sie in die Arme zu nehmen und ihre Ängste zu vertreiben.

Mark stand früh auf. Die Dämmerung hatte seine vage Unruhe um Diana nicht zerstreuen können. Er beschloß, umgehend nach Bath zurückzukehren, und suchte deshalb seine Anwälte, Chesterton und Barlow, auf. Sie erhielten den Auftrag, die Schulden seines Bruders zu begleichen und außerdem eine Prüfung der Verwaltung von Lady Diana Davenports Vermögen, das sie von ihrem Vater geerbt hatte, einzuleiten.

»Euer Lordschaft, das ist eine heikle Angelegenheit. Offiziell muß ich sagen, daß unsere Hände gebunden sind, solange die fragliche Lady noch minderjährig ist. Es ginge höchstens inoffiziell – diskret natürlich«, erklärte Jonathan Barlow.

»Sie wird in weniger als zwei Monaten volljährig«, erläuterte Mark Hardwick.

»Gut. In jedem Fall benötigen wir eine eidesstattliche Erklärung der Klägerin, sowie eine, die von Ihnen als Zeuge unterzeichnet ist. Wir werden dann eine vorläufige Untersuchung anmelden, so daß wir am Tag ihrer Volljährigkeit legal vorgehen können.«

Bewaffnet mit den für eine eidesstaatliche Erklärung notwendigen Papieren war Mark bereits um die Mittagszeit unterwegs nach Hause. Er hielt nicht einmal bei einem Gasthof an, sondern beschloß, direkt durchzufahren. Er wußte, daß er es nicht vor Mitternacht schaffen konnte; aber der Gedanke, Diana im Schlaf zu überraschen, trieb ihn Meile um Meile weiter.

Als er in die lange Auffahrt nach Hardwick Hall bog, sah er, daß noch überall die Lichter brannten, und fühlte sofort, daß etwas nicht stimmte. Er kutschierte gleich zu den Ställen, trug den Knechten auf, für sein erschöpftes Pferdegespann zu sorgen, und eilte mit großen Schritten zum Haus.

Mr. Burke war noch auf. »Lord Bath, ich bin ganz krank vor Sorge und weiß mir keinen Rat.«

»Es ist Diana, nicht wahr?« keuchte Mark, warf seinen Reisemantel ab und stürmte auf die Treppe zu.

»Lady Diana ist nicht hier, Sir.«

»Wo denn, Mr. Burke?«

»Da liegt das Problem, Sir. Wir haben keine Ahnung. Der Kutscher hat sie in die Stadt gebracht, um Einkäufe zu machen, denke ich. Sie bat ihn, an der Abtei auf sie zu warten, aber sie ist nie zur Kutsche zurückgekehrt.«

»Ist Peter wieder hier?« fragte Mark argwöhnisch.

»Nein, Sir. Ich habe keine Spur von ihm gesehen.«

»Ihre Tante und ihr Onkel halten sich ebenfalls in Bath auf. Wahrscheinlich wird sie dort sein.« Mark verwünschte sich innerlich dafür, sie nicht mitgenommen zu haben.

»Ich habe mir die Freiheit erlaubt, heute vormittag im Haus am Queen Square nachzufragen, Mylord. Es war niemand da.«

Ein schrecklicher Verdacht keimte in ihm auf. Diana hatte Hardwick Hall verlassen, um ihrem Ruf nicht noch mehr zu schaden. Er rannte drei Stufen auf einmal nehmend die Treppe hinauf. Sein Schlafzimmer war unberührt. Das rote Spitzenkorsett lag nicht mehr dort, wo sie es auf den Teppich hatte fallen lassen. Er wollte gerade einen wüsten Fluch ausstoßen, als sein Blick auf die Ohrringe fiel, die sie auf seinem Nachtkästchen liegengelassen hatte. Er nahm sie und steckte sie in seine Hosentasche.

Als nächstes ging er über den Korridor in das pfirischfarbene Zimmer. Ihm fiel ein Stein vom Herzen, als er ihren Schrank öffnete und sah, daß ihre Kleider noch an Ort und Stelle hingen. Sie hatte also doch nicht ihre Sachen gepackt und ihn verlassen. Aber seine Erleichterung währte nur kurz. Offenbar hatte sie die Absicht gehabt, zurückzukommen. Eine Frau ließ nicht ihre Kleider und ihre Ohrringe zurück, wenn sie fliehen wollte.

Er fuhr mit der Hand über ihr Kissen. Darunter lag ihr Nachthemd. Zerstreut hob er es an seine Wangen und ihr einzigartiger Duft drang in seine Nase. Alles in ihm sagte ihm, daß Diana sich ebenso stark zu ihm hingezogen fühlte, wie er sich zu ihr. Freiwillig würde sie sich nicht von ihm trennen. Prudence und Richard mußten ihr verboten haben, nach Hardwick Hall zurückzukehren. Er preßte seinen Mund grimmig zusammen. Diana war eigensinnig wie zehn starke Esel. *Sie hielten sie gewaltsam fest!*

»Mr. Burke, holen Sie mir einen trockenen Mantel«, rief er, als er die Treppe herunterrannte. »Ich fahre zum Queen Square.

Schließlich bin ich hier Richter; falls nötig, werde ich einen Durchsuchungsbefehl ausschreiben.«

Mr. Burke erkannte die Sinnlosigkeit, den Herzog darauf hinzuweisen, daß es drei Uhr morgens war. Mark Hardwick handelte nach seinen eigenen Regeln.

Die Kutsche ratterte über die Pulteney Bridge und dann über die Bridge Street. Als er in die Barton Street einbog, wurde der Kutscher von einem Wachmann angehalten. Der lüftete seine Laterne und leuchtete dem Fahrer ins Gesicht. »Keine Kutschen in diesem Teil der Stadt. Was wollen Sie überhaupt um diese Stunde noch hier?«

»Aus dem Weg, Mann! Siehst du denn nicht, wessen Kutsche das ist?«

»Und wenn's der Herzog von Bath selbst wäre! Keine Kutschen in diesem Teil der Stadt.« Er leuchtete mit seiner Laterne in die Kutsche hinein und fuhr erschrocken zurück. »Sorry, Euer Lordschaft, das war nur so 'ne Redensart, wissen Sie.«

»Nein, Sie haben ganz recht. Es freut mich, daß Sie Ihre Arbeit gewissenhaft erledigen.« Er gab dem Wachmann einen Sovereign und wies seinen Kutscher an, weiterzufahren.

Als er beim Haus am Queen Square eintraf, hämmerte er gegen die Tür, aber niemand rührte sich und kein Licht ging an. Nach etwa zehn Minuten mußte er wohl oder übel einsehen, daß niemand zu Hause war. Er beschloß, bei Tagesanbruch wiederzukommen, um sich bei den Nachbarn nach dem Verbleib der Davenports zu erkundigen. Inzwischen wies er seinen Fahrer an, ihn zu Charles Wentworth zu bringen.

Glücklicherweise war es der Doktor gewohnt, zu nächtlicher Stunde aus dem Bett geholt zu werden. Die feinen Leute machten sich kaum Gedanken über den Schlaf eines Arztes, wenn sie selbst aufgrund eines zu vollen Magens oder sonstiger Wehwehchen keinen finden konnten. Als Charles nach unten kam und Mark nervös auf und ab gehen sah, fragte er: »Geht es um Lady Diana?«

»Sie ist verschwunden, Charles. Ich hatte gehofft, du wüßtest etwas.«

»Komm in die Bibliothek, Mark. Das Kaminfeuer dürfte noch nicht ganz heruntergebrannt sein. Ich hole dir einen Brandy; du siehst aus, als könntest du einen vertragen.«

»Dann weißt du also etwas!« sagte Mark mit neuerwachter Hoffnung.

»Nicht wirklich. Vor zwei Tagen wurde ich zum Queen Square gerufen. Ich ging sofort hin, um nach Diana zu sehen. Richard Davenport und seine Frau empfingen mich im Salon und sagten, sie wollten besser verstehen, was mit Diana geschehen sei und ob sie wieder ganz gesund würde. Ich erklärte ihnen noch einmal, daß ihre Nichte glaubte, in eine andere Zeit versetzt worden zu sein, und riet ihnen, sie zum Sprechen zu ermuntern. Als ich bat, meine Patientin sehen zu dürfen, sagten sie, daß sie sich noch auf Hardwick Hall aufhielte.«

»War das alles, was sie sagten, nicht mehr?«

»Nun, Prudence bat mich noch, alles strikt vertraulich zu behandeln. Vermutlich würde sie sich lieber lebendig begraben lassen, als zum Gegenstand des allgemeinen Klatschs und Tratschs zu werden.«

»Sie wollen die ganze verdammte Angelegenheit geheimhalten, weil sie etwas im Schilde führen!« Mark stieß einen gotteslästerlichen Fluch aus.

Du bist in sie verliebt, dachte Charles. *Es ist also doch passiert!*

Mark kippte seinen Brandy hinunter. »Ich werde sie finden.« Er verkündete es mit solcher Entschlossenheit und Überzeugung, daß Charles ihm aufs Wort glaubte.

»Wenn ich irgendwie helfen kann, sag mir Bescheid.«

Um halb sechs Uhr morgens klopfte Mark an die anderen Haustüren am Queen Square. Er fand lediglich, daß die Davenports weder ihre eigenen Diener mitgebracht, noch das Personal angeheuert hatten, das normalerweise zum Haus gehörte. Keiner hatte eine junge Lady kommen oder gehen sehen.

Als nächstes suchte der Herzog das Vermietungsbüro auf. Als man sich weigerte, Auskünfte über die Kundschaft zu erteilen, schlug er eine andere Taktik an und mietete das Haus für einen ganzen Monat. Mit den Schlüsseln fest in der Hand kehrte er dann zum Queen Square zurück und durchsuchte das Haus vom Keller bis zum Dach, um irgendeinen Hinweis auf Diana zu finden.

Aber dabei kam nichts heraus. Was ihm jedoch auffiel, war ein eigenartiger Geruch in den Räumen im Erdgeschoß, den er nicht gleich identifizieren konnte. Er kannte diesen Geruch, wußte allerdings nicht mehr, wo er ihn angetroffen hatte. Es war ein klinischer Geruch, nicht gerade giftig, aber eindeutig unangenehm. Zögernd verschloß er das Haus wieder und steckte den Schlüssel in seine Hosentasche.

Als seine Hand auf Dianas Ohrringe stieß, schloß er einen Moment lang die Augen und dachte daran, wie sie sie abends abgelegt hatte. Er wollte sie wieder bei sich, wieder in seinem Leben haben. Sie war ein Teil von ihm geworden. Tief im Herzen war er davon überzeugt, daß sie ihn nie freiwillig verlassen hätte. Wenn sie wirklich davongelaufen war, dann nicht vor ihm, sondern entweder vor ihren Vormündern oder vor Peter.

Mark Hardwick beschloß, jeden Mietstall in Bath aufzusuchen. Kutschen nach London, Bristol und in jede andere größere Stadt fuhren täglich ab. Wenn Diana ein Billett gekauft hatte, dann würde er es herausfinden. Er begann seine Suche bei Christopher in der High Street, ging dann zum Bear und zum White Heart. Als er schließlich die Kutscher in Saracen's Head in der Broad Street befragte, verzagte er langsam.

Beim Angel in der Westgate Street, einem der größten Fuhrunternehmen der Stadt, erfuhr er, daß die Davenports hier ihre eigenen Pferde samt Droschke untergestellt hatten. Keiner konnte sich jedoch erinnern, eine junge Frau gesehen zu haben.

Enttäuscht raufte er sich die Haare. Dann fiel es ihm plötzlich ein. Opium! Was er in dem Haus am Queen Square gerochen hatte, ähnelte den schweren Dünsten von Opium! Gott im Himmel, was hatten sie mit ihr gemacht?

35. Kapitel

Diana verbrachte die Nacht zusammengekauert an die Wand gelehnt. Am nächsten Morgen konnte sie kaum noch atmen. Ihre Arme waren so fest über ihrer Brust verschnürt, daß sie das Gefühl hatte, ersticken zu müssen. Sie schwor sich, wenn sie ihr die Zwangsjacke abnahmen, würde sie ihnen nie wieder einen Grund geben, sie ihr nochmals anzulegen.

Schließlich erschienen die beiden Wärterinnen, die sich schon gestern ihrer angenommen hatten, in der Tür und brachten ihr frisches Wasser zum Waschen. Sie befreiten sie aus ihrer Folter und ließen sie nackt stehen. Diana wartete, bis sie gegangen waren, bevor sie sich wusch. Sie mußte an die modernen Badeeinrichtungen in Aquae Sulis denken, an ihr Gelächter und den Spaß, den sie und Marcus in seinem Schwimmbecken gehabt hatten. Verglichen mit dem römischen Luxus bedeuteten die Waschschüsseln der Neuzeit eine schäbige Armseligkeit.

Die Frauen hatten die Zwangsjacke mitgenommen und sie betete, daß sie sie das letzte Mal gesehen hatte. Da war sie lieber noch nackt. Für die meisten mochte das erniedrigend sein, aber Diana hatte gelernt, ihren Körper als schön zu akzeptieren. Nackheit, ob bei ihr oder anderen, verängstigte sie nicht mehr.

Als die Frauen wiederauftauchten, hatten sie einen braunen Kittel und ein Paar Leinenschuhe dabei.

»Wo bin ich hier?« wagte sie diesmal in ruhigem Ton zu fragen.

Die beiden wechselten einen vorsichtigen Blick, dann sagte eine von ihnen: »Das ist ein Privatasyl.«

Ein Asyl? Lieber Gott, man hat mich in ein Irrenhaus gesteckt!

»Wie viele andere Patienten sind noch hier?«

»Wir haben über fünfzig Insassen«, lautete die Antwort, »aber Sie bleiben so lange isoliert, bis Sie lernen, sich ordentlich zu benehmen. Man hat uns angewiesen, Sie für die nächsten paar Wochen in einem Einzelzimmer zu halten.«

Wochen? Lieber Gott, bitte laß mich nicht wochenlang hierbleiben! schrie sie innerlich. Aber Diana wußte, daß ihre Fluchtchancen äußerst gering waren, solange man sie von den anderen absonderte. Sie wurde aus dem Raum geführt und in einen anderen, der am Ende eines langen Korridors lag, gebracht. Die Einrichtung war spartanisch: eine Pritsche, eine Kommode, ein Tisch und ein Stuhl.

Diana bekam weiche Knie, als sie das Tablett auf dem Tisch sah. Darauf standen ein Krug mit Wasser, eine Schüssel Haferschleim und eine dicke Scheibe Brot. Sie war völlig ausgehungert und so durstig, daß ihr Hals brannte. Zwar hörte sie, wie sich der Schlüssel im Schloß umdrehte, als die Frauen draußen waren, doch alles, woran sie denken konnte, war Essen.

Nachdem sie den letzten Löffel Haferschleim verschlungen und die Reste sorgfältig ausgeleckt hatte, verspürte sie plötzlich eine lähmende Müdigkeit. Auch das Denken fiel ihr schwer und allmählich wurde ihr klar, daß man ihr Essen mit Schlafpulver versetzt hatte, um sie ruhig zu stellen. Sie kroch auf die Pritsche und starrte wie blind an die Decke. »Mark ... bitte! Du bist der einzige, der mir helfen kann«, flüsterte sie. Bleiern senkten sich ihre Lider. Sie versuchte die Augen offenzuhalten, gegen die Betäubung anzukämpfen, aber das war ein Unterfangen, das sie nicht gewinnen konnte.

Mark Hardwick war nicht bereit, wertvolle Zeit mit Schlafen zu vergeuden, solange er nicht alle Möglichkeiten ausgeschöpft hatte. Mr. Burke packte seinen Koffer, während Mark sich umzog. Innerhalb einer Stunde war er auf dem Weg zurück nach London. Er hatte einen seiner Kutscher bei sich, damit sie sich auf der einhundert Meilen weiten Fahrt abwechseln konnten.

Am Grosvenor Square fuhren sie vor dem eleganten Haus der Davenports vor, der Herzog von Bath rannte die Stufen hinauf und reichte dem Majordomo seine Karte. Seinem scharfen Auge entging nicht, daß es nicht derselbe Mann war, der ihm vor fast einem Jahr die Tür geöffnet hatte, als er wegen der Büchersammlung vorsprach.

Er wurde nun in eben jene Bibliothek geführt und wartete endlose Minuten, während der Diener die Davenports von seinem Besuch unterrichtete. Mark Hardwick mußte wieder an seine Begegnung mit Diana denken, als die Funken zwischen ihnen nur so flogen. Ihre Gegenwart war in diesem Raum beinahe spürbar und in ihm wuchs neue Zuversicht.

Das Erscheinen der Davenports riß ihn aus seinen Tagträumen.

»Wie kann ich Ihnen dienen, Euer Lordschaft?« fragte Richard förmlich.

»Ich bin gekommen, um Lady Diana aufzusuchen«, antwortete er brüsk und mußte sich beherrschen, den beiden nicht an die Gurgel zu fahren.

Richard wechselte einen Blick mit seiner Frau, bevor er antwortete.

»Ich fürchte, sie ist nicht hier. Sie ist nicht mit uns nach London zurückgekehrt.«

»Dürfte ich erfahren, wo sie sich befindet?« fragte Mark Hardwick in einem Ton, der deutlich verriet, daß er sich nicht abwimmeln ließe.

»Lord Bath«, erwiderte Prudence steif, »ich möchte nicht, daß darüber getuschelt wird; also sage ich Ihnen unter dem strengsten Siegel der Verschwiegenheit, daß sie wieder davongelaufen ist.«

»Wohin, Madam?« fragte er unerbittlich.

»Na dahin, wo sie das erste Mal schon verschwunden ist, nehme ich an.«

Die Frau log; Diana würde ihn nie aus freiem Willen verlassen. Er würde nicht Katz und Maus mit diesem erbärmlichen Pack spielen. »Ich glaube, Sie wollen mir nur nicht sagen, wo sie sich aufhält«, verkündete er barsch.

»Das ist eine Lüge!« kreischte Prudence. »Das Mädchen benimmt sich unmöglich, seit ihr Vater gestorben ist. Ich bin noch nicht einmal über den Skandal ihres ersten Verschwindens hinweg. Glauben Sie wirklich, ich würde das alles noch einmal aufwühlen wollen?«

»Wenn sie wirklich nicht hier ist, dann haben Sie sicher nichts dagegen, daß ich das Haus durchsuchen lasse.«

Richard straffte seine Schultern. »Lord Bath, mein Beruf macht mich zu einem Kenner des Gesetzes. In diesem Land ist das Heim eines Mannes unantastbar!«

»Aber dies ist nicht Ihr Heim, Sir. Dieses Haus gehört Lady Diana und genau hierin besteht Ihr Motiv!«

»Motiv?« Richard wirkte zutiefst entrüstet. »Ich könnte Sie wegen übler Nachrede verklagen.«

»Tun Sie das ruhig. Vielleicht könnten Sie dem Richter ja auch gleich erklären, warum ich Opium in dem Haus am Queen Square gerochen habe.«

»Opium!« Prudence sah aus, als würde sie jeden Moment in Ohnmacht fallen. »Mein Herr, ich leide unter schlimmen Hüftschmerzen, was auch der Grund dafür ist, warum ich überhaupt in Ihre schreckliche Stadt gekommen bin. Was Sie dort rochen, war Laudanum. Ohne Laudanum kann ich nicht einschlafen.«

Laudanum! Jesus, sie hat auch auf alles eine Antwort.

Der Herzog von Bath erkannte, daß es sinnlos war, sie weiter zu verhören. Er verließ das Haus, aber nicht die Gegend. Leider wußten auch die Nachbarn nichts von Diana. Alle sagten, sie hätten die junge Frau schon seit fast einem Jahr nicht mehr gesehen. Mark Hardwick hielt sich den ganzen restlichen Tag über in der Nähe des Hauses auf, da er hoffte, etwas vom Personal der Davenports zu erfahren. Schließlich erspähte er den Kutscher

James, und nahm ihn mit in ein Pub am Shepherd Market, wo er ihm ein paar Bitter ausgab.

»Ich habe 'ne Bleibe über dem Stall, nicht im Haus, verstehnse, also kann ich nur sagen, was ich so von den andern Dienern gehört hab'. Als der junge Peter ankam und denen gesagt, daß man Lady Diana gefunden hat, also da hab' ich sie nach Bath gefahr'n. Hat wie verrückt gegossen, da ham wir bei 'nem Gasthaus in Chippenham, ungefähr zwanzig Meilen weg, haltgemacht.«

»Haben Sie sie am nächsten Tag nach Hardwick Hall gebracht?« erkundigte sich Mark.

»Ja, das hab' ich, Euer Lordschaft. Das war, nachdem sie das Haus am Queen Square gemietet ham, und nach dem was sie sagten, wollten sie Lady Diana mit zurück zum Queen Square nehmen. Waren wütend wie die Rohrspatzen, als sie ohne sie abfahr'n mußten, das kann ich Ihnen sagen.«

»Als Lady Diana zwei Tage später am Queen Square vorbeischaute, haben Sie die Davenports da irgendwo hingefahren?«

»Wenn sie wirklich aufgetaucht is, Sir, ich hab' sie nie geseh'n.«

Mark war sehr enttäuscht. »Sie ist nicht mit euch nach London gekommen?«

James schüttelte den Kopf.

»Was ist mit Lady Dianas Kammerzofe? Glauben Sie, daß sie mir etwas über das Verbleiben der Lady erzählen könnte?«

James beugte sich vertraulich zu Mark Hardwick hinüber.

»Die alte Schachtel hat Biddy rausgeworfen, als Lady Diana das erste Mal davongelaufen is. Biddy überlegt, ob sie nicht nach Bath gehen soll, um zu sehen, ob sie ihren alten Job wiederkriegen kann.«

Der Herzog sah, daß es sinnlos war, das Personal weiter zu verfolgen. Er steckte James eine Zehnpfundnote zu und eilte anschließend zu Allegras Studio, das nicht weit vom Pub entfernt lag.

Nachdem der Herzog gegangen war, überlegte James, ob er ihm hätte sagen sollen, daß er Richard Davenport nach Chippenham in Wiltshire gefahren hatte. Er zuckte die Schultern. Der Herr war allein gewesen, auf jeden Fall hatte er seine Nichte nicht dabeigehabt, also dachte sich James, daß dem Herzog diese Information ohnehin nichts genützt hätte.

Als der Herzog von Bath am Eisengeländer, das sich an der Vorderseite des großen Hauses entlangzog, vorbeispazierte, kam ihm Dame Lightfoot aus der anderen Richtung entgegen. Als sie vor der Eingangstür aufeinanderstießen, tippte sich der Herzog freundlich an den Hut. »Ich bin hier, um Allegra zu besuchen. Wohnt sie noch hier, Madam?«

»Mein Name ist Lightfoot! Bitte kommen Sie herein, Sir, und nehmen Sie Platz. Die Lady, nach der Sie suchen, wird in Kürze bei Ihnen sein.«

Mark nahm an, daß der grauhaarige Drachen mit dem Spazierstock eine Verwandte von Allegra war, konnte sich aber nicht ganz des Gedankens erwehren, was für eine seltsame Kombination die beiden doch abgaben. Nach zehn Minuten wurde er ungeduldig, daß man ihn immer noch warten ließ. Merkten diese Weiber denn nicht, daß er keine Zeit zu verlieren hatte?

Schließlich segelte Allegra in all ihrer schwarzen Lockenpracht, Rouge und tief ausgeschnittenem Dekolleté ins Zimmer. »Mark, mein Liebling«, schnurrte sie, »du bist schon seit ewigen Zeiten nicht mehr in London gewesen.«

»Allegra, ich bin mit meinem Latein am Ende. Wie eine Stecknadel suche ich Lady Diana Davenport. Sie ist verschwunden.«

»Ja, seit ungefähr zehn Monaten«, erwiderte Allegra trocken.

»Nein, nein. Ich hatte sie gefunden, aber habe sie wieder verloren. Hast du eine Ahnung, wo sie sein könnte?«

Allegra lächelte ihn an. »Was für ein entzückendes Geschöpf sie doch war! Offenbar bin ich nicht die einzige, die dieser Meinung ist. Unberechenbar, unkonventionell und vollkommen spontan … aha, du bist also hingerissen von ihr, und es freut mich zu sehen, daß sie dir einiges zu tun gegeben hat!«

»Verdammt, Allegra, ich bin außer mir. Es könnte ihr etwas zugestoßen sein.«

Allegra hob ihre Brauen. »Ich denke, sie ist vollkommen in der Lage, selbst auf sich achtzugeben. Sie war eine Tanzschülerin von Dame Lightfoot, weißt du. Nicht mal von ihr hat sie sich einschüchtern lassen.«

»Dann sollte ich vielleicht mit der alten Dame sprechen?«

Allegra fing an zu lachen. Es war ein kehliges, erotisches Lachen. »Mark, wie kurzsichtig bist du eigentlich?«

»Was denn?« fragte er ungeduldig.

»Dame Lightfoot und ich sind ein und dieselbe Person.«

Einen Moment lang starrte er sie verständnislos an.

»Als Dame Lightfoot habe ich Zugang zu den Heimen der vornehmen Ladies und ihrer unschuldigen Töchter. Als Allegra habe ich die Gentlemen in meiner Tasche.«

Mark Hardwick war nicht erfreut. Seine schwarzen Augen überflogen sie von oben bis unten. *Gerade wenn man glaubt, alles über Frauen zu wissen, macht dich eine von ihnen zum Gespött. Vielleicht mehr als eine.*

Allegra erfaßte Mitleid mit ihm. »Ich werde Augen und Ohren offenhalten, mein Guter. Beide sollten wir das!«

Als der Herzog von Bath nicht mehr wußte, wo er sonst noch hingehen sollte, kehrte er schließlich in sein Stadthaus in der Jermyn Street zurück. Er hatte seit sechsunddreißig Stunden nicht mehr geschlafen und seine Verzweiflung zehrte deutlich an seinen Nerven.

Er benutzte seinen Schlüssel, um die Tür aufzuschließen, und sah sich auf einmal seinem Butler und Mädchen für alles gegenüber, den er immer in seinem Stadthaus beschäftigte, ob er nun dort wohnte oder nicht.

»Guten Abend, Euer Lordschaft.« Der Blick, mit dem er den

Herzog ansah, war eine Mischung aus Verdruß und Erleichterung.

»Stimmt etwas nicht, Jefferson?« fragte er verärgert.

Der Diener zögerte und teilte ihm dann mit, daß sein Bruder Peter im Hause weile.

Mark war nicht in der Stimmung für ein brüderliches Zusammentreffen. Er wollte gerade in die Bibliothek gehen, als er ctwas wic cin Wimmern aus dem ersten Stock vernahm. *Bei allen Göttern, hatte das Schwein Diana entführt und gezwungen, ihn zu heiraten?* Als er nach oben blickte, hörte er deutlich das Schluchzen einer Frau. Mark explodierte. *Ich bringe ihn um!*

Er nahm die Treppe drei Stufen auf einmal und riß die Zimmertür auf. Was er sah, machte ihn ganz krank. Eine junge Dirne war an einen Bettpfosten gefesselt und Peter bearbeitete ihr nacktes Fleisch mit einer Reitpeitsche. Peters hartes Geschlecht schrumpelte zusammen, als ihn die schwarzen Augen seines Bruders voller Verachtung musterten. Der Herzog mußte nichts sagen; sein Blick sprach für ihn. Er stand da und wartete, bis Peter die Prostituierte losgebunden hatte und sie sich hastig anzog.

Mark ging in sein Schlafzimmer und schloß die Tür hinter sich ab, damit er nicht doch noch die Beherrschung verlor. Er nahm einen Dekanter mit Brandy und ging damit zu einem Ledersessel. Er setzte den Dekanter an die Lippen und nahm einen tiefen Schluck. Der Brandy brannte die ganze Speiseröhre hinab bis in den Magen. Er hatte immer gewußt, daß Peter eine dunkle Seite besaß. Dieser Rohling war von Blutdurst getrieben, und offenbar endete seine Sucht nicht bei Tieren.

Zynische Gedanken schwirrten durch Marks Schädel, während er den Kristalldekanter wieder an die Lippen hielt. Hatte denn jeder eine versteckte, verworfene Seite? Peter, Allegra... Diana?

Er schüttelte seine Stiefel von den Füßen und öffnete sein Jackett. Die ganze verdammte Welt war ein einziger Misthaufen. *Zur Hölle damit und mit allen, die darin leben!* dachte er resigniert. Den Dekanter würde er heute bis auf den letzten Tropfen leeren.

Am nächsten Morgen hatte der Herzog einen Brandykater. Er beschloß, das Frühstück auszulassen, und ging in die Bibliothek, um ein paar Schecks auszuschreiben. Als Peter hereinschlüpfte, biß Mark die Zähne zusammen. Nonchalance war eindeutig eine von Peters Stärken.

»Ich nehme nicht an, daß du ein wenig Geld für mich übrig hast? Das Mädchen wurde gut für ihre Dienste bezahlt.«

»Es hätte ja Diana sein können; deshalb bin ich so hereingestürmt.«

»Diana?« Peters Brauen schossen in die Höhe. »Sag bloß, sie hat sich schon wieder aus dem Staub gemacht? Wart mal, entdecke ich da etwa noch ein Diana-Opfer?« Er sah, wie angespannt und hager Mark aussah. »Also, da soll mir doch mal einer …«

Peter setzte sich auf die Schreibtischkante und ließ einen Stiefel baumeln. »Falls dich das irgendwie tröstet, versichere ich dir, daß du noch mal glücklich davongekommen bist. Ich gebe zu, sie ist schön wie eine Göttin, aber sie ist absolut kalt. Mehr als kalt, sie ist eine verdammte Eisprinzessin. Ich gehöre nicht zu denen, die öfter ein Nein hinnehmen müssen; aber sie hat mich immer auf Armlänge von sich gehalten mit ihrer Rühr-mich-nicht-an-Jungfräulichkeit.«

Trotz seines Katers fühlte sich Mark auf einmal viel besser. Er musterte Peter nachdenklich und wechselte das Thema. »Ist dir je in den Sinn gekommen, dir dein Geld mit Arbeit zu verdienen?«

»Nein, nie«, gestand Peter mit entwaffnender Ehrlichkeit.

»Ich kann dir einen Job im Steinbruch oder auf einer meiner Barken verschaffen.«

Peters Lippen kräuselten sich. »Mein Bruder, der Reformer. Nein, danke, Euer Lordschaft. Man erwartet mich heute abend bei Almack's. Ich bin mit Lady Edwina Farnsworth-Peniston verabredet, der Erbin der Peniston-Eisenbahnlinien. Und du dachtest, ich würde all meine Zeit mit Glücksspiel und Huren vergeuden.«

Als Peter gegangen war, war Mark davon überzeugt, daß sein Bruder kein Interesse mehr an Diana hatte. Der vor ihm liegende Tag erschien endlos. Außer Richard Davenport weiter zu beschatten, fiel ihm nichts Brillantes ein. Er hatte fest angenommen, daß ihre Vormünder wußten, wo sie sich befand. Jetzt jedoch war er sich gar nicht mehr so sicher. Was, wenn Diana doch beschlossen hatte, sich davonzumachen? Sie war eine eigenwillige junge Schönheit, die ganz sicher allein zurechtkam, bis sie volljährig wurde. Dann würde sie, schwupp, wiederauftauchen, um sich ihr Erbe zu holen und der Welt eine lange Nase drehen.

Sein Herz tat so weh, daß er es kaum ertragen konnte. Doch er ignorierte seinen Schmerz standhaft und nahm die morgendliche *Times* zur Hand. Sein Auge fiel auf eine Notiz über einen neuen archäologischen Fund. Einige massive Steinmauern, höchstwahrscheinlich römischen Ursprungs, waren unter den Kellern in der Bush Lane, die von der Cannon Street abzweigte, entdeckt worden. Er machte sich sofort auf den Weg dorthin. Viele seiner Freunde aus der archäologischen Gesellschaft waren bereits dort. Es war einer der aufregendsten Funde der Gegenwart.

Aber Mark mußte feststellen, daß das Ganze ohne Diana keinen Glanz besaß, ja beinahe sinnlos war. Der Herzog blieb drei weitere Tage in London. Dabei folgte er Richard Davenport, sobald dieser einen Fuß aus dem Haus setzte. Der Anwalt ging tagsüber in sein Büro und abends in ein Bordell in Mayfair. Schließlich mußte sich Mark Hardwick mit der Tatsache abfinden, daß Davenport ihn nicht zu Diana führen würde. Am vierten Tag gab der Herzog jede Hoffnung auf und kehrte nach Bath zurück.

Diana lag auf ihrer Pritsche und hatte die Augen auf das hochliegende, vergitterte Fenster gerichtet. Freiheit, sie war fast so wichtig wie die Luft zum Atmen. Die Stunden krochen mühsam dahin, die Tage waren endlos und die Nächte noch schlimmer. Dumpf dachte sie, wenn sie bei ihrer Ankunft nicht wahnsinnig gewesen war, würde sie es bestimmt sein, wenn sie wieder hier herauskam.

Diana bettelte ihre Pflegerinnen um eine Beschäftigung, in der Hoffnung, daß man sie dann in die Küche oder irgendwo anders hinbringen würde – aber ihre Bitten wurden überhört. Sie bat um etwas zum Lesen, aber sie sprach gegen eine Wand, und das war sie allmählich leid. Sie begann sich ihre eigene Welt in ihren Gedanken zu schaffen, bis diese realer wurde als ihre tatsächliche Umgebung. Oft wanderte sie zurück in jene Zeit, als sie mit Marcus in Aquae Sulis gelebt hatte; doch noch öfter träumte sie von Mark und der hübschen georgianischen Stadt Bath.

Diana hatte keine Ahnung, wie lange man sie schon festhielt. Irgendwann begann sie, Striche mit ihrem Löffel an die Wand zu kratzen, bis ihr auch das sinnlos erschien. Da ihr Essen stets nach Medizin schmeckte, aß sie nur sehr wenig. Sie wurde blaß und dünn und lustlos, aber tief in ihrem Herzen klammerte sie sich an die Hoffnung. Ohne die, fürchtete sie, zugrunde zu gehen.

Mark würde kommen. Sie liebte ihn jetzt mehr als je zuvor. Er war der Mann ihrer Träume; er würde sie retten. Sie schloß die Augen und driftete in den Schlaf ab, glitt von Traum zu Traum, in Liebkosungen ohne Ende, immer in der Sehnsucht zu erwachen und sich in der Sicherheit seiner starken Arme wiederzufinden. Aber dieser Traum erfüllte sich nicht.

Diana verfiel in einen tranceähnlichen Zustand, doch eines Tages, ganz plötzlich, fing sie an zu brechen. Als sie sich am dritten Tag immer noch übergeben mußte, informierten ihre Pflegerinnen Dr. Bognor.

Er war alarmiert. Die Beruhigungsmittel, mit denen man ihr

Essen versetzte, mußten ihren Körper vergiftet haben. Das hatte er schon früher bei zarten Frauen erlebt. Sofort wurden sämtliche Medikamente abgesetzt. Bognor wußte, daß ihre Pflegerinnen sich kaum Gedanken über ihren Tod machen würden, aber er würde sich vor der Ärzteschaft und dem Leichenbeschauer verantworten müssen.

Langsam kam Dianas Magen wieder zur Ruhe, bis sie sich nur noch gelegentlich erbrach. Sie merkte, daß man aufgehört hatte, Schadstoffe unter ihr Essen zu mengen, und ihr Appetit wuchs. Obwohl sie die Speisen bei sich behielt, war ihr immer noch jeden Morgen übel, und ein schrecklicher Verdacht keimte in ihr auf.

36. Kapitel

Mark Hardwicks Antwort auf Sorgen und Hilflosigkeit war Arbeit. Als Herzog von Bath war er Vorsitzender der Bathonian Corporation, die sich aus dem Bürgermeister und den Stadträten sowie Anwälten, Ärzten, Brauern, Winzern, Sattlern und Ladeninhabern zusammensetzte. Sie hatten einen Vermesser, Thomas Baldwin, damit beauftragt, Pläne für eine bessere Verkehrsregelung der verstopften Straßen sowie zum Bau von fünf neuen Straßen zu erstellen. Die Pläne beinhalteten eine Union Street, die, wie ihr Name schon sagte, die obere Stadt mit dem unteren Teil verband, wobei jedoch das Bear Inn weichen mußte. Teil des Plans war außerdem eine Restaurierung der großen Brunnenhalle.

Mark Hardwick gab den Plänen seine endgültige Zustimmung und lieh der Corporation zwanzigtausend Pfund, damit die Arbeiten beginnen konnten. Jetzt mußte er nur noch die reichen Bürger von Bath davon überzeugen, daß *City Bonds* eine sichere Investition waren. Seine Tage vergingen im Fluge mit

Geschäften, aber in seinen Nächten herrschte Leere. Die Stunden schleppten sich endlos dahin, während er sich schlaflos im Bett wälzte.

Sein herrliches elisabethanisches Schlafgemach, in der einst eine Königin genächtigt hatte, weckte in ihm nurmehr Erinnerungen an eine einzige Frau, Lady Diana Davenport. So wie von Blumen ein wenig in den Händen des Gebers verbleibt, hatte Diana ein wenig von sich selbst in der Luft, die er atmete, zurückgelassen. Seine Gedanken waren erfüllt von ihr; als hätte sein Dasein erst an jenem Tag begonnen, an dem er ihr begegnet war.

In der Dunkelheit fantasierte er von ihr, und wenn Morpheus ihn schließlich doch in seine Arme nahm, waren seine Träume wild-erotisch. Mark zermarterte sich pausenlos das Hirn nach neuen Ideen, nach Orten, an denen er noch nach ihr suchen konnte, nach Dingen, die er vielleicht übersehen hatte. Er wußte, daß die Sache langsam zur Besessenheit wurde, aber erst mit ihrer Heimkehr würde er Ruhe finden.

Diana konzentrierte ebenfalls all ihre Gedanken auf ein einziges Ziel. Sie wußte, daß man sie schon über einen Monat lang eingesperrt hielt, und mittlerweile sagte ihr jeder Instinkt, daß sie schwanger war. Sie fürchtete sich vor dem Tag, an dem ihre Pflegerinnen ihr Geheimnis entdeckten. Das hatte nichts mit der Schande zu tun, mit der man eine unehelich Gebärende überhäufte. Wenn sie nicht eingesperrt gewesen wäre, wäre sie überglücklich darüber gewesen, Marks Kind zu tragen. Aber sie wußte ganz von allein, daß ihr Baby in Gefahr war, wenn der Doktor von ihrem Zustand erfuhr.

Man würde ihr nie erlauben, es zu behalten, und tatsächlich wollte nicht einmal sie selbst ihr Kind in einem Irrenhaus aufwachsen lassen. Aber die Angst, daß man sie von ihrem Baby trennen und es fortgeben könnte, erstickte sie fast. Noch schlimmer jedoch war ihre Befürchtung, daß der schreckliche

Dr. Bognor ihr etwas einflößen lassen könnte, was eine Fehlgeburt provozierte – womit er sich alle möglichen Probleme ersparte.

Der Herzog von Bath brütete den ganzen Vormittag über seinen Wirtschaftsbüchern. Er hatte einen Mann angestellt, der sich um die Steinbrüche und die Barken, die den wunderschönen, goldenen Stein nach Bristol transportierten, kümmerte; aber die Finanzen überwachte er selbst, auch wenn es eine ermüdende Aufgabe war.

Als er endlich damit fertig war, kam er sich wie eingesperrt vor und es trieb ihn hinaus an die frische Luft. Er sattelte Trajan, sein Lieblingspferd, und ritt hinaus über die Felder. Mark war erstaunt, als er sah, daß der Frühling gekommen war. Er war so eingesponnen gewesen in seine düsteren Gedanken, daß er es gar nicht bemerkt hatte. Irgendwie störte ihn die Jahreszeit. Er verstand nicht, wie das Leben so sorglos und fröhlich weitergehen, wie der Winter aufhören und sich ein Neubeginn der Hoffnungen breitmachen konnte.

Eine Gruppe von Birken mit frischen jungen Blättern zog ihn unwiderstehlich zum Fluß hinunter. Er stieg ab und nahm die Schönheit des Ortes tief in sich auf. Etwas Seltsames, unheimlich Vertrautes verband ihn mit diesem Ort. Was war es, woran er sich nebelhaft erinnerte?

Sein Auge fiel auf ein ungewöhnliches Objekt, das aus der weichen Erde des Flußufers herausragte. Als er sich bückte, um es näher zu betrachten, beschleunigte sich sein Puls. Es sah aus wie ein römisches Artefakt, eine dieser alten Schreibtafeln, die oft vergraben worden waren. Mit den Fingern buddelte er sie unter den uralten Wurzeln der Bäume aus. Der Großteil des Holzes war verfault, aber die Bleischicht unversehrt.

Mark wischte die feuchte Erde ab und erblickte deutlich den Namen *Marcus*. Sein Herz begann wie wild zu hämmern, als er die anderen Worte entzifferte. Da stand unverkennbar *Aquae*

Sulis, gefolgt von *geliebt.* Ja, bei Gott, da stand *Diana*, gefolgt von dem Datum *61 A. D.*

Als er die erdverschmierte Tafel in Händen hielt, wußte er auf einmal mit bestechender Klarheit, daß er und Diana sie zusammen vergraben hatten. Es war an einem herrlichen Nachmittag geschehen, nachdem sie sich hier am Flußufer geliebt hatten. Der Schmerz drückte ihm das Herz ab.

Er ballte die Hände zu Fäusten und eine wilde Entschlossenheit kam über ihn. Vor Jahrhunderten hatten sie sich geliebt, und er schwor, daß sie es wieder tun würden.

»Halte durch, Diana, ich komme und finde dich«, flüsterte er mit neuerwachten Kräften.

Als er wieder in Hardwick Hall eintraf, informierte ihn Mr. Burke, daß er einen Besucher hätte, der bereits seit über einer Stunde in der Bibliothek auf ihn warte. Als Mark Mr. Dearden, einen Antiquitätenhändler, erkannte, dachte er zunächst, daß er wegen der Geschäfte der Corporation gekommen wäre.

»Guten Tag, Mylord. Gestern suchte mich eine Frau mit einer goldenen Halbmünze von Julius Cäsar in meinem Laden auf.«

»Mein Gott, Mann, war die Frau jung, blond?« fragte der Herzog aufgeregt.

»Ah, Sie sind ebenso erregt wie ich, als ich die Münze untersuchte und feststellte, daß sie echt war.«

»Ja, ja. Die Frau. Wo ist sie? Wo wohnt sie? Ich muß mit ihr sprechen.«

»Ich fürchte, das weiß ich nicht, Euer Lordschaft. Sie war groß, ordentlich gekleidet, gewiß nicht jung, aber auch nicht alt. Ich bot ihr hundert Pfund und dachte, sie würde mir für eine solche Summe den Arm abreißen, aber sie wollte sich nur ungern von dem Artefakt trennen. Da sagte ich ihr, daß ich die Summe möglicherweise erhöhen könnte, nachdem ich es einem Kunden gezeigt hätte, der großes Interesse für diese Dinge hege.« Dearden hustete verlegen. »Damit meinte ich natürlich Sie, habe jedoch streng vermieden, Ihren Namen zu nennen.«

»Sie haben sie gehen lassen?« schnauzte der Herzog.

»Sie meinte, sie würde wiederkommen, Euer Lordschaft«, erwiderte er lahm. »Es tut mir sehr leid, Sir. Ich hätte nicht zu Ihnen kommen sollen, bevor ich nicht etwas Konkretes zu offerieren habe.«

»Nein, nein! Es war genau das Richtige, zu mir zu kommen.« Mark raufte sich frustriert die Haare. Nach all dem Überschwang folgte die Enttäuschung, doch immerhin war dies die erste Spur seit über einem Monat und er würde sich daran festbeißen wie ein Terrier.

»Wenn sie wiederkommt, muß ich wissen, wer sie ist. Lassen Sie mich sofort holen oder folgen Sie ihr notfalls selbst. Der Aufenthaltsort der Frau ist tausendmal wichtiger als die Halbmünze. Ich weiß Ihre Mühe zu schätzen, Mr. Dearden, und werde natürlich Ihre Dienste entsprechend honorieren.«

Mark Hardwick ritt sofort nach Bath und machte in allen Antiquitätenläden die Runde. Vielleicht hatte einer mehr als Dearden geboten und die Identität der Frau in Erfahrung gebracht. Er bekam nur abschlägige Auskünfte, bis auf eine Ausnahme. Dieser Mann erzählte dem Herzog von Bath, daß die Frau den Laden verlassen habe, als er ihr fünfzig Guineen offerierte. Er hatte keine Ahnung, wer sie war. Der Herzog versprach jedem Händler eine Belohnung, wenn er die Identität dieser Frau herausfinde, und daß er beim Auftauchen einer Halbmünze von Julius Cäsar sofort benachrichtigt zu werden wünsche.

Eine Woche verging, in der nichts geschah. Der Herzog konnte nicht stillsitzen. Er machte erneut die Runde in sämtlichen Ställen und Fuhrunternehmen, da die Frau unter Umständen von auswärts gekommen war. Die Antiquitätenläden von Bath erfreuten sich eines guten Rufes wegen ihrer römischen Artefakte, und wahrscheinlich war die Frau aus diesem Grunde hierhergekommen. Die Fahrer hatten viele weibliche Passagiere gehabt, konnten sich jedoch an keine erinnern, die sich nach Antiquitätenläden erkundigt hätte.

Tief im Herzen fühlte Mark, daß die Frau wiederauftauchen würde, wenn er sich mit Geduld wappnete. Leider gehörte diese Tugend nicht unbedingt zu seinen Stärken. Seine Hoffnungen schwanden von Stunde zu Stunde, bis ihm schhließlich das Schicksal hold war.

Eine Fremde kam nach Hardwick Hall und fragte, ob es möglich wäre, den Herzog von Bath zu sprechen. Mr. Burke führte sie in den Frühstücksraum, in dem die Sonne durch die Fensterfronten hereinflutete, und purpurne Krokusse und schneeweiße Narzissen in irdenen Töpfen auf den Fensterbrettern blühten. Daraufhin meldete er sie seinem Herrn.

Mark Hardwick holte tief Luft, bevor er zu ihr hineinging. Obwohl er ihr am liebsten die Pistole auf die Brust gesetzt hätte, verzichtete er auf solche Einschüchterungsmethoden.

»Guten Morgen, Mrs. ...« Seine Augenbrauen hoben sich fragend.

»Mein Name spielt keine Rolle, Mylord. Man hat mir gesagt, daß Sie römische Artefakte sammeln.«

»Das stimmt, Madam!«

»Ich kenne jemanden, der eine römische Münze zu verkaufen hat, oder besser gesagt eine Halbmünze. Ich glaube, sie trägt das Bildnis von Julius Cäsar.«

Marks Herz hämmerte in wilder Hoffnung. Mit gezielter Lässigkeit zog er seine eigene Halbmünze aus dem Ausschnitt seines Hemds. »Ist es eine wie diese hier?«

Die Frau sah überrascht aus. »O ja, genau so eine!«

»Nun, wie Sie sehen, besitze ich bereits eine und brauche keine zweite mehr. Es gibt jedoch einen Antiquitätenhändler, der Ihnen ganze hundert Pfund für eine solche Münze bezahlen würde.«

Der erwartungsvolle Gesichtsausdruck der Frau wich herber Enttäuschung. Sie war vier Meilen weit umsonst gelaufen und würde nun dieselben vier Meilen zur Stadt zurückgehen müssen, wo sie ihre Schwester mit dem Schatz zurückgelassen hatte.

»Die Kutsche soll vorfahren! Und zwar die geschlossene«, befahl Mark Mr. Burke, als die Frau aufgebrochen war. Der Herzog von Bath hatte keine Ahnung, was ihn erwartete, aber er bereitete sich auf alles vor. Er ging zu seinem Safe und nahm Geld heraus; dann holte er aus einem Lederkasten ein Paar Pistolen mit Onyxgriffen. Jetzt wußte er plötzlich, warum er schwarze statt elfenbeinerne oder silberne Griffe gewählt hatte. Sie sahen so viel bedrohlicher aus. Schwarz besaß eine eigene, tödliche Autorität. Er wählte einen schwarzen Umhang statt eines Mantels und war froh darüber, daß draußen nicht mehr eine solche Kälte herrschte.

Als die geschlossene Kutsche an der Frau vorbeidonnerte, stellte Mark zu seinem Erstaunen fest, daß sie bereits ganze zwei Meilen zu Fuß zurückgelegt hatte. Sie war athletisch gebaut, und er fragte sich neugierig, womit sie sich wohl ihren Lebensunterhalt verdiente. Sie erinnerte ihn an eine Badedienerin.

Sein erster Halt galt Deardens Antiquitätenladen. Der Herzog erklärte, daß ihn die Frau mit der Halbmünze aufgesucht und er sie fortgeschickt habe.

»Ich bin sicher, daß sie zu Ihnen kommen und sich die in Aussicht gestellten hundert Pfund holen wird.« Er zählte zweihundert Pfund ab und gab sie Dearden. »Die anderen hundert sind für Ihre Mühen.«

Der Herzog von Bath befahl seinem Kutscher, im Angle in der Westgate Street auf ihn zu warten, dann ging er auf die andere Straßenseite in einen Tabakladen. Er hatte keine Ahnung, wie lange er würde warten müssen. Das würzige Aroma von Tabakblättern erfüllte die Luft und er konnte nicht anders, als sich eine Mischung auszusuchen, die er sich zu Cheroots rollen ließ. Als die Zigarren fertig waren und die Frau immer noch nicht aufgetaucht war, zwang er sich zur Ruhe und sah sich ein paar Zigarrenschachteln an.

Zu seiner Überraschung sah er plötzlich zwei Frauen, die einander beinahe bis aufs Haar glichen, den Antiquitätenladen betreten. Als er eine erlesene Schachtel ausgewählt und bezahlt hatte, kamen die beiden Schwestern wieder heraus. Er sah, wie sie die Anhöhe hinab zur unteren Stadt gingen, dann schlenderte er über die Straße und sicherte sich Dianas Münze.

Er folgte dem Paar aus einiger Entfernung, da man erfahrungsgemäß zwei Personen zusammen nicht so leicht aus den Augen verlieren konnte. Sie gingen in eine Konditorei und kamen mit einer großen Schachtel wieder heraus.

Da fällt ihnen nichts anderes ein, als munter ihre Judasgroschen auszugeben, dachte er zynisch.

Nun steuerten sie direkt auf das Christopher Inn in der High Street zu und zweifellos würden sie von dort eine der Mietdroschken nehmen. Hunderte von Fragen schwirrten durch seinen Kopf. Wohnte Diana bei Freunden, irgendwo außerhalb von Bath? Hatte sie die Frau gebeten, die Münze für sie zu verkaufen, weil sie mittellos war? Die Antwort lautete klar und eindeutig NEIN. Marcus hatte sie ihr gegeben, ihr einziges Erinnerungsstück an ihn. Mark wußte, daß sie unschätzbar für sie war und sie sich nie freiwillig davon trennen würde.

Er ging hinüber zum Angle, das nur zwei Straßen weiter lag und trug seinem Kutscher auf, sich beim Christopher Inn zu erkundigen, wo die Frauen hinfuhren. Der Kutscher kam mit der Information zurück, daß sie Billette nach Chippenham gekauft hatten. Mark fluchte. Er besaß keine Jurisdiktion außerhalb von Somerset.

»Die Droschke fährt nicht vor fünf ab. Un' die zwei sitzen da und stopfen Kuchen in sich rein, verdammich!«

»Dann können wir uns ja auch etwas bestellen; vielleicht bekommen wir heute kein Abendessen.«

»Ein Pint Bitter, Sir? Detektivarbeit macht durstig.«

Als die Droschke Bath verließ, ging die Sonne gerade unter, so daß sie in einiger Entfernung hinterherfahren mußten. Bei Einbruch der Dunkelheit hatten sie die Grenze von Somerset nach

Wiltshire überschritten, und schließlich war es stockfinster, als sie Chippenham erreichten.

Mark Hardwick setzte sich auf den Kutschbock zu seinem Diener. Sie folgten den beiden Frauen von der Droschkenstation etwa eine halbe Meile lang. Die Schwestern waren offensichtlich nervös, während sie die dunkle Straße entlangschritten, denn sie blickten sich mehrmals nach dem Gefährt um.

Zu guter Letzt bogen sie in eine lange Auffahrt zu einem Gebäude, das aussah wie ein georgianisches Herrenhaus. Mark sagte leise zu dem Kutscher: »Wenn wir ihnen unmittelbar folgen, werden sie anfangen zu rennen. Sie haben hundert Pfund bei sich und glauben vermutlich, daß wir sie ausrauben wollen. Ich möchte aber mit beiden in der Kutsche sprechen. Sie schnappen sich die rechte.«

Die Schwestern, die sich so nahe an ihrem Ziel bereits in Sicherheit wähnten, wurden eines Besseren belehrt. Sie waren starke Frauen, die sich heftig gegen ihre Angreifer wehrten, aber der Herzog von Bath hatte sein Opfer rasch überwältigt und half dann seinem Mitverschworenen, ihre Schwester in die Kutsche zu stoßen. Als Mark drinnen die Lampe anzündete, schnappte diejenige, die auf Hardwick Hall gewesen war, nach Luft. »Der Herzog von Bath!«

Im flackernden Licht der Lampe wirkte sein Gesicht finster und bedrohlich. Als er sprach, klang seine Stimme genauso.

»Ich nehme an, die Lady, der die Halbmünze gehört, befindet sich innerhalb dieser Mauern. Habe ich recht?«

Die Schwestern wechselten einen alarmierten Blick.

»Was ist das für ein Ort?« schnauzte er.

»Woodhaven Asylum.«

Jesus, die Bastarde haben sie in ein Irrenhaus gesteckt. Ich hätte sie nie gefunden!

»Haben Sie eine Ahnung, in welchen Schwierigkeiten Sie sich befinden? Die fragliche Lady ist eine entführte Erbin. Ihr beiden habt eins ihrer Schmuckstücke gestohlen und verkauft. Zufällig bin ich Richter in diesem County.« Natürlich konnten sie keinesfalls wissen, daß seine Vollmachten nicht bis Wiltshire reichten. Er ließ sie ein paar Minuten schwitzen, dann bot er ihnen einen Ausweg aus ihrem Schlamassel an.

»Wenn Sie kooperieren, werde ich dafür sorgen, daß Sie nicht für die Verbrechen anderer mitbüßen müssen.«

Abermals schauten sich die beiden an, dann nickten sie zustimmend.

Mark reichte dem Kutscher eine der Pistolen. »Hier ist eine Waffe. Halten Sie sie damit in Schach, bis wir wieder zurück sind.« Er wandte sich an ihre Schwester. »Sie werden mich zu der Lady bringen, und zwar leise und unauffällig. Es gibt doch sicher eine Hintertür?«

Sie nickte.

»Nach heute nacht habe ich Sie nie gesehen und Sie auch mich niemals. Ist das klar?«

Sie beäugte die Pistole, die auf sie gerichtet war. »Ja, Sir«, krächzte sie furchtsam.

Die Frau schloß die Hintertür mit einem ihrer Schlüssel auf und ging ihm über einen schwach erleuchteten Korridor voran, der an Wäscheräumen und Küchen vorbeiführte. Nachtwesen huschten ihnen aus dem Weg und verschwanden im tieferen Schatten der Ecken und Winkel. Dann führte ihn die Frau zwei steile Treppen hinauf in den zweiten Stock.

Niemand störte sie, außer die Schreie der Verängstigten und ihr verzweifeltes Stöhnen, sowie ein vereinzeltes irres Lachen aus einer der Zellen. Der Herzog von Bath hielt sich die Nase zu, als ihm der Gestank von gekochtem Kohl, Kernseife und schalem Urin entgegenschlug. Er war nahe daran, zu explodieren; wenn ihn jetzt jemand aufhielt, wer auch immer, er würde ihm ohne Zögern eine Kugel in den Schädel jagen.

Diana erwachte aus einem unruhigen Traum und hörte, wie ein Schlüssel in ihrem Schloß umgedreht wurde. Eine finstere Gestalt füllte den Türrahmen. Lieber Gott im Himmel, sie hatte gewußt, daß Bognor sie holen würde, aber doch nicht mitten in der Nacht. »Nein!« schrie sie laut. »Bitte lassen Sie mich in Ruhe!«

Beim Klang ihrer Stimme krampfte sich Marks Herz zusammen. Endlich hatte er sie gefunden! Er wollte ihr sagen, daß sie still sein mußte, aber alles was er herausbrachte, als er ans Bett trat, war: »Mein Liebling.«

»Mark?« flüsterte sie und traute ihren Ohren kaum.

»Ja, Liebste«, murmelte er, nahm ihre Hand und legte sie auf seine Brust, dort wo seine Halbmünze ruhte. Als ihre Hand forschend über seine kräftigen Schultern glitt, warnte seine tiefe Stimme sie: »Sei ganz leise.«

Als er sie in seine starken Arme hob, klopfte ihr Herz so laut, daß sie dachte, alle müßten davon aufwachen. Sie klammerte sich an ihm fest und dankte dem lieben Gott und St. Jude für dieses Wunder. Er trug sie die zwei Treppen hinunter und dann über den langen Korridor zur Hintertür. Die Frau hingegen erhielt eine abschließende Warnung: »Ich werde Ihre Schwester unverzüglich freilassen. An Ihrer Stelle würde ich jedoch keinen Alarm schlagen, sondern die Tür schließen und zu Bett gehen!«

Auf der Rückfahrt nach Bath schlang Mark die Arme um Diana und ließ sie nicht mehr los. Sanft strich er ihr die zerzausten Haare aus der Stirn. »Versuch dich zu entspannen; wir haben eine zweistündige Fahrt vor uns.«

»Du bist so klug; wie hast du mich gefunden?«

»Nein, Liebes, deine eigene Klugheit war es, die mich zu dir geführt hat. Nur du konntest die Weiche gestellt haben, so daß schließlich die Münze mich zu dir führte.«

»O Mark, sie haben mich ins Irrenhaus gesteckt.« Ihre Zähne schlugen klappernd aufeinander.

Er zog sie in seinen Umhang, so daß sie sich an ihm wärmen konnte. Langsam und stockend erzählte sie ihm alle Ereignisse, seit sie sich aufgemacht hatte, Prudence und Richard zur Rede zu stellen. Als sie fertig war, fragte sie: »Wie lange haben sie mich eingesperrt?«

»Vierzig Tage und vierzig Nächte. Wie hast du das nur ausgehalten?« fragte er leise.

»Ich wußte, du würdest kommen.«

Diana klang so überzeugt, so unerschütterlich, daß er es haßte, ihren Seelenfrieden stören zu müssen. Aber Tatsachen waren leider Tatsachen. »Diana, laut Gesetz unterstehst du für die nächsten drei Wochen immer noch deinen Vormündern.«

Als er fühlte, wie sie zusammenzuckte, fuhr er fort: »Das Gesetz ist auf ihrer Seite, und sie können dich von mir trennen, sobald sie erfahren, daß ich dich entführt habe.«

»Bitte laß nicht zu, daß sie mich wieder an diesen Ort bringen.«

Er haßte es, sie betteln zu hören und bot ihr den einzigen Ausweg an, der ihm einfiel. »Wenn wir heiraten, unterliegst du meiner Autorität.«

Dianas Herz machte einen glücklichen Satz. Genau das wünschte sie sich mehr als alles andere auf der Welt, doch sie wußte, daß Mark Hardwick seinerseits die Freiheit über alles schätzte. Ihr Herz quoll über, als sie merkte, daß er bereit war, sein kostbarstes Gut für ihre Sicherheit zu opfern. »Danke«, flüsterte sie.

»Bedanke dich nicht, Liebes. Es ist nur eine vorübergehende Maßnahme. Sie werden vor Gericht gehen und die Ehe annullieren lassen, weil wir ohne ihr Einverständnis geheiratet haben. Unsere einzige Hoffnung besteht darin, daß sie mindestens drei Wochen zur Erhebung ihres Einspruchs brauchen.«

37. Kapitel

Es war bereits gegen Mitternacht, als sie auf Hardwick Hall eintrafen. Diana hatte das Gefühl, das Haus hieß sie willkommen. Marks Beschützerinstinkt war so stark, daß er sie am liebsten auf die Arme gehoben und nie mehr losgelassen hätte. Warum sollte sie laufen, wenn er sie tragen konnte? Aber er wußte, daß sie nach den Wochen des Eingesperrtseins auf engstem Raum Bewegung brauchte.

Sie hielt am Fuß der breiten Freitreppe an und bewunderte die wunderschönen Schnitzornamente. Als sie zusammen die Stufen hochstiegen, verschränkte sie ihre Finger mit den seinen. »Ich liebe es, mit dir Händchen zu halten«, gestand sie scheu.

Er schloß die Tür und ging von Lampe zu Lampe, um sie anzuzünden. Sie blieb an der Tür stehen und sah zu, wie der Raum in dem weichen Licht langsam zum Leben erwachte. Das stattliche Himmelbett mit seinen wunderschönen grünen Samtvorhängen und den gestickten Krönchen und Löwen zog ihre Aufmerksamkeit auf sich. »Wie heimelig dieses Zimmer ist. Ich werde es nie wieder verlassen.«

Er drehte sich zu ihr um, doch die Worte erstarben ihm auf den Lippen. In der häßlichen braunen Kutte und den Leinenschuhen sah sie blaß aus wie der Tod. Er schluckte den Kloß, der auf einmal in seinem Hals saß, herunter und schwor einen stummen Eid. Wenn ihr noch einmal jemand weh tat, würde er ihn oder sie umbringen!

»Ich weiß, es ist spät, aber wir müssen noch heute nacht heiraten; also wirst du dieses Zimmer doch noch einmal verlassen müssen.«

»Zuerst brauche ich ein Bad«, sagte sie leise.

»Wie würde dir eine Badewanne vor dem Kaminfeuer gefallen, so wie es in der elisabethanischen Zeit üblich war?«

Binnen kurzem drängten sich jede Menge Diener an der Tür; eine große Porzellanwanne wurde herbeitransportiert, gefolgt von Eimern mit dampfend heißem Wasser. Mr. Burke und Nora kamen, der eine, um sich um die Toilette seines Herrn zu kümmern, die andere um sie. Der Herzog von Bath sagte höflich, aber nachdrücklich: »Wir möchten jetzt gerne eine Weile allein sein.«

Diana zog den Kittel und die Leinenschuhe aus und glitt in

das duftende Badewasser. Mark bückte sich, raffte die Kleidungsstücke zusammen und öffnete die Zimmertür. »Verbrennen Sie das«, befahl er dem ersten Diener, der ihm über den Weg lief.

»Was soll ich bloß anziehen?« fragte Diana besorgt.

»Ist das so wichtig?«

»Aber natürlich ist es das; ich heirate doch. Selbst wenn es nur für drei Wochen ist«, fügte sie traurig hinzu.

Mark trat näher und seine schwarzen Augen musterten sie liebevoll. »Du kannst das tragen«, sagte er und legte ihr das Kettchen mit der goldenen Halbmünze um den Hals.

»Hat es dich sehr viel gekostet?«

»Fast nichts. Ich habe der Frau gesagt, daß ich bereits eine habe und keine zweite brauche.« Er griff in seine Tasche und zog ihre Ohrringe hervor. »Und du kannst noch diese anziehen. Ich hatte sie die ganze Zeit über dabei.« Der einzige Grund, warum er wollte, daß sie die Ohrringe trug, war, ihr zusehen zu können, wie sie sie vor dem Schlafengehen abnahm.

Sie blickte zu ihm auf und wußte, daß er sie mit seiner Liebe umhüllte. »Du hast Nora weggeschickt, also wirst du mir helfen müssen.«

Als sie fertig war, wickelte Mark sie in ein großes Frotteehandtuch und hob sie aus dem Wasser. Wenn er sich jetzt hinsetzte und sie auf seinen Schoß zog, würden sie niemals fertig werden. »Wie wäre es, wenn ich in dein Zimmer ginge und etwas Passendes aussuche?«

Diana lächelte leise. Als er noch Marcus war, hatte er sich auch immer um ihre Kleidung gekümmert. Sie erinnerte sich, wie schockiert sie über den Lendenschurz gewesen war. Sie nickte und öffnete das Handtuch, um sich am Feuer zu wärmen. Wie herrlich es doch war, tun und lassen zu können, was man wollte.

Mark kam mit dem jadegrünen Samtkleid zurück. »Das hier ist mit ganz besonderen Erinnerungen verbunden – und das auch«, sagte er und hielt ihr rotes Spitzenkorsett hoch. Er half ihr bei der ganzen Prozedur. Als er ihr Kleid zumachte, bemerkte er erst, wieviel Gewicht sie verloren hatte. Ab morgen würde er darauf achten, daß sie vernünftiges Essen und Bewegung an frischer Luft bekam. Es gefiel ihm nicht, sie so blaß und zerbrechlich zu sehen. Er wollte, daß sie glühte vor Lebensfreude und sich alles nahm, wonach ihr der Sinn stand. Sie sollte sich ihm gegenüber behaupten können, sowohl im Bett als auch außerhalb.

Als er sich rasierte und sein Hemd wechselte, wollte sie ihn eigentlich nicht anstarren, aber sie hungerte nach seinem Anblick. Sein ausdrucksvolles Gesicht war so maskulin, daß er selbst in formeller Abendkleidung verwegen wirkte. Es entging ihm nicht, daß sie ihn beobachtete. Durfte er hoffen, daß sie ihn als ihr eigen betrachtete?

»Ich habe keinen Ring«, stellte er plötzlich fest.

»Was sollte ein eingeschworener Junggeselle auch mit einem Ehering anfangen?« meinte sie neckend.

Er drehte seinen Lieblingsring an seinem Finger, ein Siegelring mit einem Türkis. »Wir können den hier nehmen. Mr. Burke und Nora kommen als Trauzeugen mit.« Als er schließlich vollkommen angekleidet war, wagte er es, sie anzufassen. Er nahm ihr Gesicht in beide Hände, hob ihren Mund an den seinen und liebkoste zärtlich ihre Lippen. »Bist du sicher, daß du das noch durchstehst?«

Diana nickte. »Ganz sicher.« Sie wollte ihn nicht nur für drei Wochen, sie wollte ihn für immer; doch selbst wenn ihnen nur diese eine Nacht beschert wäre, würde sie sich glücklicher schätzen als jede Frau der Welt. Das Schicksal hatte ihr gestattet, sich zweimal in denselben Mann zu verlieben.

Es war weit nach Mitternacht, als die kleine Gruppe sich in der Amtsstube eines örtlichen Friedensrichters versammelte. Bei der kurzen Ziviltrauung waren das Wichtigste die Heiratspapiere, weniger die gesprochenen Worte.

Auf der Rückfahrt erklärte der Herzog den Dienern, daß Dianas Vormünder die Ehe zweifellos annullieren lassen würden, aber daß Diana mit ihrer Volljährigkeit in weniger als drei Wochen ihr Erbe antreten könne. Als sie heimkamen, zogen sich Mr. Burke und Nora diskret zurück.

An der Eingangstür schwang Mark sie auf seine Arme. »Wir müssen uns schließlich an die Regeln halten«, sagte er, während er sie über die Schwelle trug.

»Das ist ein römischer Brauch. Der Bräutigam hebt die Braut über die Schwelle, damit sie nicht stolpert, was ein böses Omen wäre. Dann überreichst du mir eine Tasse Wasser und ein brennendes Holzscheit, um mir zu zeigen, daß ich nun den Schutz deiner Hausgötter besitze.«

Noch einmal erklommen sie zusammen die elegant geschwungene Treppe. Als sie das große Schlafzimmer betraten, sahen sie, daß Mr. Burke und Nora Wein und Kuchen für sie hingestellt hatten. Mark half ihr aus ihren Hüllen und zog dann sein Jackett, seine Weste und seine Krawatte aus.

»Ich habe ein Geschenk für dich, das dich sicher sehr freuen wird.« Er holte die Bleitafel mit ihren Namen und überreichte sie ihr.

»O Mark, Marcus, du hast den Beweis gefunden!«

»Sie war am Fluß, unter der Gruppe von Birken vergraben, wo wir uns einst geliebt haben.«

»Du erinnerst dich!« Ihr Gesicht strahlte derart vor Freude, daß ihm ein Kloß den Hals zuschnürte. Rasch ging er zum Serviertischchen und schenkte Wein für sie ein.

»Ich möchte einen Toast ausbringen, auf Diana, die Herzogin von Bath.«

»Du liebe Güte, bin ich wirklich eine Herzogin? Das klingt so schrecklich steif und formell! Ich weiß einen viel besseren Trinkspruch.« Sie schlüpfte aus ihrem Kleid, warf es beiseite und warf sich rücklings in ihrem roten Spitzenkorsett aufs Bett. Dann schleuderte sie die Beine in die Luft und strampelte wie ein junges Fohlen. »Auf die Freiheit!« rief sie überglücklich.

Mark war entzückt über ihren Überschwang. Er hatte halbwegs Tränen erwartet und schlimme Träume, und war darauf vorbereitet, sie über beides hinwegzutrösten. Wieder wallte sein Beschützerinstinkt auf, stärker als je zuvor. Niemals wäre er auf die Idee verfallen, sie heute nacht irgendwie zu bedrängen. »Trink deinen Wein, dann werde ich dich ins Bett stecken. In weniger als vier Stunden bricht der Tag an.«

Gehorsam hob sie ihr Glas an die Lippen und reckte gleichzeitig eins ihrer langen Beine. »Zieh mir den Strumpf aus.« Er zog ihn ihr vom Bein und küßte ihre Zehen, bevor er dieselbe liebevolle Geste an ihrem anderen Bein vornahm. Sie trank ihren Wein und öffnete die Haken ihres Korsetts. Als sie zu ihm aufblickte, sah sie, daß er noch keine Anstalten gemacht hatte, sich auszuziehen.

»Beeil dich«, drängte sie und räkelte sich lüstern auf den schneeweißen Laken.

Er schluckte hart und fragte sich, wie er die Nacht überstehen sollte.

»Was ich wirklich am allerliebsten mache, ist nackt im Bett liegen und küssen«, teilte sie ihm mit.

Mark zog langsam Hemd und Hose aus, um die Folter, die ihn erwartete, noch ein wenig hinauszuzögern. »Küsse sind auch alles, was du bekommst«, sagte er streng.

Sie blickte ihn an, um zu sehen, ob er scherze. Es war ihm ernst. Er hatte wirklich die Absicht, sich um ihretwillen zurückzuhalten – ein löblicher Verzicht! Später würde sie ihn umstimmen.

»Nun, du bist der Herr, und ich habe versprochen, dir zu gehorchen.« Sie hob die Hand und nahm langsam und lasziv ihre Ohrringe ab.

Um Marks Beherrschung war es geschehen. Seine Seite des Bettes neigte sich unter seinem Gewicht und Diana rollte auf ihn zu.

»Ich habe ganz vergessen, wie muskulös deine Brust ist«, sagte sie und streichelte mit den Händen darüber.

»Wir warten, bis du ein wenig zu Kräften gekommen bist, Süßes. Ein paar Tage gutes Essen, Bewegung und frische Luft, und du bist vollkommen wiederhergestellt.«

Sie legte sich auf ihn, so daß ihr bleicher Busen auf seiner schwarzbehaarten Brust lag. »Ich kenne da eine wundervolle Übung, aber ich habe ja versprochen, dir zu gehorchen.«

»Du bist ein kleines Biest«, flüsterte er zwischen hungrigen Küssen.

Ihre Hand glitt über seinen harten Leib zu seinem Geschlecht. »Kann sein.«

Sie legte sich ganz auf ihn, so daß nun auch ihre untere Körperhälfte auf ihm ruhte. »Als du mich über die Schwelle getragen hast, hast du gesagt, wir müßten uns an die Regeln halten. Ist der Vollzug der Ehe nicht die wichtigste Regel?«

Mark stöhnte gequält und sagte heiser: »Ich versuche ja bloß, nicht selbstsüchtig zu sein.«

Sie rieb sich sinnlich an ihm. »O bitte, Liebling, sei selbstsüchtig!«

Ihre Küsse vertieften sich gefährlich. Um sie abzulenken bat Mark sie, ihm eine römische Hochzeit zu beschreiben.

»Das ist eine lange Geschichte und ich werde sie dir mit Vergnügen erzählen... danach.«

»Danach?« fragte er heiser und wußte auf einmal, daß er nachgeben würde. Er hatte das seltsame Gefühl, daß sie genau dieselben Worte schon einmal zueinander gesagt hatten. In der dominanten Position würde sie sich jedoch bestimmt überanstrengen. Er rollte mit ihr auf die Seite, so daß sie einander ansahen, und hob ihr Knie auf seine Hüfte.

Sie küßte sein Herz und streckte sich dann, um mit ihren Zähnen an seinem starken Hals zu knabbern. Gleichzeitig sprach sie ein heimliches Dankgebet, daß ihr Baby sicher unter ihrem Herzen ruhte. Heute nacht würde sie ihm noch nichts davon sagen. Sie wollte ihr wunderbares Geheimnis noch ein Weilchen für sich behalten.

Weil er versucht hatte, sich ehrenhafterweise zurückzuhalten, war Mark nun eisenhart und riesig. Er rieb seine geschwollene Eichel langsam an ihrer seidigen Spalte. Jedes Mal strich er über ihre Knopse, was ihre Erregung stetig steigerte, so daß sie ganz naß wurde. Als sie die Augen schloß, war alles schwarz, mit silbernen Lichtblitzen; während ihre Lust wuchs, verwandelten sich die Silberblitze in Gold und wurden zu Purpur, als er sich mit einem heftigen Stoß bis zum Ansatz in ihr vergrub. Auch weiterhin sah sie die wunderschöne rote Farbe, und sie bereitete ihr ebensoviel Glückseligkeit wie sein harter Penis, den er in langsamen, tiefen Stößen in ihr bewegte, Stöße, die dem Rhythmus ihrer beider Herzen entsprachen. Mark, der fest entschlossen war, sie ganz vorsichtig zu lieben, nahm sie tief, langsam und sinnlich. Schließlich wurde die Farbe vor ihren Augen zu dunklem, sattem Violett, und sie leckte und saugte an seinem Hals, während sie anfing zu zucken und zu pulsieren. Es schien endlos so zu gehen, und als er sich heiß verströmte, kam sie erneut zum Höhepunkt.

Mark zog sich vorsichtig aus ihr zurück und drehte sie um, so daß sie sich nun wie ein Löffel in die Kurve seines mächtigen Körpers schmiegte. Sie seufzte hingebungsvoll und konnte es kaum fassen, daß man sich so herrlich erfüllt fühlte, ohne sich auch nur im geringsten angestrengt zu haben. Er streichelte ihre Brüste und ihren Bauch. »Du hast so liebevolle Hände.«

Seine Finger fuhren in die goldenen Locken ihrer Scham und deckten ihren Schoß besitzergreifend zu. »Erzähle mir von einer römischen Hochzeit«, flüsterte er.

Sie beschrieb ihm all die schönen Dinge, die sie für ihre Hochzeit mit Marcus geplant hatte und dann noch von den Bräuchen. Als sie fertig war, schlossen sich seine Arme fester um sie und er gestand: »In den letzten Wochen habe ich insgeheim befürchtet, daß du wieder in die andere Zeit zurückgegangen bist... zurück zu Marcus.«

»Liebster, das bist doch du!«

»Jetzt weiß ich es.«

»Ich kann nie wieder zurück. Diese Zeit ist vorbei. Uns gehört das Hier und Jetzt.«

»Ich liebe dich«, flüsterte er.

»Ich liebe dich«, echote sie. Sie erkannte, daß die Liebe viel wichtiger war als die Ehe. Die Ehe war tröstlich, aber Liebe das eigentliche Glück. Sie hatte immer gehofft, ihn eines Tages davon überzeugen zu können. Es war das kostbarste Hochzeitsgeschenk Mark Hardwicks an seine Braut.

Sie verbrachten den Vormittag mit einem Ausritt in der Frühlingssonne. Die Parkanlagen von Hardwick Hall ließen sie hinter sich und ritten über weite Blumenwiesen. Diana führte ihn die Anhöhe hinauf nach Landsdown, wo sich einst die Rennbahn für die Streitwagen befunden hatte, dann ritten sie zum Hay Hill in die Weinberge, oder was davon noch übrig war.

Auf dem Rückweg bestand sie auf einem Rennen. Als sie bei den Ställen ankam, erwartete er sie bereits mit ausgebreiteten Armen. Sie ließ sich vom Pferd an seine Brust gleiten. Ihr Goldhaar war wild zerzaust und ihre Wangen glühten.

»Wenn du gewinnst, weiß ich, daß du dich wieder vollkommen erholt hast.«

Er zwang sie ordentlich zu Mittag zu essen und erklärte sich nur bereit, sie zum Einkaufen zu begleiten, wenn sie noch eine zweite Portion schaffte.

»Ich bin immer noch ganz voll vom Frühstück«, beschwerte sie sich. »Wenn ich gewußt hätte, daß du ein solcher Tyrann bist, hätte ich dich nie geheiratet!«

Als erstes gingen sie zu einem Juwelier, wo sie einen breiten goldenen Ehering für sie auswählten. Als er ihn ihr ansteckte, sagte er: »Jetzt kannst du mir meinen Siegelring wieder zurückgeben.«

Erschrocken starrte sie ihn an. »Ach du liebe Güte, wo ist er bloß? Ich werde ihn doch nicht etwa verloren haben?« Als sie seinen elenden Gesichtsausdruck sah, erlöste sie ihn: »Warte, fühl mal hier.«

Sie öffnete die obersten drei Knöpfe ihres Nachmittagskleides. Mark steckte seinen Finger in ihren Ausschnitt und zog seinen Siegelring heraus. Der Juwelier schaute mit offenem Mund zu, wie der Herzog von Bath und seine Lady sich in aller Öffentlichkeit recht unschicklich benahmen. Er konnte es gar nicht abwarten, die Neuigkeit über die herzogliche Vermählung zu verbreiten.

»Ich bin nie dazu gekommen, diese Eßliegen, von denen du gesprochen hast, zu kaufen; aber Dearden hat ein Paar in seinem Laden. Würdest du sie dir gerne ansehen?«

»Nein, aber du mußt sie dir unbedingt sichern. Ich gehe jetzt zu Madame Madeleine. Erinnerst du dich noch an das Dianakostüm, das ich an dem Abend, als wir uns zum ersten Mal begegneten, anhatte?«

Er verdrehte die Augen. »Wie könnte ich das je vergessen?«

»Nun, heute abend werden wir im römischen Stil dinieren.«

Er lachte. »Ich weigere mich, eine Toga anzuziehen.«

Sie stellte sich auf die Zehenspitzen und flüsterte ihm ins Ohr: »Bring einfach nur deine Peitsche.«

Höchst ungern ließ er sie allein ziehen, aber er wußte, daß er seine Ängste überwinden mußte. Diana brauchte im Moment ihre Freiheit.

Der Herzog von Bath kaufte die Liegen nur unter der Bedingung, daß sie sofort geliefert würden. Als Dearden ihm seinen Glückwunsch zu seiner Heirat aussprach, war klar, daß die Kunde wie ein Lauffeuer durch die Stadt geeilt war.

»Lady Diana, wie schön, Sie wiederzusehen«, sagte Madame Madeleine überschwenglich. Sie konnte ihre Neugier auf das Mädchen, das so plötzlich wie vom Erdboden verschwunden und dann auf ebenso unerwartete und seltsame Weise wieder-aufgetaucht war, kaum bezähmen.

»Wie nett, daß Sie sich an mich erinnern«, sagte Diana, ohne eine Miene zu verziehen.

»Könnte ich denn je den Streit um das jadegrüne Samtkleid vergessen?«

Diana lächelte. »Ich habe nicht nur das Kleid bekommen, sondern am Ende auch den Herzog.« Sie streckte ihre Hand mit ihrem neuen Ehering aus.

»O Mylady, wie kann ich Ihnen dienen?«

»Nun, Sie machen so wundervolle Kreationen; wie wäre es, wenn Sie ein paar, äh, unkonventionelle Kleidungsstücke für mich anfertigten?«

Mark und Diana beschlossen, den Ankleideraum neben ihrem Schlafgemach in ihr eigenes kleines Speisezimmer zu verwandeln. Mr. Burke brachte einen flachen Tisch herbei, den er zwischen den Liegen abstellte; dann durchsuchte er das übrige Haus nach den von Diana beschriebenen Kissen. Als Mark außer Hörweite war, sagte sie vertraulich zu Mr. Burke: »Das Kostüm, das ich heute abend anziehe, ist ziemlich gewagt. Würde es Ihnen etwas ausmachen, wenn Nora uns diesmal serviert?«

»Im Gegenteil, Mylady! Aber vergessen Sie nicht, sie besitzt mehr Galle als Grazie.«

Diana nahm die Schachteln von Madame Madeleine in ihr pfirsichfarbenes Zimmer, damit Mark nicht sah, was sie vorhatte.

In Erwartung, sie in der kurzen weißen Tunika der römischen Göttin Diana zu sehen, beschloß er, nur seinen schwarzen Samtmorgenmantel anzuziehen, da das Dinner eine sehr intime Angelegenheit werden würde. Um sie zum Lachen zu bringen, nahm er noch seine Reitpeitsche mit. Als er die Verbindungstür, die von ihrem Schlafzimmer zu dem neuen Eßzimmer führte, öffnete, lag Diana bereits hingegossen auf einer der Liegen.

Schockiert riß er seine schwarzen Augen auf, als er die herrliche Gestalt erblickte. Eine ihrer Brüste war vollkommen entblößt! Sie wirkte so gelassen wie nur eine Frau wirken konnte, die sich ihrer Schönheit vollkommen sicher war. Obwohl sein Körper auf recht heftige Art reagierte, gefiel es dem Herzog nur halbwegs, daß seine Frau sich auf so kühne und schamlose Weise zur Schau stellte.

Er schritt ohne Zögern auf sie zu. Als Diana den mißbilligenden Ausdruck auf seinen finsteren Zügen sah, streckte sie ihm Arme und Lippen zum Begrüßungskuß entgegen. Er türmte sich über ihr auf, ohne Anstalten zu machen, sie zu berühren. »Ich bin nicht sicher, ob eine Herzogin sich so …«

Sie näherte ihren Mund gelassen dem seinen, und als sie nur wenige Zentimeter von seinen Lippen entfernt war, sagte sie: »Betrachte mich nicht als deine Herzogin, betrachte mich als deine Sklavin.«

Er stöhnte tief auf und verschlang sie hungrig. Dann zog er seine Lippen wieder zurück. »Du hast das alles schon mal gemacht.«

»Mmmmm«, erwiderte sie sinnlich.

Zornig stieß er seine Zunge in ihren heißen, einladenden Mund und merkte, wie sein Ärger dahinschmolz. Sein Glied war zur Gänze erigiert und hob den Samtstoff seines Morgenrocks.

Diana nahm ihm die Peitsche aus der Hand. »Du brauchst nicht noch eine Waffe!«

Seine Augen glühten, als er nun die Hand ausstreckte, um ihre Brust zu liebkosen.

»Nein! Benimm dich und geh zu deiner eigenen Liege. Ich komme erst zum Dessert dran.«

In diesem Moment erschien Nora mit dem Dinner, und Mark half ihr, die Platten vom Tablett zu nehmen und auf dem kleinen Tischchen abzustellen, wobei er sich zwischen sie und Diana stellte. Er wollte nicht, daß Nora seine Frau in einem so skandalösen Gewand sah. »Wir bedienen uns selbst. Das genügt, danke Nora.« Mark nahm auf seiner Eßliege Platz.

»Komm her«, befahl er.

»Nein! Ich habe gesagt, zum Dessert!«

»Als meine Sklavin solltest du lernen, meinen Anweisungen zu gehorchen.« Sein Ton war autoritär. »Komm her und zeig mir, wie man diese Kissen anordnet.«

Langsam schlängelte sie sich auf ihn zu, ohne ihn dabei aus den Augen zu lassen. »Leg die Beine auf die Liege und stütze dich auf den Ellbogen.« Sie steckte ihm das große Kissen in den Rücken. »Und jetzt nimm dieses kleine unter deinen Ellbogen.«

Nervös trippelte sie neben seiner Liege auf und ab, und fuhr mit den Fingern über den Griff der Peitsche, die sie ihm abgenommen hatte. Heiße Lust wallte in ihm auf, als er ihre Herausforderung begriff. Er öffnete den Gürtel seines Morgenrocks und enthüllte seine prächtige Nacktheit.

»Auf die Knie«, befahl er.

38. Kapitel

In diesem Moment war er so finster-dominant, daß Diana fast bedauerte, nicht wirklich seine Sklavin zu sein. Er machte sie ganz schwindlig. Aber beide wußten, daß es sich nur um ein Liebesspiel handelte.

Sie fuhr wie nebenbei an dem phallischen Griff der Peitsche auf und ab. »Ihr seid sehr anspruchsvoll«, flötete sie.

»Ich bin ein Mann. Ich erteile die Befehle, und du gehorchst.«

Beide wurden erregt, ohne einander überhaupt berührt zu haben. Unter dem Geplänkel lag jedoch ein Ton vollkommener Autorität, der sie ganz schwach und willig machte. Sie strich mit einer der Lederschnüre der Peitsche über eine flache, bronzefarbene Brustwarze, dann langsam über seine Rippen und seinen Waschbrettbauch. Als sie seine Erektion leicht berührte, riß er ihr die Peitsche grob aus der Hand.

Ihre Wimpern senkten sich demütig. »Es tut mir leid, Herr«,

murmelte sie und sank auf die Knie. Sie hauchte einen zarten Kuß auf die karminrote Krone seiner hochaufragenden Männlichkeit, hörte sein scharfes Einatmen und fuhr dann mit ihrer feuchten Zungenspitze über jeden geliebten Zentimeter.

Als er die Augen aufschlug, saß sie wieder auf ihrer eigenen Liege. Sie warf ihm einen schrägen Blick unter verhangenen Lidern zu, der ihm das Paradies auf Erden versprach. »Das war lediglich ein Aperitif vor dem Hauptgang.«

»Kleines Biest«, grollte er. »Wenn du Lust auf solche Spielchen hast, kannst du gerne eine Lektion von mir bekommen.«

Am folgenden Vormittag sah man die beiden erneut über die Wiesen galoppieren. Als Diana auch diesmal verlor, meinte Mark grinsend: »Heute nachmittag wirst du besser reiten.«

»Besser als letzte Nacht?« fragte sie frech.

»Du kannst es ja versuchen«, sagte er augenzwinkernd. »Aber jetzt meine ich etwas anderes. Wir werden heute nachmittag eine Stute für dich kaufen.«

»Warum bekomme ich keinen Hengst?«

»Du kannst alles haben, was du willst; aber ich ziehe es vor, das einzige männliche Wesen in deinem Leben zu bleiben, und außerdem würde eine Stute Trajan überglücklich machen.«

»Dein Hengst in Aquae Sulis hieß ebenfalls Trajan.«

Mark lächelte sie zärtlich an. »Ist vielleicht kein purer Zufall, nicht wahr, Liebes?«

Er fuhr mit ihr zu einer Zuchtfarm in Avebury, wo er ihr erlaubte, sich ein Tier auszusuchen. Diana wählte eine junge Stute mit einer prächtigen blonden Mähne, die mit der ihren wetteiferte. »Glaubst du, sie könnte schon trächtig werden, oder ist sie noch zu jung?« fragte sie ihren Gatten.

Auf einmal dachte Mark nicht mehr an Pferde. Es packte ihn der heftige Wunsch, seine eigene Saat in seine wunderschöne Frau zu pflanzen. »Ich glaube, sie ist absolut perfekt.« Er zog sie an sich und drückte einen raschen Kuß auf ihr goldenes Haar.

Erst bei Einbruch der Dämmerung kamen sie wieder nach Hause zurück, wo Mr. Burke ihnen eine Nachricht präsentierte, die sie bereits erwartet hatten. Während sie in Avebury weilten, war Richard Davenport mit einem Papier des Inhalts aufgetaucht, daß er bei Gericht wegen Fehlens der schriftlichen Zustimmung des Vormunds die Annullierung der Ehe seiner Nichte beantragt habe. Der Fall würde in der Osterwoche vor Gericht kommen, vier Tage vor ihrem achtzehnten Geburtstag.

Sie versuchte, sich ihre Angst nicht anmerken zu lassen, aber Mark kannte sie zu gut, um ihre Verstörung nicht zu bemerken.

»Er hat verdammtes Glück gehabt, daß ich nicht hier war«, fluchte er. »Ich hätte die Hunde auf ihn gehetzt.«

Diana war froh über ihren auswärtigen Pferdekauf, denn natürlich hätte er sich weit mehr einfallen lassen können, als nur die Hunde auf ihren Onkel zu hetzen.

Im Bett klammerte sie sich verzweifelt an ihn. Sie brauchte seine Stärke, nicht nur, um sich dem möglichen Skandal einer Annullierung, sondern um sich deren Realität zu stellen. Sie hatte gehofft, daß Richard und Prudence es gut sein lassen würden, nach allem, was sie ihr angetan hatten. Vielleicht würden sie, nachdem sie einmal mit dem Herzog von Bath verheiratet war, nichts mehr unternehmen und das fait accompli stillschweigend akzeptieren. Wie naiv sie doch war!

»Was sollen wir bloß tun?« flüsterte sie ratlos.

»Mein Liebling, sollten sie die Annullierung erreichen, werde ich dich einfach irgendwo hinbringen, wo sie dich nicht finden – bis zu deinem Geburtstag.«

Sie wollte fragen: »Und dann?«, aber vermochte es nicht. Er hatte ihr nicht angeboten, nochmals zu heiraten, an ihrem achtzehnten Geburtstag. Diana wußte genau, daß es nur ein vorübergehendes Arrangement war. Sie strich kurz über ihren Bauch. Wenn sie ihm von dem Kind erzählte, würde er ihr zweifellos anbieten, sie nochmals zu heiraten, um sie zu schützen. Aber sie wünschte sich aus tiefstem Herzen eine freie Wahl und keine erzwungene Hochzeit. Welch ein Glück wäre es, wenn er es nicht aus Verpflichtung täte!

Sie seufzte und wünschte, die Dinge lägen anders. Dann schmiegte sie ihr Gesicht in seine Halsgrube. Mittlerweile verstand sie gut, wie kostbar ihm seine Freiheit war. Und es spielte ja auch wirklich keine Rolle, solange er sie liebte. Hatte sie nicht erst kürzlich festgestellt, daß Liebe weit wichtiger war als die Ehe?

Mark hingegen hielt es zunächst einmal für das Allerwichtigste, daß Diana ihr rechtmäßiges Erbe antrat. Wenn ihre Vormünder dann ihres Amtes enthoben waren, konnte sie sie nach Herzenslust vor Gericht zerren, aber eben erst bei Volljährigkeit. Er wollte nichts tun, um das, was ihr legal zustand, zu gefährden. Gegenwärtig konnte er sich lediglich zwei weitere Wochen in Geduld üben.

Während er dalag und über ihre Situation nachdachte, streichelte er ihr Haar und ihren Rücken, beide weich wie Samt. Die Annullierung stand jedoch auf einem anderen Blatt. Als der König das Ehegesetz erließ, um Prinny auf seinen Platz zu verweisen, setzte er das Alter, in dem man ohne Zustimmung heiraten konnte, auf einundzwanzig fest. Das wurde sie erst in drei Jahren, und auch wenn Diana sich damit zufrieden gab, einfach nur mit ihm zusammenzuleben, entsprach das nicht Marks Vorstellung. Zum ersten Mal in seinem Leben wünschte er sich eine Frau und Kinder, und zwar ordnungsgemäß.

Das Ganze lief, selbst wenn sie finanziell unabhängig wurde, darauf hinaus, daß sie nach wie vor Richards Zustimmung zu einer Heirat brauchten. Das Gesicht des Herzogs von Bath wurde entschlossen und hart. Er würde Davenport zwingen, seine Zustimmung zu geben, beschloß er rücksichtslos.

Diana bewegte sich unruhig. Er mußte sie von ihren Sorgen ablenken. »Ich finde, wir könnten ein privates Badebecken gebrauchen. Du kannst mir helfen, Pläne dafür zu zeichnen.«

»Für drinnen oder draußen?«

»Nun, wenn es draußen ist, können wir es nicht das ganze Jahr über nutzen. Wie wäre es mit einer Glasveranda mit Bäumen und Pflanzen?«

»Das klingt himmlisch.«

»Ich kann schwimmen, weißt du.«

»Das würde ich liebend gerne sehen.«

»Laß uns morgen ins King's Bath gehen«, schlug sie vor. »Es wird ein Genuß, dich in einem dieser sackförmigen Badekostüme zu sehen.«

Als sie am folgenden Nachmittag beim King's Bath eintrafen, wunderte Diana sich, wie still und ruhig es in der normalerweise so belebten Stawles Street war.

»Ich sehe dich dann drinnen«, sagte Mark, als sie sich trennten und er im Umkleidebereich der Männer und sie dem der Frauen verschwand.

Es gab nur eine einzige Badebedienstete, was sie noch mehr überraschte. »Ich kann kaum glauben, wie ruhig es heute ist; das Bad wirkt beinahe verlassen.«

Während ihr die Frau in die hochgeschlossene braune Badekutte half, sagte sie: »Ja, wissen Sie es denn nicht? Der Herzog von Bath hat unser Institut für eine private Veranstaltung gemietet. Die Galerie ist ebenfalls geschlossen, so daß es keine Zuschauer gibt, die Sie beobachten könnten.«

Als Diana zum Becken ging, teilte Mark bereits mit kräftigen Armbewegungen das Wasser – und er war nackt, wie Gott ihn erschuf!

»Du Teufel! Ich wollte dich in deinem Hosensack auslachen, und jetzt sieht es so aus, als ob ich hier die Witzfigur wäre.«

»Es ist niemand hier, außer uns. Bist du mutig genug, das Ding da auszuziehen?« fragte er übermütig.

»Nackt zu baden ist nichts Neues für mich«, versicherte sie ihm von oben herab. Aber erst nachdem sie einen prüfenden Blick auf die Galerie geworfen und niemanden entdeckt hatte, zog sie das sittsame Leinengewand aus. Sie glitt ins warme Wasser, um ihm zu zeigen, daß sie schwimmen konnte. »Das nennt man Brustschwimmen«, verkündete sie.

»In der Tat«, sagte er und beobachtete ihre porzellanfarbenen Kugeln, die sich verführerisch an der Wasseroberfläche zeigten.

Sie spielten und tollten über eine Stunde lang herum, aber Mark behielt sie ständig prüfend im Auge. Diana war längst nicht mehr so blaß und ganz sicher nicht schüchtern, aber auf ihn wirkte sie nach wie vor unglaublich zart und zerbrechlich. Er schwamm unter Wasser zu ihr und glitt an ihrem Körper entlang nach oben. Sie schlang ihre Arme um seinen Nacken und hob ihm ihre Lippen zum Kuß entgegen. Auf einmal verklang ihr Lachen und sie wurden ernst. »Laß uns nach Hause gehen«, flüsterte er.

Daheim stellte Diana überglücklich fest, daß die bestellten Stücke von Madame Madeleine eingetroffen waren. Sie lief nach oben und rief dabei über die Schulter: »Wir benutzen heute abend das private Eßzimmer.«

Mr. Burke bemerkte zum Herzog gewandt, »mit Lady Diana im Haus gibt es nie einen trüben Moment, Sir. Ich nehme an, Sie möchten, daß Nora Ihnen serviert?«

»Die Herzogin ist so unkonventionell, jawohl das wäre ratsam.«

Diana legte gerade letzte Hand an ihren Wasserfall goldener Locken, als Nora auf der Suche nach ihr hereinschaute. Entsetzt blieb sie im Türrahmen des pfirsichfarbenen Zimmers stehen. »Das können Sie unmöglich anziehen, Mylady!«

Diana legte ihr Goldkettchen um ihre Taille und rückte ihren purpurroten Lendenschurz zurecht. »Warum nicht?« fragte sie ernsthaft.

»Nun, wir Franzosen haben ja recht liberale Ansichten, aber das hier ist einfach schockierend.«

Diana lächelte leise in sich hinein. »Einen Franzosen mag es ja schockieren, einen Römer aber nicht. Konnten Sie die Räucherschale für mich auftreiben?«

»Ich habe sie ins Eßzimmer gestellt.«

»In Aquae Sulis hieß das Triclinium.«

»Ist das da, wo all die Orgien abgehalten wurden?« flüsterte Nora, die wußte, daß Diana eine ausgezeichnete Kennerin der römischen Geschichte war.

»Unter anderem«, bestätigte sie.

Heute nacht sollte Mark sie auf Knien anflehen, ihn nochmal zu heiraten, sobald die Annullierung ihrer derzeitigen Ehe eintraf. Sie war entschlossen, seine zwanghafte Freiheitsliebe zu überwinden.

In der Hoffnung, Diana zu schockieren, kam Mark nur mit einem Handtuch um die Hüften zum Dinner. Als er durch die Verbindungstür in den Raum trat, entzündete Diana soeben eine Substanz in einer Räucherschale. Sein Blick leckte über die Kurven, die der purpurrote Lendenschurz so erotisch enthüllte. »Zwei Hirne, aber nur ein einziger Gedanke«, sagte er heiser.

»Dies ist ein römischer Brauch. Weihrauch gehört zu den Düften, die Seelenreisen in Erinnerung rufen.«

Seine Nasenflügel blähten sich auf. Sie war lieblicher als jede Göttin. Was hatte er getan, um ein solches Geschenk zu verdienen?

Als Nora mit dem Dessert hereinkam, bemerkten sie sie überhaupt nicht. Sie saßen zusammengekuschelt auf einer Liege und fütterten sich gegenseitig mit den Fingern. Nora stellte die Süßigkeiten und Früchte ab und zog sich zurück.

Als Diana seine Finger ableckte, murmelte er sanft: »Welche Früchte hättest du gern – Passionsfrüchte?«

»Am liebsten Pflaumen«, murmelte sie, glitt mit der Hand unter sein Handtuch und rollte seine Hoden schamlos aneinander.

»Was magst du sonst noch? Ich will dir jeden Wunsch erfüllen.« Er hob sie hoch und trug sie in ihr Schlafzimmer. Sein

Handtuch und ihr Lendenschurz blieben auf dem Sofa zurück.

»Tantra.«

»Tantra?« Er hatte keine Ahnung, was das war, aber so wie sie es aussprach, klang es reichlich verboten. »Zeig's mir.«

»Nicht im Bett, auf dem Boden. Ich sitze mit dem Gesicht zu dir gewandt auf deinem Schoß, so daß jeder Zentimeter unserer Körper mit einbezogen ist. Deine langsamen, sinnlichen Stöße müssen kurz vor dem Orgasmus aufhören, damit du wieder von vorne anfangen kannst... wieder und wieder.«

Mark war ganz und gar hingerissen. Er sank auf den Teppich und zog sie auf seinen Schoß.

Zwei Stunden später, als sie ganz willenlos vor Erfüllung war, küßte er ihr Haar und flüsterte: »Was wünschst du dir zum Geburtstag?«

Sie hielt den Atem an, in der Hoffnung, daß er ihr eine dauerhafte Ehe vorschlug. Die Stille hing zwischen ihnen wie schwarzer Samt. Schließlich flüsterte sie: »Rate mal«.

Er überlegte, aber er war viel zu erfüllt von ihr, viel zu liebestrunken, um richtig denken zu können.

»Rubine? Diamanten?«

Sie versteifte sich und stieg entrüstet von seinem halb erigierten Glied. »Elender Mistkerl! Du weißt genau, was ich mir mehr als alles auf der Welt wünsche, aber deine verdammte Freiheit rangiert über allem anderen!«

Seine schwarzen Brauen zogen sich wie ein aufkommender Sturm zusammen. »Du kannst alles von mir haben; was, zur Hölle, wünschst du dir?«

»Du bist so unerhört klug, finde es selbst heraus!« Sie stürmte aus dem Schlafzimmer, ohne daran zu denken, daß sie splitternackt war.

Mark starrte wütend die Tür an, die sie hinter sich zugeworfen hatte. Wie konnte sie im einen Moment so liebevoll sein und im nächsten wie eine feuerspeiende Furie? *Diese Weiber!* Das war der Dank, den er bekam, weil er sie mit Aufmerksamkeiten überschüttete. Sie war ein verwöhntes kleines Luder, und wenn sie alleine schlafen wollte, dann sollte sie ihren Willen haben!

Zwei Tage lang sprachen sie nicht miteinander, aber jeder von beiden bezahlte den Preis dafür mit Einsamkeit und Elend. Am dritten Tag fuhr er in die Stadt, danach zog er sich in die Bibliothek zurück. Diana war bereit, ihn um Verzeihung zu bitten. Sein Stolz gehörte zu seinem Charakter, und natürlch wollte sie ihn auch gar nicht anders.

Zum Abendessen bat sie um ein Tablett, das sie mit hinauf in ihr Zimmer nahm. Unterdessen hielt sie Ausschau nach einem Vorwand, zu ihm gehen zu können. Da sah sie auf ihrem Kissen eine Samtschachtel liegen. Aufgeregt wie ein Kind zu Weihnachten öffnete sie sie. Darin lag ein silbernes Halsband, das mit leuchtendblauem Lapislazuli geschmückt war. Leichtfüßig rannte sie die Treppe hinunter und öffnete ohne anzuklopfen die Tür zur Bibliothek. Er saß über einem Stapel Papiere, deckte sie jedoch zu, als er sie erblickte.

Sie hielt die Samtschachtel hoch. »Deine Entschuldigung ist märchenhaft.«

»Das soll keine Entschuldigung sein, sondern ein Friedensangebot«, knurrte er. Diana sah jedoch das Glitzern in seinen Augen.

Obenhin sagte sie: »Siehst du, natürlich weißt du, was ich mir wünsche.«

Er starrte sie einen Moment lang an, dann murmelte er: »Ich habe eine Weile gebraucht, aber dann ist es mir schließlich eingefallen.«

»Leg es mir an.«

»Oben.«

»Ich habe etwas zu essen.«

»Laß uns römisch speisen.«

Ihr sexueller Hunger war offensichtlich, aber unter all der Lust lag eine tiefe Liebe. Das Glück des einen hing von dem des anderen ab. Wie die zwei Hälften einer Münze waren sie ohne den anderen nicht vollständig.

Am ersten Tag der Osterwoche erklärte das Gericht die Ehe von Mark Hardwick, dem Herzog von Bath, und Lady Diana Davenport wegen fehlender Zustimmung der Vormünder für null und nichtig. Als der Bescheid in Hardwick Hall eintraf, befanden sich Mark und Diana bereits auf einer der Barken des Herzogs auf dem Weg nach Bristol.

Als sie an der Reling stand und nachdenklich in die wirbelnden Wasser des Avon River starrte, nahm Mark ihr Kinn und drehte ihr Gesicht zu ihm. Er legte seinen langen Finger an ihre Wange. »Mein Liebling, es tut mir leid, daß unsere Ehe annulliert wurde, aber wir wußten ja, daß es so kommen würde.«

Sie schmiegte ihre Wange in seine Hand. »Das ist doch auch bloß Papier... Heiratsurkunden, Annullierungen... Unsere Liebe können sie niemals auslöschen.«

Diana versuchte, das Beste aus der Sache zu machen, und er wollte sie auf andere Gedanken bringen. »Wenn wir alle Damenkonfektionsläden in Bristol leergekauft haben, sollten wir, denke ich, nach London gehen. Wir können rechtzeitig zu deinem Geburtstag dort sein und du zahlst es ihnen dann heim, wenn du willst.«

»O Mark, das wäre einfach großartig! Ich werde zum Grosvenor Square fahren und mir mein Haus zurückholen. Kommst du mit?«

»Das würde ich mir um keinen Preis entgehen lassen. Bis zu deinem Geburtstag werden sie überall nach dir suchen. Sie haben nur noch vier Tage, um dein Geld zu verschleudern. Und ich werde dich keine Sekunde aus den Augen lassen. Vielleicht bin ich ja nicht mehr dein Ehemann, aber dein Beschützer bleibe ich auf jeden Fall.«

In dieser Nacht lag Mark noch lange, nachdem Diana eingeschlafen war, wach und zermarterte sich das Hirn, wie er Richard Davenport so unter Druck setzen könnte, damit er seine schriftliche Zustimmung zu Dianas Heirat erteilte. Ihr Onkel war, nachdem sie ihr Erbe angetreten hatte, auf jeden Fall in finanziellen Schwierigkeiten; eine Bestechung würde ihn wahrscheinlich umstimmen. Aber Mark konnte sich einfach nicht überwinden, einen Mann, der Diana in ein Irrenhaus hatte einweisen lassen, auch noch zu belohnen.

Sicher könnte er Richard mit vorgehaltener Pistole zwingen, aber dann würde der ihn wiederum wegen Nötigung verklagen, und Diana hatte jetzt genug durchgemacht. Er würde die zwei Hyänen irgendwie zur Kapitulation zwingen müssen.

Liebevoll verweilte sein Blick auf ihren langen, dichten Wimpern, die Schatten auf ihre Wangen warfen. Ihr Hochzeitskleid war bereits bestellt und die Einladungen adressiert. Er konnte es kaum erwarten, ihre Amethystaugen vor Glück strahlen zu sehen, wenn er sie bat, ihn nochmals zu heiraten.

An ihrem achtzehnten Geburtstag erwachte Diana im Savoy Hotel in London. Wenn die Geschäftsleitung übrigens gewußt hätte, daß ihre Ehe ungültig geworden war, hätten sie diese Suite nie bekommen. Herzog hin oder her. Sie beschloß, für ihre Konfrontation mit ihrer Tante und ihrem Onkel rote Seide anzuziehen, da Prudence ja glaubte, eine Frau, die Rot trug, könne unmöglich respektabel sein.

Diana schloß die Häkchen an ihrem auffälligen Tageskleid, zupfte die Straußenfeder am Hut zurecht, so daß sie sich bis unter ihr Kinn ringelte, und wählte einen kleinen roten Sonnenschirm. Man konnte nie wissen, vielleicht brauchte sie ja eine Waffe.

Als erstes fuhren sie bei Chesterton und Barlow vorbei, wo Diana ein halbes Dutzend Papiere unterzeichnete, dann brachte die Kutsche sie das kurze Stück zum Grosvenor Square.

Die Davenports hatten die letzte Woche in Bath verbracht. Vor vier Tagen, als das Gericht Dianas Ehe annullierte, waren sie wie eine Hundemeute in Hardwick Hall eingefallen. Und nach Mr. Burkes Bescheid, daß Lady Diana nicht hier sei, verschwendeten sie einen ganzen Tag damit, einen Durchsuchungsbefehl zu bekommen, der die Beute jedoch auch nicht zum Vorschein brachte.

Daraufhin deutete Mr. Burke gelassen an, daß das Vögelchen nach Bristol entflogen sei, also hefteten sie sich spornstreichs an ihre Fersen. Der abscheuliche Burke vergnügte sich zweifellos königlich auf ihre Kosten! Und jetzt, da es zu spät war, besaß Diana die Unverfrorenheit, einfach aufzutauchen und sich vom Butler ankündigen zu lassen!

»Guten Tag, Richard. Guten Tag, Prudence; wie geht's der alten Hüfte?«

Die Augen des Herzogs von Bath funkelten befriedigt, als er sah, wie Prudence der Kiefer herunterklappte und sie den Mund dann eilig zu einer dünnen Linie zusammenpreßte.

»Wo du die Frechheit hernimmst, vor aller Augen herumzustolzieren, wo du der Skandal von ganz London und Bath bist, geht über meinen Verstand.«

»An Frechheit hat es mir noch nie gemangelt, Prudence.« Diana lächelte. »Du hast zwar dein Bestes getan, mich kleinzukriegen, aber wie du siehst, hat keine deiner erbärmlichen Intrigen funktioniert.«

Prudence reckte hochmütig das Kinn und musterte sie verächtlich. »Zumindest hatte ich das Vergnügen, deine Ehe aufzulösen!«

Zur Hölle mit dir, Prudence, du schaffst es immer noch, mir wehzutun.

»Ein Wort unter vier Augen, Davenport?« fragte der Herzog ruhig.

Als Diana mit Prudence allein war, ließ sie sich die Verwundung nicht im geringsten anmerken. »Eine Heiratsurkunde ist doch nur ein Stück Papier, Prudence, und wirklich nicht wichtig.«

Prudence lächelte grausam. »Nicht, wenn sie durch ein anderes Stück Papier außer Kraft gesetzt ist!«

»Da du von Papieren so fasziniert zu sein scheinst, habe ich auch eines für dich.« Diana griff in ihre Handtasche und reichte ihr ein Dokument.

»Eine Räumungsklage?« kreischte Prudence.

»Es besteht keine Eile; mir genügt es, wenn ihr das Haus bis Mitternacht verlassen habt.«

»Du widerliches Miststück«, schnaubte Prudence und trat drohend auf sie zu.

»Paß auf, Prudence, oder ich verpasse dir eine Bognor-Injektion.«

»Was?«

»Ich schiebe dir meinen Sonnenschirm in den Hintern und spanne ihn auf!«

39. Kapitel

Der Herzog trieb ebenfalls seine Scherze auf Richard Davenports Kosten. Er hielt eine Handvoll Papiere in der Hand, die genau so tödlich waren wie eine geladene Pistole.

Richard beäugte ihn argwöhnisch.

»Ich will Sie nicht länger auf die Folter spannen. Dieses Dokument berechtigt zu einer gründlichen Untersuchung der Verwaltung von Lady Dianas Vermögen.«

Richard erbleichte.

»Und dieses hier beschuldigt Sie der Entführung einer Minderjährigen; dies hier der illegalen Festhaltung derselben.«

»Wir handelten innerhalb unserer Rechte als gesetzliche Vormünder.«

»Das gilt nur bei gerechtfertigtem Anlaß.«

»Das Mädchen hatte den Verstand verloren, sie glaubte, sie wäre in eine andere Zeit versetzt worden.«

»Nur Sie und ich und Dr. Wentworth haben sie davon sprechen hören, und der Doktor und ich werden das bestreiten.«

»Dr. Bognor ist ebenfalls Zeuge«, meinte Richard triumphierend.

»Dr. Bognor befindet sich in noch größeren Schwierigkeiten als Sie, Davenport. Ich fürchte, seine Tage als Arzt sind gezählt, ebenso wie Ihre als Anwalt. Oh, ich vergaß ganz, dieses Dokument hier zu erwähnen, in dem Sie der Unterschlagung beschuldigt werden. Da Sie ja mit den Gesetzen vertraut sind, kennen Sie das Strafmaß.«

Richards Gesicht wurde kalkweiß und er fing an zu schwitzen. Der Herzog sah sich das ein paar Minuten lang an.

»Vielleicht könnte ich Lady Diana ja dazu überreden, einige dieser Anklagen fallenzulassen, wenn Sie meine Frau wäre.«

Richards Hände zitterten. »Prudence wird nie ihre schriftliche Einwilligung zur Heirat geben.«

»Glücklicherweise sind ja Sie Dianas gesetzlicher Vormund und nicht Prudence.«

Als die Gentlemen wieder zu den Ladies stießen, sagte Diana zuckersüß: »Wir wollen euch nicht länger aufhalten, ihr müßt ja noch einiges packen.«

Prudence, rachsüchtig bis zum Schluß, sagte boshaft: »Nun, du brauchst immer noch unsere Zustimmung zur Heirat, solange du nicht einundzwanzig bist. Glaubst du, du kannst deine Stellung als Mätresse so lange halten?«

Dianas Herz krampfte sich schmerzvoll zusammen; Richards sank bis in seine Hosen und Marks schnellte triumphierend in die Höhe.

Auf der Rückfahrt zum Savoy verblaßte Dianas Lächeln keine Sekunde lang, aber Mark sah, daß es nicht bis zu ihren Augen reichte.

»Würdest du heute abend gerne ausgehen – zur Feier deines Geburtstages?«

»Ich würde viel lieber auf unserem Zimmer essen, wenn es dich nicht zu sehr enttäuscht, Mark.«

»Da ich bereits entsprechende Vorkehrungen getroffen habe, macht es mir überhaupt nichts aus.«

Diana nahm ein Bad und wählte ein weißes, goldgesäumtes Negligé, das ihr Halsband mit den blauen Lapislazuli hervorragend zur Geltung brachte. Als sie aus dem Schlafzimmer trat, stand schon der Rollwagen mit dem Dinner bereit. Sie lüftete den schweren Silberdeckel vom ersten Gericht und rang entzückt nach Luft. Mark hatte blaßblaue Brautorchideen für sie bestellt. Sie drehte sich in seinen Armen zu ihm herum. »Wie lieb, du denkst auch an alles!«

Zärtlich strich er mit den Lippen über ihre Stirn. »Laß uns morgen nach Hause fahren.«

Sie seufzte traurig. »Es ist nicht mein Zuhause.«

Er drückte ihr ein Papier in die Hand. »Aber schon bald wird es das sein.«

Sie öffnete das knisternde Dokument und las, daß Richard Davenport einer Heirat zwischen Lady Diana und Mark Hardwick, dem Herzog von Bath, zustimmte. Auf einmal mußte sie gleichzeitig lachen und weinen. »Bittest du mich wirklich, dich noch mal zu heiraten?«

»Sag am besten gleich ja; ich habe die Einladungen heute nachmittag abgeschickt.«

Ihre Mundwinkel verzogen sich betrübt. »O Mark, ich habe einen solchen Wirbel verursacht, da wird niemand kommen. Die höheren Kreise werden mir die kalte Schulter zeigen und dir auch.«

»Unsinn! Die Kreise, die du meinst, sind alles andere als

höher. Ich bin ein Herzog, verdammt noch mal. Die Leute werden sich um eine Einladung nach Hardwick Hall prügeln. Sie reißen sich ein Bein aus für die Gelegenheit, einen Blick auf meine unmögliche Braut zu werfen.«

»Dann wußtest du also, was ich mir zum Geburtstag gewünscht habe.«

»Du bist durchschaubar wie venezianisches Glas, mein Süßes, und ebenso schön. Warum vergessen wir nicht einfach das Essen und gehen direkt ins Bett?« murmelte er.

»Was fällt dir ein? Ich komme um vor Hunger. Vorerst will ich zu Abend essen und dann bist du mir willkommen als Nachspeise.«

»Nun, je länger man wartet, desto größer der Genuß.« Er tunkte ein Stück Hummer in die Buttersauce und hielt es ihr an die Lippen. »Ich werde all deine Sinne befriedigen, bevor die Nacht vorüber ist.«

Sie leckte sich die Lippen. »Du glaubst also, daß du die nötigen Voraussetzungen dafür hast?«

Mark lächelte genüßlich.

Hardwick Hall stand voller Frühlingsblumen und hatte nie schöner ausgesehen. Selbst die Sonne feierte bei der Hochzeit mit. Die Speisen wurden geliefert, so daß Nora sich um die Braut kümmern konnte.

Am Abend zuvor hatten Mark und Diana Hochzeitsgeschenke ausgetauscht. Sie hatte ihm ein prächtig erhaltenes antikes Schwert gekauft, und er überreichte ihr eine Diamantenkette mit einer Blume aus Amethysten, die genau zu ihren Augen paßten.

»Oh, das habe ich ganz vergessen«, sagte er und zog eine gewaltige Schachtel unter dem Bett hervor.

Als Diana sie aufmachte, kamen ihr die Tränen. Darin lag eine cremefarbene *Tunica recta*, die aus einem Stück gewoben war, und ein Paar cremefarbener, perlenverzierter Ledersandalen.

Der Hochzeitsschleier war aus flammendroter chinesischer Seide.

»Mark, du hast meinen Geschichten aber wirklich aufmerksam zugehört.«

»Selbstverständlich. Ich liebe dich nicht nur wegen deiner Schönheit. Dein Verstand und dein Sinn für Humor sind eine immense Freude für mich.«

Diana fragte sich, wie viele Jahrhunderte er wohl gebraucht hatte, um eine Frau wegen ihrer gesamten Persönlichkeit schätzen zu lernen.

»Bist du mutig genug, einen roten Schleier zu tragen?«

»An Mut hat es mir noch nie gefehlt!«

Jetzt jedoch, als sie vor ihrem Spiegel stand und Nora einen Blumenkranz auf ihrem Haupt befestigte, war Diana nicht mehr so sicher. Letzte Nacht hatte sie noch angenommen, daß sie keine Gäste haben würden. Heute hingegen traf schon seit zwei Stunden eine Kutsche nach der anderen ein.

»Nun, ich kann ja wohl schlecht im allerletzten Moment anfangen, die sittsame Herzogin zu spielen, Nora. Die feinen Leute haben mich nun mal aufs Korn genommen, und es würde gar nicht zu mir passen, sie zu enttäuschen.«

Ein leises Klopfen an der Tür verriet, daß Mr. Burke sie in die hauseigene Kapelle der Hardwicks führen wollte. Jede Sitzreihe schmückten Sträuße von Gästen, deren Gesichter Diana wie durch einen Nebel wahrnahm. Ganz deutlich sah sie nur das dunkle Antlitz ihres Liebsten, der sie am Altar erwartete.

Aufmerksam hörte sie zu, während der Priester das Ehegelöbnis vorsprach. Sie war überrascht, als der Bräutigam ihre Hand nahm und sagte: »Ich, Marcus, nehme dich, Diana, zu meiner rechtmäßig angetrauten Ehefrau …«

Als sie an der Reihe war, benutzte sie ebenfalls seinen klassischen Namen. »Ich, Diana, nehme dich, Marcus, zu meinem rechtmäßig angetrauten Ehemann …« Als sie ihr Jawort gegeben hatte, fügte sie leise hinzu: »Willst du mein *pater familias* sein?«

Mark umklammerte fest ihre rechte Hand und sagte ihr damit, daß er alles sein würde, was sie sich wünschte. Als sie die Kapelle verließen und mit Reis beworfen wurden, legte Diana heimlich die Hand auf ihren Bauch. Ab heute abend würde sie ihr Geheimnis mit ihrem Bräutigam teilen.

Die Nachmittagssonne schien so hell, daß sämtliche Türen geöffnet wurden, so daß die Gäste sich in der Weitläufigkeit der elisabethanischen Grundstücke ergehen konnten.

Diana stellte dann doch erleichtert fest, daß sie viele der Gesichter kannte, beispielsweise Dr. Wentworth und seine hübsche Frau – nicht zu vergessen Dame Lightfoot, die mit den Melbournes gekommen war.

»Allegra ist leider verhindert?« fragte sie schelmisch.

»Sie kommt später, wenn sich die Dinge ein wenig belebt haben und man mit dem Tanzen beginnt«, erwiderte Dame Lightfoot, ohne eine Miene zu verziehen.

Lady Emily Castlereagh und ihr Gatte, der Marquis von Londonderry, die beide enge Freunde ihres Vaters gewesen waren, hatten die Fahrt nach Bath mit den Granvilles gemacht. William Lamb, einer ihrer enttäuschten Verehrer, erschien mit Caro Ponsonby, und Diana tat er fast leid, als sie die Verlobung der beiden erfuhr. *Sie wird ihm das Leben zur Hölle machen. Armer William!*

Die exzentrische Herzogin von Cork hielt gerade im Salon hof, als Diana und Mark hereinschlenderten, um sich unter die Gäste zu mischen. Die alte Dame durchlöcherte sie förmlich mit ihrem bohrenden Blick. »Also, wo waren Sie nun all die Monate untergetaucht, Lady Diana?«

Schweigen breitete sich aus, während Diana ihren Verstand zusammennahm. »Sie wissen doch, wie Männer immer auf große Tour gehen, bevor sie sich niederlassen, um eine Familie zu gründen? Nun, meiner Meinung nach ist dies den Frauen gegenüber einfach unfair, und so habe ich eine Reise nach Rom unternommen.«

»Gut gemacht, Mädchen«, meinte die Herzogin beifällig, und die übrigen Ladies schienen auf einmal alle die Gleichheit der Geschlechter zu befürworten.

Mark öffnete die Zigarrenschachtel und bot dem Herrn neben ihm eine an. »Haben die Ladies etwas dagegen, wenn wir rauchen?«

»Nicht, solange wir mitrauchen dürfen«, sagte Diana und langte frech nach einer Cheroot. Geschockte Stille senkte sich über den Raum, dann nahm die Herzogin von Cork sich ebenfalls eine Zigarre heraus, hielt sie an die Nase und sagte: »Hmmm, türkische Mischung. Also ich bevorzuge eigentlich die aus der Neuen Welt.«

Als Mark und Diana in den angrenzenden Raum spazierten, gab sie ihm die Zigarre zurück.

»Es macht dir Spaß, die Leute zu provozieren«, sagte er vorwurfsvoll.

»Da täuschst du dich. Heb sie für mich auf; ich rauche sie später.«

Als sich langsam die Schatten der Dämmerung herabsenkten, winkte Diana Mark zu. »Ich gehe nach oben und nehme meinen Schleier ab, bevor wir in den Ballsaal zum Tanzen gehen.«

»Gut. Dein Haar ist viel zu schön, um es zu verstecken.«

»Der Tag war absolut perfekt. Mein Herz gehört dir.« Diana konnte es kaum erwarten, mit ihm in dem herrlichen elisabethanischen Ballsaal zu tanzen, während auf der hohen Galerie die Musik jubelnd einsetzte.

Er nahm ihre Hände und zog sie an seine Lippen. Voller Sehnsucht hätte er gern mehr als nur ihre Finger geküßt; doch wenn er einmal anfing, ihren Mund zu erforschen, würde er nicht mehr aufhören können.

Diana ging in Marks Schlafgemach, in der einst eine Königin übernachtet hatte und die nun auch die ihre war. Als sie die Tür schloß und sich umdrehte, blickte sie direkt in die Augen von

Peter Hardwick. Wie, um alles in der Welt, war er hier hereingekommen? Doch dann wußte sie es. Er hatte den Geheimgang benutzt, damit ihn niemand sah.

»Peter, was willst du hier?«

»Du warst zu fein, um deine Beine für mich zu spreizen. Du und Mark, ihr habt euch verschworen, mich um das Erbe meines Vaters zu bringen. Bis zu deinem Auftauchen war ich nach Mark der nächste Anwärter; doch nun spielt er sich endgültig als Alleinherrscher auf. Aber ich werde dennoch mein Erbe antreten, und du, mein schönes Miststück, bekommst, was du verdienst.«

»Petrius!« schrie sie entsetzt.

»Du gehst mit mir aufs Dach und wirst freiwillig hinunterspringen! Keiner weiß, daß ich hier bin, und keiner wird es je erfahren.«

Als er sich mit einem Hechtsprung auf sie werfen wollte, verschwendete Diana keine Zeit mit Schreien. Sie griff nach der Tür und riß sie auf, während seine erbarmungslosen Hände gierig nach ihr grabschten. Mit Löwenkräften riß sie sich von ihm los. Ihr roter Schleier blieb in seinen Fingern hängen, aber sie rannte bereits den Gang entlang zur großen Treppe. Peter verfolgte sie blindlings; sie hörte sein Keuchen.

Dann sah sie Mark, der mit Charles Wentworth am Fuß der Treppe stand. Bevor sie seinen Namen rufen konnte, erhielt sie einen brutalen Stoß in den Rücken und rollte hilflos die unendlichen Stiegen abwärts.

Ein Ausdruck blanken Entsetzens trat in Marks Gesicht, als er zusehen mußte, wie Peter Diana die Treppe hinunterstieß. Der Herzog sprang ihr entgegen, um sie aufzufangen; sein Herz dröhnte in seinen Ohren. Normalerweise kannte er keine Angst, doch in diesem Augenblick, als er in das Antlitz seiner Liebsten blickte, spürte er ihren Würgegriff.

»Es geht mir gut, Mark... e-es war Petrius!« wimmerte sie.

Charles Wentworth nahm sie ihm ab. »Ich kümmere mich schon um sie – schnapp ihn dir!«

Mit einem mörderischen Blitzen in den Augen nahm Mark die Treppe drei Stufen auf einmal. Er zögerte keine Sekunde, sondern stürmte direkt in seine Schlafkammer und zum Geheimgang, der aufs Dach führte. Peter war als Kind auch immer über diesen Weg geflohen, wenn er eines von Marks Tieren grausam geschunden hatte. Damals konnte er seiner nie habhaft werden, doch heute würde er's.

Peter drückte sich an den hohen Kamin, der tief im Dunkeln lag. Er hatte geplant, Diana vom Dach zu stoßen, aber das hier war sogar noch besser. In Wirklichkeit stand Mark seiner Zukunft im Weg. Haß und Blutrausch wallten heiß in ihm auf; es war das Ekstatischte, das er je erlebt hatte.

Mark blieb vollkommen reglos stehen, bis sich seine Augen an die Dunkelheit gewöhnt hatten. Sein Blick glitt langsam über den Giebel, die breite Dachrinne und die Brüstung. Als er keine Spur von Peter entdeckte, wußte er, daß er auf der anderen Seite, hinter dem Kamin, stecken mußte. Langsam trat er auf die breite Brüstung hinaus, wo er, wie er wußte, leicht zu sehen war.

»Komm raus!« kommandierte er.

Etwa zwei Minuten lang geschah nichts, kein Geräusch, keine Bewegung, nichts. Dann sprang Peter auf einmal aus seinem Versteck und warf sich haßerfüllt auf Mark.

Uralte Erinnerungen überfluteten Marks Bewußtsein. Petrius hatte seinen Vater vergiftet und Nero dazu gebracht, Diana als lebende Fackel zu verbrennen!

Seine mächtigen Fäuste rammten sich in Peters Leib. Als dieser in die Knie ging, verlor er ganz plötzlich die Balance und fiel wie ein Sack über das Steingeländer in die Tiefe. Der Aufprall war tödlich.

Mark starrte auf den verrenkten Leib seines Bruders hinab. Alles war so schnell gegangen, daß er keinen Finger hatte rühren können, um den Fall zu verhindern. *Hätte ich ihn denn gerettet, wenn es möglich gewesen wäre?* Mark konnte diese Frage nicht aufrichtig beantworten; aber er wußte, daß Peter die Verkörperung des Bösen war, mit der Saat seiner Zerstörung im eigenen Leib. Die römische Hochzeit hatte am Ende doch noch ihr Blutopfer gefordert.

Der Herzog fand Diana in seiner Kammer, wo Dr. Wentworth sie hingebracht hatte, um sie zu untersuchen. Seine schwarzen Augen suchten voller Besorgnis die seines Freundes Charles.

»Diana sollte ein paar Tage liegen bleiben. Sie hatte sehr viel Glück, daß sie dein Kind nicht verloren hat.«

Mark war zugleich erstaunt und doch auch wieder nicht. »Ich danke dir, Charles. Leider wirst du nun unten benötigt.«

Schachmatt sank Mark auf die Bettkante. »Geht es dir wirklich gut?« Seine Eingeweide fühlten sich an wie Gelee.

»Es war Petrius …«

»Ich weiß, Liebes. Er kann dir nie wieder weh tun.«

»Zugegeben, es ist abscheulich von mir, aber ich bin froh, daß er tot ist.«

»Er hat es nicht anders verdient. Es ist vorbei.«

Diana nahm seine müde Hand und legte sie an ihre Wange; dann drückte sie einen sanften Kuß hinein.

»Du bist so schlank, weißt du sicher, daß du ein Kind erwartest?«

»Es steht absolut fest.«

Er küßte ihre Stirn. »Ruhe dich aus. Ich kümmere mich um alles.«

Als sich die Tür leise hinter ihm schloß, wußte sie, daß dieser Mann in der Tat alles war, was sie je an Schutz benötigen würde.

An einem warmen Maiabend saßen Diana und Mark einander gegenüber in der Badewanne.

»Das Badebecken ist in ein paar Tagen fertig. Dann landet diese alte Wanne auf dem Speicher.«

»O nein, nie und nimmer. Sie ist mir inzwischen richtig ans Herz gewachsen«, sagte sie und kroch mit ihren Zehen an der

Innenseite seiner eisenharten Schenkel entlang. Marks Füße waren unter ihrem Gesäß gefangen, so daß er nichts Ungezogenes damit anstellen konnte.

»Würdest du gerne Herr und Sklavin spielen?«

»Würdest du gerne Herrin und Sklave spielen?«

»O nein, nie und nimmer!« Aber tief in seinem Herzen wußte er, daß er dieser Frau hoffnungslos verfallen war.

»Laß uns darüber verhandeln«, schlug sie neckisch vor. Ihre Zehen waren nur noch Millimeter von ihrem Ziel entfernt.

»Du darfst mich Marcus nennen«, meinte er.

Diana liebte es, das letzte Wort zu haben, und wußte, daß sie mit einem Mann gesegnet war, der ihr dies auch zugestand. Mit halb geschlossenen Lidern murmelte sie: »Ich gehorche all deinen Befehlen, wenn du das Schwert umschnallst, das ich dir geschenkt habe.« Diesem Vorschlag verlieh sie Nachdruck mit einem seidigen Zehenstreicheln.